紫庵文集

（第八冊）

魏際昌 著 ◎ 方 勇 主編

人民出版社

目　録

祭奠、回憶與研究

中 國 通 史

于月萍

祭奠、回憶與研究

祭恩師紫庵魏際昌先生文

方　勇

維公元一九九九年，歲次己卯，孟夏之月，受業弟子方山子，謹以清酌時羞，致祭於恩師紫庵魏際昌先生之靈曰：

嗚呼！先生天縱聰明，四歲始讀四書。一生寄情墳典，惟以篇什自娛。口不絕吟於六藝之文，手不停披於百家之編。設帳授徒，承其指畫，多有法度可觀；以詩會友，多司洛社之盟，每為耆英所敬重。愚忝門下，始覷典型之在眼前；數載之後，乃知學問之有門徑。詎意一旦大雅云亡，幽明永隔，悲曷可言！惑莫予解兮蔽莫予揭，頑莫予破兮錯莫予糾，則予將何所適從？所幸教誨猶響耳際，風範仍在目前。但願悲慟於此時，而報恩師於久遠也。敢獻俚詞，用佐薄奠。靈其有知，惟祈鑒此。哀哉，尚饗！

附：魏際昌小傳

先生諱際昌，字紫銘、子銘、子明，號紫庵，河北省撫寧縣人。生於1908年農曆2月22日，卒於1999年6月1日凌晨4時，享年92歲。幼時隨祖父至東北，4歲始讀"四書"。1914年考入吉林省第一模範小學，1923年考入吉林第一師範學校初中、高中部學習。1929年以優異成績考入吉林大學中文系，"九一八事變"後因該校被迫解散，轉入北京大學中文系學習，1934年畢業。同年考入北京大學研究院中文系攻讀碩士學位，隨胡適先生學習中國古代文學，於1937年研究生畢業，並取得碩士學位（學位論文為《桐城古文派研究》，數十年後出版時易名《桐城古文學派小史》）。"七七事變"發生後，從天津經山東到南方，在南京參加戰地服務訓練班。不久，隨該班經江西到武漢。1938年武漢淪陷，轉到湖南，擔任湖南省教育廳第一民衆教育館館長，大力宣傳抗日。長沙大火，隨教育館由長沙遷至永順，在該地繼續進行抗日宣傳活動。1941年任湖南省第八中學校長，1942年任廣東女子文理大學教授。日本投降後，擔任吉林省教育廳主任秘書，不久到東北大學任教授。1949年進入華北大學政治研究所學習，一年後到西北大學中文系任教授。1952年到天津師範學院（後改名河北大學）中文系任教授，直至壽終正寢。先生原為中華詩詞學會常務理事教委會主任、中國詩經學會顧問、中國屈原學會常務副會長、河北省燕趙詩詞協會會長。晚年及門弟子（研究生）有方勇、李金善、孫興民、賈東城、洛保生等。

魏際昌先生和他的文學研究

刘玉凯

一、魏先生對我的教導和鼓勵

魏先生是我上大學時認識得最早的老先生,魏先生那時在中文系的資料室工作,那時我並不知道魏先生在反右中曾被錯劃,他在資料室工作,沒有從事教學,我一向以為管資料的老師是最有學問的。他那時還不到 60 歲,身材高大,腰板挺直,說話豁亮,有底氣,有節奏,一字一板地發聲,堅毅而有力度。從風度看,總覺得他有行伍之氣。我上學時候就是個書呆子,並沒有認為資料室工作就算低人一等,便是今天我仍然認為,最有學問的人才能管理圖書。

初入大學,見到魏先生總是坐在桌子旁邊寫著什麼,覺得很神秘。他一般很少與來看書的老師們聊天。其實,我是知道教學資料室裏是不讓學生進入的。但是當我好奇地進門之後,就藉口說想找一本什麼書,別處沒有,先生不但沒有把我趕出來,還幫助我找。一邊問我:"今天沒課嗎? 怎麼不去上課?"我說,現在是張先生的現代漢語課,我聽不懂老師的南方口音,想自己看書學習。他淡淡地說了句"那可不太好啊"之後,竟然沒勸我回去聽課。從此我就經常到那裏看書。

我從來沒見過那麼多書,特別是在這裏還可以看到已經過期的舊雜誌。一篇篇地查我喜歡的作家和詩人的作品。比如我看了連載在《新港》雜誌上的的梁斌的小說《播火記》,看了我想買而買不起的清代王筠為指導兒童識字而編寫的一本童蒙讀物《文字蒙求》和《說文解字》,看了並摘抄了嚴陣、聞捷的詩,還看了臧克家的詩和《學詩斷想》等書,還發現,我從家裏帶來的一本《花間集》原來很珍貴,我後悔已經把它給看爛了。我就這樣一邊看一邊抄記些我認為有用的東西。

魏先生見我在認真地看書,也不跟我說話聊天,等我出門一會後再回來,他叫著我的名字跟我說:"你看書還很認真,知道做筆記。這樣很好,日久天長收穫就大了。"我很吃驚他為什麼知道我的名字,想是他看了我的筆記本,他笑著揭示我的秘密:"你喜歡寫詩?看著看著,自己也寫一首。"我不怕老師翻看了我的筆記,但是有點不好意思地說,那不是詩,只是隨便寫點感想的句子。這事情過去了好多年,到了"文化大革命"以後,我已經畢業留校工作了,先生仍然在資料室工作,他還記得我上學時候的那點蹺課的事。我說:"您那時沒有把我趕出去,也沒有批評我,讓我一直覺得很幸運。"

畢業工作了以後,我才知道魏先生天天在那裏抄寫的東西就是文獻資料卡片。我特別佩服他那樣數年如一日地認真工作,先生是中國古典文學的研究專家,對歷代文學,特別是先秦文學和桐城派有過專門研究,也是一位文獻學專家和詩人。他不但把資料室的全部書做成了卡片,裝進卡片箱,這個工作既煩瑣也勞累,可是他仍然從容地做著。他不時向我介紹各種書。他允許我隨便查閱書目卡,真是應有盡有。他做的卡片有兩種,一種是目錄卡片,另一種是資料摘抄。這為日後自己搞教學、帶研究生、寫文章、研究問題積累了很多有用的資料。我從先生那裏請教如何做資料卡片,也不再用筆記記錄資料,開始學著做資料卡片。不過後來我就改用了電腦記錄資料,更加方便了。

我忘記不了他那時說了一段讓我極感動的話：“劉玉凱的人品好，好讀書，我早就認識他了。在‘文革’中不但沒鬥過老先生，還特別尊重我們，能做到這點，那是很不容易的，很不容易的。”話似乎說得有動感情，好像是藏在心裏一直想表揚我的話。他這些話好像不是對著我說的，因為在場的還有李離老師和其他別的老師。他說的話如此有真情，讓我心裏一熱。我說：“您比我父親還年長，是長輩，我上學就是想跟老師學習讀書搞學問。”他還說了不少鼓勵我的話。這裏不便多寫，我記在心裏就行了。

從那回開始，我就跟魏先生一點也不拘束了，總想跟他請教點什麼東西。1988年的中秋節，我和老伴帶上家鄉的老酒去看望先生，正好先生的《桐城古文學派小史》由河北教育出版社正式出版，我得到了先生的贈書，特別高興。這是先生的力作。

　　我同先生暢談時間最長的一次,大約是1980年前後,我同魏先生還有過一次出差,系副主任李離先生找我,特別囑咐讓我陪同魏先生出差一次,陪他到廊坊師專講一次課,記得他講的是"論孟",即《論語》《孟子》。他還說我去是最合適的人選。他說魏先生年紀大了,出門需要有人照顧。其實,先生的心態是比我都年輕得多,他自己帶了一個小收音機,我們一同乘坐火車,一邊響著音樂我們一邊說話。我從來沒有這樣的習慣;要聽音樂我就不說話,要說話我就不聽音樂。但是我們聊了很多讀書學習的事情。先生說,現在我們這一代人對老祖宗的東西還熟悉,能講講,以後沒有懂這些東西了,就沒人能講了。可是這些古代的也需要有人繼承。我說,可惜我現在搞的是現代文學,如果可能也搞點古代文學研究。我也只好說:您放心,我們這一代人也會努力的。我向他匯報了自己讀過的古典文學書,說到一些散文和詩。也說到了他跟隨胡適先生讀研究生的一些情節。他說胡先生是一位博學的學者,也很善於交際,是很活躍的社會活動家。他說胡先生是新派學者,但是,舊學的基礎也非常好。所以先生就在胡適的指導下讀研究生學歷,做了論文研究桐城派的文學。胡先生提倡整理國故是有道理的。我說魯迅先生反對胡適的做法,可能有他的特別用意。他的文章多有偏激,但是偏激之中也有特別的所指。在西方的文化引進初期,還沒有得到我們的普遍接納,很快地又讓大家進研究室,弄故書,魯迅先生是擔心"五四"可能走過場。我又跟他說,我喜歡"五四"後的新詩,胡適的詩就寫得很有趣,我不是討好魏先生,我真的喜歡胡適的《嘗試集》,他越寫得通俗越有味道。我說我在廊坊給函授生講過聞一多的詩。魏先生說:"聞一多這個人太霸道。"我不知道他指的是什麼事,沒有往下說。

　　我跟魏先生在火車上正面對面地說著話,魏先生突然間說:"玉凱,你看那邊的女的是誰?"我說:"不認識。"隨便的一個人,我怎麼會認識？他說："那不是歌唱家郭蘭英嗎？我們去打個招呼。我抗戰時就認識她，打過交道。"我看清楚了，同一車廂裏的那個人，長髮，牛仔褲，在那裏也不坐下來，跟同車的演員們大聲聊天的，正是歌唱家郭蘭英。我向她問好後，就聽魏先生很親切地同她聊了幾句。郭蘭英大概也沒有想起魏先生是誰。

我們到了廊坊，外邊的風很大，來接我們的人總是不來，魏先生很著急，可是我們也沒有電話，等了有一個小時我們才到了學校。初春的天氣還很冷，我很怕先生著涼。但是他到了住處，就打開收音機，聽廣播。晚上在廊坊住下，就有在廊坊師院工作的石海夫婦攜一雙子女來看他。魏先生說，他們不是一般的師生關係，我發現魏先生跟學生的關係簡直像個老父親。能夠達到那麼親密，說明他老師當得好。第二天，魏先生給他們學生做學術報告。先生一直站立著講課，他引經據典，縱橫馳騁。有時大家聽不懂他說的是什麼字，我就幫助先生作點解釋。下來後，先生問我：講的內容能夠聽明白嗎？我說：能。因為我讀過《四書》，我手邊就有一部祖父讀過的《四書備旨》，先生表示很吃驚。但是魏先生講的課對我理解問題很有幫助。魏先生那一段時間經常出門講課，他是從來也不要講課費的。

最近查閱資料時發現了范泉先生主編的《中國近代文學大系爭鳴錄》中有一條我與魏先生合署名的短文，如下：

《大系》各集選目，應力求多中選精。現在的《小說集》應注意選些優秀短篇，可以從不同角度見到當時的社會面貌。第27號1988年11月10日《大系》應著意反映時代的變革。①

　　這肯定是魏先生寄給范泉先生的短文,內容正是我們在火車上談到的問題。我是比較關心近代文學資料的,我跟魏先生說過如果選小說應該從不同的內容,多選些短篇,不必節選那些人所共知的長篇小說。另外,希望精確地編輯和校對,這樣大的《近代文學大系》是有文獻價值的。這些意見,確實是我們共同討論過的。魏先生可能寫得很不少,限於書的要求只選取了一段。魏先生很尊重我的意見,給我寫上了個名字,我根本就不知道。事實上證明,後來我們見到的大系成果並不盡如人意。雖然得了獎,也不證明它就是一套好書。我寫過一篇文章《錯成天書的〈中國近代文學大系〉第 08 集〈民間文學集〉》,發表在博客上了。② 這一集署名是我的老師鍾敬文先生主編的,但是先生肯定不會親自校對文稿,至使有的詩歌排印到混亂至極的程度,而未能校對,潦草從事,從書的製作上說,這是不能原諒的失誤。

　　我正式工作以來,每年都到魏先生家裏看他幾次。他年齡大了,身體卻很好,他有一根手杖,是用機關槍子彈殼焊接起來的,這個來歷已經是個謎了,襯托著他的堅硬的性格。他那時住的房子是小三間,陽面一間就是他的書房,裏面滿滿的全是書。他的房子沒有廳,陰面一間開闢成了客廳,魏先生喜歡收藏古物,很顯眼的是正面懸掛了一副梁啟超的對聯墨寶。有人說那張對聯並不是真跡;如果是真跡,先生也捨不得天天掛在那裏吸塵。聽別人說,魏先生有一些真品收藏,比如,他收藏有李鴻章朱批白文《史記》,可謂稀有物。除了藏書,還有

----

　　① 《中國近代文學大系爭鳴錄:第 27 號 1988 年 11 月 10 日》范泉主編,上海書店出版社,2012 年 7 月版,第 221 頁。

　　② 知止齋主人 http://blog.sina.com.cn/zhzhzhai。

些藏畫,如有明代陳白陽的水墨芭蕉,陳白陽是與徐青藤齊名的畫家。聽說,魏先生去世後,這些舊書舊物,讓中國書店給了幾萬元錢就一車給拉走了。魏夫人對此很平淡地說:"放哪都一樣,沒用。"不知道她說的話是什麼意思。當我偶然間見到魏先生的書在網上被炒賣時,心裏總是不是滋味。先生一生大量收集的書籍和文物就這樣散失了。它的價值是幾萬元錢能夠換得來的嗎? 先生只有一個兒子,在華北電力大學工作,不是搞文科的,大概也不懂他的那些書,唯一的孫女是學外語的,也不搞古典文學。

二、魏先生生平事蹟

1. 在吉林第一師範學校的讀書生活

魏際昌先生,字紫銘、子明,號紫庵,祖籍河北省撫寧縣。1908 年3 月 24 日生於吉林省永吉市。1929 年吉林省立第一師範學校畢業,魏先生回憶說:"別看吉林僻在邊外,受制於内外敵人(日俄帝國主義的侵略和地主資產階極的壟斷和剝削),比起遼寧(當時叫奉天)、黑龍江兩省的文教來,卻有過之而無不及,即從一九二六年北伐戰爭的前夕而言,歐,美,日本的資本主義教育思潮即開始流傳進來,五四運動以後的愛國思想,和北京、上海的新文藝作品也不斷地滲入,儘管那時我們還只是十七八歲的青年學生,卻都受了感染,'即知即行',反帝反封建的學生愛國運動(特別是關於抗日的)層出不窮,《新青年》《語絲》一類的進步刊物最受歡迎,因為這裏早已有了地下黨在活動了。"青年時期的魏先生受到五四新思潮的影響很深,他是學生中間的社會活動家,他敬仰那些愛國志士,並且支持他們向舊政府的黑暗勢力作鬥爭。比如有一次，私立毓文中學的馬駿作了題目是《救救中國》的演講，語言激烈，稱："舊中國已經是一座千瘡百孔，風雨飄搖的破屋了，但只修修補補、頂頂支支是什麼問題也解決不了的，必須把它徹底推倒重新建造成美輪美奐的大房子，才是正道。這要靠誰呢？自然是首先種田織布、搬磚弄瓦的工農勞苦大眾，可是宣傳鼓動的責任卻非我們擔負起來不可。因為他們目不識丁，失學失業，暫時還不曉得這是軍閥、官僚、地主老財和帝國主義層層剝削壓迫的結果，非常需要我們提醒説明。所以，親愛的同學們，天下興亡，匹夫有責，可不能坐在課室裏啃書本當書呆子了，必須急起直追地做些實際工作啦。風雨如晦，雞鳴不已，打倒帝國主義，消滅軍閥官僚。"魏先生將這些話寫入了作文本，被老師批評為："這是共產黨煽動人起來搗亂的話，怎麼也記下來給老師看，下次不可！"可見魏先生當年的激情風采。

　　魏先生在吉林省立第一師範學校讀書六年半，校長也換了5個，早起晚上的讀讀《古文觀止》《東萊博議》。但是給他幫助最大的老師是高亨和傅貴雲先生。高亨，字晉生，原名仙翹，一師十四班畢業生，後入清華國學專修館，是梁任公啟超先生的高足，小學底子深，我國有數的箋注學家，《周易古經今注》《老子正詁》是其名著，歷任東北大學、河南大學、北京大學中文系主任及教授。另一個老師傅貴雲，字仲霖，其後改名傅魯，他綽號小傅，是吉林文教界的一員"福將"──督學、校長、大學講師、教育廳科長地扶搖直上。他的業務比較新，文學概論、中國文學史等科目都是他開蒙的，為人靜默寡言溫柔敦厚頗得學生歡心。這許多的學習對於魏先生是很重要的。①

───────────

　　①　本節內容參考了《回憶二十年代在吉林的讀書生活》，中國人民政治協商會議吉林省吉林市委員會文史資料研究委員會編《吉林市文史資料》第4輯，1985年10月版。

2. 在吉林大學的讀書生活

"九一八"事變後,魏先生進入 1929 年才成立的吉林大學教育系文學專業讀書,這時他是工讀生,一邊做工,一邊讀書。所謂工讀就是給預科的老師寫石印講義,主要是給詩人穆木天選的日本名著做講義。"不到一年,因為字太彆腳,不受同學歡迎,就專看圖書館了"。在圖書館主任胡體乾先生的照顧下,每周工作三個晚上,每月可得大洋七元,他說仍然不夠學費,魏先生又求大哥幫助,將他薦到總務處兼職寫公文,日間在教育廳又當司書。這樣學習生活才能夠維持下去。

新成立的吉林大學,校長李錫恩、院長董其政、訓育主任劉迪康,從各處引進的名教師很不少,以留學美國的居多。其中有:慈連焰博士,字丙如,山東人,教授哲學;王琦博士,也是山東人,教授教育心理學;劉強博士,江浙人,原東北大學教授,教西洋通史;羅敦厚,湖南人,教生物學。這些先生們的共同缺點是專用外語原文美國教材,講課的方法是美國式的,學生們一時聽不懂,不大適應。學校當局因為請教授不易,對他們加以維護,結果是教授、學生間的矛盾越來越大。

更重要的是日本侵華,佔領東北,時局緊張,東北軍閥張作霖、張學良父子統治的晚期,張作霖已被日本人炸死在皇姑屯車站,其子張學良繼承了父業,成為東北保安總司令。"九一八"以後,東北軍閥的不抵抗政策,社會動盪,人心不安。

魏先生說:他在吉大時,經常參加一些抗日愛國的社會活動。學生們關心國家大事,成立學生聯合會,奔走呼號,遊行示威。創辦進步刊物,宣傳革命思想,在艱難中自己發行。他們喊出的口號是:"天下興亡,匹夫有責!""還我河山!""打倒賣國賊,睡獅猛醒!"之類的愛國內容。

但是,當時也並不是不看重學業,在學習上他不願意死記硬背地讀書,而是自己找書讀。他喜歡讀從外國翻譯來的文學作品。如高爾基的《母親》《短篇小說集》,老托爾斯泰的《戰爭與和平》《安娜·卡列琳娜》《復活》,還有蘇俄的《煙袋》《第四十一》,肖洛霍夫的《被開墾的處女地》《靜靜的頓河》,英美名著則有狄更斯的《雙城記》《大衛·克拉斯多夫》,辛克萊的《煤炭王》和莫泊桑的《項鍊》等。顯得不守規矩,但是由於他是吉林大學學生會學生聯合會主席,學校也對他沒有怎麼樣。①

3. 在北京大學的讀書生活

抗戰時期,由於吉林大學被迫解散,魏先生轉入北京大學中文系讀書。1931—1937 年間,魏先生是在北京大學度過的。投考北大,進了中文系,受教於胡適、錢玄同、周作人、劉文典諸先生,屢受教益,魏先生稱之為"春風化雨"。這不僅因為有許多名師,而且,北大是"五四"新文化運動的策源地,許多大師是提倡白話文的作家,耳濡目染,受到影響。校長蔣夢麟、新文學家周作人、法國語言學博士劉半農、古典文學家劉文典、歷史學家馬衡、中文系主任經學家馬裕藻,還有陳獨秀、李大釗、徐志摩、聞一多、梁實秋、翁文灝、丁文江,都是名家。學生中也有著名的疑古派史學家顧頡剛、五四運動的勇健者傅斯年、中國經濟史專家陶希聖、古代音韻學人魏建功等,都是不同凡響。魏先生得到了一個非常好的學習環境。

特別是魏先生能夠親自聆聽胡適先生的教誨:"白話文並非我胡某人發明創造的,不過是古已有之、於今為烈罷了。從宋人話本(說書

---

① 本節內容參考了《回憶二十年代在吉林的讀書生活》,中國人民政治協商會議吉林省吉林市委員會文史資料研究委員會編《吉林市文史資料》第4輯,1985 年 10 月版。

人用的)、道學家語錄(如二程朱子的講學)、元明的雜劇(劇中人的科白),尤其是明清的章回小說(《水滸》《西遊記》《儒林外史》《紅樓夢》),履霜堅冰至,其所由來漸,哪一種不是白話的淵源?我寫的《白話文學史》就是證明這一進化的史實的。"他接著說:"我並沒有強迫哪一位非作白話文不可。但是,經驗告訴我們,這是大勢所趨人心所向的事。"

胡先生這話是專從文體改革方向說的。語言似乎是思想的外殼,它也不可能不反映著作者的思想感情。他所謂"須言之有物",這"物"正是文章的內容。他自己就解釋得好:"吾所謂物,約有二事:一、情感,二、思想。"又補充著說:"達意達得好,表情表得妙,便是文學。"魏先生明白了:把騰之於口的語言,和筆之於書的文字,統一起來方便得多,而且這只是新文化運動的一個方面,也是潮流所向。

入北大第二年,魏先生同胡適先生商量之後,在周作人教授的指導下完成論文,因為這個選題顯然是在周作人影響之下形成的。閱讀《袁中郎全集》《白蘇齋類集》《隱秀軒集》《懷麓堂集》《焚書》《徐文長文集》等,寫出了論文《袁中郎評傳》,獲文科學士。論文寫得很認真,而且選題中體現出了"五四"新文化精神。袁中郎,是"公安派'的中堅人物,是反對明代"七子"的代表人物。此前,還沒有人認真研究過他,論文中特別論及袁中郎,非常欣賞徐文長的《四聲猿》,特別介紹袁中郎尊重李卓吾的"離經叛道"精神,很有新意;而且論文後面附有袁中郎年譜,體現了治學的嚴謹和他的一絲不苟的治學態度。

我們閱讀《胡適日記:1934年1月29日》,還能見到了魏先生的資料:

> 看哲學史試卷子。
> 三十九人之中,絕對不及格的七人;

勉強及格的十三人；

六十一分以上,七十分以下的五人:魏際昌(中三)、陶[繼]多(中五)、徐芳(中三)、王之楨(哲一)、杜占鼇(史一);

七十分以上的七人:王崇武(史二)、李子信(史一)、薄懷奇(史一)、常乃慰(中三)、沈秉鍼(政三)、何茲全(史三)、補考王碧書(哲四);

八十分以上七人:曾寒(中二)、杜呈祥(史二)、趙九成(史一)、胡慎賢(中三)、高尚仁(政四)、周信(史一)、孟廣第(史二)。

不及格的七人,除一人外,皆平時不上課的人。"①

4. 做胡適的研究生

1935 年夏,魏先生在北京大學中國文學系本科畢業,從 50 名報考者中脫穎而出,考取了研究生,胡適為導師。同屆考取的還有侯封祥、閻崇璩、李棪。北大的研究生,並無固定的學習場所,除了有時隨本科學生班聽課外,絕大多數時間是花在校內外的圖書館內去查閱資料的。導師和研究生間的座談,每學年也不過兩三次,多半是在紅樓二樓左側南面的"國文學會"室中進行。

後來魏先生在胡適的指導下作論文《桐城古文學派小史》,胡先生說,他自己是有"考據癖""歷史癖"的,"諸位看待問題也不妨大膽一些,但不要早下結論,必須小心地尋找證據,讓事實和材料說話,那成

---

① 胡適著、曹伯言整理《胡適日記全編》第 6 卷(1931—1937),安徽教育出版社,2001 年 10 月第 1 版,第 308 頁。

就就與人不同了。北大的研究生不多,科學研究的擔子很重,希望努力從事。"胡適問:"'桐城謬種,選學妖孽'!大家都這樣講,你同意嗎?既稱為'學派'而不曰'文派',便不單純文章上的事了。'文章韓歐'以外,還有'學行程朱'哪,密斯特魏,你應該把它徹底探討一下。"並且說:"司馬遷以人為綱據事繫聯的傳記手法,很可以採取。具體到'桐城派',為什麼不能弄清楚從方苞到林紓的師承情況,及其分播到各個地區的源流呢?"還說:"唐宋八家和桐城派的古文,其最大的優點是他們甘心做通順清新的文章,不妄想做古董。不過有的時候,自命為衛道的聖人,竭力攻擊漢學,反對新思潮,就未免不知分量了。"這些指導都是很重要的研究思想,很好地保障了論文的品質。魏先生用了將近兩年時間,寫出了《桐城古文學派小史》,得到了導師的肯定。這篇論文50年後得以出版,仍然是有學術意義的學術著作。

1937年魏先生順利畢業,並獲碩士學位。除了完成論文《桐城古文學派小史》,學習期間,在沈兼士教授指導下,撰寫了4本《說文釋義》文稿。1934年加入北強學社,被選為該社的理事。在《北強月刊》上署名魏紫銘發表論文《明代公安文壇主將・袁中郎先生詩文論輯》(《北強月刊》1934年1卷6期)、《爾雅學》(《北強月刊》1935年2卷1期)、《先秦諸子論學拾零》(《北強月刊》1935年2卷3期)、《明清小品詩文研究》(《北強月刊》1935年2卷5期),產生了很大的影響。①

---

① 以上資料參考了全國政協文史資料委員會編,文史資料精華叢書《舊中國的文化教育》中魏際昌先生的文章《胡適之先生逸事》,安徽人民出版社,2000年12月第1版,第419頁-430頁。

5. 在抗戰中的經歷

1937 年七七事變以後,抗日戰爭全面爆發,他從天津經山東到南京。在南京一度在民國軍事委員會青年戰地服務班學習。後曾任第一戰區民眾運動指導員,不久隨訓練班經由江西到湖北武漢。1938 年武漢淪陷,轉到湖南,擔任湖南省教育廳第一民眾教育館館長,湖南省教育廳社會教育督學。

所謂"民眾教育館"是 20 世紀以來,由於中國鄉村"日趨崩潰"的情勢激發了社會各界的各種"社會改造"思潮。民眾教育便是在這種背景下,由南京國民政府借助行政力量自上而下掀起的頗具聲勢、"由教育改造以達社會改造"的教育運動。民眾教育館作為這場運動的綜合機關,擔負著推行國家政策、促進民眾文化水平提高、宣導社會風氣以及提升農村經濟力、改善民眾生活等重要職責,國民政府予以大力支持和推動。僅以 1933 年為例,政府對民眾教育館的經費投入達到2905144 元,居各種社會教育事業經費之首,①魏先生發表論文《中國民眾教育史芻議》(湖南《湘西民教》1941 年),追述了中國歷史上的民眾教育及其意義。1938 年 11 月 13 日長沙大火,稱為"文夕大火"。當日,日軍佔領岳陽後,距離岳陽尚有 130 多公里的長沙當地駐軍長官朱鶴松,在倉惶之中以奉蔣介石"焦土抗戰"的密令為名,於淩晨 2 時在長沙城內數百處同時放火,使全城成為一片火海。長沙大火焚燒了2 天,全城建築被焚十分之九,燒毀房屋 5 萬餘棟,燒死百姓 3 萬余人。魏先生隨民眾教育館人員由長沙遷到永順,繼續宣傳抗日,飽受國破家亡、顛沛流離之苦。

---

① 　周慧梅《民國時期民眾教育館變遷的制度分析》。

1941 年魏先生任湖南省第八中學任校長。這個中學 1941 年才在保靖建立,校址分設武聖宮和禹王宮。創辦時僅有教師 17 人,學生 130 人,余超原、魏際昌、吳廷梅、嚴紀都、肖逢蔚、彭勇諾、龔澤銑等先後擔任校長。正處於抗戰的關鍵時期,全縣人民積極支援前線抗日,多次發起"勞軍獻金"、紀念"'七七'獻金""一元獻金"和"紀念'九一八'獻金"等活動。民國 30 年—31 年,共為抗戰獻金 52170 元。①1944 年後任廣東省立文理學院教授。

6. 抗日戰爭勝利後

抗戰勝利後,魏先生 38 歲,任吉林省教育廳主任秘書,不久到東北大學任教授。在他任主任秘書期間,工作是很認真的。據有關回憶,他是一位"忠誠擁護國民政府的青年"。1946 年 6 月 6 日,新任國民黨吉林省政府主席梁華盛隨帶省府秘書長吳至恭、教育廳長胡體乾、財政廳長薑守全等到長春,轉赴吉林接收,正式成立省政府。當天晚上,在大和旅館設宴歡迎,並請新六軍軍長兼長春警備司令廖耀湘作陪。席間請由日本人組成的東寶歌舞團演出歌舞助興。

宴會開始後,時任教育廳主任秘書的魏際昌對於當時的氣氛很不滿意,起立發言,直言不諱地說:"接收東北未竣全功,戰事仍在進行,我們應該上下一心,勵精圖治,爭取東北人民的擁護。現在不是歌舞昇平的時候。……"魏發言時,全場肅靜。可是,梁華盛卻認為掃了他的面子,對坐在他右邊的胡體乾說:"豈有此理!這個人不能用。"廖耀湘甚至咬牙切齒地說:"可惡,把他幹了!"有人立即小聲地打圓場說:

① 保靖縣徵史修志領導小組《保靖縣誌》,中國文史出版社,1990 年 10月第 1 版,第 12 頁。

"魏是一番好意,我們應該採納他的意見,切不可操切用事。"當即起立發言說:"魏秘書的意見很好,我們採納。"並通知撤去歌舞,宴會不歡而散。罷宴後,梁華盛到休息室對胡體乾說:"在我當主席時,不許魏際昌在吉林活動!"胡被迫打發魏到關內另謀工作,派王希禹(字莫庵)接任主任秘書。梁華盛、廖耀湘都是黃埔軍校學生,這件事反映了當時黃埔少壯派驕橫跋扈、兇焰高漲之一斑!①

1949 年以後,魏先生進入華北大學政治研究所學習,一度為傅作義將軍秘書,時間很短,隨後到西北大學、西北醫學院、東北大學、長春大學、西北藝術學院等校任教授。

1952 年魏先生加入中國國民黨革命委員會,1954 年入中國民主促進會,1993 年實現自己的宿願,加入中國共產黨。先生為此賦詩一首,發表於 2009 年 4 月 15 日《河北大學校報》:"宇宙同體在,日月分天光。崑崙互古峙,江河入海洋。官商響人籟,大塊煥文章。芝蘭君子性,松柏壽而康。信念終未渝,歸宿果堂皇。矢志為人民,獻身共產黨。悠悠兮仲尼,仁心宣教忙。蕩蕩乎太白,鏗鏘走四方。冀州亦多士,高歌慨以慷。馳驅黃金台,桃李各芬芳。頂禮賈襯君,授手做津梁。溫良恭儉讓,詩國共翱翔。93 年 1 月 9 日紫庵八十五歲於河大校園。"這裏說的賈襯君,指介紹魏先生入黨的校黨委書記賈瑞增同志。

三、魏際昌先生晚年的學術研究

魏先生自 1952 年調至天津師範學院,該校 1960 年改名河北大學,一直在此任教授。幾十年來主要從事資料工作和教學工作,曾編

---

① 中國人民政治協商會議吉林省長春市委員會文史資料研究委員會編《長春文史資料》第 8 輯,1985 年 1 月版第 60 頁。

寫大量講義及專題報告。二十世紀五十年代發表論文《孔子教育思想》（《天津日報》1954年），參與孔子教育思想的討論。

魏際昌教授，十幾年來堅持在教學科研第一線，努力工作兢兢業業。特別是新時期以來，他煥發了青春的活力。魏先生任中國古代文學研究生導師，講授先秦散文研究、課程，積極培養研究生，教書育人，桃李滿天下。曾任河北省語文學會古代文學研究會會長。他的學生都已成為各個部門的業務骨幹，有的已成為國內知名專家，他為中文系建設做出了重大貢獻。他一生從事中國古代文學研究，撰寫了不少學術論著，主要有專著《桐城古文派小史》（河北教育出版社1988年），論文有《“靈”的飛揚與“色”的絢麗——美在〈屈賦〉的我見》（《河北大學學報1988年3期》）《晚明雙慧，輝映荊南——也談袁中郎與鍾伯敬》（收入《竟陵派與晚明文學革新思潮》，武漢大學出版社1987年）、《喜見傅山批點汲古閣崇正本〈唐詩紀事〉殘卷有記》（《河北大學學報》1987年2期）、《元散曲散論》（收入《國際元曲論文集》，河北教育出版社1994年）、《從方苞姚鼐的言行看“桐城派”》（《唐山師專學報》1981年2期）、《唐六如評傳》（《承德師專學報》1986年1期）、《徐文長論》（《河北大學學報》1986年2期）、《屈賦再生，靈均遺愛在人》（載《屈原研究論集》，長江文藝出版社，1984年5月版）、《〈詩〉〈偽詩〉荀、屈兩賦的淵源試探》（《社科縱橫》1990年5期）、《為晚清的苦行主義者、山東鄉村教育家武訓先輩“平反”》（張明主編《武訓研究資料大全》，山東大學出版社，1991年10月第1版，第817頁）《略論鍾、譚評選〈古詩歸〉之藝術手法及其創見》《辨言蠻夷華夏和屈原的宗教及江漢文化》等。他的著作刻印成書的有《桐城古文學派小史》《中國文學講稿》（上、下兩卷）、《論孟研究》《李白評傳》《先秦散文研究》（上、中、下三本）約50萬言）、另有《漢魏六朝賦研究》（手稿）。

魏際昌先生的書法作品

四、魏先生的桐城派文學研究

　　毫無疑問,魏先生對桐城派的研究成果是有足夠自信的,但是真正瞭解魏先生學術成就的人其實是很少,因為他的著作人們沒有認真讀,可能也是讀不懂。考察先生一生的著作,可知其涉獵甚廣,小學、經學、楚辭學、諸子學、歷史散文史、詩學、教育學、政治學諸多方面。但是,在眾多的研究成果中,他的桐城古文學派的研究是很有影響的成果。應該說,這項研究有他自己的創新點。這項研究起於做胡適的研究生。不可否認,從歷史的職任上說,胡適屬於"五四"一代新學的領軍人物。他提出白話文學最早,也最有影響。其實,他是擁有深厚的傳統文學基礎的修養後才發起文學運動的。他深知中國字的煩難,

因此力圖改革中國文字和中國文學。他提出的文學"八事",也稱為"八不主義",是向舊文化告別的設想。這樣的提倡好處是給新思潮的進入中國讓出道路,從而可以重評中國文化,重釋中國文學,並不是徹底毀滅中國文化和文學。當年胡適先生的這一番用心,並不是人們都認識到的。因為我們喜歡用最簡單的思維和判斷來論述歷史思潮,忽略了問題的複雜性。

如果從此就結束了對桐城派文學的研究,顯然是不明智的。

第一、桐城古文學派的"古"。

桐城古文學派給人的印象是守古不變的文學流派。其實他們是厭煩了"剽竊、摹擬",以提倡復歸古文傳統的一種"復古主義"。

桐城派的建立,意在傳統思想文獻中"尋根"。中華民族傳統文化有自己的根,這根就存在於一大卷六部經中。《周易》《老子》用的是符號語言。《尚書》記言,《春秋》記事,用的是官府語言。而毛《詩》用了官與民都通行的帶暗示性的藝術語言以配合樂舞。《論語》這部儒家經典影響最大,甚至連謎語、笑話中也不乏其辭。這就是民族的根。即使是狄德羅的《百科全書》中也記載說"在清朝,唐代末期的古文也報時興,安徽桐城就開辦了這樣的一所正規學校,並且重新任命了校長。在這所學校,大家可以向九世紀的韓愈那樣用簡單而傳統的方式交流。"到了清末民初,北京大學教授國文一課,則開始以桐城古文派為主。

其實,桐城派文章最反對"剽竊、摹擬",認為"剽竊前言,句摹字擬,是為戒律之首"。主張務去陳言、不蹈襲前人一言一句,保持自然,不競為僻字澀句,端緒不宜繁多,陳義不當蕪雜。曾國藩在《復劉孟客書》中認為古文本無所謂義法,回歸古文就是遠離僵死的義法。他說:"竊聞古之文,初無所謂法也,《易》《詩》《書》《儀禮》《春秋》諸經,其

25

體勢聲色,曾無一字相襲。即周、秦諸子亦各自成體,持此衡彼,畫然若金玉與木卉之不同類,是烏有所謂法者? 後人本不能文,強取古人所造而摹擬之,於是有合有離,而法不法名焉。若其不俟摹擬,人心各具自然之大,約有二端:曰理曰情,二者人人之所固有,就吾所知之理,而筆諸書,而傳諸世,稱吾愛、惡、悲、愉之情,而綴詞以達之,若剖肺肝而陳簡冊,斯皆自然之文。情性敦厚者,類能為之,而深淺工拙則相去十、百、千、萬而未始有極。"(203 頁)這些自然文章觀,可以直接通向近代提倡"我手寫我口"的詩界革命家的黃遵憲的主張,也同胡適先生的"有什麼話,就說什麼話;話怎麼說,就怎麼寫"的意見很接近。我們研究文學就應該給歷史上的革新派一定的歷史地位,而不能盲目地否定他們。

第二、魏先生的著作有力地闡明了:桐城派並不是保守的文學流派。

這裏的"桐城古文學派"是怎樣得名的呢? 魏先生從而解釋了桐城派形成的意義:

> 首先需要說明的是。它是一個學派,而不是單純的文派。因為桐城的作者,不只講求文章還要顧及學行,與以詩歌創作為主的"江西詩派"(北宋末年,以黃庭堅為首),以經學考證為主的"漢學家"(如東漢的馬,鄭,清初的顧、江、戴、段),以性理實踐為主的"道學家"(宋代的濂、洛、關、閩。其重要代表程、朱),俱不相同。他們是從"言有物、言有序",發展到義理(思想)、辭章(藝術)、考據(科學方法)三者並重

的古文之學。①

其次,說到桐城派的古文,也並不是守舊的一派,應該算文體改革的先鋒。至少是已經有新文學道路的一派。魏先生揭示:"桐城派古文,可以說是:文從字順,通俗充實,準確有法,清新流暢的文體。它既總結了自唐、宋八家以來的經驗,有所繼承,又規撫了明代歸有光的文風"疏淡間接"。更重要的是他們為中國古代散文提出了創作上的方法論,也可以說是藝術內在的規律性,有物有則,抒發性靈,說自己的話,使人易懂,為情造文,完成它的宣傳任務,越來越接近於語體文的境界了。'履霜堅冰至,其所由來漸',誰都知道清末民初的新文學運動不是從天上掉下來的。換句話說,通俗清順的古文已經給它墊了底兒啦,起碼從散文發展的角度上看是這樣的。"

第三,應該歷史地看待"五四"時期對桐城派的批判,應該肯定"五四"時期對新思潮的引進,同時也不能不對舊時期的文學有一個暫時的擱置。

清代形成了以安徽桐城人方苞、劉大櫆、姚鼐等為代表的散文流派"桐城派"。"文選"是南朝梁昭明太子蕭統編輯的一部從先秦至梁的詩文辭賦選集,時稱《昭明文選》,為我國現存最早的詩文選集,是研究梁以前文學的重要參考資料。五四時期,錢玄同在《新青年》上發表的《致陳獨秀函》中稱桐城派"桐城鉅子"和"選學名家"為"桐城謬種""選學妖孽",一時成為鼓動青年的口號。"五四"運動時期,提倡白話文,反對文言文,提倡新文學,反對舊文學,將這種阻礙新文學發展的

---

① 魏際昌著《桐城古文學派小史》,河北教育出版社,1988 年 4 月第 1 版,第 1 頁。

舊文體和不良文風當作"謬種""妖孽"來反對,胡適在《建設的文學革命論》中只說:"不作言之無物的文字"。新思潮之來的 1920 年,蔡元培在《新青年》上刊出了《洪水與猛獸》,將新思潮比作洪水,將軍閥比作猛獸,他說,"中國現在的狀況,可算是洪水與猛獸競爭。要是有人能把猛獸馴服了,來幫同疏導洪水,那中國就立刻太平了"。實際上蔡先生既不反對新思潮,也不願意推波助瀾,而是主張疏導,革命需要疏導,建設也需要研究。①

"五四"以後,應該有一個經典重譯的階段,作為導師的胡適先生建議魏先生研究桐城派,並不是讓他為"五四"翻案,也並體現胡適的守舊和復古,而是他"多研究問題"思想的具體實施。魏先生在他的論文的《前言》中指出指斥桐城派為"桐城謬種"的看法"必須予以糾正"。因為桐城派的"道"是程朱之後的儒家,他們的"文"是"韓歐之間的古文"。他們自立桐城派,實有民族抗爭意識。因為女真入主中原之後,漢學學風日漸空疏。一批文化人力主漢文化,而抵制異族的侵入,是形成 一種士者的風氣 的。明末清初,顧亭林、黃宗義、王夫之等具有民族氣節和改革社會意識的知識分子提倡實學,要以實際資料來研究改革社會,重振漢學。桐城派的前輩方以智,明亡以後,落髮為僧,隱居梧州;戴名世的哲學思想也影響了戴東原。從源頭上說:"顧炎武的精深博大,漢、宋兼綜,講學而不墮於空疏,考古並不流入破碎,他的詩文也豪邁經世,俶儻可觀。再加上黃宗義、王夫之等的綜貫經史、旁推百家,而學行相顧、亮節高風,這個頭可真開得好。名世、方苞同在江南,樓臺近水,豈有不染耳目、先得

---

① 《疏導和重釋:對五四新文化運動的歷史評價》(2009 年 4 月 23—25 在北京大學召開的"五四與中國現當代文學"國際學術討論會上的發言)。北京大學出版社 2014 年 1 月版第 189 頁。

皓月之理。"

第四、魏先生的著作肯定了桐城派文學的思想性和文學創新。

魏先生在"小史"首章論述戴名世,認為他的被"鞫實坐斬",是因為他"大逆不道"。清人入主後,漢人與之貌合神離,統治者和懷柔政策無效後即用"文字獄"殺人。戴名世在文章上才氣奔放,斂氣於骨,凌厲雄傑,反對摹擬。文章風格,流利清新,短小精悍。何曾保守?他的文章,一點也不古奧。

看他的散文,語言通俗流暢,清新優美,又何曾有半點"謬種"?如《遊大龍湫記》中寫"大龍湫,為天下第一奇觀。水自雁湖合諸溪澗,會成巨淵,淵深黑不可測。其側有石檻,中作凹,水從凹中瀉下,望之若懸布,隨風作態,遠近斜正,變幻不一:或如珠,或如球,如驟雨,如雲,如煙,如霧;或飄轉而中斷,或左右分散而落,或直下如注,或屈如婉蜒。下為深潭,觀者每立於潭外,相去數十步,水忽轉舞向人,灑衣裾間,皆沾濕。忽大注如雷,忽為風所遏,盤溪橫而不下。"(11頁)

魏先生的書中寫到方苞,提示他的身世清寒,自幼苦讀書。如自述"少誦書史,竊慕古豪傑賢人"。(《文集·與白玫玉書》)與他交往的朋友,多為豪傑之士。後進秀才,以教書為業,一度在河北涿州教書三年,後得鄉試第一。但試禮部又不第。到39歲才成進士第四名。因此,魏先生在書中稱"桐城派的創始人方苞",稱讚他的剛正不阿,"敢於為戴名世的《潛虛先生文集》作序,敢於揭發當時官吏之貪枉、監獄的黑暗,以及法律的嚴酷。此外,他還能夠接近李塨、劉言潔、王崑繩等畸行之士,與之往返討論學術,延攬劉大櫆、沈廷芳、劉兆符等為弟子,傳授義法,光大桐城,有始有卒,不愧為豪傑、文宗。"(20頁)

　　論及方苞的文章,魏先生說:"不管怎麼說,方苞畢竟是一位古文大家,有為有守、有物有序的桐城派創始人,這一點就是長於吹毛求疵的錢大昕也未能否認。因為我們只要打開《望溪文集》一看,便隨時可以發現純真古樸、發人深思的散文。特別是記言記事的傳、序、志、銘,以及哀辭、墓表之類都是遠學《左》《國》馬、班《史》《漢》,近規韓、歐、八家的。換句話說,就是饒有史法,裁道載志之作。"(37頁)

　　說到劉大櫆,他也是潦倒不得志之士,自康熙至乾隆數十年間應順天府試,兩中副榜,終不得舉。因有"客子無人惜,衣衫常垢汗。匏瓜無人食,終日繫門閭"之歎。這就注定了他"純樸真摯,吃透社會人情,而用筆自然,寓淒涼於素描之中,為情造文,面面屬屬,在桐城諸人中應居首席"。(47頁)他並不是方苞的入門弟子,而是在大櫆成學以後到了京師受到方苞揄揚的。方苞說,"劉生大櫆,不但精於時文,即詩古詞,眼中罕見其匹。為人開爽,不為非義",又說"及門劉生大櫆者,天資超越,所為古文顧能去離世俗蹊徑,而命實不猶"(46頁),他的為人也很孤傲,"我行我素,君子憂道不憂貧,冷暖自知,他人何有於我哉。此風範一立,遂為桐城作家定了學行的基調。"(49頁)他文章很有氣勢,"洋洋灑灑,一瀉千里","筆尖橫掃,力有千鈞"。大櫆論詩從聲音、節奏、音韻方面,能夠將《禮記·樂記》的理論融匯一體了:"夫詩成於音,音成於聲,聲成於言,言成於志。志平則音和,志哀則音促,志敬則音凝,志佚則音蕩,故聖人樂觀焉。夫然後奏之以金石,吹之以管笙。宮以宮倡,徵以徵合,高下疾徐,莫不中節,屈申俯仰,雜而成文。"(57頁)他強調詩的功用,也是有現實意義的詩論。他強調的也是詩的功用,他說"聖人制詩"是為了教化天下的。無論田野農夫、閨房婦女、鄉曲孩童,都能夠作"歌謠"以頌美譏失麼,於是,"刑罰之煩,賦斂之苛"皆有以"達隱、舒塞",而"忿憾、無聊、不平"之氣,也可以得到抒發、宣洩了。這樣的詩學,一點也沒有古奧怪誕的味道。①

　　我們紀念魏先生,應該懂得他的研究成果。所以上面的簡述雖然掛一漏萬,也是應該述說的文字。

　　(本文原載於《學海梯航》,河北大學出版社 2017 年版,作者為河北大學中文系教授)

---

　　① 　本節中括弧內的頁碼均見於魏際昌著《桐城古文學派小史》,河北教育出版社,1988 年 4 月第 1 版。

胡適的學生

詹福瑞

魏際昌先生面容清癯，華髮飄雪。攜機關槍子彈殼焊接的拐杖——我一直以為那是先生的道具，而非工具，步履矯健，何時走過校園，都是一道風景。

上大學時，傳聞魏先生做過傅作義的少將參議諮議，或曰少將參謀。然從所有魏先生的事蹟記載，均無實證。有的學生曾就此事問過魏先生，先生大笑，卻不置然否。魏先生到了老年，還寫申請書，以耄耋之年加入中國共產黨。老一輩學者，其實有著很深的政治情結。我想，至少他們希望融入這個社會，能夠被主流接受，更何況魏先生是胡適的學生。魏先生身板挺拔，行路生風。魏先生的手，冰涼幹硬，但卻有感染力。與人相見，先生必大步向前，寒暄，握手，左右搖晃著，握姿頗像接見外賓的總理周恩來，生動，有力，你不會想到他是八十或九十的老者。魏先生身上，的確有強烈的軍人氣質。

魏先生是河北撫寧人，他二十一歲考取吉林大學，後因"九一八"事變，吉林大學解散，轉入北京大學，所以魏先生說的是普通話。但細心的人會聽得出來，他的普通話中夾雜著冀東和東北的口音。魏先生說話用後嗓，聲音蒼厚，但頗響亮，尤其是魏先生的笑，豪放而有感染力。

中文系舊時，有春節給老師拜年之習。魏先生家在南院七號樓四單元 101 室，與雷石榆先生住對面，每次拜年，多是先去 101，再去 102。

但也有例外,有時一進樓道,聽到魏先生屋裏發出的笑聲,就知道他那裏有人了,於是向右敲開雷先生的門,先給雷先生作揖。這是我們學古典的例兒,外國文學的老師正好反向而行,先 102,再去 101,給雷先生兩口拜了年,再去魏先生家。八十年代的中文系,充滿了濃濃的親情。

中國的大學,從上世紀五十年代到今天,都在折騰中。五十年代院系調整,七十年代停辦、再招工農兵學員,恢復高考,八九十年代院校合併,繼之又是 211,又是 985,幾乎沒有幾天消停。河北大學就是折騰的犧牲品。河北大學一九六九年從天津遷到保定,一大批教師留在了天津,留下的教師可辦另一所大學,只有少數人隨校到了保定,著名教授中就有魏先生和雷先生。魏先生有一子,但無論在天津還是保定,我卻從未見過。平時家中只有魏先生和師母,後來有孫女海(彩)霞在外文系讀書,與他們同住,戴著一副眼鏡,文文靜靜的,很有教養。師母于月萍,傳為東北大戶人家小姐,看上了在吉大讀書的窮學生。于先生說話,給人的印象尖酸刻薄,有小姐的味道,其實是愛說真話而已。她是歷史系教授,教授中國書籍史,帶書籍史研究生,寫有《中國書籍史》教材,可惜只有油印本,未見出版。魏先生去世後,留下一大批書,其中不乏明清善本。有北京書商上門商購,家人頗猶豫。于先生說了一句話:“書有什麼用!”一兩萬元,書就易手他人。此為傳說,我一直半信半疑。于先生是治書籍史的專家,理解書的價值,恐怕無人能出其右,她怎麼就會輕易打發掉魏先生和她一生的收藏?所以我相信,于先生果真說了此話,這句話中,一定包含了她和魏先生藏書與教書的萬般悲辛。

魏先生是胡適在北大的研究生。一九一七年,蔡元培在北京大學設立文、理、法三科研究所,培養研究生。一九三二年六月,北京大學實行學院制,設文、理、法三個學院,胡適任文學院院長。魏先生一九三四年畢業,同年考入北京大學研究院中文系,攻讀中國古代文學碩士學位,受業於胡適等人,一九三七年畢業並取得碩士學位,魏先生的學問可謂淵源有自。但是,胡適是洋博士,中外兼通,而在我看來,魏先生雖然講課喜歡說幾句英語單詞,但他老人家的功力,當在舊學。但是五十年代,魏先生被打為"右派"分子,從此離開教學崗位。社會既剝奪了他的教學權利,也鉗制了他的言論自由,遭遇之坎坷,忍受之痛苦,非"書有什麼用"不能道出。

　　一九七九年,中文系辦助教進修班,我與韓成武、劉玉凱等老師到天津從詹鍈、韓文佑、魏際昌、胡人龍等先生學習。此前,魏先生已經賦閒多年。說閒置,也不盡然。實際情況是,魏先生被打成"右派",即離開教壇,被貶到資料室作資料員了。魏先生失去的還僅僅是學術生命,有的學者失去的則是生命,甚至他們畢生追求的名山事業!裴學海先生是著名語言學家,所著《古文虛字集成》影響甚大。一九四九年前,裴先生教中學。他生活極簡樸,所掙工資攢起來,在老家灤縣買地。所以到土改時,定為富農成分。五類分子中,裴先生至少佔了兩類——富農和反動學術權威,"文革"時的命運可想而知,日日戴高帽,挨批門,家也被抄,半生心血著就的手稿《古文虛字集成》的姊妹篇被人掠走。裴先生被逼上絕路,跳樓自殺。而他的手稿,至今下落不明。比起裴先生,魏先生還算"幸運"的。

　　詹鍈和胡人龍先生在馬場道河北大學舊址和平樓五樓教室上課,韓文佑和魏際昌先生則因年歲身體原因,在河北大學另外老校址西湖村家中上課。魏先生講《莊子》,每周一次。總是早上坐公交車,從馬場道到八里臺下車,再步行到西湖村。此時,魏先生早就備好香茶等候我們了。我當時聽慣了老師課堂講課的套路,思想內容、藝術特點一套一套地分析下來,覺得那才是現代的教學。對先生一篇一篇串講、一字一字求義的講法有些不習慣,頗感陳舊,甚至腹非他有些食古不化。但是當我真正接觸舊學，自己從事研究時，才感到魏先生的教學是多麼管用，而自己當時的想法是多麼淺薄可笑。詹鍈先生講《文心雕龍》，也是此種講法，一篇一篇講解。因為他當時正撰寫《〈文心雕龍〉義證》，所以常常會加入時人研究的新信息，研究的色調更強。但基本的路數，仍舊是傳統的訓詁的一套。由此我也想到，我們現在的教學，追求科學體系，強調以論帶史，與老輩學者用訓詁疏通文義的教學相比，對於學生的傳統文化訓練，哪一個更有效？其實真的難說，未必老輩學者的方法就一定落後。

聽老先生講課，除了受學，還有他們的飽學對學生的感染。魏先生講《莊子》，每一篇都可記誦，令人欽佩他於舊學的童子功。他講《莊子》，亦不借注釋，端一本白文，就可娓娓道來，這功夫亦非今人所及。魏先生說，不學《莊子》，就不懂半部中國文化，此話至今記憶如新。二〇一〇年，我用一年的時間讀《莊子》，手抄郭象《莊子注》，滿滿三本，也算勉強完成了老師三十年前佈置的作業。

恢復研究生制度後，魏先生與詹鍈、韓文佑、胡人龍先生開始合帶研究生。其後，幾位導師單獨帶研究生。魏先生培養了李金善、方勇、孫興民等研究生。魏先生的研究，在他七十歲以後，也達到了一個高峰，出版了《桐城派小史》，這是中國第一部研究桐城派歷史的著作。

魏先生晚年雙目幾乎失明，但還常常取出書架上的線裝書，坐在書桌前，一頁一頁地翻著，撫摸著，度過一天，在牆間映上老人家孤獨的身影。

（本文選自詹福瑞《俯仰流年》，生活·讀書·新知三聯書店2017年版。作者先後為河北大學中文系教授、國家圖書館館長）

反正都在地球上

——小記魏際昌先生

崔自默

崔自默與魏際昌教授(1999 年 1 月 14 日,河北大學,魏宅)

翻檢檔案袋,忽然發現與魏際昌先生的幾張照片。

那是 1999 年 1 月 14 日,我到保定。書家吳占良兄陪我,遊完蓮池書院,他說,河北大學有一個老先生,叫魏際昌,是胡適的研究生,很值得一拜訪。於是,我們去了。

魏老先生已經是繁華落盡,一派淡泊的景象。

老先生戴一個灰色的毛線小帽子,坐在裝滿書的書架下,靠著窗戶,曬太陽。眼睛眯著像張中行,身形清瘦像周汝昌。

魏老的房子不算大,書房也不算大。他的聽力已經不太好,說話時只能靠近他的耳朵。

占良兄因為時常過來,對情況瞭解,就充當翻譯和"導遊"。他從書架上取書給我,有明版的、清版的,都很珍貴了。魏老有很多藏書,其中有幾本李鴻章朱批的明嘉靖版白文《史記》,我拿著照了相,以作紀念,隨後告辭。

日子繼續飛速地過去。

一次與占良兄見面,他說魏老有很多手稿沒有整理出版過,看有機會可以為老先生出版一個全編,很有價值。不久,我與時任河北教育出版社社長的王亞民先生見面,提到此事,他欣然同意。我曾經為王社長推薦過王朝聞和周汝昌等老先生的全集,他是一個真正愛書的文化人、出版家。我把消息告訴占良兄,他也很高興,說魏夫人說了,出版後可以把所有藏書捐贈給出版社以作紀念。

日子繼續飛速地過去。

那年年底,忽然有一天,占良兄來電話,低沉地說:"魏老走了。"

一個時代的大學者,就這樣悄然地離去,很多人不知道。

但是魏老先生有一些收藏,行裏卻不知道。占良兄曾經告訴我,魏老除了藏書,還有些藏畫,他見過其中一張,是明代陳白陽的水墨芭蕉,白陽與徐青藤齊名。占良遺憾地告訴我,當初魏夫人有出售之意,他覺得既然是晚輩,不應掠人之美,更不好意思開口談價錢收藏,結果被別人好意思廉價收購了。於是我問到那些藏書,他說,老先生去世後不多天,北京一家古舊書店來人,幾萬塊錢一車,拉走了,人家已經盯了好幾年了。我說那書應該值不少錢的，他說他問了魏夫人，她很淡然，說：「放哪都一樣，都沒用。」

「放哪都一樣，都沒用。」——就這簡短的話語，道盡人間學問！這話略顯辛酸與消極麼？不是，那是絕對的超脫與放達，假如不曾歷盡繁華與滄桑，何以堪？

此後，我受了這話的啟發與影響，遇到什麼東西的得與失，我會說：「沒什麼，反正都在地球上。」

我生非才，如果說還有一點閱歷和悟性的話，是得益於很多這樣的老先生。隻言片語，卻都是人生問學的精華與滴瀝，我感激他們。

我在「百度」上搜索「魏際昌」，有 457 個網頁，不算多；或許也不會再有人去研究他，奈何。

魏際昌（1908—1999），字紫庵，河北撫寧縣人。1929 年考取吉林大學中文系，「九一八」事變時吉林大學被迫解散，轉入北京大學中文系，1934 年畢業。同年考入北京大學研究院中文系，攻讀中國古代文學碩士學位，受業於胡適等人，1937 年畢業並取得碩士學位。「七七事變」後，任湖南省教育廳第一民眾教育館館長，1941 年任湖南省第八中學校長，1942 年任廣東女子文理大學教授。抗日戰爭勝利後，任吉林省教育廳主任秘書，不久到東北大學任教授。1949 年進入華北大學政治研究所學習，一年後到西北大學中文系任教授，1952 年來天津師範學院（河北大學前身）中文系任教授，新時期以來任中國古代文學碩士生導師。魏際昌教授，十幾年來堅持在教學科研第一線，積極培養研究生，教書育人，桃李滿天下。他的學生都已成為各個部門的業務骨幹，有的已成為國內知名專家，他為中文系建設做出了重大貢獻。他一生從事中國古代文學研究，撰寫了不少學術論著，主要有專著《桐城古文派小史》。此外，他參加籌建了屈原學會、河北省燕趙詩詞學會、保定市詩詞楹聯學會等學術團體，曾兼任屈原學會副會長。

崔自默與魏際昌教授(1999 年 1 月 14 日,河北大學,魏宅)

崔自默欣賞魏際昌教授收藏的李鴻章朱批白文《史記》(1999 年 1 月 14 日,河北大學,魏宅)

崔自默與魏際昌教授夫婦(1999 年 1 月 14 日,河北大學,魏宅)

魏際昌先生的諸子學研究

劉思禾

魏際昌,出身貧寒之家,幼年受祖父教育,遂有讀書之志。1932 年考入國立北京大學中國文學系,1935 年考入國立北京大學研究院中國文學部,師從胡適研究中國古代文學。"七七"事件爆發後,魏際昌和大部分青年學生一樣,輾轉於南京、湖南、廣東、重慶,以教書辦學為業。建國後歷任西北大學、天津師範學院、河北大學教授,承前啟後,在文教事業上做出很多貢獻。魏際昌先生研究領域廣闊,涉及古代文學史、訓詁學、先秦思想等。本文擬從其先秦散文、先秦諸子研究出發,討論其諸子學研究的成績,梳理其獨特的思路與方法,以及其對於當代諸子學研究的啟示。

一、文學史、文史之學與諸子學研究

瞭解魏際昌的諸子學研究,需要從近代以來中國現代學術的轉型談起。在此進程中,諸子學研究的方式經歷了一番轉換,尤其以現代學科的諸子學研究為進路。就魏際昌的諸子學研究而言,主要涉及中國文學史學科的建構。

自 1904 年北京大學林傳甲寫作《中國文學史》以來,中國文學史已經成為現代學術的重要內容,經過近一百多年的努力,文學史已經成為一門成熟的獨立學科,在高等教育體制之中作為敘述中國古代文化的重要形式。① 文學史作為學術範式,無疑是現代性的產物,其深受西方學科體系的影響,具有轉化和改造傳統敘事的意義。中國文學史的發生和發展,是和中國現代的學科體制的建立直接相關聯的。1913年初,中華民國教育部公佈《大學令》《大學規程》,對大學所設置的學科及其門類作了原則性規定,共分為文科、理科、法科、商科、醫科、農科、工科等七科,其中文科分為哲學、文學、歷史學和地理學四門②。在這種學術體制之中,學科是相對獨立系統化的科學知識體系,是大學的組織細胞。諸子學如同經學一樣,在現代學制中失去了名分。在人文學科中,哲學系中的中國哲學史學科與諸子學的學科化關係最為密切,中文系的先秦散文史、歷史系的先秦思想史也和諸子學相關③。1914年北京大學設立哲學門,1919年改為哲學系,同年胡適的《中國哲學史大綱》出版。胡適此書的意義在於把諸子學帶入新階段,賦予諸子學傳統一種現代的學術形態。從此諸子學以及佛學、理學傳統都進入了哲學史論述之中,諸子學獲得了現代論述形態,這就是諸子學的學科化。

　　與此同時,在中文系的學科發展之中,諸子學同樣作為學科的對象進入文學史的敘述之中,諸子的思想和文章作為古代散文加以研

---

① 參袁行霈《關於中國文學史學科百年的幾點看法》,《中國文學史學科百年學術研討會》,2012年12月。

② 參左玉河《從四部之學到七科之學——學術分科與近代中國知識系統之建立》,上海書店,2004年。

③ 我們估計,從研究的成果來看,哲學史學科體量最大,文學史次之,思想史又次之。諸子學的學科化主要體現在中國哲學史的學科化之路上。學術界對於諸子學研究的反省也多建立在對哲學研究之上,討論諸子學與哲學史的異同問題。我們認為,中國古代文學對於諸子學研究也需要重視,諸子學的若干重要研究問題應該與文學史研究結合起來。在出土文獻熱烈研究的推動之下,諸子的文體問題、文本形成問題、傳播問題,都可以在古代文學研究基礎上深入研究。

究,因而同樣的一個諸子學傳統,分別成為現代學科的處理對象,這是從來沒有過的現象。在胡適同時代,以傳統形態進行的諸子學研究雖然還有很多,不過已經無法在大學體制中容身①。諸子學原有的學術形態已然成為缺乏制度支撐的邊緣性學問了,而由現代學制的學科代替。從此諸子學主要進入了學科化形態,這是理解現代諸子學研究的關鍵。文史哲分科是傳統學術"轉化之學"（左玉河語）的結果,諸子學不僅是哲學史的研究對象,也是中國文學史的研究對象,表現為先秦散文研究。魏際昌的研究,體現了這一思路。由於魏際昌是胡適的弟子,他的研究與胡適的研究顯示出演進的特質,因而具有獨特的個案意義。

魏際昌接受教育的時代,現代學科體系出於草創期間,無論是中國哲學史還是論中國文學史,其老師一輩都在篳路藍縷地工作。魏際昌本科受教育於北京大學中國文學系,著有《袁中郎評傳》《唐六如評傳》。碩士就讀於北京大學研究院,碩士論文為《桐城派小史》②。魏

---

① 民國有陳柱、胡耐安、羅焌等學者在大學教授諸子學,也有很多稱作《諸子學》的著作,參王強主編《近代諸子學文獻叢刊》,四川大學出版社,2016年。不過這些都不是學科內的法定內容,而是對文史哲分科的補充。何況他們的影響遠沒有中國哲學史、文學史影響大。關於民國時代諸子學研究的情況,可參陳志平教授《諸子學的現代轉型——民國諸子學的啟示》,《"新子學"論集》,學苑出版社,2014年。又,張京華教授給江瑔《讀子卮言》所作的序,華東師範大學出版社,2000年。

② 據魏際昌在華研所所作《自傳》（手稿）:"可是我還是考入了北大研究院,來繼續我的文學研究（《袁中郎評傳》《桐城古文學派小史》便是我這一時期的作品）。"天津師院《自傳》中載:"做研究生時的指導教師就是胡適。他給我選定了《桐城古文學派小史》作為論文的題目。二年之間（三五年秋至三七年秋）,也曾跟閻崇璩、朱大長、徐芳等同學一起在他家裏開過幾次座談會。記得每次都有茶點招待,可以看出來他對學生的態度。但是坦白地說,當時我是很崇拜他的,不只聽他的文學史、哲學史的課。"

際昌工作之後,一直在各個大學中文系工作,他積極投入到中國文學史的學科建設之中,故而其學術研究有明顯的中文學科特徵。魏際昌解放後在各大學講授過"蘇聯文學""現代中國名著選讀""中國新文學史"等課程,著有《蘇聯文學講稿》《現代中國名著選讀講稿》《中國新文學史講稿》,編寫參考資料《李白評傳》《陶淵明的思想》等。魏際昌專於中國古代散文、詩歌和訓詁研究,在屈賦、漢魏六朝賦、先秦兩漢散文、明清散文、兩漢訓詁學領域都有卓越的研究①。

對於諸子學研究,魏際昌有很深的淵源,他早年在大學講授《諸子學》《諸子概論》,有《孔門弟子學行考》《孔子的教育思想》等論文,其後有《先秦散文研究》、先秦諸子研究、漢魏諸子研究等著作。魏際昌的諸子學研究是胡適研究的自然延伸,只不過,在現代學科體制之下,諸子學在哲學系成為哲學史研究的對象,在中文系中對應的是先秦兩漢散文史研究。魏際昌的諸子學研究就是在中文系中以先秦兩漢散文史、訓詁學史的模式下完成的,這是學科化的自然結果。在其1955年所著的《中國古典文學講稿》中②,先秦散文是先秦部分的第五編,其他四編分別是:第一編　緒論;第二編　神話傳說(原始社會的文學);第三編　《詩經》(西周——春秋初期古典文學之一)——中國最早的一部詩歌總集;第四編　楚辭(春秋—戰國初期古典文學之二)——繼《詩》而起的南方文學。此外四編則是漢代及魏晉南北朝文學。可見諸子學是作為先秦散文出現在文學史的敘述中的。而在1981年所著的《先秦散文研究》中,魏際昌把先秦散文作為專門的研

---

① 　按:本文所引魏際昌材料,除特別說明者之外,均為手稿。

② 　魏際昌《中國古典文學講稿》,天津師範學院教務處文印科印製,1955年。

究對象,基本内容包括:讀書必先識字,孔子所說的"正名"文;文學,文章,文獻,文史的釋義;版本,目録,箋注,訓詁,今古文之爭;戰國諸子中的文字訓詁舉例;《三百篇》與"毛傳";周公和《周書》;劉歆推崇"古文經"的原因;許氏《說文》;作為語録問答體的《論孟》;《公孫僑大傳及其年譜》等。以先秦散文的訓詁為中心,廣及各種先秦文學課題,諸子散文是其中的重要部分。

和胡適一代人不同,魏際昌並没有經子之分的觀念,他是在現代學科的意義上思考問題的:"詩說《三百》尊毛傳,文重先秦愛老莊。"(《暑期古代文學講習會開課誌喜》)他的《中國古典文學講稿》把《詩經》視作古代文學作品,而對待先秦諸子則作為文學作品,他的研究顯示了諸子學研究在學科化道路上的深入,獨立的諸子學的觀念已經没有了,相應的,也自然没有了經學的觀念,經學諸種經典分別列入不同的學科,諸子學在不同的學科中分別以不同的專業觀念、專業方法加以處理,這是那個時代的學術常態。

不過,魏際昌的研究並不是狹隘的中國文學史研究,他一直以文史之學看待自己的研究,並且自覺匯通文史:

> 也許會有人說:《尚書》《周官》,史料史論,這是史學上事,我們是搞文學的,管它作甚? 殊不知"文猶質也,質猶文也"(《論語·顏淵》),無本不立,無文不行。何況具體到先秦的典籍而言,都有它的作為"史書"的性質呢。(《先秦散文研究》)

這裏所說的史不僅是史學之意,也是思想史之意。魏際昌受章學誠的影響較深,章氏在其所著《文史通義》中即以文章學與史學相統合的方式看待古代傳統。故而魏際昌特別強調文章、文史的相關性,他在《先秦散文研究》中談到"文、文學、文章、文獻、文史"的關係，以為："文史文采，引申為文字書籍，又成為古代遺文《詩》《書》的同義詞。文學也是《詩》《書》六藝的代稱。文章蓋指文辭而言，亦有文采之義。古代文章，不專在竹帛諷誦之間，還有典章文物禮樂書數之義，即以文章為政治文化之殊稱。文獻自其作為資料而言與文章或文學差不多，文獻含有文、人二義，除了書面的文字，還有賢人才士。"這樣，散文就不僅僅是文章的研究，不僅僅是文學的研究，而是和古代的思想文化制度相關的文史之學。魏際昌在進行先秦散文史研究時，就是這個思路，因為他的研究不是單純的純文學的做法。特別是在研究先秦散文的時候，由於涉及的對象是諸子學，魏際昌的散文研究也不免滲透了思想史研究的意味，這也是需要特別注意的。

魏際昌的諸子學論著包括《先秦散文史》《論孟研究》《法家論叢》《先秦諸子的名學問題》以及漢魏諸子研究等。其中，像《先秦諸子的名學問題》很明顯是繼承和修正胡適的諸子學研究，在學科化的路向上更為深化。從諸子學的現代轉型來看，魏際昌的諸子研究最重要的意義在於顯示了學科化道路上的諸子學研究，特別是中文學科對於諸子學研究的轉化意義。

二、諸子學淵源與諸子文體之發展

在有關諸子學的基本看法中，諸子學的淵源問題是一個討論熱烈的問題。自胡適提出"諸子不出王官說"，民國以來的學者對於此問題有很多討論。"諸子出於王官說"原本出於《漢書·藝文志》，以諸子各家出於王官為說，其說當本於劉向、劉歆父子之說，遠源則可追溯到《莊子·天下》。自漢代以降，歷代學者對於諸子學之起源，莫不以

《漢志》說為定論。近代以來，章太炎作《諸子學略說》，雖然歸孔子於儒家，仍持"諸子出於王官說"。1917 年，還在美國留學的胡適撰《諸子不出於王官論》，對"諸子出於王官說"提出異議，以為全為漢儒之謬說。其後梁啟超、柳詒徵、繆鳳林等人，對胡適予以批評，並重申"諸子出於王官說"。馮友蘭則提出"諸子出於職業說"，各家之說法不同，對於諸子學與王官學之間的關係各有看法。

魏際昌對此問題也有自己的理解。和胡適、馮友蘭等前代學者不同，魏際昌由於更傾向於從諸子文本原有脈絡來分析諸子學，其對於胡適的"諸子不出王官說"的說法則從《漢志》及章學誠之說，而不認同胡適之說：

六經如此，諸子也不例外，因為後者的"文""理"不過是前者的派生和演變。《漢書·藝文志》道："諸子十家，其可觀者九家而已。皆起於王道既微，諸侯力政，時君世主，好惡殊方，是以九家之術，蜂出並作，各引一端，崇其所善，以此馳說，取合諸侯，其言雖殊，譬猶水火，相滅亦相生也。《易》曰：'天下同歸而殊塗，一致而百慮。'今異家者各推所長，窮知究慮以明其指，雖有蔽短，合其要歸，亦六經之支與流裔。"按東周以前並無私人著述之事，只有"官師"執掌著典章制度。《說文》："官，吏事君也，從宀從㠯，㠯猶眾也。此與師同意。"《廣雅·釋詁》："師，官也。"這是因為古者政教不分，官師合一，故二者異名而同訓，也就是《曲禮》所說的"宦學事師"。大道不行，師儒立教。《周禮·天官》："師以賢得民，儒以道得民。"(儒有六藝以教民眾。)就是它的歷史情況。至於諸子之文源出"六藝"，則章學誠分析得最為詳盡："道體無所不該，六藝足以盡之。諸子之為書，其持之有故而言之成理

者,必有得於道體之一端,而後乃能恣肆其說以成一家之言也。"(《先秦散文研究》)

章學誠在先秦文學發展上最重要的論斷是"至戰國而後世文體備"的講法:"蓋至戰國而文章之變盡,至戰國而著述之事專,至戰國而後世之文體備。故論文於戰國,而升降盛衰之故可知也。"(《文史通義·詩教上》)魏際昌據章學誠說,以為老子說本"陰陽",申韓"刑名"本於《春秋》教,縱橫學派出於《詩》教,而引其說曰:"九流之學,承官曲於六典,雖或原於《書》《易》《春秋》,其質多本於《禮》教,為其體之有所該也。及其出而用世,必兼縱橫,所以文其質也。古之文質合於一,至戰國而各具之質;當其用也,必兼縱橫,所以文其質也。"(《先秦散文研究》引《文史通義·詩教》)

當然,魏際昌在肯定章學誠之說的同時,也指出其文弊說的不足,而肯定諸子文體發展的正面意義:

對於繼承兩周"六經"的文字來講,戰國諸子散文的發展,乃是一種"青出於藍而勝於藍"的發揚光大的歷史現象,當然不能說是"文弊"。因為,"文"之與"質"不過是強為之分的,如同後來所謂的"辭章"和"義理"一樣,"文以載道"麼。還是那句老話頭:"言之不文,行之不遠。"內容決定形式,一個事物的兩方面,怎麼可以強調半邊呢?(《先秦散文研究》)

對於諸子起源的問題,魏際昌所以重新回到章學誠的立場,而未取胡適之說,如果拋開政治的因素,其最主要的原因很可能在於一種文體分析的視角,即所謂諸子之文源出"六藝"。

　　從文體發展的角度來看,諸子散文與《詩》《書》六藝之間的連續性應該得到充分肯定。在論說諸子和王官學的關係時,魏際昌特別注意到諸子文體發展與早期經典之間的連續性關係。他認為,文猶史也,史猶文也,無本不立,無文不行。何況具體到先秦的典籍而言,都有它的作為"史書"的性質呢。特別是像記載史事的《書》,備陳典章制度的《禮》,以及本身即係"史記"的《春秋·左氏傳》等等,都可以說是文、史難分的,因而"六經皆史也"(章學誠《文史通義》)的話,確實站得住了。(《先秦散文研究》)在這種理解下,魏際昌從胡適的立場回到章學誠的立場,實際上有學科化造就的特定視角轉換的影響。

　　現代學術界討論諸子與王官學關係的問題,至胡適發其端,引起學術界巨大討論,至今不息①。胡適批判《漢書·藝文志》舊說,對於劉向、劉歆、班固、章學誠、章太炎等人的九流出於六藝說不以為然。魏際昌則頗信服章氏之說,從文體發展的視角看待諸子源起問題,其態度可以視作是對胡適新說的一個否定。魏際昌重視古典文本內部的連續性,這是他研究諸子散文的一個基本特點。我們看魏際昌的《先秦諸子的名學問題》,也能得到類似的結論。

　　當然,諸子起源是一個完整的問題,從文體角度來分析諸子與六藝的關係,不能完全解決此問題,只是對於先秦文體演變的一個解答。而章學誠所謂諸子之文盡出六藝,也只看到二者之間的連續性,而沒看到二者之前的發展。如完整的論辯性文體(如墨子之十論、莊子之內七篇、荀子之論辯文等),在六藝中是很難看到的,其他如書信體、奏

---

　　① 　諸子與王官學關係的討論,可參馬榮良《關於諸子是否出於王官的論爭——一段學術史的考察》,華東師範大學碩士論文,2003 年。當代學者的最新討論,可參李若暉《諸子出於王官學評議——春秋時期世官制度之崩頹與諸子興起》,傳統中國研究國際學術討論會,2007 年。

議體的諸子文章,也很難找到源頭。在出土文獻異常豐富的當代,《詩》《書》六藝文體的演變,以及其與諸子文體之間的關係,仍然需要進一步研究①。此問題可以說是古代文學學科視角下的諸子學問題,有非常重要的學術史價值。魏際昌的研究對於深入瞭解諸子學傳統,彌補哲學學科研究的不足,有非常重要的借鑒意義。

三、對於先秦名學研究的發展

《先秦諸子的名學問題》是魏際昌用力頗深的一篇論文,遍論先秦諸家之名學,是一篇專門研究諸子名學思想的著作。魏際昌此文是對於胡適先秦名學研究的繼承和發展,胡適在哥倫比亞大學所作的博士論文為《先秦名學史》,以歐洲近代的哲學方法為例,反省宋明理學家的思想方法之爭:

> 我回顧九百年來的中國哲學史,不能不深感哲學的發展受到邏輯方法的制約影響。最重要的事實是在這長期的爭論中,哲學家在找尋方法中已發現了提供某種方法或看來是某種方法(而沒有論及其細緻用法)的輪廓的一篇短文,這就使得哲學家們能對他們所能設想的任何程式作出解釋。②

顯然,胡適是在西方近代的思維背景之下思考先秦名學問題的,在胡適的語境下,名學即邏輯方法,即哲學。而這些預設在魏際昌的

---

① 曹景年《海昏侯墓新出文獻與漢代"經傳合編"問題》,《管子學刊》,2021 年 1 期。

② 《先秦名學史》,載《胡適全集》第 5 卷,P8,安徽教育出版社,2003 年。

研究中都沒有成為不言自明的前提。

魏際昌對於先秦名學的看法與胡適之說頗有不同,其對名學的理解大幅靠近中國傳統的訓詁學傳統,此可見魏際昌諸子研究的基本特徵。在解釋何為名學時,魏際昌認為:

> 什麼叫做"名學"?可以說就是"字學",也就是"訓詁學"。這種學問惟獨我們中國才有,而且起源極早。遠在先秦時代孔仲尼那裏(公元前 5 世紀左右)已經很講求了。(《先秦諸子的名學問題》)

> 總結起來,可以說:正名就是認字,詁訓所以通經。無論從字形的結構,辭章的推敲,以及義理的建立等任何方面講,孔子都是承前啟後繼往開來,托古改制自我千秋的先行者。(同上)

乍一看,今天的我們不由得很吃驚,名學何以是訓詁學?晚清民初新學建立,乾嘉之風漸遠,名學早就以邏輯學的方式進行研究,如魏際昌之師胡適的《先秦名學史》就是研究名學或邏輯的名著①,名學與訓詁之間固然有一定的關聯,但是從現代學科的眼光來看,二者之間的學科屬性應是絕然不同的。不過細看,我們發現魏際昌的思路頗有意味。魏際昌用訓詁來解說名學,他的先秦諸子名學研究是先秦諸子的訓詁學研究,這與胡適的思路是不同的,可說是在中文系訓練下的研

---

① 胡適在《中國古代哲學史·臺北版自序》中說:"我這本書的特別立場是要抓住每一個哲人或者學派的'名學方法'(邏輯方法,即是知識思考的方法),認為這是哲學史的中心問題。"雖然胡適也多次引用清人的研究成果,也大講辨偽和訓詁,但是其核心的方向卻是邏輯。

究。不過,此篇並非只講訓詁,也講到諸子的邏輯思想,這和胡適就很接近了。如果我們再細讀,能看出訓詁與邏輯相結合的努力,這是魏際昌在研究方法上對胡適的一種自覺修正。

《先秦諸子的名學問題》以孔子、墨子、孟子、荀子、老子、莊子、韓非子、尹文子為例,分別解說各子的名學。其在解說孔子時,談到孔子的倫理思想、道德思想、政治思想、軍事思想、教育思想。在解說道德思想時,以仁為關鍵,兼論仁禮關係,其中就以訓詁為方法:

> 孔子最主要的道德規範乃是"愛人""泛愛眾"的"仁"(語見《論語》的《顏淵》《學而》。泛,普遍的意思。眾,多也,三人為眾。仁,二人,相人偶也。從字形上就反映著,在社會之中,不只有己還有別人,彼此依存,是應該互相關懷的)。僅就《論語》而言,談到"仁"的地方多至五十八條,其字凡一百五見。所以,我們才說,它是孔子人生哲學的中心思想。(《先秦諸子的名學問題》)

魏際昌在講解墨子時,認為墨子有文字訓詁的"名學",和等於"認識論"的"三表法",這在方法上就是訓詁與邏輯兼說。他羅列了墨子及後學對故、體、知、材、慮、止、必、仁、行、義、禮、忠、孝、信、平、同、中、方、日中、景、纑、次等的解說,由訓詁而論邏輯,一一加以分析。又以牛馬為例詳細分析了類的意義:

> 以牛有齒,馬有尾,說牛之非馬也,不可(因為在這一生物形象上兩者並無差異),是俱有(蓋牛有下齒、馬有後齒也。《公孫龍子·同變》篇謂牛無尾者,以其有尾而短耳,非實無尾也),不偏有,偏有無。曰:牛(補字)之與馬不類,用牛有

角(這才是最顯著的差異),馬無角,是類不同也。若舉牛有角,馬無角,以是為類之不同也,是狂舉也。(孫云:"《公孫龍子》亦有'正舉''狂舉'之文,以意求之,蓋以舉之當者為正,不當者為狂。此書《經說》通例,凡是者曰正、曰當,非者曰狂、曰亂、曰誖,義與公孫龍略同。此疑當作'以是為類之同也,是狂舉也'。今本上文而衍一不字,則不得為狂舉矣。")猶牛有齒,馬有尾,或不非牛而非牛也,可。(此言有齒之獸與牛相類,或不得謂非牛,而實非牛也),則或非牛或牛而牛也,可(疑當作"則或非牛而牛也,可",言或有非牛而與牛相類,則亦可謂之牛也,可)。故曰"牛馬非牛也",未可。(此言兼舉牛馬,則不得謂非牛。猶《公孫龍子》云:"羊言牛非馬。"張惠言:"曰牛馬,豈得非牛?")"牛馬,牛也",未可。(此亦兼舉牛馬,既兼有馬,則又不可竟謂是牛。張曰:"曰牛馬,豈得謂牛?")則或可或不可,而曰"牛馬牛也,未可",亦不可。(言可不可兩說未定,竟指謂牛馬之為牛者未可,亦非也。張云:"有可者,今但言未可,是亦不可。三皆不辨其兼,故不可。")且牛不二,馬不二,而牛馬二。(前云:"數牛、數馬,則牛馬二;數牛馬,則牛馬一。")則牛不非牛(張云:"專牛則牛。"),馬不非馬(張云:"專馬則馬。"),而牛馬非牛非馬,無難。(張云:"兼牛馬,則非牛非馬,是則無可難矣。")(《先秦諸子的名學問題》)

此節專分析墨家之牛馬之類說,以為牛與馬不同類,牛馬之稱牛馬,則非牛非馬,魏際昌據此認為:

它這裏雖在反復地玩弄著"是"和"非"、"可"或"不可"

加上"牛""馬"這倆個名詞之後的種種不同的解釋,但卻一點兒也不違背肯定與否定的規格,實事求是的合乎語法的"判斷",是什麼就是什麼,完全沒有"詭辯""臆斷"的情況。(《先秦諸子的名學問題》)

這是對墨子訓詁和邏輯的肯定。

其後魏際昌在《先秦諸子的名學問題》中分析了先秦諸子其他人物的名學思想,同樣重視訓詁,在論及孟子時,舉出各種案例,說明孟子深通訓詁,如孟子之訓仁:

仁也者,人也。(《孟子·盡心下》)

仁,人之安宅也。(同上,《離婁》)

君子以仁存心,仁者愛人,愛人者,人恒愛之。(同上)

愛人不親,反其仁。(同上)

為天下得人者,謂之仁。(同上,《滕文公》)

親親而仁民,仁民而愛物。(同上,《盡心》)

人皆有所忍,達之於其所忍,仁也。(同上)

又如指出孟子訓詁之它例:

庠者,養也。校者,教也。序者,射也。(《孟子·滕文公》)

徹者,徹也。助者,藉也。(同上)

巡狩者,巡所狩也。述職者,述所職也。(同上,《梁惠王》)

征之為言正也,各欲正己也。(同上,《盡心》)

55

從獸無厭謂之荒,樂酒無厭謂之亡。先王無流連之樂,
荒亡之行。(同上,《梁惠王》)。

這種對孟子名學分析,實際上就是對孟子訓詁學的分析。不過,
魏際昌認為,孟子對於"名學"的最大貢獻,乃是他的"知言",曉得如
何務實,從發言立說之中,解決實際問題。就是既騰之於口,也筆之於
書,如:"正人心,息邪說,距詖行,放淫辭"(《孟子‧滕文公》)之類
即是。

對於荀子的名學,魏際昌認為,荀子不只發展了孔子的"正名"思
想,寫就了專論名學的《正名篇》,而且根據"名"(語言文字的符號)必
須反應"實"(客觀存在的事物)的道理,提出了一整套有關邏輯的學
問。魏際昌對於荀子名學的分析非常細緻:

到了荀卿,已經初步地懂得了心理學上由外部的刺激而
引起了神經反應的道理了。至於"名"的本身,則他認為"有
循於舊名,有作於新名"(《荀子‧正名》),才是它的繼承發
展的規律。時有古今,新陳代謝,萬事萬物莫不皆然。而"制
名"之要,卻在於:

①"同則同之,異則異之":同類則同名,異類則異名。
如馬類為馬,牛類為牛,不可混同即是。

②"單足以喻則單,單不足以喻則兼":單,物之單名;
兼,復名也。喻,曉,表義。如馬呼為馬是不錯的,若帶有毛
色,皆須加上形容詞呼為"白馬"、"紅馬"者是。

③"單與兼無所相避則共,雖共,不為害矣":謂單名復
名有不可相避者,則雖共同其名亦無害。如萬馬可以同名,
白馬、紅馬亦然。

④ "共則有共,至於無共然後止":言自同至於異也。起於總,謂之物,散為萬名,是異名者本生於別同名者也。物乃大共名。

⑤ "別則有別,至於無別然後止":如鳥獸,大別名也。此言大別名也,自異至於同,是同名者本生於異名也。

⑥ "約定俗成,謂之實名":謂以名實構成為言語文辭。"名無固實,約之以命實也。"如既被定名為天地日月之實,則人皆讀為天地日月之名,這就叫做"實名"。

以上六類,可以說是"命名"的主要辦法,他如"同狀異所"(如馬同狀,各在一處)、"異狀同所"(若老幼異狀,同是一身)以及所謂"善名"(易曉之名,呼其名遂曉其意,如爸爸、媽媽)等等,則是它的補充說法了。

(《先秦諸子的名學問題》)

以上為荀子之制名理論,魏際昌詳加解說,可見荀子之於墨子尤有發展。魏際昌也談到荀子的訓詁,詳細加以羅列:

"傷良曰讒":讒,害也,說好人的壞話。

"害良曰賊":害,損傷。賊,殘害,其性質又甚於說壞話。

"是謂是、非謂非曰直":態度明朗,敢於堅持。

"竊貨曰盜":盜,竊也,指偷竊貨物而言。

"匿形曰詐":詐,欺也,行為鬼祟。

"易言曰誕":易,輕率。誕,荒謬。不加思考的話,脫口而出,就是有問題。

"多聞曰博":博,淵深,指學問、知識而言。

"少聞曰淺":淺,薄也,通常謂之淺薄,或膚淺。

"多見曰閑":閑,字同嫻,習也,熟悉的意思。

"少見曰陋":寡聞孤陋,以其抱殘守缺也。

"難進曰偍":偍,字同提,提攜也,步子太慢,遲遲吾行,需要鞭策。

"易忘曰漏":漏掉了,這是常說的話。健忘,自然要遺落知見的。

"少而理曰治":舉其大要而富有條例,這樣容易把事辦好。

"多而亂曰秏":秏,王念孫(1744—1832)曰:"秏讀為眊,亂也。"

"趣舍無定,謂之無常":不恒之人,朝三暮四,也有反覆的意思。

"保利棄義,謂之至賊":因為這是出賣,所以呼為巨賊。

"是是非非謂之知":能分辨出來是為是非為非,所以叫作明白人。

"非是是非謂之惑":與上條恰恰相反,以非為是以是為非,這就是蠢人了。

"以善先人者,謂之教;以善和人者,謂之順":先謂首唱也,教有帶頭的意思,順則是協調啦。

"以不善先人者,謂之諂;以不善和人者,謂之諛":諂之言陷也,謂以佞言陷之。諛,曲從,不擇是非。

(《先秦諸子的名學問題》)

這種說明結合荀子的各種訓詁詞例,建立在豐富的材料基礎上,用以說明荀子的訓詁成就,可說是非常有說服力的。

關於韓非的名學,魏際昌同樣重視其訓詁的各種詞例。魏際昌以為,韓非之說"刑名",關於"法""術""勢"等都是數語破的,等於定義,提綱挈領,確切不移的,如他在《先秦諸子的名學問題》中舉例說:

> "法者,編著之圖籍。設之於官府,而布之於百姓者也。"
> "故法莫如顯"。
> "術者,藏之於胸中,以偶眾端,而潛御群臣者也。""而術不欲見"。(《韓非子·難三》)
> "柄者,殺生之制也;勢者,勝眾之資也。"(同上,《八經》)
> "勢重者,人主之淵也。"(同上,《內儲說下·六微》)
> "賞罰者,利器也,君操之以制臣,臣得之以擁主。"(同上)
> "夫利者,所以得民也;威者,所以行令也;名者,上下之所同道也。"
>
> (《先秦諸子的名學問題》)

以訓詁為定義,可以看出魏際昌對於先秦名學的研究基於訓詁而追求思想的理解,這是他對諸子名學研究的基本思路。對於老莊的名學,魏際昌特別重視其所討論的名實相符問題,此處就不詳述了。

總的來看,魏際昌的先秦名學研究,特別重視諸子的訓詁學問題,即諸子對於文字詞語的理解,由此延伸到言語方法、論辯技巧以及思想成果,這是魏際昌對於先秦名學的認知。與胡適注重邏輯不同,魏際昌的研究更多在訓詁學上,這既和他自身的學術訓練有關,也和學科化發展有關。在中文學科之內討論諸子名學,以諸子的訓詁實踐為基礎,顯示了哲學或者邏輯學研究不同的一個面相,可說是對胡適已來哲學系學科研究路向下的一個必要補正。

四、先秦諸子散文研究

在現代學科的語境下,古代散文研究是古代文學研究的重要部類,而先秦諸子散文是中國古代散文發展的源頭,尤其是散文研究的關鍵。此為中文系古代文學史的專門研究領域,魏際昌諸子學研究的很大精力就放在諸子散文研究上。

在《先秦散文研究》的提綱中,魏際昌很明確提出先秦散文的研究對象:

> 所謂"散文"系對韻文(也包括駢文)而言,最早的作品當然是《尚書》,下限的書籍則為《呂覽》,其間的"群經""諸子",我們不想按照它們所屬的學派來分類,只看文體。但在研究的時候,卻是義理、辭章、考據三者並重,而以辭章之學為主的。甚至連訓釋它們的文字(如傳、注、箋、疏之類)都不輕易放過,漢儒、宋儒、清儒的全用。為了探索它們發生發展的情況,不能不從表現的形式入手,然後再根據"內容決定形式"的創作規律,更進一步認識其思想性、政治性,藉以完成研究的任務。換言之,即是從語錄問答、紀傳行狀、論說辯議、批判月旦、律例法則、雜記小說、疏證訓釋,以及辭賦銘頌等等文體之中,找尋其作為儒、墨、名、法、道德、陰陽的學派思想,並側重文章特色、寫作手法。(《先秦散文研究》)

這是很明顯的學科體系之下文體學和訓詁學的散文研究思路。

魏際昌所構想的散文研究主要有以下部分:

① 從《爾雅》《說文》《方言》《釋名》等字書中，探索訓詁文的特點。

②《論》《孟》研究，用以交代"語錄問答"文的本源及其影響。

③ 編年體的《左傳》，它是不傳《春秋》的。國別載記的《國語》《國策》另列。

④ 斐然成章的《管》《墨》《老》《莊》《荀》《韓》作為論說文來講，是各有千秋的。

⑤《公羊》《穀梁》分別講求"大義""微言"，是"批判""月旦"文字的代表。

⑥ 條條框框"章則律例"的《儀禮》《周禮》，禮法分明，鬱鬱乎文。

⑦ 典章制度、政治理論、人物事例兼而有之的《禮記》，《禮運》《學記》等篇最上。

⑧ 散見於"諸子"中的遺聞逸事、古代傳說，美不勝收，未可等閒視之。

⑨ "荀賦""屈賦"和宋玉的《九辯》乃辭賦之祖，在韻散之間。

⑩ "文章，經國之大業，不朽之盛事"，應該是以散文為主體的。"溫故知新"，數典不能忘祖。"推陳出新"，重在古為今用。以此作為先秦散文的結語。

（《先秦散文研究》）

這種思路兼重訓詁、文藝性和思想分析，是文學史研究的範疇，不過和一般的先秦散文研究還是有所區別的，明顯重視與文學相關的各種思想與文化問題。

關於對諸子的文體和訓詁研究,在《論孟研究》對文章章法的研究中非常突出。魏際昌反對《論》《孟》文體零散的看法,他以語錄問答體來概括《論》《孟》,又以《論語》為語錄問答體,以《孟子》為獨自說教的長篇語錄體,這些在語體分析上都細緻深入。他認為:"作為'語錄問答體'的《論》《孟》,並不是什麼'雜亂無章'的'零篇斷簡',只要我們認真地研究一下,是不難發覺它們內在聯繫的所在的,特別是關於思想性和行為上的東西,因為,儘管它們不編年可是紀事;不作系統的論述,卻有層出不窮的記言,即以《論語》的中心思想'仁學'和它的主要載記'教育工作'而言,那是多麼完備而又空前哪!"魏際昌對於《論語》文體有細緻的分析:

《論語》的文字,明確簡練以少勝多,這是我們曉得的,而其最為特色之處,卻在於大量地精當地運用了:①之、乎、者、也、矣、焉、哉、與(即歟字)、諸、已這樣的語氣詞。和②"蕩蕩""戚戚""洋洋""巍巍""便便""侃侃""言言""與與""行行""硜硜""滔滔""堂堂"一類的重言,令人有口吻傳神之感,因而達成了循聲知義,感受親切的功能。此外,③還有一些短語疊句,如"沽之哉,沽之哉"(《子罕》)、"彼哉,彼哉"(《憲問》)、"時哉,時哉"(《鄉黨》)、"觚哉,觚哉"(《雍也》),好像加重了語氣的"重言"一樣朗誦起來,就是今天也能夠使人仿佛其情調呢。照說此類手法本為《詩》《書》之所擅長,《論語》竟然空前的加以發展("雙聲""疊韻"的字詞除外),這足以說明"語錄""問答"文體的不同凡響了。再從它的篇章結構的形式上說,也是多式多樣應有盡有的。如:
①"開門見山",一句話就解決問題的:"當仁不讓於

師。"(《衛靈公》)

② 主動發問引起下文的:"子路問事君,子曰:勿欺也,而犯之。"(《憲問》)

③ 耳提面命不許駁回的:"由,誨汝知之乎! 知之為知之,不知為不知,是知也。"(《為政》)

④ 兩兩對比一目了然的:"君子懷德,小人懷土;君子懷刑,小人懷惠。"(《里仁》)

⑤ 散見整結,並無二義的:"剛,毅,木,訥,近仁。"(《子路》)

⑥ 主句在前,隨後分列的:"子不語:怪,力,亂,神。"(《述而》)

⑦ 短語同出,各不相屬的:"志於道,據於德,依於仁,游於藝。"(同上)

⑧ 演繹推理,首尾係連的:"齊一變,至於魯,魯一變,至於道。"(《雍也》)

⑨ 層層下跌,有條不紊的:"賢者辟世,其次辟地,其次辟色,其次辟言。"(《憲問》)

⑩ 起承轉合,搖曳多姿,麻雀雖小,肝膽俱全。不怪此後的古文作家始終奉之為小品的圭臬的。

(《先秦散文研究》)

以上分析確為老輩學者功底深厚的體現,其對於《論語》的語言藝術的分析,非有深入體會,絕難如此道出。虛詞的變化、詞語的變化、語句的變化,皆能一一指明。這種研究有別於對於《論語》的義理的分析,但是同樣能夠洞察經典文本的豐富內蘊,這是文學史模式下諸子學研究的意義。

魏際昌對《孟子》的分析，則舉了三個例子來說明其章法之妙，通過"孟子見梁惠王"章分析語助的使用，通過"有為神農之言者許行"章分析論說技巧，通過"孟子致為臣而歸"章分析段落安排，都顯示了魏際昌諸子散文研究的特點。這裏就不引用原文了。

在散文史研究之中，魏際昌的諸子研究顯示出回歸文獻與原始語境的特徵，這是學科化之後諸子學研究的複雜形態。他的學術形態還有傳統上博通的意味，這些說到底還是學科化與中國傳統學術如何接洽的問題①。在先秦散文研究中，魏際昌是四部兼治的，如他對劉歆及今古文問題的關注，對周公問題的關注，這顯然是一般散文史無法觸及的。魏際昌的做法和他在北大所受的訓練密切相關②。從學科發展的角度來看，這樣的處理也許不夠精純，不過從古典學問的研究角度來看，對於古典時代基本問題的弘通把握是研究專門問題的基礎，否則專業化的結果就是狹隘化和缺乏根基。胡適在《中國哲學史大綱》自序中談到哲學史的目的需要述學作為根本功夫："述學是用正確的手段，科學的方法，精密的心思，從所有的史料裏面，求出各位哲學家的一生行事、思想淵源沿革和學說的真面目。"③在魏際昌的研究中，他遵循了這一原則，大幅回到諸子學文獻的內在脈絡中，如其在《先秦諸子的名學問題》《論孟研究》《法家論叢》中顯示的。這是與胡適諸子學研究的一個不同之處，顯示了學科體制下的諸子學研究變遷。

---

① 陳平原、左玉河都談到現代學術的專業化傾向，所謂通人變為專家。陳平原《中國現代學術之建立》，北京大學出版社，1998 年。

② 魏際昌在北京大學學習期間，除了胡適之外，還受到錢玄同、馬叙倫、劉文典、沈兼士、劉半農、周作人的影響。此外，高亨對他也有很大影響。這些都有助於理解魏際昌研究諸子的進路。請參《魏際昌年譜》(稿本)。

③ 胡適《中國古代哲學史》，6 頁，上海古籍出版社，2013 年。

五、由訓詁而義理而文化的研究方法

魏際昌有非常深厚的古典學術修養，專門著有《先秦兩漢訓詁學》，對於先秦兩漢的訓詁學發展尤其是鄭玄的訓詁成就，有很細緻的分析。故而其在講解墨子、孟子、荀子、老子、莊子、關尹子時，均能從訓詁出發，來談論諸子的思想。體現這種方法的，就是他在《先秦散文研究》中，首先提出的就是"讀書必先識字"。何為"讀書必先識字"？就是重視訓詁的基礎意義。

孔子說："必也正名"。鄭玄解釋它說："正名"就是"正字書"。孔子既要整理古代典籍，當然要考證文字使其"雅訓"，以免錯讀錯認，誤會了經典著作的本來涵義。這是可以理解的事。春秋異國眾名，莫衷一是，加之佚文秘記，遠俗方言，形音雜亂，指義萬端，不下工夫，何能識別？更不要講教授學生了。"古者八歲入小學，保氏教國子先以'六書'(《周禮》)"，讀書必先認字，便是這個道理。(《先秦散文研究》)

為了具體說明，魏際昌以點線角的發展為例，說明文字、訓詁、義理之間一以貫之的關係：

數學家說："幾何萬象起於點。"又說："三點連成一線。"又說："一線割兩線，對頂角等，同位角等，內錯角等。"這就是"點·"和"線一"在數理學上的偉大作用，因為它把最原始最簡單的"點·"發展成為"線一"和"角△"的形象和原理，都給我們講清楚了，由此變化下去，真可以揭示出來包羅萬象的"大千世界"(借用佛家語言)，不是嗎？今天的社會主義建設事業，哪一項離開具體的物資、抽象的資料、原理原

65

則的動力學,能夠搞得成功呢? 那麼,聯繫到古代文字,古典文學的發生發展與形成上,又何嘗不是具有同樣的道理和跡象的? 我們也可以說:文字萬象起於"點·",由點連成"線一"以後,那個作用也就夠得上是"無窮大"了。(《先秦散文研究》)

所謂"無窮大",是說對於古代典籍真正理解的價值,這無疑蘊含著一種方法上的自信。這種理解當然和一般的邏輯分析方法不同,和胡適那種依賴實證的科學方法的研究也不同。這裏的關鍵是,魏際昌注意到了訓詁和邏輯之間的相關性,尤其重視訓詁,這是非常重要的。以他對老子、韓非的訓詁來看:

"夫物芸芸,各復歸其根,歸根曰靜,靜曰覆命,覆命曰常,知常曰明。"(《道德經》十五章) 此章,曰字下面的"靜""覆命""常""明"不也是"名"? 是概念,是訓詁? 只不過換了個說的方式(關於結構上的)而已。

韓非之說"刑名",關於"法""術""勢"等都是數語破的,等於定義,提綱挈領,確切不移的,如:

法者,編著之圖籍。設之於官府,而布之於百姓者也。故法莫如顯。

術者,藏之於胸中,以偶眾端,而潛御群臣者也。而術不欲見。

(《韓非子·難三》)(《先秦諸子的名學問題》)

魏際昌認為,這些解說乾脆簡明,非常的周延,就說它是訓詁文字,也不算過。這樣,所謂訓詁並不僅僅是文詞的解說而已,而是邏輯分析的基礎,甚至是導引,這是魏際昌諸子研究的關鍵點。對於一般的中國哲學史研究而言,這種看法不應視作為中文系訓練的一種"成見",而應是克服哲學史研究大而無物的重要原則。①

依照這條道路,魏際昌在諸子學研究中進入古典文獻內在的脈絡,因而發現了很多哲學史研究無法看到的東西。如他在《先秦散文研究》中解釋"王"的研究,非常具有方法論的意義②:

> 這個作為上古最高統治者代稱的"王"字,從漢唐以來就訓釋為"王,往也,天下所歸往也","大也,若也,天下所法","主也,天下歸往謂之王"(分見《釋名》《白虎通》《廣韻》《正韻》等字書)。孔子最初怎麼解釋的呢? 他說:"一貫三為王。"(《說文解字》所引)董仲舒曰:"古之造文者,三畫而連其中謂之王。三者,天、地、人也,而參通之者,王也。"(同上)按"王"、"往"疊韻;"參",韋昭注《國語》曰:"三。"我們這裏需要解決的,還不只是它的"聲訓"和"通假"的問題。首先是說明字形的"三畫"及"連其中"的"一直"("丨"音gǔn),到底是怎麼回事。
>
> 我們盡可以說,孔、董兩人的"一貫三"之言,是有其充分的根據的。這釋作"天、地、人"的"三才",和最高統治者"一貫"的"天道",實在無法不承認它是構成"王"字的"天經地

① 當代一些學者開始注意到漢語語法、古代文獻訓詁與哲學研究的關係,並有若干研究成果,這是一個有意義的現象。這表明中國早期哲學研究和古代文學史中的文體研究、訓詁學研究需要結合起來。

② 魏際昌關於"王"的研究或與顧頡剛、楊向奎《三皇考》(《古史辨》第7冊)、羅根澤《古代政治學說中的"皇"、"帝"、"王"、"霸"》(《諸子考索》,人民出版社1958年)有一定的關係,而研究思路則是其一貫堅持的。

義"了。縱令它是漢人徵引孔子的舊說,難免有因時變通望文生義之處。

儒家之外,道家的《老子》同樣給了足夠的補充哪:"天得一(數之始,物之極)以清,地得一以寧","萬物(人為萬物之靈)得一以生,侯王得一以為天下貞(正也,事之幹也)。"換言之,也未嘗不是"道生一,一生二,二生三,三生萬物"的自然的結合著人事的現象,王弼說得好:"故萬物之生,吾知其主。""百姓有心,異國殊風,而得一者,王侯主焉。"《老子》又道:"故道大、天大、地大、王亦大"(王弼注云:天地之性人為貴,而王是人之主也,雖不職大亦復為大,與三匹,故曰王亦大也)。域中有四大(指道和天、地與王而言),而王居其一焉(處人主之大也)。人法地,地法天,天法道,道法自然(王弼云:法謂法則也,人不違地乃得全安,法地也。地不違天乃得全載,法天也。天不違道乃道全覆,法道也。道不違自然乃得其性。法自然者,在方而法方,在圓而法圓,於自然無所違也。自然者,無稱之言,窮極之辭也)。其實這裏所說的"自然",不過是孔子也談過的"天何言哉?四時行焉,百物生焉,天何言哉?"(《論語·陽貨》)的自然規律,古人鬧不清楚,才如此這般地講得神乎其神而已。可是,無論儒家還是道家,最終都不得不把它落實到人,尤其是老百姓的最高統治者"王"的身上,所以,我們才認為,他們的話是相得益彰的。(《先秦散文研究》)

魏際昌進一步通過文獻的關聯,分析王與皇、帝、天子的相關性,並且據《白虎通》《禮記·諡法》《鉤命訣》,指出:帝王、皇君不過是一種爵位、名稱,並不是神聖不可侵犯的,要根據皇王們的功績與表現來論定。那些不關懷老百姓疾苦的,不夠稱為"皇帝",起碼在道德標準上是這般看待的。如東漢章帝召集儒生"會白虎觀講議五經同異,親自稱制臨決"(《後漢書‧章帝紀》)的"奏議"即如此,可見古人對於王、皇、天子確實有嚴肅的道德約束。

一般的,人們會把訓詁和邏輯分屬於不同的學科,而在魏際昌的研究中,訓詁和邏輯是交融在一起的。由上面一段所引文字可見,魏際昌博徵先秦兩漢各種材料,由訓詁入手,證之以孔老之說,而得出思想史的結論,這是非常精彩的分析。較之一般的哲學或者散文研究,真是切入肌理,有理有據,取材廣泛,而論斷卓絕,這是非常獨特的。這樣的諸子學研究,單從方法上來講,也是非常有意義的。人們經常引用研究古代文史的一句名言:"依今日訓詁學之標準,凡解釋一字,即是作一部文化史"(陳寅恪語),這句話表達的正是一種由古典訓詁延伸到思想與文化研究的洞見,訓詁學即概念史。魏際昌的研究有其獨特的訓練和機緣,其學術研究顯示出其自覺通達到此種研究理路,並且在先秦諸子研究中努力實踐此種思路。

魏際昌的研究可以看出中文系訓練下研究諸子學之特色,這些看法和方法是一般先秦哲學史學科不能也不會做的。這是對胡適研究的一個很重要的修正,即中國思想自身邏輯的討論應該與傳統訓詁學相聯繫,而不是單從一般字句出發敷衍西式的邏輯。魏際昌研究諸子名學,與胡適的重心不同,顯示出對於古典文本自身脈絡的重視。這除了和學科分工有關之外,恐怕也和對胡適研究的自覺反省有關。

六、魏際昌諸子學研究的意義

魏際昌的諸子學研究體現了他們一代學者諸子學研究的主要特徵。由於時代的局限,魏際昌的諸子研究在材料的判定上有時偏於疑古(如對劉歆相關問題的判斷,相信《國語》為其偽撰),有時又過分相信古籍(如使用《孔叢子》《孔子家語》《尹文子》等材料)。當然,直到今天,這些文獻問題也還沒有解決。研究者同樣要面對如何選擇材料的問題。由於眾所周知的原因,魏際昌研究中也有很多意識形態的痕跡,這是那個時代學者的歷史痕跡,今天看來大多數都沒有意義了。去除掉這些問題,魏際昌的研究仍舊呈現出自己的特點。他能夠深入諸子文獻內部,以諸子的問題意識為主線,以訓詁為方法,同時體現出思想史的關懷,在散文史的形式中進行思想史的工作,其研究顯示了諸子學傳統在學科化進程中的演變。這是諸子學研究在胡適的哲學史模式之後的發展,其回到文獻自身脈絡、注重邏輯與訓詁相結合的研究路向,對於我們反省哲學史模式的諸子學研究很有意義。不過,在處理諸子學的現代身份上,魏際昌仍舊在中文學科內部發掘其思想內涵,這與胡適一樣,其所依賴的前提、結構和方法都與諸子學內在的問題意識和方法有一定隔膜,無法把諸子學作為一個整體來看待。諸子學的現代發展借助學科化有一個很大的進展,而適當的回歸諸子學自身路徑,是進一步發展的內在要求。這是魏際昌先生的諸子學研究帶給我們的啟示。

(本文原載於《諸子學刊》第二十三輯,作者單位:東北師範大學文學院古籍研究所)

現代諸子學發展的學科化路徑及其反省
——從胡適、魏際昌到方勇

劉思禾

在晚清以來的學術發展中,諸子學最初是作為傳統學術的一個分支存在的。清儒的諸子學研究是其經學研究的一個擴展,章太炎的諸子學研究已經形成基本框架,不過仍舊在舊學科體系中,與經子關係、今古文問題糾纏在一起。與章太炎同時的梁啟超,他在《時務學堂學約》中把諸子學置於"溥通學"中,與經學、公理學、中外史志相並立,而張百熙負責制定的《欽定京師大學堂章程》中"文學科"即包括經學、史學、理學、諸子學、掌故學、詞章學等。這些理解都沒有把諸子學學科化,因而諸子學無法納入現代學術體系①。隨着大學體制的建立和完善,學科的發展成為傳統學術研究的必然路徑,諸子學也不例外。1913年初,民國教育部公佈《大學令》《大學規程》,對大學所設置的學科及其門類作了原則性規定,共分為文科、理科、法科、商科、醫科、農科、工科等七科,其中文科分為哲學、文學、歷史學和地理學4門②,諸子學如同經學一樣,在現代學制中失去了名分。在這種學術體制之

① 在王國維《奏定經學科大學文學科大學章程書後》中,則沒有給經學、諸子學位置,而是整體結構上相當接近後來的中文系、哲學系分科。

② 以上請參左玉河《從四部之學到七科之學——學術分科與近代中國知識系統之建立》,上海書店2004年版。

中,學科是相對獨立系統化的科學知識體系,是大學的組織細胞。在人文學科中,哲學系中的中國哲學史學科與諸子學的學科化關係最為密切,中文系的先秦散文史、歷史系的先秦思想史也和諸子學相關①。1914年北京大學設立哲學門,1919年改為哲學系,同年胡適的《中國哲學史大綱》出版。胡適此書的意義在於把諸子學帶入新階段,賦予諸子學傳統一種現代的學術形態。從此諸子學以及佛學、理學傳統都進入了哲學史論述之中,諸子學獲得了現代論述形態,這就是諸子學的學科化。在胡適同時代,以傳統形態進行的諸子學研究雖然還有很多,不過已經無法在大學體制中容身②。諸子學原有的學術形態已然成為缺乏制度支撐的邊緣性學問了,而由現代學制的學科代替。從此諸子學主要進入了中國哲學史形態,這是理解現代諸子學研究的關鍵。

由此可見,現代諸子學研究受到學科化路徑影響極為深遠,如何理解諸子學在現代學術體系中的身份,這是非常關鍵的問題。然而,這一問題還沒有獨立化地加以討論過。在本文中,我們以諸子學研究的三代學者胡適、魏際昌、方勇為個案③,對其各自的研究發展加以分

---

① 我們估計,從研究的成果來看,哲學史學科體量最大,文學史次之,思想史又次之。諸子學的學科化主要體現在中國哲學史的學科化之路上。

② 民國有陳柱、胡耐安、羅焌等學者在大學教授諸子學,也有很多稱作"諸子學"的著作,不過這些都不是學科內的法定內容,而是對文史哲分科的補充。何況他們的影響遠沒有中國哲學史、文學史影響大。關於民國時代諸子學研究的情況,可參陳志平教授《諸子學的現代轉型——民國諸子學的啟示》(《"新子學"論集》,學苑出版社2014年版),以及張京華教授給江瑰《諸子卮言》所作《弁言》(華東師範大學出版社2000年版)。

③ 嚴格講,從胡適到方勇應該有四代學者,只是因為大陸獨特的情況,實際上只有三代。不過無論是三代還是四代,從學術的邏輯發展上來看,其內在的脈絡是一致的。

析,以幫助我們思考諸子學當代發展的路徑問題①。

一、胡適:現代諸子學學科化的發端

胡適是現代中國學術的奠基人之一,其在中國哲學史的研究上是有"開山"的意義的②。胡適的中國哲學史研究是以其在美國哥倫比亞大學的博士論文(後出版為《先秦名學史》)為基礎的③,這表明他的理論與方法都借自於西方哲學訓練。不過,很多人都看到,胡適的研

---

① 為行文方便,此文一概不稱三位學者為某某先生。

② "開山"是胡適自己的說法,胡適說:"所以我這本哲學史在這個基本立場上,在當時頗有開山的作用。"參胡適《中國古代哲學史》臺北版自記,上海古籍出版社 2013 年版。實際早在京師大學堂時期,就有哲學門的設立,一般認為謝無量的《中國哲學史》寫作時間最早。不過學術界公認,胡適的《中國哲學史大綱(上卷)》是中國哲學史學科建立的標誌。比如當代學者的意見:"我們說,胡適的《中國哲學史大綱》是中國哲學史學科建立的標準是並不過分的。"參耿志雲、王法周《中國哲學史大綱·導言》,上海古籍出版社 1997 年版。關於胡適在現代史上的評判,可參余英時《中國近代思想史上的胡適》,聯經出版事業公司 1984 年版。

③ 胡適《先秦名學史》,原名為《中國古代邏輯方法的發展》,發表於 1917 年。1922 年由上海東方圖書公司出版英文本。1983 年由上海學林出版社出版中譯本。1991 年 12 月,北京中華書局收入"中國近代人物文集"叢書。

究也是建立在晚清以來的諸子學研究成果上的①。胡適著《諸子不出王官說》,又有《中國哲學史大綱(上卷)》②,於現代諸子學研究是巨大的範式轉型。胡適諸子學研究顯示的意義是,如何在學科化的道路上改造諸子學傳統,這是現代學術建構在諸子學傳統上的表達。

《諸子不出王官說》作於 1917 年 4 月,正是他博士論文答辯的前一個月,發表在這年 10 月號的《太平洋雜誌》上,後來作為附錄收入第一版《中國哲學史大綱(上卷)》③,此文給予當時學界巨大的衝擊。顧頡剛說:

　　仿佛把我的頭腦洗刷了一下,使我認到一條光明之路。

　　從此我不信有九流,更不信九流之出於王官,而承認諸子之

---

①　胡適受惠於章太炎,他自己就提到了(《中國哲學史大綱》再版自序)。同時代的學者也都有此看法,如 1921 年,東南大學教授柳詒徵在《論近人講諸子之學者之失》中指出胡適的《中國哲學史大綱》與章太炎的承襲關係,說"胡適之好詆孔子與章同"。錢穆在《國學概論》中說:"故清儒雖以治經餘力,旁及諸子,而篳路藍縷,所得已尠。至於最近學者,轉治西人哲學,反以證說古籍,而子學遂大白。最先為餘杭章炳麟,以佛理及西說闡發諸子,於墨、莊、荀、韓諸家皆有創見。績溪胡適,新會梁啟超,繼之,而子學遂風靡一世。"(第 322—325 頁。)侯外廬就認為,"胡先生《哲學史大綱》把西周以前的東西一筆勾去,與《孔子改制考》第一卷相似。"章太炎"以中國學說,實導源自周秦諸子,為後來胡適之所本。"(《中國近代啟蒙思想史》,第 60—61、182 頁。)

②　胡適《中國哲學史大綱(上卷)》1919 年 2 月由上海商務印書館出版,1930 年收入"萬有文庫",書名改為《中國古代哲學史》。1958 年臺北商務印書館重印,胡適增加一篇《〈中國古代哲學史〉臺北版自記》,書後增加一篇"正誤表",其他內容沒有變化。本文所引用的《中國哲學史大綱(上卷)》及《中國古代哲學史》,為上海古籍出版社出版的"百年經典學術叢刊"之《中國古代哲學史》2013 年版。此版依據臺北商務印書館 1958 年版改排。

③　其後又收入《胡適文存》一集二卷及《古史辨》(卷四)。

興起各有其背景,其立說在各求其所需要。①

此文可以視作胡適中國哲學史研究的前提,是對傳統諸子學觀念的批駁。傳統上關於諸子學的主流看法有二:一來自於劉向、歆父子及班固在《漢書·藝文志》中的表達,認為諸子學是經學的支與流裔,後世如《隋書·經籍志》《四庫全書總目提要》等皆沿襲此說。一是二程、朱子的表達,認為諸子之學是異端,這在《近思錄》《朱子語類》及後世宋濂《諸子辨》、熊賜履《學統》、張之洞《勸學篇》中都沿襲下來。二者在抨擊諸子學說上相同,對於諸子學之評判則略有區別,大致後一種說法更為嚴厲,視諸子為異端。中國哲學史論述,沒有胡適駁斥劉、班以來的傳統看法,其學科的合法性就成了問題。也正是有了胡適這樣的論斷,諸子學傳統就成了中國哲學史的論述對象,而不是經學的附庸或者先王之道的非正統論說。這樣諸子學傳統就真正成為主角,進入到現代中國學術的論述中。我們比較章太炎的諸子學研究,這一點就看得清清楚楚。章太炎還堅持諸子出於王官說,故無法真正脫出舊有的學術格局,諸子學的思想意義也就無法真正體現②。

胡適的諸子不出王官新說,跨過宋儒之論,是對《漢書·藝文志》諸子出於王官說的全面反省。其引述《漢志》諸家出於某官之論後,以為:

此所說諸家所自出,皆漢儒附會揣測之辭,其言全無憑據,而後之學者乃奉為師法,以為九流果皆出於王官。甚矣

---

① 顧頡剛《古史辨》第四冊序,上海古籍出版社 1981 年版。
② 胡適是推崇章學誠的,曾作《章實齋年譜》。不過對於章學誠的諸子出於王官的討論同樣不接受,這是需要注意的。關於章學誠的論說,詳下魏際昌部分。

先入之言之足以蔽人聰明也。夫言諸家之學說,間有近於王官之所守,如陰陽家之近於古占候之官,此猶可說也。即謂古者學在官府,非吏無所得師,亦猶可說也。至謂王官為諸子所自出,甚至以墨家為出於清廟之守,以法家為出於理官,則不獨言之無所依據,亦大悖於學術思想興衰之迹矣。

然後分述四點理由:

第一,劉歆以前之論周末諸子學派者皆無此說也。

第二,九流無出於王官之理也。

第三,《漢書·藝文志》所分九流乃漢儒陋說,未得諸家派別之實也。

第四,章太炎先生之說亦不能成立。

其中第三點論說尤以其名學的見解為要點:

古無九流之目,《藝文志》強為之分別,其說多支離無據。如晏子豈可在儒家,管子豈可在道家? 管子既在道家,韓非又安可屬法家? 至於《伊尹》《太公》《孔甲》《盤盂》,種種偽書皆一律收錄。其為昏謬,更不待言。其最謬者,莫如論名家,古無名家之名也,凡一家之學,無不有其為學之方術,此方術即是其"邏輯"。是以老子有無名之說,孔子有正名之論,墨子有三表之法,《別墨》有墨辯之書,荀子有正名之篇,公孫龍有名實之論,尹文子有刑名之論,莊周有《齊物》之篇,皆其"名學"也,古無有無"名學"之家,故"名家"不成為一家之言。(此說吾於所著《先秦名學史》中詳論之,非數言所能

盡也。）惠施、公孫龍，墨者也。觀《列子·仲尼》篇所稱公孫
龍之說七事，《莊子·天下》篇所稱二十一事，及今所傳《公
孫龍子》書中《堅白》《通變》《名實》諸篇，無一不嘗見於墨，
皆其證也。其後學散失，漢儒固陋，但知掇拾諸家之倫理政
治學說，而不明諸家為學之方術。於是凡"苛察繳繞"之言，
概謂之"名家"。名家之目立，而先秦學術之方法論亡矣。劉
歆、班固承其謬說，列名家為九流之一，而不知其非也。先秦
顯學，本只有儒、墨、道三家，後世所稱法家如韓非、管子皆自
屬道家。任法、任術、任勢，以為治，皆"道"也。其他如《呂
覽》之類，皆雜糅不成一家之言。知漢人所立"九流"之名之
無徵，則其九流出於王官之說不攻而自破矣。

胡適在文中說："明於先秦諸子興廢沿革之跡，乃可以尋知諸家學說意
旨所在。知其命意所指，然後可與論其得知之理也。若謂九流皆出於
王官，則成周小吏之聖知定遠過於孔丘、墨翟。此與謂素王作春秋為
漢朝立法者，其信古之陋何以異耶?"的確，不否定諸子出於王官，則無
法論說諸子之思想，更遑論"中國哲學"了。

胡適在後來寫作《中國哲學史大綱（上卷）》時，也繼承《論諸子不
出王官說》的態度，對司馬談、劉歆、班固的六家、九流說也不予接受：

這個看法根本就不承認司馬談把古代思想分作"六家"
的辦法。我不承認古代有什麼"道家""名家""法家"的名
稱。我這本書中從沒有用"法家"二字，因為"法家"之名是
先秦古書裏從沒有見過的。我也不信有"法家"的名稱，所以
我在第十二篇第二章用了"所謂法家"的標題，在那一章裏我
明說，"古代沒有什麼'法家'"。……我以為中國古代只有

法理學,只有法治的學說,並無所謂"法家"。至於劉向、劉歆父子的"九流",我當然更不承認了。①

在 1919 年出版的《中國哲學史大綱(上卷)》中,胡適對於諸子學有了新的看法。作為現代學術的經典,《中國哲學史大綱(上卷)》雖然在序言中談到中國哲學史的全部內容,提及佛學、理學等等,但是從內容來看,《中國哲學史大綱(上卷)》主要內容還是先秦的諸子學。他在序中提到對於他研究助力最多的,就是清儒,對於晚清以來特別是章太炎的諸子學研究非常推重。《中國哲學史大綱(上卷)》從老子開始,包括孔子、孔門弟子、墨子、楊朱、別墨、莊子、荀子以前的儒家,以荀子為結尾,最後談到古代哲學的終局,根本就是一部先秦諸子的"哲學史"。

那麼,六經可否作為哲學史的對象?關於把經學驅逐出哲學史研究,胡適的看法主要是從文獻學角度論述的,胡適在導言中認為,《周易》"是一部卜筮之書,全無哲學史料可說",而《詩經》只用作"當日時勢的參考資料"②,故而中國哲學史當從老子、孔子開始論述。這當然是疑古思維下的解釋。不過,即使今天我們已經有了比較詳盡的前諸子思想研究,我們也仍舊要說,前諸子時代的思想仍舊與諸子思想有根本的不同③。因而,我們可以說胡適中國哲學史研究的根基就是諸

---

① 胡適《中國古代哲學史》,第 3 頁。

② 同上,第 15 頁。

③ 當代學者金觀濤給出另外一個解釋:"在孔子之前,中國文化尚未定型,直到孔子才完成了中華文明以道德為終極關懷的文化創造,使中華文明成為區別於世界其他文明的一種文明類型,並且延續至今。在文化哲學上,把這種根本性的文化轉化叫做'超越突破'""全面否定儒家道德價值的道家,具有與儒家同樣的超越視野,因而儒道兩家為中國文化的主流思想。"參金觀濤、劉青峰《中國思想十講(上卷)》,法律出版社 2015 年版,第 15 頁、51 頁。

子學。在胡適其後的《中古思想史》研究中，他仍舊是以漢魏六朝諸子學為中心的。

胡適的哲學史革命是以諸子學研究為實質的，而給予諸子學傳統一個現代的形態，這是其最重要的貢獻。這個現代學術形態就是系統的邏輯論說。蔡元培在《中國哲學史大綱》序言中，特意提到形式問題：

> 第二是形式問題：中國古代學術從沒有編成系統的紀載。《莊子》的《天下》篇，《漢書·藝文志·諸子略》，均是平行的紀述。我們要編成系統，古人的著作沒有可依傍的，不能不依傍西洋人的哲學史。所以非研究過西洋哲學史的人，不能構成適當的形式。①

其後蔡元培用"證明的方法""扼要的手段""平等的眼光""系統的研究"來評價胡作，其中"系統的研究"最為關鍵，也是這個意思。對於現代諸子學研究而言，這的確是一種範式的轉移②。胡適對於自己的工作也非常自覺，他要"抓住每一位哲人和每一個學派的'名學方法（邏輯方法，即是知識思考的方法）'，認為這是哲學史的中心問題。"③這被認為是胡適對於中國現代學術的巨大貢獻④。

---

① 胡適《中國古代哲學史》，第 1 頁。
② 余英時《中國近代思想史上的胡適》："《中國哲學史大綱》是一部建立典範的開風氣之作。"臺灣聯經出版事業公司 1984 年版。
③ 胡適《中國古代哲學史》，第 3 頁。
④ 關於胡適在現代學術發展上對於推動邏輯思維的意義，以及當時學術界對之的反應，可參劉夢溪《中國現代學術經典·總序》中的論述，河北教育出版社 1996 年版。

一般人都會注意到胡適的研究對於開創哲學史學科的意義，而從現代諸子學發展的角度來看，胡適論說諸子學同樣具有巨大的範式意義，其要點在於：

（一）反對經學尊於子學，而把經學排斥出視野。

（二）反對諸子出於王官說，而認為諸子學是應時而作的"哲學"。

（三）反對儒學尊於諸家，而平視諸子。

其中反經學獨尊、反儒家尊於諸家，在章太炎處已發其端①，至胡適則盛發其意，而風靡當世。而其論說諸子不出王官，則清掃了傳統上諸子學依附於經學的陳見，而給予其獨特歷史的地位，這是真正革命性的見解。此說的意義在於掃清哲學史學科建立的障礙：如果諸子學皆出於王官，則王官學為中心，而諸子學為末流，研究諸子學不過是依附而已，這無論如何是無法接受的。廢除諸子出於王官說，則諸子皆為哲學家，而諸子著作皆為哲學作品，諸子時代則為一哲學家時代，也就是胡適早年看到的梁啟超所論"黃金時代"，這當然是一個革命性的也是順理成章的論斷了②。而反對儒學獨尊，平視諸家，這是胡適繼承章太炎的做法，而給予諸子以平等的地位（客觀上也是平視諸家），這是一個巨大的進步。把孔子與諸子並立，儒家和諸家並立，這恢復了早期諸子學的格局，是對班固以來傳統觀念的革命，從而接上

① 章太炎把孔孟作為儒家的內容，這是很大的突破，這與其古文經學家的立場有關，可參黃燕強《章太炎諸子學思想研究》論經子關係部分，武漢大學 2015 年博士論文。

② 胡適說："這一部學術思想史（《中國學術思想變遷之大勢》）中間闕了三個最要緊的部分，使我眼巴巴的望了幾年。我在那失望的時期，自己忽發野心，心想：'我將來若能替梁任公先生補做這幾章闕了的中國學術思想史，豈不是很光榮的事業？'我越想越高興，雖然不敢告訴人，卻真打定主意做這件事了。"參《四十自述》，《胡適文集》（1），北京大學出版社 1998 年版。

了戰國末年至西漢初年莊子後學、《呂覽》《淮南子》和司馬談諸人的傳統。如此，則諸子學之上再無"如日中天，垂型萬世"（《四庫全書總目·經部總叙》）的經學，儒家再不優於道、墨、名、法、陰陽諸家，孔子與老子、墨子、莊子、荀子相類而已。胡適也能注意到諸子各家之差異，而不像《論六家要指》《漢書·藝文志》及民國時期羅焌等人追求各家的和同，這也是很重要的地方。從此學問再無等級，是非皆本義理，於是諸子學成為中國哲學叙述的主體，以至有"婢作夫人"的謔語①。

胡適的看法在當時就引起了巨大的討論，其關鍵就在平視諸子之上。《中國哲學史大綱》以老子為先，以孔子次之，這是犯了大忌的。梁啟超首先提出《老子》作於戰國說，表示不同意胡適的看法。之後引發了關於老子其人其書的大討論。諸多學者如錢穆、馮友蘭、馬叙倫、高亨、郭沫若、羅根澤、唐蘭等都投入到了這場大討論中。胡適在1935年寫作《評論近人考據老子年代的方法》一文，對於持老子晚出者提出批評②。因為孔、老先後不僅是一個學術史問題，還涉及了對中國文化基本格局的看法③。胡適在晚年回顧關於老子其人其書的討論時談到：

---

① 胡適在《中國古代哲學史》導言中說，"於是從前作經學附屬品的諸子學，到此時代，竟成專門學。一般普通學者崇拜子書，也往往過於儒書。豈但是'附庸蔚為大國'，簡直是'婢作夫人'了。"這是在叙述晚清以來的學術之變。實際上直到胡適一代人，諸子學才真的成為主流，當然，是以現代的形態完成的轉變。

② 見《史學年報》第4期。後收入《古史辨》第6冊，上海古籍出版社1981年版。

③ 相關討論可參考《古史辨》第4冊、第6冊，以及熊鐵基等編《二十世紀中國老學》第三章，福建人民出版社2002年版。

　　二三十年過去了,我多吃了幾擔米,長了一點經驗。有
一天,我忽然大覺大悟了! 我忽然明白:這個老子年代的問
題原來不是一個考據方法的問題,原來只是一個宗教信仰的
問題! 像馮友蘭先生一類的學者,他們誠心相信,中國哲學
史當然要認孔子是開山老祖,當然要認孔子是"萬世師表"。
在這個誠心的宗教信仰裏,孔子之前當然不應該有個老子。
在這個誠心的信仰裏,當然不能承認有一個跟著老聃學禮助
葬的孔子。(《中國古代哲學史》臺北版自記)

胡適以倡導懷疑精神著稱,而他對於老子其人其書的態度則一直沒有
發生變化,這應該和他的文化觀念有關。他能夠平視諸子,這一思路
體現了真正的現代精神。此後的先秦思想論述,如梁啟超、李源澄、羅
根澤、江瑔,無不把孔子和諸子並立,這是現代學術的一個標誌。而如
劉咸炘、孫德謙、羅焌諸人,仍舊堅守班固舊轍,不以孔子為諸子,不過
也是最後的堅持了。由此可見,孔子之地位,孔子與經學儒學之關係,
實在是經子之爭最關鍵之問題。孔子為經學之依附,還是諸子學之先
導,關乎其在中國文化史上的定位,也關乎先秦思想的基本格局。胡
適新說是對孔子歷史地位的一次重估,從此一切論說在研究者面前平
等相待,這是真正的現代學術精神,對於傳統觀念而言無疑是一次大
開放,至今仍是諸子學研究的基石。胡適的這一看法,在新的出土材
料的支撐下,更顯示出卓越的歷史意義。
　　總結而言,胡適的現代諸子學研究功績有二:第一,提出一種現代
視野下的平等主張。今天,我們可以批評胡適以西方為經,而下視中
國,不過此點我們可以克服,而其真正現代的學術精神不能丟掉,不能
拜服在古人一家獨尊意識之下。其二,胡適真正賦予了諸子學傳統以
理論性,這表現為邏輯方法、成體系性。諸子學傳統的理論化是其現

代發展最重要的成果①。當然,從今天的立場來看,胡適的理解也存在嚴重問題②,其論說建立在反經學基調上,其對先秦學術的論說以諸子為中心,完全忽略了早期經學③。這是哲學史模式所限制,也是反經學思潮下的自然反應。晚清以來經學衰弊,劉歆偽經說橫行,以至現代學制建立後,經學地位一落千丈,"五四"後甚至有學者把經學工作稱為化驗糞便(周予同語)④,可見一時之風氣。故而在胡適以降的研究中,經學是缺失的,經學所蘊含的價值是缺失的。而經學範式所包含的價值性、整體性和基礎性,連帶著早期經學中的孔門後學都喪失掉了,以至於無人注意大小《戴記》之價值,公羊、穀梁之意義,更遑論討論早期經學與諸子學之關係。這較之班固以子學依附經學,同樣是矯枉過正。其次,胡適的諸子學研究有諸子學之實,而無諸子學之名,諸子學內在的理型和精神不見了。從此之後,中國哲學史、先秦

① 我們看蔣伯潛、羅焌、孫德謙、王蘧常、江瑔、李源澄諸人的諸子學研究,就會發現這些未曾學科化的研究在理論性上完全無法和胡適、馮友蘭諸人相比較。在現代學術專業化的背景下,學科化是必由之路。諸子學的學科化是必要的,關鍵在於如何學科化。

② 對於胡適《中國哲學史大綱》的批評,從梁啟超、章太炎、李季等,包括當代學者的意見,都很嚴厲。不過,正如梁啟超最後所說:"我所批評的,不敢說都對,假令都對,然而原書的價值,並不因此而減損。因為這本書自有他的立腳點,他的立腳點很站得住。這書處處表現出著作人的個性,他那敏銳的觀察力,縝密的組織力,大膽的創造力,都是'不廢江河萬古流'的。"這是中肯的評價。

③ 前諸子時代的學術是否就是經學?孔、老肯定不是從天上掉下來的,可是那個源頭是複雜多元並且與子學的屬性並非同質。簡單說,孔、老不僅是偉大傳統的繼承者(如《漢志》所說),也是一個新傳統的發起者(如朱子、余英時說)。在思想的意義上,後者是高出於前者的(梁啟超說),這是我們今天的看法。今天諸子學的新發展,就在於彌補恰切的問題意識之缺失。

④ 周予同《中國經學史講義》朱維錚"代前言"引周予同早年文章《僵屍的出祟——異哉所謂學校讀經問題》,上海文藝出版社 1999 年版。

哲學史代替了諸子學成為研究的模式。而中國哲學史是以移植西方的方式建構的,故而其喪失了諸子學自身的問題意識,這就使得現代諸子學研究無法真正找到"原問題與原方法"。胡適的中國哲學史研究之於現代諸子學發展,這些是其先天的隱憂,需要進一步推進的①。

固然,人們可以批評胡適諸子學研究的理論性不足以適應諸子學自身,但是援西方哲學的方法和精神進入諸子學傳統,這是只能進不能退的道路②。這裏的關鍵問題是,學科化的改造之於諸子學傳統,究竟該如何進行。胡適先發其端,當有後來者繼之。

二、魏際昌:先秦散文史形式下的思想史研究

文史哲分科是傳統學術"轉化之學"(左玉河語)的結果,諸子學不僅是哲學史的研究對象,也是中國文學史的研究對象,表現為先秦散文研究。魏際昌的研究,體現了這一思路。由於魏際昌是胡適的弟子,他的研究與胡適的研究顯示出演進的特質,因而具有獨特的個案意義。

魏際昌,出身貧寒之家,幼年受祖父教育,遂有讀書之志。1932 年

---

① 關於胡適在中國傳統思想實現現代轉型的貢獻,韋政通在《胡適思想綱要》中說:"代表美式思想的杜威哲學,所給予胡適的限制,不但使他與西方的傳統思想隔離,即是對中國傳統思想中的超知識部分,也缺乏親和之感和深度的認識,因此他一生的學術生命中,根本洋溢不起中西兩大傳統結合的智慧。"這大概代表了很多人的看法。韋政通說轉引自曠新年《中國現代思想史上的胡適》,《讀書》2002 年 9 期。

② 當代很多學者呼吁合理的學科化與科際整合,一些大學如南京大學也在嘗試跨學科培養,這是對現代學科化的修正,而不是否定。這是正確的方向。

考入國立北京大學中國文學系,1935 年又考入國立北京大學研究院中國文學部,師從胡適研究中國古代文學。"七七"事變爆發後,魏際昌和大部分青年學生一樣,輾轉於南京、湖南、廣東、重慶,以教書辦學為業。建國後歷任西北大學、天津師範學院、河北大學教授,承前啟後,在文教事業上做出很多貢獻。

魏際昌的時代,現代學科體系已經比較完備,其受教育於中文系,其碩士論文是《桐城派小史》,其後工作也是在各大學的中文系,故而其學術研究有明顯的學科特徵。魏際昌專於散文、詩歌和訓詁研究,在屈賦、漢魏六朝賦、先秦兩漢散文、明清散文、兩漢訓詁學領域都有卓越的研究。對於諸子學研究,魏際昌有很深的淵源,他早年在大學講授諸子學、諸子概論,其諸子學研究是胡適研究的自然延伸。只不過,在現代學科下,諸子學成為哲學史和文學史研究的對象,在中文系中對應的是散文史研究。魏際昌的諸子學研究就是在中文系中以先秦兩漢散文史、訓詁學史的模式下完成的,這是學科化的自然結果。

和胡適一代人不同,魏際昌並沒有經子之分的觀念,他是在現代學科的意義上思考問題的:"詩說《三百》尊毛傳,文重先秦愛老莊。"(《暑期古代文學講習會開課誌喜》[1]) 他的研究顯示了諸子學研究在學科化道路上的深入。不過,魏際昌的研究並不是狹隘的中國文學史研究,他一直以文史之學看待自己的研究,並且自覺匯通文史:

> 也許會有人說:《尚書》《周官》,史料史論,這是史學上事,我們是搞文學的,管它作甚? 殊不知"文猶史也,史猶文也"(《論語·顏淵》),無本不立,無文不行。(《先秦散文研究》)

---

[1] 按本文所引魏際昌材料,除特別說明者之外,均為其手稿。

這裏所說的史不僅是史學之意,也是思想史之意。他在作先秦散文史研究時,也滲透了思想史研究的意味,這是需要特別注意的。

魏際昌的諸子學論著包括《先秦散文史》《論孟研究》《法家論叢》以及《先秦諸子的名學研究》等。其中,像《先秦諸子的名學研究》很明顯是繼承和修正胡適的諸子學研究。魏際昌的研究在學科化的道路上深化了諸子研究。

《先秦散文研究》的提綱中很明確提出研究對象:

> 所謂"散文"係對韻文(也包括駢文)而言,最早的作品當然是《尚書》,下限的書籍則為《呂覽》,其間的"群經""諸子"我們不想按照它們所屬的學派來分類,只看文體。但在研究的時候,卻是"義理、辭章、考據"三者並重,而以辭章之學為主的。甚至連訓釋它們的文字(如"傳、注、箋、疏"之類)都不輕易放過,漢儒、宋儒、清儒的全用。為了探索它們發生發展的情況,不能不從表現的形式入手,然後再根據"內容決定形式"的創作規律,更進一步認識其思想性、政治性,藉以完成研究的任務。換言之,即是從語錄問答、紀傳行狀、論說辯議、批判月旦、律例法則、雜記小說、疏證訓釋,以及辭賦銘頌等等文體之中,找尋其作為儒、墨、名、法、道德、陰陽的學派思想,並側重文章特色、寫作手法。

這是很明顯的文體學和訓詁學的研究思路。

魏際昌所構想的散文研究主要有以下部分:

1. 從《爾雅》《說文》《方言》《釋名》等字書中,探索訓詁文的特點。

2.《論》《孟》研究,用以交代"語錄問答"文的本源及其影響。

3. 編年體的《左傳》,它是不傳《春秋》的。國別載記的《國語》《國策》另列。

4. 斐然成章的《管》《墨》《老》《莊》《荀》《韓》作為論說文來講,是各有千秋的。

5.《公羊》《穀梁》分別講求"大義,微言",是"批判、月旦文字"的代表。

6. 條條框框"章則律例"的《儀禮》《周禮》,禮法分明,鬱鬱乎文。

7. 典章制度,政治理論,人物事例兼而有之的《禮記》,《禮運》《學記》等篇最上。

8. 散見於諸子中的遺聞逸事,古代傳說,美不勝收,未可等閒視之。

9. 荀賦、屈賦和宋玉的《九辯》乃辭賦之祖,在韻散之間。

10."文章,經國之大業,不朽之盛事"應該是以散文為主體的。溫故知新,數典不能忘祖;推陳出新,重在古為今用。以此作為先秦散文的結語。

這種思路兼重訓詁、文藝性和思想分析,是文學史研究的範疇,不過和一般的先秦散文研究還是有所區別的。

關於對諸子的文體和訓詁研究,在《〈論〉〈孟〉研究》對文章章法的研究中非常突出。魏際昌反對《論》《孟》文體零散的看法,他以語錄問答體來概括《論》《孟》,又以《論語》為語錄問答體,以《孟子》為獨自說教的長篇語錄體,這些在語體分析上都細緻深入。他認為:"作為

'語録問答體'的《論》《孟》,並不是什麼'雜亂無章'的'零篇斷簡',只要我們認真地研究一下,是不難發覺它們內在聯繫的所在的,特別是關於思想性和行為上的東西,因為,儘管它們不編年可是紀事;不作系統的論述,卻有層出不窮的記言,即以《論語》的中心思想'仁學'和它的主要載記'教育工作'而言,那是多麼完備而又空前哪!"魏際昌對於《論語》文體有細緻的分析:

> 《論語》的文字,明確簡練、以少勝多這是我們曉得的,而其最為特色之處,卻在於大量地精當地運用了:1. 之、乎、者、也、矣、焉、哉、與(即歟字)、諸、已,這樣的語氣詞;2. 蕩蕩、戚戚、洋洋、巍巍、便便、侃侃、硜硜、滔滔、堂堂一類的重言,令人有口吻傳神之感,因而達成了循聲知義,感受親切的功能;3. 還有一些短語疊句,如"沽之哉,沽之哉"(《子罕》),"彼哉,彼哉"(《憲問》),"時哉,時哉"(《鄉黨》),"觚哉,觚哉"(《雍也》),好像加重了語氣的"重言"一樣,朗誦起來,就是今天也能够使人仿佛其情調的滌沈呢。照說此類手法本為《詩》《書》之所擅長,《論語》竟然空前的加以發展("雙聲,疊韻"的字詞除外),這足以說明"語録問答"文體的不同凡響了。
>
> 　再從它的篇章結構的形式上說,也是多式多樣應有盡有的。如:
>
> 　1. 開門見山,一句話就解決問題的:"當仁不讓於師。"(《衛靈公》)
>
> 　2. 主動發問引起下文的:"子路問事君,子曰:勿欺也,而犯之。"(《憲問》)
>
> 　3. 耳提面命不許駁回的:"由,誨汝知之乎! 知之為知之,不知為不知,是知也。"(《為政》)

4. 兩兩對比一目了然的:"君子懷德,小人懷土;君子懷刑,小人懷惠。"(《里仁》)

5. 散見整結並無二義的:"剛,毅,木,訥,近仁。"(《子路》)

6. 主句在前,隨後分列的:"子不語,怪,力,亂,神。"(《述而》)

7. 短語同出,各不相屬的:"志於道,據於德,依於仁,游於藝。"(同上)

8. 演繹推理首尾繫連的:"齊一變,至於魯;魯一變,至於道。"(《雍也》)

9. 層層下跌,有條不紊的:"賢者辟世,其次辟地,其次辟色,其次辟言。"(《憲問》)

起承轉合,搖曳多姿,麻雀雖小,肝膽俱全。不怪此後的古文作家始終奉之為小品的圭臬的。

對孟子的分析,則舉了三個例子來說明《孟子》的章法,通過"孟子見梁惠王"章分析語助的使用,通過"有為神農之言者許行"章分析論說技巧,通過"孟子致為臣而歸"章分析段落安排,這都顯示了魏際昌諸子散文研究的特點。

在散文史研究之中,魏際昌的諸子研究顯示出回歸文獻與原始語境的特徵,這是學科化之後諸子學研究的複雜形態。他的學術形態還有傳統上博通的意味,這些說到底還是學科化與中國傳統學術如何接洽的問題①。在先秦散文研究中,魏際昌是四部兼治的,如他對劉歆

---

① 陳平原、左玉河都談到現代學術的專業化傾向,所謂通人變為專家。陳平原說見《中國現代學術之建立》,北京大學出版社 1998 年版。

及今古文問題的關注,對周公問題的關注,這顯然是一般散文史無法觸及的。魏際昌的做法和他在北大所受的訓練密切相關①。從學科發展的角度來看,這樣的處理也許不够精純,不過從古典學問的研究角度來看,對於古典時代基本問題的弘通把握是研究專門問題的基礎,否則專業化的結果就是狹隘化和缺乏根基。胡適在《中國哲學史大綱》自序中談到哲學史的目的需要述學作為根本功夫:"述學是用正確的手段,科學的方法,精密的心思,從所有的史料裏面,求出各位哲學家的一生行事、思想淵源沿革和學說的真面目。"②在魏際昌的研究中,他遵循了這一原則,大幅回到諸子學文獻的内在脈絡中,如其在《先秦諸子的名學問題》《論孟研究》《法家論叢》中顯示的。這是與胡適諸子學研究的一個不同之處,顯示了學科體制下的諸子學研究變遷。

由於更傾向於從原有脈絡分析諸子學,魏際昌對於胡適的"諸子不出王官說"的說法則從章學誠之說,而不認同胡適之說:

> 六經如此,諸子也不例外,因為後者的"文"、"理"不過是前者的派生和演變。《漢書·藝文志》道:"諸子十家,其可觀者九家而已。皆起於王道既微,諸侯力政,時君世主,好惡殊方,是以九家之術,蜂出並作,各引一端,崇其所善,以此馳說,取合諸侯,其言雖殊,譬猶水火,相滅亦相生也。《易》曰:'天下同歸而殊塗,一致而百慮。'今異家者各推所長,窮知究慮以明其指,雖有蔽短,合其要歸,亦六經之支與流裔。"

---

① 魏際昌在北京大學學習期間,除了胡適之外,還受到錢玄同、馬叙倫、劉文典、沈兼士、劉半農、周作人的影響。此外,高亨對他也有很大影響。這些都有助於理解魏際昌研究諸子的進路。請參《魏際昌年譜》(稿本)。

② 胡適《中國古代哲學史》,第6頁。

按東周以前並無私人著述之事，只有"官師"執掌著典章制度。《說文》："官，吏事君也，從宀從吕，吕猶眾也。此與師同意。"《廣雅‧釋詁》："師，官也。"這是因為古者政教不分，官師合一，故二者異名而同訓，也就是《曲禮》所說的"宦學事師"。大道不行，師儒立教。《周禮‧天官》："師以賢得民，儒以道得民。"（儒有六藝以教民眾）就是它的歷史情況。至於諸子之文源出"六藝"，則章學誠分析得最為詳盡。道體無所不該，六藝足以盡之。諸子之為書，其持之有故而言之成理者，必有得於道體之一端，而後乃能恣肆其說以成一家之言也。

故而，魏際昌據章學誠說，以為老子說本"陰陽"，申韓"刑名"本於《春秋》教也，縱橫學派出於《詩》教，而引其說曰："九流之學，承官曲於六典，雖或原於《書》《易》《春秋》，其質多本於《禮》教，為其體之有所該也。及其出而用世，必兼縱橫，所以文其質也。古之文質合於一，至戰國而各具之質；當其用也，必兼縱橫，所以文其質也。"（《先秦散文研究》引《文史通義‧詩教》）當然，魏際昌在肯定章學誠之說的同時，也指出其文弊說的不足，而肯定諸子文體發展的意義。現代學術界討論諸子與王官學關係的問題，至胡適發其端，引起學術界巨大討論，至今不息①。胡適批判《漢志》舊說，對於章學誠的九流出於六藝說也不以為然。魏際昌則頗信服章氏之說，其態度可以視作是對胡適新說的一個否定。而其理由，當與對胡適過分依賴外部理據有關。我們看魏際

① 諸子與王官學關係的討論，可參馬榮良《關於諸子是否出於王官的論爭——一段學術史的考察》，華東師範大學 2003 年碩士論文。當代學者的最新討論，可參李若暉《諸子出於王官學評議——春秋時期世官制度之崩頹與諸子興起》，傳統中國研究國際學術討論會，2007 年。

昌《先秦諸子的名學研究》,也能得到類似的結論。

《先秦諸子的名學研究》是魏際昌用力頗深的一篇論文,遍論先秦諸家之名學,而與胡適之說頗有不同,此可見魏際昌諸子研究的基本特徵。在解釋何為名學時,魏際昌認為:

> 什麼叫做"名學"? 可以說就是"字學",也就是"訓詁學"。這種學問唯獨我們中國才有,而且起源極早。

乍一看,今天的我們不由得很吃驚,名學何以是訓詁學? 晚清民初新學建立,乾嘉之風漸遠,名學早就以邏輯學的方式進行研究,如乃師胡適的《先秦名學史》就是研究名學或邏輯的名著①,名學與訓詁二者應是絕然不同的。不過細看,我們發現魏際昌的思路頗有意味。魏際昌用訓詁來解說名學,他的先秦諸子名學研究是先秦諸子的訓詁學研究,這與胡適的思路是不同的,可說是在中文系訓練下的研究。不過,此篇並非只講訓詁,也講到諸子的邏輯思想,這和胡適就很接近了。如果我們再細讀,能看出訓詁與邏輯相結合的努力,這是魏際昌在研究方法上對胡適的一種自覺修正。

《先秦諸子的名學研究》全文以孔子、墨子、孟子、荀子、老子、莊子、韓非子、尹文子為例,依次解說各子的名學。其在講孔解子時,談到孔子的倫理思想、道德思想、政治思想、軍事思想、教育思想。在解說道德思想時,以仁為關鍵,兼論仁、禮關係,其中就以訓詁為方法:

---

① 胡適在《中國古代哲學史》臺北版自序中說:"我這本書的特別立場是要抓住每一個哲人或者學派的'名學方法'(邏輯方法,即是知識思考的方法),認為這是哲學史的中心問題。"雖然胡適也多次引用清人的研究成果,也大講辨偽和訓詁,但是其核心的方向卻是邏輯。

　　孔子最主要的道德規範乃是"愛人""泛愛眾"的"仁"（語見《論語・顏淵》《學而》。泛，普遍的意思。眾，多也，三人為眾。仁，二人相人偶也。從字形上就反映著，在社會之中不只有己，還有別人，彼此依存，是應該互相關懷的）。僅就《論語》而言，談到"仁"的地方多至五十八條，其字凡一百〇五見。所以，我們才說，它是孔子人生哲學的中心思想。

魏際昌在講解墨子時，認為墨子有文字訓詁的"名學"，及等於"認識論"的"三表法"，這在方法上就是訓詁與邏輯兼說。他羅列了墨子及後學對故、體、知、材、慮、止、必、仁、行、義、禮、忠、孝、信、平、同、中、方、日中、景、纑、次等的解說，由訓詁而論邏輯，一一加以分析。又以牛馬為例詳細分析了類的意義：

　　以牛有齒，馬有尾，說牛之非馬也，不可（因為在這一生物形象上兩者並無差異）。是俱有（蓋牛有下齒，馬有後齒也。《公孫龍子・同變》篇：謂牛無尾者，以其有尾而短耳，非寔無尾也），不偏有，偏有無。曰：牛（樸字）之與馬不類，用牛有角（這才是最顯著的差異），馬無角，是類不同也。若舉牛有角，馬無角，以是為類之不同也，是狂舉也（孫云：公孫龍子亦有正舉狂舉之文，以意求之，蓋以舉之，當者為正，不當者為狂。此書《經說》通例，凡是者曰正曰當，非者曰狂曰亂曰誖，義與公孫龍略同。此疑當作以是為類之同也，是狂舉也。而衍一不字，則不得為狂舉矣）。猶牛有齒，馬有尾。或不非牛，而非牛也（此言有齒之獸與牛相類，或不得謂非牛，而實非牛也），則或非牛或牛而牛也可（疑當作：則或非牛而牛也可。言或有非牛而與牛相類，則亦可謂之牛也）。故曰：

牛馬,非牛也,未可(此言兼舉牛馬,則不得謂非牛。猶公孫龍子云:羊言牛非馬。張惠言曰:牛馬,豈得非牛)。牛馬牛也,未可(此亦兼舉牛馬,既兼有馬,則又不可竟謂是牛。張曰:牛馬,豈得謂牛)。則或可或不可,而曰牛馬牛也,未可,亦不可(言可不可兩說未定,竟指謂牛馬之為牛者未可,亦非也。張云:有可者,今但言未可,是亦不可。三皆不辨其兼,故不可)。且牛不二,馬不二,而牛馬二(前云數牛數馬,則牛馬二數牛馬,則牛馬一),則牛不非牛(張云:專牛則牛),馬不非馬(張云:專馬則馬),而牛馬非牛非馬,無難(張云:兼牛馬,則非牛非馬,是則無可難矣)。

魏際昌據此認為:

> 他(墨子)這裏雖在反復的玩弄著"是"和"非"、"可"或"不可"加上"牛""馬"這倆個名詞之後的種種不同的解釋,但卻一點兒也不違背肯定與否定的規格,實事求是的合乎語法的"判斷",是什麼就是什麼,完全沒有"詭辯""臆斷"的情況。

這是對墨子訓詁和邏輯的肯定。

魏際昌在講解孟子、荀子、老子、莊子、關尹子時也是如此,均能從訓詁出發,來談論諸子的思想。這裏的關鍵是,他注意到了訓詁和邏輯之間的相關性,這是非常重要的:

> "夫物芸芸,各復歸其根,歸根曰靜,靜曰復命,復命曰常,知常曰明。"(十五章)此章"曰"字下面的"靜""復命""常""明"不也是"名"? 是概念,是訓詁? 只不過換了個說

的方式(關於結構上的)而已。

　　韓非之說"刑名",關於"法""術""勢"等,都是數語破的,等於定義,提綱挈領,確切不移的,如:"法者,編著之圖籍,設之於官府,而佈之於百姓者也","故法莫如顯"。"術者,藏之於胸中,以偶眾端,而潛御群臣者也","而術不欲見"(《難三》)。"柄者,殺生之制也;勢者,勝眾之資也。"(《八經》)"勢重者,人主之淵也。"(《內儲說下·六微》)"賞罰者,利器也,君操之以制臣,臣得之以擅主。"(同上)"夫利者,所以得民也;威者,所以行令也;名者,上下之所同道也。"(《詭使》)

魏際昌認為,這些解說乾脆簡明,非常的周延,就說它是訓詁文字,也不算過。這樣,所謂訓詁並不僅僅是文詞的解說而已,而是邏輯分析的基礎,甚至是導引,這是魏際昌諸子研究的關鍵點。對於一般的中國哲學史研究而言,這種看法不應視作為中文系訓練的一種"成見",而應是克服哲學史研究大而無物的重要原則。

　　依照這條道路,魏際昌在諸子學研究中進入古典文獻內在的脈絡,因而發現了很多哲學史研究無法看到的東西。如他在《先秦散文研究》中解釋"王"的研究,非常具有方法論的意義①:

　　這個作為上古最高統治者代稱的"王"字,從漢唐以來就訓釋為"王,往也,天下所歸往也","大也,若也,天下所法","主也,天下歸往謂之王"(分見《釋名》、《白虎通》、《廣韻》、

---

　　① 按:魏際昌關於"王"的研究或與顧頡剛、楊向奎《三皇考》(《古史辨》第7冊)、羅根澤《古代政治學說中的"皇"、"帝"、"王"、"霸"》(《諸子考索》,人民出版社1958年版)有一定的關係,而研究思路則是其一貫堅持的。

《正韻》等字書)。孔子最初怎麼解釋的呢?他說:"一貫三為王。"(《說文解字》所引)董仲舒曰:"古之造文者,三畫而連其中謂之王。三者,天、地、人也,而參通之者,王也。"(同上)按"王"、"往"疊韻,"參"韋昭注《國語》曰"三"。我們這裏需要解決的,還不只是它的"聲訓"和"通假"的問題。首先是說明字形的"三畫"及"連其中"的"一直",到底是怎麼回事。我們盡可以說,孔、董兩人的"一貫三"之言,是有其充分的根據的。這釋作"天、地、人"的"三才",和最高統治者"一貫"的"天道",實在無法不承認它是構成"王"字的"天經地義"了。縱令它是漢人徵引孔子的舊說,難免有因時變通望文生義之處。儒家之外,道家的《老子》同樣給了足夠的補充哪:"天得一(數之始,物之極)以清,地得一以寧","萬物(人為萬物之靈)得一以生,侯王得一以為天下貞(正也,事之幹也)"。換言之,也未嘗不是:"道生一,一生二,二生三,三生萬物"的自然的結合著人事的現象,王弼說得好:"故萬物之生,吾知其主。""百姓有心,異國殊風,而得一者王侯主焉。"《老子》又道:"故道大、天大、地大、王亦大。"(王弼注云:天地之性人為貴,而王是人之主也,雖不職大亦復為大,與三匹,故曰王亦大也。)域中有四大(指道和天,地與王而言)而王居其一焉(處人主之大也)。人法地,地法天,天法道,道法自然(王弼云:法謂法則也。人不違地乃得全安,法地也;地不違天乃得全載,法天也;天不違道乃道全覆,法道也;道不違自然乃得其性。法自然者,在方而法方,在圓而法圓,於自然無所違也。自然者,無稱之言,窮極之辭也)。其實這裏所說的"自然",不過是孔子也談過的"天何言哉?四時行焉,百物生焉,天何言哉?"(《論語·陽貨》)的自然規律，古人鬧不清楚，才如此這般地講得神乎其神而已。可是，無論儒家還是道家，最終都不得不把它落實到人，尤其是老百姓的最高統治者"王"的身上，所以，我們才認為：他們的話是相得益彰的。

魏際昌進一步通過文獻的關聯，分析王與皇、帝、天子的相關性，並且據《白虎通》《禮記·謚法》《鉤命訣》等指出：帝王、皇君不過是一種爵位、名稱，並不是神聖不可侵犯的，要根據皇王們的功績與表現來論定。那些不關懷老百姓疾苦的，不夠稱為"皇帝"，起碼在道德標準上是這般看待的。如東漢章帝召集儒生"會白虎觀講議五經同異，親自稱制臨決"（《後漢書·章帝紀》）的"奏議"即如此，可見古人對於王、皇、天子確實有嚴肅的道德約束。

　　一般的，人們會把訓詁和邏輯分屬於不同的學科，而在魏際昌的研究中，訓詁和邏輯是交融在一起的。由上面一段所引文字可見，魏際昌博徵先秦兩漢各種材料，由訓詁入手，證之以孔、老之說，而得出思想史的結論，這是非常精彩的分析。較之一般的哲學或者散文研究，真是切入肌理，有理有據，取材廣泛，而論斷卓絕，這是非常精彩的。這樣的諸子學研究，單從方法上來講，也是非常有意義的。

　　魏際昌的研究可以看出中文系訓練下研究諸子學之特色，這些看法和方法是一般先秦哲學史學科不能也不會做的。這是對胡適研究的一個很重要的修正，即中國思想自身邏輯的討論應該與傳統訓詁學相聯繫，而不是單從一般字句出發敷衍西式的邏輯。魏際昌研究諸子名學，與胡適的重心不同，顯示出對於古典文本自身脈絡的重視。這除了和學科分工有關之外，恐怕和對胡適研究的自覺反省有關。

　　由於時代的局限，魏際昌的諸子研究在材料的判定上有時偏於疑古（如對劉歆相關問題的判斷，相信《國語》為其偽撰），有時又過分相信古籍(如使用《孔叢子》《孔子家語》《尹文子》等材料)。當然,直到今天,這些文獻問題也還沒有解決,研究者同樣要面對如何選擇材料的問題。另外,由於眾所周知的原因,魏際昌研究中也有很多意識形態的痕迹,這是那個時代學者的歷史痕迹,今天看來大多數都没有意義了。不過,去除掉這些問題,魏際昌的研究還是呈現出自己的特點。他能够深入諸子文獻内部,以諸子的問題意識為主線,同時體現出思想史的關懷,在散文史的形式中進行思想史的工作,其研究顯示了諸子學傳統在學科化進程中的演變。這是諸子學研究在胡適之後的發展,其回到文獻自身脈絡、注重邏輯與訓詁的結合,對於我們反省哲學史模式的諸子學研究是有意義的。不過,在處理諸子學的現代身份上,魏際昌仍舊在中文學科内部發掘其思想内涵,這與胡適一樣,仍舊無法回到真正的諸子學研究範疇。

和胡適門下的著名學者相比,魏際昌是不那麽顯眼的人物。他在抗戰亂離之中棲身湘粤,無法著書;建國後在歷次運動中反復檢討所謂歷史問題,也根本無暇研究。魏際昌的諸子學研究並没有做出特別突出的成績,這是那個時代學者的不幸。不過,他的研究在其學生方勇那裏得到發展,從而承上啟下,把現代諸子學發展向前推動一步。

三、方勇:諸子學的正名及現代學術形態的探索

當代的哲學史研究和文學史研究都有對以往研究的方法論反省,其中就包括對學科化體系與傳統學術之間關係的討論,如對中國哲學合法性的討論①。在新一代學者的視野中,如何找到符合傳統學術脈

---

① 參彭永捷主編《中國哲學學科合法性論集》,河北大學出版社 2011 年版。

絡的學術形態是一個需要清理的方法論問題。在諸子學研究中,這一問題在方勇的研究中體現出來。

方勇,1983 年開始跟隨魏際昌攻讀碩士研究生,其後以莊子學術史研究成名,著有《南宋遺民詩人群體研究》《莊子學史》(三卷本、增補六卷本)、《莊子纂要》等。他也是大型諸子文獻叢書《子藏》的總編纂,諸子學專業輯刊《諸子學刊》的創始人和主編。方勇的學術志業有一個重心,就是推動諸子學在當代的發展。縱觀方勇的諸子學研究,從近代以來的學科化道路上向回走,從諸子學術史研究過渡到諸子學研究,並最終重新確立諸子學的名目和研究宗旨,以追求"新子學"為學術發展方向,這是對胡適、魏際昌學科化道路的一個回調。

方勇對當代諸子學的推動大端有四:諸子學文獻的集成,以《子藏》編纂為中心;諸子學術史系列,推動諸子各家各書的學術史研究;以《諸子學刊》為中心,結合國內外學術會議,聚合和培養諸子學研究力量;從現代諸子學的理念出發,提倡"新子學"。這四方面分別從文獻、學術史、研究隊伍和理念出發,全面開拓諸子學研究。這裏專門介紹其"新子學"思想,並涉及諸子學術史研究。

方勇的諸子學研究是從莊子學術史開始的,其研究有明確的方法論自覺,就是對哲學史模式的放棄。方勇的這種做法,和他繼承胡適的古典研究思路有關,也和其博士後合作導師褚斌傑先生的建議有關。褚先生認為一般的哲學史無法含納古典研究的很多內容,故而建議方勇以莊子研究本身的歷史為中心。在此意識之下,方勇的莊子學史研究幾乎是竭澤而漁式地搜索、整理歷代莊子研究文獻。諸如隋唐陸德明的《經典釋文》,在莊學史上的意義非凡,但是在哲學史上完全無法加以處理,方勇能夠對此做通盤的研究,顯示出學術史研究模式的真正意涵。其他類似的情況還很多,如醫學、文學、理學與莊子的關係等等。方勇研究莊子學史,取材不厭其繁,論說但求圓融。這種學術史寫作模式不同於一般的哲學史式的寫作,更能體現歷代莊子研究的真實面貌,從而革新了莊子研究的樣貌。在此之後,方勇又明確提出"新子學"的主張,這才真正擺脫前人,而努力重振諸子學的傳統。

2012年,方勇在華東師範大學先秦諸子研究中心舉辦的"先秦諸子暨《子藏》學術研討會"上,提出了"為諸子學全面復興而努力"的主張①,就是對治學科化之下諸子學研究有實無名的問題。其後,2012年,在《"新子學"構想》一文中明確提出"新子學"主張②。從此,"諸子學"之名重新回到現代學術的論域,諸子學研究也開始重新回歸自身。實際上,"新子學"不僅是學術研究的新體系,也是對傳統文化重構的理解,即如何評價諸子學傳統以及重新理解中國思想的內在結構。"新子學"的提出,是對現代學科化諸子學研究的繼承,更是對其所作的反省③。

---

① 方勇《為諸子學全面復興而努力——"先秦諸子暨《子藏》學術研討會"紀要》,《光明日報》國學版2012年4月23日。

② 方勇《"新子學"構想》,《光明日報》國學版2012年10月22日。

③ 在建國之後以及"文革"之後的學術研究中,大陸有很多以諸子學為名的研究著作,如童書業《先秦七子思想研究》(中華書局2006年版)、馮鐵流《先秦諸子學派源流考:對先秦諸子學術活動的新認識》(重慶出版社2005年版)、徐仁甫《諸子辨正》(中華書局2000年版)、孫開泰《先秦諸子精神》(鳳凰出版社2010年版)、郭齊勇《諸子學通論》(北京商務印書館2015年版)、方銘《戰國諸子概論》(學苑出版社2012年版)、高正《諸子百家研究》(中國社會科學出版社2011年版)、林存光《先秦諸子思想概述》(遼海出版社2015年版)、王澎《先秦諸子新探》(齊魯書社2015年版)等等。港澳臺地區的研究也有一些,如鄧國光《聖王之道——先秦諸子的經世智慧》(北京中華書局2010年版)、鄭良樹《諸子著作年代考》,(北京圖書館出版社2001年版)、陳曾則《周秦諸子學講義》(臺灣文聽閣圖書有限公司2010年版)等等。不過,立足革新諸子學研究,並且有重要影響者,只有方勇的"新子學"主張。

對於諸子學的學科化道路的分析，方勇是很自覺的：

現代學科體系推動了諸子學長足發展，但是諸子學畢竟是中國的古典學問，有自身的問題意識和方法。這些特徵是否在現代學科系統下得到展現，這有一個疑問。就現有的研究成果來說，諸子學研究大都是在中國古代史、中國哲學史和中國文學史的框架下完成的，真正以諸子學面目出現的不多。從諸子學研究的隊伍來看，現有諸子學的研究主力，一是古籍所和中文系專注於古籍整理的學者，一是哲學系的學者，再有就是歷史系思想史研究者和中文系古代文學研究者。從事諸子文獻整理的學者都受過古代文獻整理訓練，為諸子研究提供了堅實的基礎。中華書局的《新編諸子集成》系列是傑出的代表，我們所從事的《子藏》也屬於這樣的工作。哲學系以及思想史專業的學者主要做諸子學的現代解讀，特別是諸子哲學思想的研究。古代文學的研究者則從文學的角度來研究諸子，如諸子散文的研究。由於分屬於不同的學科，不同領域之間的研究成果缺乏共用機制，學者之間也很少聯繫。同時，由於受到專業的限制，學科的慣性，學者們在諸子研究過程中有的囿於過去的模式，無法突破，表現為研究對象過於集中，研究的方法歸於單一。這些都不利於諸子學發展。我經常和諸子學界的學者交流，很多人都表達了對現有諸子研究的不滿。大家都認為諸子學要發展，就要突破現有的學科限制，擴大學界的交流，在研究方法上更注重綜合性，作一種跨學科的研究。諸子學要發展，諸子學界迫切需要一個穩定、多元的學術群體，在相互溝通之中凝聚共識。除了人文學者之外，我們還希望進一步讓社會學科領域的學者參與進來，進一步形成一個諸子學研究多家共鳴的格局，這是藏在我們心底很久的理想。①

方勇對諸子學現代學術形態的反思，集中在對於近代以來以西方學術來比附上。中國哲學史是諸子學研究最主要的模式之一，諸子學從胡適開始，實際上已經改造為中國哲學史。因而，方勇的反思，主要集中在反思哲學史模式：

> 孔子成了最時髦的共産主義者，又成了新大陸挽近的行為派的心理學家，或以愛因斯坦的"相對論"解釋《老子》。至於以格致論公輸之巧技、平等比墨子之兼愛，或以孔學效耶教、《淮南》列電力者，更是不一而足。結果是使子學漸漸失去理論自覺，淪為西學理念或依其理念構建的思想史、哲學史的"附庸"：既缺乏明確的概念、範疇，又未能建立起自身的理論體系，也沒有發展成一門獨立的學科，唯其文本化為思想史、哲學史的教學與寫作素材。因而當時羅根澤就想撰寫《由西洋哲學鐵蹄下救出中國哲學》一文，以揭穿這種中國哲學家披上西洋外衣的把戲（見《古史辨》第四冊羅根澤前序）。（《"新子學"構想》）

其後，根據諸子學發展的新進展，方勇對此一問題又有進一步的

---

① 在 2014 年"新子學"國際學術研討會上的發言。其他學者如劉韶軍，對此問題也有一定的認識，參《論"新子學"的内涵、原理與構架》，《"新子學"國際學術研討會論文集》，華東師範大學先秦諸子研究中心 2013 年。

思考,他著重討論了先秦時代的基本思想形態:

> 近代以來,先秦哲學史對此提供了系統的知識圖景,而
> 這些工作在今天看來猶有未及。哲學史的範式預設了諸子
> 學研究的範本,研究的興趣多著力於形上學,諸子學本來的
> 問題意識和思想線索被遮蔽了,而我們實則應於原生中國意
> 識的定位上再多下工夫。除了學術觀念的更新,考古學發現
> 同樣重要。我們有機會認識古人完全無法想像的先秦時代,
> 如禪讓風氣與今文學發展的關係,孔孟之間、老莊之間的學
> 術鏈條,黃老學的展開等,這些是傳統時代無從想像的。諸
> 子學的發展譜系,遠較司馬談《論六家要指》《漢書·藝文
> 志》複雜,各家的共通性非常大,相互的影響極深。因而,當
> 代實具備了回歸中國思想原點的極佳契機。(《三論“新子
> 學”》)

對於諸子學與現代學術體系的關係問題,方勇提出要回歸原點,重新
審視諸子學的問題意識和方法。現代以來的學科化諸子學研究往往
喪失了諸子學的原問題意識,於是諸子的著作只是為了證明和發揮現
代學術觀點,這是學術界反省現代學術發展的一個共識。方勇不再把
諸子學視作一種古代的材料,而是將之視為包含著中國古代基本洞見
的原典,需要不帶偏見地去承認和發展的智慧體系。這一看法,並不
否認現代學術所應當具備的客觀性和理論性特質,因而,發掘諸子學
和諸子學現代化應該是同步的,這最後體現為學科化與傳統形態的融
通,方勇認為:

> 面對現代學術中世界性與中國性的衝突,“新子學”的主

要構想是以返歸自身為方向,借助釐清古代資源,追尋古人智慧,化解學術研究中的内在衝突。所謂返歸自身,就是要平心靜氣面對古人,回到古代複合多元的語境中,把眼光收回到對原始典籍的精深研究上,追尋中國學術的基本特質。這是"新子學"研究的目的。由此我們寧願對學界一向所呼吁的中西結合保持冷靜態度。中西結合雖則是一個良好的願望,其結果卻往往導致不中不西的囫圇之學。這一後果表明,任何真正的學問都有堅實的根基。沒有根基的綜合從來都是沒有生命力的。(《再論"新子學"》)

如何處理傳統學術發展與西學的關係一直是糾纏在現代中國學者心中的大問題,也是約束和影響著所有研究者的時代語境。不同於胡適以西方模式來組織哲學史,或者魏際昌以散文史形態講述思想史問題,方勇更自覺地回到對原始語境與原始問題的追問上:

  "新子學"當然會關注西學,我也深知這是一個西學盛行的時代,但是我們的工作重心還在中國性的探索上,在中國學術的正本清源上。"新子學"並未限定某一種最終結果,但是我們的方向在這裏,逐級地深入,慢慢地積累。我相信這是一個有希望的方向。這就是"新子學"面對學術内在糾纏的自我定位。(《再論"新子學"》)

方勇在對待諸子學傳統上不同於胡適,而能以魏際昌的態度對待,他以經子並治為研究諸子學的前提。經子並治是對胡適以來哲學史化的諸子學研究的一個撥正,其關鍵是重新承認早期經學與諸子學之間的共生關係。同時,在諸子學具體研究的方法上,方勇提出原理化和

社會科學化兩種思路,這是應對學科化進程,對諸子學發展的現代化的一種探索:

> "新子學"認為,關於元典時期的研究範圍實應涵括諸子各家,旁涉早期經學,這樣就能跳出經、子二分的傳統觀念,回歸原點。我們主張以《春秋》《周易》《論語》《老子》為基礎,這可能是激發創造的新典範;再旁及《孟子》《荀子》《莊子》《墨子》和《韓非子》等其他經典,形成元文化經典的新構造。……其一是研究的原理化。原理化要求不再局限於儒、道、墨、法、陰陽、名六家的框架,而是以問題為中心,做一種會通的研究。要抓住核心觀念疏通古今,融入現代生活中加以討論。諸子學具有恆久的意義,在於其洞見了文明中的基本事實,其解決問題的方案可能不是唯一的,但最切近中國社會。其二是研究的社會科學化。以往的研究都偏於哲學化,我們應該更多注意運用社會科學方法解釋古典文本。現代社會與傳統社會的不同在於,這是一個高度"人工化"的社會,一切現象都需要社會科學的視角才可以理解。古典時期的智慧需要結合諸如經濟學、政治學、管理學、社會學的方法來闡釋,才可能具有實際的解釋力。(《三論"新子學"》)

方勇還特別強調了諸子學的價值意義,這是在胡適、魏際昌之外,對於諸子學一種價值上的肯定。胡適以材料看待諸子學,魏際昌把諸子學理解為統治階級的意識形態,方勇在當代思想的背景下,高度重視諸子學傳統,這是中國思想界逐步肯定本土資源在諸子學上的體現。他認為:

　　我們認為,傳統文化研究的方向應該是對治現代性,而非論證現代性。從哲學史的範式中走出來,把重點從知識構造轉出,重新喚醒傳統資源的價值意義,讓經典回到生活境遇中,這是關鍵。當然,這不是說把古人的話頭直接搬到現在,也不是說不顧及現代社會的主流價值,一味復古。喚醒價值,是指在傳統價值中找到適應當代的形式,並與現代價值做有效溝通。(《三論"新子學"》)

在方勇這裏,價值化不是回到諸子學的傳統形態,而是在專業化的路徑上回復其價值意義。這就指出了諸子學研究的最終目的。諸子學研究,最終是為了諸子學本身,而不是成為學科化的一個產品。

最後,方勇提出了建立系統的"'新子學'學術體系"的主張,同時闡釋了其原則和步驟:

　　簡而言之,"新子學"就是試圖擺脫哲學等現代分科體系的窠臼,建立以諸子傳統為研究對象,具有相對獨立研究范式的現代學術體系。這是"新子學"的目標。……"新子學"需要破除歷史上的種種偏見,也需要反省現代學術的盲點,其要點就是探索中國文明形態的基本特徵。這很可能顛覆我們以往對諸子學、經學以及對先秦時代的一般看法,從而在思想的層面上對於"何者為中國"做一個回答。……"新子學"工作包括三個部分:文獻,學術史,思想創造。這是逐步深入的研究步驟,也是並進的三個方面。①

---

① 　方勇《新子學:目標、問題與方法》,《光明日報》2018 年 4 月 7 日。

總而言之,提出建立新的學術體系,標誌著方勇的諸子學研究從學科化的路徑中脱出,同時也是對諸子學研究學科化路徑的辯證的繼承。他重新把諸子學正名化,並且提出"新子學",主張諸子學學術體系的建立,這是對胡適和魏際昌研究的真正推進。其所論的"新子學"的理念、方法、框架,經過學者的討論,顯示出勃勃生機①。從胡適的學科化努力,到魏際昌的修正,再到方勇的返本開新,顯示了現代諸子學研究經歷了學科化洗禮後的某種新生態。

結　語

本文以胡適、魏際昌、方勇三代學者為例,通過展示他們的諸子學研究,來回顧近百年來諸子學學科化發展的歷程。胡適最早建立了一個諸子學的學科化范式,魏際昌對此體系做了若干修正,而方勇則反思這一體系,倡導回到諸子學自身傳統之中。這一歷程,從一個側面顯示了近百年來中國傳統思想資源所經歷的"現代化"轉型。本文希望借助這一歷程,討論一個重要的方法論問題:諸子學在現代學術體系中的身份問題,即諸子學應該以什麽樣的形態進入到現代中國學術

① 　關於"新子學"的研究,可參《"新子學"論集》(學苑出版社 2014 年版)及《"新子學"論集(二輯)》(學苑出版社 2017 年版)。此外,2017 年在臺北舉辦了第五屆"新子學"國際學術研討會,2018 年在韓國舉辦了第六屆"新子學"國際學術研討會。

體系之中①？

　　諸子學在現代學術中實際上有兩種形態，一種是學科化的中國哲學史、先秦哲學史，以及先秦散文史等等，這些是諸子學研究的主流。另外一種則表現為提名為諸子學的著作，如民國時期陳柱《諸子概論》、劉汝霖《周秦諸子考》、陳鍾凡《諸子書目》《諸子通誼》、江瑔《讀子卮言》、李源澄《諸子概論》、孫德謙《諸子通考》、羅焌《諸子學述》《經子叢考》、蔣伯潛《諸子通考》《諸子學纂要》、胡耐安《先秦諸子學》等等，這些學者追隨清儒及章太炎的思路，仍舊停留在前學科化的路徑上。1949 年之後，兩岸三地也有一些類似的著作。無疑的，前一類著作在現代學術史上影響深遠，在學術體系中居於主流，而後一類著作只是處於邊緣地位，影響很小。如果不是專業的研究者，對於後一類著作基本是不知道的。這一情況反映了諸子學在現代發展的基本

---

　　①　現代學科體系對於傳統學術研究的影響是非常明顯的，我們可以舉一個例子說明此事。筆者曾和程章燦老師談過自己的觀察："比較哲學系對於古代典籍的研究，中文系的研究倒是更好的處理辦法。"程老師表示同意。此外，譚家健著《墨子研究》，其中的後記談到，"一位朋友看過部分書稿之後，十分友善而誠摯地對我說：你這是中文系的講法"，而"所謂'中文系講法'，按照我的理解，主要就是按照墨家本身所提出的問題去講。例如墨家十論，皆逐一設章論述。套用當代文藝理論新術語來說，或許可以叫做'文本的闡釋'。與中文系講法不同的應是哲學系的講法。我曾請教過朋友，那主要是按研究者的哲學觀點對墨家加以分析和綜合，所論述的命題更具有理論性。如唯心與唯物，辯證法與形而上學，天與人，知與物，心與性，義與利，動機與效果，思維方法，認知路線等等。"（貴州教育出版社 1995 年版，第 510—511 頁。）諸子學研究，受到學科的限制而顯示出不同的面貌，這在華東師範大學先秦諸子研究中心舉辦的歷次國際國內學術會議上看得也非常明顯。

境況:脫離了學科化主流的諸子學發展是沒有能力應對現代的要求的①。

那麼,如何評價從胡適開始的諸子學學科化的研究呢? 從胡適以來的現代諸子學研究取得了豐碩的成績,不過其都是在中國哲學史、先秦哲學史、中國文學史、中國思想史的模式下完成的。對於胡適開創的哲學史模式,哲學史研究者自己也在反省之中②。彭永傑教授在《關於中國哲學史學科的幾點思考》一文中談到:"中國哲學史學科領域內這種'漢話胡說'的模式,雖然取得了看似輝煌的學術成就,卻導致了一種我們不得不面對的尷尬後果:經過學者們的辛勤耕耘,中國哲學史被詮釋為新實在論、實用主義、生命哲學、意志主義、唯物史觀、現象學,直至後現代主義,唯獨成為不了'中國哲學'的歷史。國人對於中國傳統不是更易於理解和更加親近了,而是更加不解、更加疏遠了。到目前為止的中國哲學史研究實踐,只是使這門學科成為'哲學在中國',而始終無法做到使其成為'中國底哲學'。"③就諸子學研究

---

① 左玉河把中國現代學術分為兩個類型:移植之學與轉化之學(《從四部之學到七科之學——學術分科與近代中國知識系統之建立》,上海書店2004年版)。從諸子學來看,還有一種保留傳統形態的學術。也就是說,諸子學在現代的發展,以學科化為一種形態,以傳統諸子學為另外一種形態。

② 近年來,中國哲學史研究界在討論中國哲學史合法性問題,對中國哲學史的學科合法性問題展開討論,可參鄭家棟《"中國哲學"的"合法性"問題》,原載《世紀中國》《中國哲學年鑒》(2011),轉載於《中國社會科學文摘》2002年2期。最新的討論請參郭齊勇編《問道中國哲學——中國哲學史研究的現狀與前瞻》,九州出版社2014年版。

③ 彭永傑《關於中國哲學史學科的幾點思考》,《中國社會科學院院報》2003年6月5日。

而言,在現代學術轉型過程中,諸子學一直有其實而無其名①,諸子研究一直在哲學史、文學史的範式下進行。學科化是諸子學進入現代學術的門徑,也是制約和扭曲諸子學研究的窠臼②。現在的問題是:如果諸子學發展必須帶著學科化的鐐銬來跳舞(借聞一多語),如何保證其内在思想的原發性和表達方式的現代性,這是關鍵。

我們認為,可以有兩種思路來應對。第一:如果諸子學還是一種有效的論說話語,是否可以放棄哲學史模式,而回到諸子學③? 堅持諸子學的自身身份,同時又堅持學科化方向,那麼"諸子學"自身作為學科就不可避免④。不過,這一點不僅涉及諸子學本身學科建構的問

---

① 嚴格說來,如果說諸子學的實是指諸子學的原問題與元方法,那麼諸子學的實也是缺失的。不過,我們說哲學史模式下的研究有其實無其名,大致是指諸子學作為研究對象與研究内容在學科中是存在的,只不過缺失了諸子學的名義。

② 關於文史哲學科劃分對於傳統學術研究的弊端,可參斯日古楞《中國近代國立大學學科建制發展研究(1895-1937)》,"文史哲不分家,社會科學與自然科學相融合是傳統學科的最大特色,在新的歷史條件下,值得思考'學科的正當性是否必須與傳入中國的西方近代學術分科接軌'的問題",廈門大學教育研究院 2012 年博士論文。

③ 張京華教授在《先秦諸子學基本資料序》中表達了從中國哲學史回到諸子學的想法:"余早歲問學,半在乾嘉、半為西學。時聆聽湯一介先生開講'魏晉玄學',於'哲學範疇'一語意念頗深。其後滬上學友高峰兄每誡余中國學術以'生生'為大道,初不似西洋之'哲學',心有所悟,遂有離乎'先秦哲學'而轉入'諸子學'之想。"(http://www.doc88.com/p-17460912657.html)

④ 關於諸子學學科化的思考,可參林其錟《略論先秦諸子傳統與"新子學"學科建設》,《新子學論集》,第 98 頁。

題,還涉及當代中國學術體系的結構變化,需要足夠的時間①。第二:如果我們不拘泥於學科之名的話,校正一個世紀以來的諸子學學科化之路,"恰切的理論性"或許是一個關鍵點。諸子學研究是一個複雜的體系,不過追求理論性當是其核心。哲學史研究加強了諸子學的理論品質,但是代價是喪失了諸子學的問題意識。把諸子學的理論思考重新校正回到自身"恰切"的問題意識和問題域之中,這或許是解決諸子學學科化問題的辦法。方勇關於"新子學"的論說提供了一些線索,很多問題需要進一步研究。

無論如何,諸子學的學科化已經無法回頭,把諸子學自身理解為現代學術範式,找到更好的形態來論說諸子學,這是一個艱巨的任務,也是百年來諸子學現代轉化工作的下一步。這需要學者的思考,還有很多工作要做。梳理從胡適、魏際昌到方勇這條線索,希望能夠給我們提供更多的啟示。

(本文原載於《諸子學刊》第十九輯,作者單位:東北師範大學古籍研究所)

---

① 這個問題和國學以及經學的合法性一樣,擺在我們面前。國學、經學以及諸子學有沒有學科的合法性呢? 關於這方面的思考,還可參郭齊勇《試談"國學"學科的設置》,《光明日報》2010 年 8 月 25 日。

承先啟後　詁訓通經

——魏際昌先生先秦名學研究述論

田　鵬

　　魏際昌(1908—1999),字紫銘、子明,號紫庵,河北撫寧縣人,曾師從胡適,是胡適在大陸唯一從事學術研究工作的研究生。魏際昌先生遺作由華東師範大學先秦諸子研究中心方勇教授組織校對整理,分為十一冊由人民出版社出版,題名《紫庵文集》。其中許多作品經由手稿或油印本整理而成,甚至是首次面世,其中或有數十年前的學術觀點,雖從未蒙人齒及,但並未落伍,對現當代學術研究依然具有參考價值。這套著作的付梓使後學得以一窺老先生的思想與學風,可謂功莫大焉。《紫庵文集》第二冊輯錄了《先秦諸子的名學問題》《先秦散文研究》《先秦兩漢訓詁學》三部作品,共同構成了一套相對完善的先秦諸子名學研究思想體系。魏際昌的名學研究雖篇幅不長,但完成度很高,別開生面地以訓詁為切入點,這一方面得益於他深厚的國學功底,在還原先秦原初語境方面著力甚多;另一方面受胡適等近代學人學風影響,對中西跨學科研究也有所體悟。魏際昌的先秦名學既有對近代名學研究的承襲借鑒,也有對先秦名學傳統研究的突破創新,在先秦諸子名學的學科定位方面頗有真知灼見。

一、魏際昌先生先秦名學研究的成果與理路

　　司馬遷在《太史公自序》中對名家的定義是:"名家苛察繳繞,使

人不得反其意,專決於名而失人情,故曰'使人儉而善失真'。若夫控名責實,參伍不失,此不可不察也。""專決於名"之"專"是有程度深淺之別的。公孫龍有《公孫龍子》六篇,《荀子》和《呂氏春秋》各有《正名篇》,其餘先秦兩漢諸子元典雖然也涉及名學問題,但多與其他議題相雜糅,罕見純粹以探討"名"為核心論題的作品。

因不同學者所持"先秦名學"定義不同,對名學涉及諸子的範圍各持己見,研究理路也南轅北轍,甚至對"先秦名家"與"名學"是否存在也尚存爭議。近代學者所謂的"名學"基本上是西方哲學語境下的"邏輯學"。曾祥雲《"名學"辨析》總結道:"胡適的《先秦名學史》、陳啟天的《中國古代名學論略》、虞愚的《中國名學》、陳顯文的《名學通論》、齊樹楷的《中國名學考略》等等,其中的'名學',已是對'中國古代邏輯'的指稱。"①現當代的名學研究受司馬遷的諸子門派分類方式影響很大,往往以"先秦名家"為出發點:或以先秦名家為重心,旁及儒、墨、道、法各家,如朱前鴻②和董英哲③分別編纂的兩部《先秦名家四子研究》;或以惠施、公孫龍為重點講論名學,如景鴻鑫《景注公孫龍與名家》④與黃克劍《名家琦辭疏解·惠施公孫龍研究》⑤。

魏際昌對先秦名學的定義獨樹一幟,"正名就是認字,詁訓所以通

① 曾祥雲《"名學"辨析》,《電子科技大學學報(社會科學版)》2000 年 3 期。

② 朱前鴻《先秦名家四子研究》,中央編譯出版社 2005 年版。

③ 董英哲《先秦名家四子研究》,上海古籍出版社 2014 年版。

④ 景鴻鑫《景注公孫龍與名家·圖像思維的再詮釋》,成大出版社 2015 年版。

⑤ 黃克劍《名家琦辭疏解·惠施公孫龍研究》,中華書局 2010 年版。

經"是其名學研究的精審概括。① 他認為"名學"就是先秦的"字學",即"訓詁學"。而訓詁作為普遍性的方法論,幾乎見於所有諸子傳世文本。這樣一來,"名學"的研究對象不僅限於名家學派,在橫向上的研究文本範圍遍及先秦諸子,在縱向的時間軸上可推至秦漢以後的小學學問,直至清代漢學家的諸子學研究。《先秦諸子的名學問題》一文集魏際昌名學研究之大成,這部作品與《先秦散文研究》《先秦兩漢訓詁學》一起,構成了一套基於先秦諸子文獻的名學研究體系。

1. 先秦名學研究思想體系的構成

(1)《先秦諸子的名學問題》

《先秦諸子的名學問題》是魏際昌先秦名學思想體系的集中闡釋,分為八個章節與結語,以"子"為單位,依次闡述孔子、墨子、孟子、荀子、老子、莊子、韓非子、尹文子等在名學方面的立場與特點。各章大意概括如下:

第一章"先秦諸子的名學——從所謂的識字、詁訓談起",雖未在題目中寫明,實際是專論孔子及其"正名"思想的。開篇首句,魏際昌就明確提出名學"可以說就是'字學',也就是'訓詁學'"的觀點,並解釋道:"訓,順;詁,故;識前言者也。"整篇文章都在論證深化這一立場,並將諸子文獻中的名學思想分別以訓詁學的方法加以檢證。

孔子的名學思想可概括為"正名"。《論語·子路》曰:"必也正名

① 按:《紫庵文集》中,"詁訓"與"訓詁"是同義詞:"按'訓詁'單詞為'詁',重語是'訓詁'也叫作'詁訓'。"

乎! 名不正則言不順,言不順則事不成。"其中即包括了正文字。此文
舉了兩個例子論證:

> 漢人鄭玄(127—200)解釋它說,"正名"就是"正字書"。
> 漢人許慎(約 58—147)在他的《說文解字》中,也曾多次
> 援引孔子之言以論證其字形。

孔子認為,唯有名實相符,才能維繫正常的社會政治秩序。這一章通
過倫理、道德、政治、軍事、教育五個層面論證孔子的"雅言"的重要性。
魏際昌注曰:"雅,正也,常也。雅言,正言,常言。"正因為名學要通過
語言文字作為載體呈現於社會政治活動中,所以孔子的"正名"尤其重
要。因此,魏際昌認為孔子是先秦名學乃至中國名學的奠基者與開拓
者:"無論從字形的結構,辭章的推敲,以及義理的建立等任何方面講,
孔子都是承前啟後繼往開來,托古改制自我千秋的先行者。"這篇文字
的其餘章節,論及其餘諸子,均是將孔子的"正名"作為理論範式相對
照的,墨子、孟子、荀子的名學觀或有發散,但基本理路與孔子並無
二致。

　　第二章"墨子的'三表義法'——是'名學',也有'認識論'",可分
四部分:其一是儒、墨相同之處。魏際昌評價"墨子的訓詁文字並不差
於儒者",並在仁為體愛,義乃利人,忠是克己等方面與儒家高度一致。
其二是墨子通過訓詁的方式呈現出"幾何學""光學""機械"①的相關

---

① 按:稱"機械"並不準確,實際所指包含了廣義上的"應用物理學"。
魏際昌《紫庵文集·第二冊》,人民出版社 2021 年版:"因為這裏面是'理論力
學''機械製造''土木工程''城防武器'的知識都有,實在無法詳細論列。它
們具見《經》上下、《經說》上下,和《備城門》《備高臨》《備梯》《備突》《備水》
等篇之中,可以按索。"

知識。其三是《經說下》:"以牛有齒,馬有尾,說牛之非馬也,不可"一節與《公孫龍子·名實》的比較,墨子與公孫龍子在"二者在'名學'論上的若合符節"。其四是出自《墨子·非命下》的"三表法",魏際昌認為是中國最早的"邏輯學""三段論法"。而且後者"正是此章的涵義"。這也通過詁訓文字體現:

> 是故言有三法。何謂三法?曰:有考之者,有原之者,有用之者。惡乎考之?考先聖大王之事。惡乎原之?察眾之耳目之請。(畢沅云:"據前篇,當為情。")惡乎用之?發而為政乎國,察萬民而觀之。此謂三法也。

這是墨家對主要以社會政治生活為主要內容的儒家訓詁學的補充與豐富。經檢證,訓詁作為普遍性的學術手段,可應用於自然科學與邏輯學的跨學科研究。

第三章"孟子的'知言'——著重在:說話,論辯",孟子完全繼承了孔子的名學觀,側重言語方面的"正名","從發言立說之中,解決實際問題。就是,既騰之於口,也筆之於書",並在孔子"雅言"基礎上發展出"知言"以及與之相對立的"詖辭""淫辭""邪辭""遁辭"這四種"壞話"的概念。雖然孔孟的名學觀一脈相承,但在社會影響方面有區別,魏際昌總結為兩方面:其一,孔子認為"利口"之類的言語可以"傾覆國家"。《論語·陽貨》曰:"惡利口之覆邦家者。"孟子"還沒有把它提高到可亂邦國的境地。"其二,孟子對《詩》《書》不似孔子一般推重。其三,孟子比孔子處理君臣關係更靈活,"奴才見識,在孟子身上是找不出來的。"

第四章"荀子的'名實感應'論——樸素的'心理''論理'①知識",魏際昌認為荀子比孔孟的名學思想更系統,已經形成了"一整套有關邏輯、心理學問"。荀子的邏輯學是"實證主義邏輯",《正名》曰"'名足而實辨','制名以指實',驗證方式取決於人耳、目、鼻、口、心、體的生理感知,即所謂'緣天官'"。因為人心之"心",即"頭腦",可以感知七情六慾,荀子"已經初步地懂得了心理學上由外部的刺激而引起了神經反應的道理",所以荀子的邏輯學是與心理學相關聯的理論。荀子提出的同名、異名、單名、復名、大共名、大別名六類"命名"的主要辦法,就是通過"天官"對"狀"和"所"的感知。在"命名的四種程緒:命、期、辨、說"中,辨說是"心之象道",期命則是"辨說的進一步的應用",意在"思想感情有所作為"。魏際昌描述的荀子名學,在邏輯概念與方法上都是從心理學出發的。

第五章"老子的號稱'虛無'——無名還是有名"是所有章節中篇幅最短的,且為批判性質。通過老子雖然主張"虛無""無名",但他"也是使用了文字符號的",因此"即從字面上看已是有名了"。魏際昌把"名實相等"作為正名的基本條件,因為"字即是名",所以可經由《老子》"人法地,地法天,天法道,道法自然"來論證"'道'和'自然',原來是同義辭。"因此,老子為仁義定名的"上德"與"下德",也是"主觀片面的,不足為訓的。"這一章批判的對象,字面意思是老子,實際是近代名學研究者,他們一般按照《老子》的字面意思把他歸類為"無名學派"。

---

① 按:題名"論理"是西方邏輯學的代稱,主要內容是形式邏輯。該稱謂流行於二十世紀上半葉,據周雲之考證,自1903年《論理學綱要》出版以後,至1930年,共有20多種以"論理學"為題名的專著出版,至1949年累計有60多種。(周雲之《名辯學論》,遼寧教育出版社1996年版)

第六章"莊子的'對立辯'——相反相成,也是'名學'",通過《莊子》的"言"(寓言、重言、卮言)與"辯",論述莊子對"名物"的兩層態度:"天地萬物雖然千差萬別,卻是自己在發生變化著的,人力無奈之何,用不到妄事紛擾;一切是非、善惡、大小、美醜,都是相對的,有它'是'的一面,也有它'非'的一面,區分爾我正反實無必要。"這種辯證的態度可與老子的"有名"、"無名"相參照。

第七章"韓非子的'刑名'——辯言齊備,論理性強",魏際昌認為韓非子的名學繼承自荀子。《韓非子·二柄》曰:"刑名者,言與事也。"魏際昌解曰:"這言即是法令、名分、言論,這事即是慎賞明罰、循名責實,所以刑名跟法術是分不開的,二者往往聯稱。"韓非子的名學有兩個重點:其一是通過《揚權篇》"正名責實確定物類,自然是給刑賞法治建立理論基礎的";其二是通過《難言》與《說難》,闡述向君主進言的危險性與保身之道。前者是關於名學與政治體制的理論交集,後者則探討名學與語言在政治生活中的實際應用。這兩個層面遠比孔子、孟子、荀子的名學要切近實際,一方面是因為韓非的名學是集前人之大成,另一方面,也是因為訓詁學在戰國已經形成,這才為韓非子的名學打下基礎:

> "漢字訓詁學"遠在先秦就已經胚胎成形牛刀小試了,不過是直到漢人才找尋出來它的發展規律,使之成為更有體系的研究(如《爾雅》《說文》《方言》《釋名》等專著即是)而已。

因而,韓非子不但是刑名學說的先驅,也是先秦訓詁學的集大成者。

第八章"尹文的'大道'——不甚著稱的'形名學'者",這一章以《大道》為主要論據,因今本《尹文子》作者與成書時間尚有爭議,此文側重的是與儒、道、法各家的對比。從"名者也,正形者也"到"形者,

必有名;有名者,未必有形",論證尹文子"形名學"與孔子"正名"如出一轍;進而把"形名"細分為"名有三科":

> 一曰:命物之名,方圓白黑是也。二曰:毀譽之名,善惡貴賤是也。三曰:況謂之名,賢愚愛憎是也。

尹文子的"名"與"法"是緊密相連的,後者被分為"四呈":

> 一曰不變之法,君臣上下是也。二曰齊俗之法,能鄙同異是也。三曰治眾之法,慶賞刑罰是也。四曰平律之法,律度權量是也。

魏際昌把這一段定性為階級社會中"慶賞刑罰,律度權量"的固定標準,體現的是國家機器的制約力量,如果"起錯了名字,叫錯了地方,都有這樣的危害,有關國家大事的,就更不該馬胡了。"由此梳理《大道》的脈絡,從正名的重要性與名的類型,到概念上的"名"與國家政治的"法"的關係,推演至形名一致不可分割的關係,最後落腳在名學對治國的重要性:

> 道不足以治,則用法;法不足以治,則用術;術不足以治,則用權;權不足以治,則用勢。

這章的論證邏輯環環相扣,結論是"尹文之'形名'乃是'刑名'",魏先生本意,即尹文子的名學底蘊與韓非子別無二致。

第八章應當包括對《大道》《白心》的名學思想分析,以及尹文子關於文字訓詁方面的整理。

(2)《先秦散文研究》與《先秦兩漢訓詁學》

《紫庵文集》第二冊同時收録了《先秦散文研究》與《先秦兩漢訓詁學》兩部作品,前者的研究對象是包含諸子散文在内的先秦散文,其間列舉了大量訓詁文字以為例證並總結其特點;後者是對先秦兩漢訓詁學論發展歷程與重要辭書的專論。這兩部作品與《先秦諸子的名學問題》共同構成了魏氏以先秦諸子的名學研究為主體,以訓詁學研究為輔翼的先秦名學研究體系。

《先秦散文研究》的結構既非"作品羅列"亦非"問題引導",而是就先秦散文的"研究方法"本身尋根溯源,因為這是魏際昌"自七八年以來給中文系青年教師補課和帶研究生的教學筆記",以教學為目的,側重對該學科由淺入深的認知。這不同於一般古代文學通史或斷代史的書寫方式,而是回歸先秦文學傳統,把訓詁放在重要位置上:

> 但在研究的時候,卻是義理、辭章、考據三者並重,而以辭章之學為主的。甚至連訓釋它們的文字(如傳、注、箋、疏之類)都不輕易放過,漢儒、宋儒、清儒的全用。

"通論"部分有十條科目,前四條都是關於文字訓釋的功夫:

① "正名",讀書必先識字。

② 文、文章、文學、文獻、文史釋義。

③ 版本、目録、箋注、訓詁、校勘之學。

④ 訓釋舉例:《詩》的"毛傳""鄭箋"(實際章節編排有變動,第四章題名為"戰國諸子的文字訓詁舉例:立言有章")。

"分論"的十條科目之首是"從《爾雅》《說文》《方言》《釋名》等字書中,探索訓詁文的特點。"

魏際昌多次提及"內容決定形式"的創作規律,對包括諸子散文在內的先秦散文思想性、政治性的解讀,需以對文字的正確訓釋為前提條件。因此,這篇作品用了相當大的篇幅講解以孔子"正名"為指導思想的秦漢訓詁方法與規範。

《先秦散文研究》第四章"戰國諸子的文字訓詁舉例:立言有章",把諸子散文中的訓詁文字羅列出來,按儒墨、老莊、荀韓分作三組,作對比研究。名學中的"正名"問題已經是諸子訓詁研究的指導思想:

> 而且墨家跟儒家一樣,也是主張正名責實,出言有章的。
> 不只儒、墨兩家如此,老、莊、韓非莫不皆然。
> 儘管名其(老子)所"名"不是我們承認的帶有普遍意義的符號,有時必須區別對待。莊周就談的更細緻了,他的"名學",按照今天的話說,是頗近似於"相對論"的……
> 荀卿的"名學"就更講的全面了。……釋名、正義的文句,《荀子》書中也是隨處可見的……
> 法家則以荀卿的學生韓非為最諳此道。

魏際昌的訓詁學與名學的觀念是一以貫之的,既然這兩門學問在先秦是相通的,那麼諸子的訓詁文字即為先秦名學研究的文獻基石,《先秦諸子的名學問題》一文顯然是對這一章節的深化擴寫。兩部作品區別在於:《先秦散文研究》所引文獻廣度與思想深度不及《先秦諸子的名學問題》之專論,研究對象排除了孟子與尹文子,前者的內容側重語言文字上的"正名",且有《論孟研究》(收錄於《紫庵文集》第二冊)作出專論,後者不僅論及語言文字方面"名實相符"的"正名",且包含政治理論方面以"法有四呈"為代表的"刑名",相較之下邏輯更完善。

另一部與名學相關的訓詁學著作是《先秦兩漢訓詁學》。此文由四部分組成:第一部分是"先秦兩漢文字演變",分三節,分別講述了"殷商至姬周"、"嬴秦以來"、"劉漢代興"三個時間段的古文字訓詁與考釋;第二部分是"鄭玄的訓詁學";第三部分是"辭書七種";第四部分是"《爾雅》學"。雖然這部作品沒有隻言片語提及"名學",通部盡是校勘聲義訓釋名物的學術史,但它是先秦諸子名學研究的理論和文獻基礎:文字是意義的載體,從甲骨文、鐘鼎文到篆書、隸書的文字演變,對訓詁學而言,有正本清源的重要作用;鄭玄對古書的訓釋、《爾雅》《說文》在諸子的名學研究中被多次引述。

以上三部作品共同構成了魏際昌名學研究的思想體系:《先秦兩漢訓詁學》提供了基礎文獻與研究方法;《先秦散文研究》確定了訓詁學與名學在先秦散文中的地位和作用,勾畫了諸子名學的理論框架;《先秦諸子的名學問題》在以上二者的基礎上,從思想史角度論述名學在諸子中的傳承發展。當然,其間或有穿插,大體是這樣的。

2. 對先秦諸子名學的研究方法

魏際昌的名學研究,是直接將先秦名學定義為"訓詁學",並從訓詁學的角度,以孔子"正名"為理論範式與準繩,結合先秦歷史政治背景,闡釋部分先秦學者的名學觀點與立場。以訓詁為線索,名學在諸子之間顯而易見的繼承關聯呼之欲出。其研究對象並非諸子的簡單羅列或孤立的個案,而是致力於描繪先秦名學在諸子當中的傳承與發展。魏先生的名學研究獨具慧眼，其文牽涉到的許多問題迄今仍未被當代學界齒及。

(1)名學與訓詁學的關係

此處必須明確一個問題：既然魏際昌認為名學就是訓詁，那這兩個概念能否能完全等同並在任何語境下相互替代？答案是肯定不能。

雖然訓詁與名學都通過控名責實以求名實相符，但二者在學科定義上依舊是兩門學問。在以上三部作品中，也是明確區別使用的。結合文本，魏際昌的認為名學"也就是'訓詁學'"，此言的真實含義並非指兩門學問可以不計語境地相互指代，而是指"名學是一門通過訓詁的形式表達的學問"。

在魏際昌的文章中，這兩門學問的異同很明顯：

首先是二者牽涉的文本異同。《先秦諸子的名學問題》一文，每一章都引用了諸子散文中的訓詁文字和鄭玄等漢儒對先秦文獻的注疏，但並非所有秦漢傳世文獻中的訓詁文字都與名學有關。訓詁學的範疇要比名學更廣。

其次是二者雖學理相似，但名學更側重思想表達。名學需"正名"，這就要認字，因而需要訓詁。看起來都是控名責實，但訓詁學僅止於語言文字的"形式"，名學則側重社會政治倫理的"內涵"，倫理道德、軍政法律、教育生活，都可上溯至對政治理想的追求，還可以旁及其他學科，如《墨經》涉及邏輯學與自然科學，《荀子·正名》涉及心理學。

最後，二者的研究者不同。據《先秦兩漢訓詁學》，秦漢訓詁學的傳承側重語言學研究的學術技法，許慎、鄭玄、楊雄多信奉儒家，學者間的差異一般是地域方言或時間流逝造成的。而諸子各自的名學雖然都應用到訓詁，但學者間的差異是各學派在社會政治方面的學術主張不同造成的。

此處有一個旁證。《先秦諸子的名學問題》前三章和第七章論孔子、孟子、墨子、韓非子的名學,都把他們的訓詁文獻置於篇首顯要位置,但第四章和第六章分別論荀子和莊子的名學,他們的訓詁文獻就被置於篇末,主要側重名學的思想性。前者形而下,後者形而上。按章節順序,訓詁文字作為論據,佔比重越來越少,所起論證作用也越來越弱。

"正名就是認字,詁訓所以通經。"對名學而言,訓詁是求索之舟楫,是手段而非目的。正名、認字、訓詁都是手段和方法論,"通經"才是最終目的。訓詁的手段本身是中性的,不附帶任何價值評判,諸子思想家賦予名學的政治性、歷史性和思想性才能承載名學的價值。打個不甚貼切的比方,訓詁學就像一條通天大道,所有車都能在這條路上走向光明的前景,名學思想可以,其他思想也可以。

(2)以孔子"正名"作為先秦名學的範式與準繩

《先秦諸子的名學問題》的第一章題名為:"先秦諸子的名學——從所謂的識字、詁訓談起",研討對象為"孔子'正名'思想在各領域的體現"。之所以把孔子置於篇首,並非是魏際昌對他有甚於其他諸子的偏愛。惟其在訓詁方面的研究範式最具代表性,理論最為完備,且是"承前啟後繼往開來,托古改制自我千秋的先行者",有開拓之功。

在《先秦諸子的名學問題》第一章開篇首句,魏際昌就對"名學"作出了明確定義:

> 什麼叫做"名學"? 可以說就是"字學",也就是"訓詁學"。

孔子有"托古改制"之意：

　　子曰："周監於二代，鬱鬱乎文哉！吾從周。"(《論語·
八佾》)
　　子曰："殷因於夏禮，所損益，可知也；周因於殷禮，所損
益，可知也。其或繼周者，雖百世，可知也。"(《論語·為
政》)

魏際昌總結道："按殷夏相因，周監二代，禮文大備，故孔子美而從之
也。"孔子"雅言《詩》《書》，祖述《周禮》，樂正《韶》《武》，筆削《春
秋》"，"雅者，正也，即是準確地讀書識字，不要曲解古代典冊文章之
意。"名實相符的"雅言"與孔子的社會政治理念之間，是手段與目的
的關係。識字是二者的前提，唯有識字，才能讀通經典，參與社會
生活：

　　《周禮》："古者八歲入小學，保氏教國子，先以'六書'。"
讀書必先識字，錯講錯認，便讀不通經典著作，這倒不管你是
貴族子弟還是庶民百姓，都是一樣的。(《先秦諸子的名學問
題》)

　　魏際昌對正名、認字、訓詁之間的關係總結得十分精到："正名就
是認字，詁訓所以通經。"如果"正名"等於"讀書識字"，那"名學"可定
義為"訓詁學"便順理成章。"經"亦並非特指儒家經典，而是諸子百
家的經典著作。先秦名學是諸子百家之公器，是由他們共同建構的。
《先秦散文研究》第一部分題名亦為"讀書必先識字：孔子所說的'正

名'",結合了《釋名》《白虎通》《廣韻》《正韻》《說文》等訓詁辭書,這種研究是多維度的:"從文字的形成與訓釋中看,豈不是義理、辭章、考據的學問工夫,都牽涉使用上了嗎?"

魏際昌《先秦諸子的名學問題》對諸子名學觀的評介是以"正名"的訓詁方法為範式、"名實相符"的精神為準繩的。各章都以孔子及其"正名"為類比對象:

墨子曰:"名不可簡成,譽不可巧立。"和孔子一樣重視正名,魏際昌做了這樣的對比:

> 是故子墨子曰:"今天下之君子之為文學、出言談也,非將勤勞其惟舌,而利其唇呡(呡、吻古今字)也,中實將欲其國家邑里萬民刑政者也。"(以上所引具見《墨子·非命下》)孔子"正名"不也是"道之以德,齊之以刑","刑罰不中,則民無所措手足"(分見《論語·為政》《子路》中)嗎?

因此得出結論,"在認識事物的實際上,尤其是社會道德的標準上,墨子跟孔子基本上是一致的。"孟子作為孔子思想的繼承者,用反證法解說"正名",羅列出"詖辭""淫辭""邪辭""遁辭"四種"壞話"。魏際昌評價說:"在'正名'這一功力上,孟軻是獨樹一幟別有會心的。"荀卿著《正名》篇,曰:"正名而期,質請而喻,辨異而不過,推類而不悖。聽則合文,辨則盡故。以正道而辨姦,猶引繩以持曲直。是故邪說不能亂,百家無所竄。"以正名正道識別奸邪之說,不為所亂。老子並非"無名"學派,因其依然在發揮語言文字的作用,所以要遵守"名實相等"的規律,尚在"正名""知言"的境界裡。身為刑名家的韓非,法律的制定和實行都需要明確事物概念的內涵和外延,"正名"是必由之路。《尹文子》直接引述孔子原話:"必也正名乎! 名不正則言不順。"整篇作品都圍繞"正名"展開,魏際昌評價其"非常之精到"。

《先秦諸子的名學問題》總結諸子百家在"正名"方面的一致性:"名家、儒家,甚至也可以包括道家、法家在內,都可以說是並無二致的。"這是孔子"正名"訓詁之所以能成為先秦諸子名學研究範式的原因。

領銜整理《紫庵文集》的方勇教授曾隨魏際昌先生攻讀碩士研究生,他提出了"新子學"理念,多次強調"晚周學術就是一種追求匯通的多元性。"①"新子學"倡導未來諸子學研究的"多元"需要"去中心化"的思維模式,這勢必要求研究過程中能以元典文本作出實證:

> 這種普遍化的"去中心化"思維模式,是否可以越出思維的界限,直接作用於實實在在的傳統經典文本之上,並由此得出相應的包含了對現實判定的學術結論。換句話說,這種"去中心化"的思維模式是否已經在"人"實際的運用過程中得到了反思與批判。②

這不但與魏際昌的先秦名學觀念相契合,且在他的研究中得到了印證。魏際昌的研究不像現當代學者那樣,以惠施、公孫龍等先秦名家諸子為出發點。他筆下的先秦名學是由諸子共同構建的,自草創至成熟的演進過程中,諸子之間的共識遠大於分歧。魏氏試圖展示出的先秦諸子研究圖景相當宏大,真正做到了"多元"與"去中心",在遍論諸子的同時不以一家一派為主,突出的也不是諸子間就名學問題的差異與分歧,而是在基本學理方面的交集與共識。這是一套打破諸子門

---

① 方勇《再論"新子學"》,《諸子學刊》2013 年 2 期。
② 方勇、張耀《"新子學"五年回顧》,《諸子學刊》2019 年 1 期。

戶之見的理論體系。魏氏諸子學研究的理念也可從其《諸子散論》中得到印證。

(3)區分"形名"與"刑名"的不同

先秦諸子的"形名"與"刑名"是兩個截然不同的概念,形名家與刑名家側重的研究領域也不同。這本不是,也不應該成為一個問題。但在現當代名學研究中,卻是一個被爭論的議題。

現當代主流認為秦漢時期的二者含義有別。祝捷作了這樣的區分:"從先秦學術狀況來考慮,'形名'家僅僅指惠施、公孫龍等名家學者,而漢代學人開始稱謂的'刑名'家則是指法家學者。"①李耀在《韓非"形名"與"刑名"思想研究》一文中把兩個概念做了切割:"結合漢代學者對於'刑名'的用法,可以發現就是特指法家思想,與一般所講的'形名'並沒有直接聯繫。"②

主張先秦時期這兩個概念二者沒有分別的學者,主要論據是根據出土文獻,"先秦至東漢中期以前只有'刑'字而無'形'字,'形'字晚出。"③文本上的"形名"是魏晉時期才產生的。譚戒甫等學者共識性地認為,二者可以通用。但即使這兩個詞曾通用,也無法論證"同名而異質"的情況。

《先秦諸子的名學問題》中沒有專論辨析"形名"與"刑名",在魏氏眼中二者天然就是不同的。第七章題名為"韓非子的'刑名'——

---

① 祝捷《論刑名之學》,《雲南師範大學學報(哲學社會科學版)》2014 年6 期。

② 李耀《韓非"形名"與"刑名"思想研究》,蘭州大學 2016 年碩士學位論文。

③ 王海成《"形名""刑名"之辨——兼論先秦名家的若干問題》,《諸子學刊》2019 年 2 期。

辯言齊備,論理性強",第八章題名為"尹文的"大道"——不甚著稱的'形名學'者"。"形名"是本源的名學研究,"刑名"則是名學在法家諸子身上的體現。

魏際昌通過代入具體諸子文本的方式以區分二者。魏氏點評了《韓非子·揚權篇》涉及名學的句子,指出其環環相扣的論證邏輯是關於名實關係,即"形"、"名"關係的確定:

> "用一之道,以名為首":這是說對待事物,古今常行獨一無二的辦法,惟有"正名"。
>
> "名正物定,名倚物徙":既使名命事,其事自定,以其名實相符故無動亂。
>
> "不知其名,復修其形":形,事也。循事以求名,則其名可知,其事無誤。
>
> "形名參同,用其所生":所生,形名所以而出者也。形名既經參驗同一,人人可用。
>
> "二者誠信,下乃貢情":二者,形與名也。誠信,謂參同無誤。貢,獻也。形名一致。
>
> "審名以定位,明分以辯類":審察其名,則事位自定,明識其分,則物類自辯。
>
> 它這正名責實確定物類,自然是給刑賞法治建立理論基礎的。

韓非子在論證"正名"是如何通過確立名物關係,修正名實混亂,達到形名一致,並以此確立事物的定義與分類。其間涉及多個哲學上的類屬概念,論證環節的複雜超過一般訓詁所需的邏輯層級。魏際昌認為這是對闡發法家思想所作的理論準備。所謂"刑賞法治",就是法家的"刑名"了。他對"刑名"定義為："刑名之學，就是法學，因為它是以名責實按照法律辦事的，所以叫做'刑名'。"與他同時代的伍非百在《中國古名家言》中也持此意："後世稱爲'刑名'的，實即'形名學'之末流，不過'刑名'二字內涵比'形名'更窄了。"①

尹文子在《漢書·藝文志·諸子略》和《隋書·經籍志·子部》都被歸類為"名家"。《尹文子·大道》從討論形、名關係與"名有三科"，逐漸過渡到對"法有四呈"，進而討論"名"在社會政治論理中的必要存在："名定則物不競，分明則私不行。"與"名"相並列，"法"也是統治工具："仁義禮樂，名法刑賞，凡此八者，五帝三王治世之術也。"所以，魏際昌雖然在章節題名中稱尹文子"'形名學'者"，卻在文中稱他的"形名"有"刑名"的內核。

王海成《"形名""刑名"之辨——兼論先秦名家的若干問題》顛倒了"形名"與"刑名"的關係："今人所謂'形名'與'刑名'的關係問題是一個僞問題……今人所謂研究語言、邏輯問題的'形名學'是'刑名學'的衍生品，是爲其服務的工具性學問。"②而在魏際昌的名學研究體系中，二者的衍生關係正相反，"刑名"恰是在成熟的"形名"理論基礎上誕生的。在《諸子散論·〈管子〉和管仲》中，魏際昌用《管子》中的名學再次強調二者的關係：

值得再加介紹的是《管子》的"名學"，它說：

凡物載名而來，聖人因而財（按：財同裁）之，而天下治。

（《心術》）

---

① 伍非百《中國古名家言》，中國社會科學出版社 1983 年版。

② 王海成《"形名""刑名"之辨——兼論先秦名家的若干問題》，《諸子學刊》2019 年 2 期。

　　循名而督實,按實而定名。名實相生,反相為情。名實
當則治,不當則亂。名生於實,實生於德,德生於理,理生於
智,智生於當。(《九守》)

　　豈不可以說明,名實為法之所由起,而綜核名實,正是法
治刑名之所在嗎?

　　名實之辨,即所謂"形名",是要循名督實,使名實相符,這終究要
靠訓詁正名來實現。在此過程產生了法家刑名的思想。當然,最直觀
的證據其實是以訓詁正名為研究方法的"形名",要比"刑名"這樣應
用於社會治理的法學思想產生早得多。從縱向的時間線上,從前後產
生的順序,不難總結出二者的衍生關係。

二、魏際昌先生名學研究的淵源與流派

　　胡適 1917 年在美國哥倫比亞大學撰寫了博士學位論文《先秦名
學史》,1918 年在此基礎上擴寫為《中國哲學史大綱》一書。魏際昌在
北京大學研究院中國文學部就讀時,師從胡適攻讀碩士研究生。他繼
承了胡適的先秦名學中基本理論框架與部分個案研究的觀點,並有所
損益,放棄了以邏輯學為主要研究路徑的方式,轉而致力於鑽研先秦
名學與訓詁學之間的關聯。兩人之間的學緣傳承,可體現在《中國哲
學史大綱》與《先秦諸子的名學問題》兩部作品之篇章體例、研究對
象、核心思想的對比中。

1. 研究對象

　　胡適與魏際昌的研究對象都是"先秦名學"而非"先秦名家",這

是兩人名學研究最根本的共識。

司馬談《論六家要指》最早提出"名家"概念:"名家使人儉而善失真;然其正名實,不可不察也。"《史記·太史公自序》:"名家苛察繳繞,使人不得反其意,專決於名而失人情。"中古以前的官修史志目錄也認可"名家"的存在,《漢書·藝文志·諸子略》曰:

鄧析二篇。

尹文子一篇。

公孫龍子十四篇。

成公生五篇。

惠子一篇。

黄公四篇。

毛公九篇。

右名七家,三十六篇。

《隋書·經籍志·子部》曰:

鄧析子一卷,析,鄭大夫。

尹文子二卷,尹文,周之處士,遊齊稷下。

士操一卷,魏文帝撰。梁有刑聲論一卷,亡。

人物志三卷,劉邵撰。梁有士緯新書十卷,姚信撰,又姚氏新書二卷,與士緯相似;九州人士論一卷,魏司空盧毓撰;通古人論一卷。亡。

右四部,合七卷。

胡適在《諸子不出於王官論》中否定了把"先秦名家"視為一個學

派的合理性:

> 其最謬者,莫如論名家,古無名家之名也,凡一家之學,無不有其為學之方術。此方術即是其"邏輯"。是以老子有無名之說,孔子有正名之論,墨子有三表之法,《別墨》有墨辯之書,荀子有正名之篇,公孫龍有名實之論,尹文子有刑名之論,莊周有齊物之篇,皆其"名學"也,古無有無"名學"之家,故"名家"不成為一家之言。

在《中國哲學史大綱》中,他深化了這一觀點:

> 古代本沒有什麼"名家",無論那一家的哲學,都是一種為學的方法。這個方法,便是這一家的名學(邏輯)。所以老子要無名,孔子要正名,墨子說"言有三表",楊子說"實無名,名無實",公孫龍有《名實論》,荀子有《正名篇》,莊子有《齊物論》,尹文子有《刑名》之論:這都是各家的"名學"。因為家家都有"名學",所以沒有什麼"名家"。不過墨家的後進如公孫龍之流,在這一方面,研究的比別家稍為高深一些罷了。不料到了漢代,學者如司馬談、劉向、劉歆、班固之流,只曉得周秦諸子的一點皮毛糟粕,卻不明諸子的哲學方法。於是凡有他們不能懂的學說,都稱為"名家"。卻不知道他們叫作"名家"的人,在當日都是墨家的別派。正如亞里斯多德是希臘時代最注重名學的人,但是我們難道可以叫他做"名家"嗎?

所謂"為學之方術"是學術研究的方法論,胡適定性為"邏輯",即所謂"名學"。因為沒有"學術研究方法論"的學派不存在,所以也就沒有以"專決於名"的名家。該論斷實質上是"循環論證",但在事實上開啟了先秦諸子名學系統研究的新紀元。因此,梁啟超對此書甚為稱賞:"胡先生不認名家為一學派,說是各家有各家的名學,真是絕大的眼光。評各家學術,從他的名學上見出他治學的方法。"①

與胡適對先秦名家的態度相似,魏際昌的《紫庵文集》中也極少齒及,唯《先秦諸子的名學問題》提到一次:"名家、儒家,甚至也可以包括道家、法家在內,都可以說是並無二致的。"另一處在《〈管子〉和管仲》一文:"舊說《經言》等九章較為可靠,餘則儒、道、陰陽、兵、名家的全有。"這兩處都是泛指,沒有更深一步的闡釋。魏際昌雖然知曉並認可"先秦名家"作為百家爭鳴中的一個學派,是客觀存在的,但只約略提到而已。他的先秦名學研究,和胡適一樣,是以"名學"為研究對象的。

2. 研究框架

在胡適的《先秦名學史》與《中國哲學史大綱》問世以前,近代先秦名家與名學的研究只有兩條路徑:其一,是繼承自乾嘉學派的訓詁考據方法,對古書作校勘訓詁。其二是以中國名學比附西方自然科學、邏輯學、語言學的知識。洋務運動以後,在"西學東漸"的時代背景下,中國學者或因仰慕西方列強國力強盛,對西學大為推重,一度出現

---

① 郭湛波《民國學術文化叢書·近五十年中國思想史》,嶽麓書社 2013年版。

"今則抱日本法規以議百世之制度,執西方名學以御天下之事理"①的風氣。嚴復和王國維試圖以西方形式邏輯或語言學勾連東西方哲學思想體系,通過尋找東西古典文獻中的相似元素,構建出可與西方邏輯學體系相匹敵的"中國古代名學"。譚嗣同也呼吁從中西學術中"不謀而合"的部分入手:

> 辨學,則有公孫龍、惠施之類。蓋舉近來所謂新學新理者,無一不萌芽於是。以此見吾聖教之精微博大,為古今中外所不能越;又以見彼此不謀而合者,乃地球之公理,教主之公學問,必大通其隔閡,大破其藩籬,始能取而還之中國也。②

這條研究路徑一度成為近代名學研究的主流,但最終的著述,體現的多是東西方哲學的比較研究,或多有牽強之處。陳啟天批判道:"於是有些名學書插入因明與西洋論理學相提並論,見解比從前自高一籌了,卻於此外很少論及中國的名學,未免是一個大缺陷。"③

《先秦名學史》雖然也引用西方哲學,但整體框架徹底走出了西哲的陰影,以孔子和墨子的名學為主線,兼述惠施、公孫龍、莊子、荀子。在此基礎上擴寫的《中國哲學史大綱》,理論框架更細化,按照先秦諸子年代順序排列,基本按照:老子、孔子(及其弟子)、墨子(惠施與公孫龍,即所謂"別墨")、楊朱、莊子、孟子、荀子的名學來論述,兼顧了諸子思想的交鋒與融合。該理論框架隱然有"專門史"的樣貌,足以證

---

① 馬一浮《馬一佛與王無生書二首》,《甲寅》第一卷第一號,1914 年 5 月。

② 尹飛舟《湖南維新運動史料》,嶽麓書社 2013 年版。

③ 陳啟天《中國古代名學論略》,《東方雜誌》第十九卷第四號,1922 年 2 月。

明"先秦語境下的諸子名學思想體系"是存在的。胡適搭建的這個先秦名學理論框架,以現今的學術眼光看或許失之樸素,但在當時對提振民族傳統文化的信心意義重大。

魏際昌與胡適的名學研究框架相似之處有二:

其一,《先秦諸子的名學問題》也是以"子"為單位劃分篇章,篩選諸子言論中與名學相關的加以點評。與胡適對儒墨的著意側重不同,《紫庵文集》對諸子名學與訓詁的評介多為持中之論,諸子名學思想之間的關係是並列或傳承而非統屬關係。

其二,因胡適認為《鄧析子》是偽書:"鄧析的書都散失了。如今所傳《鄧析子》,乃是後人假造的。我看一部《鄧析子》,只有開端幾句或是鄧析的話。"(《中國哲學史大綱》)所以,《紫庵文集》對鄧析子隻字未提,其人其書不在先秦名學的範疇中。重視辨偽,是其學派的一個重要特徵。而大多現當代的相關研究往往採信《漢志》《隋志》,將《鄧析子》納入先秦名家與名學的研究當中。

兩位前賢名學研究的框架有兩個不同之處:

其一,《中國哲學史大綱》和《先秦諸子的名學問題》的闡釋邏輯不同。前者是哲學問題的"專門史",是"時間導向"。第二篇第一章"中國哲學的結胎時代"考證老子和孔子的生年。因"中國哲學到了老子、孔子的時候,才可當得'哲學'兩個字"(《中國哲學史大綱》),老子的"無名"是最早論名實之學的學說,所以老子在孔子之前。後者是對學說體系的專論,是"問題導向",所以只按照諸子對名學認知的傾向與深淺排序。況且,魏際昌認為老子的"無名"是表象,終究是"有名"的,其學說依然被包含在孔子"正名"的名實相符之中。這部作品就以孔子的詁訓正名開篇立論。

其二,魏際昌的名學框架建立在訓詁學的基礎上,對胡適的研究理路有所損益。他刪去了《中國哲學史大綱》單獨佔篇章的楊朱、惠施和公孫龍。刪除楊朱的原因，一方面是因為楊朱的思想與訓詁關聯甚小，另一方面是因《列子·楊朱篇》真偽存疑。胡適採信《莊子·天下篇》的說法，把惠施和公孫龍定性為"辯者"，與"別墨"關聯特別緊密：

> 《經》上下，《經說》上下，《大取》、《小取》，六篇。不是墨子的書，也不是墨者記墨子學說的書。我以為這六篇就是《莊子·天下篇》所說的"別墨"做的。這六篇中的學問，決不是墨子時代所能發生的。況且其中所說和惠施公孫龍的話最為接近。惠施、公孫龍的學說差不多全在這六篇裡面。所以我以為這六篇是惠施、公孫龍時代的"別墨"做的。（《中國哲學史大綱》）

魏際昌幾乎在每一章都提到"論辯"，這是百家爭鳴時期的時代風氣，是諸子的普遍特徵，非訓詁學所獨有。所以，《先秦諸子的名學問題》通篇不涉及惠施，將《公孫龍子》作為對墨子"堅白同異"之說的輔證，在其餘章節也沒有提及。他還增補了尹文子及其《大道》。胡適雖認為其書靠不住，"《尹文子》似乎是真書，但不無後人加入的材料。"（《中國哲學史大綱》）但依然有引用。魏際昌用訓詁學衡量，認為尹文子的"名有三科"、"法有四呈"已經打通名法關係，兼顧法、術、權、勢，是"形名"與"刑名"的集大成者，所以獨立為一章。

兩人在個別諸子在名學體系中如何定位的問題上共同點甚多，不再窮舉。

3. 研究方法

《先秦諸子的名學問題》在研究方法上對《中國哲學史大綱》的模

仿與繼承,可反映在三方面:

其一,魏際昌繼承了胡適對"訓詁"的重視。胡適認為讀古書就要懂訓詁:"三百年來,周、秦、兩漢的古書所以可讀,不單靠校勘的精細,還靠訓詁的謹嚴。""沒有校勘,我們定讀誤書;沒有訓詁,我們便不能懂得書的真意義。"(《中國哲學史大綱》)訓詁是解讀先秦諸子之舟楫,是作為基礎工具的學問。但胡適覺得僅以訓詁的功夫研究諸子學不免捉襟見肘:"校勘訓詁的工夫,到了孫詒讓的《墨子閒詁》,可謂最完備了(此書尚多缺點,此所云最完備,乃比較之辭耳)。但終不能貫通全書,述墨學的大旨。"(《中國哲學史大綱》)《先秦諸子的名學問題》《先秦散文研究》與《先秦兩漢訓詁學》在理論和實踐上,都把訓詁文字作為重中之重。

其二,魏際昌發展了胡適對孔子"正名"的認知。《先秦諸子的名學問題》一文,通篇都是對《中國哲學史大綱》中這段話的拆解和深化:

《春秋》的三種方法——正名字,定名分,寓褒貶——都是孔子實行"正名""正辭"的方法。這種學說,初看去覺得是很幼稚的。但是我們要知道這種學說,在中國學術思想上,有絕大的影響。我且把這些效果,略說一二,作為孔子正名主義的評判。

(1)語言文字上的影響

……大概孔子的正名說,無形之中,含有提倡訓詁書的影響。

(2)名學上的影響

自從孔子提出"正名"的問題之後,古代哲學家都受了這種學說的影響。……我們簡直可以說孔子的正名主義,實是中國名學的始祖。(《中國哲學史大綱》)

胡適把"正名"作為對孔子名學立場的高度概括:在語言文字方

面,體現為訓詁;在名學方面,即為中國名學之萌芽。該論點最初面世時是受到批評的,梁啟超說:"若要我講我微微不滿的地方:第一,說孔子的《春秋》以正名為唯一作用,像是把《春秋》看窄了些。第二,把《墨經》從墨子手上剝奪了,全部送給惠施、公孫龍,我有點替墨子抱不平。"①他對"正名"有這種感覺,是因乾嘉學派的傳統是把"正名"問題當做語言文字的訓詁考據,本質是"正名"對訓詁的單向影響。章太炎和劉師培都曾致力於綜合二者的研究。章太炎自述曰:"以音韻訓詁為基,以周秦諸子為極,外亦兼講釋典。蓋學問以語言為本質,故音韻訓詁,其管龠也;以真理為歸宿,故周秦諸子,其堂奧也。"②劉師培"不采舊的正名主義思想,以正名而排遣名辯。"③吳曉番《章太炎正名思想發微》一文詳述過二者的關聯。④胡適本人對以訓詁入名學的方法很謹慎,並不作為主要論據。大多數學者更傾向於以西學比附名學,更容易有新的創見,從訓詁學闡釋名學義理的研究從不是主流。魏際昌以正本清源的方式打破二者的學科界限,直接把"名學"定義為"訓詁學",這越過了晚清以來名學研究遺留問題的纏繞,從理論高度把兩門學科融為一爐。因胡適把孔子"正名"視為"中國名學的始祖",《先秦諸子的名學問題》便以之作為開篇,引出它對諸子各自名學的影響。

其三,如胡適一樣,魏際昌的名學研究為跨學科的交流留下了理論闡發空間。胡適《中國哲學史大綱》已經應用到邏輯學與心理學,談

---

① 郭湛波《民國學術文化叢書·近五十年中國思想史》,嶽麓書社 2013 年版。

② 章太炎《章太炎政論選集》,中華書局 1977 年版。

③ 汪奠基《中國邏輯思想史》,武漢大學出版社 2012 年版。

④ 吳曉番《章太炎正名思想發微》,《杭州師範大學學報(社會科學版)》2014 年 5 期。

及“《墨辯》六篇乃是中國古代第一奇書”時,還列舉了算學、形學(幾何)、光學、力學、心理學、人生哲學、政治學、經濟學的例子。(《中國哲學史大綱》)在近代,中國名學研究方興未艾之際,西方邏輯學、語言學、自然科學的交叉研究方法一度是主流。

章太炎的名學研究多引證因明學和自然科學,如《明見》:“有方分者,謂之果色極微。(前者今通言原子,後者今通言分子。)”①錢基博贊曰:“餘杭章炳麟撰《原名明見》之篇,乃以歐土邏輯、印度因明詁說《墨辯》,語著《國故論衡》,而後讀者知墨辯所涵,有因明,有邏輯。益驚其言之河漢無涯,附庸蔚為大國矣!”②名學的心理學研究以“學衡派”的景昌極為代表,他在《中國心理學大綱》中,把先秦心理學分為兩派,二者皆為名學的範疇;周秦間之心理學可總分為兩派:一派為實踐的,儒、道、墨、陰陽、法、雜諸家皆是。……一派為學理的,別出墨家,異軍突起之名家屬之此派。”③

在當時,跨學科闡釋古書義理是研究方法的重大革新,其創新優勢顯而易見,但學界逐漸意識到其弊病,即“跨學科名學研究”僅對個案或少數文字的訓釋有效,難以形成可用中國古籍檢證的系統性名學理論。曹峰教授對近代名學起步時期批評道:

> “名家”研究從一開始就有方向性的錯誤,表現為不顧
> “名家”所生存的思想史環境,將西方邏輯學概念、框架、方法
> 簡單地移植過來,有削足適履之嫌。……特別是那些倫理學

---

① 李匡武主編《中國邏輯史資料選·近代卷》,甘肅人民出版社 1991 年版。

② 錢基博《大家國學·錢基博卷》,天津人民出版社 2008 年版。

③ 景昌極《中國心理學大綱》,《學衡》第八期,1922 年 8 月。

意義上、政治學意義上的"名",雖然是中國古代名思想中不可割裂的、有機的、重要的成分,卻因為西方邏輯學研究的思路而得不到正視,得不到客觀的研究。①

魏際昌"中國化"的名學研究方法化解了近代名學研究初期遇到的困境,他以訓詁學定義名學,就把徵引文獻的範圍限定在秦漢時期的經典,價值取向也只涵蓋相關先秦諸子的思想,但仍對邏輯學和心理學保持包容開放的態度。比如,他認為《荀子·正名》就是"一整套有關邏輯、心理學問",墨子的"三表法"是中國最早的"邏輯學"。

與同時代學者相比,魏際昌的諸子名學闡釋,從理論架構、研究對象和方法上,是近代以來最純粹的中國化名學研究。在他構建的名學研究體系中,其他學科的知識都只能在確定名實關係的前提下作為旁證,視為不同學科間的對比,不能用以解釋名學問題的本意。義理闡釋的價值傾向也把中國自己的哲學放在第一位,避免了盲從西哲造成的錯誤類比。

胡適和魏際昌都力圖還原先秦名學的本來面貌,杜絕西學羼入。如果說胡適制定的理論框架擺脫了西方古典哲學對中國先秦名學研究的影響,那麼魏際昌訓詁學化的名學在"先秦名學中國化"的道路上走得更遠。

從以上研究對象、理論框架、研究方法三個維度可證,魏際昌的名學研究屬於胡適的學派,《先秦諸子的名學問題》正是對胡適《先秦名學史》和《中國哲學史大綱》繼承與致敬。

---

① 曹峰《對名家及名學的重新認識》,《社會科學》,2013 年第 11 期。

三、魏際昌先生名學研究的學術意義

《先秦諸子的名學問題》一文已塵封數十年,在此期間,先秦名家與中國名學的研究一直是學術熱點,當代學人不斷提出新問題,開拓與之相關的新領域。比照現代同類型研究,我們認為魏先生的名學研究仍未落伍,仍具備預見性和前瞻性,且留有相當大的理論闡釋空間。

1. 對先秦名學思想體系完整性的維繫

近代學者對名學的分類本就缺乏共識。陳啟天《中國古代名學論略》將先秦名學分為五派:無名學派、正名學派、實用主義學派、齊論學派、詭辯學派。虞愚《中國名學》則分為四派:無名學派、正名學派、立名學派與形名學派。

先秦諸子的名學主張完全不同,不同學派之間並不互通。胡適認為"因為家家都有名學,所以沒有甚麼名家。"(《先秦名學史》)學者們對名學學派的分法不同,對名學本身的定義就更混亂了,諸子百家各有一套研究範式,從基本概念到研究方法均缺乏基本共識,因而得出的結論不可通約。正因如此,中國名學研究的主體模糊不清,許多諸子名學的綜合研究淪為部分個案的堆砌或東西方古代邏輯學的生硬對比。

魏際昌的研究方法,是篩選出先秦諸子涉及名學的推論和論斷,再以正名責實、確定物類的標準去評介。這並非乾嘉學派的傳統,區別在於,乾嘉學派把"訓詁"作為目的,魏際昌將之視為手段。"訓詁"是諸子百家言辯之舟楫,凡是有音聲文字的,皆可知其意;"名學"的使用場域狹窄得多,具備鮮明的社會政治倫理色彩。"訓詁"的概念是普遍的,使用場域是廣泛的。"名學"的概念是特指的,使用場域是明確限定的。如此,諸子的名學思想就有統一的衡量尺度,不再支離。

在胡適"家家都有名學"的啟發下,魏際昌通過訓詁文字在諸子文獻中的普遍應用,以"正名"要求的"名實相符"為研究範式,描繪了囊括各學派諸子的先秦名學思想體系。其中,不同學派諸子的名學思想都可以通過正名訓詁的方法得以解釋與闡發。這套理論不僅是對先秦諸子名學所下的定義,也是對其內涵的"一元化解釋方案",隨定義與研究方法的明晰,對諸子名學思想的內容評介與價值評判就有了可以通約且唯一明確的標準。由此,先秦名學研究可以不再是各派擁蠹的自說自話或是個案研究的機械性拼湊。在學術史中,先秦名學思想體系完整性可由此得到彰顯。

2. 秦漢以後名學存亡繼絕的可能性

秦漢以後的名學有兩條脈絡,一條是漢儒的訓詁,另一條是魏晉士人的人物品評。一般認為,秦火之後就沒有名家學派存世。董仲舒"罷黜百家"之後,名學就徹底泯滅了多樣性。魏晉名士的清談,也只是利用了名家的邏輯學部分。

而魏際昌的名學研究把名學和訓詁學勾連在一起,馬融、鄭玄、楊雄等漢儒對古書的注解訓釋都是名學可依附的文本。《先秦散文研究》以董仲舒為例:

> 對於文字訓詁來說,董仲舒有個"深察名號"之論,所謂"事各順於名,名各順於天,天人之際,合而為一"(《春秋繁露》)的"德道",它雖然是為"陰陽五行,天人感應"之說去創造條件補充理由的,可是他那"名生於真,非其真弗以為名"

(同上)的說法,畢竟有合於文字產生的本根,同孔子"正名責實"之道,並無二致。何況從這些地方也可以看出來他之講"經",一面是以"微言大義"為闡發的主體,而不屑屑於章句,一面並不"望文生義",相當地重視"名實"的關係呢。

董仲舒的訓詁之論,如先秦諸子一樣,仍統一於孔子"正名責實"的方法論,依舊是"名實"問題的討論,與諸子名學不因時代變遷而割裂。按照魏際昌的邏輯,名學具備時代性,因名實變化而改變。秦漢以後的名學依託於訓詁,漸漸化入小學中。

訓詁學也可賦予"魏晉名學"新的意義。過去,這個詞指代的是魏晉時期的"名理之學",其具體內容尚存較大爭議。牟宗三認為有兩種:"狹義的名理指魏初品鑒人倫之才性名理;而廣義的名理則包括了先秦的形名、名實之法,魏初才性之學和之後玄學清談玄理的所有內容。"[1]按魏際昌的名學研究理路推導,劉邵的《人物志》被《隋書·經籍志·子部》收錄,可作為魏晉名學的代表。其中頗多訓詁文字,試舉數例:

> 君子者,小人之師。小人者,君子之資。
> 骨植而柔者,謂之弘毅。
> 氣清而朗者,謂之文理。
> 夫草之精秀者為英,獸之特群者為雄。
> 先識未然,聖也;追思玄事,叡也;見事過人,明也;以明為晦,智也。

---

[1] 袁晶《論魏晉玄學之名理與方法——以馮友蘭、牟宗三、唐君毅的研究為例》,《中外文論》2018 年 2 期。

俊傑者,眾人之尤也;聖人者,眾尤之尤也。

《人物志·八觀篇》曰:"觀其志質,以知其名。徵質相應,覿色知名。"這與孔子的"正名責實"若合符節,只是劉邵主張的是"正名責質",目的是辨名析才。由此,魏晉名學的內涵可明確限定為牟宗三主張的"品鑒人倫之才性名理",其人文精神可藉由《人物志》彰顯。這無疑拓展和豐富了中國名學的內容。

四、結　語

《紫庵文集》收錄了魏際昌先生的《先秦諸子的名學問題》《先秦散文研究》與《先秦兩漢訓詁學》三部與先秦名學研究高度相關的作品。魏先生繼承和發揚了胡適《先秦名學史》和《中國哲學史大綱》的研究傳統,並有所損益。他把先秦諸子的名學定義為"訓詁",並以孔子"正名"思想要求的"名實相符"為研究範式和準繩,構建了一套將諸子百家的名學融為一爐的研究體系。一方面,他重視回歸先秦原初語境,以漢學的方法闡發中國特色的諸子名學,另一方面,他也對西方邏輯學、語言學、自然科學和中國古代樸素的心理學均有所涉獵,保持著開放的學術態度,為先秦名學留有跨學科的闡發空間。

魏際昌先生的名學研究既具備學術史價值,又對現當代中國名學具有現實指導意義。近年來有相關論文與魏先生的部分觀點不謀而合。比如孟琢《論正名思想與中國訓詁學的歷史發展》,梳理先秦到漢末,正名思想對中國訓詁學產生過螺旋式上升的影響,強調"在正名思想的影響下,奠定了訓詁學的民族特點。"①趙中方《聲訓與先秦名學思想》研究先秦諸子名學文本中的"聲訓",細分為包括"正名"在內的四種類型。② 陳勇明《墨經訓詁研究及"學科解經法"》是通過訓詁對墨學的個案研究。③ 這些論文的作者都未讀過魏際昌先生的名學研究著作,但依然提出與之部分相近或相同的觀點,可在相互借鑒中說明魏先生數十年前的作品依然具有合理性與生命力。

《先秦諸子的名學問題》描繪的先秦名學圖景恰是中國名學研究由近代向現代轉化的中間態。魏際昌先生對名學的定義、對相關文本的釋讀,以及對跨學科交叉研究的方式方法,構成了名家與名學研究史的重要一環。將之與現當代同類研究對照相參,可為後來的研究者們提供許多靈感。

(本文原載於《諸子學刊》第二十三輯,作者單位:華東師範大學中文系)

---

① 孟琢《論正名思想與中國訓詁學的歷史發展》,《北京師範大學學報(社會科學版)》2019 年 5 期,第 67-72 頁。

② 趙中方《聲訓與先秦名學思想》,《揚州大學學報(人文社會科學版)》2003 年 4 期,第 53-58 頁。

③ 陳勇明《墨經訓詁研究及"學科解經法"》,重慶師範大學 2009 年碩士學位論文。

中　國　通　史

于月萍

中國通史教學大綱

第一章　我國的原始社會

　　毛主席說:"從很早的古代起,我們中華民族的祖先,就勞動、生息、繁殖在這塊廣大的土地上。"

　　"中華民族的發展(主要是漢族的發展)和世界上別的大民族同樣,曾經經過了若干萬年平等的無階級的原始公社的生活。"(《毛澤東選集》第二卷九一—九二頁)

　　根據考古學和人類學的證實,我國的原始社會的歷史,是從人類出現開始的,我們的祖先,遠在數十萬年以前,便用自己的勞動製造簡陋的石頭工具,獲取生活資料與自然界進行艱苦的鬥爭,從不斷的積累勞動經驗中創造遠古的文化,從而改變自然的面貌和自己的體質形態,擴大對自然的統治,繁衍自己的種族。

　　我國的原始社會存在了幾十萬年,它所經過的道路,是由結合為數十人的原始群協同勞動生產、繼而發展為氏族公社,這些氏族公社又結合為部落,後來又擴大為部落聯盟,原始人選舉自己的氏族酋長、部落首長及部落聯盟首長來管理氏族部落的公共事務和領導對外戰爭。

　　原始社會的生產力很低,但它不是停留在同一水平上的,它是從一千年到一千年地緩慢變化著,發展著,改善著生產工具。①由使用粗糙的打製的無定型的石器,進步到使用磨製精緻的各式各樣的石器、骨器、弓箭，以至燒製精美的陶器；②由保存火到鑽磨取火；③由挖掘植物根莖，採集野生植物果實、魚貝的採集經濟生活，發展到狩獵捕魚的漁獵生活；④以至由馴養動物和原始栽種的畜牧生活，到原始農業的定居生活。在這漫長的年代裏，社會生產和人類生活在緩慢地向前發展著。

與原始社會極不完善的生產工具和低微的生產力相適應的，是原始人的勞動除了獲取生活上所必需的生活資料以外，便不能再有任何剩餘。人們經常過著缺衣少食，受酷暑嚴寒煎熬的艱苦生活。在這種條件下，某一些人依靠剝削另一些人的勞動果實而生活是完全不可能的。人與人之間是沒有而且也不可能有任何財產不平等的現象，由於勞動生產力的低微，使人絕不能單身去和自然界勢力及猛獸作鬥爭，不得不結成群體共同勞動，否則便會餓死，便會成為猛獸或鄰近部落的犧牲品。公共的勞動也就引起了生產資料——土地，採集食物和狩獵的叢林、牧場、生產工具等生產品的公有制。這裏還不知道什麼是生產資料私有制，不過有些隨身攜帶的防禦猛獸的生產工具是歸個人所有。這裏沒有剝削，沒有階級，也沒有任何國家政權，原始社會的秩序，是靠傳統的習慣和對族長的尊敬來維持的。

但原始社會佔統治地位的生產集體性，並不是生產資料社會化的結果，而是孤獨的單獨個人生產力薄弱的結果。在這種生產關係的積極影響下，緩慢發展的生產力，在一定的階段上，就必然要產生使生產資料私有制發展起來的趨勢。這便導致原始社會的解體，階級和國家的出現。

第二章　商代的奴隸制度社會

斯大林說："在奴隸制度下，生產關係的基礎是奴隸主佔有生產資

料和佔有生產工作者,這生產工作者便是奴隸主所能當作牲畜來買賣屠殺的奴隸。"(《辯證唯物主義與歷史唯物主義》)

我國歷史,從原始公社崩潰,社會分裂為階級的時候開始,便經過了幾百年的奴隸制度社會,我國的奴隸制社會的形成和發展時代,就是古史記載中的夏代和商代。夏代因地下文物和歷史文獻材料的缺乏,現在還很難瞭解它的社會全貌。到了商代,有了當時人留下的文學記錄和豐富的青銅器,及甲骨卜辭的遺存,使我們據以對商代經濟文化情況得到了一些基本認識。並從而證實商代的社會性質,和我國歷史上最早的國家的出現。

長期勞動生息在東方的商族,由於生產的發展,到公元前十六七世紀時,部族酋長和家族,已積累了私有財產。並通過向西發展,兼併許多小部落,而將俘擄變為奴隸財產的積累,戰爭的勝利,使部落酋長的威力增大起來。在滅夏以後,在原始公社公共事務機構的廢墟上,建立起商朝奴隸國家,商族酋長商湯成為奴隸國家的國王。

商朝奴隸國家,保衛奴隸主的利益,強制奴隸為奴隸主進行生產,並對外進行掠奪土地和奴隸的戰爭。大規模的奴隸勞動創造了商朝的經濟和文化。

但是,奴隸的勞動,是在奴隸主用鞭笞統治下進行的,奴隸主佔有了奴隸,和奴隸的剩餘勞動,使奴隸對生產不感興趣,而破壞生產工具或逃亡。奴隸主殘酷的壓迫和剝削,使奴隸大量夭逝。戰爭,也由進攻而變為防禦,掠奪奴隸成為不可能,這就造成奴隸來源枯竭,促使奴隸制度下的生產破壞,和奴隸國家的衰亡。

在奴隸制度統治下,奴隸擔負了所有的體力勞動,使奴隸主擺脫體力勞動,去從事科學政治和藝術的活動,從而創造了商代的文化。因此使用大量奴隸,是科學與藝術發展的必要前提。

第三章　西周和春秋戰國——我國的初期封建社會
（前 1066—前 221 年）

西周政權的建立,是商朝奴隸革命鬥爭勝利的結果,商的奴屬部族—周,與商的奴隸革命鬥爭、結合,推翻了商的奴隸制度,建立裂土分封的領主農奴封建制度。

斯大林說:"在封建制度下,生產關係的基礎是封建主佔有生產資料和不完全佔有生產工作者,這生產工作者便是封建主雖已不能屠殺,但仍可以買賣的農奴,當時除封建所有制外,還存在有農民和手工業者,以本身勞動為基礎佔有生產工具和自己私有經濟的個人所有制。"(《辯證唯物主義和歷史唯物主義》)。

周族滅商後在軍事勝利進程中推行封建制度,將農奴農民,隨土地分給以周族姬姓、姜姓族為首的大小封建領主,使農奴有自己的小小經濟,但被強制地縛束在土地上,給領主貢納力役地租。由於封建經濟下的農奴農民有了自己小小的經濟,比奴隸具有些生產興趣,因而提高了生產效率,使社會經濟遲慢地向前發展了。

西周領主農奴經濟制度發展的結果,壯大了領主貴族的經濟力量,有可能向西方落後部族進行土地和人口的掠奪戰爭。戰爭增加農奴痛苦和階級對抗,壯大了領主的政治經濟勢力,卻削弱了王權的統治力量。外族的進攻,諸侯的坐大,促使宗周滅亡和諸侯爭霸局面的出現,開始了春秋戰國時代。

春秋戰國時代由於鐵制工具的使用,農業生產力的提高,推進了封建領主經濟的進一步發展。少數經濟力量雄厚的國家如齊、晉、秦、楚等國強大起來,對弱小領主國展開兼併戰爭和互相間的混戰。兼併的結果,使小國分散的局面逐漸走向集中。商業的發展,荒地的開墾使新興地主和農民,擴大了私有地的面積,封建地租的形式,由勞役地租轉變成實物地租,農民有可能較自由地支配自己的勞動生產,在自己的經濟上貯蓄剩餘產品,因而對封建主的個人依附性減小了,提高了勞動生產率。

戰國時代的各國,地主農民土地所有制已逐漸擴大。各國為了戰勝他國,不斷實行代表新興地主階級利益的政治改革。改革成功的,是處在落後地區,封建領主貴族勢力較薄弱的秦國。秦國強大起來,成為六國新興地主和農民反對封建領主、反對割據戰爭實現統一的堡壘。秦國在各國商人地主支持下,在廣大農民要和平統一的願望下,實現了滅亡六國建立中央集權大帝國的歷史任務。

西周和春秋戰國時代,是我國歷史上多方面發展變化最激烈的時代。自始至終貫穿著複雜激烈的階級鬥爭,在鬥爭中,促進了階級的分化,因之,代表衰亡的,和新興的各個階級的思想也顯出複雜激烈的鬥爭。這就出現了春秋戰國時代諸子百家學說爭鳴的局面。文學方面的詩和散文,也呈現著空前的發展,出現了我國歷史上富有人民性的文學作品《詩》和《楚辭》及偉大的愛國詩人屈原。

第四章　秦漢——中央集權封建國家的建立和發展
（前 221—219 年）

前 221 年,秦始皇滅韓、趙、魏、楚、燕、齊六國,結束了西周以至春秋戰國近八百年的封建領主割據紛亂的局面,建立了中國歷史上第一個中央集權專制主義的大帝國。

秦朝帝國的出現,是春秋戰國時代五百年間新舊勢力鬥爭的結果,是新興地主階級取得歷史勝利的結果。戰國時代,新興地主階級在經濟上已成為有勢力的階級,逐漸掌握社會經濟命脈,從而左右各國的政治,進而要求打破封建領主割據的局面,建立保障地主階級經濟利益並為它的發展服務的、地主階級專政的中央集權的政府——秦朝。

秦朝是中國歷史上第一個統一的王朝。秦始皇是第一個把皇帝尊號加在自己頭上的封建君主。他以皇帝的詔令,制定法律制度,宣佈廢除封建割據的采邑制,代之以全國統一的郡縣制,廢除封建領主的土地佔有制,代之以自由買賣,把地主階級自由買賣土地和自由兼併土地的權利,用法律固定下來。建立中央集權的政治機構,任用擁護皇帝的地主階級,作中央和地方的官吏。

秦始皇為了鞏固他子孫萬代的統治,實行了一系列的統一措施。統一度量衡及貨幣,統一法律、文字、車軌。拆毀封建領主的堡壘關隘、要塞,開闢以國都咸陽為中心的水陸交通,"東起燕齊,南極吳越"以便於軍事運輸,商業往來。這一切措施,使全國經濟文化上的聯繫性加強了,消滅因諸候割據而造成的地方差異性。

秦始皇為了加強對全國的統治,防止六國貴族的反抗,他一面銷毀民間兵器,解除人民的武裝,另一方面遷徙六國貴族和他們的僕從到咸陽和邊疆地區,使之脫離本土,便於統治,焚書籍,坑儒生,實行嚴刑竣法,鎮壓人民。

秦始皇政府實行疆域開拓,發三十萬大軍逐匈奴,取河套地(今內蒙自治區),發五十萬人征南越(今廣東、廣西及越南),派大軍經常駐戍五嶺,防止了外族的侵襲,完成中國陸地上的統一。並修築長城,鞏固國防。這一切措施,對保護中國農業生產免遭遊牧民族侵略,起了一定作用,和人民的利益基本上是一致的。

秦始皇的統一事業,和一系列的統一政策,使中國歷史從封建割據混亂紛爭的局面中解脫出來,實現了統一的封建帝國。從此,在中國歷史上,出現了中央集權的封建國家,打下了秦漢以後中國社會經濟、文化進一步高漲的基礎,正如斯大林莫斯科八百周年紀念的賀詞中所說:"如果不從封建割據和各公國的混亂下解放出來,那麼世界上任何一個國家都不能設想保持自己的獨立,設想真正的經濟與文化的高漲。只有全國結成為統一的中央集權的國家,才能夠設想真正的經濟與文化高漲的可能性,設想鞏固自己的獨立的可能性。"秦朝的統一正給中國歷史開闢了經濟文化高漲的道路。因此,"中央集權的政權,反對封建割據,在歷史發展的一定階段中,乃是一種進步的現象"(康士坦丁等《歷史唯物論》第七章)。

但是,秦始皇的王朝,由於不是完全順著歷史發展所要求的道路前進,實行統一政策同時,它沒有進行社會生產的恢復,就各方面的重役民力,造成了社會勞動力嚴重脫離生產,破壞了社會生產力,激起農民大起義。因此,社會經濟和文化的高漲,到西漢統一王朝建立後才實現。

秦始皇統一全國以後,他忘記了統一事業的實現是由於人民的要求統一和秦國自秦孝公以來六世積蓄力量的結果。秦始皇自以為"功高三皇,德邁五帝",發展個人專制,放縱個人享樂,他重役民力,經常有成百萬脫離生產的人被征去戍邊。征役七十萬人修皇帝墳墓,數十萬人修咸陽宮殿和離宮。征收地租,多到三分之二,賦稅和力役的繁重造成生產的停滯和破壞。主要的勞動力用之於徭役,農民無法生活下去了。前209年,秦始皇病死,王朝內部也發生了內訌,削弱統治力量,陳勝、吳廣領導的農民大起義便以排山倒海之勢發動起來。

在陳勝、吳廣領導的農民起義軍的號召下,各地農民都推出他們反抗秦朝的領袖,殺秦官吏,舉起義旗,劉邦、項羽領導的農民軍,也與陳勝、吳廣配合作戰,打擊秦軍。

陳勝、吳廣在秦的主力軍集中進攻下首先犧牲了,劉邦、項羽聯合

了一切反秦力量,包括六國貴族組成反秦的同盟軍,在前 207 年推翻
了秦朝殘暴的統治政權。

劉邦、項羽在農民軍支持下消滅了秦朝以後,由於項羽妄想把歷
史拖向後退,建立封建領主的統治,因之,又出現了混亂紛爭的局面。
代表封建地主階級願望的劉邦和代表封建貴族要求的項羽,互相爭奪
五年(前 206—前 202 年),最後以劉邦集團的勝利和項羽的敗亡而結
束了分裂互爭的局面,中國歷史又出現了西漢王朝的統一。農民起義
勝利的結果,將中國歷史推向前進。

西漢帝國的建立及其發展

西漢的一切制度,基本上採用秦制,把國家機器進一步加強,保護
地主階級的一切利益。但鑒於農民起義的力量,對農民也作了一些讓
步。為了恢復農村經濟,西漢政府實行了休養生息、恢復生產的政策,
並對操縱物價、肆意盤剝的大商人和壟斷鄉曲的豪強地主採取了壓抑
政策,拒絕商人作官,禁商人衣帛、乘車。因此商人和諸侯王結合,幫
助地方割據勢力反抗朝廷,在漢景帝時,發動了以吳王濞為首的七國
之叛。漢景帝以強大的軍力,消滅七國,進一步完成了國家的統一事
業,鞏固了中央集權。

到漢武帝時,實行崇儒術,黜百家,和鹽鐵專賣,西漢中央集權的
政權進一步強化,社會經濟的地方局限性逐漸消滅,農村經濟發展,地
主和商賈更加富饒,手工業和商業也因之發達,造成西漢初年以來社
會經濟的全面發展。

由於西漢初期社會經濟的全面發展,以武帝為首的西漢地主階級
積累了豐厚的財富,"都鄙廩庾盡滿,而府庫餘財,京師之錢累百鉅萬,
貫朽而不可校,太倉之粟陳陳相因,充溢露積於外,腐敗不可食。眾庶

街巷有馬,阡陌之間成群。"(《漢書‧食貨志》)同時,在這一發展過程中,經濟力量雄厚的地主階級,便"役財驕溢,或至併兼,豪黨之徒,以武斷於鄉曲"(同上),向農民兼併土地了。

由於西漢統治階級經濟力量的強大和中央集權的進一步加強,漢武帝為首的地主階級政府,實行向外擴張,發動對匈奴的戰爭,並攻取東越、閩越、南越、西南夷山地,及朝鮮半島的大部,從匈奴的奴役下奪取了西域諸小國,打通帝國通達西域的交通路綫,把西域小國變成為帝國的臣屬,從此以後到宣帝時匈奴降漢,西漢帝國的領土擴大了,在強大的政治力量和軍事力量保護下,帝國的商隊把中國的商品輸送到遙遠的西方,直達羅馬,並從這裏帶回雄厚的財富。西漢帝國的聲威,已達頂點。

帝國的沒落和農民大起義

西漢初,到武帝、宣帝時代,是西漢經濟從恢復到全面發展,國力日益強大的時代。但隨著經濟發展,和對外戰爭勝利,而腦滿腸肥了的地主、豪強、商賈,也向廣大農民伸出兼併土地的魔爪,無厭地積累財富。同時,他們奢侈無度,生活腐朽。從元帝以後,歷成帝、哀帝、平帝的半個世紀中,皇帝昏庸,漢帝國便趨向衰敗。宦官、外戚盤據政府,結合豪強,互相爭奪,利用政治特權,侵奪百姓,把自己變成巨富,再加上長期的戰爭,消耗了巨大的財力、人力,加重人民負擔。

從漢武帝時起,賦稅越來越繁重,政府壟斷鹽鐵,實行專賣,興建宮室,農民負擔勞役,每年多至九十天。剝奪農民全部生產物,於是造成農民從土地上被排擠出來,被買賣為奴婢,或餓死城廓,為鳥犬所食。又加上連年的天災襲擊,農村經濟破產了。於是,農民、官奴開始暴動了,社會矛盾深刻化了。西漢的統治政權,也開始動搖,統治集團內部開始分裂。

元帝以後,一家十侯五大司馬,長期盤據政府要津的西漢外戚王莽利用西漢統治動搖的時機,實行他奪取政權的欺騙伎倆。於 9 年,出現了王莽"改制",企圖打擊一部分豪強大賈,拉攏一部分豪強,來以王代劉,延續垂死的地主階級政權。他實行王田私屬,五均六筦和改革幣制。其結果確實使新政府收奪了大批財富,養肥了一群豪強大賈,但廣大農民,都因此受到極大的災害。窮苦已極的農民再也不能忍受了,20 年,在長江流域和黃河下游爆發了新市、平林、赤眉、銅馬等農民軍的大起義。起義軍結合反莽力量,打進了帝國首都長安,推毀了王莽的政府,結束了西漢的統治。

東漢政府在劉秀統治時期,實行了國內經濟的重建,減輕賦稅,清丈土地,覈實田賦,解放奴婢,企圖把脫離土地的農業人口,歸復到土地生產中。由於地方豪強的反對,雖不能徹底執行,但農業人口,總體得到大部發展。因此,明帝以後,社會經濟又趨向繁榮發展,水利興復,手工業技術進步,城市恢復,首都洛陽成為政治和商業的中心都市,統治階級的經濟力量增強了。

73 年,東漢帝國的軍隊,擊敗匈奴,重新打通西域交通。由於匈奴分裂為南北兩部,南匈奴被迫與東漢帝國聯合擊敗北匈奴,並迫使北匈奴向西遠遷。配合遠征軍的進攻,漢帝國政府的使節班超,又在西域樹立起東漢帝國的統治,打通西方商路,直達波斯灣。東漢統治階級地主、官僚、商人,在軍事掠奪和商業貿易中,集聚起巨大財富,成為兼併農民土地的工具了。

東漢初期,對外戰爭中對農民徵發徭役,已使農民瀕於破產。再加上,豪強新貴,遠征中致富的將軍們,及富商向農村收奪土地,放高利貸,瘋狂地破壞了農村經濟,動搖了東漢統治的社會基礎,削強帝國的統治力量。西域小國和青海、甘肅一帶的羌人,因不堪帝國的奴役和徵發紛紛起義。西羌起義，遮斷隴道，帝國自安帝以後，歷順帝、桓帝對羌人進行了四十年的戰爭，消耗軍費四百六十多億，後來羌人雖敗，東漢帝國也民窮財盡，加深了內部經濟危機和政治矛盾，而日益走向崩潰滅亡之途。

自東漢和帝以後，外戚宦官，交替地掌握政權，利用政治特權公行賄賂，貪贓枉法，剝削貧民，綁架富豪，搶劫行旅，排斥異己，而在宦官抑壓下的官僚和低級官吏，則結成了反對宦官的政治集團，發動對宦官的輿論攻擊，但他們不久就在宦官的鎮壓下失敗了，並被屠殺監禁。破產的農民不能忍耐了。184 年暴發了遍歷八州的黃巾軍大起義，使統治階級內部爭奪暫時停息，他們以政府官僚，和地主武裝結合的軍力，打敗了起義軍。同時，東漢帝國，也由此分裂為軍閥割據的混亂局面。

西漢時期，由於社會經濟的全面發展，文化事業，也有相應的發展，在史學方面，司馬遷的《史記》，和班固的《漢書》，開創了人物傳記的方法，和斷代為史的方法，成為漢以後兩千多年來書寫歷史的楷模。

文學方面以樂府詩詞為主流，採取民間歌詞的調，並將民間歌詞，加以文人的加工，改作成為可以歌唱的歌詞，如相和歌詞。另外，採取外來的西域調子，用以填入中國詩辭，如"鼓吹"、"橫吹"。

哲學方面，樸素的唯物論者王充，大膽駁斥為朝廷所提倡的迷信思想。他完全從生活現象出發，強調對社會間一切現象進行反思，導致他的思想與傳統認識產生區別。

西漢科學，有張衡創造的渾天儀和候風地動儀，及蔡倫發明用樹皮、麻頭、破布、魚網等一類東西，煮沸搗爛造紙。這些創造和發明，對文化的傳播起了很大作用。

第五章　三國兩晉南北朝

三國兩晉南北朝（190—589 年）是四百年封建割據時代。從東漢末黃巾大起義的武裝鬥爭中，地方豪強地主武裝到處結成進攻農民軍的軍事割據集團，他們之間互相混戰、擴充地盤，190 年以後逐漸形成曹操、劉備、孫權獨霸一方的三國鼎立局面，直到 589 年隋朝中央集權國家的統一。這四百年是中國歷史上一個長期的分裂時代，中央集權和地方割據勢力的鬥爭，割據集團之間的鬥爭，漢族統治階級和少數民族統治者之間的鬥爭，最主要的是統治階級和被統治階級之間的鬥爭，錯綜複雜地交織著，使中國北方經濟遭到嚴重的破壞，南方的經濟得到逐步發展。

東漢末期，地方豪強武裝集團長期混戰，對社會經濟破壞慘重，黃河流域人煙稠密的農村和繁華的都市都變成荒原和瓦礫場，農民被屠殺或被迫向邊區流亡，中原戶口十不存一，比兩漢耗損大多了。

190 年以後，以曹操為首的豪強集團武力統一北方後，在許昌建立了代表豪強利益的政權，220 年曹丕正式做了魏的皇帝，接著劉備、孫權也分別在成都、建業稱帝，中國歷史上形成了三個國家鼎足而峙的局面。

三國的統治者，仍然繼續互相鬥爭，各自強化其政治經濟力量，為了保證軍糧的供應和兵源補充，曹魏實行屯田制度，東吳開發了山區和少數民族地區，並發展海上交通事業，蜀國也向西南擴張，於是三國內部的經濟逐漸恢復。

由於軍事上的需要，對武器的製造有新的發明。

隨著社會經濟的部分恢復，北方曹魏在廣大的地區，經濟發展得較快，在軍事力量上，也在三國中最強大。豪強地主，為了保證他們世代相延的政治經濟地位,而實行了豪強地主把持政府權力的"九品中正"制度,大貴族成為魏國政治、經濟上的主人。

以司馬氏為首的北方士族地主集團,逐漸在長期戰爭中壯大了勢力,成為曹魏的上層,把持軍政大權,並開始建立統一政權的鬥爭,於263年滅蜀,265年亡魏,建立西晉王朝,最後於280年攻滅吳國,統一中國。

西晉武帝司馬炎滅吳後,施行了便利貴族官僚世家大族按官品佔有土地和佃客(實即農奴)的占田制度。同時,也分配給農民一些荒地薄田,規定他們向政府繳納一定的戶調。在中央集權、戰爭停息的基礎上,西晉初期社會經濟又呈現出一定的恢復。太康年間,戶口也很有增加,達到三國以來最高的記錄。(戶二百四十餘萬,口一千六百餘萬)

社會安定,經濟逐漸恢復,豪強世族,佔有廣大的土地和佃客,並保有世襲的政治權利,於是統治階級的剝削和腐化也隨著加緊,任意奪取農民土地,佔有佃客,世族豪強,競為奢侈,貪污腐化,從農民處搜刮大量財富以供他們奢侈享樂,於是社會生產基礎被破壞了。

291年,西晉統治階級內部發生決裂,開始了延續十六年的八王混戰。爭奪政權的戰爭,互相爭奪的諸王貴族,更殘酷地屠殺百姓,奴役漢族人民和境內少數民族,使社會危機深化,階級矛盾更加尖銳。北方境內的少數民族,在災難深重的長期壓榨下,被野心家所引用,作為進攻西晉政府的工具,乘西晉內亂,先後攻佔西晉政府所在地洛陽和長安,覆滅了西晉王朝(316年)。

自東漢以來雜居在中國北方和西方的部族不斷地向內地遷徙,歷三國西晉,有加無已。匈奴族大部進入山西南部汾河流域,羌人、氐人從青海草原西入甘肅,東入陝西,南入四川,鮮卑族佔有匈奴故地,即蒙古高原一帶。

東漢末年、三國和西晉的統治階級豪強武裝集團互相混戰,往往

徵發少數民族當兵,奴役少數民族,進行無情的剝削和壓迫。因此,少
數民族中的下層普遍地陷於悲慘的境地,變為漢族大地主的佃戶和奴
隸,但少數民族中的統治者卻照舊藉漢族豪強地主政權的支持,居在
上層,如匈奴族劉姓就充當曹魏政府的匈奴王部都尉,在西晉末年乘
西晉內亂,匈奴左部帥劉淵即於 304 年(晉惠帝永興元年)稱漢王,308
年稱帝,擁兵割據,進攻西晉王朝。繼淵而起的,匈奴別支石勒也號召
本族人和漢族流民起兵河南,以後勢力日張,建立後趙,暫時統一北
方。鮮卑人乘羯族內亂,攻入黃河流域,成為北方統治者,建立燕國。
甘肅一帶,有漢人張軌建立前涼。

　　351 年入居陝西的氐族苻洪稱秦王,至其孫苻堅勢力大張,東滅
燕,西滅涼,統一北方,建立前秦。383 年,舉兵南攻東晉,淝水一戰,被
東晉謝玄、謝石等擊敗,北方又形成分裂,先後出現了很多短期王國,
長期混戰不已。這些國家都是些軍事掠奪集團,此起彼伏,互相屠殺,
以致田地荒無,城市被毀,生產力遭到嚴重的破壞。

　　在北方混戰的時期,西晉的大地主、貴族、官僚、世家大族,以司馬
睿為首,逃到長江流域,得到南方世族的擁護,於 317 年在建康建立東
晉政權。東晉政權是以北方大族為基礎,而有南方大地主參加的政
權。北方大族,把持軍政大權,在政治上有鞏固的地位,壓抑江南大地
主,排斥一般地主(寒族土人),他們以朝廷賜予和買進的辦法,霸佔山
澤,開闢圩田,並吸收北方流民作佃客或奴婢,很快地加強了經濟和政
治上的力量,佔地很小的自耕農民要向東晉政府負擔繁重的賦稅。因
此,東晉王朝統治階級內部,因利害衝突造成長期矛盾,農民不堪繁重
的稅賦和土地收奪,399 年爆發由孫恩領導的農民起義。

　　當北方陷於混戰的時期,北方失去生機的大批流民南徙避難,他
們被南朝政府安插在江淮一帶開荒,並大量被吸收在世族地主的門下
充當佃客,參加生產。這些生產者,把北方的生產技術傳到南方,使南

方落後的生產得到技術上的提高。世族地主霸佔山澤及流民開荒的行為,使南方的墾田面積和人口激增,因之農業經濟得到發展,統治階級利用特權經商,關稅、商稅、市稅被政府重視,並成為政府的重要收入,因之,長江沿岸產生了許多商業都市。

北方世族地主和南方世族結合,在南方建立政權後,始終佔有政治特權,各世族集團間,常因利益矛盾而發生鬥爭。因此統治力量是非常薄弱的。下級世族,乘隙奪取政權,因之,南朝自東晉以後,約二百七十二年間,更換了五個朝代。但下級世族,雖取得政權,卻並不能奪取世家大族的政治地位,世族集團已成為生活腐化、完全寄生的一群寄食者而腐蝕著社會經濟。

南朝世族地主幾乎佔有了所有的耕地,而把農業勞動者變為佃客、奴隸。因之,農民受著嚴重的剝削,生活陷於極度的痛苦的境地。

北方大分裂後,鮮卑族的拓跋氏崛起於現在的內蒙古自治區,定都平城(今大同),建立北魏,很快由奴隸社會進入封建社會,在經過很多戰爭以後,以強大的軍力統一北方,結束了北方分裂的局面,並向南侵來,佔有淮南江北地區,(450 年)鮮卑貴族和山東豪族結合,統治著中國的北方。

北魏孝文帝時,盡力接受中國文化,改革鮮卑習俗,於 485 年,頒行均田制,並向豪族地主爭奪農民,實行戶口調查。均田制實行後,無地農民分得無主荒地耕種,耕地面積增加,農業很快地發展,遷都洛陽,以加強其政治統治。

孝文帝實行漢化,聯合漢族豪強地主參加政權的結果,引起鮮卑貴族的反抗。524 年,北魏六鎮邊兵發生叛變,並引發了葛榮領導的農民起義。起義失敗了,北魏也分裂為東西魏。後來漢人高洋奪取東魏政權建立北齊(550—577 年)。鮮卑人宇文覺奪取西魏政權,建立北周(556—581 年),北齊腐化殘暴的統治,引起人民的怨恨。北周頗能刷新政治,獎勵生產,國力逐漸上升,所以於 577 年消滅北齊,統一北方。

此時期的思想方面,適應世族地主階級之逃避現實,腐化縱欲,而盛行玄學自然主義的研究,漸次發展的佛教,依附玄學向世族傳播,漸次與支配封建社會的儒家禮教相結合,宣傳轉回報應的宗教迷信,得到普遍的信仰。而寺院發達,也加速了對農民的盤剝與土地的兼併。

隨著佛教的傳播,雕刻、繪畫、建築及音韻學,都進而為佛教服務而得到發展。

范縝的《神滅論》,反對宗教迷信,證明精神是肉體的派生。

文學方面,陳琳的《飲馬長城窟行》,王粲的《七哀詩》,充滿反戰思想,東晉的陶潛,以詩歌假想,對抵當時統治者,不肯出仕。

科學方面,南朝宋齊間的祖沖之,對術學上的貢獻是偉大的,他計算圓周率在 3.1415926 與 3.1415927 之間。

附:秦漢年表

附:三國西晉年表

附:東晉南北朝年表

第一章　我國的原始社會

毛主席說:"我們中國是世界上最大的國家之一,它的領土和整個歐洲的面積差不多相等……從很早的古代起,我們中華民族的祖先,就勞動、生息、繁殖在這塊廣大的土地上。"(《毛澤東選集》二卷 591頁)

"中華民族的發展(主要是漢族的發展)和世界上許多別的民族同樣,曾經經過了若干年的無階級的原始公社的生活。"(仝上 592 頁)

根據考古學和人類學的證實,我國原始社會的歷史是從人類出現開始的,我們的祖先遠在數十萬年以前,使用自己的勞動製造簡陋的石頭工具,獲取生活資料,與自然界進行艱苦的鬥爭,並從不斷地積累勞動經驗中,創造遠古的文化,從而改變自然的面貌和自己的體質形態,擴大對自然的統治,繁延人類的種族。

我國的原始社會,存在了數十萬年,它所經過的道路,是由結合為數幾十人的原始群團,發展為氏族公社,這些公社又結合而為部落,後來又結合為數達幾萬人的部落聯合。

原始社會的生產力很低,但它不是停留在同一水平上的,它是從一千年到一萬年的緩慢地變化著、發展著、改善著。由使用粗糙的打製的無定型的石器進步到使用磨製精緻的各式各樣的石器、骨器,以至製造精美的陶器,並發明弓箭。由保存火到鑽磨取火,由挖掘植物根莖、採集野生植物的採集經濟,發展到守獵、捕魚的漁獵生活,以至由馴養動物、原始栽種的畜牧生活到原始農業的定居生活。在這漫長的年代裏,社會生產在緩慢地向前發展著。

　　與原始社會極不完善的生產工具和低微的生產力相適應的是原始人的勞動,除了獲取生活上所必需的生活資料以外,便不能再有任何剩餘。人們經常過著缺衣少食,受酷暑嚴寒煎熬的生活,在這種條件下,有一些人依靠剝削另外一些人的生活是完全不可能的,人與人之間是沒有而且也不可能有任何財產上不平等的現象。由於勞動生產力的低微,任何個人不結成集體,不共同勞動,便不能和自然力量進行鬥爭。因此人類的勞動,一起始便具有社會性,與協同勞動相適應的,是生產資料——土地、採集食物和狩獵的叢林、牧場、生產工具的共同所有。因此,原始社會的經濟基礎,是生產工具與生產資料的公有,協同互助,共同製造生產工具,獲取生活資料,沒有剝削、壓迫,沒有階級,也沒有任何國家政權,原始社會的紀律和勞動秩序是靠傳統的習慣和對族長的尊敬來維持的。

一、人類的出現和發展

　　原始社會的歷史是從人類出現開始的,那麼,人類怎樣脫離動物界而獨立,便不單單是生物學的演化,而是有他獨特的原因的。

　　人和動物界的基本差異,是在於動物在改變他的身體構造中消極地適應著自然界,而人則是用自己的勞動積極地征服改造自然,使自然為人類服務,從而改變自己的體質形態,因此人和動物的主要差異,也就是勞動。

　　恩格斯說:"勞動……它是整個人類生活的第一個基本條件,而且達到這樣的程度,以致我們在某種意義上不得不說:勞動創造了人類本身。"(《勞動在從猿到人轉變過程中的作用》)

　　然而人類勞動是從什麼時候開始的呢?

　　馬克思說:"勞動過程,只有在製造工具的時候才開始",從我們人類的祖先類人猿成為製造工具的動物時開始,我們便有了頭腦未臻完善,同猿猴相距不遠的人,製造工具是表示特殊的人的活動,也就是人對自然的改造作用——生產,"由於手的發展,由於勞動,人開始了對自然的統治,這種統治隨著每一個新的進展而擴大了人的眼界,他們從自然對象中不斷發現新的,以往所不知道的各種屬性,另一方面,勞動的發達必然幫助各個社會成員更緊密的互相結合起來,因為他們互相幫助和共同協作的場合增多了,並且使這種共同協作的好處對於每一個人都一目了然了。"(恩格斯語,同上書)於是語言從勞動當中並和勞動一起產生出來。

　　勞動和語言,成為最主要的推動力,影響著猿的腦髓,逐漸地變成較大和較完善的人的腦髓,腦髓的發達被伴以所有感官的發達,它們又給了勞動和語言的發展以一個完全新的勞動力。

　　勞動和語言的發展、工具的改進、火的使用,對自然征服力量的加強,和獲取的食物種類愈來愈複雜,推動著人的腦髓和體質形態一代一代地更迅速更完善地向現代人發展。

　　人類發展史,是隨著勞動語言——生產的推動,向前大踏步地邁進的,從古代的猿發展成為現代的人,從體質形態上來看,可以分作三個階段:

　　第一是"猿人階段"。它是古代猿向人的方向發展的第一步,這一階段的人,雖已具有了一定的現代人的進步性質,已知使用最粗糙的石器工具和用火,但還不能完全脫離古代猿的性質,他是介乎類人猿和現代人之間的人類。

　　"猿人"生存的地質時代是新四紀,距今約四五十萬年,他們過著原始群的生活,男女雜交,生產工具簡陋,因之,必須一天到晚地勞動,並依靠群體的協同合作才能生活下去,在我國的國土上,已發現了猿人階段的化石——“北京猿人”。

第二是“尼人階段”。這階段的人類遺骸化石，發現在德國尼安德塔爾地方，所以稱為“尼人”，由於猿人不斷地勞動，雙手愈加靈巧，發展到後來就能夠使用較精細的石器了。由於勞動和語言的發展，腦髓也愈來愈發達、愈聰明，戰勝自然的能力也愈加強。在體質形態上已演變得大部分失去了古猿的性質，和現代人更接近了，這樣人類又向前走了一步，走入了“尼人階段”。

“尼人階段”的人類生活在山洞裏，很可能已懂得人工取火的方法。由於工具的進步，智慧的發達和集體合作的緊密，生產力水平提高了，他們已能獵取大型動物作生活資料，在我國國土上發現的“河套人”是屬於“尼人階段”的人類。

第三是“真人化石階段”。人類由於不斷地勞動，向著更高級方面發展，在體質形態上，已完全失去了古猿的特徵，發展為和現代人沒有顯著區別。這種人現在已經滅絕，留下的骨骸化石，叫做“真人化石”。在我國發現的“山頂洞人”，是相當於這一階段的人類。

這一階段的人類，生活上比尼人更進步了，他們不僅依靠獵取野獸為生活，而且能夠從湖裏捕捉魚類為食。由於肉食，促進腦髓的發達，因之，智慧更提高。他們住在山洞裏，能製作很精緻的石器，和骨器、鹿角器具，已知道縫紉獸皮為衣，已發展到原始氏族社會的階段。

和人類體態形態的發展相適應，人類的物質文化也是由低級向高級發展的，借助考古發掘研究，各時代人類所遺留下來的工具和器物，可以幫助我們瞭解人類物質文化發展的情況。

人類最初使用的工具，主要是利用石頭製成的，因此，我們稱人類歷史發展的最初階段為“石器時代”，石器時代前期的石器，主要是打製而成的，我們稱它為舊石器時代，舊石器時代在人類歷史上的時間很長,差不多漫延幾十萬年,按照人類體質形態發展,而劃為上述三個階段。

由於不斷地勞動,和勞動經驗的積累,人類使用的工具逐步改進了,從打製石器,進步到磨製,並且知道用火燒制陶器,這樣,人類物質文化前進一步,到了"新石器時代"。新石器時代在地質學上列入現代的範圍。這個時期自然界的生物(包括人類在內)都和我們現在的情形無顯著的差異了。

舊石器時代和新石器時代的文化遺存,在我國的國土上有大量的發現。它說明我們的祖先怎樣用勞動和協同動作,和自然進行艱苦的鬥爭,創造我們遠古的文化。

二、從原始群到原始氏族的發生

舊石器時代的人類,使用打制的粗糙的石器、木棒,和強有力的自然界進行鬥爭。他們如果不合作勞動,就會有餓死的危險。由於生產力的低微,原始人不可能彼此孤立而實行個人生活與經營的。所以人類對自然的積極鬥爭,一開始就是集體的過程。他們結成群團,各地流動,合力獲取生活資料,合力製造工具,原始群團的組織因素,是以人在生產中的相互關係為基礎的。由血緣關係較近的人群,在一定的食料地區,進行獲取生活資料的活動,共同佔有著土地、森林、河川。這種所有制形態,是從原始群團在一定的食料地區共同進行初步經濟生活中產生的。所以在原始社會階段,沒有生產資料的私有,人們連私有的概念都沒有。集體勞動所得來的一切,被平均分配。採集或獵獲來的食物極有限,僅僅足以維持生活的條件下,另外的分配形式是不可能有的。假如社會成員中某一人取得了較多的份額,那麼另外一個沒有分到的人就會餓死。在原始社會裏，沒有貧富的分別，沒有人剝削人的事，沒有階級和壓迫，原始社會為原始的、樸素的平等和傳統的習慣統治著。

原始群團還沒有對群體成員性的關係在習慣上有什麼限制，因之，原始群團的婚姻關係，是雜交和亂婚。對嬰兒的扶持是依靠群體的力量，當時還沒有家庭組織的出現。

由於原始社會的發展，這種原始群團共同體發生變化、分解、縮小，代之以更複雜更狹小的共同體，以利於生產勞動。人類的婚姻關係，也限制在一定的集體的人，因之出現了由近親組成的團體，因為當時男女實行群婚，社會逐步過渡到舊石器晚期原始的母系氏族社會。氏族，按年齡性別分工，成為生產勞動中的經濟單位和社會的基礎組織——原始群團，過渡到氏族公社。

1. 中國猿人與河套人

從地下發掘材料證實，我國歷史可以上溯到五六十萬年以前的猿人時代。

"中國猿人"人首化石和文化遺存的發掘是從 1918 年開始。1927年在北京京西礦區周口店地方的山洞裏發現的，俗名"北京人"。

"北京人"是出現在地質時代的第四紀，距今約五六十萬年，根據前後二十餘年發掘的總結，說明"北京人"是生活在石炭巖的山洞中。由發掘的頭腦、牙齒、下顎骨和軀幹骨來看，"北京人"身體和現代一般人一樣高大，眉骨突出，額周低平，上下顎向前突出，腦骨大於猿而小於現代人，還保存了一些近似猿的特徵，因此斷定"北京人"是介於猿和現代人之間的人類，在體質形態上屬於"猿人階段"，是現代人的直接祖先。

　　與"北京人"化石相伴發現的,有四五十種動物化石和由打製作成
的無定型的石器。石器原料主要的是細砂巖和火成巖——礫石和石
英。石器種類為削刮器、尖狀器、斧狀器及平圓狀器。在"北京人"居
住的山洞的土石地層裏,曾發現燒過的木炭和灰燼的堆集。

　　由以上發掘物的研究推斷:"北京人"已知道使用火來防禦野獸的
侵襲,並將獵取來的野獸燒熟了吃。用火在人類發展史上是一件大
事。它不但使人類因為熟食而增強體質,使人類生活大大改變,而且
對後來人類物質文化的發展,也起了很大的作用。如用火燒陶器,及
從燒陶器而引發了冶煉金屬等。

　　此外,"北京人"已知道將石頭打成鋒利的薄刃,用以割切東西。
石器無定型,可見"北京人"是開始使用石器的人類,已經是"製造工
具"的動物了。

　　由於製造工具和使用火,使"北京人"脫離了動物界而成為代表著
決定全人類命運的一種原始人類。因之,北京人的發現,在研究人類
發展史上是有著偉大而重要的貢獻的。

　　河套人:河套人是在甘肅陝西北部河套鄂爾多斯地方發現的,發
現人類門牙一枚和很多石器,是相當於"尼人階段"的人類。地質年代
是第四紀中期,約距今二十萬年以前。

　　河套人石器的發現,主要是水洞溝和沙拉烏蘇河(即紅柳河或無
定河)兩岸。河套人從河牀上揀來被磨圓的石英巖的礫石,打成碎片,
用作工具。許多長石片,石英巖和長石都是很堅硬的,打成石片,需要
相當的技術。河套人將打成的石片加工,做成各種各樣的工具,如尖
狀器、削刮器、弧形刃器、斧狀器等。

　　從河套人的石器來看,比北京人石器已經大大地前進了一步。它
已有單簡的類型,說明已有不同的使用要求。

2. 山頂洞人

山頂洞人也是在北京京西礦區周口店發現的。它是人類發展的第三階段,是"真人化石階段"的代表。在體質形態上,山頂洞人已經完全失去了古猿的特徵,同現代真正的人沒有顯著區別。他們的生存時期,約距今五六萬年。

山頂洞人化石的發現,包括三個完整的頭骨和許多肢骨。山頂洞人石器遺存中,有比較精緻的各式各樣的石器,但由於周口店缺少良好的石料(如大石),山頂洞人生活的方面又已擴大,因之,他們的工具就向骨角器方面發展。他們有磨光刻有花紋的鹿角,獸骨磨成的挖孔的骨針,以及用穿孔的獸齒及鳥骨做成的裝飾品,和用小石珠和有孔小礫石做成的裝飾品,和從海濱採取海蚶的介殼作裝飾品。山頂洞人用赤鐵礦作紅色顏料,將裝飾品染成紅色,人骨化石旁邊散佈著赤鐵礦粉粒,似乎已有埋葬的習慣。

山頂洞人的文化,已比河套人文化更前進了一步,由使用石器發展到廣泛地應用骨器。並由勞動經驗中,創造了鑽孔和研磨的技術,已能用骨針將獸皮縫成衣服。由於聰明智慧的發展,已知道裝飾。山頂洞人的文化,已發展到舊石器時代晚期。他們過著打獵和捕魚的生活,已組成原始氏族社會。

中國歷史上,有巢氏、燧人氏的傳說,反映了舊石器時代中國猿人與河套人時期的生活。

"上古之世,人民少而禽獸眾,人民不勝禽獸蟲蛇;有聖人作,構木為巢,以避群害,而民說之,使王天下,號之曰有巢氏。民食果蓏蚌蛤,腥臊惡臭而傷害腹胃,民多疾病;有聖人作,鑽燧取火,以化腥臊,而民說之,使王天下,號之曰燧人氏。"(《韓非子·五蠹篇》)

封建社會的統治階級，把人類長期由勞動經驗積累而創造出的築巢、鑽燧的技術，歸之於“聖人”的發明，以附會他們的統治，視為自古已然的永恆真理。這是歷代統治者一貫的花樣。但從另一面來看，卻證實了先民生產力的低微，並與強有力的自然進行鬥爭的艱苦情況。

“男女雜遊，不媒不聘”（《列子·湯問》），也正反映原始社會婚姻沒有限制的雜交亂婚。

傳說又有所謂“伏羲氏結繩而為網罟，教民以佃以漁”的故事，即相當於舊石器時代末期，山頂洞人時期的漁佃生活情況。

“古者庖羲氏之王天下也，仰則觀象於天，俯則觀法於地，觀鳥獸之文，與地之宜，近取諸身，遠取諸物，於是始作八卦，以通神明之德，以類萬物之情，作結繩而為網罟，以佃以漁。”

人類由保存火，到學會鑽木取火，由生食到熟食，又學會用植物纖維結成網罟，使漁獵的效率大大提高。婚姻制度，也由亂婚雜交，進入禁止血緣通婚的時代。

“伏羲氏仰觀象於天，俯察法於地，因夫婦正五行，始定人道”（《白虎通》）的傳說，正是說明遠古婚姻制度的漸有限制。

從有巢氏、燧人氏到伏羲氏的傳說朝代，反映我們祖先從艱苦勞動中，不斷地緩慢地改造自然和人類的生活，但仍未脫去“焚林而田，竭澤而漁，人械不足”（《淮南子·本經》）的原始漁獵生活階段。

三、我國的氏族社會

由於原始社會的向前發展，人類在漫長的舊石器時代，不但能夠製造工具和使用工具，克服自然界所帶來的種種困難，保存了人類種族的延續，而且為了滿足人類自己需要，逐步地改進工具，使石器的製作,由粗糙簡陋到細緻複雜,由打製到磨製,而且逐漸有了定型。又發明了弓箭和用泥土製陶器的方法。弓箭的發明表明了原始生產的新的發展。它第一次使人的體力同樹枝的彈力結合在一起。弓箭的廣泛利用,促進了原始人狩獵和捕漁方面的能力。生產物的增加,為經常有畜物儲備和定居生活創造了條件。製陶器的發明,標誌著人類自由地掌握了火——取火,而廣泛地取火燒陶,又給冶金技術的發明創造了前提。於是人類歷史發展到新石器時代。

由舊石器時代到新石器時代的中間過渡階段,有一個中石器時代。

隨著中石器時代和新石器時代人類工具的進步和生產力的提高,人類的生活領域擴大了。對自然的依賴性減小,逐漸地按自己的意圖,生產自己所需要的生活資料。同時,由於定居,畜牧業和原始農業逐漸代替了原始的漁獵生活。由於農業的發展,更促使原始人類定居下來,不再到處流浪。

當人仍過著採集和漁獵生活時,採集主要是女子的工作。原始農業是從採集勞動中逐漸產生的,所以,女子在最初生產中佔重要地位。另一方面由於當時的婚姻關係還是群婚時代,人們只知道其母,不知道其父。因此,社會組織,是以母系為中心的。後來,田野農業和畜牧發達了,男女勞動的比重發生了變化。男子在生產中佔了主要地位,這樣,便大大提高了男子在經濟方面的重要性。相反的,婦女管理家庭經濟的工作,失去了以前的重要性,男子變為牲畜和財產的所有者,並且把財產傳給子孫。血統關係開始從男子方面來計算,於是共同源於男性祖先的親族相結合,父系氏族代替了母系氏族。原始的血族群婚,也過渡到對偶婚。再進而為一夫一妻(實際上是一夫多妻)的婚姻制度。

男子的子女繼承父親的財產,逐漸地成為一定的習慣。這樣,引起家族財富的積累。富有的家族,開始成為氏族的貴族而退去氏族。因而,加速氏族公社制度的解體和階級社會的形成。

1. 生產工具的進步——新石器時代的文化遺存

我國境內新石器時代的遺跡,就已發掘的遺址來看,分佈是很廣泛的,但全國範圍內的考古發掘工作,還有待於繼續展開,就現有材料,略述新石器文化分佈情況:

(1)長城以北的細石器文化

我國細石器文化所佔的時間,約從中石器時代起,到有文字歷史的時期,而且自成一體系。所佔地區就現在所知,限於東北、內蒙古自治區、甘肅東北(原寧夏回族自治區)和新疆等省,大概都在我國的古長城以北。

細石器文化的特點,是人類使用的石器趨於細小,併發明了用木頭,獸角或獸骨製成柄或把,使石器能發揮更大的作用。這是由舊石器時代過渡到新石器時代的過渡期,是人類由於長期積累勞動經驗,改進了工具的結果。

中國細石器文化遺址,已發現的有呼倫湖附近的扎賚諾爾,屬中石器時期,稱"扎賚期"。齊齊哈爾附近的昂昂溪,屬新石器時代初期,稱"龍江期",和內蒙古自治區的林西,約屬新石器時代中期,稱"林西期"。

"扎賚期"的石器,多為用瑪瑙、玉髓等矽質礦物製成的三角形箭頭,及用細小而狹長的石片製成石刀、小鑽等物,及鹿角製的錘頭。石器的技術已發展很高,並已知裝柄。根據西伯利亞貝加爾湖附近文化遺址的石器類型和年代研究,扎賚期文化的創造者,可能是自貝加爾湖南移的人類,在扎賚諾爾一帶定居下來,仍然保持著他們的祖先在貝加爾湖附近時候的漁獵生活。這是中國細石器文化的最早階段。

"扎賚期"的人類子孫,再向東北境內深入,越過大興安嶺,到了嫩江流域,在昂昂溪一帶創造了"龍江期"文化。石器已經磨製,而且能作粗糙的陶器。在磨製石器中,有三角形箭簇、槍頭和骨製魚紋。這些遺存,說明當時的人類還在過著漁獵生活。

"龍江期"的細石文化,一支向松花江流域傳播。主要的一支,向南方偏西一帶地區傳播,到內蒙古自治區林西一帶,向農業方面發展,放棄了"漁"的生活。這一地區,發現石犁、石磨盤、石杵等農業用具,以及細小石器和陶器、石刀、石鑽、錐形石核等。

"林西期"的細石器文化,繼續向南移動,到了赤峰和長城地區,和南來的彩陶文化相遇,形成一種混合文化,時間已到新石器時代晚期。例如遼寧錦西沙鍋屯,張家口附近的高家營子,青海西寧附近朱家寨等地,都有這種混合文化遺址。

細石器文化受彩陶文化阻止,停留在長城以北,往西沿戈壁邊沿西進,一直到了新疆。

這種混合文化,在新石器時代晚期以後,連續受到南來的中國古代文化和殷周文化,及西北來的斯開泰文化影響,漸漸成為中國古史上所說的古代北方各民族的文化,也可能就是現在北方各少數民族文化的祖先。

(2)黃河流域的彩陶文化

彩陶文化,據已發現的遺址,已確定的有數十處,以黃河流域為發達之中心,由黃河流域向邊陲區域傳播,由新石器時代晚期盛行於黃河流域,至中國有文字記載的歷史時期尚在邊陸繼續存在,主要分佈地區,就已知材料,是在由青海、甘肅到陝西、山西、河南諸省。

彩陶文化,首先在河南澠池仰韶村發現,所以又稱為"仰韶文化"。

彩陶文化的特點,是手製的繪以花紋的紅色陶器特別發達,製作技術精美。這種陶器,是在新石器時代晚期住在黃河流域的中華民族的祖先所製造和使用的。他們用長期積累的勞動經驗,不止改進了石器工具,而且創造了技術美好的工藝品——陶器,用來作日常生活器物和殉葬之用。

仰韶文化遺址,發現有大量石器、骨器和陶器。石器有打製和磨光的刀、斧、杵、碎、鐲、鏃、石環、石紡輪。骨器有骨針、骨錐及骨簇。陶器有手製的表裏磨光的彩陶。還有許多豬、馬、牛的骨骼,以豬骨最多,從遺址大量的遺物中可以推想當時先民的生活情況。農業和畜牧業已經是重要的生產部門。陶器、武器和一般工具種類很多,說明手工業也在發展。氏族內部,開始有某種程度分工的趨向,在甘肅各遺址墓葬中發現磨製的玉片、玉瑗和海貝,說明甘肅和沿海及新疆地區,可能有交換關係。

根據裴文中氏的研究推斷,彩陶文化可能是屬於母系氏族社會的繁榮時期的文化。農業由婦女經營,狩獵是由男子擔任的,在經濟上一定有比男子較高的地位。

(3)東海海濱的黑陶文化

彩陶文化,在中原地區(山、陝、豫)地區,先和東海海濱的黑陶文化接觸,然後很快地衰落下去,被中國古代文化所代替。

黑陶文化興起在東海沿岸山東半島地區。這種文化的特徵是漆黑而有光的陶器特別多,而且特別重要,所以稱"黑陶文化"。又因首先發現黑陶文化的地方是山東歷城縣龍山鎮的城子崖,所以又稱"龍山文化"。這種文化存在於新石器時代末期的山東半島,早於我國有文字的歷史時期的最初時期——殷代。

城子崖遺址中發掘的陶器,最典型的是質細而簿,表裏漆黑而有光澤,上面有劃紋,有的還有陶輪製作的,以扁足、舌足的鼎,高足的豆,前有扁嘴、後有把的三空足的鬲等最重要、最有代表性。此外,還有有孔的方形薄石斧、三棱石箭簇和蚌殼制的刀鋸等。除城子崖以外,山東半島上別的地方還發現很多同樣的黑陶文化遺址。

黑陶文化,在山東半島產生之後,就向北、向南、向西發展傳播。向西發展的一支曾在河南澠池的不召寨和安陽的後崗發達過。在河南南部(如信陽)、北部(如成皋,廣武)和西部(如仰韶村),與彩陶文化混在一起,發現在同一地層中。更向西,到了渭河流域,則只見一些零星的黑陶陶片混合在彩陶文化遺址中。

向北遷移的黑陶文化,到達了遼東半島上,曾在旅大區域(今大連)的羊頭窪地方發達過。向南遷移的一支,曾在杭州附近的良渚繁榮起來,遺址裏有磨製精緻的石器和圓直足陶鼎,長腰的陶豆。陶器比城子崖粗糙,但表裏黑有光,則應屬城子崖同一系統。黑陶文化向南傳播,曾達到江南的樟樹鎮,以及臺灣省,但由此更往南,有一種"幾何形印紋硬陶"的發達,阻礙了黑陶文化的南進。在江淮之間和秦淮河上游,都可見到黑陶文化和"印文陶文化"相混合的痕跡。

有關黑陶文化的民族生活情形,至今還無所知,須待考古學家的努力。

2. 氏族社會的發展

人類社會,經過漫長的舊石器時期,由於社會生產力的進一步發展,引導我們的祖先進入了新石器時代,即是氏族社會的發展時期。

氏族社會是原始社會的進一步發展,由於生產工具的進步,生產力的提高,原始群的共同體適應生產的需要,發生變化分解、縮小,代之以更複雜,更狹小的共同體,以利於生產勞動。人類的婚姻制度,也限制在一定的某體的人,因之出現了由近親組成的團體——氏族。氏族成為生產勞動中的經濟單位和社會的基礎組織。

氏族社會的發展,是以陶器及研磨石器的出現為特徵的,因為陶器是人類達到定居生活以後的產物。在流浪生活中的原始群,是不會發明陶器的,同樣研磨石器的事業,也是表現人類是定居生活的開始。因為必須有了研磨的石刀和石斧,人類才能斬伐樹林,開始植物的種植,開始動物的訓養,以及一切適應於定居生活的需要。因之,氏族社會經濟生活的主要特點,是動物的訓養與植物的栽培。由於廣泛地訓養動物,使乳和肉食的來源增加,植物的栽培,導致人類的定居和食物的蓄備。

中國歷史上傳說神農是最初發明陶器的神人,如《周書》云:"神農作瓦器",又說:"神農作陶"。以後到"黃帝時代",並有專司制陶業的人,叫"陶正"。《史記》:"黃帝命寧封為陶正"。傳說中又說:"堯時后稷教民稼穡,樹藝五穀"(《孟子》),"舜躬自耕稼","禹親操橐耜,而九雜天下之川"(《莊子》),又說:"禹親執耒臿以民先"(《韓非子》)。並且,在我國已發現的新石器時代文化遺址中,已發現大量陶器,及農具,成堆的動物骨骼,這些可以說明,我國古史傳說中神農、黃帝、堯、舜、禹的時代,是相當於新石器時代的氏族社會時期。

氏族社會時期的社會性質和原始群時代沒有本質的區別。人類過著原始共產主義的生活,生產手段——土地、森林、牧場、河川都是氏族的共同佔有,人類共同從事生產勞動,共同享受勞動成果,社會成員人人平等,沒有私有財產,沒有剝削、壓迫,沒有階級,因而也還沒有國家的組織、社會的秩序和勞動紀律,是靠傳統的習慣和對族長的尊敬來維持的。由於共同事務的發展,氏族成員民主選舉出族長,來處理共同事務。由於人類生活和生產領域的擴大,許多氏族,又結合為部落,並共推出部落酋長,來管理共同事務和領導戰爭。後來,部落又聯合為部落聯盟。

我國歷史傳說中,從神農、黃帝到堯、舜、禹的時代,正是反映氏族社會的發展。禪讓,就是說明氏族社會公推酋長的民主制度。《禮記‧禮運》講禪讓制度崩潰以前,即禹以前的社會情況:

"大道之行也,天下為公,選賢與能,講信修睦,故人不獨親其親,不獨子其子……"

可作為封建社會時代,史家依靠傳說,推出"大同世界"的原始共產社會。

3. 原始社會的解體

氏族社會的生產關係,是建築在生產工具和主要生活資料的公共佔有上面的。這種公有制度,基本上是適合於當時生產力的性質的。但是,氏族社會的生產力,是極其低微和貧弱的。在薄弱的生產力水平的情況下,個別的私人經濟的獨立存在和生產工具的私有權是不可能實現的。因之,原始社會的集體生產形態是單獨個人力量薄弱的結果。這就決定人類血統關係和生產關係的一致性。個人和集體的關係密切地結合著,低微的生產力造成社會發展的異常遲緩。我們的祖先一代一代地生活下去,走完原始社會的過程,竟費了幾十萬年。

原始社會的過程,雖然佔人類歷史上最長的時間,但生產力畢竟由一代一代的生產經驗積累,改進著生產工具。當氏族社會發展到一定階段,它的生產力和原始公社公有制的生產關係便發生了衝突,要讓生產力能夠進一步地向前發展,勞動和所有權之原始統一的破壞——勞動和所有權的分裂便成為了必然。

　　生產力發展的結果,出現了剩餘勞動。它引起氏族領導和家族積累各種動產(如畜類、生產工具等)的可能,促成了各公社間交換的發展,於是從社會公產中逐漸地劃出了私有財產來。

　　最初的私有財產是比較精巧的武器。由於這種武器的使用,需要個人的熟練技巧,而不能不成為個人終生所有,但死後仍歸氏族所有。當畜牧業、農業和手工業分工發展起來,和隨之而發生的氏族之間的交換發展起來時,那些由氏族推選的,代表氏族實行交換的族長們,就乘機把一些可交換的財產據為己有,最後由於農業的進步,使小規模的以個體家庭為單位的耕作成為可能。耕地就由氏族共同耕種,過渡到分配給小家族單位來經營。起初,是把公社共有土地定期輪換分配,以後就進行把一定土地固定給各家族所有,這就開始了土地的公有私用。私有財產的範圍,隨著生產力的發展而擴大,交換刺激生產的發展。於是這種生產,再不是一個家族或氏族的勞動所能負擔的了。補充勞動力,成為必要。戰爭供給了勞動力的新來源,戰時的俘虜不再被殺害,而變成了奴隸,戰爭又增進了財產的不平等。戰爭的頻繁,使得族長或部落長的威力增大,戰勝者更多地積累私財,俘獲俘虜充做奴隸。社會分裂為階級——奴隸主和奴隸,原始公社制度解體,氏族民主制度崩潰了。

　　中國歷史傳說中,自禹以後禪讓制度的破壞,和社會公職地位的世襲,以致成為統治勢力,就說明原始社會解體的過程。

四、原始社會的文化

　　人類的原始文化,是人們和自然鬥爭的結果。毛主席把人類的知識分為兩種,一種是生產鬥爭的知識,即和自然鬥爭的知識。另一種是階級鬥爭的知識。在階級社會以前，人類知識是和自然進行鬥爭的結果。

知識是群的意識的產物。它在猿人群的社會中就已發生，跟著向原始公社氏族社會的過渡而開始發展。由於人類生產工具一代一代地反復製作、改進，生產領域逐漸擴大。長期的生產實踐，使人類的生產活動成為一定的技能，反映和固定於人類的意識中。學會製造木器及石器的原始技術，就是人類知識的原始形態。

隨著思維與語言的發展，經驗也固定下來了，實踐的知識也積累起來了。原始的人類在精神發展方面是很低的，但是他們也是有許多實際知識的。因為如果沒有這種知識，他們也就不能存在下去的。這種知識，如測看天空的行星的方位，計算月數的知識，這樣就孕育出曆法和數學新生的幼芽。中國歷史上傳說中"夏代"的曆法，就是遠古人類實踐知識長期積累的結果。

原始社會生產力的低微和人類對自然的認識，就產生了統治在人類日常生活中的一種"奇幻的反映"的地上之力。在這種反映中，將統治著人類的外在力量，從地上的變為超自然的力量，這就是原始宗教的歷史根源。

初期宗教的最顯著的特徵是"圖騰崇拜"，就是關於人同動物與植物(即所謂圖騰)有集體的密切的關係，用以作為自己氏族的象徵，因而發生對於這種圖騰的崇拜。發展到氏族社會後期，年老的族長的被尊敬和父為生親思想的發生，開始產生了"祖先崇拜"。人類認為祖先的靈魂可以佑護本族的子孫。

周口店山頂洞人遺址的發現，證明我們的祖先在當時已有埋葬的習慣。埋葬時，屍體周圍要散佈許多赤鐵礦的粉粒，讓死者帶著裝飾品，證明了當時我們的祖先已存在認為死者有靈魂的思想。這就是原始宗教的萌芽。從人有靈魂的思想，推想到世界上一切東西都有靈魂，因而產生了原始的萬物有靈論的思想。

　　原始宗教對一切自然現象和社會生活行為作神靈存在的解釋，以及宗教的迷信儀式等，毫無疑義地都會阻礙人類科學智慧的發展，阻礙人們走向支配自然的正當途徑，使人們停滯在愚昧的狀態。因之，從宗教最初發生的那一天起，它對人類社會就沒有好的影響，含有重大的反動意味。在原始社會全部文化上，加上強烈的宗教痕跡，但由於生產實踐的不斷進行，人類用自己對自然鬥爭的進步與成功，建立起了人類文化的基礎。這種基礎，由過去一代一代的前輩遺留下來，這就是我們的祖先備具了的，雖然處於幼稚狀態的農業、畜牧、手工業的技術和數學、曆法、繪畫等的自然知識，並由此奠立了文學、歷史的基礎。

第二章 商朝

——我國的奴隸制社會

斯大林說:"在奴隸制度下,生產關係的基礎是奴隸主佔有生產資料和佔有生產工作者。這生產工作者便是奴隸主所能當作牲畜來買賣屠殺的奴隸。"(《辯證唯物主義與歷史唯物主義》)。

我國歷史,從原始公社崩潰,社會分裂為階級,期間也經過了幾百年的奴隸制社會。我國的奴隸制社會的形成和發展時代,就是古史記載中的夏和商代。關於夏代,由於地下遺存和歷史文獻材料的缺乏,現在還很難瞭解它的社會全貌。到了商代,有了當時人留下的文字記載和豐富的青銅器,以及甲骨文的遺存,我們就能據以對商代經濟文化情況有一些基本認識,並從而證實商代的社會性質和我國歷史上最早的國家的出現。

一、商族起源與奴隸制國家的建立

1. 商族的起源

根據古史記載和地下遺存的證實,商族是勞動滋息於我國東部黃河下游,傳說他們的祖先是契,契的母親簡狄吞鳥卵而生契。商族是鳥圖騰的氏族。

商族的祖先活動於河北平原的易水流域,主要是渤海沿岸並向南向北發展。向北發展到遼東半島,在錦西沙鍋屯、旅順老鐵山等處留下了新石器文化。向南發展到山東半島,在濟南龍山城子崖留下龍山文化,主要是黑陶文化與卜骨。歷史記載商族祖先最初幾代經常遷移,但總不出河南東部與山東一帶,而以商邱為中心,故稱商。

對於商族的祖先契,我們從傳說中知道他是在堯舜時做過教育官,跟禹差不多同時。由契傳到他的孫子相土,勢力強大。傳說相土曾發明馬車。相土以前,商還是逐水草而居的畜牧部落。所以傳說從契到相土三世曾五遷其都。相土以後,農業開始發展,乃逐漸定居下來,因而相土以後十三世才三遷。第六代王亥,用帛和牛當貨幣,駕著牛車在部落間做買賣,後來到了黃河北岸被有易族掠殺。他的弟弟王恒和兒子上甲微滅掉有易。上甲微被後代尊為英雄。

2. 奴隸制國家的建立和發展

(1) 湯滅夏

商族在契的時候,也是家長制的氏族公社時代,與夏是並行發展的。從王亥傳了八代到湯(也稱天乙),正當夏桀的時候。湯從亳(山東曹縣)初步向西發展,先滅了夏族的葛國(河南寧陵),並繼續進攻夏同族的韋(河南滑縣)、顧(山東范縣)和昆吾(河南濮陽),滅韋、顧,敗昆吾。這時夏桀非常腐化,夏族內部也因夏桀暴虐,人民起而反對他。湯利用這個時機追攻夏桀,桀到鳴條(山西安邑北)迎戰,士兵潰敗,桀不敢回京城洛陽,投奔昆吾。昆吾為湯所滅,桀又逃南巢(安徽巢縣)。夏朝就此由商朝代替了。

商對夏戰爭的軍事勝利,是中國歷史上一個劃時代的事情。湯之所以勝利,當然不僅由於激烈的戰爭,而是由於湯滅夏以前,已經是一個興旺的部落,已經使用銅器甚至青銅器工具,生產的發展已超過了夏朝。此外,工業、商業也有了新發展。因此能代替夏朝而建立商朝奴隸主國家,並在黃河中游,掃蕩夏的殘餘勢力,迫使夏族向四方逃竄。

(2)奴隸主國家的建立

湯滅夏後,建立商朝,統治了一定的疆域,建立起國家。最高統治者是國王,也稱為天子,就是最大的奴隸主,俘虜了夏民當奴隸,並任用一部分貴族作官,把商族已有的私有財產用奴隸國家的法律把它確定下來。社會上分成兩大階級,在統治階級中,國王以下有邦伯、師長、執事等,他們都是王的左右手,是軍政人員,也都是貴族,他們與國王共同統治人民。此外還有專門掌管祭祀、祈福、占卜的祭司,也是屬於統治階級的貴族。

社會上另一階級,被統治階級,主要是奴隸。甲骨文中有臣、多臣、小臣、牧臣、耤臣、小耤臣、奴、奚、童、姜等字,全是奴隸的名稱。這些奴隸,主要是用於農業和畜牧生產物。

除了這兩大階級外,商代社會還有一種被稱為庶人或小人的,如商王武丁曾同小人生活在一起,祖甲親自做過小人。這些所謂小人,是貧窮的耕種小塊土地的農人。他們有身體自由,向國王貢納租賦,這種人可稱為自由民。

商朝社會階級是奴隸主和奴隸的對立,因此確定是一個奴隸制社會。

同時商朝建立以後,已有一定的軍隊,國王是軍事首領。我們從甲骨文中的記錄,以及殷墟發掘出箭鏃之多,已可想見有相當強大的武力。甲骨文記載發動戰爭的事情很多,發動這些戰爭總不外乎:掠奪奴隸;征伐異族,擴大國土;對於反抗屬領的征討。

除了有軍隊以外,商朝已有刑法和監牢。商朝的刑法,被周公稱為殷彝。所定的刑法,都是防止奴隸的逃亡和反抗,保護奴隸主的私有財產。這些刑法是很殘酷的,對待怠工或逃亡而被逮捕回來的奴隸,加以種種刑罰,斬足、割鼻、斷骨抽筋等,此外關入牢獄。

從這些來看商朝已經建立成奴隸制的國家。斯大林說:"國家是在社會分裂為敵對階級的基礎上產生的,國家的產生是為了少數剝削者的利益來束縛多數被剝削者。國家政權的工具,主要集中於軍隊、懲罰機關、偵察機關和監獄。"(《在黨的第十八次代表大會上關於聯共(布)中央工作的總結報告》)(列寧主義問題)商朝是奴隸主統治著奴隸的國家。

(3)奴隸主國家的發展

商湯滅夏建立奴隸制國家後,國王一方面用國家機器統治人民,一方面又用君權神授的宗教迷信思想對人民進行欺騙,說王的威權是從天而來的,是天命的,是上帝派來統治人民的。那麼天和上帝的意思如何傳達呢? 就是用占卜。管占卜的,有一批通天人之際的人,就是僧侶。這些僧侶,他們懂得一些天文氣象和醫藥知識,他們掌握了占卜,便左右國王,商代各臣如伊尹、伊陟、巫咸、巫賢、甘盤,都是僧侶,他們都幫助了商王的統治,但也常常引起與國王間的矛盾,如商的第三代國王太甲曾經被伊尹趕走過,不過這些僧侶主要還是幫助奴隸主國家的國王實現對奴隸的殘暴的統治的。

商朝國家的中心地,起初在冀魯豫大平原,常常遭黃河氾濫的水災,所以經常遷都。從湯到盤庚曾經遷過五六次,最後到湯的第十代盤庚時把國郡遷到了殷(河南安陽小屯村)。這次遷都,一方面為逃避水災,而更重要的原因,由於貴族們在原來都城區過著享樂的生活,沉溺於奢侈享受,不再想到國家大事,奴隸和自由民更加痛苦,引起社會的不安。王室又爭奪王位,政治混亂,國王大造宮室,貴族奢侈腐化,所以盤庚極力主張離開這塊腐化的地方,不顧保守派貴族的反對,終於遷都。盤庚遷都,一方面避開了水災的威脅,一方面推毀了貴族們的舊勢力,對於生產來說是有利的,使人民從蕩析離居中安定下來。因此,在經濟上,農業和手工業都得到空前的發展。首都殷發展成為十平方華里的城市,成為政治經濟的中心。政治上,在盤庚遷殷以後,王的統治權也才比較穩固。此後七八代國王一直地向外發展。其間武丁一代最為強盛,武丁是一個非常英武的國王,他能使國家強盛,主要是因為他緩和了階級間的矛盾,《史記》《尚書》都說他年青時能深入民間,瞭解平民的痛苦,同時他任用貧苦出身的傅說做宰相,這些因素,使他的政治設施,能比較符合人民利益。

武丁的強盛,《詩經‧商頌‧玄鳥》篇說他戰勝以後闢地千里,四方部落都來朝見他。他南伐荊楚,西北伐羌方,又伐土方、苦方。當時勢力所能達到的地方,東南到浙江上虞,南到湖北北祁,西南到四川松潘一帶,西北到甘肅,北面甚至到河套。這是殷商奴隸國家最強盛的階段。

自此以後,由於國王腐化,剝削加重,奴隸生產無興趣,相率逃亡,武乙以後逐漸衰落,終於激起奴隸起義。

二、商代奴隸制國家的生產經濟情況

我們對於商代生產經濟情況的瞭解,主要的是根據殷墟發掘出來的甲骨文和青銅器器物以及器物上的文字。

1. 新的生產工具——青銅器工具

斯大林在“生產的三個特點”中說:“生產的變化和發展,往往先從生產力的變化和發展,首先是從生產工具的變化和發展開始。"我國歷史到了商朝,人們的生產關係已經改變。這改變是由於生產力,首先是由於生產工具的變化和發展而來的。商代的經濟發展,首先由於商朝已發明了青銅制的工具,提高了生產力,使生產前進一步。我們從殷墟發掘出來的青銅器,已含有百分之十以上的錫,硬度很高,比較石器,或黃銅器的生產效率會高得很多。

殷墟出土銅器很多,有禮器、兵器、生活用具和裝飾品,都是澆製而成的,式樣很多,可以看出青銅使用的普遍。同時所發現的器物中,以矢鏃為更多。金屬原料,只有到了最便宜時,才能用作箭鏃,因為矢鏃是一次消耗了的,不是銅的價值低廉,社會經濟決不允許這種質料如此消耗。從這一點已經足夠說明殷代生產工具是用青銅制的,而且在殷墟所發現的青銅器以前必定還有一個初期發展的階段。

2. 農業的興盛

以青銅器為生產工具的商朝,無論農業、畜牧、手工業等都大大地超過了它以前的夏代的水平,達到一個新的階段,農業已經成為社會經濟的主要部門。

殷商奴隸主國家所擁有的土地是黃土平原,土質肥沃,加上生產工具的進步,農業獲得發展。從甲骨文中可以看到關於土地和農作物的字很多,有田疇、井、疆、田川、圃、畯、禾、黍、麥、粟、米、稻等字,說明土地的分割和主要穀物的栽植。其中,麥、黍是主要的農作物。甲骨文中占卜記事,也多"卜雨""卜年""卜禾""求年""登黍""告麥",這說明了農業的重要性和奴隸主們注意農業生產。

蠶、絲等字也見於甲骨文。絲、織、品、帛、巾等字告訴我們絲業的發達。

另外,證明農業發達,農產品特多的,就是釀酒工業的發達。甲骨文中關於酒字也很多,《商書·微子》篇,《周書·無逸》篇都說到殷人酗酒。青銅器用具中酒器也很多,這都說明商朝農產的豐富。

3. 畜牧業與漁獵

商朝生產力發達,畜牧業也發展到最高度。現代所有的家畜馬牛羊雞犬豕所謂六畜,在殷代已都馴養了。殷代還馴養象用於戰爭和運輸。用於祭祀和殉葬的家畜牲口往往達數百頭之多,可見畜牧業的發達。不過自從農業發達以後,家畜的乳類產品已不是當時人們所依賴以生的主要生活資料,畜牧業在商朝已退居於生產事業中的第二位了。

在原始公社時代曾經作為人們主要生產事業的漁獵,如今變成國王貴族的娛樂。國王們也有把漁獵作為練武的事情,他們射到兔作為祭祀的用品,獲到鹿和狼,用它們的皮作為奢侈的享受。因而越荒淫的國王就越多有關於他從事於佃獵的記載。

4. 手工業與商業

社會由於生產的發展,商朝手工業已從農業中分出來完成了第二次大分工,這時手工業已有很多種。奴隸主過著奢侈的生活,在衣、食、住各方面都有奴隸從事於各種手工業勞動。從地下發掘我們可以知道當時各種手工業情況。

居住工業,有很多板築的遺址給我們充分的說明,很多銅和石刻成的柱礎也告訴我們當時的建築的規模。甲骨文字也告訴我們當時房屋的形狀和結構。傳說殷朝末代國王紂王曾經建造"其大三里,其高千級"的房屋,雖然有些誇大,也說明了當時的房屋建築工程規模可觀。

木工業、衣著工業、裁縫工業等,從甲骨文中可以看出一些。

銅工業為商代主要手工業。銅器製造的精細,是世界上同時代無與匹敵的合金技術,成品種類多而複雜,花紋美而整齊細緻。如今我們可以看見的,有重達一千四百斤的大方鼎,以此即可見銅工業達到如何程度了,三千多年前我們的祖先已能創造出這樣精美的工藝品,真是我們的驕傲。

陶工在青銅工具基礎上也提高了。白陶是殷代的特產,不但花紋刻劃精緻,而且已加釉彩,陶器製造進入另一階段了。

骨工和玉石工,都是裝飾品的製作,雕刻更加精究。

商代手工業在各方面都很發達。這個發達是在青銅器工具的基礎上發展起來的,是奴隸用他們的雙手和智慧創造的。

從殷墟的發掘,我們可以知道在當時國都裏有各種工場。王宮西北有製石製玉的工場,王宮西南有製骨鑄銅的工場。這些工場,有百工管理,而直接製造這些工業品的是大量的奴隸。

手工業從農業分出來獨立發展以後,商業也跟著發展,於是商人出現了。在殷墟我們發掘出作為商品交易媒介的最早的貨幣,商業的發展,又完成社會上第三次大分工。

商朝的都城,不但是政治軍事中心,同時也是工商業的中心。市肆的遺址現在還可以看到。四面八方的貨物,當時曾聚集到"殷"來交換。

作交換媒介的貨幣,是一種貝。據郭沫若考證,殷人用作貨幣的是一種海貝,產在南洋,現在錫蘭附近還出產。甲骨文的貝字作 或 ,後來也以玉刻成貝形來代替。

三、奴隸主國家的衰亡

商代奴隸主國家是建築在奴隸主強迫奴隸勞動生產的基礎之上的。奴隸主對奴隸的壓迫極其殘酷，奴隸便不斷反抗，促使商國家的衰亡。從第二十五代國王祖甲起開始走下坡路，到武乙以後便完全走向崩潰了。

這種衰亡現象，首先表現在奴隸生產無利。奴隸不勝壓迫，對生產完全失掉興趣，經常怠工破壞，奴隸因壓迫而死亡率增加，同時進一步反抗是逃亡。甲骨文中"喪眾"的記載在武乙、文丁以後便成了常事，而逃亡的發展更進一步成為武力的反抗。

在階級矛盾尖銳化中，統治階級內部也產生衝突，即王權與僧侶權的衝突。這矛盾發展到武乙的時候，最為劇烈。武乙曾有射天之事，說明王權不能再受僧侶貴族以天命來箝制。

一方面是王和僧侶的衝突，另一方面是王和貴族們的腐化。商朝末年的幾個國王都是沉酗於酒，尤其帝辛（紂王），荒淫更甚。《史記》《韓非子》《淮南子》《論衡》等書記載紂王的罪惡真是不勝枚舉。雖然有些誇大，但作為列舉統治階級的腐化行為來看是完全有根據的。

統治階級內部的矛盾和腐化，使階級矛盾更趨尖銳。

商朝奴隸主因奴隸來源減少，又不斷發動對外戰爭，這就加重了對自由民的兵役和軍需的負擔。破壞他們的生產，自由民的生活也日益淪落到奴隸的地位，因而他們也和奴隸一樣地起來反抗奴隸主。《史記》上說"殷人弗親"，說"百姓怒"，就是指這一階層人的反抗。

在內部危機四伏的時候，四方的首領早就因殷的衰弱而不再服從。西方的周族便是"諸侯多叛"中的主要成員。周族自太王的時候開始向東發展,到殷商末年,周族傳到文王的時候,西方的小部落都依附了周。文王勢力日漸強大,三分天下有其二,滅商的力量已養成了。

商朝滅亡的條件已齊備,最後進一步加速商朝滅亡的是奴隸兵的起義。紂王面對著嚴重的滅亡危機卻毫不自覺,仍加強剝削和壓迫的時候,周武王打進來了。紂王組織了七十萬的奴隸兵,他以為這支軍隊還會替他效力去打外族,哪知道被壓迫的奴隸如今已不再是柔順的羔羊。他們不願作殷王的犧牲。他們便响應了周族反戈而起義,反過槍來,向後反攻,所以牧野一戰,周軍大勝,是由奴隸兵起義而得來的。紂王知大勢已去,便穿上了裝飾著寶玉的衣服作為葬衣,登上鹿臺,一把火燒死了自己,商朝奴隸主國家在奴隸起義和外族進攻的合力下覆亡了。

四、商朝的文化

在奴隸勞動的基礎上,發展了殷商的生產,也由於奴隸的勞動創造文化,因為奴隸勞動培養了很多從事腦力勞動的人。他們專門從事文化科學的研究,從事藝術的創造,所以我們說奴隸勞動創造了古代文明。

1. 文字

按照目前地下所發掘的史料有文字記載的,以甲骨文為最早的文字,商代統治階級即用這文字來記錄他們的生活、娛樂和戰爭。

甲骨文是距離象形文字不遠的,按照文字的發展規律,人們開始記録,是用畫的。畫把人類的思維活動和實踐知識固定在物體之上,但畫書只能當記憶用,而不能傳達或保留一定的思想。如果離開作畫的人,如果不能把畫出的内容保留於記憶中,便無法解釋它。隨著人類生活的複雜和擴大,生產與交換思想的需要,勞動人民創造了比畫書更進一步的象形文字,並不斷地發展它,甲骨文就是這樣來的。但甲骨文已經不僅是象形文字,除了象形以外,已經有形聲、會意、指事這些構成,所以已經是比較進步的文字。在它以前,一定還有初步發展的階段,一定還有最初的象形文字,不過我們還沒有發掘出來。

甲骨文的記録片(甲骨)現已發掘的有十萬來片,可認的字約有一二千。

2. 宗教

商朝的宗教信仰,是崇拜鬼和自然神的,是祖先崇拜和自然神的崇拜。對於祖先的崇拜是家長制氏族社會對老年人尊敬所遺留下來的。商人最信鬼,認為人死以後是與活人一樣的,埋葬死人要用種種生前所用的東西殉葬。鬼比活人更有威力,崇拜它而且要向它祈禱。

殷商人對於自然神的崇拜,也是原始社會傳下來的,由於農業畜牧還受自然力的威脅很大,因而對於風雨雷電這些作為不可思議的無力抵抗的神秘東西,崇拜它們並崇拜其它一切乃至於蛇蛙象等都有神。

由於殷人相信鬼,相信有那麽多神,因而構成一個鬼神的世界。對於這些鬼神,用祈禱的方式來通達消息,用占卜的方式來求它們表示。

事實上怎樣的人世社會,就產生怎樣的天堂。馬克思說:"宗教本身是沒有內容物的,它的生存不靠天而靠地。"商朝的統治把鬼神世界和現實世界配合起來,因為現實世界有一統治萬民的國王,因此在鬼神世界也安排了一個至高無上的靈神主宰,即甲骨文中所稱的"帝"、"上帝",一切的鬼神都歸他管轄。人世的國王,一方面統治著人,另一方面是受天帝統治的,這樣便把人間一切的不平等說成是天意決定的,統治階級就利用了宗教來鎮壓人民。

上下兩個世界由誰來溝通呢? 就是僧侶(巫師)。由他們用占卜來通達上下的意思,所以國王什麼事情都要占卜。甲骨文就是記錄這些占卜的事實的。這樣一種宗教我們稱為"巫教",它的宗教魔術是祈禱和占卜,而這占卜和祈求是只有貴族才能做的,所以巫教是奴隸主用以壓迫奴隸的工具。

3. 科學——曆法

與農業經濟有密切關係的是自然的現象,由於農業生產的要求,研究自然界風雨氣候日月的天文歷數的科學便發達起來。

商朝的曆法已有相當進步。

商代記日的辦法是用干支,當日為今日,當日之夜為今夕,過去為昔,一旬之外稱未來日,十日為一旬,又知道月大月小的分別,而且以太陰曆與太陽曆配合起來,特置閏月來調整一年有十三個月的事。

4. 藝術

商代藝術有很大發展,青銅器有各種各樣的形式和紋飾,都是非常精美的。幾何形的回文或雲雷紋,再加上鳥紋、饕餮紋、蟬紋,複雜變化,這些花紋為古代東方藝術的精華。

　　殷人喜歡跳舞,因此音樂也很發達,磬、鼓、笙等樂器都有了,殷墟出土的大石磬是中國最古的樂器,高四二公分,長八四公分,上刻怪獸形圖案,雕刻極精美。

第三章　西周和春秋戰國
——我國的初期封建社會(前 1066—前 221 年)

　　西周和春秋戰國,是從周族滅殷,建立封建領主土地佔有制度,再發展為封建地主土地佔有制,以至秦的統一的一段歷史。這一段歷史的產生,是商代奴隸反抗奴隸主的殘酷剝削,掀起革命鬥爭,摧毀奴隸制度的結果,但奴隸革命卻不曾也不能以奴隸的勝利和奴隸取得政權為結束。這是因為奴隸階級不是新的、更進步的生產方式的體現者。奴隸革命,為在商代奴隸制國家的廢墟上,逐漸形成起來的西周封建社會準備了過渡條件。

　　代替奴隸所有制的剝削形式的是封建的剝削形式。封建所有制的主要生產者農奴、農民,與奴隸不同,他們有自己的小小的經濟和若干生產工具。這樣,就使農奴比奴隸有了生產興趣,從而提高生產率,推動生產力的發展,將歷史推向前進,但封建領主則是主要的生產資料——土地的所有者,這樣就使他有可能去佔有農民的勞動。

　　斯大林說:“在封建制度下,生產關係的基礎是封建主佔有生產資料和不完全佔有生產工作者,這生產工作者,便是封建主雖已不能屠殺,但仍可以買賣的農奴,當時除封建所有制外,還存在有農民和手工業者,以本身勞動為基礎,佔有生產工具和自己私有經濟的個人所有制。”(《辯證唯物主義與歷史唯物主義》)。

　　因此,封建社會的生產,是由農村中的農奴階級和城市中的工奴式的手工業者的雙手來實現的,封建領主農奴制度的國家,是以超經濟的強制手段迫使農民為地主勞動的工具,是使農民手工業者農奴化的工具與壓迫他們的工具。

初期封建社會的特點是:經濟生活極其分散,缺少鞏固的經濟聯繫,作為上層建築的封建國家,也不可避免地反映出這種經濟的分散性,並表現出政權割據和君主中央集權削弱的特徵。初期封建社會的歷史發展,是由被壓迫農奴為奪取封建領主的土地,為擺脫農奴制的人權依附關係而進行的激烈鬥爭來實現的。初期封建社會的歷史,也充滿了由封建領主與王權經常傾軋和封建主擁護王權與反對王權兩種勢力互相鬥爭而形成的紛爭。衝突與內亂,在所有這一切混亂紛爭中,王權是混亂中的秩序代表,是一種進步的因素。它是正在形成的封建統一國家的民族的代表。這就決定了封建領主割據局面,通過一系列的鬥爭,向加強王權的君主中央集權的封建國家過渡。

一、西周的興起及其發展

1. 周族的起源及發展

據《史記·周本紀》和《詩·大雅·生民》篇的記載,都說周的祖先名叫后稷,后稷的母親名叫姜嫄,為有邰氏(陝西武功)女,姜嫄生棄,在禪讓時代作農官。國人尊棄為農神,號后稷。棄的子孫世世重農,傳到公劉的時代,居住在豳(陝西枸邑),農業逐漸改善,部落也興旺起來。從公劉傳十代,到古公亶父都是居在豳,後來因被戎狄侵略,古公才率領親族和部眾越過梁山,遷到岐山下的周原(陝西岐山縣），在渭水流域定居下來，築城郭屋室，改革戎狄舊俗，設立官司，成為一個粗具規模的國家。

周族姓姬，與姜姓族世代為姻婚。姜，就是甲骨文的羌字。羌族，是住在中國西北部的部族，這說明周族是興起於西方，並和羌族有密切關係。

周族從西方向渭水流域發展，在后稷的時候，還是知其母而不知其父的母系氏族社會。到公劉的時候，據《詩・大雅・公劉》篇所說：

　　篤公劉，于豳斯館。涉渭為亂，取厲取鍛，止基迺理。

似乎已經有了金屬工具的使用，並因生產的提高，產生了剩餘勞動。又說：

　　度其隰原，徹田為糧

則似乎已經建立了向人民徵收糧食的方法，據《豳風・七月》周人追憶他們祖先在豳時的生活情況，當時似乎已經使用奴隸於生產勞動了。奴隸們從早到晚為奴隸主的幸福而勞動著，自己卻過著“無衣無褐”的苦生活。

古公亶父遷岐時，周族即已粗具國家規模，當時似乎還不是封建國家，而應該是初具城邑的奴隸國家。

據古文記載，古公有三個兒子，長子名太伯，次子名虞仲，三子名季歷。季歷的兒子名昌，很有才幹，古公亶父想傳位給他。太伯、虞仲知道古公的意圖後，就以采藥為名逃到荊蠻不再回來。後來季歷繼承了周國，周漸漸強盛起來，“殷王承認季歷作西伯”主持西方的征伐。周和殷是存在著政治上的隸屬關係的，周的文化、經濟都不如殷，因此，周自稱"小邦周"，而稱殷為"大邦殷"（見《尚書·召誥》）。

據《竹書紀年》：季歷是被殷王文丁殺死的，季歷的兒子昌就是後來周文王，他繼位以後，遷居到豐地，把經常受殷侵略壓迫的小部落爭取到自己的周圍，擴充周的勢力，招納反對殷王紂的一些殷貴族，組織反殷勢力，作滅殷的準備，然後向西方和東方發展。

周首先向西方擊敗犬戎和佔有靈臺的密，肅清後方，進而攻滅周最大的敵國崇（陝西鄠縣），向東征服山東長治地方的黎和河南沁陽附近的邦，國力迅速發展起來。西到甘肅，東到河南西部，東南到漢水流域，都成了周的勢力範圍，形成三分天下有其二的對殷優勢。

2. 周武王滅殷（前 1066 年）

周文王在位五十年中，建立了滅殷的事業，而相反的，當時的殷紂王，卻腐化到極點。他打獵遊玩，荒廢耕地，養麋鹿禽鳥，日夜酗酒，用殘酷的刑罰，殘害人民，榨取財物，招誘別人的奴隸，引起奴隸和下層百姓的普遍不滿，從屬部落紛紛反抗，連紂王的兄弟都背叛了他。在殷的最高統治者腐化到極點，內部矛盾重重，階級鬥爭尖銳的情況下，周武王起兵了。

前 1066 年即周文王姬昌死後的第四年，他的兒子周武王姬發号召所有被殷人壓迫的部落，庸（湖北竹山）、蜀（四川）、羌（陝西川西）、髳（西羌種）、微（四川巴郡）、盧（湖北襄陽）、彭（和盧接近的部落）、濮（長江之南的部落）等，發動兵車三百五十乘，士卒二萬六千人，虎賁三千人，大舉攻殷。周武王姬發在牧野（今河南汲縣）誓師，指責殷紂王罪狀，向殷都朝歌（河南淇縣）進兵。殷紂王的十七萬奴隸兵，都倒戈反攻，引周兵攻殺紂王。紂王臨死前，登上鹿臺，和他收刮的糧食珍寶，一道放火燒毀。殷的奴隸王朝——商朝，被周王和他的同盟部落結合反抗紂王的奴隸和自由民組成的軍隊給打垮了。周武王滅殷以後經營鎬京(長安西南),建為國都。

周雖滅了商王朝,但並沒有就此徹底肅清商的反動勢力和完全吞併殷國,而是採取妥協辦法,封紂王的兒子武庚作王,統治殷都故地,並把殷地分為三部,命自己的兄弟管叔鮮、蔡叔度,霍叔處,各據一部以監視武庚,防範他的反叛,史稱三監。

周武王滅殷後兩年病死,他的兒子成王姬誦年幼,不能管理國家,一切政事都由武王的弟弟周公旦代行。周的貴族爭奪王位的矛盾發生了。成王姬誦和周大臣召公及三叔都造謠言,說周公旦要篡奪王位。武庚見有機可乘,便煽惑管叔、蔡叔,反對周公,並聯合東方的商舊屬國家,奄(山東曲阜)、蒲姑(山東博陵)及徐夷(山東滕縣)、淮夷(淮水以北地方)共同起來反周。周公旦在內外夾攻的情況下,當然首要的必須鞏固周的內部,於是他一面向召公等闢謠,一面帶兵東征,擊潰了武庚的軍隊,殺了武庚和管叔,放逐了蔡叔,滅了奄等十七個國家。殷的貴族,大部作了俘虜,一部分被遷徙到洛陽附近。殷奴隸主殘餘勢力反叛被削平了,周的勢力從河南推進到山東半島。

3. 西周封建領主農奴制度的確立

封建制度是在奴隸社會母體內孕育出來的一種新的因素,並不是從其它地方搬來的。殷周兩國,都是奴隸社會,由於階級矛盾尖銳激烈鬥爭的結果,便都萌芽著封建的生產方式。周族在征服鄰近國家和收納殷逃亡貴族和自由民奴隸時,都分予一部分土地耕種,讓他們貢納賦稅。殷的社會內部,也因自由民的反抗,萌生了私有土地向奴隸主繳納貢賦的封建生產方式。而且,周國在反殷鬥爭中,封建的生產方式不斷擴大。周以落後的西方小國"小邦周"滅亡了"大邦殷"以後,在征服時的軍事組織中和殷的封建因素相結合,而推行了它裂土分封的封建制度。另方面仍保存著殷民聚族而居的社會組織,來進行對新征服的土地和人民的統治。

統治方式,主要的是由天子裂土分封土地和土地上的人民。從周武王到周成王時,共分封了七十多國,首先同姓之國有五十多,如魯、衛、晉、管、蔡等。另外分封東征功臣,申、呂、齊、許等異姓國。這些異姓國,是和姬周保有世代婚姻關係的。再次,分封原附庸殷的各族,如封神農之後於焦(安徽亳縣)、黃帝之後於祝(山東袞州一帶)、帝堯的後人於薊(河北薊縣)、帝舜的後人於陳(河南淮陽)、大禹之後於杞(河南杞縣)。

對征服的殷民,一般連同土地分授與各封國,如分給衛康叔以殷民七族,分給魯伯禽以殷民六族,使他們保有自己的家庭私產和社會組織,而留作一種農奴存在著。對叛殷歸周的殷貴族,如微子啟,則封作宋國君,以緩和殷民的反抗。另外,對頑強對抗的殷奴隸主,則強迫他們離開本土,大部分遷徙到洛陽,派兵監督分給他們土地,使之參加勞動生產。

周朝以暴力奪取殷政權,將其軍事力量所能達到的地區的土地人口加以佔有,並以強制力量建立裂土分封的封建制度後,周的同姓和異姓貴族,便成為封建領主。佔有所有征服了的土地和人民的周天子和諸侯,各自把自己的國土分封給他們的親族和左右扈從——卿、大夫、士都成為小領主。從天子、諸侯到卿、大夫、士一同成為封建等級制的統治階級和土地佔有者,他們對附著於土地上的農奴、奴隸及手工業者,實行封建強制的剝削。

封建領主都保有各自的獨立性,天子不過問諸侯國的事情,諸侯對天子有貢納和領兵參加征伐的義務。這種非常散漫的地方分權制,周天子怎樣維持他的統治呢？主要的是以血統為基礎的宗法制度,周天子世世以嫡長子繼承父位,奉他的始祖為大宗。他的眾子封為諸侯,為小宗。諸侯也以嫡長子繼承父位,在國內奉其始祖為大宗,他的眾子封為大夫,為小宗。因此,周的統治階級內部,既是政治上的從屬關係又是宗族內的宗法關係,封建政治和宗法制度相互結合,鞏固領主對農奴的統治。統治階級內部的等級從屬關係,用禮來加以節制約束,使貴、賤、上、下的身份固定下來。對被統治階級的農奴、手工業者,則用法律把他束縛在土地和工奴地位上,用繁重的"刑"來強制他們服從,這就是"民不遷農不移"(《左傳·昭公廿六年》),"農之子恒為農"(《國語·齊語》),"庶人工商各守其業"(《國語·周語》)的封建領主經濟制度的內容。

封建等級從屬關係,宗法制度,禮和刑及對農奴、工奴的強制剝削制度,是封建領主們用來剝削壓迫農民,維持對他們有利的封建社會秩序的有力工具。軍隊和法庭,是他們統治的機器。

4. 西周的社會經濟

西周的生產工具,主要還是用青銅製成,有鏟、鎒、銍等,畜力還未普遍使用,大量使用人力耦耕制。因此,生產力還是相當落後的。領主們把佔有的土地劃分成公田和私田,公田收入完全歸領主,私田收入歸於農奴,以力役地租的剝削方式,使農奴無代價地替領主耕公田。農奴除力役地租外,每年還有額外貢獻,把他們獵獲的野豬、小貉、大獸等獻給領主。同時,又須給領主服兵役。領主住在築有城垣的城市裏——天子居住京城,諸侯居國都,小領主住普通的城邑。領主城邑之內,有貴族們的臺閣、苑囿、倉庫、宗廟神社,軍隊、法庭守衛,以保護貴族們的財產,鎮壓農民的反抗和反對外來的侵略。農夫居住在田野間的小邑,一邑有農夫十家,田十田(一田一百畝)即所謂十室之邑。

領主領有田若干邑,及若干家農夫作為征取力役和實物的計算標准。農夫被強制附著在土地上,在領主的管田官監督下,耕完公田,然後才能顧自己的小塊土地。這就是"公事畢然後敢及私事",生產的果實,千斯倉、萬斯箱地送入領主的倉庫。

西周的手工業、商業、畜牧和家內勞役,仍使用奴隸。周的手工業是在殷的手工業的基礎上發展起來的,殷的大批工奴被周朝使用來在貴族的作坊作工,"百工"是管理工奴的技術手工業者,西周的手工業者,被法律規定家庭世襲,不許轉變,手工業有絲織品、麻織品、玉器、銅器等,一部分由領主家內奴隸操作,一部分作為農奴們的家庭副業而存在著。

西周已有商業,交易中的貨幣有貝和金屬兩種,但因為自然經濟佔統治地位,只有一部分奢侈品須從外面商人手中得到,因此商業是不發達的,但從《尚書·呂刑》定出用金若干鍰贖罪的條律來看,可能西周已有經營工商業發財致富的階級存在,封建領主也兼營商業"如賈三倍君子是識"。

西周的社會制度,是封建領主土地佔有制度。周初的大封建,確立了封建領主的經濟權利和政治統治,以及社會階級關係。一方面是大小領主貴族佔有土地,一方面是農業奴隸從奴隸制度下解放出來,變為領主的農奴,這是封建社會的主要對立階級。另外,還有自由農民,手工業者,他們雖有自己的私有經濟,但也過著和農奴差不多的生活。

農奴、農民有了自己小小的私有經濟,這就使農業勞動比奴隸更易提高生產興趣,提供改進操作技術的條件,推動生產向前發展。封建的土地佔有制度,是奴隸反抗奴隸制度鬥爭勝利的結果。封建領主承認奴隸鬥爭得到的小私有經濟,從而竊取了奴隸革命推翻奴隸制的成果,把奴隸變為農奴、農民,束縛到小塊土地上,進行勞役地租剝削,並且用封建的法律,把農奴對領主的人格隸屬關係固定下來。因此,封建社會的歷史,就是壓迫被剝削的農奴,為奪取封建領主所強佔的土地,為擺脫封建農奴制的人身依附關係而進行殘酷的,長期的鬥爭的歷史。

二、西周的衰亡

1. 爭奪土地和人口的對外戰爭

西周滅殷,建立了封建王國以後,它的周圍仍存在著生產落後的各個部落,西北方面散居在陝西西北部的獫狁(又叫獯鬻,即商代的鬼方),西部散居陝西西部、甘肅一帶的犬戎,南方與住在湖北漢水以南、長城以北的荊蠻接境,東南與住在安徽霍丘一帶和江蘇北部的徐戎、淮夷接境,北部和住在山西北部的狄接境。西周和四方的落後部落不斷發生戰爭。

獫狁:勢力最強,西周初年,常出沒在豐鎬以西和以北。周成王時,曾伐鬼方,據陝西出土的小盂鼎銘文記載,這一次戰爭俘虜了一萬三千八百十一人,並俘牛馬車各若干。到西周第十代國王厲王時,獫狁乘周室內亂,向內地侵掠時常深入王畿迫近鎬京,造成人民的災難,《詩經·采薇》篇說:"靡室靡家,獫狁之故。不遑啟居,獫狁之故。"到周宣王(前827—前781年)時,對獫狁展開激烈的戰爭,周朝軍隊在尹吉甫指揮下,把獫狁逐出國外,築起城堡,以防入侵。這次戰爭,是由於符合人民要求而取得勝利的。

荊蠻:在西周第四位國王周昭王時,即向漢水流域擴充,開拓疆土,據宗周寶鐘銘文所記,征服東方二十六小國,但卻遭到楚人的抵抗,昭王被害死在漢水。周宣王姬靜任命方叔征荊蠻,取得了勝利。

東方的徐戎、淮夷,在周成王時,曾和武庚聯合反周,失敗後,仍沒有屈服。周穆王時,徐夷在徐偃王統治下,勢力盛大,聯合九夷攻周,打到黃河邊上,周穆王不得不承認他作東方霸主,同時教楚伐徐,徐偃王敗死,徐戎勢力削弱。到周宣王時,派召虎帶兵征伐淮夷,他自己親征徐戎。

荊蠻、徐戎、淮夷經過宣王的征伐,向周稱臣納貢了。於是江漢一帶正式入周朝版圖,周朝的生產技術、文化、政治也逐漸傳入這些地區。

西方的犬戎,在周穆王時曾被遷其若干部落於太原。但由於周的內部矛盾,到第十二位國王周幽王時,申伯勾結犬戎,攻陷鎬京,追殺周幽王於驪山下,佔據今長安一帶地區,並逐漸向東發展,成為周的大威脅,迫使周室東遷。

西周的對外戰爭,在周宣王時曾取得勝利,擴充了領主的領地和人口,但戰爭給農奴帶來的是家庭的破產和土地的荒蕪,戰爭成為加重周朝封建社會內部矛盾的因素,農民普遍窮困了,喪失生產工具和家庭,於是階級矛盾尖銳化了,削弱了統治者的軍事力量。

2. 周厲王被逐

封建統治者,並不因農奴的窮困和人民的破產而改變其無厭的剝削。到周厲王胡時,更是貪財好利,加重剝削,重用善於搜刮的榮夷公,企圖專制一切利源,使工商業者也失去出路。這樣,使共同剝削勞動人民的統治階級內部也發生矛盾,引起國人的反抗。周厲王不聽諫言,實行高壓政策,使衛巫監視國人,用屠殺來壓制言論,前842年終於激起中小貴族,工商勞動者,聯合掀起的大起義,把周厲王趕出鎬京(長安西南),逃奔彘(山西霍縣)。十四年中,西周沒有天子,由大臣行使政權,稱"共和",共和元年(前841年)是中國歷史上正式紀年的開始。

3. 周幽王被殺

周厲王姬胡逃奔彘(山西霍縣)十四年死,召穆公立姬胡的兒子姬靜為天子,這就是周宣王。周宣王在政治上對貴族和商人們作了讓步,十四年的共和行政使王權削弱了,對工商業者和田野農夫的管理都鬆弛,同時由於西周以來農業經濟的發展和人口的增殖,私墾土田的面積逐漸增加。宣王以抵抗外來侵略作號召,發動多次對獫狁、荊蠻、淮夷、徐戎等的戰爭,並取得了不少勝利。但戰爭是激烈的,不僅帶來周室財政上的困難,同時造成農夫耽誤生產,如《詩·小雅·出車》描寫當時的戰爭說:

> 昔我往矣,黍稷方華。今我來思,雨雪載塗。王事多難,
> 不遑啟居。豈不懷歸,畏此簡書。

農夫們是不願意打仗的,但為天子的命令所迫,不得已出征。前789年,又征姜戎,結果大敗。為了補充兵源和搜刮軍費,宣佈改革稅法,廢除籍田制度(不籍千畝),實行對私墾土地的實物地租剝削制。並對農民進行戶口清查(科民於太原),加重農民的負擔,引起普遍的不滿,階級矛盾尖銳化了。

周宣王的兒子幽王宮湼時,貴族們大行兼併土地,許多小貴族土地和土地私有者,因兼併而失掉土地,統治階級內部矛盾也擴大——《詩·大雅·瞻卬》說:"人有土田,女反有之。人有民人,女覆奪之。此宜無罪,女反收之。彼宜有罪,女覆說之。"從統治階級內部到敵對階級之間,都無法維持周初的封建社會秩序了。再加上其它部族乘機

內侵,國土日蹙。《詩‧大雅》:"今也日蹙國百里。"封建主與農民間的矛盾,封建統治階級內部矛盾,周與外族的矛盾,已使西周政權處於崩潰狀態。再加上連年的天災(《史記》:"西州三川皆震"),周幽王又寵愛奴隸出身的褒姒,廢申后和太子宜臼,任用佞巧、善諛、好利的虢石父,破壞了西周"立子以長不以貴,立嫡以貴不以長"的宗法制度,因此引起貴族們的反對。申后的母家申侯,聯合繒、西夷、犬戎進攻幽王,幽王被殺死於驪山下(陝西臨潼東南)。

幽王死後,諸侯申、鄭等國共立幽王太子宜臼為周平王。平王依靠虢、鄭等國收復了鎬京,但犬戎已進入渭水流域不肯退出。平王於前770年遷洛陽,靠近申、鄭等國。從此,放棄宗周的廣大土地,周天子的領土縮小,勢力削弱,諸侯勢強,開始了東周時代。

三、列國兼併的春秋戰國時代
(前770—前221年)

前770年,周平王東遷洛陽以前的周朝稱為西周,以後的稱東周。東周自前770年到前403年的一段叫做春秋,前403年到前221年的一段叫做戰國。

春秋戰國時代是我國初期封建社會變化激烈的時代,在這五百多年中經濟文化有長足的進展。全國社會經濟的聯繫也逐漸加強,割據分裂的封建領主制度向中央集權統一的封建國家轉變。最後,實現了秦朝的統一。

1. 春秋戰國時代社會經濟的發展

春秋戰國時代的社會經濟從各方面發展起來,促成社會制度的變化。

(1)首先是鐵制工具的使用。大約在春秋初期已經有鐵器的使用了,到戰國時代就普遍地使用起來。

鐵的使用,初期是用在耕具上,《國語・齊語》載管仲的話說,"美金以鑄劍戟,試諸狗馬。惡金以鑄鉏夷斤斸,試諸壞土",所謂美金就是指的青銅。劍戟等上等兵器,一直到秦都是用青銅鑄的,所謂"惡金"便應該是鐵。鐵作為耕器而使用,成為提高農業生產力的重大因素。因為鐵的硬度,比青銅的硬度高,鐵制耕具,能夠深耕,同時牛耕逐漸代替二人推犂的耦耕,使農業生產技術得到改進,荒地的開墾也擴大起來,生產技術得以提高。另一方面,也使人們學會施肥。施肥的記載,在戰國時材料很多,《孟子》上有"糞田",《荀子》也說:"多糞肥田"。施肥的結果,能提高農業的單位產量,並且使一易再易的中田、下田都能年年耕種,提高生產效率。鐵器的出現,使農田水利也有條件發展。春秋末期,魏國西門豹治鄴,引漳水灌溉。吳國的吳王夫差自江都抵淮安開了邗溝。秦國在四川開都江堰,在陝西開鄭國渠,都對灌溉事業起了很大作用,提高了農業產量。鐵耕、牛耕、施肥、水利的發達,使勞動人民把西周末年還是土地荒蕪人口稀少的黃河流域中部,開闢成為土地肥沃、人口稠密的地區。從前棄而不取的荒地,也成為了諸侯國爭奪的對象。

鐵器不僅使用在耕具,手工業工具也普遍使用鐵製器具。而且,鑄鐵技術也很發達,到戰國時,日用器具和兵器也多用鐵制。

《管子・海王》篇說:"今鐵官之數曰,一女必有一針一刀……耕者必有一耒一耜一銚……行服連軺輂者必有一斤一鋸一錐一鑿",《管子》一書,固然是後人偽作,但也必取之於齊國的官方檔案。

新中國成立後,在熱河出土的戰國時代燕國的鐵範,有鋤、鎬、鏵、刀等範,就可以證明當時鑄鐵技術的發達。鑄鐵技術的發達,反映出當時鑄鐵業的盛行,和採礦技術的提高。

(2)工商業的發達,鐵工具提高了手工業的生產,並使手工業種類繁多起來,手工業的發展和分工,促進交換的擴大,刺激了商業的發展。春秋戰國時代,商業城市逐漸從領主城堡中發展起來。城市面積擴大,人口集中,冶鐵致富的富商和放高利貸的大賈,成為腐蝕領主貴族經濟的力量。

春秋初期,諸侯城堡僅是政治中心,面積很小,人口很少。鄭國是春秋初商業最發達的地方,都城還不過"百雉"(長三丈,高一丈謂一"雉")。到戰國時期,"千丈之城,萬家之邑"便很多了,《戰國策》蘇秦誇耀齊都臨淄人口稠密繁華。周都洛陽,秦都咸陽,鄭都鄭,趙都邯鄲,都是有名的都市。都市商業的發展,使各國之間的經濟聯繫密切,人與人之間的經濟關係密切起來。新興的商人,已形成為社會力量,為了商業的發展,要求統一國家的出現,以解除各領主國"關市之征"的束縛。

(3)另外是土地所有制的轉變。春秋以前,土地所有制基本上是封建領主土地所有制,地租形態也是類原始的力役地租。周宣王雖然廢除藉田制度,但不過是行之於宗周近畿,並未推行於各諸侯國。

春秋戰國,隨著農業、手工業和商業的發展,社會經濟的繁榮,封建領主們的生活更加奢侈了。為了滿足他們無限的奢欲,加重了對農奴的剝削和土地兼併,農奴、農民們生活更加苦了。《左傳》記載:晉國國君"宮室滋多""宮室崇侈""銅鞮之宮數里""築虒祁之宮",造成"庶民罷敝""道殣相望""怨讟並作",無法生活的程度。齊國國君對農民的剝削已經達到"民參其力,二入於公而衣食其一"的嚴重程度。無法生活的農奴、農民反抗嚴重剝削的鬥爭,有的沖入領土的禁地,相聚於山林草澤之中,據險來和領主對抗,並且從事山澤林藪的開發,以解決生活。這就造成"盜賊公行"和農民的大量逃亡,破壞了封建領主的"社會秩序",造成對領主的沉重打擊。逃亡的農奴成了自由農民和土地私有者了。

另外一方面,由於商品經濟的發達、商人的致富,土地已開始買賣。商人購買土地,招納流亡農民開墾土地,成為新興的地主。他們將土地佃給農民耕種,收納一定的實物地租。由於地主經濟的成長,許多由領主的農奴變為地主的佃農了。封建領主們為了防止農奴逃亡,用刑罰已失去效力,他們就改變剝削方法,實行"相地而衰征"的實物地租制度。魯國便於前594年,實行"初稅畝"。秦國也在前408年實行"初租禾"。實物地租剝削方式,是農奴反領主激烈的鬥爭勝利的結果。它使農民有更多的自由,來支配自己勞動,經營自己的小農經濟,提高生產積極性,推動生產前進。

新興地主和自由農民,成為要求統一,反抗領主割據的政治力量。在反領主的鬥爭中,新興地主扮演了重要的角色,但是當他藉農民力量推翻封建領主以後,新興地主又把枷鎖更緊地套在農民的脖子上,成為農民的主要階級敵人,而加重其對農民的剝削,公稅私租都加在農民的身上了。

(4)社會制度的變化。與社會經濟發展相適應的,春秋戰國時代的社會制度也有了新的變化。第一是宗子世襲、裂土分封的領主制度的破壞和郡縣制度的發生。第二是以宗族關係為政治從屬紐帶的宗法制度逐漸沒落,代之以可以撤換的官僚制度。第三是由於諸侯兼併,招納人才,盛行養士之風,形成士階層的社會地位的提高。

　　春秋戰國時代,領主之間的兼併戰爭,已打破了西周諸侯並列、王室獨尊的局面。各諸侯國,也由於大夫互相兼併奪取土地和人民,公室失去了控制大夫的力量。因之,諸侯國兼併土地之後,不再分封建立為"縣",任命隨時可以撤換的官吏來管理。《史記·秦本紀》載:前687年秦"伐邽冀戎初縣之"。翌年,又以杜鄭為縣。晉國於前627年,晉襄公"以兄弟之縣賞胥臣"。楚國於前598年滅掉陳氏改為縣。前493年,晉伐鄭懸賞:"克敵者上大夫受縣,下大夫受郡,士田十萬,庶人、工商遂,人臣、隸圉免。"郡縣制度的發生,正說明裂土分封宗子世襲的世卿制度的沒落。受縣、受郡的結果,必然導致可以撤換的新興地主階級出身的官僚做"縣公"、"縣尹",使初期封建社會分散的政權逐步向諸侯手中集中,首先實現了各諸侯國內的統一政權。另外一方面,以前依靠家族世襲享受特權的中小貴族也必然逐漸沒落,而成為"肉食者鄙"的寄食階層。他們為了謀求生活,有的便依靠他們以前在貴族學校中學習的一些政治知識或軍事知識、武藝,投奔到可以重用他們的諸侯國去,成為各國諸侯軍事政治的主要策劃者,這就是"士"的來源。

　　士的出身和思想,並不是要忠於一國一主,而是追逐能重用的國君或諸國公子,以實現他的政治主張,為統治階級服務,春秋戰國的諸子,多半是文士之流。另外還有武士、俠士等帶劍之士,作諸國君及貴族的保鏢,幫助他們奪取政權,擴充土地。士在戰國時代,很多因為有功受賞,變成地主階級或經營商業致富,而成為新貴族。

2. 春秋列國爭霸

　　春秋時代在黃河流域和長江流域一帶,還散佈著一百四十多個諸侯國。北方諸侯,稱周傳統文化所在地區為"中國",經濟文化發展得比較高,對文化低的、不遵守周禮的、不同文化的四方諸侯,稱南蠻、東夷、西戎、北狄。這種差與,使中國內部和四方諸侯常常發生鬥爭、歧視,四方落後的蠻、夷、戎、狄各族,也時常侵入中國富庶的地區。弱小的侯國,抵抗不住這種侵略。在周室強盛的時候,周王是組織抵抗外族侵略的領導力量。周室東遷以後,周王室國土縮小,經濟政治軍事力量衰弱,已失去了組織領導諸侯國抵抗外族的力量。於是,強大的諸侯國就代替周室,作抵抗外族聯盟的組織者。主持聯盟的侯國,便稱為"霸主"。霸主們組織聯盟的口號是"尊王攘夷",就是尊奉周天子,抵抗外族侵略,調解聯盟內部的爭執。霸主並不是專由一個侯國來擔任的,主要看諸侯國經濟和軍事力量發展的情況,大國之間,互相爭霸,各自擴充土地和人口,兼併許多小國,使中國較高的經濟文化傳播到四方,與各族文化整合,更加豐富中國經濟文化的內容。

春秋時代,爭霸的諸侯國中,齊、晉、秦、楚是主要的國家。齊、晉兩國,是中國東部漢族侯國中經濟文化最發達的國家,秦國是西部戎族地區中漢族的強大國家,楚國是南方蠻族中最強大的國家。在長時期爭奪霸權的鬥爭中,齊、晉兩國先後與楚國進行鬥爭,楚國勢力也不斷向北發展。秦國雖也參加鬥爭,但它主要的力量是用在吞併周圍戎族小國,開拓疆土。春秋末期,長江下游,後起的吳、越兩國,因接受中國文化,突然強盛起來,也參加稱霸的鬥爭,但旋起旋滅,最後被強大的楚國所吞併。

現在把春秋列國爭霸的始末略加述說:

(1)齊國的爭霸

齊國是周武王開國之勳姜尚的封地,周成王時封為齊侯,都在營邱,滅蒲姑國。原有疆土只佔有今山東省北部一帶地方,南與魯國為接境(魯為周公旦的兒子伯禽封地,都曲阜,滅奄國),東部膠東一帶,尚為半開化的萊人所居。周厲王時,齊遷都臨淄,春秋初齊桓公(前685—前643年)在位,兼併許多小國,勢力強大起來。從前699年時起,成為諸侯國的霸主。

齊桓公所以能夠稱霸的原因,在經濟條件上,首先是因為齊國使用了鐵,用於提高農業生產。其次,齊國的地理自然環境,提供發展漁鹽事業的條件,並可從海上掠奪越國的人口,補充勞動力之不足。另外,齊桓公能打破宗法制度中宗子世襲的舊規,任用商人出身的管仲、鮑叔牙等進行一些政治和軍事上的改革。分全國為廿一鄉,其中工商鄉六,士鄉十五,不許士農工商雜居。把全國軍隊從二軍擴充到三軍。又制定新的土地稅法,依照土地的好壞定出征收的數量。把海產鹽鐵收歸國家經營,以"贍貧窮,祿賢能",緩和國內的階級矛盾。通過這些改革,到齊桓公七年(前699年)時,齊國國富兵強,開始稱霸。前657年,齊又滅掉萊,擴大土地一倍,而且齊真正地成為一個強國。

當齊國強大起來的時候,黃河中游的鄭國,已經衰弱。南方的楚國強大起來,北上攻鄭。北方的燕國,常常受山戎的侵襲。衛國的國都被狄人攻陷了,衛國人民逃難到黃河邊。齊桓公在這種形勢下,提出尊王攘夷的號召,北伐狄和山戎,救燕國,幫助衛國復國,趕走入侵的狄人、山戎,從此削弱戎狄勢力,保衛了中國進步的文化和生產,免遭戎狄破壞。

前656年,齊桓公聯盟魯、宋、陳、衛、鄭、許、曹等諸侯國軍隊,進攻北上的楚國,聯軍進到楚地召陵(今河南偃城),楚成王派大夫屈完到軍前向齊國求和,齊桓公見楚國有準備,迫使楚國向周天子進貢,許諾退兵。這一次齊國率領諸侯兵抗楚,楚國暫時不敢輕易北進。

　齊楚爭霸的結果,齊國成了霸主。後來,管仲死,齊桓公亦死,齊國內亂,無力向外爭衡了。

　(2)晉楚的爭霸

　楚國是在長江漢水之間發展起來的國家。周成王末年,楚君熊繹受周分封,都於丹陽(湖北省秭歸東)。當時,楚國還保持蠻族的落後生活,生活習慣和中國差別很大,因此受到漢族諸侯國的歧視。西周時,楚國不斷和周發生衝突。周昭王南征,據說被楚人害死在漢水。楚國在春秋初期強大起來,吞併了漢水流域的許多姬姓小國,向北方黃河流域發展。到楚文王熊貲(前689—前676年),遷都到郢(今湖北江陵),滅掉申、鄧、息(在今河南)三個國家,攻入蔡,威脅周室的安全,後來北上進攻鄭國,被阻於齊及七國的聯盟軍。

　召陵之盟以後,楚向齊屈服了,但楚國的軍事力量並未受到損害,還在繼續不斷地發展。楚國的強大,是和他的經濟發展分不開的,公元前六世紀時,楚國的農田水利畜牧事業,都全面發展起來。

　晉國是周成王時封他的弟弟叔虞於唐(太原),位於今山西省北汾水上游。為防北方的狄族入侵,其後三百年,向汾水下游發展。前745年,晉君把絳都以南的曲沃封給他的弟弟,在曲沃建立強宗。前699年,曲沃武公滅晉,以所得晉的寶器賄得周天子的正式冊封。武公死後,晉獻公(前676—前651年)立,遷都於絳(山西翼城縣),西伐驪戎,北伐狄,南滅虞、虢等小國,把國土擴張到黃河以南,成為一個強國。

　晉國的強大和他的制度改革是分不開的。晉獻公時,消滅公族大夫的小領主,從被征服地區選拔人才如趙襄、狐偃等,加強公室權力。晉惠公(前650—前637年)時,又制爰田,改變土地分配方式,到晉文公(前 636—前 628 年)即位,與北面狄族建立親善關係,實行"通商寬農",國力富足起來。

晉文公重耳即位時,周襄王的弟弟叔帶勾結狄人,攻入洛陽,趕走周襄王。狄人扶持叔帶作國王,晉文公聽信趙襄的建議,於前 636 年派兵攻殺叔帶,迎回周襄王,以取得他在諸侯中的威望,達到挾天子令諸侯的目的。當時齊桓公死,齊國内亂,無力向外發展,能和晉對抗的只有楚國。因此,晉的發展就必然引起晉楚的衝突。

當時,楚國勢力北侵齊宋,魯、衛、鄭、陳、蔡等國也被迫降楚。前 632 年,楚國與陳、蔡、鄭、許等國攻宋,宋國親晉,晉文公重耳聯合齊、秦各國救宋,兩軍大戰於城濮(山東濮縣),楚軍大敗,從此晉遂成為中原的霸主,鄭、衛等國也服從於晉了。

此後卅五年,楚莊王侶(前 613—前 591 年)時,楚國勢力又強盛起來,北伐至洛,達到周王的城郊,於前 599 年進攻鄭國,晉景公(前 599—前 581 年)率軍救鄭,與楚軍大戰於邲(鄭縣)。鄭降於楚,晉軍也遭到失敗。前 575 年時,晉楚兩國又因爭奪鄭而大戰於鄢陵(今河南鄢陵),結果楚國戰敗了。楚晉兩國不斷因爭霸而發生戰爭,到前 546 年,晉國内六卿專權,内部矛盾增長,急需專力對内,同時各大國間勢均力敵,已形成暫時的均勢,中小國家在長期戰爭中遭受到嚴重的侵略和兵役徵發物力貢納等"誅求無時"負擔,迫切要求和平,遂因宋大夫向戌的提倡,齊、晉、秦、楚等十個國家在宋地商邱開"弭兵會議"(和平會議)。晉國因内部問題,向楚國做了讓步,使楚國做盟主。弭兵會議,雖然得到暫時的停止戰爭,但是,中小國家,卻要向晉楚兩國負擔雙層貢納。

(3)秦晉爭霸

秦國在西周孝王時,以嬴姓非子作養馬官有功勞,封於秦(今甘肅清水)作附庸,稱嬴秦三傳到秦仲,在周厲王時受西戎攻擊,秦族人被殺很多。周宣王時,命秦仲為大夫進攻西戎,戰死。秦莊公繼承父業攻敗西戎,佔有大丘、大駱(天水以西地)。秦莊公死,秦襄公繼位七年(前 771 年),犬戎攻殺周幽王。秦襄公率兵救周,護送周平王東遷,有功於周室,於是周平王封襄公為諸侯,命他去攻打戎族,許他趕走戎族,將歧以西的西周領土賞賜給他。從此以後,秦人逐漸向西開拓,佔有陝西一帶地方。春秋時代,秦遂成為西方的大國,但秦國所占地區,在西周東遷時遭犬戎破壞很大,大部為半開化的戎族所佔據。所以在經濟文化上,是比較落後的。經過秦文公、秦武公等人建立制度,設官紀事定刑法,建都於雍(陝西鳳翔)行祭天禮,逐漸樹立了封建侯國的規模。前 623 年,秦穆公(前 659—前 621 年)在位,他任用虞的亡國大夫百里奚和百里奚的朋友蹇叔,及從晉逃到戎族中的晉人由余,吸取中原文化和新的生產技術,發展了生產,秦國逐漸富強起來,遂向東發展,想打開一條出路,與晉楚爭霸主權。

前 627 年,晉文公死後,晉襄公新即位。秦國乘晉喪出兵襲擊鄭國,為鄭商人弦高所遇,未敢深入,滅掉了晉國的邊邑滑。晉襄公發兵在殽(河南陝州)邀擊,大敗秦兵。晉國俘虜了秦的三帥西乞術、孟明視、白乙丙,全部殲滅秦軍。秦穆公受了這次大打擊,決心復仇,在前 620 年,再一次大舉向晉進攻,焚舟渡河,表示死戰的決心,結果在令狐(山西猗氏)地方打敗晉軍。但是,秦國受晉國的威脅,始終不能無限制地向東發展。因此,秦穆公接受由余的建議,將矛頭西轉,向隴西巴蜀一帶發展,"伐戎王益國十二,開地千里",成為西戎地方的霸主。

(4)吳越的繼起

吳國是長江下游,今江蘇省南部的小國。傳說他的王族是西周古公亶父的兒子太伯、仲雍之後,在荊蠻地區,建立吳國,都於梅里(江蘇無錫)。春秋初期,遂處於半開化狀態,人民紋身斷髮,與中原習俗隔絕。春秋中期,逐漸吸收中國文化,才迅速發展起來,吳王壽夢(前585—前561年)時,國勢漸強大。前584年,晉景公與楚爭霸,打算聯吳抗楚,於是派了由楚國逃亡到晉的楚大夫申公巫臣,出使吳國,建議吳王壽夢練習車戰射御,於是吳國由水上國家學會陸戰,開始出兵伐楚、伐巢(楚屬國在安徽巢縣)、伐徐(安徽泗縣,楚屬國),攻入楚境,使楚國疲於奔命。

吳王壽夢死後,四傳到吳王闔閭(前514—前495),任用楚國亡臣伍子胥做謀主,任用齊人孫武做將軍,軍事和政治都有了改進。由於吸收中國先進生產技術,使吳國富庶肥沃地區的生產發展起來,成為東南強國。前506年大舉伐楚,五戰五勝,攻陷楚都郢(湖北江陵),逼得楚昭王(前515—前449年)逃奔隨,以避吳兵。吳國俘獲楚國文物財寶無數。後來,因為越國乘虛攻吳,秦又出兵救楚,吳軍不能長期佔領楚地,不得不因敗退而回軍。

越國建都會稽,相傳是禹的後裔,社會經濟比黃河流域落後。春秋時,齊國將越地當作獵場,從齊國傳入了進步的生產技術,經濟漸漸發展。楚國稱霸以後,楚靈王(前540—前529年)時,越為楚的屬國,楚國派文種、范蠡幫助越國抗吳,於是越國開始強大起來。越王允常時,與吳王闔閭互相攻戰不休。允常死,他的兒子越王勾踐打敗吳王闔閭,吳王傷損而死。闔閭的兒子吳王夫差繼位,立志報仇雪恨,於前494年打敗越國,越王勾踐投降,做了吳的屬國。

吳王夫差敗越以後,驕傲自滿起來,重役民力,開邗溝,通江淮,開沂、濟，準備攻齊，於前 482 年率領軍隊北上，大會諸侯於黃池（河南陳留封邱縣間）。

越王降吳後，越王勾踐屈辱作吳的臣妾，但他卻積極吸收楚的進步文化，改革內政，臥薪嚐膽，企圖從奴役地位解脫出來，恢復他的國家。勾踐和百姓同甘共苦地耕織生產，省節財用，經過十年生聚，國力恢復強大起來。前 493 年，他乘吳王北上黃池，國內空虛，發動了對吳的戰爭，攻佔吳國都姑蘇（蘇州），滅亡吳國。

越滅吳以後，突然強盛起來，北上徐（山東滕縣）與齊晉諸侯盟會，國土拓展到山東南部，稱為小霸王。戰國時，越王勾踐五世孫無疆，為楚所滅（前 334 年）。

春秋時代列國爭霸互相兼併的結果，許多小國被六國吞併了。很多戎狄之族與漢族文化融合，促進各國間經濟文化交流，使過渡分散的小領主政權集中為大國，在這方面看，是有一定的進步作用的。

但長期戰爭，大國向小國誅求無饜，加重各國人民的兵役和貢納的負擔。生產遭到破壞，人民死亡、流離，生活陷於水深火熱之中。階級鬥爭，隨著列國兼併激烈起來，勞動人民反對領主割據的戰爭和繁重的勞役負擔。因之，列國長期戰爭，引起反對戰爭，要求和平和統一的社會力量增漲起來，歷史從封建兼併戰爭，轉向爭統一戰爭的戰國時代。

3. 戰國兼併到秦的統一（前 403—前 221 年）

戰國時代，主要的國家是齊、楚、秦、趙、魏、韓、燕七國，其中除了齊、楚、秦三國在春秋時代就參預爭奪霸主權的鬥爭外，韓、趙、魏三國是晉國貴族中的強宗，滅掉晉侯，於前 403 年以奪取晉國的財物，賄得周威烈王正式封為諸侯。此外,齊國北方的燕國,也因在春秋時受戰爭的影響較小,併吞附近許多小國以後,發展成為大國。勢均力敵的七個大國,各擁有幾百萬的人口,幾十萬到幾百萬方里的土地,各自發展自己的勢力,企圖用武力統一全國。因之,各國為了實現他戰勝其它國家,便實行了政治經濟上的改革,相互進行攻擊和防禦的戰爭。因此,七國不僅在政治經濟上變化很大,疆域也常有變動。其中,改革成功、富強起來的是西方落後地區封建貴族勢力較薄弱的秦國。

(1)七國的形勢

趙國:佔有晉國的北部,建都在邯鄲。它的國境,西有黃河,與秦國為鄰;東邊臨黃河、易水,與齊燕為界;北據陰山築長城和北方遊牧氏族林胡、樓煩、匈奴接境;南有漳河,和魏國為鄰,地方二千里。三分晉國後,列侯趙藉能夠節財儉用,選拔人才,奠定了立國基礎。趙武靈王為了對抗北方遊牧民族,胡服騎射,開拓疆土,北至燕代,西至雲中九原,滅中山國。但趙國封建貴族,依仗特權,聚斂百姓,政治上沒有什麼改進。

魏國:佔有晉國的中部,前 424 年魏文侯在位。他注意農業生產,選拔士人,招納賢士,任用卜子夏、田子方、段干木為師,用李克(李悝)編《法經》六篇,發展農業生產,抵制末業,所謂"奪淫民之祿,以來四方之士":實行法治,所謂"食有勞而祿有功,使有能而賞必行,罰必當"。

西門豹為鄴令,引水灌溉,開渠十二條。其後,史起為鄴令,引漳水灌溉民田,避免旱災,使魏的河內生產富庶起來。

魏國的生產上的改革,使它在春秋末戰國初成為強國,疆域南有鴻溝(汴河)與楚相鄰,東有淮(陽)潁(安徽阜陽)與宋齊為鄰,西築長城與秦為鄰,北而鄰趙國,地處平原沃野,生產豐富,但在軍事上無險可守。前 328 年河西全部被秦國攻佔。前 340 年,魏惠王時,自安邑遷都大梁(開封)以近韓。

魏惠王時,一心擴充領土,和鄰國交兵,北侵趙,被齊國打敗,國勢漸漸衰弱了。

韓國:是七國中最小的國家。東鄰魏,西當秦,兩面受敵,在秦、魏威脅之下,經常受侵略,藉各國之間的矛盾,勉強圖存。前 395 年韓衰侯滅鄭,以鄭為國都。韓昭侯(前 358—前 333 年)時,用法家申不害為相,暫時加強國力。申不害死,又受侵略。

齊國:在春秋,就是饒於漁鹽之利的海國。前 481 年,領主田常,殺掉齊簡公,掌握了齊的政權,除去姜姓貴族,擴大田氏領地。傳到田和於前 386 年代姜氏為國君,正式受周王冊封為諸侯。齊威王田齊(前 398—前 350 年)時,改革政治,注意人民生活,齊國強盛起來,前 353 年在桂陵(山東荷澤境內)大敗魏軍。前 341 年,齊宣王再一次敗魏軍於馬陵(河北大名),殺魏大將龐涓,虜魏太子申,從此齊強於魏。前 286 年,齊湣王又滅宋,成為東方的強國。

齊都臨淄,疆土南接楚、魏、宋,北隔渤海與燕為鄰,西接趙,東濱大海,因遠秦,不受秦國威脅,所以在六國中最後為秦所滅。

燕國:在春秋時初受山戎威脅,得齊桓公救兵,逐山戎,擴大國土。春秋列國爭霸中原,黃河流域戰爭頻繁。燕國地處北方,所以終春秋之世,不參與諸侯爭霸。到戰國時期,曾遭齊國攻入國都,燕昭王(前 311—前 279 年)即位,在慘痛的亡國教訓下,發憤圖強,引用士人,魏國的軍事家樂毅、齊國鄒衍,政治上大有改進,曾聯合韓、趙、魏、秦進攻齊國,攻下齊國七十多城,攻克了齊國的首都臨淄。後來燕昭王死,他的兒子燕惠王殺了樂毅。齊國乘燕內部矛盾,攻敗燕軍,以後燕國的勢力就大大削弱了。

燕國疆域東北有遼東,與朝鮮為鄰,北築長城,與林胡、樓煩、東胡為界;西鄰趙,南接齊,地廣人稀,是北方大國。

楚國:在春秋時已形成南方大國,前334年滅掉越國,幾乎統一整個南方。它的疆域西有黔中(湖南沅陵)、巫郡(巫山縣),東有吳越(江蘇浙江),南有洞庭蒼梧(湖南道縣南),北到陘塞(河南新鄭南)郇陽(陝西洵陽),地方五千里,是七國中最大的國家。戰國末,楚頃襄王遣將軍莊蹻率兵入滇(雲南),拓地數千里。後來,前280年秦攻佔楚黔中郡。前249年楚滅魯,拓地北到中原,與韓、趙、魏接境,國都初在郢。前241年,郢為秦所破,遷都壽春。

楚國地方最大,但農業落後,國內貴族生活腐化,加重人民負擔。如春申君,家中食客三千人,"其上客皆躡珠履"。貴族勢力大,只顧私利,阻礙一切改革。如吳起由魏亡楚,楚悼王任用他做令尹,企圖改革內政,削弱貴族勢力,引起貴族們的仇恨。楚悼王死後,腐朽的貴族便射殺吳起。楚懷王受腐朽貴族的包圍,逐忠心楚國的屈原,受秦的利誘,與齊國為敵,被秦國攻敗被俘,死在秦國。國君昏憒,貴族腐朽,政治經濟上都落後於他國。所以空擁有龐大的領土,終於被秦國所滅。

(2)秦國商鞅變法

秦國在東周時,自秦穆公作了一些改革以後,便長期沒有更大的發展,經濟文化,較東方六國落後。但因處戎狄落後地區,封建勢力沒有東方各國大,所以到秦孝公(前361—前338年)在位時,便任用衛國的政治家衛鞅(後改名商鞅),實行變法,使秦國逐漸富強起來,奠定了秦統一六國的基礎。

商鞅是衛國的庶孽公子,姓公孫,原來仕於魏。魏惠王不能實行他的政治主張,因秦孝公下令求賢,他便西入秦國,得到秦孝公的信

任,任用他做左庶長。前 359 年開始,在秦孝公的支持下,商鞅的變法主張便次第在秦國實行了。變法的内容:

①·經濟上的改革

首先是獎勵耕織,抵制商賈。據《史記·商君傳》記載,商鞅變法,主要的是富國,獎勵農業生產,"僇力本業,耕織致粟多者復其身,事末業及怠而貧者,舉以為收孥",對耕織增產的加以獎勵,對從事工商末業的加以懲罰。其次是改革田制稅法,開封建阡陌。《戰國策·秦策》載,"商鞅決裂阡陌,……教民耕戰,是以民勤而地廣,兵休而國富"。西周以來,實行裂土分封的土地制度,將土地分為方塊,作為分封采邑,和力役地租的標準。方塊百畝為一田,田和田之間,有地界和道路,商鞅開封疆阡陌,就是打破地界,把方塊田連成一片,將棄地、田界也開闢為田。"棄地皆為田疇,而不便有尺寸之遺,以盡地力",這是因為當時早已盛行土地買賣,私有土地已打破了地界而連成片。同時,由於生產工具的進步,牛耕的普遍實行,方塊田和地界的束縛已妨礙了新耕具的使用,開阡陌已成為當時新興地主階級的普遍要求。

另外,由於土地私有制的實現,而劃一了賦稅制度,"使地皆為田,田皆出稅,以覈陰據自私之幸",前 348 年(孝公十四年)"初為賦"。按田畝為賦,不僅是廢除領主貴族的免賦特權和隱避土地,同時使地主階級負擔均勻,政府保證稅收,按畝收賦制普遍實行後,官吏報酬,也以粟米代采邑了。

由於賦稅改革的需要,不能不整頓度量衡制度。統一度量衡,實行"平斗桶(斛)權衡丈尺",世傳有"大良造鞅量銘":"十八年,齊率卿大夫眾來聘,冬十二月乙酉,大良造鞅,爰積十六尊五分尊壹為升",就是說明商鞅變法,規定量器的容積。

此外,根據《鹽鐵論》記載,鹽鐵之征,也自商鞅變法後開始。

商鞅的經濟改革,廢除了領主分封的采邑制和特權,適應當時生產力發展的要求,把新興地主階級的私闖土地和自由買賣土地的利益用法令鞏固下來,使之可以任意兼併,成為田連阡陌的大地主。

②政治上的改革

首先,廢除封建領主貴族世襲的爵位制,實行以軍功定爵位,"宗室非有軍功論,不得為屬籍……有功者顯榮,無功者雖富無所芬華"(《史記·商君列傳》)。庶民地主,勇於殺敵,立了軍功,就可以拜官受爵,依軍功等第佔有田宅。因此,貴賤等級之分,不以貴族門第,而以軍功。這樣,就廢除了封建領主世襲爵位土地的特權,而不能再擁有土地和人民,給新興地主開闢了上升為新權貴的道路。新興地主官吏,成為君主的雇傭,政權集中於君主。

其次,推廣郡縣制度。秦國在春秋初期,就因土地開拓開始設縣。到春秋時,縣之外又設郡,但原有的領地,還保留著采邑分封的土地佔有形式。這種縣邑雜淆的情況是不便於君主集權管理的。商鞅變法,把小的邑聚合為大縣,縣設長(時前 350 年,孝公十二年),統一了地方政府的組織,便於管轄,加強中央政府的統治權,消除領主政治殘餘。

與統一地方行政機構同時的,還實行編定戶籍,"令民為什伍,而相收司連坐",把原在領主分割統治下的農戶,統一編為國君的民戶,使之五家為伍,十家為什,互相糾察。此外新法規定,民戶有二子以上而不分居的,加倍收賦稅,使父子各立門戶,獨立進行生產,不相依賴。幾世同堂的家長制度,也由此逐漸破壞了。

商鞅變法,廢除貴族特權,保護地主階級利益,對封建領主是不利的,因而遭到貴族們的反抗。商鞅在秦孝公的支持下,對反對新法,不守法的貴族給以嚴厲的懲罰。太子犯法,商鞅懲罰太子的師傅公子虔和公孫賈。於是,以嚴刑峻法、信賞必罰的辦法來推行新法。因之,新法得以次第實行,使秦國生產發展,國富兵強。

秦孝公死後,商鞅失去了支持,貴族們妄圖恢復特權,車裂商鞅,但新法已得到人民的支持,貴族們已無法推翻了。商鞅死後,他的政治主張,卻被保存下來。秦國沿著商鞅變法的道路,發展生產。在四川開離堆引江水溉田。在關中開鄭國渠,引涇水溉田。鄭國渠的開鑿,使關中克服了因雨量缺乏而造成的旱災,增加單位產量,"收皆畝一鍾,於是關中為沃野,無凶年。"

(3)秦的統一

秦國自孝公任用商鞅變法後,新興的地主階級首先在秦國獲得了政權。新法的實行,使秦國變落後國為先進國,社會經濟發展,超越了關東六國。秦國遂成為六國中新興地主階級反對舊領主貴族的堡壘和支柱,開始東向展開它滅亡六國、實現統一的鬥爭。

秦國向東發展,必須先削弱強大的魏國,佔據黃河和函谷關的天險,進而從上控制山東六國。於是,前340年,商鞅定策,攻敗魏軍,逼魏由安邑遷都大梁。此後,不斷進攻魏國,到前328年,攻佔了魏國河西全部地區,控制了黃河天險,並不斷攻取河東趙、魏土地,以主力出函谷關攻擊弱小的韓國。

東方各國,沒有一個國家可以獨立抗秦的。在秦攻魏時,東方各國懼怕滅亡,需要共同聯合抗秦,於是前334年,六國聽策士蘇秦合縱的建議,北自燕,南到楚,共推趙國為縱長,南北聯成一片共同抗秦。六國的聯合,確實使秦國東進受到暫時的阻礙,但六國當政者都是貪利腐化、自私自利的貴族領主,秦國很快地採用"連橫"的對策,以破壞六國的縱約。

秦惠王用張儀為相,實行"連橫"政策。連橫就是結合山東任何一國,東西連合,攻擊其它各國。於是秦國首先拉攏威脅魏國,使其單獨事秦。並派張儀親自入楚,誘騙楚懷王與齊國絕交,因而兩次攻敗楚國。然後,說齊、趙、燕各國事秦,縱約瓦解,秦國乘勢向外擴張。據《史記》載,秦王"用張儀之計,拔三川之地,西併巴蜀,北收上郡,南取漢中,包九夷,制鄢郢"(《李斯傳》),迫使楚國遷都壽春。於是,秦國控制了江漢、黃河和函谷關的險要。此後六國國君,為了挽救滅亡的命運,雖曾幾次奮起合縱,對抗秦國,取得一些小勝,但已不能轉變秦對六國的優勢了。

秦昭王(前306—前251年)用策士范雎為相,實行遠交近攻,遠聯齊燕,近攻趙、魏、韓、楚,經過八十年的戰爭和外交活動,收買六國貴族的左右親信,離間六國,從而各個擊破。秦國的勢力,深入到黃河腹地,臣服韓魏,挾制東周,東通齊魯,北臨燕趙,南攻楚國的巫郡、黔中郡,把勢力伸張到川黔一帶,並控制了中原各國。六國勢力日益衰敗。

秦始皇(前259—前210年)即位的時候,秦國疆域擴大,佔有巴蜀、漢中、宛、郢、上郡、河東(山西西南)、太原、上郡等郡,函谷關外有滎陽及周舊地,對山東六國,在疆域形勢上已佔優勢。

關中鄭國渠溉田四萬餘頃,蜀郡守李冰在昭王時造都江堰,開闢稻田,增加農業產量,使關中、四川農業豐饒,糧食軍餉供應不絕,再加上巴蜀金屬、木材,西北戎狄牛馬,都是資源豐富,使秦國在經濟上,勢力雄厚,能夠支持連年的戰爭。

秦始皇任用邯鄲大賈呂不韋為丞相,招納山東遊士商賈入秦,並優待尊重大畜牧主烏氏倮和大丹砂商巴寡婦清,提高了他們的政治地位,使商鞅變法以後的地主政權結合了大商賈和遊士,力量雄厚起來,擴大加強秦國統一的政治勢力。這一切秦國擁有的優勢,使秦國有可能去完成統一的事業。

但統一事業的實現,還必須和在全國範圍內具備多種統一的條件配合起來。這些條件是什麼呢?

第一,通過春秋戰國以來幾百年的兼併戰爭和民族鬥爭,漢族進步的經濟和文化逐漸擴大了對居住在中原地區和四周沿邊地區的各族的影響,有了全國範圍內的經濟和文化聯繫,使漢族開始成為融合了各族的相當穩定的共同體。這一共同體,成為要求統一以進一步發展經濟文化的基本力量。

第二,長期戰爭給廣大農民帶來嚴重的災害和繁重的賦役、負擔,他們迫切地要求統一,實現和平生產的環境。秦國的統一是符合廣大農民的願望的。

第三,新興地主和商人,已因春秋戰國以來的經濟發展,形成為政治力量。他們為求得商業的進一步發展,要求打破諸侯割據、關梁阻碍的戰爭局面,實現統一。

這一切力量的結合,使秦國的統一事業由可能變為現實。從前230年到前221年的十年中,滅亡了韓、趙、魏、楚、燕、齊六國,建立了中央集權的封建大帝國,將中國歷史推向前進。

四、春秋戰國時期的文化

1. 學術思想的發達

春秋戰國時期的學術思想在我國歷史上第一次大放異彩,這自然有它的社會根源。從西周經春秋而到戰國,是封建社會進一步發展時代,是封建領邑制的破壞,中央王權的衰落,新興地主階級的產生,地主經濟的發展,學術上百家爭鳴,反映各種的政治思想,正說明了這是一個劇變的時代。

總的來說,這時所表現出來的有兩方面:

第一,天道觀的破壞。西周天子原是替天行道而來統治的。在西周時期,完全以天道設教,在天上有天,地上有山川百神,即神的世界以天為中心,另外有百神為輔佐,而在人間有天子與諸侯百官來統治人民。在這樣一個等級從屬、神人合一的封建統治之下,學術思想是不能自由發展的。等到地方經濟發展,周天子中央的權力一天天削弱,在政治表現出來的是中央王權的衰落,也就是代表天的統治者的衰弱,於是天在人間的信仰之中也就逐漸動搖。春秋以後,天子卑弱,天道觀念根本動搖。鄭國子產首先有天道遠、人道邇的說法(左傳·莊三十二年),說明春秋時代開始從天道觀走向人道觀。人道一經提出,思想才得到了解放,學術發展有了基礎。

第二,新經濟基礎的反映。周朝為維持舊的封建經濟制度和基礎的存在不崩潰,用一套等級制度的思想來維繫,來鞏固。當天道設教已不再可能時,統治者選擇用禮和刑來維繫君臣上下的等級。但是到了春秋末期,禮和刑也都失去了作用,孔子曾提出什麼正名主義來維持君臣的等級,又提出倫理來維持宗法。這都不夠,又提倡仁來感化,社會上卻偏偏不斷產生不仁、不孝、不忠、不義的人來。

到了戰國時期,新興地主商人要求建立封建新秩序,由此產生的政治思想,如產生出"便國不必法古"的思想,荀子要求封建改制,主張法後王,就是主張依據現狀重建新秩序。商鞅變法的思想,即按時代的需要而改革。後來韓非進一步提出法治主義,完全是符合於新興地主的要求了。

為適應社會變革的要求,學術思想獲得解放。春秋戰國時期的學說思想,百家爭鳴,極為複雜,而每一家的思想,無不反映當時的社會情況。有主張復古的老莊,有個人主義的楊朱,有代表平民思想的墨家,有保守的儒家,有合乎新興地主要求的法家,各家的學說思想都要以其學易天下,並不是為學術而學術。現舉幾派重要學說來作簡單的講述:

(1)儒家的代表孔子、孟子、荀子。

孔子是保守一派的代表。他讚美堯舜,認為那是大同之世,同時對於現實社會,想要造成固定不變的封建制度,就是要恢復周公時代的制度。

孔子名丘,字仲尼,魯國曲阜人。祖先是宋國的貴族,曾祖時逃難到魯國,遂為魯國人。父叔梁紇做過魯國陬邑(山東泗水東)的宰。孔子年少時,家境已經不好了。他生在周靈王三十一年,死在周敬王四十一年(前551—前479年)。魯、宋都是文化較高的國家,對孔子是很有影響的。

孔子不但是儒家學說的開山祖,同時也是中國教育上第一個公開教學的教育大家。他最先把古代貴族專有的詩、書、禮、樂這類學問普及到社會中來,這樣把官學變成私學,也正因為有了私學才有百家之學。儒家學派是最先成立的。

孔子的思想,可以分為幾點來說:

① 孔子生在春秋末世,公室卑弱,大夫爭權的時候,他看到子殺父、臣殺君的情形,他憧憬於西周的封建盛世。他竭力主張維持封建盛世的狀況。他寫《春秋》一書特別重視上下尊卑的等級,完全為了維護封建領主的制度。

② 孔子主張正名。他曾說"名不正則言不順",他要君

臣上下按照原來身份來維持封建制度。他認為傳統的制度，如果能遵行不亂，便是天下有道，便可以維持長久永遠的統治。他的所謂正名，就是君君、臣臣、父父、子子。

③孔子主張德治。他把禮和刑對立起來而讚美禮。他說："道之以政，齊之以刑，民免而無恥，道之以德，齊之以禮，有恥且格。"他是西周封建盛世的崇拜者，所以他的政治主張是尚禮而抑刑。他站在貴族階級的立場，當然反對以刑治。"禮不下庶人，刑不上大夫"，孔子也逃不出這範圍。

④孔子主張大一統，要求天子治天下，諸侯治本國。他寄托在名義上的天下共主的國王來統一。雖不能成為事實，但中央集權的統一思想萌芽是進步的。但他不知道兼併戰爭是破壞割據、走向統一的客觀因素，這是他思想保守之處。

孔子是祖述堯舜、憲章文武的復古主義者，但又是善於用權，無可無不可的"聖之時者"。孔子學說含有多面性，所以儒家學派總能適合整個封建時代各個時期的統治階級的需求，並從孔子學說中演繹出各種應時的儒家學說來。

孔子在政治上主張德治，主張用禮，而他更根本的思想是他所講的"仁"。

什麼是仁呢？《中庸》說："仁者人也"，孟子的說法是"仁者人心也"，無論如何是人的被發現和被重視。孔子曾說"天地之性人為貴"。樊遲問仁，子曰愛人。這更明白仁就是與人更好地相處。孔子主張仁，正是看見了人，重視人的開始。孔子講人道、人心、人性、人情，所以孔子是人文主義思想的代表。當時已經有天道遠、人道邇的主張，孔子講仁是集中地發揮了這思想。

孔子整理古籍,固然有思想因襲,自有他保守的一面,另一方面也是人文主義的表現。在這一方面對於後來學術文獻的貢獻是很大的。相傳孔子所整理的古籍有《易》《詩》《書》《禮》《樂》《春秋》等六種,當時作為教學的課本,也就是後來儒家的經典。保存了古代的史料和文學作品,功勞是很大的。

最後我們講到他的教育思想,如"學而時習之",如"學而不厭,誨人不倦",如"有教無類",如"好古敏以求之",如"學而不思則罔,思而不學則殆",如"知過必改"等等教育思想,到今天都還是極有用的。

儒家的學派,到了戰國時期,以孟子和荀子為代表。

孟子(前372—前289)名軻,魯國鄒人。他的學說可以說是孔子的嫡傳。他繼承了孔子的仁義學說,在戰國時遊說各國的諸侯王,他勸各國的諸侯行仁政。怎樣行仁政呢?實行井田制,也就是回返到公田制度,這在戰國兼併盛行的時期來說,太不合時宜了,因此別人便批評他迂闊而疏於事情。

但在他這行仁政的主張中,也有獨到的積極思想。如民貴君輕的思想,要得民心才可以為王,說君待臣像手足,臣待君像腹心,國君要殺人,必須徵得國人同意才可殺;國君要用一個賢人,也要大家說賢才可以。這是西周及孔子的敬天保民思想的進一步發展,是封建時代可寶貴的理論。

荀子(大約前313——前238)名況,趙國人。孟子發揮了孔子的仁義學說,荀子適時地修正了孔子的禮樂學說。

孔子所講的禮,內容是等級制度及由此產生的法令和刑罰,外表是朝聘喪葬等繁文縟節。荀子修正了孔子所謂的禮,都是從他對於自然的看法而來的。荀子認為人能控制自然的,他主張人對自然界,不是要順從畏敬,恰恰相反,要發揮人力,向自然界作鬥爭。他認為人能戰勝天地萬物的原因在於合群,所以能合群,在於合理分配生產物,分配合理,大家自然協和,一致而動,因此堅強能勝萬物,反之就要爭奪、紛亂、分離、衰弱。他所謂合理的分配,就是貴賤有等級,長幼有差別,貴者長者分多,賤者幼者分少。這是真理,荀子把這真理叫做禮,也叫做禮義。這禮義的內容明顯與孔所講的禮有所不同了。這個講法是符合於當時社會發展形勢的。

孟子和荀子一個主性善,一個主性惡,看來似乎不同,其實他們都是站在統治階級立場而發的。例如孟子說性善,乃是說統治階級的性沒有不善。荀子講性惡,都是從統治階級外的人來看,是從被統治的農民來看,認為他們性惡。所以兩人主張看來似乎不同,其實是一樣的。無論性善論、性惡論,歸根只是說,合於統治階級利益的是善,不合的就是惡。對善人用禮樂,對不善人用刑法。荀子又主張禮樂和刑法隨時代而變化。他主張法後王,要隨時代而進步,要實行戰國末年已經成熟的中央集權制度。因此孔孟的學說,經荀子的修正,不再是不合時宜了。

(2)墨家的代表墨翟

在儒家孔子竭力提倡等級制度來求恢復和維持動搖的封建秩序的時候,另一派學說,代表庶民來反對的,就是墨家。

墨家的代表是墨翟,他的時代不可考了,約當孔子過世前後生的。他的時代正當春秋、戰國之際,是儒家聲勢正旺盛的時代。他代表下層社會農工奴隸要求改善自己的社會地位。

他生在魯國,曾受儒家學說的影響。儒家縟節的禮,引起他思想的不滿,他離開了儒家。

墨家的思想是針對著儒家而產生的。

墨家主張兼愛、節葬、尚賢、尚同,這是反對儒家的親疏尊卑、鞏固封建等級制度而來的。

墨家反對宿命論,認為命是暴君和懶惰人所說的。這是反對儒家的主張有命在天。

墨家主張節葬、非樂,這是反對儒家的繁富的禮節、無謂的縻費。

墨家主張創造新事物,這是反對儒家崇古的保守。

墨家的學說,流行於庶民群中,構成了帶宗教色彩的政治性團體。墨家的團體有許多特點,最主要的是他們都能過刻苦的生活,聽從領導鉅子的教訓,舍了性命來行道,赴湯蹈火,嚴守家法。有一個墨家鉅子的獨子犯了死罪,國王赦了他,他父親仍把他殺死了。他們能分財互助。

墨家可說是古代勞動群眾最早的政治結社,但沒有反抗性,因此成為擁護統治階級的政治結社。

秦漢統一以後,統治者把墨家看為危險學說徹底禁絕了,從此不再有人講墨子,直到清末才又被提出來研究。

(3)道家學說的代表老莊

代表沒落的領主的道家一派的思想,以老子為創始人,莊子為繼承和集大成者。

老子姓李名耳,楚人。相傳著《道德經》五千言。他是一個隱者,他看到社會的紊亂和惡化,創出了消極的空想。他看到成敗存亡禍福這些關係,曾經有一些辯證的說法,如"福兮禍所倚,禍兮福所伏"。可是因為他是沒落貴族的代表,因而不但不能隨社會發展前進,反而憎恨發展,主張清靜無為,倒退復古。他的理想社會是"老死不相往來"的"小國寡民"的社會。他反對物欲競爭,他認為這是社會惡化之因。他不懂得有物欲競爭的矛盾,生產便更加發展,然後有更高一級的社會出現。實現小國寡民的社會,他主張無為,"絕巧棄利,盜賊無有",

"法令滋彰,盜賊多有",這種想法,廢除一切進步文明,回復到原始社會,所以老子的思想是阻礙社會進步的。

繼承老子的學說並加以發展的是莊子。後人把老莊連稱來代表道家。

莊子名周,宋國人,他的時代大約和孟子相當。

莊子以前的道家除老子外,還有關尹、宋鈃、尹文等,莊子都受他們的影響。

莊子的思想主要認為道是宇宙的本體,沒有比它更根本的東西,超越時間空間而又無所不在。萬物都是由道化生,所以萬物有變化,而道不變。萬物是相對的,而道是絕對的。所以從他這觀點來言,大小是一樣的,是非是一樣的,可知不可知是一樣的,生死是無可喜怕的。這種完全虛無消極的想法看輕了人的力量。他只知道因仍道的自然而不知道創造。荀子批評他說,"莊子蔽於天而不知人",是最中肯的批評。他看不見人的創造,對於社會發展起著阻礙的作用。

所以老莊的消極,對社會都起了反動作用的。

(4)法家的代表韓非

有想維持封建原狀的儒家,有反對進步的道家,又有為庶民謀利益的墨家,而最能代表當時新興工商地主的卻是法家。

戰國時申不害、商鞅都以法家刑名之學輔佐韓國和秦國而致富強,而集法家大成的卻是從儒家出來的韓非。

韓非為韓國的公子,與李斯一同從荀況學,傳荀況法術部分的學說,成為法家代表人物。

韓非繼承荀子人生而為利的性惡思想,漸次洗淨了儒家的色彩,把荀子所主張的禮和法完全發展為刑名,反對德治,他主張用刑賞、用威勢才可以止亂禁暴,這完全是法家的主張。

他又是一個實事求是者,他的《五蠹》篇說:"聖人不期修古,不法常可,論世之事,因為之備。"這種主張與商鞅是一致的。法家有這種實事求是的精神,主張立法而治,與社會的腐化舊勢力鬥爭,這完全符合於新興地主階級的願望,因此對於維持舊社會的禮教先加反對,立法要官吏和人民共同來遵守的。

韓非學說,集法家的大成。他的法治思想主要見於他的著作《孤憤》《五蠹》等篇。

2. 古代文學──《詩經》與《楚辭》

講到文學,我們可以向全世界人民誇耀的,遠在封建時期開始的時候,公元前一千多年,便有很多的詩歌傳下來,這就是《詩經》。

《詩經》可以分兩大部分,一部分是貴族的作品,一部分是勞動人民的歌唱。從傳到現在三百篇看來,其中極优美的抒情和寫實的詩歌,都是現實主義的作品。在這些詩歌裏,我們可以看到農奴們在被壓迫與奴役的生活中悲慘的呼號,如《七月》《東山》,而另一方面卻又反映出領主仍在驕奢淫佚地享樂,如《碩人》《楚茨》,完全是社會現實的反映。

這一部詩歌的總集,可以說是中國文學的淵源,後來的文學就從這淵源發展出來,每一個時代的文學都沾著《詩經》的影響。

除了《詩經》以外,當時的文學作品散見於其它書中的也很多,如《左傳》中有晉輿人誦、魯國人誦等,《國語》中有《暇豫歌》,戰國時,孟子有《孺子歌》,荀子有《成相》篇,詞句比《詩經》更擴展一步,尤其《成相》篇詞句整齊,完全保留了民間歌謠的格調。

詩歌文學發展到戰國末期,乃有更偉大的結晶作品《楚辭》,這又是我們值得引為驕傲的。在公元前三四世紀的時候,我們祖國就產生了一個偉大的愛國詩人屈原,以他憂時憂國的心懷,寫出了偉大的詩篇《離騷》,成了戰國時代文學的巨制,而給後來文學的影響尤其大。

《離騷》而外,還有許多南方的文學作品,我們都稱之為《楚辭》,因為屈原他們的作品,大都是楚語、楚地、楚物、楚聲,所以稱為《楚辭》。

屈原的作品除《離騷》外還有《九章》《九歌》等,而作楚辭的除屈原還有宋玉、唐勒等人。

楚辭抒情曲折委婉又超過了《詩經》,尤其是愛國的情緒充滿在詞句之中,給後來的影響更大。

除了詩歌韻文以外,由於社會生產的發展,事情的繁複,思想的發達,散文文學也發展起來。春秋時代,如《左傳》《國語》的文學技巧已經非常高。到戰國時代,《穆天子傳》《山海經》簡直是古典的神怪小說了。諸子百家的散文論說敘事,實不是長篇巨制,不但文章很複雜,而且是邏輯性很強的作品。因為每一家都想用他的學說說服人,當然不但要求文字上的優美,同時在說理上也要力求堅強有力。

第四章　秦漢
——中央集權封建國家的建立和發展
（前 221—220 年）

一、秦朝——中央集權封建國家的建立
（前 221—前 209 年）

前 221 年，秦始皇消滅了韓、趙、魏、楚、燕、齊六國，結束了西周以來八百年諸侯割據稱雄的局面，建立起民族統一專制主義中央集權的封建國家。這對於中國社會的發展，秦漢以後的地主經濟繁榮，是起了很大的推動作用的。

秦始皇是我國歷史上第一個把皇帝稱號加在自己頭上的專制君主。他以皇帝的詔令制定法律制度，把有利於地主階級的成果固定下來，鞏固地主階級專政。他不認為削平六國，完成統一，是新興地主階級的力量和廣大勞動農民長期反對封建領主，反對割據戰爭進行殘酷鬥爭的結果；而認為是秦孝公以後六世發展生產積蓄力量的結果，自以為"功過五帝，地廣三王"，專制暴虐，無止境地重役人民，終於激起農民大起義，結束了秦朝的統治。但是，秦朝一些專制的政治制度，統一的措施，卻為兩漢承襲下來，進一步鞏固了統一的國家。

1. 統一政權機構的建立

秦始皇統一六國後，在秦國集權制度的基礎上，建立統一全中國的中央集權國家制度,以對空前遼闊的國土實現皇帝專制統治。

中央政府,由皇帝總攬大權,設左右丞相輔助皇帝處理國政,太尉管理全國軍政,御史大夫管監察,這是專制國家的最高權力機構。其次,設奉常管祭祀;郎中令管宮廷宿衛;治粟內史掌管錢穀出入;廷尉掌管刑罰獄訟;少府掌管山澤租稅;將作少府掌管營造;宗正掌管皇族宗籍等事務;博士掌管圖書文籍;典客謁者掌管外交;太僕管皇家輿馬。這一切行政機構,都是為代表地主階級利益的皇帝服務的。

地方政府組織將郡縣制度推行到全國。徹底廢除封建領主采邑制,全國設三十六郡,為地方一級行政機構(後領土擴充增為四十郡)。郡設郡守,掌管一郡政事;設郡尉,輔佐郡守並管理一郡的軍事。郡守由皇帝直接任命,再不是家系世襲的官職了。郡以下設縣,縣設令,專管行政(縣滿百里萬戶者設令,不滿百里萬戶設長)。縣以下有鄉,鄉有三老管教化;嗇夫掌獄訟賦稅;遊徼捕盜賊。鄉以下劃分為里。這種郡、縣、鄉、里行政機構,是從秦以前的國、邑、鄉、里演變而來的。不過,郡守、縣令、鄉官、里正,卻不同於先秦的宗法世襲的領主制度,而是專制皇帝統治全國人民的代理人了。因此,郡縣制度的實行,消滅了分封割據的分裂局面,把全國軍事政治經濟大權收回到中央去。它對於加強全國經濟聯繫和文化交流,是起著進步作用的,同時確定了以後二千年中央集權政治的規模。

中央集權的政權——專制君主政治——反對封建割據,在歷史發展到一定的階級中,乃是一種進步的現象。正如斯大林在慶祝莫斯科八百周年的紀念詞中寫道:"如果不從封建割據和各公國的混亂下解放出來,那麼世界上任何一個國家都不能設想保持自己的獨立,設想真正的經濟與文化的高漲,只有全國結成為統一的中央集權的國家,才能夠設想真正的經濟與文化高漲的可能性,設想鞏固自己的獨立的可能性。"

秦朝中央集權的政權,正是起著推動中國歷史前進,推動經濟文化進一步高漲的作用。但是,"封建的專制君主政治,一方面扮演著反對封建割據的工具的角色,另一方面又仍然是封建地主及其土地所有權與特權(雖然這種特權已相當削弱了)的保護者。"(康士坦丁諾夫《國家與法律》)因此,秦朝的政權,也仍是保護封建地主特權和一切利益的。這可以從秦朝的一切制度來得到證實。

2. 封建地主土地所有制的確立和階級關係

秦國自商鞅變法以後,新興地主經濟已在秦國取得支配地位,土地自由買賣和名田制度已用法律確定下來。山東六國,雖然也已出現了土地買賣和地主農民的土地佔有關係,但分封的領主采邑制度仍佔很大的比重。

秦滅六國後,夷平了六國貴族的城堡,摧毀了貴族的領邑,任命守令,實行郡縣制度。六國舊貴族,有的被殺;有的俘虜充當苦力;有的遷徙到邊遠地區從事勞動生產;有的被懸賞捕捉,改易姓名潛伏民間,如項梁、張耳、陳餘、張良等,待機報復。總之,除掉戰國末期離棄本國跑到新國去為商人地主的政治服務,因而取得新權貴地位,如李斯之流以外,六國舊貴族的經濟基礎和政治地位一齊被摧毀了。代之而掌握政權的,是入則食客三千,家僮萬人,出則"從車羅騎,四馬驚馳"的新興地主階級。他們經商營利,兼併土地,變成田連阡陌的富豪。封建地主的土地所有制,推行到全國。同時,"秦始皇卅一年使黔首自實田"自由佔有土地受秦朝法律的保護。

但是,廣大的直接生產者農民,經過反對封建領主的鬥爭勝利以後,他們並未得到任何權利。由舊領主的庶民,變為封建地主的佃農,封建國家的黔首,很快的受"見稅什五"的租賦負擔,被束縛在地主的土地上。佔有小塊土地的自耕農民,也很快地被收奪了土地,和佃耕農民一樣。勞役、兵役、租賦的枷鎖,重重地壓在農民的頭上。小手工業者和農民遭到同樣的命運。

封建地主階級代替封建領主掌握政權的結果,只不過使農民由舊貴族的庶民,變為新興地主的黔首。國家機構,也就由保護貴族領主特權的職能,變為維護封建地主利益的工具,變為剝削農民壓迫農民的機器。

3. 秦始皇的專制統一措施

秦朝政府建立以後,很快地實現他的職能:對內,防止舊貴族勢力的復辟,鎮壓人民的反抗;對外,擴充封建地主國家的領土,防禦外族入侵,以鞏固中央集權的統治。

(1)收天下兵器,解除農民武裝。西周時農民"三時務農而一時講武",到秦代則"講武之禮罷為角抵",不許農民有軍事訓練的機會,強迫農民交出武器,"收天下兵器,聚之咸陽,銷鋒鏑鑄以為金人十二","郡置材官"加強對農民的武裝鎮壓,防範農民反抗。

(2)秦始皇下令將東方的豪富十二萬戶,徙至咸陽。

(3)統一度量衡及貨幣。在封建領主裂土分封的春秋戰國時,各國的政治制度是不統一的,"田疇異畝,車途異軌,律令異法,衣冠異制,言語異聲"(許慎《說文解字序》)。這種情況延續下去,對於一切政令的推行,都是很大的障礙。秦始皇統一後,實行統一度量衡,制定標準量器,推行全國。據《史記》索引載:"隋開皇初京師穿地,得秦秤權,有銘云始皇時量器,丞相隗狀、王綰二人列名。"可見秦朝是以法令來進行統一量器的。

貨幣在秦統一前也是非常複雜的,形狀不一,重量相差也懸殊,有刀形、錐形、方形、橋形、圓形各種。秦始皇統一中國,制定幣制二等,黃金以鎰,名為上幣,銅錢形制如周錢,重半兩,規定珠玉龜貝銀錫等為裝飾,不作貨幣用。秦幣形式,除王莽一度改變外,一直通行兩千多年。

度量衡和貨幣的統一,對於統一財政制度、稅賦及發展商業是有很大作用的。它便利了秦始皇政府對各地區的統治,同時也有利於發展、促進國家的統一。

(4)統一文字車軌,開展水陸交通。秦統一以前,各國文字是不統一的,這對於全國文化流通,政令的貫徹,自然是很大的阻礙。秦統一後,將秦國原用的籀文改造為小篆,使之通行全國,"罷其不與秦文同者",後來由於實際工作的需要又將小篆簡化而為隸書。

文字的統一,使全國人民在文化心理上進一步向共同的方向發展。

在交通方面,陸路上實行"車同軌",把車的軌道統一起來,規定車廣六尺,修馳道,自咸陽出發,東達於海,南達吳楚,北達雲陽(今陝西淳化縣北),道寬五十步,路兩旁栽上青松,路基用金椎築土夯實。

水路方面,當時已有溝通南北的水道。《史記·河渠書》:"滎陽下引河東南為鴻溝,以通宋、鄭、陳、蔡、曹、衛,與濟、汝、淮、泗,會於楚。西方則通渠漢水、雲夢之野,東方則通鴻溝江淮之間。於吳,則通渠三江、五湖。於齊,則通菑濟之間。於蜀,蜀守冰鑿離碓,闢沫水之害,穿二江成都之中。此渠皆可行舟。"前215年,史禄在廣西北部興安縣東南,開鑿了靈渠,溝通了湖南廣西的水路交通,接通湘、漓二水,在南北交通上,有優越的貢獻。靈渠水利工程中湘、漓二水分水嶺修築的三十六道陡門,是水利工程師天才的創造,是我們祖先的無比光榮。

(5)焚書坑儒,箝制思想。秦始皇不僅通過上述這些法令、制度和興作,來鞏固其專制統一政權,同時並在思想意識方面也加以鉗制。戰國時期私家之學是相當昌盛的,這些私家之學與專制統一有許多相抵觸之處。為了要消滅那些"不師今而學古,以非當世,惑亂黔首"的復古思想,實施禁止私學,鞏固專制集權的思想統治,於是發生了中國歷史上有名的焚書坑儒事件。

焚書是秦始皇三十四年由代表新興地主階級利益的法家丞相李斯提出的。他的立論是必禁私學才能維持專制一統:

古者天下散亂,莫之能一,是以諸侯並作,語皆道古以害今,飾虛言以亂實,人善其所私學,以非上之所建立。今皇帝并有天下,別黑白而定一尊。私學而相與非法教,人聞令下,則各以其私學議之,入則心非,出則巷議,夸主以為名,異取以為高,率群下以造謗。如此弗禁,則主勢降乎上,党與成乎下。禁之便。

他的辦法是焚詩書百家語,鉗制言論:

臣請史官非秦記皆燒之。非博士官所職,天下敢有藏
詩、書、百家語者,悉詣守尉雜燒之。有敢偶語詩書者,棄市。
以古非今者,族。吏見知不舉者,與同罪。令下三十日不燒,
黥為城旦。所不去者,醫藥卜筮種樹之書。若欲有學法令,
以吏為師。

這種用暴力嚴刑壓制那些因受舊制度長期影響對統一政權抱反
對態度的降秦的六國貴族的思想言論,從而要提高專制君主的威勢,
顯然是不會收到正面效果的。相反的卻使中國古典文獻遭到了空前
的浩劫,同時引起降秦的儒生對專制政權的背叛和逃亡,所以有坑儒
生之事的發生。

據史書記載,秦始皇因降秦的儒生盧生與侯生的逃亡,並調查出
諸生"或為妖言以亂眾"之後,便令御史按問,結果是互相牽連,活埋儒
生四百六十多人,後來又大批地遷徙到邊遠地區去,並有二次三次的
坑儒。這些"論法孔子"的知識分子,遭到大屠殺和流徙,無疑是中國
文化上的大損失。逼迫僅有的儒生,逃匿流亡,投奔反秦勢力。叔孫
通投劉邦,孔鮒投陳勝,都是秦始皇坑儒的後果。屠殺知識分子的政
策,反而增加了反秦的力量。

(6)嚴刑罰。秦始皇政府解除農民武裝,懲處屠殺舊貴族出身的
儒生,都次第實行了。另外,又嚴刑罰,任獄吏壓制人民,秦法有連坐、
族、夷三族、棄市、戮、腰斬、藉沒、戮戶、車裂、梟首、鬼薪、黥為城旦、謫
等數十種。嚴刑峻法的結果,是"奸邪並生,赭衣塞路,囹圄成市,天下
愁怨,潰而叛之"。

4. 邊疆的開拓和國防

(1)北逐匈奴築長城。中國北方居住的遊牧民族匈奴族,在戰國時與燕、趙、秦為鄰,常常南下掠取財物,成為北方的威脅。燕,趙等國因對秦作戰,對匈奴僅能採取防禦,因此匈奴漸漸向南發展,佔有了河套一帶地方。秦始皇三十二年,國內統一逐漸鞏固後,便任命蒙恬率領三十萬大軍將匈奴驅出河套地區,徙罪人實邊,築起亭障防守,徵發民夫,東自遼東,西到臨洮,修起萬里長城,將燕趙長城連成一片,鞏固了北部國防。

(2)南征南越。對南方處在原始狀態的南越族,則使尉屠睢發卒五十萬,為五軍,分屯五嶺要塞,鑿渠通糧餉。與越人戰,殺南越族君長西嘔君譯吁宋,但越人群入叢林與禽獸處,不肯降秦。相推勇猛者為將,乘夜襲擊秦人,殺了屠睢,雙方死亡幾十萬,於是秦大發“諸逋亡人,贅婿,賈人”攻取嶺南地,設桂林、南海、象郡,以諸罪人駐邊戍守。後來,使尉陀踰五嶺攻南越,並發一萬五千未嫁女為士卒衣補。全國農民大起義爆發後,南越與內地關係斷絕,這幾十萬士兵婦女,便成為與南越族共同開墾嶺南的農織勞動者,他們把中國進步的生產技術帶到南越,促進南越經濟文化的提高。

秦始皇開發邊疆,大量移民,新設郡縣,使中國疆域大為擴充。西到甘肅中部以西,東至海,北到太原以北築長城與匈奴為鄰,南連廣東安南,把秦國造為龐大的帝國,使漢族為主體的各族人民,在共同地域上,逐漸融合為穩定的共同體。

二、第一次全國農民大起義和楚漢戰爭
（前 209—前 202 年）

1. 專制獨裁政治下的階級矛盾

秦始皇統一六國後所推行的一系列措施,對促進生產,鞏固統一上,起了一定的積極作用。但是,秦始皇所面臨的是長期戰爭後殘破的農村和長期消耗的薄弱的經濟基礎。社會迫切需要生產復員和休養生息,而秦始皇非沒有按著這個方向去做。相反的,他從統一六國後就左右開弓地重役民力,實行暴虐的專制獨裁。

三十萬人北防匈奴,五十萬人戍南嶺。修馳道,築長城,都動輒幾十萬人,使上百萬的民力脫離生產。另外,修宮室,築墳墓,勞役的民力就更多了。

秦始皇二十六年統一六國,便模仿六國宮室形式,在咸陽北阪上南臨渭水,大造宮室。宮室的規模是宏大的,"自雍門以東至涇渭,殿屋複道,周閣相屬",將俘虜六國的美女、鐘鼓、樂器都置於宮殿中。第二年,又在渭水南岸築信宮和甘泉宮的前殿。

秦始皇三十五年,發隱宮徒刑者七十萬人,築規模更大的阿房宮於豐鎬之間。先在渭南上林苑築阿房宮的前殿,殿堂東、西寬五百步,南、北五十丈。殿內可容一萬人,殿前立五丈高的旗竿;殿的周圍築閣道直通南山,在南山頂上建立高闕,作為殿宮前門;築石橋,通渭水北岸;於是阿房宮的前殿,就將咸陽京城佔去了大部。

阿房宮的全部,範圍更大。自咸陽東至臨潼,西至雍,南達南山,

北至咸陽北阪,佈滿了離宮別館,和輦道閣道。另外,潼關以外尚有離宮四百所,關內三百所,到處是宮館閣道。殿宮"以木蘭為梁,磁石為門",雕刻精美,裝飾華麗,珍寶美女充於後宮。阿房宮的主人,自以為曠世雄主,他為富貴和驕傲所陶醉了,但他卻意想不到,大澤鄉的義旗一舉,摧毀了一切壯麗的離宮別館。

阿房宮,終秦始皇之世未建完成,秦二世繼之不輟。

秦始皇,不僅貪戀皇帝寶座上的縱欲享樂,他同樣注意死後的奢侈,即位之初,就修陵寢,統一後更征役驪山徒七十萬修驪山陵。陵高五十丈,周圍五餘里,掘地灌入銅液,墓中有宮殿朝位,珍玉寶器。用水銀造江河,用人魚膏作燭,長久不滅。

北山的石料,荊楚四川的木材,犀角象牙,美女玩好,源源不絕地往關中運送。百萬以上的農民,因征役長年脫離生產,而從事耕種的農民,仍要受著商人地主殘酷的剝削,"收泰半之賦,發閭左之戍,男子力耕,不足糧饟;女子紡績,不足衣服。"三分取其二的租賦負擔,"三十倍於古"的力役使一般人民斷絕了生路。

秦始皇死後(前210年),宦官趙高以陰謀扶立二世胡亥為皇帝,趙高假造詔書,令遠鎮匈奴的公子扶蘇和將軍蒙恬自殺,殺死大臣蒙毅及秦始皇的公子公主二十餘人,沒收貴族們的財產。"滅大臣,遠骨肉"的辦法,使趙高大權獨攬,把二世蒙蔽在深宮中,不問外事,使他恣情淫樂,阿房宮的修築繼續進行,大徵發關左貧弱民戶當兵戍邊。並以屯戍京城為名,徵發五十萬人"令教射狗馬禽獸。"下令郡縣輸送菽粟芻藁到咸陽,都必須自備糧食,"咸陽三百里內,不得食其穀",對反抗者施行血腥的屠殺,造成"刑者相伴於途,死人日積於市",人民既負擔繁重的力役兵役和苛重的租賦,又要遭到無辜的殺戮,對專制獨裁政治的仇恨日益加深了,階級矛盾也越來越尖銳。統治階級內部的分裂,削弱了統治的力量,"自居卿以下至於眾

庶,人懷自危之心,親處窮困之實,咸不安其位。"(《史記·秦始皇本
紀》)社會各個階層的人民,都仇恨這個殘暴的王朝統治者,被坑未
盡的儒生,逋逃隱匿的舊貴族和求生無路的廣大農民,都苦秦苛政,
要求推翻這個殘暴的統治者。博浪沙中的鐵錘,崇郡的石刻標語,
華陰道上"祖龍死"的預告,都早已標幟著亡秦的警鐘和狂風暴雨的
來臨。

2. 陳勝吳廣領導的農民大起義

秦二世元年(前 209 年)七月,北方有警,秦二世下令徵兵戍漁陽
(懷柔)。與人傭耕的閭左窮苦農民陽城(河南登封)人陳勝和陽夏
(河南太康)人吳廣,都在被征之列。九百名壯丁屯在大澤鄉(今安徽
宿縣),陳勝、吳廣被派為屯長(押解壯丁的隊長)。在秦尉的押解下,
限期送戍所。但天雨連綿,道路泥濘,徒步行走,計算路程已不能按期
到達了。秦法嚴苛,失期就要斬首的,在死亡的威脅下,陳勝、吳廣領
導農民尋求生存的出路。

封建社會的農民是不可能提出超出當時社會限制的政治口號的。
他們以迷信的口號,以為公子扶蘇復仇的口號來號召,借助於楚將項
燕在群眾中的信仰來動員群眾。殺掉秦尉,號令農民群眾"壯士不死
即已,死即舉大義耳",舉起義旗,陳勝為將軍,吳廣為都尉,"斬木為
兵,揭竿為旗,"浩浩蕩蕩地攻佔了大澤鄉和蘄縣(安徽宿縣),號召天
下共起攻秦。令符離人葛嬰將兵攻下銍、鄼、苦、柘、譙(今河南東部與
安徽西北部諸縣)在勝利進軍中,苦難的農民不斷舉起鋤頭、木棒加入
義軍,旬日之間起義大軍,由九百戍卒,發展為"車六七百乘,騎千數,
卒數萬人"的龐大隊伍了,於是舉旗而西進攻陳州(河南淮陽)。陳州
守令早已逃跑,農民軍攻佔陳州,很快地建立起政府和革命秩序,在苦

秦政的人民擁戴下,陳勝被立為張楚王。

當陳勝領導的起義隊伍勝利進兵時,各郡縣苦秦吏的人民,殺掉了郡守縣令響應陳勝。楚地的農民起義,幾千人相聚的隊伍不可勝數。

農民軍隊以陳州為根據地,展開了更大的攻勢。吳廣之軍西擊滎陽;宋留之軍南向武關;陳州以東,葛嬰之軍已攻下東郡;鄧宗之軍南攻九江,陳勝命陳人武臣、張耳、陳餘北徇趙地,起義軍的勢力很快就擴大到全國的範圍。

陳勝使陳人周文西攻秦都咸陽,沿途收兵,軍到潼關時,武裝發展到數十萬,兵車數千乘,攻破潼關直抵於戲(陝西臨潼)。

秦二世為起義軍的怒憤震恐了,他命令少府章邯,發驪山罪徒,傾關中所有的力量向起義軍猛撲。在敵我力量懸殊的情勢下,周文軍受到挫折。周文敗走出關,在章邯軍追擊下,退至澠池縣壯烈自殺。

當時陳勝命令北徇趙地的武臣、張耳、陳餘等軍西向擊秦,以突擊章邯後方,但貴族出身的張耳、陳餘,已立武臣為趙王,按兵不動。吳廣進攻滎陽,又久攻不下。陳勝勝利之後,驕傲自滿逐漸失去農民弟兄的擁護。在這種農民軍內部因竄入貴族分子,陣營渙散情況下,力量便不能集中了,秦章邯軍乘勝東進,陳勝親自迎戰,敗於城父(河南寶豐),為叛徒莊賈所害殺。蒼頭軍首領呂臣攻殺莊賈,退到長江流域和吳廣聯合,堅持反秦的鬥爭。進攻武關的宋留,進抵南陽後,敗降被殺,起義軍初遭挫敗。但是反抗秦暴政的力量並未嚇倒,像燎原之火一樣在全國爆發起來。

3. 劉邦、項羽入關與秦的滅亡

在陳勝、吳廣起義的影響下,各地反秦的隊伍風起雲湧般地掀動起來,有的投奔陳州,有的殺長吏起事,其中有農民、貴族、知識分子。
當時主要的勢力有:

① 武臣、張耳、陳餘,受陳王命北徇趙地,後來武臣據邯
鄲自立為趙王。

② 韓廣受武臣命北徇燕地,自立為燕王。

③ 齊人田儋殺齊令自立為齊王。

④ 周市立魏咎為魏王。

⑤ 劉邦起兵於沛稱沛公。

⑥ 項梁、項羽起兵於會稽。

六國貴族的潛伏力量在陳勝起義旗幟的影響下紛紛起兵抗秦,一
方面,使抗秦的力量壯大了,但另一方面,使戰爭的性質也起了變化,
鬥爭複雜化了。

項羽,下相(江蘇宿遷)人,是楚將項燕之後。他的叔父項梁因殺
人受到秦政府的通緝,逃匿吳中,結交吳中士大夫,企圖待機復楚。陳
勝義旗一舉,項梁叔侄便乘機殺會稽守回應,在吳中發展勢力。陳勝
死,項梁叔侄率領他的八千子弟兵渡江北上,打著項燕的招牌,沿途收
集兵眾。至下邳,進擊彭城(徐州)。用范增計謀,立楚王孫心為楚懷
王,號召亡秦復楚。

劉邦是沛(江蘇沛縣)豐邑中陽里人,為秦泗上亭長。妻呂雉,帶
兩子在家耕田。劉邦為人不事生產,好酒無賴,結交沛縣小吏蕭何、曹
參,曾以亭長為縣送罪徒到驪山,因罪徒中途多逃亡無法交差,行到豐
西叢澤中,索性將罪徒全釋放了,從此逃匿在芒碭山中,與壯士十餘人
變成逃亡者。秦二世元年(前209年),陳勝、吳廣起義。至陳勝王時,
劉邦已集結了數十百人。在陳勝起義的影響下,劉邦與沛縣吏蕭何、

曹參等交通,與沛人共殺沛令。武裝二三千人,出擊豐邑。當時豐邑已為雍齒所據,攻擊不下,劉邦只好退回沛縣。

當時,陳勝已敗死,秦將章邯正率領大軍進攻黃河以南的農民軍。黃河以北又盡為六國舊貴族的勢力所據。劉邦進退無路,投奔了佔據彭城的隊伍秦嘉軍,而項梁、項羽的楚軍北上進擊,吞併秦嘉軍。劉邦便隨著項梁作為別將,向徐州西北推進,攻下城陽(河南范县濮城東南)。再西向敗秦軍於濮陽東,斬雍丘(河南杞縣)李由,但當時秦章邯軍猛攻定陶,項梁敗死。劉邦、項羽攻陳留無功,只好退兵徐州。

項梁敗死後,秦章邯軍以為楚軍的主力已被擊潰,便調集大軍轉攻河北趙軍。時趙王歇以陳餘為將,張耳為相,走保鉅鹿城。章邯使前軍王離圍趙,自以大軍殿后。鉅鹿危急,諸侯軍觀望不救。趙軍向楚軍求救。楚懷王派宋義為上將軍,項羽為次將救趙,宋義軍進到安陽(今商邱一帶)逗留不進。項羽殺宋義,破釜沉舟,北渡漳水,進擊圍攻鉅鹿的秦軍,大破秦軍,俘虜王離,並乘機誘降章邯。鉅鹿之戰轉變了整個戰爭的形勢,秦軍的主力,已潰不成軍了。由是項羽為諸侯上將軍。

當項羽奉楚懷命北上援趙的時候,劉邦也同時奉命向關中咸陽進攻,並且約定"先入關者王之"。時秦軍主力在河北,劉邦由盱眙出發乘隙而西,經陳留、大梁、中牟、新鄭、河陰、洛陽、宛縣進抵武關,一路上過城不攻,逢敵不戰,到達藍田。

前207年劉邦入關的時候,秦二世已被趙高害死,秦王子嬰又殺趙高。秦政府內部已經是混亂分裂,兵無鬥志,劉邦軍嚴明紀律,禁止擄掠。因此藍田一役大敗秦軍,秦王子嬰不得不素車白馬,向劉邦投降了,劉邦的軍隊便開入了咸陽。

劉邦入咸陽,一面還軍霸上,一面宣佈他保護地主階級利益的政治宣告:"父老苦秦苛法久矣,誹謗者族,偶語者棄市。吾與諸侯約,先入關者王之,吾當王關中。與父老約法三章耳:殺人者死,傷人及盜抵罪。餘悉除去秦法。諸吏人皆安堵如故。凡吾所以來,為父老除害,非有所侵暴,無恐。"這就是保護地主階級生命財產和政治地位的"約法三章",劉邦的政治態度已經表明,於是"秦人大喜,爭持牛羊酒食,獻饗軍士",地主階級擁護劉邦了。但是,劉邦懼怕項羽行將入關的四十萬大軍,遂不敢公開坐上皇帝的寶座。

項羽以破竹之勢,掃除河北的秦軍主力後,率領諸侯聯軍四十萬,渡河而南進抵新安,指向關中。在新安坑殺秦降卒二十萬,入潼關至於鴻門。劉邦以眾寡不敵,不敢抵抗項羽。項羽軍遂入咸陽。

項羽懷著滅秦復楚的復仇心,殺了子嬰,燒了阿房宮,掘了驪山陵,屠殺了不少秦官吏富豪。他恢復了分封諸侯的局面,對秦降將章邯等為三秦王,劉邦為漢中王,及六國貴族之抗秦有功者,共十八王。自稱西楚霸王,都彭城。稱楚懷王為義帝,遷之長沙,為共敖所殺。恢復舊貴族政權的作為是項羽逆背歷史、不顧時代要求的舉動。這必然引起地主階級與項羽為敵,尋找劉邦做地主階級的代表,進攻死灰復燃的舊貴族的代表——項羽。

4. 楚漢戰爭與項羽滅亡

項羽以楚國大將之後的身份,率領吳中子弟兵回應陳勝起義,打著滅秦復楚的旗號,在廣大人民"苦秦苛法"的仇恨下,取得戰爭勝利,入關滅秦。亡秦後,他並未順應人民的要求,除苛政,建立新的統一政權。相反的,他一意孤行地恢復了分封諸侯國的局面。這無疑把渴望和平統一的勞動人民,又拖入割據戰爭的苦難境地。因此,項羽遂由除秦暴政的英雄,一變而為腐朽的舊貴族勢力的代表。失去廣大階層的擁護,他的封建也就很快的破滅了。

前 206 年,齊將田榮,首先倡亂於山東,驅除項羽所封的三齊王而自立為齊王。繼之是彭越背楚聯齊,據有梁地。趙將陳餘也因未得封地而驅逐項羽所封的常山王張耳,迎立故趙王趙歇,自立為代王。山東河北都背叛了項羽。項羽為了維持他的封建秩序,討伐山東,劉邦乘機自漢中北出滅掉項羽所封的三秦王,並派兵由武關出兵進擊楚的南境。自潼關東出,佔領山西、河南交界處一帶地區,滅掉項羽分封的河南王和韓王,進至洛陽。

劉邦在進軍中,為和項羽爭奪天下,他對農民進行讓步,在平定三秦時下令:"諸故秦苑囿園池,皆令人田之。"承認農民已爭得的果實,解決了一部分農民土地要求,從而取得農民的擁護。他進到洛陽,結合五諸侯,兵五十六萬,又打起為義帝復仇的旗號,爭取諸侯王共擊項羽。命韓信出陝西,渡河而北,佔領山西、河北,向山東推進。

劉邦東擊之軍,直搗彭城,攻下彭城後,便驕傲自滿起來,"收其貨寶美人,日置酒高會",被項羽從山東回擊的軍隊打得大敗而歸,父母妻子也被俘虜。劉邦敗逃到滎陽,賴蕭何自關中來的援兵的接應,才在滎陽站立下來,與項羽軍在滎陽、成皋、廣武間相峙。現在的形勢,已由群雄割據變為楚漢對峙了。

楚漢對峙中,劉邦派隨何說九江王英布反楚,擾亂楚後方,又派陳平多用金錢散佈謠言,離間項羽和謀臣范增的關係,分化楚軍內部。派韓信自河北攻山東,威脅楚的北面;收買彭越在梁地遊擊,切斷楚的糧道。正面堅守不戰以牽制項羽。項羽在兩面受敵的情況下,願意向劉邦讓步求和,歸還劉邦眷屬,劃鴻溝為界,以分東西。約成以後,項羽回軍彭城。劉邦乘項羽東退,便撕毀和約,向項羽進行包圍,韓信、彭越自北南進,英布、劉賈自壽春北進。劉邦自己率大軍東進。周殷從項羽後部叛變,前 202 年劉邦集團圍項羽於垓下(河南鹿邑),項羽糧盡援絕,突圍走至烏江(安徽和縣),自刎而死。

楚漢相爭五年,卒以項羽的敗亡而結束了分裂的局面,劉邦自立為皇帝,建立漢朝。

三、西漢帝國的建立及其發展
(前 206—前 48 年)

1. 西漢政權的建立

秦末農民大起義,推毀了秦朝的統治以後,劉邦集團在楚漢相爭時,為了孤立項羽,對於依漢背楚的諸侯王如燕王臧荼、韓王信、趙王張耳等,都承認他們的封建割據,以取得他們的協助。對於棄楚投漢的實力派韓信、彭越、英布等,也都就他們攻佔的地區封為諸侯王。如前 206 年,劉邦背盟追擊項羽,約集韓信、彭越共同會師援楚,已佔據了齊梁之地的韓信和彭越按兵不動,不肯會師,劉邦軍吃了項羽的敗仗。劉邦和張良商議的結果,聽用張良計策,將陳(淮陽)以東的地方封韓信,以睢陽以北的地方封彭越。韓信、彭越才舉兵與劉邦共擊楚,與淮南王英布圍項羽於垓下,最後滅亡項羽,消滅舊貴族勢力。

項羽敗亡後,劉邦在他同盟軍諸王的擁戴下,即皇帝位於汜水(山東曹州境內)之上,國號漢,大封功臣,大赦天下。徙韓王信為楚王,都下邳;立彭越為梁王,都定陶;故韓王信為韓王,都陽翟;徙衡山王吳芮為長沙王,都臨湘;淮南王英布、燕王臧荼照舊為諸侯王。這種封賜,都由於當時劉邦剛剛滅掉項羽,勢力還不鞏固,不能不對諸侯王佔領的地區加以承認。因此,劉邦即皇帝位時,除了他已控制的關中和河南一部分地區外,散佈著分封割據的功臣諸王國。他們雖已擁護劉邦作皇帝,但仍保持他們的獨立性。這種形勢發展下去,對於劉邦建立統一的中央集權政府是很大的威脅。劉邦集團,為了鞏固其統治,不得不將矛頭對向異姓諸侯王。

劉邦建立政權以後遷都洛陽(前207),實行一系列對農民讓步,保障地主階級利益和政治地位的辦法:解散軍隊,回家生產,"兵皆罷歸家",下令逃匿人口各歸故縣,恢復官爵田宅;免奴婢為庶人;軍吏給官職,大夫以上的官升級一等,七級以上的大夫比列侯食邑。

《漢書·高帝紀》:"帝乃西都洛陽。夏五月,兵皆罷歸家。詔曰:諸侯子在關中者,復之十二歲,其歸者半之。民前或相聚保山澤,不書名數,今天下已定,令各歸其縣,復故爵田宅,吏以文法教訓辨告,勿笞辱,民以饑餓自賣為人奴婢者,皆免為庶人。軍吏卒會赦,其亡罪而亡爵及不滿大夫者,皆賜爵為大夫。故大夫以上,賜爵各一級。其七大夫以上皆令食也。"

徙楚國舊貴族昭、屈、景、懷四姓及齊國舊貴族田氏於關中,建都長安,劉漢政權的封建秩序逐漸樹立起來。現在擺在西漢皇帝面前的任務就是消滅異姓諸王,進一步加強中央集權了。

(1)撲滅異姓諸王,分封同姓諸國——劉邦削除異姓諸王的辦法,是藉口"謀反""怨望",一一加以驅逐或殺戮。用陳平的計策,偽遊雲夢,俘執韓信;夷彭越三族;攻掠英布;其他異姓諸王,除吳芮外,都撲滅無遺。

劉邦撲滅異姓諸王后,惑於秦因不封同姓子弟而速亡的錯誤說法,分封同姓子弟,"尊王子弟,大啟九國",於是燕、代、齊、趙、梁、楚、荊、吳、淮南諸國錯列於潼關以東。西漢天子直轄十五郡,列侯公王的欽邑也在十五郡中,諸王的國土"大者夸州連郡,連城數十。"諸王國除丞相由中央政府任命外,其餘官吏可以自置,同姓諸王實際上形成一種新的割據勢力。

(2)中央和地方政權機構。西漢的政權機構是承襲秦的政府組織形式發展起來的。

中央政府,初設丞相、御史大夫、太尉為三公,輔佐天子管理全國軍政大事,秩萬石。次於三公的有專管一部門政務的"奉常"管宗廟禮樂祭祀;"光禄勳"(郎中令)管宮廷掖門;"衛尉"掌管宮廷警衛;"太僕"管皇帝輦輿馬匹;"廷尉"掌管訴訟司法;"大鴻臚"掌管朝覲外交;"宗正"掌管皇族家事;"大司農"掌管國家田賦穀貨;"少府"掌管山海地澤租稅,稱九卿,秩二千石。另外還有列卿將軍。

西漢定制,丞相為天子別貳,位高權重,非功臣封侯者不能拜相。丞相有專殺之權,他可以直接排斥皇帝的近臣,皇帝對丞相必待之以朝廷之禮。因此,三公權大,無異於對皇權起一種限制作用。

地方政府,基本上承襲秦制,以郡國統縣,縣下有鄉里。漢武帝時國土擴充,郡之上又設州。州設刺史,監督郡守,主斷獄訟,類似秦的監察御史。

西漢建立保衛宮城和京城的南、北軍。據《文獻通考》卷一百五十《兵考》二:"南軍有郎衛、兵衛,掌天子宿衛;北軍止於護城。"南、北軍在漢武帝以前專衛京城,不事征伐。地方軍隊,有陸軍(材官)、水軍(樓船)、騎兵(車騎),各因地所宜,分別建立。地方鄰國掌兵權者有專官,郡守尉,王國丞相,於每年教兵,侯國之兵屬於郡,諸侯王國之兵屬於天子,不可擅用。兵士由民間征役,民年二十三歲到五十六歲,就須服兵役一年,被征入伍,更番調發,役滿歸田。到漢武帝時,征發不敷用,又有隨時召募。領土擴充,郡縣開闢,又在邊郡設屯田兵。西漢的武裝力量,逐漸強大起來。

2. 中央集權的加強與皇權的擴充

(1)削平七國之叛

西漢實行郡國制,分封同姓之國,諸王國轄地寬廣,但因漢初承長期戰爭之後,戶口稀少,諸侯王國,"大者不過萬家,小者五六百戶",皇帝御用的中央政府,還可控制。但經過漢初七十年的生產恢復和發展,人口增加,諸侯王國的勢力也日益強大起來。"列侯大者至三四萬戶,小國自倍(師古曰:自倍者,謂舊五百戶,今者至千戶也),富厚如之。"(《漢書》卷一六《高惠高后孝文功臣表序》)於是諸侯王國漸不受中央政府控制了。

西漢之初,新貴族政權還不夠鞏固,他們除了消除舊貴族,壓抑農民之外,還實行抑商政策,用重稅困辱商人,禁止商人做官吏,衣絲乘車。因之許多商人地主便"因其富厚,交通王侯",倒向諸侯王方面去找出路,諸侯王也利用商人地主的資財,招兵買馬以鞏固其封建割據,開發地方資源。據《史記·吳王濞列傳》載:"吳王,王三郡五十三城……吳有豫章郡銅山,濞則招致天下亡命者,益鑄錢,煮海水為鹽,以故無賦,國用富饒。""歲時存問茂材,賞賜閭里。佗郡國吏欲來捕亡人者,訟共禁弗予。"其它諸侯王,也對境內商人地主"低首仰給"。因而諸侯王實力也越來越強大。

漢文帝時曾下令弛商賈之禁,但市井子弟,仍不得為官吏。商人地主對中央政府的反感逾深,與諸侯國的勾結也愈甚,漢文帝因以外藩入繼帝位,羽翼不豐,對諸侯王權取優容政策,如吳王濞稱病不朝而仍賜几杖,淮南王長擊殺審食其而仍赦其無罪。由是諸侯王更加驕橫,擅改法令,自置官屬,不遵從中央法度,威脅著中央集權,當時擁護中央集權的洛陽少年賈誼,取得漢文帝信任,提出削弱諸侯勢力的主張,定判諸侯王子孫以次受祖宗分地,使諸侯勢力分散易判。在漢文帝統治時期,實行了分諸侯國。如分代為兩國,後又分齊為六國,分淮南為二國,逐漸實行賈誼"眾建諸侯而少其力"的政治主張,但文帝未等到中央集權的實現就死了。漢景帝時,諸王驕橫更甚,乃所御史大夫晁錯建議實行削藩,諸侯王有罪即削地。削楚王戊東海郡、膠西王卬六縣,削趙王遂常山郡。景帝三年,因議削吳,於是吳王濞聯合膠西王卬、楚王戊、趙王遂、濟南王辟光、菑川王賢、膠東王雄渠共七國發兵叛亂,以誅晁錯為名,連兵西犯,問罪中央。漢景帝迫於軍事威脅,殺了晁錯,而七國兵不解,於是賜太尉周亞夫大將軍權,將兵擊七國,一月之間削平了七國的叛變,追殺吳王濞於丹徒,其它六王亦都兵敗自殺。

七國叛亂平定後,漢將諸侯國任用官吏權收歸中央,"諸侯王不得復治國"。從此以後地方割據的局面結束,中央集權加強。

(2)削弱相權,擴大尚書職權

漢初中央政府機構內,丞相總理中央政府,為天子副貳,位高權重,皇帝須丞相同意而行事,因之相權和皇權間不斷發生矛盾。如漢文帝時,丞相申屠嘉入朝,文帝寵幸鄧通在朝廷上失禮,下朝後,申屠嘉將鄧通召到丞相府大加申斥幾欲見殺,文帝遣使持節營救才得免。

漢武帝時,隨著諸侯國勢力的削弱和對外戰爭的展開,需要擴大皇權,實行皇帝個人獨裁,於是在中央政府之外,另設一套宮廷政治機構,使丞相備員而不用。因之,擴大服務宮廷的少府屬吏尚書的職權。

尚書,在秦時為少府六丞(尚衣,尚冠,尚食,尚浴,尚席,尚書)之一,是常侍皇帝左右的低級官吏衙門。尚書有令、僕射、丞等官,掌管通章奏,事仍決於丞相。西漢沿用秦制,仍設尚書之官。漢武帝為了削弱相權,改用宦官為尚書,更名中書,組成其宮廷的辦公廳,轉移丞相之權於宮廷之內,由是尚書之權漸漸重要,但地位仍不高。自此以後,尚書職權擴大,成立尚書臺,一切公卿奏疏,皇帝詔令都歸尚書臺。皇帝也從近侍和外戚中任用為尚書臺的要職。國家政權,向皇帝的左右集中,相權削弱,皇權擴大了。

(3)罷黜百家,獨尊儒術

漢武帝時隨著中央集權的加強,在學術思想上也進行一次大統一。

漢初劉邦以儒冠為溺器,表示痛恨儒生,因之並未解除秦以來的挾書之律。惠帝雖除挾書律,但歷文景之世,西漢的統治者並不提倡文化。挾書之禁的影響,到漢武帝時仍未消除,但在這半個世紀中,便有無數知識分子,從秦火餘燼中剔出些殘編折簡,又從民間搜集一些私藏的殘篇,加上老儒生的記憶,漸漸將中國古典文獻拼湊出一套來。文帝時"天下眾書往往頗出,皆諸子傳說"(《漢書‧劉歆傳》),因當時學者所根據不同,所記亦異,所以同一古書,往往有各種版本,同一學說而有各種學派。諸子百家的學者,並未被秦始皇坑盡殺絕,在漢武帝以前,或作新著,或記舊典,百家之說便風靡一時。如漢武帝給董仲舒的詔令說:"今子大夫待詔百有餘人,或道世務而未濟,稽諸上古之不同,考之於今而難行,毋乃牽於文繫而不得騁與?將所繇異術,所聞殊方與?"這種各家紛紜,對當時政治主張及歷史看法各持己見的狀態,自然對中央集權統治思想的意圖是有矛盾的,於是研治春秋的董仲舒,適應當時政府的意願,提出"罷黜百家、表章六經"的主張,他的理由是:"春秋大一統者,天地之常經,古今之通誼也。今師異道,人異論,百家殊方,指意不同,是以上無以持一統,法制數變,下不知所守。臣愚以為諸不在六藝之科孔

子之術者,皆絕其道,勿使並進。邪辟之說滅息,然後統紀可一而法
度可明,民知所從矣。"

漢武帝聽董仲舒言,於是"卓然罷黜百家,表章六經",從此在中國
歷史上開闢了儒家學說獨尊的局面,因而阻礙了中國文化思想的自由
發展,儒家學說變成商人地主的政治工具、變成了支持封建社會的大
經大法,而且從此以後,幾千年都被封建統治者所尊崇,用作統治臣民
的身體和思想的永恆不變的最高原則,誰反對儒家哲學,誰就是名教
的叛徒。這種統治思想的措施,是漢武帝實行君主獨裁政治和大一統
的中央集權的必然後果。

3. 地主階級成為帝國統治基礎——選舉制

西漢政權剛建立起來時,由於秦朝統治者殘酷剝削和戰爭破壞,
造成農村破產凋敝的現象,而商人高利貸者卻乘民之意大肆活躍。劉
邦雖壓抑商人,但商人仍積財成巨富,如南陽孔氏、魯曹邴氏,都使用
奴隸、經營鹽鐵致巨富。宣曲(地在關中)任氏在楚漢相爭時囤積糧食
高價出賣,因而發財致富。關中無鹽氏乘七國之亂向列侯封君放高利
貸取十倍之息,因而富埒關中。這些富商雖無爵邑奉祿,但"大者傾
國,中者傾郡,下者傾鄉里者"不可勝數,大率千金之家富可比一都之
君,萬金之賈可與王者埒富。

隨著西漢社會經濟的發展和抑商條例的罷弛,到漢武帝時,商人
的財富更增了。他們交結諸侯王,參加政治活動,要求進一步掌握政
權。漢武帝任用大冶鐵商孔僅和東郭咸陽做鹽鐵官,任用大商人出身
的桑弘羊做大司農(財政大臣),其它較大的鹽鐵商也做了鹽鐵吏,實
行鹽鐵官賣。這樣,西漢政權的性質,就由封建地主專政發展為地主
官僚商人的聯合專政。

西漢統治者為了吸收商人地主到政府機構中來,以加強其對勞動人民的統治,鞏固中央集權的統治基礎,除掉了任用酷吏打擊地方豪強的割據勢力以外,又定出以郎吏為官和察舉制度兩種任用官吏的辦法。

郎是皇帝近旁的侍衛郎的簡稱,一為蔭任,一為貲選。蔭任是二千石以上官任滿三年的得任子弟一人為郎,貲選是家產滿五百萬的得選為常侍郎。漢文帝時,又聽晁錯建議,下令民輸粟邊塞以貴官爵及贖罪,富有貲財的商人地主均有參加政權作政府官吏的機會。

察舉制度有"賢良方正"和"孝廉"兩科。漢文帝(劉恒)二年詔舉賢良方正,十二年詔地方官察舉孝悌力田廉吏,漢武帝時詔令州郡,舉吏民中之"茂材異等"(特別才能可為將相及使絕國者)。察舉制度將官僚地主子弟及地主階級中有"文學高弟""勇猛知兵法"等統治能力的人綱羅到統治機構中來,加強了他們對人民的封建統治。

自劉邦建立政權到漢武帝的七十年中,通過削平七國之叛,削弱相權,罷黜百家,獨尊儒術,實行察舉制度和鹽鐵專营,打擊地方豪強等一系列措施,使西漢的中央集權大大加強了,階級力量的對比起了變化。秦末農民起義所爭得的西漢統治階級對農民的讓步,便在官僚地主商人聯合專制的壓力下逐漸消逝,廣大的農民又受著"急政暴君、賦斂不時"的殘酷剝削,陷於"賣田宅鬻子孫"的境地了。

4. 社會經濟的恢復和發展

(1)農村經濟的恢復和發展

西漢初,由於秦亡以後長期戰爭及疾疫災害的影響,農村遭到很大的破壞,土地荒蕪,人口大減,都市人民逃散,呈現冷落凋敝的景象。

據《漢書·食貨志》:"漢興,接秦之弊,諸侯並起,民失作業,而大饑饉。凡米石五千,人相食,死者過半。高祖乃令民得賣子,就食蜀漢。天下既定,民亡蓋藏,自天子不能具醇駟,而將相或乘牛車。"

又說:"大都名城,人民散亡,戶口可得而數,才十二三。"曲逆(今河北完縣)在秦始皇時有三萬戶,而漢初只有五千戶了,亡散六分之五。戰爭給人民帶來的是死亡逃散。

首先,劉邦做皇帝後,面對著這種現實,如果不進行一番生產恢復工作,部分地解決農民的土地問題,使廣大失地農民回歸到土地上來進行生產,那麼要鞏固地主階級的統治是不可能的。而且劉邦出身在農村,親眼見到農民為奪取土地而揭竿起義的強大力量,他瞭解要想取得政權的鞏固,但只封王封侯,承認舊地主的官爵田宅,而不對農民讓步是不可能的。所以,他稱帝後,下詔罷兵歸農,使逃亡的農民回鄉生產,"先與田宅,及所當求於吏者",因饑餓自賣為人奴婢的免為庶人,編戶生產,使一部分參加起義的農民獲得了土地。

其次,劉邦稱帝後,下令減輕農民田租,"十五稅一",約束官吏勿笞奪還鄉農民,重視農業生產。到漢文帝時,又減田租之半,三十稅一,田租的減輕首先有利於擁有大量土地的地主階級,對一般自耕農民也減輕了一些負擔,使他們可以重建家園,恢復生產,把農民從起義中奪取到的一部分土地保持下來。

再次,劉邦以後西漢初期的幾個皇帝,都能節約政府開支,注意農村經濟的恢復,政府敕令各級官吏,以農為務,注意人口繁殖。漢惠帝劉盈下令,女子年十五到三十不嫁的加倍納賦。漢景帝時,許民"得去磽狹,就寬肥"去開墾土地。

這一系列的恢復農業生產的措施,加上漢初七十年中的停止戰爭,實現統一,使農民在漢初七十年的安定生產中創造了豐厚的社會財富。到漢武帝時,社會經濟呈現了蓬勃的發展。

據《漢書·食貨志》記載,當時的景象是:"非遇水旱,則民人給家足,都鄙廩庾盡滿,而府庫餘財。京師之錢累百鉅萬,貫朽而不可校。太倉之粟,陳陳相因,充溢露積於外,腐敗不可食。眾庶街巷有馬,阡陌之間成群。"

《史記·律書》記載當時是"百姓無內外之繇,得息肩於田畝,天下殷富,粟至十餘錢,鳴雞吠狗,煙火萬里"。

這種繁榮富庶的景象,比之西漢之初"死者過半","民亡蓋藏","米石五千","將相或乘牛車"的情形,是不可同日而語了。

(2)農業技術的進步和水利事業的發展

農業經濟的發展是和農業技術的改進,水利灌溉的發展分不開的。

漢武帝時,任用趙過為搜粟都尉。立代田法,"一畝三甽,歲代處",就是在田地裏挖成寬深各一尺的溝,溝裏下種,出苗生葉後,以壟土培苗,到盛暑時,壟盡根深,能抗風旱。溝和壟每年一輪代,這樣就能保持土壤的生產力,使土地的產量可以增加近一倍。又創造新的耕具耦犁,二牛三人為一組,可耕田五頃(即五百畝),中央政府設專門機構從事製造耕具,加以推廣。耦犁的使用,使每畝每年可多收一斗以上甚或倍之。漢成帝劉驁時,氾勝之提倡區田法。把田地分作多少小塊,每塊中間掘溝深一尺,堆以腐植,以防地面水分蒸發,增加產量。

同時使用牛耕,推廣到邊疆。漢武帝開拓領土,在西北徙民屯田,由政府給予耕牛,唯當時江南則仍使用刀耕火種的耕種方法。但因武帝發動大規模的對外戰爭,牛多被征而缺乏,農民仍多以人挽犁耕田,每天可耕多者三十畝,少者十三畝。

水利灌溉,西漢也有很大的發展。漢文帝時以文翁為蜀郡太守,穿湔江口,溉灌繁田千七百頃。漢武帝時,實行大規模的穿渠引水灌田,據《漢書·溝洫志》記載,穿渠引渭水起長安,旁南山下通到黃河,長三百里,溉民田萬餘畝,又可通漕運;穿渠引汾水溉汾陰、蒲坂;穿渠引洛水現重泉(陝西蒲城)以溉田萬餘畝,穿六輔渠以溉鄭口渠旁的高卬之田;趙中大夫白公奏議穿渠引注水,起谷口,入櫟陽,注渭中,長二百里,溉田四千五百餘頃,名曰白渠。

此外據《史記·河渠書》記載,"朔方、西河、河西、酒泉皆引河及川谷以溉田,而關中輔渠、靈軹引堵水,汝南、九江引淮,東海引鉅定,泰山下引汶水,皆穿渠為溉田,各萬餘頃。佗小渠披山通道者,不可勝言。"可見西漢發展水利的盛況。

由於農業技術的進步和水利事業的發展,西漢的農業蓬勃地發展起來。關中、蜀地和漢中成為沃野千里的穀倉。以前不能耕種的高仰乾燥之地和林澤之地,也大量地被開墾。據《漢書·地理志》記載,西漢到平帝時,懇田面積已達八百二十七萬五百三十六頃,人口大致五千九百五十萬五千九百七十八口,戶數已達千二百二十三萬三千六十二戶。按照當時墾田和人口的比例計算,每戶平均得田六十七畝一百四十四步多,每口平均得田十三畝二百零八步多,但事實上由於人口密度在各地的不平衡和皇室、諸王公主、商人地主豪強佔有大量土地,廣大的農民群眾中自有土地的自耕農民,就很難擁有屬於個人的土地,他們大多數只好去耕種官宦、地主的土地,出什伍之租。

西漢的經濟,是在地主階級政權統治下恢復和發展起來的,因之農村經濟發展的結果,必然首先富足了那些佔有大批土地,向農民進行租賦剝削的皇室、諸王公主、地方豪強地主和那些享有優厚俸祿待遇的官僚地主,以及那些放高利貸、囤積居奇致富的富商大賈。他們在農業生產恢復中增加了雄厚的財富,因而"豪黨之徒,以武斷於鄉曲"。富商大賈也"爭相奢侈",他們擁有財富,向農民兼併土地。

而廣大的生產勞動者——自耕農民和佃農,一家五口,便須有二人以上服役,能耕的土地不過百畝,每年收穫不過百石,還要治官府,納租稅服徭役,四時不休息,辛勤的勞動,僅足維持最低的生活,經濟基礎是非常薄弱的。倘遇水旱之災,疾病死亡,賦稅不時的急征暴斂,便只能廉價出賣他僅有的農產品,或者以加倍的利息舉債。到償債時,便不得不賣田宅鬻妻子,淪為失業者或商人地主和官僚的奴婢。因此,西漢農業經濟發展的同時,便也開始了土地兼併的過程,農民從他小塊的土地上被排擠出來。

(3)賦稅徭役的繁重

西漢政府向土地所有者徵收的田賦,自劉邦至文、景,大率最高不過十五分之一,最低到三十分之一,有時還完全免除,看來可謂最輕了。但廣大貧無立錐的農民,被迫去耕豪民之田,納什五之稅。因此,西漢的輕賦政策,主要的是對坐食地租的大地主的恩惠。大地主在輕賦"仁政"的豢養下,財力壯大起來,向農民進行兼併,農民卻要負擔政府繁重的苛捐雜稅。

首先是人頭稅。西漢的人頭稅,分口賦、算賦兩種。口賦是稅之於兒童的人頭稅。據《漢書》記載,民年七歲到十四歲出口錢二十三文。漢武帝時國用不足下令"民產子三歲出口錢"。人民負擔不了,至於"生子溺殺"。後聽貢禹建議,改為七歲至十九歲出口錢,二十歲出算賦,口賦,是供皇帝私用的專款。算賦是征之於成年人的人頭稅,漢高祖四年始算賦,民年十五歲到五十六歲每人每年出錢一百二十文。惠帝時又規定女子年十五至三十不嫁,出五算,賈人與奴婢倍之。漢武帝時將征算賦年令延至八十歲,稅賦是西漢政府用給庫兵車馬的專款。

西漢的人頭稅,不分男女性別,不分貧富,一律繳納,成為農民繁重的負擔。

其次是戶籍稅。以家庭為單位,不分貧富,每戶年納稅二百,戶稅是列侯封君用以為私人奉養和朝覲皇帝的。千戶侯年可收戶稅二十萬錢;萬戶侯年可收二百萬。為了多收戶稅,漢朝依秦制,限制大家庭,規定"民有二男以上不分異者,倍其賦"。

此外有鹽鐵稅,酤酒有稅,車船有稅,海有稅,山川園地市肆有稅。漢武帝時又有牲畜稅、藜稅以及由官吏轉嫁而來的軍事稅,再加上貪官污吏的額外勒索,層出不窮,名目繁多。

賦稅之外,西漢的徭役也非常繁重,最繁重的是兵役。民年二十三歲,服兵役一年,為衛士;郡國材官習射御、騎馳、戰陣,是為正卒。民年二十以上至五十六歲,每年服一個月的典衛地方勞役,五天的戍邊兵役,不能親往的,出錢三百,叫做更賦。此外,戍邊屯田,攻戰之士,運輸勞役,修築城塞,遠役九千里、萬里,逾年不返的徭役還不在內,農民別妻子,荒田園,脫離生產,為統制階級徵發去戍邊遠方,農民敗落了,土地越向地主豪強手裏集中。

西漢的土地兼併,到漢武帝時已發展到嚴重的程度,階級矛盾尖銳化,但由於漢武帝的對外擴張,實行邊塞屯田,農民徙邊,至西北地方開拓了廣大的處女地,使土地問題暫時緩和下來。可是宣帝、元帝以後,土地兼併又發展到更嚴重的程度。

(4)手工業的發展

西漢的手工業,規模最大的是冶鐵、煮鹽、紡織和鑄銅,其它漆器、磚瓦、造船業等也相當發達。

鹽鐵業自春秋末到秦末已有相當的發展。漢初至文帝時,政府對鹽鐵鑄錢等採取放任政策,所以豪強之徒佔有礦山海灘,使用上千的奴隸進行冶鐵煮鹽。因此由冶鐵煮鹽發家致富的,有魯人曹邴氏、吳王濞、鄧通。吳、鄧大量鑄私錢,流通各地。南陽孔氏,世以冶鐵為業成為巨富。

到漢武帝時,實行鹽鐵專賣,收歸政府經營。一方面任用大鹽鐵商孔僅、東郭咸陽等為大農丞或鹽鐵丞主辦鹽鐵官賣。一方面嚴禁私營鹽鐵業。政府在出鐵的地方設鐵官,管理鐵器製造和買賣。在鹽官鐵官管理之下,設作坊冶煮,大作坊有工徒幾千人,小作坊幾百人,全國鐵工徒人數達十萬人以上。采用人工鼓風爐冶煉。

鐵器製造主要是農具和兵器。農具在大農司屬下設工巧奴從事製造,兵器則由將作少府監造。

鹽鐵官賣後:價高、質劣,所製農具多不合用。農民受到很大痛苦,有的負擔不起鐵耕具和鹽,只得仍用木耕和淡食。

鑄銅業主要是鑄錢和兵器。漢武帝時,官鑄五銖錢(廿四銖重一兩),到漢成帝時成錢二百八十億萬餘。(《漢書·食貨志》)銅兵器與鐵兵器平行使用。其它日用器物,杯、卣、壺、鐘、鏡及祭器,銅製的很多。

紡織業是西漢最發達的手工業。當時紡織業最發達的地方是山東和四川,所謂"齊陶之縑,蜀漢之布"。除民間紡織業作為農村副業存在以外,長安有專給皇室織造的東西織室。兩織室年費達五千萬,規模相當大,織作各類文繡,彩色、花紋都具有高度的技巧。

其它漆器,金銀器,成都、廣漢都設工官監製。磚瓦製造上面都有工官署名,想見其製造規模也是很大的。設樓船官,主管造船。西漢的釀酒業在民間也有普遍的發展。

西漢的手工業,規模較大的以官營為主。由政府設官管理,使用工奴進行生產。私人經營的手工業,多為官僚經營,也大量使用工奴進行生產。據《漢書·張湯傳》載張安世夫人經營紡織,家僮七百人,皆有手技作事,經營產業,富於大將軍霍光。

(5)商業

漢初由於戰爭的結束和國家的統一,戰時商業關卡多半廢除,商業逐漸活動起來。據《史記·貨殖列傳》載:"漢興,海內為一,開關梁,弛山澤之禁,是以富商大賈周流天下,交易之物莫不通,得其所欲。"

到文景之世,及於武帝初年,由於農業和手工業的發展,社會生產力和消費力的提高,商業更加空前地發展起來。一方面興起許多商業中心地區,另一方面出現了不少富商大賈。首都長安是富豪集居的地區,也是全國商業的中心。巴蜀、天水北側、上郡、邯鄲、睢陽、臨淄、南陽等地都成為地區性的貿易中心。

當時商人經營的是什麼呢?據《漢書·食貨志》載:"商賈大者積貯倍息,小者坐列販賣,操其奇贏,日遊都市,乘上之急,所賣必倍。故其男不耕耘,女不蠶織,衣必文采,食必粱肉;亡農夫之苦,有阡陌之得。因其富厚,交通王侯,力過吏勢,以利相傾;千里遊敖,冠蓋相望,乘堅策肥,履絲曳縞。"

這些商人買賤賣貴,囤積居奇,乘政府有急需,便加倍高抬物價,生活優越,與權勢交通,勢力非常大。他們積累大量財富以後,並沒有向工商業的道路發展,而向農民伸出魔爪,大量收奪土地。因之,大商人很快地變為大地主。商人土地越集中,農民也就越貧窮,造成大批農民失去土地,不得不走進都市,成為商人手工業作坊的工奴。都市經濟發展了,反而促進了農村的破產。國內市場縮小了,商業貿易便積極向國外尋找市場。在這些商人地主的支持下,漢武帝便開展他的征伐。失業農民被驅向戰場,中國精美的手工業品、紡織品也就大量地傾入世界市場。

由於商業的發達,在各商業中心地區出現了很多繁榮的都市。大城市附近交通要點,新興了許多小市鎮。

都市設有專官管理。領長安市者謂之京兆尹,領普通市者謂之令或吏。尹、令或吏,管收商稅,登記民籍,維持都市秩序。

5. 帝國疆域的擴張

西漢帝國剛剛建立起來的時候,在帝國的周圍,便存在著許多兄弟民族的部落和國家。這些部落國家,在漢初劉邦將鋒芒對向內部割據勢力的時候,他們也展開互相間的鬥爭,擴張自己的勢力。其中勢力最強,威脅中國最大的是北方的匈奴。

匈奴在秦朝時已形成了強大的部族,佔領今日蒙古人民共和國和內蒙自治區一帶廣大的草原地區,向南發展到河套。秦朝政府為了防禦強大的匈奴,曾令蒙恬率三十萬大軍出擊,收復河套地,築萬里長城,設亭障防守。

秦末農民大起義,蒙恬被趙高害死,秦朝政府撤邊防軍參加內戰,於是北方失去屏防,匈奴的騎兵又南入河套地區。楚漢相爭,中國無力對外,匈奴單于冒頓遂乘機擴充他的領土,東擊滅東胡,西擊走月氏羌,南下併吞樓煩、白羊河南王,侵燕代。他的勢力東達朝鮮邊境,西有南山北麓,遠連今日新疆東北,今河北、山西北部,陝西以西、甘肅北部地方,都在匈奴鐵蹄活動圈內了。於是匈奴勢力包圍了中國北方和西北方。

首先,匈奴把他龐大的領土劃分為三部:中部由匈奴的政府"單于庭"直轄,統治今山西北部至蒙古地區;左部設左賢王,統治東方河北以東、內蒙、遼寧地區;右部設右賢王,統治陝西以西甘肅地直連新疆東北地區。右左賢王,都是匈奴的貴族充任,下面設有各級官吏分別統治所征服的各部族。匈奴貴族和各級官吏都擁有土地、奴隸、畜群和騎射部隊。匈奴成為中國北方強大的奴隸國家。

其次,當時的天山南北路地方,就是西域。在天山南路,塔里木沙漠的南北,散佈著大大小小以畜牧種植為生的城部國家。天山北路,准噶爾盆地,住著許多畜牧的種族部落。其中伊犁河流域的烏孫,擁有六十多萬人口,十八萬軍隊,成為天山北路諸國的支配力量。在西漢初期,天山南北路地區被匈奴的騎兵部隊征服了。這裏的部落國家,被迫給匈奴貢納糧食牲畜,附屬於匈奴。

東南地區,福建、浙江地區的越族,在酋長無諸率領下參加反秦鬥爭,以後又助劉邦擊項羽,劉邦建漢以後不得不承認他們的獨立,封無諸為閩越王,統治福建地方;封騶搖為東甌王(東甌),統治浙江南部。同時,分散於今日兩廣地區的越族,也在秦末叛秦。秦龍川令趙佗被擁立為南越王,成為南部中國的獨立國家。

西南地區,分佈於雲貴和四川西部的少數民族,到漢初已分化為幾百個大小部落,其中滇(今昆明一帶),夜郎(貴州南部)、且蘭(今平越)、邛都(今西昌)、徙(今天全縣)、筰都(今清銘縣)、冉駹(今民縣)等部族為最大,這成百的部落,各有酋長,漢稱之為"西南夷"。他們因不同地區,經營著不同的經濟生活,從事種植或畜牧。

西漢政府,對待周圍的各部族、國家,在漢初國力薄弱的時候,採取遷就妥協的政策。到漢武帝時,由於經濟恢復、發展和商業發展的要求,便轉為對外進攻了。進攻的鋒芒,首先以主要力量對著威脅西北方邊疆的匈奴。

(1)進攻匈奴

強大的匈奴,在漢初不斷向長城以南虜掠人口和財物,圍攻馬邑和太原。劉邦進攻匈奴被圍困在平城東的白登七日,賴陳平獻計賄賂匈奴單于閼氏(匈奴皇后),才得解圍。從此西漢只好對匈奴採取妥協遷就政策,將漢宗室女嫁給匈奴單于為閼氏,每年奉匈奴絮、繒、酒、食物,結為兄弟。呂后當政時,匈奴傲慢不遜,遺書挑釁,但呂后也只得忍耐。文帝劉恒時,匈奴入侵河南地,又侵入朝那(平涼西北)、蕭關(固原東)、彭陽(固原東),並騷擾雍、甘泉(淳化),威脅京城長安,但西漢政府也只能增加軍隊,加強防禦而不得進攻。

漢武帝時,經過西漢初年的經濟發展和中央集權的加強,國力強大起來,他需要擊敗北方的強大敵人,擴大疆土,保衛邊境人民的安全生產,以進一步鞏固西漢的統治。他需要為商業發展打開西方的道路,輸出中國的手工業品和移植農村的失業人口,以緩和國內的階級矛盾,因而展開了對匈奴的進攻。

漢武帝進攻匈奴,是從前134年派馬邑人聶翁堂誘匈奴入塞開始,從此漢與匈奴連續了四十年的戰爭,其中規模最大的有三次。

前127年(漢武帝元朔二年)漢武帝派衛青、李息向雲中(治所在內蒙古呼和浩特市南)以西及隴西(甘肅蘭州)一帶進攻匈奴,斬殺數千,獲牛羊百餘萬,將匈奴遂出河套,取河南地,築朔方郡,修治攻秦時蒙恬所築要塞,農民徙居十萬口,進行開墾和實邊,鞏固河套一帶的邊防。

前121年,漢武帝派驃騎將軍霍去病率領萬餘騎出隴西擊匈奴,轉戰六天,通焉支山(在今甘肅中部山丹永昌二縣附近)千餘里,斬獲八千九百多名,獲休屠王的祭天金人,漢兵出隴西二千里,斬獲三萬級。匈奴單于大怒,要懲治休屠王、渾邪王為漢所敗之罪。休屠王、渾邪王懼怕被殺,率領四方之眾降漢。漢設武威、張掖、酒泉、敦煌四郡。從此,西漢西北方邊患肅清,保衛了隴西、北地、河西各郡的安全。

前119年(元狩四年),漢武帝派大將軍衛青、驃騎將軍霍去病率兵進攻匈奴,發兵騎十餘萬,馬凡十四萬匹,對匈奴展開殲滅戰。衛青自定襄(山西右玉)出塞,霍去病自代出塞,相約將匈奴逐出大漠地區。衛青軍與匈奴單于相遇,匈奴單于突圍逃走,漢軍追擊至寘顏山(今蒙古境)趙信城。霍去病軍出代二千里,進擊匈奴左賢王至瀚海(戈壁沙漠)而退,於是漠南自此無王庭。漢軍渡黃河,自朔方以西至令居(今張掖令居縣)開河渠、設屯田,官吏率吏卒五六萬人開墾河西,從此匈奴勢力被逐出祁連山北麓的河西走廊地區。漢打通了對西域交通的要道,打斷了匈奴和羌族的交通,但是,匈奴仍然統治著天山以北地區,支配著塔里木盆地東北一帶的諸部落國家。匈奴的騎兵經常從天山缺口南下進擊漢通西域的使節和商隊,漢朝為了徹底削弱匈奴,除了軍事上進攻以外,還遣使通西域,與烏孫和親,以孤立匈奴,因此到漢宣帝(前73—前49年)時,於前72年,漢與烏孫共擊匈奴。漢兵出塞二千里,由是匈奴衰弱逃徙,匈奴屬國丁零攻其北,烏孫擊其西,匈奴遂瓦解不能戰,內部分裂,於前57年最後分裂為南北兩部。南匈奴呼韓邪單于降漢,藉漢助以抵抗北匈奴郅支單于。郅支單于西攻烏孫,破堅昆,降丁令,擊烏揭,勢力又強大起來。漢元帝時,漢使呼韓邪單于北歸單于庭,郅支單于恐被攻擊,遂西結康居,進攻烏孫。漢西域都護甘延壽與都尉,陳湯發兵至康居,擊退匈奴對烏孫的進攻,並誅殺郅支單于。匈奴勢力從此潰散西徙。

(2)張騫通使西域

漢武帝進攻匈奴之前,為了聯合匈奴的敵國大月氏,曾於前138年派遣大探險家張騫通使西域。張騫西使途中被匈奴所獲,拘留十多年,後來乘間逃脫,終於到達了大月氏。當時大月氏受匈奴攻擊已在大宛(今阿富汗)故地定居下來,不願復仇。張騫第一次出使不得要領而還,出國時同行一百多人,歸時僅二人。

　　張騫使西域，來往十三年，聯合大月氏的目的終未達到，但對西域的山川形勢和各國關係，都有了詳細的瞭解。回國後，向漢武帝建議和烏孫和親以對抗匈奴，漢武帝於前 119 年第二次派張騫出使西域。張騫帶領精壯三百人及大量金銀幣帛，聯絡烏孫及西域其它國家，與西域三十多國建立了關係，漢朝以江都王女細君嫁給烏孫王昆莫為右夫人。

　　西漢聯合了烏孫，又進一步聯絡帕米爾高原以西的大宛。大宛出產名馬，漢武帝派使者索取不得。大宛殺了漢使，前 104 年，漢派李廣利為貳師將軍遠征大宛。這一次遠征，漢軍要渡過滿佈沙丘沙磧的鹽澤（今羅布泊），當地小國堅壁清野拒漢軍。漢軍臨到大宛城下時，給養已發生問題。因此圍攻一次即大敗而回，來往兩次，漢軍回到敦煌人馬死亡十之八九。為了保持大漢的聲威，前 102 年又派李廣利二次征大宛。這一次動員運輸隊和軍隊十九萬，克服鹽澤行軍的困難，包圍大宛都城，迫使大宛人殺其王降漢，得大宛名馬三千匹。其它西域小國，也隨李廣利入京長安，成為西漢的臣屬。西漢政府遂在西域地方屯田設防，設西域都護府於烏壘城（今新疆輪臺縣），以統治西域屬國。從此，西漢與中亞的通路打通了，西漢帝國的商人、地主官僚，在政府軍事力量保護下，源源不斷地把中國的手工業品運到西方，同時也從西方帶回豐富的財貨和農產品種。為了保護西方的通路，西漢政府將秦代的長城由令居向西延展直達到敦煌以西，築玉門關以為守，沿長城駐戍兵，修烽壘，築屏障，開屯田。河西走廊地區繁榮富庶起來了。西漢帝國的聲威遠達中亞以西，西方諸國遂以"漢人"稱呼西漢的商人和使節。

（3）統一東南和西南地區

東南的閩越和東甌本受漢封，一直為西漢的臣屬。七國亂後，吳王濞之子劉駒逃亡到閩越，結閩越進攻東甌，東甌王向漢求援，前 138 年，漢武帝劉徹派水軍從海上救甌。閩越聞漢兵至，退兵，於是漢將東甌民遷徙於江淮一帶，直接統治了浙江南部地區。

南越王雖然是獨立國，但自漢初就向漢稱臣納貢。呂后當政時，禁止鐵器輸入南越，南越王趙佗遂自稱帝，發兵攻長沙王邊地。漢兵進擊，病於暑濕不能踰五嶺。南越王恃其財物兵威，賂役閩越東甌，控制東西萬餘里的地區，和西漢對立。

漢文帝時，使太中大夫陸賈往南越說降，對留在中國的南越王趙佗的從兄弟尊官厚賞。於是南越號稱藩臣，遣使入朝。

漢武帝時南越王趙興在位，其太后為中國人，親漢朝。前 112 年，南越相呂嘉發動政變，殺太后，三反漢使，於是漢武帝發江淮水師十萬，以路博德為伏波將軍，楊僕為樓船將軍，分出桂陽、豫章，征伐南越，俘呂嘉和他所立的王趙建德。平定南越後，分其地設九郡，儋耳（瓊州島南部）、珠崖（瓊州島北部）、南海、蒼梧、郁林、合浦（廣東徐聞縣）、交趾（越南北寧）、九真（越南清華）、日南（越南河渚）、兩廣和今越南北部一帶地區歸入了西漢版圖。

前 110 年，漢乘平南越回師之便，滅掉閩越，遷徙其民於江淮間，於是西漢完全統一了東南地區。

西漢初，"西南夷"地方的成百部族在漢朝的統治範圍之內，經營著種植、畜牧生活。漢武帝時張騫通西域，在大夏發現蜀地的邛竹杖，唐蒙使南越又發現蜀的枸醬，於是啟發漢武帝從西南夷找通西域和南越的出路的野心。前 130 年，派唐蒙將千人攜帶錦帛誘降了夜郎，附近小國也附漢，因在其地置犍為郡（貴州遵義）。前 122

年,張騫請從西南夷通身毒(今印度)經過滇,要求滇王服漢,滇王不許。漢發蜀兵攻滅滇(前109年),置益都郡。前111年,漢發征南越的得勝之軍征服西南,攻殺且南、郎都、筰都等部酋長,並征服其它部族,以其地設立牂柯郡(貴州平越)、越雟郡(四川西昌)、沈黎郡(四川漢源)、文山郡(四川茂縣)、武都郡(四川廣漢西),於是西漢統一了西南地區。西漢政府,募豪民在西南屯田"入粟縣官,而内受錢於都内",以供給駐戍西南的軍食軍需。

(4)對朝鮮的戰爭

朝鮮據傳為殷周之際箕子率領殷遺民所建的國家。秦末中原大亂,燕、齊、趙人大量徙居遼河以東地區避亂,與朝鮮半島以北的居民共同開墾土地,經營農業生產。漢初,浿水(鴨綠江)以西為燕國封地。燕王盧綰反叛被劉邦削除後,燕人衛滿東渡浿水入朝鮮半島,驅逐朝鮮王箕准,建都平壤以南的王險城,統治今朝鮮半島漢江以北及遼東一部地區。漢武帝時,企圖經朝鮮通三韓及日本,於前109年派使節說朝鮮王衛右渠為漢藩屬。衛右渠拒絕,並殺漢使,漢武帝遂發兵進攻朝鮮。

西漢軍分水陸兩路。水路由樓船將軍楊僕率領,自山東半島出發進攻王險城。陸路由左將軍荀彘率領,自遼東進軍。由於朝鮮人民的堅強抵抗,漢軍士兵逃亡,戰爭相持很久。最後,朝鮮終因眾寡懸殊而被征服,朝鮮王衛右渠犧牲。漢在其地設置樂浪(今平安南道黃海道地)、真藩、臨屯、玄菟(今咸鏡道及平安道平境)四郡,隸屬於帝國政府的直接統治之下。朝鮮北的小部落挹婁、夫餘、高句驪及南部的馬韓,弁韓也都成為漢帝國的附庸。

西漢帝國的版圖,經過漢武帝時代的對外擴張,東南連為一體,南到番禺接安南(越南),西連大宛北界,北到長城,東西九千三百餘里,南北三千三百六十餘里。漢對外經濟文化的影響,遠達西亞與歐洲、東南亞。西漢帝國成為各國歷史上空前的大帝國。

西漢對匈奴反擊的勝利,解除了自戰國秦末以來北方的威脅,不僅保衛了中國的邊疆國防和經濟文化生活,而且使西域諸國從匈奴的奴役下解脫出來,在西漢的經濟影響下向前發展。西漢和西域各國之間,經濟文化上的交流廣泛地開展了,中國的工藝傳播到西方,西方的農業品種如大蒜、苜蓿、葡萄、優良馬種等也傳入中國,使中國的農業品種更加豐富了。

由於通西域尋到了前往印度的新通路,中印文化開始交流,印度的佛教開始傳入中國。由於在朝鮮設郡,使中國的生產技術、生產品,如漆器、絹綾、鐵器、銅器都被帶到朝鮮,中朝民族在經濟文化上的關係更加密切。

西漢戰爭的勝利,對生產的發展是起了積極作用的。戰爭中湧現了出色的愛國將軍如衛青、霍去病和勇敢的探險家如張騫、唐蒙等人。千百萬中國人民的流血犧牲,創造了勝利的成果。

但是,由於西漢的制度,是官僚大地主、大商人統治的政權,因此一切戰爭勝利的果實都必然為統治階級獨享,同時給廣大農民帶來繁重的軍費負擔,虛耗了農民經濟,戰爭使階級矛盾激化了。因之,隨著戰爭勝利回來的是漢武帝時期開始暴發的農民起義。

四、西漢帝國的沒落和農民大起義
(前48—25年)

1. 土地兼併嚴重和農村破產

西漢的政權是保護皇室貴族地主、官僚地主和商人地主階級利益的政權。因此西漢政府實行恢復生產的措施促進社會經濟發展的結果,是土地財富大量地向皇室貴族、官僚、商人地主階級的手裏集中,農民在秦末大起義鬥爭中爭得的和開墾的土地和小農經濟,也就逐漸地被侵奪。喪失土地和家園,被迫去"耕豪民之田,見稅什五",被迫賣掉土地、子女去充當地主階級的奴婢,成為"貧無立錐之地"的貧苦階級了。

皇室貴族、官僚、商賈地主階級集中土地財富的方式,是多種多樣的。

首先,皇室是最大的財富所有者,他們一面享受天下供給的賦稅,一面又私有大量的公田,招人傭耕,據桓譚《新論》所記:"漢百姓賦斂,一歲為四十餘萬萬。吏俸用其半。餘二十萬萬藏於都內,為禁錢",實際上這個估計恐怕還是最低的數字。皇帝私錢,到漢武帝時達到驚人的數字。如據《漢書·王嘉傳》述:"都內錢四十萬萬,水衡錢二十五萬萬,少府錢十八萬萬",合計起來就有八十三萬萬。另外,西漢政府,大量發行錢幣。漢武帝時初鑄五銖錢,到漢平帝時,成錢二百八十億萬餘。(《漢書·食貨志》)。西漢諸帝,利用貨幣去掠取民間財物。

其次,西漢分封諸侯王及列侯公主食邑。他們征收封國和封邑內的租稅,據《史記·貨殖傳》所記,"列侯封者食租稅,歲率戶二百"。當時"套州兼郡,連城數十"的諸侯王國,可以擁有幾萬到十幾萬的戶口。如景帝時常山憲王劉舜的兒子劉平為真定王,食三萬戶。劉商封為泗水王,食三萬戶。功臣、外戚、官僚也食封邑在九千戶到萬戶。如曹參萬六百戶,張良萬戶,陳平五千戶,衛青萬六千三百戶,三子封侯各千三百戶,合計二萬五千戶。李廣利封為海西侯,食邑八千戶。這些新權貴按每戶二百徵收租稅,歲入總在幾百萬到幾千萬以上。其它皇帝賞賜,橫征暴斂,巧取豪奪,擅山海之利,經營商業、商利貸的收入還不在內。

另外,富商大賈,地方豪強地主,也由於經營鹽鐵,買賤賣貴,交結王侯,欺壓貧農,積累雄厚的財富。如蜀卓氏"用鐵冶富,富至童八百人,田池射獵之樂,擬於人君"。成都羅裒訾至鉅萬。關中無鹽氏乘吳楚之亂放高利貸,千金貸(年中得十倍息,成為關中鉅富。豪強地主爭成"貰貸陂田千餘頃,假貧民,役使數千家。數年,會赦致產數千金。")(《漢書·酷吏傳》)《司馬相如傳》載:"卓王孫不得已,分予文君僮百人,錢百萬,及其嫁時衣被財物。文君乃與相如歸成都,買田宅為富人。"

這些在漢初幾十年裏,由農民辛勤勞動所創造的財富奉養起來的皇室、貴族、官僚、商賈、地主階級,依恃他們豐厚的財富和政治優勢,向廣大農民施展出殺雞取卵的掠奪手段,將農民驅出土地。《淮南王安傳》:"太子遷及女陵得愛幸王,擅國權,侵奪民田宅,妄致繫人。"《衡山王傳》:"數侵奪人田,壞人冢以為田。"他們憑籍雄厚的財力,在生活上,或死後的陵寢葬禮上,都奢侈淫逸到極點。

西漢從文、景兩帝之後,社會風俗和權貴的生活便競相奢靡了。中間加上漢武帝和漢宣帝時的對外戰爭勝利,富商大賈爬上政治舞臺,在國外市場聚斂了大批財物珍寶,於是從皇室到富商地主,宮室車服,女樂遊戲便奢侈起來,進一步加重了農民的負擔。

皇室諸侯王大小官僚以及大商賈,掠聚美女奴婢成千上萬,以供他們徭役之使,致使廣大青春婦女,受統治階級的蹂躪。如《漢書·貢禹傳》載:"武帝時,又多取好女至數千人,以填後宮。""諸侯妻妾或至數百人,豪富吏民畜歌者至數十人,是以內多怨女,外多曠夫"。

《外戚列傳》載:"後庭姬妾,各數十人,僮奴以千百數,羅鐘磬,舞鄭女,作倡優。"他們掠取農民的財物,供養成千上萬的寄食者。

西漢從武帝以後,宮室修築逐漸奢侈起來了。據《三輔黃圖》記載,當時最動人的建築是未央宮、建章宮、桂宮、甘泉宮等,無不窮極奢侈,如未央宮的建築是"以木蘭為棼橑,文杏為梁柱,金鋪玉戶,華榱璧璫,雕楹玉碣,重軒鏤檻,青瑣丹墀,左城右平,黃金為壁帶。"

諸侯王、外戚也大起宮室,功臣大僚也各有美麗的邸舍。如梁孝王築東苑方三百餘里,宮觀閣道三十餘里。宮觀內有奇果異樹,禽獸池渚。

他們生前的奢侈還不算,死後還要役使數萬人,強佔幾百畝或幾里地區的民田耕地,修築宗廟陵寢,並以珍貴的器物和奴妾殉葬。耗費巨萬的財物金錢,歲時祭祀,到漢宣帝時,宗廟之數,已達百六十七所,陵園寢殿,亭殿尚不在內。當時的皇帝,幾乎每天為祖宗舉行祭祀,日祭於寢,月祭於廟。每年祠四次使殿,據《貢禹傳》載,一次歲祠要上食二萬四千四百五十五,用衛士四萬五千一百二十九人,祝宰樂人萬二千一百四十七人,養犧牲卒不在數內。餓死窮人去供奉死貴族的骷髏。

以上我們看到統治階級的財富和生活。現在我們再看一看廣大的貧苦農民是在怎樣地生活。

據《漢書·食貨志》晁錯上書所言,文景之世一般五口之家的農民,不過耕種百畝之田,每年收糧不過百石,以每石米五十錢計,每年收入不過五千錢。農民每年四季春耕、夏耘、秋收、冬藏、伐薪柴、治官府、給徭役,終年無休息,婚喪嫁娶、送往迎來、撫養幼兒,都在收入之內開支。倘遇水旱災、急政暴斂,便要出賣他的生產品,或向加倍利息的富戶告貸,到還債的時候,便要賣田宅子女了。經濟基礎薄弱的小農經濟,自始就受大地主大商人的兼併,封建的殘酷剝削就是如此。

到漢武帝以後,對外戰爭連續三四十年,邊境之民數十年未放下武器,勞動力大量犧牲在戰場上。內部人民,便要出力役,運給養供軍需,民間牛馬大量被征赴戰場,造成"六畜不育於家,五穀不殖於野,民不足於糟糠"(見《鹽鐵論》)的農村凋敝景象,國之戶口減半。

　　人為的災害,同時加重了自然的災害。漢武帝時,水災、旱災、蝗災,屢見於史籍,而且每次災害都造成人民流徙、人相食的慘痛景象。西漢政府大量徙饑民於西北邊境,或施以賑濟,都不能解決當時的問題。這些災害加重了人民的死亡、流徙,農村經濟一反漢初的景象而凋敝破產了。農民的暴動到處發作起來,據《漢書·酷吏傳》所載:"盜賊滋起,南陽有梅免、百政,楚有段中、杜少,齊有徐勃,燕趙之間有堅盧、范主之屬。"大群有數千人,小群有幾百人,起義的饑苦農民,"攻城邑,取庫兵,釋死罪,縛辱郡守太都尉,殺二千石",到處打擊西漢的統治者。

　　漢元帝即位三年,關東十一郡大水災,造成人相食的饑荒。在這次水災的前一年,齊地饑荒,穀每石三百餘錢,民多餓死。即位第七年(永光二年)由於連年災荒,"京師穀石二百餘,邊郡四百,關東五百,四方饑饉"(《馮奉世傳》),這樣普遍的災荒,使殘破的農村,更進一步破產了。但統治階級並未因此減輕人為的剝削,相反的,皇室的奢侈,更達到驚人的程度。據《漢書·貢禹傳》載:當時齊三服官作工各數千人,每年化費鉅萬。蜀地廣漢制金銀器的費用,每年各五百萬。三工官費和東西織室的費用各達五千萬,上萬匹廄馬要吃糧食,東宮(太子宮)的用費更不勝計算。貢禹就說:"今民大饑而死,死又不葬,為犬豬所食。人至相食,而廄馬食粟,苦其大肥,氣盛怒至,乃日步作之。王者受命於天,為民父母,固當若此乎?"社會矛盾在逐步加深。統治階級迫使廣大農民生活陷於絕境。

2. 西漢王朝內部的腐朽和階級矛盾的加深

　　西漢政權,到漢成帝時(前32—前7年)已達崩潰的程度,至哀平而更甚。漢成帝劉驁,任命舅父王鳳為大司馬大將軍領尚書事,並封舅氏五人為五侯。外戚王氏專政,五侯競為奢侈,互起宅第,侵佔民田,徵發農民修治道路,多蓄奴婢,貪戾聚斂,藏累鉅萬的財富,他們牽引私人,充塞朝廷,都是奢侈無度,侵漁百姓的貪污之徒。漢成帝本人,則是個腐化好色的皇帝,常常遠遊,鬥雞走馬,寵愛趙飛燕姊妹,給飛燕妹趙合德修的昭儀宮,是用黃金、白玉、明珠、翠羽來裝飾的。

在這樣一個以荒淫的帝王為首的外戚集團專政下的政權,是腐化到極點,也黑暗到頂點了。因之漢成帝在位廿六年中,農村經濟更趨凋零,稅源涸竭,天災連年,動搖了帝國的基礎,使西漢政府無力源源不斷地派遣遠征軍和支持遠征軍的費用來維持對征服地區的統治了。失去了政治和軍事憑依的遠征商賈和將軍們,隨著成帝建始四年(前29年)典屬國衙門的撤銷,相率挾帶他們積累的資產回到本國,衝擊著農村經濟,加劇了土地集中和農民失業破產。當時農民的生活,據《鮑宣傳》所載,已是"菜食不厭,衣又穿空,父子夫婦不能相保",於是農民為饑餓死亡所迫,紛紛起而造反。首先是穎川鐵工徒暴動,據《成帝紀》載,前22年,"穎川鐵官徒申屠聖等百八十人殺長吏,盜庫兵,自稱將軍,經歷九郡"。

前18年冬,又有"廣漢男子鄭躬等六十餘人攻官寺,篡囚徒,盜庫兵,自稱山君"。他們"犯歷四縣,眾且萬人"。

前14年十一月,有"尉氏男子樊並等十三人謀反,殺陳留太守,劫略吏民,自稱將軍"。十二月有"山陽鐵官徒蘇令等二百二十八人攻殺長吏,盜庫兵,自稱將軍,經歷郡國十九,殺東郡太守、汝南都尉。"

這些起義,都是由官營手工作坊中的工徒,不堪奴隸般的壓榨揭起反抗的旗幟,而與廣大的農民打成一片,奪取統治機構的武器,與統治者展開了武裝鬥爭。他們都稱將軍,殺長吏,在幾郡甚至十九郡的地區,摧毀了統治機關。西漢王朝,在風起雲湧的反抗浪潮中,已不能照舊維持他的統治了。

漢哀帝繼成帝之後,更加荒淫,他寵愛一個孌童董賢,賞賜董賢累巨萬,給董賢修宅第和祖塋,所費以萬萬計,封董賢為大司馬衛將軍。皇帝成了政府中的寄食傀儡,國家大事,由董賢和外戚把持,貪污腐化日甚一日,貴族幸臣,盜竊國家資財,郡守縣令拼命地搜刮。廣大的農民苦難重重,幾無活路。當時的諫議大夫鮑宣,曾上言指出當時社會的危機,他說農民有七亡而無一得,又有七死而無一生,實在難求國安刑惜,《鮑宣傳》載:

> 夫陰陽不和,水旱為災,一亡也;縣官重責,更賦租稅,二亡也;貪吏並公,受取不已,三亡也;豪強大姓,蠶食亡厭,四亡也;苛吏縣役,失農桑時,五亡也;部落鼓鳴,男女遮迣,六亡也;盜賊劫略,取民財物,七亡也。七亡尚可,又有七死:酷吏毆殺,一死也;治獄深刻,二死也;冤陷亡辜,三死也;盜賊橫發,四死也;怨讎相殘,五死也;歲惡饑餓,六死也;時氣疾疫,七死也。民有七亡而無一得,欲望國安,誠難;民有七死而無一生,欲望刑措,誠難。此非公卿守相貪殘成化之所致邪?

統治階級內部,有些人看到了當時的政治危機,力圖挽救。哀帝大臣師丹,建議限制豪強地主貴族佔領土地和奴婢的數字,哀帝劉欣將師丹的建議交付大臣相議,丞相孔光、大司馬何武根據師丹的意見,提出具體的限田辦法,主張"諸侯王、列侯皆得名田國中。列侯在長安,公主名田縣道,及關內侯、吏民名田皆毋過三十頃。諸侯王奴婢二百人,列侯、公主百人,關內侯、吏民三十人。期盡三年,犯者沒入官。"(《漢書·食貨志》)但是擁有超過卅頃土地和幾百奴婢的貴族大地主反對此議的實行,限田辦法遂被擱淺了。於是,農民騷動群,由關東深入到帝國首都長安,用宗教迷信組織貧民,發動起義。

西漢政治到哀帝時,社會矛盾尖銳到極點,已達到非變不可的地步。除少數貴族官僚和貴族富商外,統治階級內部都要求改變當時黑暗腐朽的局面,以保存他們既得的權利不受顛覆,廣大農民必須從"七亡"、"七死"的絕路中沖出一條求生之路。這個非變不可的時機,被貴族出身的王莽抓住了,作為他奪取西漢政權的政治資本。

3. 王莽改制加重人民痛苦

王莽是元帝皇后之侄子,元、平兩世,外戚王氏專政,王莽諸父一門九侯五大司馬。而王莽的生父王曼因早死不得封。王莽也就不得襲爵顯貴。折節從沛縣陳參學禮,勤身博學,結交英俊,並小心事奉諸父。成帝永始元年(前16年)遂封為新都侯,國於南陽,以家財交結將相卿大夫,奉養賓客,培植自己的政治勢力。成帝末年,繼四父輔政,代為大司馬。漢哀帝繼位,王莽受哀帝外家丁、傅排斥,被遣回南陽封邑。外戚傅晏、丁明等,都拜為大司馬。但哀帝在位只六年,外戚丁、傅羽翼不豐,王氏繼盛朝廷。因此,漢哀帝於前1年死,王莽與他姑母王氏罷免丁、傅官爵。王莽拜大司馬掌接軍政大權,在王氏外戚策劃下迎立中山王劉欣的九歲兒子入繼皇帝位,這就是漢平帝(1—5年)。

王莽既握大權,還漸鞏固他的私黨。"附順者拔擢,忤恨者誅滅"(《王莽傳》),依靠王舜、甄豐、甄邯、平邑、劉歆、孫建等,結成死黨,專制朝政。扶持七十多歲的姑母和孤幼的平帝,自號為安漢公。又發動他的爪牙,假借民意,以黃金二萬斤,錢二萬萬的聘禮策莽女為平帝后。王莽為新都侯,官為宰衡、太傅、大司馬,號為安漢公,爵貴、號尊、官重,只剩下未坐上皇帝寶座了。

王莽要坐上皇帝寶座,篡奪劉氏政權,他作了一系列的準備工作。他假恩假義地出錢百萬、田三十頃交給大司農助給貧民;他以得之於皇室的聘錢分與九族貧者;他每逢水旱便素食,他任命他的心腹劉歆纂改經書,偽造古文經,綱羅天下異能之士作他的傳聲筒,並派人到地方上偽造民歌,歌頌王莽功德,偽造"祥瑞"七百多件,派使節誘致各蠻夷族來朝,獻祥物。他用人為的辦法,促進一切登皇帝位的預兆,於是趨炎附勢的公卿大夫博士列侯九百多人奏加王莽九錫。這一切準備就緒,5年冬,漢平帝被毒死。王莽立漢宣帝二歲的玄孫孺子嬰,而自稱假皇帝。

王莽稱假皇帝後,漢宗室安眾侯(國在南陽郡)起兵反叛攻宛,東都太守翟義也結集漢宗室劉信、劉璜等一起反莽。長安附近槐里趙明、霍鴻等,也集結十數萬的起義農民進軍長安。王莽發動大軍,平定了反叛勢力,便於8年廢孺子嬰,正式做了皇帝,定國號曰"新"。

王莽稱帝時正當漢朝土地兼併最重,階級矛盾激化,社會危機瀕於崩潰的關頭,他要搶救地主階級政權,鞏固新朝的統治,便實行了改制,以打擊商人地主的土地兼併、高利貸盤剝和壟斷物價,緩和農民的反抗,並乘勢將土地財富集中到皇室手中。因之,王莽便假托周禮聖制,實行改制。他改制的內容,主要的有以下各項:

第一,是沒收豪商地主土地為王莽王朝所有,禁止奴婢買賣,"更名天下田曰王田,奴婢曰私屬,皆不得賣買,"按一夫一婦四百畝的古制,分配給農民耕種。

第二,是實行六筦,對於私商可以壟斷的鹽、鐵、酒、名山大澤,五均賒貸,錢布銅冶(鑄錢)六項實行政府統制,抵制豪強兼併。

五均實行的辦法,是在長安、洛陽、邯鄲、臨淄、宛、成都等地立五均官,更名長安東西市令,及五市長為五均司市。各設交易丞五人,錢府丞一人,各司市的職責,就是在四時的中月,按每季的物價進行平定物價,作為法定價格。民間低價滯銷的穀帛絲綿等物,官府可以收買,物價高於平價一倍,官府即按平價強迫收買以平價出售,市價低於平價時,聽民自由買賣。五均是打擊豪強囤積壟斷,增加政府收入的辦法。五均市司中另設泉府(即錢府)官民貸款等。

另外,五均官在百姓祭祀喪葬需款時,可以每月百分之三的利息貸款。祭祀不過十天,喪祀不過三月。有欲貸款經營小本生意的,也可以貸款,每年以其贏餘十分之一付息。

第三,是徵收商稅及小生產稅:凡有田不耕,三倍收稅;城郭中宅不種樹者,出三夫之布,浮游不事正事者,一夫出布一匹,以防止遊手好閒。凡採礦冶煉,捕漁獵獸,紡織縫紉,工匠醫卜,及其它商貿,官府計其營利取什一之稅,以多報少,或所報不實者,没收入官。

第四是改幣制:王莽的幣制改革,最為混亂。居攝二年(7年)造錯刀一值五千、契刀一值五百,大錢一值五十,與五銖錢並行。稱帝後,又罷錯刀,契刀及五銖錢,鑄一銖重的小錢,與大錢並行,民間以錢輕不行,王莽又制金銀,龜貝錢,幣制混亂,不通行,於是又行小錢與大錢五十二品,盜鑄者不能禁。

王莽改制的內容,從表面上看,是針對當時社會的主要矛盾,土地兼併和商利貸盤剝而對症下藥的,但是,王莽並不是為了解決農民貧困而改制。相反的,他是為了打擊一部分大商人地主商利貸者,而將土地財富集中到"新"政府之手。因之王莽實行改制,是任用一些大投機商。如洛陽大商人薛子仲、張長叔,臨淄商人姓偉等來推行的。這些富商與地方官吏勾結,利用平價政策進行投機壟斷,於是愈平價,物價愈長,以致"斗米萬錢","黃金一斤易豆五升","府庫不充,百姓愈病。"改革幣制的結果,造成"農商失業,食貨俱廢",以重刑荒民盜鑄錢,而幣制終不能行。

由於改制而受到損失的商人地主,更加叫囂反對改制,於是王莽的改制遂不得不半途而廢了。改制的結果,造成整個社會秩序的混亂,農民遭受的痛苦,更加重兩倍,起義反抗的鬥爭,更加深刻尖銳。青、徐、荊、楚之地的起義農民,"往往數萬"。

王莽又妄想以對外戰爭,張揚"新"朝的威信,於是發兵大征四方,派孫建等十二員大將率卅萬大軍資三百日糧,十道並出征匈奴,派嚴尤擊高句麗,派陳茂擊西南夷,派王駿遠征西域,各路遠征大軍除了東征軍以誘殺高句麗的侯騶而結束,西征軍被焉耆襲擊而全軍覆沒外,其他征匈奴及西南夷的戰爭,則轉為長期戰爭。

王莽為了支持對外戰爭,下令募天下丁男實邊塞。苛徵暴斂,以給軍糧,並徵發天下工匠吏民錢穀,拆漢西苑中宮殿十餘所,取其材瓦修築九廟,工費數百鉅萬,日夜督工,民工死者數萬人,再加上連年的天災襲擊,造成農民窮困流亡。當時"流民入關者數十萬人"。

王莽不但使用暴力刑罰,企圖延續他的統治,而且他私藏黃金,萬斤一匱者,有六十匱。"長樂御府、中御府及都內、平準帑藏錢帛珠玉財物甚眾。"他聚斂這樣多的黃金財富,但官吏俸祿"不能盡得"。統治階級的政治危機,造成了裂痕。西漢的政治形勢,不僅是下層群眾不願意在流離死亡中生活下去了,而且社會的上層及一部分統治者,也不能照舊生活下去了。整個的社會危機迫使災難窮困超乎尋常的廣大農民,採取獨立的歷史性行動,暴發了排山倒海的農民大起義。

4. 農民大起義推翻王莽政權

農民暴動,首先由西北連續遭到征匈奴戰爭調兵輸餉擾害最嚴重

的五原、代郡一帶爆發，據《王莽傳》載："天鳳二年（15 年）穀常貴，邊
兵二十餘萬人仰衣食，縣官愁苦，五原、代郡尤被其毒，起為盜賊，數千
人為輩，轉入旁郡。"

接著在長江下游也暴發了叛亂，17 年"臨淮瓜田儀等，依阻會稽
長州"，發動起義。同年，山東琅玡海曲縣呂母，也因縣宰殺其子，聚集
饑餓的農民，攻陷海曲殺縣宰，發動起義。同時，在縣西綠林山中聚集
著掘草根為食的成百上千的饑民群，推王匡、王鳳為首領，發動大規模
的起義。山東河北的饑民，也四方蜂起，各推領導，各領部曲，聚合數
百萬人，進攻郡縣。被迫起義的農民隊伍，最初是救死求活的饑民群，
並無任何政治目標，但起義農民，在攻郡縣、殺官吏的武裝鬥爭中，不
斷地在廣大農民群眾中顯示出起義的力量，因之參加起義的求生活的
群眾也就愈來愈擴大，逐漸集中形成為幾個較大的勢力，以狂風暴雨
般的威力，衝擊王莽政權的基礎，終於推翻王莽政權。其主要的勢力
有三：

（1）南方起義軍，分新市、平林、下江三部。

王莽末年，南方連年大饑荒，成群的饑民相率在林津野地掘草根
為食，常因爭奪互鬥，新市（湖北京山）人王匡、王鳳因評理爭訟被饑民
擁護為領袖。各地流亡農民王常、馬武、成丹等也率眾來從，聚集到幾
百人，佔據湖北當陽縣林山中，劫掠遠鄉孤村，聚集到七八千人。荊州
郡守派兵二萬來攻，被綠林軍打敗，於是農民軍有了武器，補充了給
養，攻陷竟陵、雲杜、安陸，開京人倉穀救濟饑民，發展到五萬人以上，
仍以綠林山為根據地。

22 年，鄂西大瘟疫，農民起義隊伍死亡過半，遂離綠林山分路轉
移，一路由王常、成丹領導，西入南郡（荊州）稱下江兵；一路由王匡、王
鳳率領北上南陽稱新市兵。平林（湖北隨縣東北）人陳牧、廖湛等聚眾

數千人,稱平林兵,回應北上的王匡、王鳳號平林兵。同時,南陽的商人地主舂陵(湖北棗陽)人劉縯、劉秀兄弟,見北上的農民軍聲勢浩大,也在舂陵起兵回應新市、平林並興之聯合,企圖利用農民起義的力量,作政治投機。

但是,平林軍中早已攬進了一個地主分子劉玄做安集掾,他以高於農民的軍事政治知識,於 23 年,受農民軍推舉為更始皇帝,組織政府,新市、平林的諸將領及劉縯都成為政府中的重要人物。他們一面派劉廣、劉秀出師北伐,一面發佈復興劉氏政權的號召,於是各地起兵殺守牧的地主武裝都紛紛用漢年號。

王莽以武力鎮壓農民軍,派王尋、王邑率兵四十餘萬進攻宛城,昆陽(河南葉縣)一戰,劉縯、劉秀部下的農民軍大敗王尋、王邑軍,殺王尋,王邑敗逃。劉縯攻下宛,將更始政府遷到宛城,企圖控制劉玄,於是新市、平林諸將領與劉玄共殺劉縯。並令劉秀出征河北,分遣王匡率兵攻洛陽,李松、申屠建率兵攻武關。申屠建軍,在沿途農民嚮導,地主大姓起兵回應的情況下,順利地進入長安郊外。長安城內的饑民,在少年朱弟、張奧領導下暴動,響應劉玄,攻破王莽宮廷,商人杜吳殺王莽。軍人們分割王莽屍,爭擊其首,以發洩他們對這位篡國暴君的仇恨。

王莽被殺,劉玄軍也攻下洛陽,並遷都洛陽,申屠建等迎更始入長安,坐上皇帝寶座。古時長安除未央宮被燒外,其餘宮館設備,太倉武庫郡不改於舊。劉玄便大封宗室、功臣,新市、平林起義的將領都封爵做官,他們在繁華的長安很快地趨於腐化,更始諸將也到處搶劫,並沒有建立封建秩序,不但農民的饑餓問題不能解決,一些假稱漢號的地主集團,也大失所望,這便注定更始的失敗。

（2）東方起義軍的發展。

18 年，青州、徐州大饑荒。山東饑民共推琅琊（諸城）樊崇為首領起義佔據泰山，自號三老。一年間，集眾到萬人。樊崇同郡人徐宣、謝祿、楊音也率領萬人起義響應樊崇，進攻莒縣，大敗王匡、廉丹、田況軍，攻入青州。

起義軍為饑寒所迫，初無攻天下之心。但集眾日多，需要建立簡單的紀律，於是口頭相傳：殺人者死，傷人抵債。並無旗號制度文書，地位最高的稱三老。

王莽自田況軍被擊敗後，又派太師廉丹，更始將軍王匡率領十餘萬大軍對農民軍進行圍剿。官兵所在殺掠、擾民，農民便紛紛投向樊崇。樊崇軍恐與王莽兵混淆不清，朱其眉以資識別，由是號為赤眉。赤眉軍在農民"寧逢赤眉，不逢太師。太師尚可，更始殺我"的口號下，得到廣大農民的支援，攻敗了王莽軍，殺廉丹，敗王匡，追至無鹽轉攻莒縣，與呂母遺留的一部起義軍合，乘勢壯大起義，攻東海，轉攻今山東、蘇北、皖北、河南、河北地區，散佈在汝南、潁川、陳留一帶，與新市、平林相呼應。當更始攻入洛陽時，赤眉派人與之聯合，被更始拒絕，赤眉遂於 24 年分兩路西攻長安，樊崇等自武關，徐宣等自陸渾關前進。25 年春赤眉軍與劉玄軍進攻勝利，勢力發展到三十萬，編為三十營，每營萬人，置三老、從事各一人。進軍到華陰，聽士人方陽言，就軍中求得漢景王之後劉盆子為帝，進攻長安，劉玄軍一部敗降赤眉，劉玄出降，劉盆子等入長安，坐上了皇帝的寶座。

（3）北方起義軍

當樊崇起義之後，山東、河北，饑民四方蜂起，各推首領，攻略郡縣，各以所據山川土地或軍容強盛為號，有大彤、青犢、高湖、重連、鐵脛、大槍、尤來、上江、五幡……等,各領部曲,集眾數百萬人,聲勢浩大,向各地郡縣進攻,到處打擊王莽統治下的地方政權。

在新市、平林、赤眉、銅馬等遍反的農民大起義,以排山倒海之勢,衝擊著王莽政權,粉碎他的統治的過程中,西漢的貴族官僚地主和地方豪強,也揭起"反莽"的旗幟。他們有的組織武裝,割據地方,稱王建號;有的以營堡自守,保存自己的勢力,進攻農民軍;有的竄入農民軍內部,利用農民起義的力量,企圖奪取政權。他們乘農民軍組織力薄弱,勢力分散,及無政治目標等弱點,對農民軍進行孤立、分化、屠殺,吃掉各路農民軍來壯大封建割據勢力。最後被漢高祖九世孫,打著恢復大漢政權招牌的劉秀削平了割據一方的群雄,統一中國,再建商人地主政權。

5. 劉秀利用農民起義力量重建東漢王朝

劉秀是南陽蔡陽人,他的叔父是西漢的貴族地主封春陵侯,劉秀家中富有資財,曾在王莽統治期間,在長安受《尚書》於中大夫廬江許子威。劉秀和劉縯,也是武斷鄉曲,擁有地主武裝的南陽土豪。縱賓客劫掠百姓,稱為一方之霸。

當 22 年南方起義軍向南陽進軍,北方的赤眉、銅馬農民軍也進入河南潁川時,南陽一帶,便成為農民軍挾擊的目標。劉縯、劉秀與南陽大商人地主,遂在南陽宛縣組織地主武裝保衛隊,以圖保衛南陽一帶豪強地立的財產,但他們的勢力,遠不及北上的農民軍強大。於是劉縯派人與新市、平林軍聯合,於 23 年春,借農民軍的力量,打敗王莽的南陽守將甄阜、梁丘賜的軍隊,接著又在清陽(南陽縣境內)戰役中擊敗了莽將嚴尤、陳茂軍,進而包圍南陽,眾至十萬。於是劉秀、劉縯兄弟的"聲威大震",企圖在南陽豪強地主的支持下,建立商人地主政權了。

但是,新市、平林農民軍已擁立劉玄做了更始皇帝,劉玄於昆陽大戰大敗王莽軍後殺了劉縯,解除劉秀兵權,劉秀迫於高壓,不敢有任何抗義,向新市、平林謝罪,不敢為劉縯服喪,處心積慮,逃過劉玄對他的防範。因之,新市、平林軍北進攻下洛陽,更始遷都洛陽後,就派劉秀"行大司馬事。十月,持節北渡河,鎮慰州郡"。(《後漢書·光武帝紀》)劉秀便打著大司馬旗幟,向河北獨立發展,建立他的勢力和根據地了。他以劉姓皇族的招牌,結合河北的官僚武裝,聯合上谷太守耿況、漁陽太守彭寵、信都太守任光、和成太守邳彤,於23年四月攻滅割據邯鄲的王郎,與進據長安的劉玄對立,對河北地區的農民展開軍事大攻殺。大破銅馬、赤眉別部,收編了大批農民軍,擴充自己的軍事勢力,佔有河北地區。乘著24年赤眉軍西進長安與劉玄軍火拼的時機,向黃河南岸及陝西發展。劉秀派他的親信馮異守孟津以拒洛陽,防佔據洛陽的新市、平林軍北進,派寇恂守河內,劉秀親自進軍燕趙地區,以肅清後方,鞏固他的根據地。25年,劉秀遂在他部下諸將及官僚地主集團的擁戴下,在鄗(河北高邑)即漢皇帝位,並進攻洛陽,誘降新市、平林將領朱鮪,遷都洛陽。劉秀手下"屠殺農民的英雄"都"官封列侯,大國四縣,餘各有差",商人地主政權開始建立起來了。

當劉秀在洛陽登上皇帝寶座時,進據關中的赤眉軍,也把劉盆子擁上長安宮殿的皇座。26年春,在長安附近三輔地區建立起農民軍政府的秩序。史稱赤眉諸帥,"各閉營自守,三輔翕然,稱天子聰明。百姓還長安,市里皆滿。"但由於關中地主武裝保營自守,對農民軍進行封鎖,幾十萬大軍的糧食給養發生問題。赤眉軍不得不西向求食,進攻安定北地(今甘肅陝西相接地),但西北荒寒,遇大風雪,士卒多凍死。於是再折回長安,與劉秀派往關中的鄧禹軍和更始殘部進行了一年的戰鬥。由於更始降將李寶從赤眉內部倒戈,與地主武裝夾擊,再遇上三輔大饑荒,人相食,赤眉軍遂不能久居關中,被迫於 26 年冬率領二十餘萬眾放棄長安,突圍東歸。

劉秀知赤眉東歸,派大軍截擊,令侯進率軍屯新安,耿弇率軍屯宜陽,佈置一個鉗形陣勢。27 年,赤眉軍衝出潼關,正與劉秀佈置的大軍相遇,與戰大敗,餘眾南向又遭劉秀盛兵於南陽堵擊。赤眉軍勢力不敵,降了劉秀,轟轟烈烈的農民大起義,在地主階級武裝分化、誘降、屠殺、進攻下,至此失敗了。劉秀軍進佔長安。

赤眉軍雖敗,當時還有割據四方稱帝建號的官僚地主政權與劉秀對立。劉秀對他們展開武力征伐:

29 年,首先進攻割據睢陽地區的劉永,和與劉永相結割據山東琅琊的張步,及黎丘(今湖北宜城)秦豐。平定漁陽彭寵,統一山東河北及長江中游地區。30 年,平定割據東海的董憲、龐萌,和佔有廬江九城的李憲。32 年,誘降佔據河西六郡的竇融,並與竇融夾擊隴西隗囂。34 年平定隴西四郡。最後,36 年,平定了益州公孫述。37 年,割據朔方五郡的盧芳逃入匈奴,劉秀平定了北方。

現在,消滅群雄割據,天下統一於以劉秀為首的商人地主集團,中國歷史由紛亂割據的局面,轉入東漢王朝中央集權的封建統治。

五、東漢王朝的重建
(25—220 年)

1. 東漢農業經濟的恢復

東漢光武帝劉秀依靠地主武裝力量,在利用和屠殺農民起義軍的血泊中建立起來的東漢王朝，基本上是西漢地主階級政權的復辟。因之，一些追隨光武帝打天下的地主豪強，不但保持下來他們的大批土地財產，而且封侯拜官成為新王朝的權貴。如鉅鹿大姓耿純，鉅鹿昌城劉植，南陽大富商李通、鄧晨，累世居河西的竇融等人不可勝數。就是家貧做過亭長，亡命漁陽的吳漢，也因追隨光武帝為大將，出征時他的妻子在家大買田宅，成為大地主。光武帝的舅祖樊重以高利貸和經營商業佔田三百餘頃。舅父樊宏則集結宗族親屬，役屬貧民數千家，一門封侯者五人。這一群皇親國戚功臣將軍們，抓到政權後，便在大量兼併土地和集中財富。所以由西漢發展起來的基於土地問題的社會矛盾，到東漢初並未獲得解決。

同時，東漢王朝建立時，是面對著社會經濟殘破不堪的現實。由於地主武裝對農民軍的殘酷屠殺，連年的災荒和長期不停的戰爭，造成土地荒蕪，野穀旅生，癘疫流行，連年饑饉，人口死亡十分之七八。《東觀漢紀》載："赤眉平後，百姓饑饉，人相食，黃金一斤，易豆五升。"《光武帝紀》載：建武六年（30 年）詔曰："往歲水旱蝗蟲為災，穀價騰躍，人用困乏。"這是東漢初年的社會經濟情況。

擺在漢光武帝面前的，是必須實行一些恢復社會生產緩和社會矛盾的措施，才能使他從馬上獲得的政權可以維持下去，並進一步鞏固。他知道地主階級的福利是建築在農民和手工業生產以供他們源源不絕的封建剝削上的。所以，自漢光武帝（25—57 年）歷明帝（58—75 年）、章帝（76—88 年）以至和帝（89—105 年）初年的八十年間，東漢王朝不斷地進行了一些生產復原刺激農民生產積極性和注意水利事業的恢復生產政策，使矛盾重重的東漢社會經濟獲得了勉勉強強的安定和緩慢上升。

這些恢復生產的措施主要的有下列內容：

(1)下令解放奴婢

光武帝從建武二年到十四年(26—38 年)的十二年中,下了九次解放或禁止虐殺奴婢的命令。但是他解放奴婢都附帶時間和地域條件的限制。他下令解放為王莽法令所陷害的官奴婢,為"青徐賊所掠為奴婢下妻"者,隴、蜀、益、涼民被掠為奴婢者,而非解放所有的奴婢。因此,光武帝解放奴婢的目的,是為了瓦解和他敵對的割據勢力劉永、彭寵、隗囂、公孫述等對人口的大量掠奪和役使,從而爭取在統一戰爭中得到淪為奴婢的群眾的支持。當然,另外一方面,大批奴婢獲得解放對生產復原是起了一定的推動作用的。

(2)整理田籍和恢復十五稅一的賦稅制度,以增加政府收入,緩和社會矛盾

光武六年,下詔恢復三十稅一的田賦制度。建武十五年(39 年)下詔命各州郡清丈田畝,可是州郡刺史太守,與豪強地主串通勾結,借度田擾害農民和中小地主。"聚民田中,並度廬屋、里落"(《通鑒》建武十五年條),以致"民遮道啼呼"。他們"優饒豪右,侵刻贏弱",對河南南陽的大地主連問都不敢問。這是由於"河南帝城多近臣,南陽帝鄉多近親,田宅逾制,不可為準。"(《通鑒》光武十五年條)。

建武十六年(30 年),郡國豪強地主叛亂,以青、徐、幽、冀四州為甚,"郡縣追討,到則解散,去復屯結"。光武帝動員了地方官吏嚴行追捕,並用利誘分化政策,除把叛亂的首領誅殺外,分別遷徙他郡,分予土地使從事農業生產,自安生業。並以度田不實的罪名,捕殺郡守十餘人,以緩和豪強的反抗,叛亂才漸平息。

(3)行屯田將皇家公田租給無地貧民耕種並獎勵人口增殖

光武帝初年在邊境和關中一帶及上林苑實行軍士和將士賓客屯

田，以積穀供軍需。從明帝到和帝時，屢次下詔將郡國公田和濱渠下田分給無地貧民耕種，由政府收租稅。章帝時，因牛瘟影響農民生產，政府除分田外，並給與農民耕具糧種。同時由明帝到和帝時，屢次減免田租，遇天災水旱，屢次實行賑濟。章帝元和二年（85 年）下令人有產子者，免三年算賦，孕婦每人賜胎養穀三斛，免其夫一年算賦。這一切措施，安置了許多破產農民，並使他們安定家業，繁殖人口。對社會生產起了一定作用。

由是東漢初期八十年中農業經濟緩慢地發展了。

東漢時中原地區已普遍使用耕牛。章帝時王景為盧江太守，教民犁耕，開闢荒蕪土地。於是將進步的生產工具和技術帶到盧江，改變了當地火耕水耨的落後生產方法。

東漢時，對灌溉事業也很注意。單以光武一代來看，有馬援在各地穿渠守河，南陽太守杜詩修治陂地，製作水力鼓風爐（水排）鑄造大量農具。汝南太守鄧晨修興鴻郤陂，灌田數千頃。任延在河西修溝渠，張純導洛水灌田，王梁引谷水灌鞏川。

其後明帝十二年發卒數十萬修治河水，自滎陽起至千乘海口入海，上下千餘里，濱渠下田得到收成。鮑昱在汝南修治陂池灌田增加一倍。

章帝時廣陵太守馬棱興復陂湖，灌田二萬餘頃，民刻石頌之。汝南太守何敞修銅陽舊渠，墾田增三萬餘頃。

和帝時，下邳相張禹開蒲陽陂田增灌田千餘頃，得穀百餘萬斛。東郡太守魯丕修通灌溉，百姓殷富。

安帝時修理河內、河東、三輔、上黨、太原、趙國各地舊渠以灌官私田，順帝時（140 年）馬臻在會稽開鏡湖三百里，灌田九千餘頃。

農業技術的推廣和水利灌溉事業的發達，標幟著東漢農業生產向前發展。於是到了明帝中年，便呈現"天下安平，人無徭役，歲比登稔，百姓殷富,粟斛三十,牛羊被野”的景象,勞動人民可以在安定的生產環境中從事生產了。

由於農業生產的恢復和較長期安定,東漢人口,也漸漸增殖起來。據《後漢書·郡國志》載:東漢順帝永和五年(140年)人口最高數為四千七百八十六萬一千三百八十二口,雖然不及西漢五千九百餘萬的人口最高額,但比東漢初年已增加三倍。

2. 東漢手工業和商業的發展

(1)手工業

隨著農業經濟的發展,東漢手工業生產也有新的發展。東漢鹽鐵業仍由官府經營,冶鐵技術已有了很大的新發展。南陽用水力鼓風爐冶鐵鑄農器,生產量增加。

據《後漢書·杜詩傳》載:杜詩在建武七年遷南陽太守,“造作水排,鑄為農器,用力少見功多。”這種鼓風爐的發明,是南陽鐵工在長期冶鑄經驗中創造出來的。

蜀郡臨邛(四川邛崍)用火井煮鹽,生產技術有很大提高。同時,東漢的手工業分工也較細緻。政府管理手工業的機構,除鹽鐵官外有紡織、染色、制衣,制武器、玩好器物,及土木建築等管理機構。組織龐大,員吏眾多,中央政府設左右校,掌管工徒。

據朝鮮樂浪出土的東漢光武帝時漆杯款識(銘文)來看,一杯的製造,須經過很多工匠之手,有素工、髹工、洎工、氾工及造工等字,無怪《鹽鐵論》說:“一杯捲用百人之力”。

紡織業在東漢普遍發達,織作技術也精緻。齊三服官織作的紗,有冰紈、方空縠、吹綸絮等。蜀錦已成為有名的織物。會稽出越布。北方的五原,西南的哀牢(雲南保山)都已傳入了紡織業。

由於紡織業的發達和織物大量廣泛的使用，東漢皇帝賞賜官民均用穀帛或縑布，多至萬匹。以繒帛贖罪者也在數十匹不等。

東漢和帝末（105 年），桂陽人蔡倫發明用樹皮、麻頭和破布、魚網造紙，比西漢用絲絮和水打爛製成的紙成本減低很多。蔡倫之外，又有左伯。紙的發明和應用，給中國文化的發展與傳播以更好的條件。

（2）商業和都市

隨著東漢農業和手工業的發展，商業和貨幣流通也擴大起來。東漢的商人大地主建立政權後，他們在原有財富的基礎上，又借政治權勢積累到數千萬的資產，在農村經濟未恢復的時候，就將資財大量投向兼併土地和從事工商業及高利貸的盤剝。

據光武時議郎桓譚言："今富商大賈多放田貸，中家子弟為之保役，趨走與官僕等勤，收稅與封君比入，是以眾人慕效，不耕而食，至乃多通侈靡以淫耳目。"（《漢書·桓譚傳》）

貴族官僚和大商人們的生活都非常奢侈，囤積貨殖，館舍廣布於州郡。據《後漢書·仲長統傳》載，東漢豪富氣勢之盛："豪人之室，連棟數百，膏田滿野，奴婢千群，徒附萬計。船車賈販，周於四方，廢居積財，滿於都城。琦賂寶貨，巨室不能容，馬牛羊豕，山谷不能受；妖童美妾，填乎綺室，倡謳妓樂，列乎深堂。"又說："豪人貨殖，館舍布於州郡，田畝連於方國。"於是城市又繁榮起來了。

由於東漢建都洛陽，洛陽遂代西漢的長安成為政治、經濟和文化的中心。除掉了西漢已發展起來的都市如長安、南陽、巴蜀等地外，番禺（廣州）、南海、合浦等地也新興為海道交通的口岸。王符《潛夫論·浮侈篇》記當時商業都市是"牛馬車輿，填塞道路，游手為巧，充盈都邑。"又說："天下百郡千縣，市邑萬數。"西京長安，是通往西北的孔道，並未因政治中心的東移，影響其經濟上的地位。班固《西都賦》說當時長安是"九市開場,貨列隧分,人不得顧,車不得旋",繁榮富庶的景象可見一斑。

東漢的農村經濟是沒有恢復元氣的,因之經濟基礎異常薄弱。貴族官僚商人地主經營商業,在國內找不到廣闊的市場,因之他們支持東漢政府的對外戰爭,打開西北的貿易路綫,通往西域的商路遂繁榮起來。《後漢書·西域傳》記當時西域道上是"馳命走驛不絕於時月,商胡販客日款於塞下",來往商人,絡繹不絕,中國的絲織品,西域的大宛馬、金銀器,成為主要商品。羅馬的商品,也通過印度安息商人之手,出現在中國市場上。

3. 東漢帝國的對外擴張

東漢初年,中國內部分裂未統一,劉漢政權尚未穩固,四周各外族又乘機對中國邊境展開掠奪戰爭。其中以北方的匈奴對東漢帝國的掠奪戰爭最劇烈。

(1)北方的匈奴

匈奴自西漢宣帝時因內部分裂,呼韓邪單于降漢後,中國北方曾有一個長期的安定。王莽統治時期,戰爭又起,東漢初北方割據勢力漁陽彭寵、朔方盧芳勾結匈奴對抗光武帝,侵略北邊,漢遣大司馬吳漢擊匈奴,經年無功。匈奴勢力遂漸強大,建武十三年(37年)入侵河東,州郡兵不能抵抗,於是遷徙幽并(河北、山西)邊郡居民於常山關(代郡)、居庸門以東以避之。匈奴勢力乘機侵入塞內,邊境居民不能安居生產。當時光武帝正以全力對內,進行他中央集權的鞏固工作,對匈奴只能採取"增邊兵,築亭候,修烽火"的防禦政策,但仍不能防止匈奴入侵。光武二十年匈奴入侵上黨、扶風、天水。二一年,侵略上谷、中山,殺掠邊民,嚴重地威脅北邊居民的生產。

光武帝二二年(46 年)時,匈奴發生嚴重的災荒,"連年旱蝗,赤地數千里,草木盡枯,人畜饑疫,死耗大半。"匈奴内部又發生了内亂,至 48 年,分裂為南北二部,南匈奴立呼韓邪單于的孫子比為呼韓邪單于,率領八部約四五萬人降漢,與漢共擊北匈奴,北匈奴向西北遷徙。

東漢政府設置南匈奴部眾於河套一帶西河美稷(今内蒙古鄂爾多斯地)使匈奴各領部眾分屯北地、朔方、五原、雲中、定襄、雁門、代等郡,為郡縣偵邏。

南匈奴降漢後,北匈奴勢不能敵,也遣使求和親,但仍不斷侵擾邊地。漢明帝(58—75 年)永平二年(59 年),北匈奴五千騎入侵五原塞,漢與南匈奴擊退之。永平六年(64 年),侵擾更甚。並勾結南匈奴須卜部叛漢,東漢為了防止南北匈奴交通,設度遼營,率兵屯五原、美稷。永平八年(66 年)秋,北匈奴侵朔方,殺掠吏民,焚燒城邑,造成河西城門盡閉的嚴重局勢。

明帝時,東漢國力漸強,商業發展,支持東漢帝國的向外擴張。於是永平十六年(73 年)開始,東漢對匈奴採取了積極的攻勢,拜竇固為奉軍都尉,以耿忠為副,出屯涼州,征天下囚徒,及羌胡、鮮卑、烏桓騎兵,集結涼州出擊匈奴。竇固等自酒泉出發,進攻到天山東麓,大敗匈奴呼衍王,追至蒲類海(今新疆鎮西縣西北)佔領伊吾盧(哈密),留軍屯田駐守。75 年,竇固再出敦煌,大破匈奴於蒲類海上,並進入車師,設立戊己校尉,以統西域。為了斷匈奴的右臂,配合遠征車進攻,東漢同時派班超率吏士卅六人出使西域,爭取西域南路諸國鄯善、于闐等國歸附東漢帝國;並長期結合西域小國,對抗北匈奴,保衛東漢帝國在西域的聲威。

漢章帝末年(88 年)北匈奴受鮮卑壓迫,内部紛亂。和帝永元元年和三年(89 年、91 年),派外戚竇憲率領大軍兩次出擊匈奴,大敗匈奴於稽落山(今内蒙古自治區烏拉特境内),斬殺匈奴名王以下萬三千級,收降三十餘萬,獲牲畜百餘萬頭;出塞三千里,登燕然山(今杭愛山)刻石記功而還。從此,北匈奴衰敗,遷徙歐洲,迫使日爾曼南遷。

配合竇憲征北匈奴的勝利進軍,班超以疏勒、于闐為根據地,從塔里木盆地西端,對北道諸國展開攻勢,征服了龜茲、姑墨、溫宿、焉耆諸國,打通了天山南北路通往中亞的商路,班超為西域都護,與西域五十餘國建立通使關係。97年派甘英出使大秦(羅馬),抵條支(伊朗西南)臨波斯灣而返,雖被阻於安息未到達羅馬,但卻開闢了通達西方的道路。班超在西域二九年(73—102年),對西域諸國"得遠夷之和,同異俗之心",不煩中國兵戎,建立東漢帝國對西域的統治,對溝通中西交通和文化,起了積極的作用。漢安帝(107—124年)初,由於國内矛盾重重,西羌又遮斷隴道,東漢對西域的統治也不能維持了。

(2)東漢對西羌的長期戰爭

西羌是東漢王朝西方的勁敵,當時尚處在氏族社會末期家長奴役制的階段,散居在現甘肅西南及青海一帶地區。西漢宣帝時,趙充國征西羌並屯田邊塞,置"金城屬國"以處降羌。因之,自西漢宣、元以後幾十年中,邊塞上都比較安定無事。王莽末年,羌族勢力又東向發展,入居塞内金城屬縣。隗囂據隴西,結酋羌眾對抗光武帝。隗囂被削平以後,諸羌族營壘自守,受惡吏侵奪進擾邊郡。光武命馬援為隴西太守,發兵征西羌,封鎖羌族所居的山地以困之。於是羌眾萬餘人降漢,豪帥十萬戶被逐出塞。隴西降羌散居西北各郡縣,受吏人豪右征發保役和商人富賈的剥削。隨著東漢政治的腐朽黑暗,羌族人民受著和漢族人民同樣繁重和殘酷的欺壓和掠奪,因之引起他們聯合塞外各部對東漢邊郡進行反抗。安帝以後,反抗規模擴大。

漢安帝永初元年(107年),遣騎都尉王弘征發金城隴西漢陽(前漢天水郡今扶羌縣)羌數百千騎征西域。並迫促發遣,羌眾懼長期遠戍不得還,行到酒泉遂聯合塞外諸羌大舉進攻內地,大敗漢軍,結合武都、上郡、西河等地羌部,遮斷隴道,深入三輔(今陝西中部)及河東、河西(今山西、河南)。東漢邊郡守令,驚慌失措,於是強迫隴西、安定、北地、上郡等地百姓遷往內郡。百姓戀土,不樂去舊居,官府守令割了田禾,拆了百姓家屋,撤了營壘,強迫遷徙,造成百姓家破毀,流離分散,死亡過半,羌人被殺甚眾。此後六十年中,東漢對西羌展開了長期的侵略戰爭。到桓帝永康元年(167年),段潁為破羌將軍,又殘殺羌族三萬八千餘人。東漢在侵略西羌戰爭中,耗錢三四百億,在內外矛盾交織的情況下也就不能維持了。隨著東漢國力的衰敝,鮮卑族在北方強大起來,據有匈奴故地,侵略幽、并、涼各州,成為北方的勁敵。

六、東漢政治的腐敗和階級矛盾的發展

1. 東漢政治的腐敗

東漢的政治,一開始就恢復了西漢的中央集權。漢光武在統一天下以後,首先是解除功臣的兵權,以列侯就第。並下令裁撤各郡的都尉,解散一部分地方兵,而以太守兼典郡兵,削弱地方武裝。但同時,又擴大禁兵的編制,以增強中央軍的力量。

在中央政府,漢光武擴大尚書臺的權威,以集權於皇帝左右;擴大尚書臺的組織,以尚書令為主,尚書僕射為副。下設六曹,以六曹尚書

為主官。於是尚書臺遂居三公之上，而成為實際的中央政府。又置大將軍，及各級將軍，以掌兵權。

地方政府，刺史由西漢時的視察官變為地方州的長官，下統郡縣鄉里。

東漢王朝為了加強他的統治，在中央政府擴充太學，以培養提攜貴族官僚地主子弟為新官僚。到漢質帝（146年）時，太學生發展到三萬多人，各郡縣也普遍設學校，以培養統治階層各級官僚，作為王朝統治的基石。並實行推舉與徵辟制度，由地方官吏推舉鄉里賢良、方正、孝廉、秀才，由中央或地方政府徵辟為屬員。這種推舉制度，是說明統治階級企圖廣泛地羅致中小地主分子來參加政權，以鞏固其統治。但實行的結果，入仕之途，遂為大官僚貴族及地方豪族所把持，官僚分子遂濫汙不堪，中小地主分子不過空獲入仕的幻象而已。到東漢靈帝（168—188年）時，實行賣官，官僚就更多貪污聚斂之徒，加深了政治的腐朽。

2. 宦官外戚迭起專政和黨錮之禍

東漢的中央集權皇帝獨裁消滅割據、實現統一，固有其進步的一面，但大權集中皇帝左右。自漢和帝以後，東漢皇帝因生活荒淫，多短命而死。於是皇帝實權，便往往為外戚、宦官所把持，形成朝廷中官僚、外戚、宦官三個集團的長期矛盾和衝突。

東漢和帝即位時，年十歲，母后竇氏臨朝，舅父竇憲為侍中，掌握政權，兄弟均居要職。竇憲征匈奴勝利後，拜大將軍，封武陽侯，位在三公以上。於是竇氏兄弟驕縱，州刺史郡守吏多其門，勢傾朝野，賦斂吏民，皇帝便不在他眼中了。漢和帝引用宦官鄭眾於92年乘竇憲自涼州回師，誅殺竇憲，竇氏宗族賓客為官者都被罷免，於是宦官鄭眾之黨開始專政。歷安、順、沖、質、桓、靈諸帝,東漢朝廷便陷於外戚、宦官互相傾軋迭起爭奪政權的局面。外戚宦官各樹立私黨,遍佈中央和地方州郡,以擴大自己的勢力,加強對人民的壓榨。

漢順帝以後到漢桓帝時,外戚梁冀專政。梁氏一門七封侯,三皇后,六貴人,二大將軍,在位二十年,威行內外,奢侈驕縱,強佔民田,開闢園圃林苑,劫掠百姓數千口為奴婢;使私客四出,籍沒屬縣富人財產;宗親黨朋多為侍中鄉校或郡守長吏。漢桓帝(147—167 年)引用宦官單超、左悺、具瑗、徐璜、唐衡等,於延熹二年(159 年)將禁兵圍攻梁冀宅第,族滅梁氏,誅殺梁氏黨羽公鄉列侯刺史二千石數十人,罷免三百餘,朝廷為空。沒收梁冀財產拍賣合三十萬萬,用以作為官府費用,抵天下租稅之半。

梁冀滅後,宦官單超等便封萬戶侯,掌握了政權。於是宦官的宗族賓客遍佈州郡,爬上了政治舞臺。他們貪污聚斂,標價賣官,橫暴擅殺,更加兇惡。他們不但排斥外戚而且也排斥官僚。官僚士大夫和太學生的領袖郭恭、賈彪等便與官僚李膺、王暢、陳蕃及外戚竇武等聯合進行反宦官的活動。他們暴露宦官罪惡,抨擊朝政,利用職權打擊宦官在地方上的黨羽。如司隸校尉李膺逮捕依仗宦官勢力殺人的卜者張成父子。山陽都尉張儉因宦官家宅逾制,沒收其家財。這些官僚士大夫的目的雖然是為了挽救劉漢垂危的政權和維護自己的權力地位,但他們打擊兇惡橫暴的宦官及其黨羽,都在一定程度上符合了當時社會廣大階層的要求和願望,因之形成了社會輿論,打擊了宦官的威力。

在朝的宦官對官僚士大夫實行反攻,他們誣告李膺等結黨反對朝廷,移亂風俗。於是漢桓帝劉志延熹九年(166 年)下令逮捕二百餘人,造成第一次"黨錮之獄"。後來由於外戚竇武的援救,才以大赦為名放歸田里。但士大夫反對宦官已蔚成風氣,並未因逮捕而停

止其反宦官專政的言論活動。漢靈帝(168—188)時,外戚竇武、官
僚陳蕃與太學生謀誅宦官。計謀洩露,宦官攻殺陳蕃、竇武,並於
169 年二次興黨獄、逮捕黨人,殺遷幽禁的六七百人。繼之 172 年及
176 年,又接連二次捕殺黨人,並連党人的門生、故吏、父兄子弟在官
者也免官禁錮。不與宦官同流合污的士大夫、太學生,幾被誅殺殆
盡。官僚士大夫反對宦官的鬥爭在宦官專政的屠殺下失敗了。士
大夫的鮮血,並沒有改良東漢腐朽的統治。東漢的政治更進一步黑
暗腐朽了。黨錮之禍未完結,就爆發了農民大起義。

184 年黃巾大起義爆發,東漢統治階級內部的矛盾又統一起來,
於是開放黨禁,釋放黨人。虎口餘生的官僚士大夫被解錮以後,充
當各州郡牧守的智囊,仍舊站在東漢政府方面,鎮壓農民起義。

3. 東漢農村經濟的破產

東漢王朝是地主豪強專政的機器,皇室的近親、近臣、功臣、外戚,
在王朝的保護下成為新的權貴。據《光武帝紀》載,東漢初年,“宗室
及絕國封侯者,凡一百三十七人”,“功臣增邑更封,凡三百六十五人,
其外戚恩澤封者四十五人。”這些封侯增邑的新權貴,到章帝時,戶“租
入歲各八千萬”,實際收入還不止此。而且世世掌握大權,居政治顯
位。如竇融一門“一公、兩侯、三公主、四二千石,皆相與並時。自祖及
孫,官府邸第相望,京邑奴婢以千數”。鄧禹一門“累世寵貴,凡侯者二
十九人,公二人,大將軍以下十三人,中二千石十四人,列校二十二人,
州牧、郡守四十八人,其餘侍中、將、大夫、郎、謁者不可勝數。”光武功
臣耿弇“自中興以後迄建安之末,大將軍二人,將軍九人,卿十三人,尚
公主三人,列侯十九人,中郎將、護羌校尉及刺史、二千石數十百人。”
梁冀一門“七封侯,三皇后,六貴人,二大將軍,夫人、女食邑稱君者七

人,尚公主者三人,其餘卿、將、尹、校五十七人。"這群新權貴,擁有廣大土地和資財,橫行霸道,掠奪人民財產。

如濟南王康"奴婢至千四百人,廄馬千二百匹,私田八百頃","又多起宅第,費以巨萬"。外戚陰興"暴至巨富,田有七百餘頃"。竇憲的弟弟竇景"奴客緹騎依倚形勢,侵陵小人,強奪財貨。"經過東漢八十年的經濟發展,這些權貴和豪強地主,憑藉他們政治勢力和豐厚的地產資財,掠奪土地和人口,成為"膏田滿野,奴婢千群,徒附萬計"和"田畝連於方國"的大富豪。成千上萬的奴婢和徒附,是土地被兼併了的失地農民。"連於方國"的田產,是掠自農民的土地。東漢土地兼併到安、順以後,已達到嚴重的程度。

人為的土地掠奪,加重了自然災害。漢安帝(107—125年)時,由於水利不修,連續不斷的水旱災,猛烈地襲擊農村。安帝在位十九年中每年都有地震,還計有大水災十一次,大旱災五次,大蝗災六次,大風災三次,大雹災、大癘疫兩次,山崩兩次,海嘯一次,造成嚴重的饑饉和人吃人的慘象。

天災之外,又有戰禍。安帝以後,由於政治腐化和國力衰敝,北方匈奴、鮮卑、烏桓各族也不斷侵擾邊境,殺掠吏民。南方湖南、四川、雲南、兩廣地區的少數部族,也因不堪繁重的賦役和惡政的壓榨,而紛紛叛變,攻沒州郡。

西方的羌族,因不堪重斂和徵發隴西羌征西域,於安帝初年,相聚起義反抗。勢及涼、并及三輔、河東、河內,遮斷東漢通西域的隴道。東漢政府,發兵攻伐,自安帝到桓帝末,前後六十年對羌族发起戰爭,耗費軍費合計達四百萬萬,軍士死亡、邊民財產的毀滅及隨時的征索尚不計算在內。農村男子被征發去當兵轉餉,婦女被迫耕種,農村經濟被兼併、掠奪、天災和戰爭破壞了。但是統治階級仍征發不已,當時民謠描寫戰爭給農民帶來的災害:"小麥青青大麥枯,誰當穫者婦與姑,丈夫何在西擊胡。吏買馬,君具車,請為諸君鼓嚨胡。"農村破產,造成廣大農民不得不損棄舊鄉,遷徙道路,但是尋不到安生處所,只有走向聚眾反抗的道路。

七、農民大起義和東漢帝國的分裂

1. 東漢王朝統治下的農民反抗鬥爭

東漢王朝前朝由於統治者注意生產的恢復政策,社會生產勉勉強強地安定了八十年(25—107年),社會經濟也呈現了緩慢的上升。但自漢安帝以後,由於在生產發展中土地兼併的嚴重,由於王朝統治者腐朽的加深和殘酷地壓榨人民,由於水利不修造成連續的水旱災,由於居於境內各族人民不堪邊吏的暴斂掀起連綿不已的反抗鬥爭,使東漢王朝戰爭頻繁加重人民的軍費和力役負擔,造成了農村破產,農民流離死亡,社會矛盾遂日益尖銳起來。因之,從安帝時起,也就不斷發生此起彼伏的農民暴動。安帝到靈帝八十二年(107—188年)間,農民起義大小六十七次,南至交阯,北達幽燕,東抵瑯玡,西到涼州,到處攻陷郡縣,殺戮官吏,與劉漢統治者作殊死鬥爭。據《後漢書·順帝紀》載,順帝在位十九年(126—144年)中,有記載的起義如下:

> 順帝陽嘉元年(132年)二月,海盜曾旌等寇會稽,殺句章、鄞、鄮三縣長,攻會稽東部都尉。
> 同年三月,揚州六郡妖賊章和等,寇四十九縣,殺傷長吏。

陽嘉三年三月,益州盜賊劫質令長,殺列侯。

永和元年(136年)八月,江夏盜殺邾長。

永和三年四月,九江賊蔡伯流寇郡界及廣陵,殺江都長。

安漢元年(142年)九月,廣陵盜賊張嬰等寇郡縣

安漢二年十二月,徐陽盜賊攻燒城寺。

建康元年(144年)三月,南郡江夏盜賊,寇掠城邑州郡。八月,揚徐盜賊范容、周生等寇掠城邑。十一月,九江盜賊徐風、馬勉等,稱無上將軍,攻燒城邑。十二月,九江賊黃虎等攻合肥,同年,群盜發憲陵。

漢族以外的各族人民,也因不堪暴政壓榨,紛紛起而反抗。北方外族也紛紛入侵。

《後漢書‧五行志》載,安帝元初(117年)四年"羌叛,大為寇害,發天下兵以攻禦之,積十餘年未已。"

《後漢書‧西南夷傳》:"時郡縣賦斂煩數,五年(元初),卷夷大牛種封離等反畔,殺遂久令","明年(元初六年)永昌、益州及蜀郡夷皆叛應之,眾遂郡十餘萬,破壞二十餘縣,殺長吏,燔燒邑郭。"

《後漢書‧段潁傳》載:伏計永初(安帝)中,諸羌反叛,十有四年,用二百四十億;永和(順帝)之末,復經七年,用八十餘億。

《後漢書‧張奐傳》載:"延熹(桓帝時)九年,南匈奴、烏桓數道入塞,或五六千騎,或三四千騎,寇掠緣邊九郡。"

《後漢書‧馮緄傳》:"延熹五年(162年)武陵蠻夷悉反,寇掠江陵間,荊州刺史劉度南、郡太守李肅並奔走,荊南

皆沒。"

又《度尚傳》載"常沙零陵蠻寇陵州交阯,交阯刺史及蒼梧太守望風逃奔,二郡皆沒。"

《資治通鑑》載,靈帝時,"板楯蠻寇亂巴郡,連年討之,不能克。"《靈帝紀》載:"光和元年(178年)合浦、交阯、烏滸蠻叛,招引九真、日南民攻沒郡縣。"

起義的農民,攻佔地區廣大,發展迅速,而且殺官吏,燒官府,稱皇帝,稱將軍。這充分說明廣大農民對劉漢王朝貪污腐敗的統治者已仇恨深重,非推翻不可了,終於暴發了震動東漢王朝統治基礎的黃巾大起義。

2. 黃巾農民大起義

黃巾起義軍的首領張角,巨鹿(今河北平鄉)人。以"太平道教"組織群眾,自稱大賢良師。用符水咒語治病,廣泛地收納信徒,十餘年間徒眾發展到數十萬人,遍於青、徐、幽、冀、荊、揚、兗、豫八郡(今山東、河北、蘇北、湖北、皖北、河南等省地區)。張角把信徒組織為三十六大方,大方萬餘人,小方七八千人。各有領導的渠帥,以宗教迷信宣傳漢的統治末運說:"蒼天已死,黃天當立,歲在甲子(靈帝中平元年),天下大吉。"在京師及州郡官府門上用白粉書"甲子"二字。張角派大方馬元義佈置荊州、揚州徒眾數萬人,約期到鄴(今河北臨漳)集中,並往來洛陽聯絡宦官封諝、徐奉等為內應,準備在中平元年(184年)三月五日發動起義。起事未發,叛徒唐周到洛陽去告密,大方馬元義被捕犧牲,京城內的組織被破壞,被捕殺的官吏人民數千人,東漢王朝並下令緝捕張角。張角知事已敗露,於是號召各方,提前於中平元年二月起義,一時遍於八州的有組織的農民便頭戴黃巾揭起義旗,轟轟烈烈地總暴動了。張角自稱天公將軍,角弟張寶稱地公將軍,張梁稱人公將軍,領導河北中部的農民軍,到處燒官府,殺官吏,十餘天中,天下響應,京師震動。南路起義軍在張曼成領導下攻殺南陽太守褚貢,汝南黃巾軍敗汝南太守趙謙,潁川黃巾在波才領導下,威脅著洛陽,東漢王朝的統治者,大為震驚了。

漢靈帝為首的東漢地主統治階級,對農民起義佈置武力圍剿,他首先開放黨禁,大赦黨人,緩和統治階級內部矛盾,並以高官厚賞動員地主階級武裝進攻農民軍。同時,以河南尹何進為大將軍,率領禁軍鞏固洛陽附近防務,集中官軍精銳部隊,派盧植率軍攻張角。皇甫嵩、朱儁率軍進攻潁川、汝南、南陽、東郡(濮陽)黃巾。這群劊子手率領官兵聯合地主武裝,對農民軍和老百姓瘋狂地屠殺,使潁川、汝南一帶的黃巾軍首先遭到失敗。皇甫嵩部又被調往河北圍剿張角。張角兄弟,在英勇戰鬥後,終於抵不住官軍血腥的攻殺而先後失敗。皇甫嵩一人所屠殺的農民軍就有二十萬。

黃巾軍失敗後,河北一帶的農民起於山谷間,縱橫大河南北的由著名首領張牛角、張燕(褚飛燕)、張白騎,于氐根等所領導的黑山、白波等二十餘部,大者二三萬,小者六七千。常山張燕,最得各部信任,他聯絡中山、常山、趙郡、上黨、河內地區各部,千里相呼應,眾至百萬,號稱黑山軍。黃巾餘眾在郭大領導下,活動於太行山區,轉戰晉、豫等地,益州馬相,自稱天子。青、徐黃巾復起,發展到三十萬。由於起義軍"丟輜重唯以抄掠為資",在地主武裝的聯合圍攻,起義軍各部終於在地主武裝袁紹、曹操、劉備、孫堅等的進攻下先後被鎮壓下去了,但戰鬥近二十年的農民起義,終於摧毀了東漢的政權。

3. 東漢帝國的分裂和地方割據勢力的混戰

東漢王朝在武力鎮壓農民起義時,宦官和州郡豪強,乘機掌握了中央和地方的武裝力量。漢靈帝中平五年(188年)將中央軍的領導權交給宦官蹇碩掌握,設西園八校尉(上軍校尉蹇碩,中軍校尉袁紹,下軍校尉鮑鴻,典軍校尉曹操,助軍校尉趙融,右校尉馮芳,左校尉夏牟,左軍校尉淳于瓊),特任蹇碩為元帥以督之,雖大將軍,也在蹇碩鎮屬之下。同年,以列卿尚書原秩出任州牧,以加重州牧實權。於是中央武裝掌於宦官,地方軍政權專於州牧。外戚何進暗中勾結地方勢力以反對宦官。

中平六年(189年),漢靈帝死。皇太子辯即帝位,何太后臨朝,何進與太傅袁隗輔政,錄尚書事。於是何進與官僚袁紹、袁術及反宦官的士大夫龐紀、何顒,荀攸等相結納,聽袁紹計,召并州牧西涼董卓率兵入京師以除宦官。宦官張讓等因而殺何進,袁紹率兵攻殺宦官二千餘人。宦官勢力雖被徹底消滅,但董卓隨即入京,廢少帝劉辯,殺何太后,滅何氏,操縱朝廷大權,立陳留王協為皇帝——漢獻帝(190—220年),袁紹出奔冀州,袁術出奔南陽,曹操出奔陳留,散家財募兵。山東州郡,共推袁紹為盟主以討董卓。

獻帝初平元年(190年),董卓迫漢獻帝西遷長安,以避山東之兵,誅滅洛陽富室,沒收其財物;強迫洛陽百姓數百萬口遷長安,途中饑餓寇掠蹂藉而死者不計其數;更燒洛陽及附近宮廟、官府、居室,洛陽二百里內屋舍雞犬不留;使呂布掘皇帝陵寢,收珍寶重物,一百多年以來勞役千百萬民力修築的“宮室光明,闕庭神羽”的皇城,“奢不能踰”的宮殿,和佈滿離宮別館、苑園池沼的洛陽四郊,都被董卓焚毀成一片瓦礫了。

　　董卓挾持漢獻帝遷長安後，一方面佈置兵力在澠池、華陰、安邑及其他縣以拒山東兵，一方面誅殺異己自為太師，把持政權，更殘酷地剝削人民。他毀五銖錢，收長安、洛陽各地的銅人銅馬及銅製品鑄小錢，造成惡性的"物貴錢賤"現象，穀每石數萬錢。又築郿塢（築塢於郿，離長安東二四〇里），高厚各七丈，積穀為三十年儲，藏金二三萬斤，銀八九萬斤，錦綺奇玩，積如丘山。他不但專制貪暴，而且任意誅殺，因之司徒王允和他的親信呂布相結謀，於192年殺了董卓。董卓的部下李傕、郭汜等率兵由河南西攻長安，與董卓舊部曲樊稠、李蒙等相結，兵力十餘萬攻入長安，大行殺戮劫掠，後並內訌互相攻殺，三輔殘破，災害流行，穀一斛五十萬，人相食，長安城四十日無人回。

　　196年，漢獻帝劉協乘機逃回洛陽，被兗州牧曹操挾持，遷往許昌，年號建安。自建安元年起，東漢名存實亡，漢獻帝變成了曹操專政權、割據地方的傀儡。

　　當時的局勢已形成分裂割據的局面：

　　曹操自叛董卓後，募集兵眾以東郡為根據地，東破青州黃巾，收降兵三十萬，得男女百萬餘口，編為青州兵，作為他的武裝基礎，攻掠地方割據兗、豫二州（今山東西南及河南），勢力漸大，挾持漢獻帝都許昌，挾天子以令諸侯。

　　袁紹佔據冀州，收納地主武裝，攻敗河北黑山軍眾，進據青州、并州（山東東北及山西地），駐鄴。

　　劉表為荊州（湖南、湖北）刺史，攻收地主宗黨武裝，割據荊州八郡，駐襄陽擁兵十餘萬。

　　孫策攻佔江東六郡（會稽、吳、豫章、丹陽、廬江、廬陵），劉馬據益州。後馬死，其子劉璋繼之。

　　韓遂、馬騰據涼州（甘肅），後入南中。張魯據漢中。

其他有公孫瓚據幽州(河北東北部),陶謙、呂布先後攻佔徐州,張繡據南陽,袁術據揚州(江淮下游間地),後徙壽春。

劉備雖在攻擊黃巾中起家,但到建安初勢力不豐,初依曹操,後去操攻取徐州(199年),被曹操攻敗,又往依袁紹(200年),得紹兵攻略汝穎地區,敗於曹操,往依劉表(201年),屯駐新野。

這些割據勢力,都是官僚武裝和豪強地主聚兵部曲,互相結合,屠殺黃巾而逐漸強大起來的。他們互相爭奪,劫殺混戰不已。袁紹借烏桓兵攻敗幽州公孫瓚後,勢力強大,遂屯兵官渡(河南中牟),企圖進攻許昌,曹操聽荀彧、郭嘉計策,連關中韓遂、馬騰,平徐州呂布(198年)及壽春袁術(199年),於200年與袁紹對壘官渡。袁紹敗後,曹操攻敗紹子袁尚、袁譚及袁熙,盡有冀、青、幽州,並攻佔并州(206年),追擊烏桓(207年),遷烏桓萬餘落(戶)於內地。於是曹操統一了冀、幽、青、并,勢達遼河流域。勢力強大起來後,企圖平荊州,下江東,以武力統一中國。

建安十三年(208年),曹操大軍南下攻荊州,時劉表已死,表子劉琮降操。操在荊州大治水軍,想下江東平孫權,但劉備屯兵荊州北境,與孫權連兵,大敗曹兵於赤壁(湖北嘉魚)。同年孫權圍合肥不下,曹操益兵屯合肥,劉備引兵南下攻取武陵、長沙、桂陽、零陵四郡,並結益州劉璋,於是形成曹操、孫權、劉備三大割據勢力均衡的局勢。東漢帝國,至此分裂,漢獻帝已名存實亡。

4. 割據混戰造成的生產破壞

東漢末年由於地方割據勢力的長期混戰屠殺,使社會經濟遭到空前的大破壞,繁榮富庶的都市和農村都變成殘酷的殺人場了。如董卓退出洛陽迫劉協遷長安時,強迫居民幾百萬口西遷,路上饑餓死亡過半,把洛陽二百里內的地區的房屋宮舍徹底燒毀。他攻破朱儁於中牟後,屠殺陳留、穎川二郡人民幾盡。董卓死後,他的部下李傕、郭汜(後為曹操所滅)在長安混戰屠殺,造成關中二三年中無人回,長安城十多萬人口死亡殆盡,城空四十日。曹操與袁紹戰於官渡,殺降俘七萬人。曹操破徐州陶謙,屠殺徐州五縣,殺男女數十萬口,投屍泗水,水塞不流。大屠殺中,人民弱者死,強者逃亡四方,黃河流域戶口驟減,成為一片荒涼的慘像。王粲在他的《七哀詩》中寫當時殘破的長安:

> 西京亂無象,豺虎方遘患。復棄中國去,遠身適荊蠻。
> 親戚對泣悲,朋友相追攀。出門無所見,白骨蔽平原。

城市變成了廢墟,"百里絕而無民者不可勝數"。農村變為蔽屍骨的荒塚,民散田荒,饑饉流行,人口大量向荊、益、遼東、漢中及江東、交州等地流亡,黃河流域及淮河地區,人口十不存一。軍隊乏食,袁紹軍在河北仰給桑葚,曹操軍在山東東阿吃人肉乾,袁術軍在揚州吃蚌蛤。

曹操於 196 年挾持漢獻帝都許昌後,為了穩定他的統治,進行剝削以充軍糧給養,當年就實行從兩漢發展起來的屯田制,開闢稻田,修治河渠,召集流亡人口,屯田許下,一歲得穀百餘萬斛,使兵士於休期間隨地屯墾,一面耕田一面戍守。民屯軍屯,都按軍事編制組織勞動力,設典農中郎將、典農都尉、典農校尉管理民屯。官府對田兵或田客收取地租,使官牛的,官收十分之六;使私牛的,官取二分之一。田兵田客耕種官田,被強制地束縛在土地上,成了無遷徙自由的官府農奴,但曹操推行屯田的結果,使流亡人口歸復到土地生產上來,屯田積穀,不僅解決了軍食,而且也使部分地區的農業經濟逐漸恢復。

建安四年(199年),曹操並設監鹽官,監賣食鹽,以其收入增買耕牛,供給關中的流民耕種,防止流民為地方豪強掌握。這一些辦法,使曹操在軍事上、政治上奠定了經濟基礎,相對地穩定了他佔領地區內的社會秩序,使曹操能統一北方大部地區。但以後四百年中的黃河流域,一直未能恢復兩漢時期的繁榮。

八、兩漢的文化

1. 司馬遷的《史記》和班固的《漢書》

中華民族是最珍視自己歷史的民族,最愛自己歷史的民族。孔子的《春秋》是全世界最早的一部編年史。《春秋》雖是魯國一國的歷史,但它也包舉了春秋一代的史事,然猶失之太簡,賴《左傳》而得完備。到了漢朝,有兩個大史學家產生,即司馬遷和班固。(當然我們不是以科學的歷史家來衡量他們。)

司馬遷繼承他父親司馬談的事業,寫成了《史記》一書,是起自上古訖於漢武帝時的一部通史,是遠超過了他以前所有歷史書的一部著作,寫成於公元前一世紀初。全書一百三十卷,五十二萬八千多字,分十二本紀,十表,八書,三十世家,七十列傳等篇。其內容,天文、地理、經濟、法律,無所不包,我們應該確定他在世界學術史上應有的地位。《史記》是一部以人為主的書,首創紀傳體的體裁,為後代封建主義史家樹立了典範。但他不僅為帝王作本紀,也為項羽作本紀,不但為封建貴族作世家,也為農民革命領袖陳涉作世家。

我們雖不能說司馬遷有同情於農民革命的思想，但他不以成敗論英雄，他不僅把揭竿起義的農民英雄看為貴族，而且說："陳勝雖已死，其所置遣侯王將相竟亡秦，由涉首事也。"司馬遷是很清楚看出亡秦的力量是由誰發動的。

《史記》一書中，還包括了藝人、遊俠、商人等的列傳，足見司馬遷的眼光注意到社會每一階層的人物。

《史記》的內容很豐富，採訪非常周詳。司馬遷讀完他當時所能看到的書，不論前代史書，諸子百家，以及六藝方技的書。而且司馬遷尤其注意耳聞目覩之事。對於史料的搜集，是一種生動而求得更真實的方法。如《項羽本紀》說"吾聞之周生"，如《魏世家》說"吾適故大梁之墟，墟中人曰"，又如《淮陰侯列傳》"吾如淮陰，淮陰人為余言"，是親聞的事。也有親見的，如《李廣傳》"余覩李將軍，悛悛如鄙人"，又如《遊俠傳》說"吾視郭解，狀貌不及中人，言語不足採者"。也有見所傳人畫像的，如《留侯世家》說"至見其圖，狀貌如婦人好女"。可見他收集史料方法的多方面而屬於"現實主義"的。

司馬遷的《史記》，不僅在古史中是一部極偉大的著作，對中國歷史有偉大貢獻，對中國史學有巨大影響，即以散文文學來說，也是很好的散文。而他的《報任少卿書》，是更好的散文形式的作品。他描寫人物，細緻逼真，刻畫深刻。敘一事實，生動有力，判析入微。如《信陵君傳》，可作一篇傳記讀，也可作一篇小說讀。如《項羽本紀》和《樊噲傳》敘鴻門會一事，因情節變化，而長短其文句。他描寫刺客，不但從紙上飄起了慷慨悲歌，簡直是匕首當前，鮮血射面，使讀者如見其人，如與其事，都是極好的文字作品。

當然，司馬遷因受時代環境的限制，有他落後的一面，如對歷史沒有發展的眼光而有循環論的歷史觀，敘述偏重於統治階級方面等等。不過我們不能用現代的要求來衡量他。

東漢班固,亦繼承其父班彪的事業,仿司馬遷紀傳體之法而著《漢書》,專記西漢一代的史事,首創了"斷代史"的體裁,後來歷代著史,無不按照他這體裁。

班固《漢書》一百二十卷,共八十多萬字,分本紀、列傳、表、志,體例完全依照《史記》,改"書"為"志"而已。

班固的《漢書》,雖然有很多用《史記》的原文,但是他增加不少有關經濟政治的材料。如賈誼《治安策》,賈山《至言》,公孫宏《賢良策》等。

《食貨》一志,開後來各史書的先例,敘述一代田賦、貨幣、經濟生產情形,最是有用。《藝文志》把漢代以前及漢代的書作一總目,尤其是便於學者的考查,後來編史的也都仿其法來編錄,在考查古書,搜集遺文的工作上,起了很大作用。

班固是以能賦見稱的,所以他的著作是以豐富見長,表現在《漢書》中也是如此。世人稱《漢書》"贍而不穢,詳而有體",是恰當的評語。所以班固的《漢書》雖然趕不上《史記》那樣富有創造性,但其記載的詳博,卻較《史記》有過之而無不及。因之它與《史記》同為我國古代史學巨著,提供給我們珍貴而豐富的史料。

2. 文學

在初期封建時期,我國文學產生了《詩經》和《楚辭》兩部偉大的韻文作品,和諸子百家的散文。自秦統一,到了漢代,在前一時期的基礎上,經過了四百年的封建統一的社會,在政治經濟的發展中,在國家疆域的擴大與中西交通的過程中,培養了不少歌頌封建大帝國的文學家,而在地主大商人官僚的封建統治之下,人民受饑寒困苦的壓迫,也不斷發出了反映現實生活的呼聲,這兩方面的作品,在漢代文學作品中,以賦和樂府詩及雜曲兩種形式表現出來,現在分別來敘述。

先說賦。兩漢文學,賦是主要作品之一。賦是直接由春秋戰國時期的歌,"成相篇"(《荀子》),尤其是《楚辭》發展而來的,到漢朝才完成的一種文學作品的形式。《楚辭》原先也吸收了民間形式的東西。秦漢之際,這種形式在今長江流域的民間很流行。飲酒無賴,沒有受到教育的劉邦能作"大風歌",赳赳武夫的項羽能作"虞姬歌"。到了漢朝,由於經濟的繁榮,社會富庶,奇花異草,怪獸珍禽,充盈在一些文人學士的面前,城市的崔巍,宮廷的瑰麗,都成為文學家描寫的材料,而中西交通以後,四方又傳來聞所未聞,見所未見的事物,都是紀不勝紀,歌頌這繁榮和興盛,於是產生了不少賦的作家,如賈誼、枚乘、司馬相如、東方朔、嚴忌、班固、楊雄、蔡邕等人。他們的作品,都是歌頌偉大帝國的繁華,歌頌漢皇的統治,很少反映人民的生活,但從我們祖國歷史的偉大,從他們這些作品中,多記草木鳥獸之名,描寫建築的宏大奇麗,擴大文學的領域來講,也有可肯定的地方。而像賈誼《吊屈原賦》,對於一代愛國詩人的敬仰思慕,自是不可磨滅的文章。

漢代文學,反映人民生活,代表人民的呼聲,是樂府詩和雜曲。

《漢書·藝文志》說:"自孝武立樂府而采歌謠,於是有代、趙之謳,秦、楚之風,皆感於哀樂,緣事而發,亦可以觀風俗,知薄厚云。"可知樂府詩是漢武帝時開始設立樂府,從民間收集歌謠,協以音律來歌唱的,所以這些作品所反映的很多是民間的生活。

樂府詩中,如《平陵東》描寫官吏的貪暴,如《東門行》反應窮苦人生活的無奈,如《婦病行》寫窮人妻死兒幼的淒涼情況,如《孤兒行》寫一個孤兒的遭遇,也反映出當時奴婢的生活,如《悲歌》《古八變歌》,都是反對兵役,反對戰爭的呼聲。

樂府詩以外,還有雜曲古詩。其中《十五從軍征》一首,寫少小從軍,暮年還家,情節是非常真實而悲慘的。而《焦仲卿妻》一首,三百五十三句,一千七百六十五字的長曲,是漢末一首寫實的作品,暴露了禮教吃人的罪惡,成為攻擊傳統倫理的有力作品。

3. 唯物論者王充

兩漢時期,在思想界處於領導也即統治地位的儒家與陰陽五行合流的學說,讖緯迷信盛行,虛偽的禮法風靡一時。哲學的歷史,是唯心論與唯物論的鬥爭。在這唯心論籠罩整個社會的時候,與之作鬥爭的是王充的傑出的唯物論思想。

王充是會稽上虞(浙江上虞)人,生於光武建武三年(27年),卒於和帝永元中(97年左右),著有《論衡》八十五篇。

王充恢復道家接近科學的"自然"學說,認為天地自然是物質的東西,而不是精神的,他在《自然》篇中說,"天地合氣,萬物自生,猶夫婦合氣,子自生矣。萬物之生,含血之類,知饑知寒,見五穀可食,取而食之,見絲麻可衣,取而衣之。"(《論衡》卷十八)所以他的宇宙觀,乃是以這種樸素的唯物論為基礎的。

從這樣的觀點出發,王充就無情地攻擊當時的圖讖之學。西漢儒家定於一尊以來,董仲舒的儒學思想,都是把天看作有意志的主宰。而這種思想在儒家如孔子、孟子看來則為"天命",王充針對著這種思想,於是寫了《問孔》《刺孟》兩篇,使這種"天命"論的玄學思想遭到致命的打擊。

王充否認天命,否認神的存在,他嚴厲地批評那些讖緯之學的"天人感應"的說法的無稽。他寫了《指瑞》篇,指斥那些講符瑞等等的荒誕。他反對一切迷信和相信災異等,他認為這些都是虛妄。他用客觀的事實來駁斥這一切,他寫了《書虛》《變虛》《異虛》《感虛》《福虛》《禍虛》《龍虛》《雷虛》《道虛》等篇,可見他實事求是的精神。

王充全部思想中,貫徹著一種精神,即"無鬼論",這無鬼論見於他的《論死》篇。他以物來證明,人是物,物死或毀了不能為鬼。為什麼人能為鬼?"人之死,猶火之滅也,火滅而耀不照,人死而知不惠,二者宜同一實。……人病且死,與火之且滅何以異?火滅光消而燭在,人死精亡而形存,謂人死有知,是謂火滅復有光也。"(《論死》篇)王充這種說法,成為後來齊梁之際范縝《神滅論》的依據而更發展。

王充的歷史觀,是持進化論。他反對世人是古而非今,反對以古為美為貴,以今為惡為賤。他對於那些"述事者好古而下今,貴所聞而賤所見"的人是深深地反對。因為他們不但不實事求是,而且看不見社會是前進的。他在《齊世》篇中再三地說明今世優於古世。他在《宣漢》篇中便竭力說漢代超過周代。

王充的思想,在圖讖迷信盛行的時代,而能從唯物觀點批評他們的荒唐虛妄,難怪要被認為是離經叛道的異端了。不過他為歷史條件所限,在他的思想學說中還存在著偶然決定一切的命運論的色彩。比如他仍認為貧富貴賤是自然的,是生來的,不免仍舊陷入於"宿命論"了。

4. 科學創造

兩漢科學,很有發展。首先表現在天文學的研究。東漢時傑出的科學家張衡(78—139 年)創製了"渾天儀",觀察天空、星辰、日月,張衡又發明"候風地動儀",觀察地震,製造很精巧,測驗很正確。

東漢時另一重要科學發明是紙的進一步創造。我國造紙的發明,西漢時已有記載(《漢書‧孝成趙皇后傳》)。到東漢和帝時,宦官蔡倫,便發明用樹皮、麻頭及破布、魚網等來造紙,從此利用植物纖維的紙便盛行於天下了。普遍應用紙以後,文化的傳播更為迅速。紙是我國四大發明之一,對於中西文化傳播上起了偉大的作用。

第五章　三國兩晉南北朝時代

(220—589 年)

一、三國鼎立到西晉的短期統一

(220—316 年)

1. 魏蜀吳三國的鼎立

208 年赤壁之戰曹操被孫權、劉備聯合擊敗以後,曹操武力統一中國的企圖,已被粉碎,三個政權分立的形勢已基本上形成了。此後,劉備據有荊州北部及江南四郡(長沙、武陵、桂陽、零陵),又於 214 年向長江上游發展,攻降益州劉璋,佔領益州。215 年,劉備與孫權平分荊州,劉備派關羽駐守襄陽樊城,曹操則西破涼州韓遂、馬超,並攻取漢中,降張魯,南侵巴郡界。219 年,劉備率諸將襲取漢中,同年孫權派陸遜、呂蒙等攻敗守荊州的關羽,進佔全部荊州。於是曹操逐漸在北方擴充勢力,佔有北方九州,東自廣陵、壽春、合肥以至襄陽一綫,與孫權南北對峙,西自隴西、祁山、漢陽、陳倉,與劉備為界。孫權則向長江以南擴充勢力,據有江南五州(交、廣、荊、郢、揚),北至長江,南達海表。劉備則向西南發展,據有益、梁二州,跨西蜀、漢中。220 年,曹操死,他的兒子曹丕廢掉了名存實亡的漢獻帝,自立為帝,建都洛陽,國號魏。221 年,劉備在成都稱帝,史稱蜀漢。229 年,孫權稱帝建康,國號吳。三個政權分立的局面至此形成了。直到 280 年,西晉統一中國,才告結束。

2. 三國分立時期的經濟狀況

(1)屯田制度的推行和水利的興建

三國鼎立時期,雖然戰爭並未停息,但各國的統治者,為了保證軍事給養的供應和內部統治秩序的建立,以鞏固他的統治和防務,都作了些農業經濟的恢復工作,把流離失所的農民組織到生產上來。因此,各國盛行屯田,以曹魏的屯田規模為最大。

曹魏屯田,從曹操時即開始實行,曹丕繼續推廣到河南及淮水流域。屯田的組織有軍屯和民屯兩類。民屯在郡設典農中郎將或典農校尉,縣設典農都尉,管理屯田,直屬大司農,不受郡縣統轄。軍屯則是軍隊的編制,由田兵進行耕耘。軍屯多在邊防地區和軍事重鎮,到處屯糧積穀,以供軍需。許昌、漢中、長安、渭濱、上邽等地,到處有軍屯。內地多民屯,選擇水利建設便利的地區,進行大規模屯墾,如潁川、魏郡、鄴、汲郡、河內、洛陽等地都有屯田。由於大規模的屯田,水利興修也有一定的發展。

據《晉書·食貨志》所載,當時屯田水利較著者為:

魏文帝曹丕時(220—226 年),鄭渾為沛郡太守,見於沛郡地多低淤,常發生饑饉,遂在蕭、相二縣興陂堨,開稻田,"頃畝歲增,租入倍常"。

魏明帝曹叡時(227—239 年),徐邈主涼州,修武威、酒泉鹽池,並廣開水田,募貧民佃種,"家家豐足,倉庫盈溢"。

皇甫隆為敦煌太守,教農民做樓犁,並實行水利灌溉,歲終計算,"省庸力過半,得穀加五"。

青龍元年(233 年),開成國渠,自陳倉至槐里築臨晉陂,引汧、洛溉為鹵之地三千餘頃。

規模最大的是正始四年(243 年),鄧艾在淮南北的屯田。淮南北分置屯田兵五萬人,五里一營,每營六十人,輪流佃守。大興水利,開渠三百里,溉田兩萬頃。

由於魏屯田規模之大,他在經濟力量上遠超過吳、蜀,給司馬氏統一中國打下了物質基礎。

此外,吳、蜀兩國也設督農官,並且也實行屯田解決軍糧給養問題。如吳呂蒙作廬江太守,行屯田,235 年孫權在江北實行軍屯,蜀諸葛亮因連年對魏作戰,都因軍糧問題而不能取勝,於是在 234 年屯田渭濱,以作持久之計,但規模和效果都不如魏。

屯田的勞動力來源,民屯主要是強制徙民,招募貧民和掠奪人口。

魏嘉豐四年(252 年)關中饑,司馬懿"徙冀州農夫五千人佃上邽(在甘肅天水西南)"。

《三國志·魏志·盧毓傳》載,魏文帝曹丕時,盧毓為譙、梁二郡太守。"帝以譙(安徽亳縣)舊鄉,故大徙民充之,以為屯田,而譙土地磽瘠,百姓窮困,毓愍之,上表徙民於梁國,就沃衍。"

蜀與魏戰,攻拔狄道、河間、臨洮三縣(在甘肅南境),徙其民居於繁縣(四川新繁)、綿竹(四川綿竹)。

吳孫權派人浮海掠夷州(今臺灣)、遼東人口,並進行征服山越,"強者為兵,羸者補戶,得精卒數萬人"。

魏徐邈為涼州,"廣開水田,募貧民佃之"。

徙民、募民、掠奪人口進行屯田,三國的統治者為了對屯民田兵進行殘酷的剝削,魏制屯民對官府須負擔百分之五十至六十的田租,一般農戶每畝約田租四升,戶稅絹二匹,綿二斤,統治者的經濟力量遂逐漸富裕起來。但另一方面看,屯田制度,可以在邊防上大量積穀,供軍需,減輕戰爭對人民飛芻挽粟的勞役負擔,在一定限制內使農民可以進行安定的生產,對農業生產是起了推動作用的。因此,三國鼎立時期的農業經濟,有了一定的恢復和發展。但由於勞動力的缺乏,和三國間戰爭的繼續,使經濟發展受到限制。

(2) 軍需手工業

三國的統治者為了進行戰爭,頗注意軍需手工業的生產,及該項生產原料的發展。

曹操攻袁紹於官渡時,發明霹靂車,發石以擊袁紹軍高櫓。曹魏任用韓暨為監冶謁者,恢復東漢時所做水排,以水利鼓風爐冶鐵,增加產量,減低成本。馬鈞發明翻石車及水車。

蜀漢設鹽鐵官管理鹽鐵生產,設司金中郎將,"典作農戰之器",諸葛亮出兵西南,平定益州、永昌、越雟、牂牁四郡,"出其金銀,丹漆,耕牛,戰馬以給軍國之用"。蜀與魏戰,諸葛亮創造"木牛流馬",以解決道路險阻的巴蜀運輸中的困難,並發明十矢併發的連弩。

東吳適應水戰及水上交通的需要,在建安(福建建甌)設立造船廠,專門製造軍用船隻。孫權在武昌一帶採取銅鐵作"千口劍萬口刀"。當時的煉鋼技術,確已有很大的改進了。東吳在孫策破袁術時,俘獲袁術部下鼓吹百工部曲三萬餘人,送百工到吳郡。這些百工對東吳的手工業發展是起了很大作用的。

三國鼎立時期,東吳和蜀漢實行屯田務農,注意手工業生產,大量吸引了北方中國掌握進步生產技術的百工和農民遷徙到江南和四川,並開發山區和西南地區,使長江流域和西南地區的經濟文化比東漢時期前進了一步。

3. 西晉的短期統一(280—316 年)

(1)司馬氏代魏建立西晉王朝(265—316 年)

由於三國時期社會經濟的部分恢復和發展,佔有黃河流域廣大地區和人口的魏國,在人力、物力、財力上遠較吳蜀優越,因之經濟恢復得較快,軍事力量也較強。

掌握魏國政權的曹操,本來是出身於中下級士族。他爬上統治地位以後,為了鞏固自己的統治地位,不能不取得大士族豪強的擁護。因而於 220 年曹丕繼位以後便實行了"九品中正"制度,選舉地方大士族地主,參加政權。

"九品中正"的具體內容,就是在州設大中正,郡設小中正,"中正"的資格,必須是本州郡人在朝廷或地方上有重望者,那當然是大士族大地主的當權派了。選舉的辦法,先由小中正定本郡人才為九等,上之大中正,經大中正審查後上之司徒,司徒決定就可交尚書錄用了。中正官既都是大士族官僚地主,他們品評選拔的所謂"人才",必然是非親即故,不出士家大族豪門地主的圈子。上品官中,便沒有出身於寒門卑族的中小地主分子了。因此,"九品中正"制度就造成了豪門士族把持仕路,使曹魏的政權成為豪門士族的專政。

司馬懿為首的河南溫縣大門閥大地主集團,在魏明帝曹叡(227—239 年)時,就掌握了曹魏的軍政大權,在長期戰爭中,豢養了自己的政治勢力,排擠曹氏集團。曹叡死後,年方八歲的曹芳繼位(240—253 年),司馬懿與皇族曹爽為"侍中,假節鉞,都督中外諸軍、錄尚書事",共同掌握軍政大權,各自培植私人勢力,互相排擠。司馬懿和他兩個握軍權的兒子司馬師和司馬昭謀殺了曹爽(249 年),並盡滅爽黨,政權落在司馬氏手中。司馬懿死(251 年),司馬師、司馬昭兄弟相繼掌握政權,佔有大片肥沃土地。254 年,大將軍司馬師廢曹芳,立曹髦為帝(254—259 年)。司馬師死(255 年),司馬昭總統諸軍,為相國,封晉王,封地二十郡,佔曹魏領地三分之一。在這樣政治權力和經濟基礎上,司馬昭遂於 260 年攻殺曹髦,立十五歲的曹奐為帝,263 年派鄧艾、鍾會率軍滅蜀,265 年司馬昭死,子司馬炎廢魏帝曹奐自立為帝,都洛陽,建立晉朝,這就是晉武帝。280 年冬司馬炎大舉伐吳,遣琅瑘王胄出塗中(今滁州),王渾出江西,王戎出武昌,胡奮出夏口(今漢口),杜預出江陵,益州刺史王浚及唐彬下巴蜀,東西凡二十餘萬,水陸並進,直取建業,吳主孫皓降,三國分立的局面至此結束。

(2)西晉的占田制

西晉在滅吳以前,承三國長期戰爭之後,戶口稀少,無主荒地仍舊未盡墾闢,又加上準備對吳的軍事力量,所以繼續實行屯田制,將無主荒地由地方州郡募貧民佃耕,或由州郡大軍兵士屯種,向官府繳納租稅,咸寧元年(275 年)下詔"以鄴奚官奴婢著新城,代田兵種稻,奴婢各五十人為一屯,屯置司馬,使皆如屯田法。"(《晉書·食貨志》)。

由於魏晉在許多地區實行屯田,農業生產發展,過去"白骨蔽平原"的荒涼的地區已成為"農官田兵雞犬之聲,阡陌相屬"的富庶景象了。因之,管理軍屯民田的軍官和農官,事實上已成為一州一方的專吏。適應屯田區人口的增加和行政事務的繁多,西晉統治者遂下令"罷農官為郡縣",將管理屯田事物的組織變為行政組織。過去向官府納租穀的田客或田兵,也成為給郡縣供田租戶稅及徭役的農民。土地所有權歸西晉王朝所有,持官牛耕官田的農民要向官府繳納十分之八的田租,持私牛的繳十分之七的田租。

但是,在屯田制度推行和農業經濟恢復發展的基礎上,官僚地主和擁有部曲的豪強不斷地侵佔官荒民田,招募佃客耕種,廣佔田宅佃戶,影響西晉政府租稅收入和對土地與勞動力控制的權力。因此,西晉滅吳之後(280 年),便頒佈了占田制度。一方面對官僚地主佔田地和佃客的特權予以法律保障,並加以一定的限制;另一方面規定了農民的占田課田辦法,以加強西晉政府對農民的剝削。占田制的內容大體是:

官僚按品級佔田和佃客:占田制規定,官品第一品佔田五十頃,每低一品遞減五頃,至九品佔田十頃。一品官別賜菜園田十頃,二品八頃,三品六頃。並按官品高低蔭親屬,多至九族,少至三族。被蔭的人得免除課役,又按品級佔有佃客,一、二品佔有佃客十五戶,三品十戶,四品七戶,遞減至八九品佔有佃客一戶。另外六品以上官得蔭衣食客(奴隸)三人,七、八品二人,九品一人。佃客多為官奴婢(罪人)、分給品官以後,成為農奴。也有窮苦農民及邊郡胡人被勢家強迫變為農奴的。官僚佔田雖有限制,但實際上成為佔田最低數,官僚地主原有私產和侵佔農民的土地遠超過此限。如荊州刺史石崇佔有田宅水碓三十餘處,蒼頭(奴隸)八百餘人,其他財物不論。強弩將軍龐宗佔田二百頃以上,王戎園田水碓普全國。他們享受免課役特權,利用政治權力,兼併農民土地,而租稅徭役,則完全由佔地很少的農民負擔。

農民佔田、課田制度:西晉規定丁男之戶,男子佔田七十畝,女子佔田三十畝,另外丁男為政府無償地耕課田五十畝,丁女二十畝。次丁男(男年十五以下至十三,六十一以上至六十五為次丁)為戶者耕課田比丁男減半。

另外實行戶調制,丁男戶每年給政府納戶稅絹三匹,綿

三兩,女及次丁男戶減半。邊郡戶納三分之二,遠者納戶稅
比丁男戶三分之一。

皇室官府佔有廣大荒地熱田,原來屯田之兵士、奴婢、佃
農都成為官府的農戶。諸侯王國,除了在本國封地可以無限
佔田外,在京城可佔有宅田及近郊芻藁田,大國可佔近郊田
十五頃,次國十頃,小國七頃。

占田制度確立了西晉皇室、王侯、官僚按等級佔有大量土地和佃
客的經濟基礎,廣大的農民成為政府皇室、王侯和官僚地主的農奴,被
束縛在土地上,負擔著繁重的租稅、戶稅和勞役。

由於西晉初期實行了占田制度和全國統一,戰爭停息的結果,勞
動農民得暫息肩於田畝,以辛勤的勞動創造了太康(280—289 年)年
間短期的經濟繁榮,全國漢族戶口達到東漢末期喪亂以來的最高額,
有戶籍的戶二百四十萬,口八千六百餘萬。但是,腐敗透頂了的西晉
統治階級、皇室、官僚地主,利用農民辛苦勞動積累的豐厚的財富,去
過他們腐敗墮落、奢華浪費的生活,並不注意社會的生產事業。因之,
廣大勞動農民的生活便愈加貧困了。

(3)西晉統治階級的互相爭奪和各地流民暴動

司馬炎(晉武帝)建立西晉王朝以後,為了鞏固他的政權,因而大
封司馬氏宗室子弟二十餘人為王,使之掌握兵權,拱衛王室,以郡為
國。三萬戶為大國,設三軍,兵五千人;萬戶為次國,置二軍,兵三千
人;五千戶為一小國,設一軍,兵一千五百人。諸王國既有領地,又有
軍隊,並得自選文武官吏,因之在封國內的軍政、民政、財政上成為獨
立割據的局面。諸侯王之間爭奪地盤和權位,不但和中央政權發生矛
盾,而且各封國也造成互相間的武裝爭奪。

190年,晉武帝司馬炎死,他的兒子惠帝司馬衷(291—306年)即位。太后的父親楊駿為"太傅、大都督、假黃鉞、録朝政"輔政,多樹私黨為近侍領禁軍,排斥司馬氏諸王和賈后。賈后欲專朝政,於291年結殿中中郎孟觀、李肇等,召都督荆州諸軍事楚王瑋舉兵討楊駿,楊駿被攻殺,他的同黨被夷滅三族,死數千人。賈后徵汝南王亮為太宰執政,楚王瑋為衛將軍。賈后因汝南王亮掌政權,不得專橫,於是教瑋殺亮,又借瑋專殺罪名殺瑋,並殺太子遹,賈后樹立私黨專朝政,徵趙王倫為車騎將軍。

西晉中央政府,惠帝昏庸愚癡,賈后淫虐,賈后私黨賈謐、郭彰專橫。權勢之家,公行賄賂,互相薦托,爭相聚斂,政治腐敗不堪。統治階級爭為奢侈,如當時荆州刺史石崇,公開搶劫客商,積財成巨富。石崇與後將軍王愷比富爭豪,據《世說新語·汰侈篇》載:

王君夫(愷)以粃糒(麥糖)澳釜,石季倫(崇字)用蠟燭作炊。君夫紫絲布步障碧綾裹四十里,石崇作錦步障五十里以敵之,石以椒為泥,王以赤石脂泥壁。

石崇廁常有十餘婢侍列,皆麗服藻飾。置甲煎粉、沈香汁之屬,無不畢備,又與新衣著令出。

侍中王濟(王渾子)"被責,移第北邙下,於時人多地貴,濟好馬射,買地作埒,編錢匝地竟埒。時人號曰金埒。"

侍中太尉何曾"務在華侈,帷帳車服,窮極綺麗,廚膳滋味,過於王者。……日食萬錢,猶曰無下箸處。"(《晉書·何曾傳》)

何曾的兒子何劭為惠帝時司徒,驕奢不亞其父。"衣裘服玩,新故巨積。食必盡四方珍異,一日之供以錢二萬為限。"(見《晉書·何劭傳》)。

官僚地主窮奢極欲,賄賂公行。南陽魯褒作《錢神論》,譏諷當時官僚士大夫嗜財如命的可恥形象。

他們不但豪奢、放蕩,而且爭奪權位不已。趙王倫被徵為車騎將軍以後,因受賈后黨限制,不得專制朝政,於是在永康元年(300年)結齊王冏起兵,進攻賈后,殺了賈后及后黨,專制西晉的軍政大權,為相國。301年,廢惠帝。齊王冏又結成都王穎、河間王顒共起兵攻殺趙王倫及其諸子,復惠帝位,齊王冏為大司馬居洛陽。同年冬,河間王顒結長沙王乂攻殺齊王冏及其同黨,乂為太尉。302年,穎、顒共起兵攻乂,動員軍隊數十萬,顒軍自函谷關東向,穎軍自鄴(河北臨清)南向,屯朝歌,逼進洛陽。戰爭激烈,顒將張方軍,決千金堨,水碓皆涸,發王公奴婢舂米以供軍食。男子十三以上都充役出征,並發奴助兵。晉惠帝詔命不出洛陽城,物價飛騰,米一石至萬錢。304年,東海王越與殿中諸將攻殺長沙王乂,顒、穎、越又互相攻殺。顒、穎相繼敗死。307年,東海王越毒殺司馬衷,立司馬熾為帝(307—312年),這就是晉懷帝。八王相攻,前後歷十六年(291—306年)。中原一帶遭受戰爭殘害,遍地發生饑荒,人相食,骨肉相賣,加上統治階級的奢侈暴斂,北方的農村經濟受到嚴重的摧殘,人民大量流徙,北方人口大減,山西一帶留駐本鄉的漢人已不滿二萬戶。

被戰爭和饑荒逼迫流徙到南方的流民,又受到當地官吏豪霸的欺壓與屠殺,因此激起流民暴動。

晉惠帝太安二年(303年),荊州發武勇赴益州討李流,強迫徵發,督遣嚴急,為避戎役,百姓沿途多逃亡屯聚起義,時集江夏(湖北安陸)就食的流民有數千人,在張昌領導下暴動,與避戎役者相結合,攻佔江夏郡,奉山都縣吏丘沈為天子,江沔間各地起兵響應,十餘天中發展到三萬,屢敗官軍,進據荊、江、楊、豫、徐五州境(今湖北、江蘇、安徽、山東南部及河南一帶地區）。暴動堅持一年，在統治階級武裝血腥屠殺下最後失敗了，張昌被俘犧牲。

懷帝永嘉四年（310年），雍州（甘陝）一帶流民流徙到南陽，朝廷令遣還鄉，流民因關中荒殘不願歸，朝廷派兵強迫還鄉，於是在王如領導下擊破官兵，聚眾攻城殺官吏，眾至四五萬。王如自號大將軍，活動於漢沔（陝南）、襄陽一帶。

永嘉五年（311年），流徙到荊、湘二州（湖北、湖南）的巴、蜀流民，為反對豪吏和官府的殺掠，聚四五萬家、十餘萬口，推杜弢為首暴動，攻州郡，殺長吏，攻據江南各地，屢次敗晉軍，轉戰二三年。雖終被晉官僚武裝王敦、陶侃、周訪、甘卓等殘酷地鎮壓下去，但西晉王朝，也在此時瓦解了。

（4）西晉王朝的終結

遊牧在中國塞北的匈奴族，在西漢宣帝時，因內部分裂及漢兵的進攻，呼韓邪單于率部降漢。西漢處匈奴降眾於塞內，入居并州（山西）北部和朔方（河套）諸郡的匈奴人有五千餘落，但仍保持他們原有的部落組織。由於長期內徙，人口繁殖，勢力漸大，在東漢末逐漸南徙。曹操把匈奴部眾分為五部，各部選匈奴族首領為帥（魏末改為都尉），別派漢人為司馬以監督之。匈奴部眾已發展到三萬餘落，匈奴別部羯族也居在山西東南武鄉一帶（山西榆杜）。

八王亂起，山西的匈奴各部共推劉淵作大單于。淵於304年據左國城（山西離石）自稱漢王，308年稱帝，309年遷都平陽（山西臨汾）。310年劉淵死，子劉聰繼位，勢力漸強大。永嘉五年（311年），劉聰遣將劉曜、石勒進攻洛陽，晉軍屢次戰敗，洛陽淪陷。晉王公、百官、人民被殺的三萬人，匈奴兵大行劫掠，焚燒宮殿官府，盡成灰燼。劉曜遂擄晉懷帝及羊后去平陽，史稱"永嘉之亂"。313年，晉懷帝在平陽被殺，時晉豫州刺史閏鼎等在洛陽淪陷後護避難滎陽的秦王司馬鄴到長安，安定太守賈疋擁立鄴為帝位於長安，是為晉愍帝(313—316年)。長安城中久經戰火，戶不滿百，蒿棘成林，公私有車四乘，百官無章服印綬，殘破荒涼，器械缺乏，運饋不繼。316年，劉曜攻長安，城中糧盡人相食，死者過半，晉愍帝出降，被解送平陽，西晉王朝至此結束。從此北方中國遂成為西北各族鐵騎馳驅，野心家爭奪割據的射獵場。

兩晉南北朝時期北方割據形勢

國名	建國者	據地		建都地	始 末
		州 名	今 地		
前趙	匈奴族劉淵	雍、幽、冀、青、司、豫、荊、殷、衛、東、梁、西河陽、北兗、并、秦、涼、朔、益	河北、山西、河南、陝西各一部	初都平陽，後遷長安	自304年劉淵稱漢王，至329年為石勒所滅
後趙	羯族人石勒	司、洛、豫、兗、冀、青、徐、幽、營、朔、并、雍、秦、荊、揚	河北、山西、河南、山東、陝西及江蘇、安徽、甘肅、湖北、遼西之一部	初都襄國（邢臺），後遷鄴	自319年石勒稱趙王，至350年為冉閔所滅
前燕	鮮卑族慕容廆慕容皝	平、幽、中（司州改）、洛、豫、兗、青、冀、并、荊、徐	河北、山東、山西、河南及遼東西之一部	鄴	自337年鮮卑族慕容皝稱王，至370年為前秦所滅
前蜀	賨人李雄	益、梁、荊、寧、漢、安	四川及雲南、貴州之一部	成都	自304年李雄稱王，至347年為東晉桓溫所滅

前涼	漢人 張軌 張駿	涼、河、沙、定、商、秦	甘肅西北部，新疆南部及寧夏轄地一帶	酒泉	自345年張駿稱王，至376年滅於前秦
前秦	氏族人苻洪、苻健、苻生、苻堅	司隸、雍、秦、南秦、洛、豫、東豫、并、冀、幽、平、梁、河、益、寧、兗、南兗、青、荊、徐、揚	河北、山西、山東、陝西、甘肅、河南、四川、貴州及遼東西、江蘇、安徽、湖北之一部，並新疆	長安	自351年氐人苻健稱秦王，至385年姚萇攻陷長安，苻堅被殺，394年，姚興攻殺苻登
後秦	羌族人姚萇	司隸、雍、秦、南秦、涼、河、并、冀、荊、豫、徐、兗、梁、南梁	陝西、甘肅、河南各地	長安	自384年姚萇稱王，至417年姚泓為東晉劉裕所滅
後燕	鮮卑族慕容垂	冀、幽、平、營、兗、青、徐、豫、并、雍	河北、山東、山西及河南、遼東西之一部	中山(河北定縣)	自384年慕容垂稱燕王，至409年滅於北燕
西秦	鮮卑族乞伏國仁	秦、東秦、河北、沙、涼、梁、南梁、商、益、定	甘肅西南部	初都定樂，後遷金城	自385年乞伏國仁稱大單于，至431年滅於夏
後涼	氏族人呂光		盛時與前涼同	姑臧(甘肅武威)	自385年呂光稱公，至403年降後秦
南涼	鮮卑族人禿髮烏孤		甘肅西部	張掖	自397年禿髮烏孤稱王，至414年滅於西秦

西涼	漢人李暠		甘肅極西北部	酒泉	自 400 年李暠稱公, 至 421 年滅於北涼
北涼	匈奴族沮渠蒙遜	涼、秦	甘肅河西之一部	姑臧	自 397 年段業稱公, 401 年沮渠蒙遜殺段業稱涼州牧、張掖公, 至 439 年降於魏
南燕	鮮卑族慕容德	青、并、幽、徐、兗	山東、河南之一部	廣固(山東益都)	自 398 年慕容德稱王, 至 410 年滅於劉裕
北燕	漢人馮跋	司隸、幽、冀、并、青	河北東北, 及遼東西境	和龍	自 409 年馮跋稱王, 至 436 年滅於魏
夏	匈奴族赫連勃勃	幽、雍、朔、秦、北秦、并、涼、豫、荊	陝西北部及河套地	統萬(陝西北橫山縣西)	自 407 年赫連勃勃稱王, 至 431 年滅於吐谷渾
西燕	鮮卑族慕容沖		陝西、山西一帶	長安徙長子	自 384 年慕容沖稱帝, 至 394 年滅於後燕

二、北方的混戰和東晉的偏安

1. 漢魏以來西北各族的內徙

漢魏以來,西北各族不斷地向內地遷徙,與漢人雜居,到西晉初期,仍有加無已。

匈奴族南徙居山西汾河流域,部眾達三萬餘落(戶)。匈奴別部羯族入居太行山一帶山西東南部的武鄉(山西榆社)地區。鮮卑族則自東漢末即入據匈奴故地,分支東入遼東、遼西,西入甘肅、青海。東漢末曹操曾引用鮮卑、烏桓騎兵參加內戰,因之鮮卑一部遷居河北,魏鄧艾曾招鮮卑散居中原。鮮卑貴族有慕容氏、段氏、拓跋氏、宇文氏。西晉末中國混亂,慕容氏吸收中國流寓士大夫官僚及避亂人口,勢力大強,成為遼東一大割據勢力。

氐、羌等族,原分佈在甘肅、青海一帶,東漢時,羌人大批徙入關中,與漢人雜居。東漢末,董卓、韓遂、馬騰等,均先後依隴西、涼州一帶諸羌勢力割據一方。氐族在三國時內徙,曹操曾遷武都(甘肅成縣)氐五萬餘落於秦川(關中隴東一帶)。蜀與魏相攻,也曾遷武都氐四百餘戶於廣都(四川華陽)。

到晉太康末年(289年),匈奴、鮮卑、烏桓入徙塞內的有四十萬口,氐羌遷入關中的也居五十萬口。另外居巴西巖渠(四川渠縣)的賨人,曾於漢末遷漢中,後被遷略陽與氐人雜居,稱巴氐。晉惠帝時,關西大饑,賨族首領李特隨流民輾轉自關中徙入巴蜀,結合巴蜀流民,成為割據勢力,並乘益州刺史趙廞據蜀反叛,攻殺趙廞,及廞所置官屬守吏。後晉惠帝以羅尚為平西將軍領益州刺史率七千人入蜀,發遣蜀中流人回秦雍州,並殺擄流人首領奪其資財,流人二萬餘口歸附李特及弟李流,據綿竹攻敗羅尚軍,李特、李流被六郡流人擁為領袖,攻佔廣漢成都,太安元年(303年)李特自稱益州牧。

　　內徙各族,除一部已成為州郡編戶外,大部仍保持他們原有的部落組織,各有部帥為統領,並保持原有的生活習慣。內遷各族的上層,有的被西晉統治者引用參加內戰。如八王之亂時成都王穎結匈奴族首領劉淵為外援,有的受晉王朝封爵,成為一方長吏。如鮮卑族部長猗盧受晉封為代公,據代地(山西北);慕容廆受晉命為鮮卑都督(晉太康十年),據遼東地區。因而各部族首領,不斷結納漢人,及避難的西晉士大夫,在爭奪土地和人口的戰爭中壯大自己的勢力,西晉的官僚地主階級,也在晉朝紛亂之時,依各族武裝勢力,企圖"立功名,庇宗族"來找自己的政治出路,為各部統治者策劃稱王據地。如晉昌黎太守河東裴嶷與侄裴開投慕容廆,曾為昌黎太守的廣平游邃、北海逢羨、西河宋奭,也均依慕容廆,成為慕容氏割據稱燕的智囊團。

　　各部族的下層人民,卻大都為西晉統治階級役使作佃客,或擄賣為奴,淪為與漢族勞動人民同樣悲慘的境地。西晉并州刺史司馬騰就乘并州饑荒,擄賣大批匈奴人和羯人,二人一枷,押解到山東賣與地主家中為耕奴或牧奴。羯族石勒就是被掠賣到山東地主師懽家的耕奴,後逃亡隨汲桑起義,轉戰河北地區,成為很大的勢力。後汲桑被晉兵攻殺,石勒投奔匈奴劉淵,西晉統治階級對各族人民的壓迫歧視,導致他們"怨恨之氣毒於骨髓"(江統《徙戎論語》)的仇恨。各族的上層統治者,在他們取得統治地位和實力以後,掩蓋其階級壓迫的本質,利用種族仇恨,役使族人,進行封建割據戰爭。以其落後的家長奴役制的掠奪性和強烈的戰鬥力,傾覆了腐朽透頂、矛盾重重的西晉王朝,與留在北方的地主堡壁武裝相結合,進行各族統治集團間的混戰,對北中國的勞動人民實行殘酷的統治和剝削。自304年,匈奴劉淵據山西左國城(山西離石)稱漢王,316年滅西晉,至439年鮮卑拓跋珪建立的魏國滅北涼統一北方,北方的割據混戰的局面延續了一百三十五年。在這一百多年中,包括漢族統治集團在內的各族統治者,先後建立了十幾個國家政權,與317年在建康建立的東晉王朝,進行長期的複雜的鬥爭。

2. 北方各族統治者集團間的割據混戰

(1)蜀趙與東晉的對峙

304年,轉戰巴蜀的賨人李特被羅尚攻敗戰死,李特的兒子李雄受諸將擁立為王,驅逐羅尚,攻克成都據有全蜀,稱成都王,後改稱漢,史稱前蜀,至347年,為東晉桓溫攻滅。李蜀在四川割據四十四年,四方流人,入蜀避亂的相繼於道。李雄建學校,定賦稅,據《晉書》載記李雄條載:"其賦男丁歲穀三斛,女丁半之,戶調絹不過數丈;綿數兩,事少役稀,百姓富實。"四川物產富饒,蜀地僻處西南,受戰爭擾害較輕,是割據勢力中比較安定的地區。

匈奴族劉淵建立的漢國,在劉聰統治時期(310—318年)滅了西晉。劉聰死後,子劉燦繼位,委政於舅父靳準。靳準殺劉燦自號大將軍漢天王。佔據襄國(河北邢臺)的石勒與鎮長安的劉曜,共起兵攻滅靳準。於是318年,劉曜在長安稱帝,改國號為趙(前趙),據有河東(山西南部)、雍州(陝西)地區,後為石勒所滅。

石勒是劉淵部將,晉懷帝時,攻侵河北地區,309年攻陷冀州郡縣堡壁(漢族地主武裝堡壘)百餘,得兵眾十餘萬,收集其中大批衣冠人物(士大夫)別為君子營,引用趙郡張賓為謀主,加強他的軍事組織,勢力強大,不斷戰敗晉軍,蹂躪中原。311年圍擊晉軍十餘萬於苦縣寧平城(亳州西南),從騎兵圍射,將士兵卒相踐如山,無一人得免。盧晉太尉及諸王,既而與劉曜、王彌等攻陷洛陽擄晉懷帝,殺王彌並其軍。312 年,攻掠豫州(河南)郡縣,南臨長江,築壘於葛陂(河南新蔡北),征課農民租稅,製造舟船,企圖南攻建康。琅琊王司馬睿派遣江南兵眾集壽春拒勒,石勒軍中饑疫,又遇大雨,死亡大半,遂聽張賓策劃放棄攻江南的企圖,北據襄國(河北邢臺)攻佔幽、冀二州,遷烏桓、匈奴部落及降人各三萬餘戶集襄國。劉曜稱帝后,石勒也於 319 年在襄國稱趙王(後趙),從此,與劉曜連年攻戰,河東、弘農間大受災害,319 年遣石虎攻滅前趙,平定了秦隴地區。割據涼州的張駿迫於後趙威勢,稱藩上貢,後趙基本上統一了黃河流域。

石勒死後,石虎殺掉石勒的兒子石弘,於 334 年自立為皇帝,都鄴。石虎在位十五年,殘暴好殺,荒淫遊獵,父子兄弟互相誅殺,掠奪民間美女牛馬,徵發百姓女年二十歲以下十三歲以上的三萬多人,按面貌分三類分配給官吏。據《晉書·石季龍傳》載:

> 百姓有美女好牛馬者,求之不得,便誣以犯獸論,死者百餘家,海岱河濟間,人無寧志矣。又發諸州二十六萬人修洛陽宮,發百姓牛二萬餘頭配朔州牧官。增置女官二十四等,東宮十有二等,諸公侯七十餘國,皆為置女官九等。先是,大發百姓女二十已下十三已上三萬餘人,為三等之第,以分配之。郡縣要媚其旨,務於美淑,奪人婦者九千餘人。百姓妻有美色,豪勢因而脅之,率多自殺。

北方中國的人民在這種野蠻屠殺掠奪的殘暴統治下,死亡流徙,人口大減。

石虎的太子石宣,殺其弟石韜,石虎將石宣置於樓上,縱火燒死,將東宮(太子宮)衛士十餘萬人謫戍涼州。這十餘萬人行至雍州(陝西南部),乘馬被雍州刺史張芪侵奪了,被迫推著鹿車載糧食送往涼州。於是戍卒怨憤,在高力領導下舉行大暴動,由雍州攻到長安,眾達十餘萬,東出潼關進到洛川地區,東掠滎陽、陳留諸郡。這次大暴動,雖然被石虎動員大批兵力鎮壓失敗了,但石虎的統治也遂即分裂崩潰。

石虎死後,虎子爭位大亂。石虎部下冉閔,大殺石虎子孫及諸雜胡二十餘萬,349 年滅石趙,冉閔據鄴稱帝,國號魏。鎮守在襄國的石祇(虎子)聯合鮮卑慕容俊(前燕)、羌族姚弋仲(前秦)夾攻冉閔,冉閔與羌胡相攻三年,人口死亡十之二三。352 年,冉閔被慕容俊攻殺,《晉書·冉閔傳》載當時北方被戰爭殘破的情況說:

> 與羌胡相攻,無月不戰,青、雍、幽、荊州徙戶,及諸氐、羌、胡、蠻數百餘萬,各還本土,道路交錯,互相殺掠,且饑疫死亡,其能達者十有二三。諸夏紛亂,無復農者。

冉閔亡後,慕容俊據鄴建立前燕(352—370 年),氐族苻健據關中建前秦(351—394 年),涼州張祚也稱皇帝(354 年)。當時,東晉桓溫已於永和三年(347 年)滅蜀。前涼則僻處西隅,北方中國,形成前燕與前秦對立的局面。

(2)燕秦對立和前秦的暫時統一北方

當後趙統治北方時,鮮卑慕容皝(慕容廆的兒子)於 337 年稱燕王,建立前燕,遷都龍城(今熱河朝陽),據有遼河兩岸地區。慕容氏僻處東北,受戰爭波及較少。所以,中原地區不堪戰爭屠殺和暴政壓迫的流人,逃向東北的很多。慕容皝分田土及耕牛給流人耕種,按魏晉舊法取租,這些遷來的勞動人民,在苛重租稅的壓榨下,為了活命,開發了東北地區的農業經濟。慕容氏引用大批漢族地主士大夫,對東北地區人民進行封建統治和剝削。349 年,慕容俊繼立為燕王,乘趙魏紛亂向南發展,攻佔薊(今北京附近),並遷都於薊,遣兵攻滅冉閔,352年慕容俊稱帝,遷都鄴。

351 年,氐族苻健據關中長安,稱秦天王,次年稱帝,與前燕成對立之局。354 年,東晉桓溫率四萬大軍攻關中,苻健堅壁清野,攻敗桓溫軍於灞上,遂割據關中。

357 年,前秦統治者苻堅繼立,任用北方大地主分子王猛為謀主,建立封建制度,勢力大強。369 年,東晉桓溫北伐慕容燕,晉軍北上達枋頭(河南浚縣),苻堅與慕容暐聯合擊敗桓溫軍。370 年,苻堅派六萬大軍,攻滅前燕。至 376 年,苻堅遣姚萇攻滅前涼,據有姑臧(涼州),北攻拓跋氏什翼犍所建的代,又遣呂光率七萬大軍、五千鐵騎攻西域,降西域三十餘國,使呂光都督玉門以西諸軍事,遣楊安率軍攻梁、益,進入成都。於是前秦領土,南達四川,北達大漠,西至西域,東達淮泗,佔有二十餘州,約當今日河北、山西、山東、陝西、甘肅、河南、四川、貴州、遼寧地區及江蘇、安徽、湖北北部,並有新疆。383 年,苻秦發百萬大軍南下,企圖一舉滅東晉,統一中國,結果遭到慘敗。

(3)淝水戰後北方再分裂

前秦苻堅在位廿八年中,四方用兵,領土擴大,有兵力達一百萬。連塞外內遷蠻夷人口,可能有八九百萬人口。383 年,苻堅下令徵發各州郡公私馬匹,十人出一兵,集步騎兵九十餘萬大舉侵東晉,以苻融、慕容垂等率步騎二十餘萬為先鋒,長安戍卒繼發,涼州、蜀漢、幽冀之兵後繼,東西萬里,水陸齊進,苻堅以為"投鞭斷流",可以一舉滅東晉,苻融的前鋒軍攻陷東晉的壽春，敗東晉軍，秦兵五萬屯洛澗（洛澗水在壽縣入淮）。

東晉王朝，在百萬大軍壓境，亡國危機嚴重的關頭，派都督謝石、徐州刺史謝玄、荊州刺史桓伊、輔國謝琰等率八萬軍抗秦；距洛澗廿五里駐紮，乘秦大軍未集，水路繼進，秦軍後退，讓晉軍過淝水決戰，想乘晉軍半渡襲擊；晉軍乘秦軍後退，渡淝水猛攻，晉降將朱序作內應。苻融馬倒被殺，謝玄等乘勝追擊，秦軍大潰，晝夜逃竄，死者伏屍蔽野塞川，十死七八。苻堅敗歸，他由軍事征服所造成的統一局面，遂即崩潰，進入北中國的西北各族，又紛起割據。

鮮卑族慕容垂據中山（河北定縣）建後燕，慕容永據山西建西燕，慕容德據滑臺（河南滑縣）建南燕，漢人馮跋據龍城（熱河朝陽）建北燕，羌族姚萇殺苻堅據關中建後秦，前秦征西域的部將呂光（氐族）據姑臧（涼州）建後涼，鮮卑族禿髮烏孤據張掖建南涼，乞伏國仁據金城（今蘭州）建西秦，匈奴族沮渠蒙遜奪姑臧建北涼，漢人李嵩繼建西涼，匈奴族赫連勃勃據河套及陝北建立夏國。其後，後燕於 394 年滅西燕，據有北中國東部；後秦東據關洛和淮漢以北，西滅後涼、西秦，據涼州及青海地區，北方成為後燕、後秦對峙之局。

同時鮮卑族拓跋珪（什翼犍後裔原建代王）於 386 年據盛樂（內蒙古和林格爾）建立北魏。後來北魏勢力逐漸發展，東破後燕，西攻後秦，於 398 年，遷都平城（山西大同）稱帝。439 年北魏拓跋燾（424—451 年）時，滅了北涼，統一北方。

北方中國，在西北各族統治者結合漢族地主建立割據政權的蹂躪和統治時期，社會經濟遭到慘重的破壞。人口死亡流徙達到嚴重的程度，如後趙石勒戰敗晉軍，殺人死屍堆積如山。石虎與前趙劉曜戰，一次坑前趙士卒一萬六千人，劉曜發兵擊敗石虎，虎兵伏屍二百里，石虎殘暴，攻城邑往往殺人不留餘種。後來北魏拓跋珪破後燕，坑降卒數萬,赫連勃勃屠殺關中人民,人頭堆成山。他們還大批地掠奪和遷徙人口,編戶為奴隸,或補充人口稀少地區。如石勒據襄國,屢次遷徙人口集中到襄國。其中一次,就徙烏桓、匈奴部落及降人各三萬戶。劉曜設左右司隸管理奴隸各領二十餘萬戶,其他各族奴隸歸單于左右輔管理。北方中國城市和農村,遭到嚴重的破壞,幾百年中未恢復到兩漢的盛況。封建割據戰爭,對社會生產文化和人民生活,永遠是深重的災害。

3. 東晉政權的偏安

西晉末懷帝永嘉元年(307年),以琅邪王司馬睿為安東將軍都督揚州江南諸軍事,移鎮建業(後改名建康)。睿以北方士族大地主安康司馬王導為謀主,拉攏江東大地主賀循、顧榮、紀瞻等,參與軍府政事,並外依揚州刺史王敦的武力,以鞏固其軍勢。後來,晉懷帝命睿為鎮東大將軍兼督江、揚、湘、交、新五州(今江浙、江西、湖、廣地區),實際上成為東南的獨立王國。永嘉之亂,劉曜、石勒攻陷洛陽,懷帝被擄,北方大亂。北方士族地主,帶領宗族鄉黨部曲武裝紛紛南遷,他們多在琅邪王政府居了顯要地位。而南方士族地位,則自西晉滅吳以來在政治上地位便較低,僅能享受經濟上蔭客免役的特權,不能居顯要官職,因此南方士族頗多怨恨,但是他們沒有實力。313年南方大族周玘結合地方勢力,謀誅殺王導等,次年周玘子周勰又結江南土著士族地主起兵驅逐北方士族,企圖掌握東南政權,均因勢力不敵而失敗。南北士族間存在著很深的矛盾,司馬睿依靠王導、王敦等,拉攏一部分南方士族地主,以穩定他的統治。後來(313年)晉愍帝即位長安,命睿進兵洛陽,恢復中原。睿不受命,按兵不動。316年,劉曜陷長安,愍帝被虜,北方陷於殘暴的種族階級戰鬥當中。漢族人民把希望寄託於司馬氏身上,這就給司馬睿建立東晉政權以有利條件。司馬睿在長安失陷以後，出兵露宿，全身甲盔，傳檄四方，說是"刻日北征"。但他原無意出兵，結果借口糧運不及，殺了督運令史淳于伯了事。

建武元年（317年），司馬睿在北方士族和江南大地主擁戴下，建立東晉王朝。318年（太興元年）稱帝，是為晉元帝。軍政大權全歸王敦、王導掌握，以王敦為大將軍、江州牧、揚州刺史，坐鎮長江中下游；王導為驃騎將軍、領中書監、錄尚書事。北方士族地主刁協、周顗、劉隗及南方士族賀循也參與政權，但東晉王朝內部，存在著南北士族之爭、北方士族之爭，主要的是士族地主與農民之間的多種矛盾，在這種矛盾重重不斷絕裂和暫時緩和的情況下，維持偏安的局面。

313年，南遷的官僚地主祖逖請求北伐，司馬睿不給以積極支持，僅給他一千人的糧食和三千匹布作軍資，不給鎧仗，使自行招募。祖逖率領原來流徙到江南的部曲百餘家，屯於淮陰，開礦冶，鑄兵器，募得二千人北進，在各地人民支持下，於317年大敗後趙石虎的軍隊，攻克譙城（河南夏邑），黃河以南，多背石勒歸晉。319—320年祖逖乘劉曜、石勒相攻，北進到雍丘（河南杞縣），恢復了黃河以南廣大地區。石勒懼逖，不敢侵河南。但東晉政府怕祖逖勢力擴大，派吳人戴若思做都督來牽制他。同時東晉王敦又醞釀叛變，祖逖大功不成，於321年憂病死於雍丘，以祖約代領其軍。石勒乘之，又攻陷了河南和淮水流域，陷壽春。祖約敗奔歷陽（安徽和縣）。

東晉王朝軍權在握的王敦，自從遣陶侃、周訪等平定了湘漢流域杜弢為領導的流民大起義以後，就做了東晉的鎮東大將軍，坐鎮長江中游，權勢日重。司馬睿受王敦威脅，遂依靠劉隗、戴若思、刁協等以抵制王敦，以劉隗為鎮北將軍，戴若思為征西將軍，發揚州奴當兵，名義上是抵禦石勒，實際上是鞏固長江下游軍勢。王敦遂於322年以討劉隗、刁協為名進兵攻建康，在建康西石頭城縱士兵大掠，殺戴若思等。晉元帝司馬睿被逼而死。晉明帝（323—326）司馬紹繼位，王敦駐兵鎮姑熟(今安徽當塗)大修官府,侵佔民田,掠奪市道。王敦死(324年),餘黨被蘇峻等討平。

晉成帝司馬衍(326—342年)時,外戚庾亮代王導執政,歷陽太守蘇峻和豫州刺史祖約,因受庾亮排斥於327年舉兵反,庾亮逃江州(今江西)結陶侃擊平蘇峻,祖約降石勒。庾亮繼陶侃鎮武昌,企圖藉北伐來鞏固他的政治地位。339年,被石虎的軍隊敗於邾城(湖北黃岡)。

晉穆帝司馬聃(345—361年)時,桓溫繼庾氏鎮荊州,勢力強大。於354年進兵益州,敗降蜀李勢(李雄後裔)因而滅前蜀。354年,率四方大軍自襄陽北伐前秦,自浙江入關中,進至灞上。關中百姓爭持牛酒勞軍,郡縣紛紛歸附,指望東晉復關中,但桓溫屯兵灞水不進,前秦苻健堅壁清野守長安,終以糧盡為前秦所敗。356年,桓溫又二次北伐,敗前秦姚襄於洛陽,留兵戍守。369年,晉廢帝時,桓溫率步騎五萬,三次北伐前燕,擊敗慕容垂軍,進至枋頭(河南浚縣)。因軍糧不繼而敗,受慕容垂追擊,溫兵敗死三萬人。桓溫經常動兵,又發州人築廣陵城(今江蘇揚州)以鎮之,百姓死亡十分之四五。370年,廢晉廢帝(366—370年),立晉司馬昱,謀篡奪政權,但因王坦之、謝安兩大族協力支持司馬氏政權,晉孝武帝司馬曜(373—396年)立,桓溫憤恨發病死。溫子桓沖繼領溫兵眾。謝安當政,募練北府兵,以鞏固長江下游,建康形勢漸強,軍權暫歸中央。淝水戰後,各士族間矛盾暫時緩和。

謝安死後(385年),晉宗室司馬道子及其子元顯掌握政權,孝武帝漸成傀儡,遂以妻兄王恭(太原王氏族)為兗州刺史,掌握北府兵鎮京口(鎮江),派殷仲堪(大族名士)為荊州刺史鎮江陵,控制長江中游,以牽制司馬道子。孝武帝死後,晉安帝(397—418年)繼位,司馬道子及元顯專權更甚,他引用一些出身寒門的人士及下級武官做郡守縣令,疏遠世家大族。這些人以前是沒有資格列為中正品官的。同時寵信唱曲扮戲的趙牙和捕吏茹千秋,任用尼姑乳母參預政事。他們受東晉腐朽政治的影響,一樣招權納賄,腐化不堪。在大族中,道子特別重用王國寶(太原王氏)任中央政府要職,貪污盛行。政治黑暗,司馬道子侵犯了一般大士族的利益,破壞了士族內部的特權。397—398年,王恭從京口發兵反叛,道子不能拒,誅王國寶。後來司馬道子利用叛軍間的矛盾,勾結北府兵將領劉牢之殺了王恭。

王恭起兵時,約集荊州桓玄、殷仲堪、楊佺期等繼起反叛,王恭亂後,荊州內亂。399年桓玄攻殺殷仲堪、楊佺期,割據長江中游,威脅建康。東晉政府的命令僅能行使於東方八郡。

4. 孫恩為首的農民大起義

東晉政治到晉安帝司馬德宗(397—418年)在位時,已腐敗到極點。司馬道子、元顯父子把持朝政,桓玄盤據荊州。399年,司馬元顯為防禦荊州的進攻,下令徵發東方各郡"免奴為客"人當兵,集合京城,稱為"樂屬",引起地主(樂屬主人)及佃客(樂屬)的怨恨和騷動,孫恩乘機領導了農民大起義。

孫恩的叔父孫泰,原為山東琅琊人,出身中級士族家庭,世奉"五斗米道",在大江南北沿海地區組織農民及士庶,乘王恭叛亂,於398年聚眾謀起義。司馬道子殺害孫泰父子七人,泰兄子孫恩逃入海島,招集亡命百餘人,待機活動。399年,乘元顯發東方"免奴為客"人當兵,民心騷動,遂自海島登陸,攻殺上虞(今浙江上虞)縣長,佔上虞,轉攻會稽(浙江紹興),殺會稽郡守王凝之。吳國內史桓謙,臨海(浙江臨海)太守司馬崇,義興(浙江義興)太守魏隱,都棄城逃走,於是東方會稽、吳郡、義興、臨海、永嘉、東陽(金華)、新安(浙江淳安)等八郡人民紛紛起義,殺官吏地主,響應孫恩。十餘天中,聚眾數十萬。郡縣官兵,不堪一擊,望風逃潰。起義軍捕殺官吏,奪取富人與官府財物,燒城廓倉庫,積壓多少年代的階級仇恨,表現了鬥爭的殘酷性。孫恩自稱征東將軍,起義群眾號"長生人",起義軍既摧毀了東方八郡的東晉統治機構,建康附近幾縣也時起暴動。司馬道子命謝琰、劉牢之等發兵攻孫恩。起義軍轉戰三年,至402年,為劉牢之部將劉裕所敗,前後殺傷二十餘萬。孫恩逃入海島投海死。劉牢之等縱官兵進行殘暴的殺擄,郡縣城市中一月餘無人跡。

孫恩失敗後,起義群眾復推盧循、徐道覆等為首領,繼續對東晉統治者進行鬥爭。404年,盧循等為劉裕所迫,自晉安(福建南安)泛海南至廣州,逐廣州刺史劉隱之,據廣州自號平南將軍。義熙六年(410年)盧循、徐道覆乘劉裕北征慕容燕,引十餘萬眾北上,自贛江入江西,進迫建康,劉裕馳歸拒戰,並遣孫處從海道據廣州城,起義軍戰不利,回師還保廣州,在江西為劉裕中途截擊,大敗。411年徐道覆戰死。盧循還攻廣州不能下,遂敗退至交州(今越南北部),中刺史杜慧度詭計,失敗自殺。堅持十餘年的農民起義鬥爭,被中級士族出身的劉裕軍鎮壓失敗了,從此劉裕擴大了自己的實力,加深東晉統治階級內部的分裂。

孫恩領導農民起義的時期,割據荊、江(江西)二州的桓玄,也於402年起兵攻入建康,流竄司馬道子,殺元顯及司馬氏宗室。403年,廢晉安帝自稱楚皇帝。404年,劉裕結合北府兵將及東晉反桓氏勢力,自京口(鎮江)起兵進攻建康,殺桓玄,並滅桓氏族,恢復晉安帝位,於是東晉王朝的軍政大權,盡入劉裕之手,造成以後篡奪東晉政權的基礎。

劉裕原為北府兵劉牢之部將,在鎮壓孫恩起義中,受東晉王朝賞識,擢升為將軍郡守。後來桓玄起兵,劉裕又結合北府兵將攻滅桓玄,恢復安帝位,於是進而執朝政,掌握東晉軍權。劉裕為了鞏固其政治權力,增加威望,曾兩度北伐、一次西征。409 年北伐南燕慕容超,進軍廣固(山東益都),轉戰一年,滅南燕。414 年,遣朱齡石進攻四川,滅掉割據成都的後蜀譙縱。416 年,發兵進攻關中,次年滅後秦姚泓,關中百姓持肉漿迎晉軍。但劉裕北伐,是為了增加威勢,作為篡奪東晉政權的政治資本,留幼子義真及諸將鎮守關中匆匆東歸。418 年,鎮守長安的諸將內訌,關中大亂。匈奴統治者夏主赫連勃勃乘之,自陝北南下攻走晉軍,入據長安稱夏帝,關中人民慘被屠殺,人頭堆成大墳稱"骷髏臺"。同年(418 年),劉裕殺安帝德宗,立司馬德文為恭帝。420 年,迫恭帝讓位,自立為皇帝,改國號宋,東晉王朝至此終結。

東晉王朝統治的一百零四年中,北方世家大族為骨幹的士族大地主,始終居於政治上的統治地位,地方郡縣中的大姓,仍然保持著他們在社會上的重重力量。他們有法律保障的政治權力,在經濟上也始終佔優勢,擁有大量土地及佃客家兵,享有免稅免役特權,霸佔山澤土地,可以隨時聚眾反抗政府。因之,東晉王朝統治的內部,存在著嚴重的矛盾,不斷地爆發叛亂和紛爭,政權統治極不穩固。

東晉王朝建都建康後,成為北方漢族人民抗拒落後種族統治者割據統治,解脫屠殺掠奪的希望。因之,以祖逖、桓溫到劉裕的歷次北伐,都受到北方人民的熱烈歡迎和支持,但由於東晉王朝的政權為重家不重國的士族大地主把持,他們忙於內部爭奪,始終沒有在北伐中起領導作用,歷次北伐也就因為得不到東晉政府的全力支援而最終失敗,北方中國遂陷於很長時期的割據分裂狀態,經濟文化遭受到嚴重的摧殘。

三、東晉及南北朝時期南方的經濟與政治

(317—589 年)

1. 南方經濟的開發

(1)農業的發展和土地兼併

江南地區,自秦漢以來,經濟上一直是落後的,人口稀少,土地開闢不多。東漢時進步的耕種方法——牛耕才推廣到江淮地區。但長江以南,則乃保持著火耕水耨的耕種方法。三國時期,雖已逐步開拓,但因勞動力的缺乏和戰爭的繼續,南方的生產開發,仍受到很大的限制。東晉和南朝時代,北方中國的大部地區,陷於長期混亂紛爭割據的戰爭狀態中,西北各族的統治者,挾其落後的掠奪性和殘暴性,在其佔領地區實行殘暴的屠殺、剝削和壓迫。因之北方人民生計遭到破壞,大量南遷就食,北方的士族也偕其宗族鄉黨、部曲家兵南徙避難,造成南方人口激增的現象,使人口稀少生產落後的南方經濟獲得了進一步的開發,生產技術改進,耕地面積擴大,農作物品種也加多了。另一方面,由於北方中國人民,不斷地結成塢堡,抗拒西北各族的統治者,阻止和牽制了他們大踏步的南下,使江南地區免受長期戰爭的災禍,得以維持較安定的生產,使帶有進步生產技術的北方農民南徙後,能和江南土著農民共同開發山澤,改變江南經濟的落後狀態,耙刃寬大的轅犁和蔚犁,也大量出現在過去火耕水耨的耕地上了。這就不僅是到處"新開塍畝,進墾蒿萊"擴大了耕地面積,而且由於深耕細作,也增加了單位產量。

但是勞動農民辛勤開墾了的肥原沃野,很快地就被南下的士族官僚地主們利用政治特權強取豪奪去了。南方的土著士族地主,也一樣兼併土地。他們利用土著農民排斥外來流人。流困異鄉的流人,"為舊氏所不禮",或"為舊百姓之所侵苦"。掌握東晉政權的北方士族地主,便乘機僑設州郡管理僑居,並將大批流人掠為私家的佃戶或部曲家奴。因此,形成東晉和南朝士族官僚地主佔有大量土地山澤,土地大量地向少數大地主的手中集中的情形。東晉和南朝的政權,也就是保護大士族地主利益的工具。他們不僅用各種方式集中土地,而且封固山澤放高利貸,剝奪農民的一切生計,從而迫使農民變為大地主的佃客家奴。

① 據《晉書·刁協傳》載,刁氏族刁協的孫子刁逵佔有土地情形,"兄弟子侄並不拘名行,以貨殖為務,有田萬頃,奴婢數千人,餘資稱是,刁氏素殷富,奴客縱橫,固吝山澤,為京口之蠹。"

② 又如東晉孝武帝時,太傅謝琰的繼子謝弘微,承繼叔父謝混的家業,有"田業十餘處,童僕千人"。謝弘微時,則是"田疇墾闢,有加於舊"。謝混的妻子晉陵公主死時,有"資財鉅萬,園宅十餘處",另外還有謝琰時散在會稽、吳郡、琅琊諸處的產業和童僕數百人。

③ 《宋書·孔季恭傳》載,宋武帝劉駿時的會稽太守孔靈符,在永興(浙江蕭山)立別墅,周圍三十三里,佔水陸地二百六十五頃,含帶二山,又有果園九處。

④ 謝玄的孫子謝靈運,是南朝著名的文人。他承繼豐厚的祖業,據他在《山居賦》裏所描寫的南山、北山果園,包括北山二園,南山三園,裏邊具備了鳥獸魚蟲,水石竹林和田園花果。

南朝大族佔有土地田園的方式有各種:有的是王朝的封賜,謂之"賜田";有的是出於求索,謂之"求田";有的是由放高利貸兼併的民田,謂之"懸券";有的是以強力霸佔山澤,封固山林塘澤,或開墾湖田圩田。

①例如晉元帝奪鍾山(建康)田八十頃以賜王導。宋武帝時孔靈符得到王朝的准許,強遷山陰貧民去開闢餘姚、鄞、鄮三縣湖田。

②他們封固了百姓賴以樵采為生的山林湖澤。如《梁書·顧憲之傳》載,齊竟陵王蕭子良,"於宣城、臨成、定陵三縣立屯,封山澤數百里,禁民樵采"。

③梁貴族臨川王蕭宏放高利貸,文券上指定以田宅抵押,到期不還,奪為己有。

由以上事實可見,東晉和南朝的絕大部分土地是掌握在士族豪強地主的手裏。勞動農民土地被大量的掠奪,又被斷絕了樵采打魚的生路。因之,只有投到士族門下去作他們的童僕耕奴,或佃客。士家大族們,擁有大批土地,成千上百的童僕佃客,他們享有免役特權,成為東晉和南朝統治階級的基本勢力。

另外東晉和南朝政府,還佔有"官田",授給流民耕種,派田官(宋稱為田曹)管理,徵收地租。並在淮、泗、荊、襄一帶邊防地區設立屯田,募流人屯墾。如梁武帝時營芍陂(在壽春)開屯田,但規模不大。

寺院也佔有大量土地和勞動力,並享有免役特權。

耕種大地主土地的佃客,要以對半以上的收穫物付給士族大地主,還要供無償勞役,他們被束縛在地主的土地上。

耕種官地的農民和自耕農民,則要擔負繁重的賦租,東晉成帝時實行度田收租,最初是每畝稅三升。而士族地主抗不交租,使稅額空懸五十萬斛。晉哀帝司馬丕不得已對士族豪門讓步,減為畝稅二升,但"度田收租"的辦法,仍舊遭到士族地主的反對。晉孝武帝時,終於向大族妥協,改為計丁收租。"王公以下口稅三斛",不久又增至"口稅五石"使貧窮少地的農民和佔有千百頃土地的士族地主,同樣計口納稅。這種稅賦負擔,自然使農民愈貧困,政府的財政也愈枯竭,王朝對士族豪門的依賴和妥協性也就愈大了。這表現在南朝政府對豪門大族的政策上,也是由矛盾到妥協。

東晉政府在晉成帝咸康二年(336年)曾發《壬辰詔書》,規定罰條,禁止豪族霸佔山澤,"佔山護澤,強盜律論,贓一丈以上,皆棄市"。但依靠豪門勢力建立的政府,哪能禁止豪門的橫暴呢？罰條自罰條,霸佔自霸佔。到宋孝武帝大明(457—464年)年間,乾脆承認大族霸佔山澤的合法,廢除壬辰罰條,定出"佔山格五條"。豪族霸佔山澤遂有了法律保障。

這五條制度根據《宋書·羊去保》:"凡是山澤,先常燻爐種養竹木雜果為林芿,及陂湖江海魚梁鮺鱐場,常加功修作者,聽不追奪。官品第一、第二,聽佔山三頃;第三、第四品,二頃五十畝;第五、第六品,二頃;第七、第八品,一頃五十畝;第九品及百姓,一頃。皆依定格,條上貲簿。若先已佔山,不得更佔。先佔闕少,依限佔足。若非前條舊業,一不得禁。有犯者,水土一尺以上,並計贓,依常盜律論。停除咸康二年壬辰之科。"

這就是說,豪族霸佔山澤、竹林、果林、及霸佔陂塘、江海作為漁場的,一律有了法律保障。按官品定出佔山澤頃數,未佔足數的可以按法定頃數佔足,霸佔山澤以外的舊有產業,則不在限內。實際上,限令自限令,大明七年(463年)仍有佔固山澤不受法律限制的事實(《宋書·孝武帝紀》)。豪族勢力強大,政府原只是保障他們利益的機器。

東晉和南朝,由於流民的南遷開發,使廣大的處女地變為五穀豐登的耕田;叢山野澤,變為茂密的竹林果園;陂塘湖海,變為富庶的漁鹽場,使落後的南方,變為富庶,生產發展起來。但是,由於豪族霸佔了農民辛勤勞動的成果,自由農民大量變為豪族的佃客農奴,束縛了農民的生產積極性,因而使生產的發展受到了一定的限制。

(2)手工業和商業

東晉和南朝的手工業,也因為農業的發展和人口的增加而有了進一步的發展,以冶鐵煉鋼、紡織、造船等工業為發達。

南朝歷代設有鐵官管理冶鐵。東晉設有"冶令"屬於少府,管理工徒鼓鑄。建康有左右二冶,尚方(皇室工業)有東西二冶。金、銀、銅、鐵、錫、鹽,都歸官府,不封給諸王。冶官使用罪徒為工奴,冶鑄農具兵器,冶鐵技術較前進步,水力(水排在東漢時行於中原)鼓風爐煉鐵的技術也在江南廣泛地使用了。揚州成為鼓鑄要地,剡縣(浙江嵊縣)的三白山,冶兵器著名。官家煉鋼有橫法鋼,稱為百煉精鋼。私人冶鑄有上虞(浙江上虞)的謝平,稱煉鋼絕手。

紡織業,繼續使用西晉發展起來的進步機織方法,一躡鼓動數綜織綾。蜀錦仍著名,廣州出"入筒細布",一端八丈,精麗勞人,作為貢獻品,而常服則通用麻布蒲練(粗麻布)。

當時由於戰爭的需要,和海外貿易的發達,造船業相當進步。戰船有"艒䑠"(戰船長而小者)有八十棹,行走如風電(見《梁書》四五《王僧辯傳》)。戰艦有"野豬"最出名(見《南史》卷六四《王琳傳》)。齊祖沖之發明千里船,日行百里,用機器轉動。

東晉和南朝的商業,比過去活躍多了,交通要衝產生了一些富室。建康,江陵,成都,廣州,京口,廣陵,都成為重要的商業都市。建康既是政治中心,又是長江下游的大埠,北接淮海,東都三吳,交通發達,商業繁盛。據《宋書・五行志》記載,元興三年(404年)二月建康遇到一次大風災,就有"貢使商旅,方舟萬計,漂敗流斷,骸胔相望"的巨大損失。可見建康平時聚集的船舶,是成千上萬的。

由於南北戰爭不斷,邊境防禦極嚴,因此南北間的貿易是冷落的。南朝向外發展了海外貿易。廣州成為海外貿易的大都會,交州南的林邑國(今越南地)及扶南國(今中印半島泰國地)都和東晉南朝有貿易關係,以貢獻的方式進金、銀器和香、布、犀、象等土物。

東晉和南朝的貴族、官吏,普遍營商,運售各地土產,貯存在邸舍贏取厚利。他們利用政治特權,既免重稅,又免關津盤查。宋文帝劉義隆的兒子劉休祐封晉平王,邑五千戶,然後"所在多營財貨"。他作荊州刺史時放高利貸,"以短錢一百賦民,田登,就求白米一斛,米粒皆令徹白,若有破折者,悉刪簡不受。民間糴此米,一升一百,至時又不受米,評米責錢。百姓嗷然,不復堪命。"(《宋書》七二本傳)。宋孝武帝諸子,也多經營商業求利。寺院放高利貸,以黃金貴物或物品質錢。而民營商業,則要負擔繁重的雜稅。凡買賣奴婢馬牛、田宅,皆須立文券,交易值一萬,便須輸四百錢的交易稅入官,賣方出三百,買方出一百。無文券的,也收百分之四交易稅,名"散估"。

交易稅之外,還有市稅,及鹽稅、酒稅、貲稅,塘丁屋宅田桑無不收稅。自東晉至陳,在建康西有石頭津,東有方山津,各置津主一人及直水五人,以檢查禁物及亡叛者,但主要的是收市稅。"荻、炭、魚、薪之類小津普遍要十分稅一"。淮水北有大市百餘,小市十餘所,設稅官,收取重稅。商稅收入,成為政府收入的大宗。宋廢帝(473—476年)末年,政府的"敕令給賜,悉仰交市"。繁重的商稅,使商業的發展受到了一定的限制。因之商業的發展,便不是普遍的、一往直前的。

2. 南朝的世族制度和腐朽殘暴的統治

東晉和南朝的政權,是保護士族大地主利益的政權。士族制度,使士族大地主的特權得到法律上的保障。士族憑藉門第,取得官品祿位,高官要職。低級士族和寒門卑族僅能充當小吏。士族和卑族間身份限制極嚴,有名籍藏在官府,有完備的譜諜制度,不得逾越,防止庶民(白籍)假冒士籍(黃籍)。士族門第越高,官品也越高,佔有土地和佃客的數目也越大,子孫承蔭享受高官厚祿。因之,南朝政權雖然更替,而士家大族的政治地位和社會力量並不能動搖。他們依仗政治和經濟上的特權,成為腐朽苟安的寄食階級。除了優遊傲慢,飽食醉酒外,便是奢侈荒淫。

據顏之推《顏氏家訓》卷上《勉學篇》記載當時士大夫,說他們"射則不能穿札,筆則纔記姓名。飽食醉酒,忽忽無事,以此銷日,以此終年。或因世家餘緒,得一階半級,便自為足。"

又說:"梁朝全盛之時,貴遊子弟多無學術。至於諺云:上車不落則著作,體中何如則秘書。無不熏衣剃面,傅粉施朱。駕長簷車,跟高齒屐,坐棋子方褥,憑斑絲隱囊,列器玩於左右。從容出入,望若神仙。"完全成為腐朽沒落,既不能文又不能武的階層了。但是,他們仍擁有政治特權。

自劉裕建宋,歷齊、梁、陳四朝。王朝統治者多出身於下級士族的實力派。他們奪取了政權以後,多引用寒門卑族,居政府要職,並封子孫為王。雖曾嘗試著抑制士族地主的勢力,限制豪門掌握的隱戶,和無止境的霸佔山澤,但由於士族豪門勢力根深蒂固,而不能收到效果。同時,他們由寒門上升為新的權貴,與士族過著同樣腐朽的生活,並與士族大地主妥協合作,來對人民進行殘暴的統治和殘酷的剝削。

如劉裕執政時,曾實行抑制豪強,限制他們霸佔山澤,殺死一向隱匿戶口上千戶的餘姚大姓虞氏,並於413年實行"土斷",清理南遷僑民的戶籍,以增加政府的稅收。這在一定程度上固然減輕了一些土著民戶的負擔,但終不能動搖大族的勢力。大明年間(宋孝武帝時),遂向士族妥協,承認士族霸佔山澤的合法。

劉裕作了皇帝以後,還宣佈以前因軍事而徵發的奴隸歸還原主。死者或被提升任職的,政府照價賠償。以後,也不再發奴當兵,保護士族地主佔有大量奴婢。

南朝的統治者,多荒淫殘暴,互相誅殺。

如宋孝武帝的兒子前廢帝劉子業(464年)在位時,娶姑母作妾,改姓謝氏。給他的姐姐山陰公主置男妾卅人,稱為"面首"。怕諸父在外為患,拘到建康,慘加捶打,咸以豬籠,後來大臣阮佃夫殺劉子業,立劉彧為帝(宋明帝),照樣殘殺。

宋後廢帝劉昱(473—476年)十歲即帝位,常出外遊逛大街小巷。隨從人佩戴鋌矛、短刀,碰到行人、狗馬、牛驢等便殺。民間騷擾,商販不敢開門營業,路上斷行人。劉宋政權,後來被蕭道成篡奪,建立齊朝。

蕭道成及其子孫的政權,統治南朝廿三年(479—501年)中,上演不斷殘殺的醜劇。東昏侯蕭寶卷(499—500年)在位時,驕恣殘殺更甚。殺大臣,委任宦官。常出外遊走不願人見。先驅走所過人家,留空宅。鼓聲一響,居人不暇穿衣履,便須奔走逃避,不走的便格殺。他每月出遊二十次,無處不到,弄得四民廢業,樵蘇路斷,產婦老病不能走開的,便被剖腹或射死。他大修宮殿,刻畫裝飾窮極華麗,督役嚴急,晝夜趕築。他徵稅多到十倍,還不夠揮霍,造成"百姓困盡,號泣道路"。500年,雍州刺史蕭衍舉兵攻殺東昏侯,另立蕭寶融為和帝。502年,蕭衍奪齊政權,建立梁朝,是為梁武帝。

梁朝(502—556年)武帝蕭衍統治的四十八年中,廣泛地拉攏士族門閥,設置州望、郡宗、鄉豪等官,使東晉以來湮沒不顯的士族都有了作官的機會。他提倡儒學,使北方的文化傳佈南方。定佛教為國教。他信奉佛教,曾三次捨身同泰寺,又聚斂億萬錢米去贖身,給僧尼建造華麗的寺院佛寺,賜給寺院土地,單是建康,就有佛寺五百多所,僧尼十餘萬,奢侈浪費,加重人民負擔。548 年,蕭衍收降東魏鎮守河南的叛將侯景,使之鎮守壽陽。549 年,侯景造反,自壽春攻入建康城,燒殺掠奪,屍橫塞路,死人無數,蕭衍餓死。侯景攻陷三吳城鎮,控制長江下游,立蕭綱。當時梁武帝諸子,仍控制長江中游,他們互相攻殺,蕭詧降了北朝的西魏。湘東王蕭繹佔據荊州。廣東軍隊在陳霸先率領下自江西北上進攻侯景。551 年,侯景廢蕭綱,蕭繹在江陵即皇帝位稱梁元帝,遣陳霸先入建康攻敗侯景,侯景逃遁被殺。554 年,蕭詧結西魏攻陷江陵,殺梁元帝蕭繹,立蕭詧為傀儡皇帝。是為西梁(即後梁)。555 年,陳霸先等在建康立蕭方智為梁帝。557 年,陳霸先廢蕭方智自立為帝,國號陳。是為陳武帝。

　　陳霸先稱帝建立陳朝後,南朝還處於分裂狀態。各地土豪及蕭梁在長江中游的武裝勢力與陳霸先對立,直到 559 年陳霸先死,南朝也未停止內部的戰爭。570 年後內部戰爭漸結束,但北朝的周、齊勢力向南發展,陳朝屢遭攻侵,荊州以北為北周所有,淮南地區已入於北齊,地削勢弱,僅僅能守著長江以南地區。583 年,陳後主陳叔寶繼為帝,引用寒門出身的沈客卿、施文慶等執政,荒淫奢侈,政治黑暗,宮中美女數千人,天天賦詩酗酒,並大修宮室樓閣,加重剝削,稅收增加數十倍。為了增加王朝統治者的收入,取消了士族免關市稅的特權,引起士族地主商人反對。因而陳朝統治階級內部發生破裂,統治力削弱。

　　當南朝政治日趨衰落的時期,北朝已統一於隋朝。589 年,隋兵八十餘萬八路南下攻建康,陳叔寶兵敗被俘,結束了南朝的統治。四百年來分裂割據、南北對立的局面,至此又歸於統一。

3. 農民生活的痛苦和反抗鬥爭

在南朝腐朽殘暴的統治下，朝代雖更替，農民的痛苦並未有絲毫減輕。勞動農民既被掠去了土地，又被斷絕了樵采為生的道路，大量淪為士族大地主的佃客耕奴。同時還要遭受戰爭的洗劫和殘酷的屠殺，及南朝統治者加在農民身上的繁重租稅負擔。

南朝的戰爭是頻繁而又殘酷的。封建諸王刺史，多募失地農民作為"義從"部曲。自東晉以後，凡是地方武官調職的，地方要分割一部分精兵與武器相送，多的千餘家，少的數十家，稱為"送故"。這些私門擁有的武裝，由政府供給糧食布匹為軍資，成為豪強們經常動兵割據、發動戰爭的工具。而廣大的人民，便在戰爭中遭受無比的災難，慘遭屠殺了。

402 年，劉牢之、劉裕鎮壓孫恩為首的農民起義，殺人二十萬。502年，齊雍州刺史蕭衍起兵圍郢城（湖北江陵）二百餘日，郢城"士民男女，近十萬口，閉門二百餘日，疾疫流腫，死者什七八，積屍牀下而寢其上，比屋皆滿。"（《通鑑紀事本末》）

450 年，北魏拓跋燾以百萬大軍南侵宋，沿途攻城抄掠，進逼長江北岸的瓜步，沿江舉火，掠居民、燒廬舍而去。凡破江北六州，殺掠壯丁、嬰兒。所過郡縣劫掠一空，赤地千里。春燕北飛，只能營巢樹上。江北破壞，里邑蕭條。

548 年，侯景反，攻梁建康，圍臺城五六個月，縱士兵掠奪民米及金帛子女，並起土山攻城，殺人填山，死者十八九。"橫屍滿路，不能埋葬，爛汁滿溝"。侯景攻陷三吳，江州、揚州連年旱災蝗災，百姓入江湖山谷采草根木葉菱芡為食，死人佈滿曠野，造成千里絕人煙，人跡罕見，白骨堆成丘壟的慘象。

554 年,梁蕭詧結西魏攻陷江陵。魏兵"盡俘王公以下及選百姓男女數萬口為奴婢,分賞三軍,驅歸長安,小弱者皆殺之。得免者三百餘家,而人馬所踐及凍死者什二三。"(《通鑑紀事本末》)

統治階級爭奪戰爭,給人民帶來的只有死亡和災難。所以廣大人民,是反對任何割據戰爭而渴望統一的。

南朝統治者,對人民的剝削是繁重的。除了口稅高到五石,還有戶調和雜稅,修房子、賣柴、賣魚、屋上加瓦都要納稅,民間往往斬樹發瓦析錢以充重賦。齊征塘丁稅每人一十文,貧民典賣妻子,仍不能納足稅,而典賣妻子還要納百分之四的稅。因此,農民被迫除了依附豪族為佃客奴隸,便只有起而反抗了。

東晉末 399 年孫恩領導的農民起義,曾攻陷東方八郡,震撼東晉王朝的統治。宋明帝(465—472 年)時,469 年,東南臨海(浙江臨海)暴發了田流所領導的農民起義,攻佔鄞縣,殺縣令。齊武帝時,485 年,富陽人唐寓之領導農民起義,三吳人民響應,眾至三萬,攻佔錢塘(杭州)、東陽(金華),殺太守,吳郡縣令多棄城逃走。這些農民起義鬥爭,不久被統治階級殘酷屠殺鎮壓下去了。但反抗殘暴統治的鬥爭,以各種方式衝擊著南朝的統治基礎。

四、南北朝時期北朝的經濟與政治
(386—581 年)

1. 北魏的建立及統一北方(386—439 年)

北魏政權的建立,始於鮮卑族的拓跋珪。拓跋氏部族在漢魏時期,與慕容氏同為鮮卑族的強族。慕容氏在西晉時居中國東北遼東以

357

西地區。拓跋氏則世居北荒，後來逐漸南徙，佔居了匈奴故地。三國時，酋長力微率部遊牧於代北，居盛樂（今內蒙自治區河套東北）。西晉惠帝時，部族分三部，分佈在上谷、代郡、盛樂地區。晉末，酋長拓跋猗盧統攝三部。永嘉時（晉懷帝時），助并州刺史劉琨攻伐北邊鮮卑別部。310年，受晉封為代公，居代郡，於是率部族入雁門，佔有陘北地區，勢力漸大。315年，晉愍帝封猗盧為代王，王代郡及常山郡，開始造城邑，定刑法。數傳到酋長什翼犍（338—376年）時，勢力大強，東自朝鮮北境，西至甘肅，南距陰山，北盡沙漠地區，各部落歸服，有眾數十萬人，開始由遊牧生活轉向農業定居，內外蒙古地區皆入於拓跋氏。340年，都雲中（山西大同）盛樂宮。

376年，前秦苻堅滅代，什翼犍及子寔君均死。苻秦分代為二部，使匈奴劉庫仁、劉衛辰分統之。什翼犍孫拓跋珪初依劉庫仁子劉顯，後奔賀蘭部。"淝水之戰"後，苻堅為姚萇所殺，前秦分裂，北方大亂。拓跋珪乘機收其舊部，擊走劉顯，攻敗劉衛辰定河南（河套）地區各部落。於386年自立為代王，同年改國號魏。拓跋珪役使被征服諸部人口及漢族農民墾荒屯田，以供軍需。並掠取大量財物，一方面分賜貴族將吏，一方面分田墾荒，農業漸成為主要生產部門代替遊牧。當時，據中山（河北定縣）的慕容垂（後燕）發十萬大兵攻魏，拓跋珪大敗燕兵，俘虜了燕的文武將吏數千人，於俘虜中選拔有才識者制定憲章制度。396年，慕容垂死，拓跋珪率四十萬大軍南出馬邑，逾句注征燕，慕容寶別遣將東出襲幽州圍薊，攻佔中山、鄴、信都等地平定中原，俘獲器械財物數十萬，收降官吏，徙山東六州人吏及雜夷百工十餘萬口以充平城。分給內徙戶耕牛，計口授田耕種。398年，拓跋珪定都平城（山西大同），自稱皇帝（北魏道武帝）。

據《魏書·食貨志》載："太祖（拓跋珪）定中原，……使東平公儀墾闢河北，自五原至於椆陽（今內蒙烏拉特旗故九原城東北）塞外為屯田……破衛辰(劉衛辰),收其珍寶、畜產,名馬卅餘萬、牛羊四百餘萬,漸增國用。既定中山,分徙吏民及徒何種人、工伎巧十萬餘家以充京都,各給耕牛,計口授田……勸課農耕,量校收入。"

這些說明北魏在不斷的軍事征伐中,擴充土地,俘獲大量人口,任用漢族士大夫分子,吸收封建經濟剝削制度及政治制度,來建立國家。拓跋魏已開始向封建社會轉化,由氏族社會末期的家長奴役制社會,飛躍地過渡到封建社會。同時,也還保存著家長奴役制的鮮卑貴族佔有奴隸的殘餘形態。

409 年,拓跋珪在位二十四年,死。長子拓跋嗣繼立為明元帝(409—423 年),他致力於鞏固內部,選拔北方士族地主分子和儒生作官吏,"詔使者巡行天下,招延儁彥,搜揚隱逸"(《北史·魏紀一》);置新征服的降人於大寧川(約當今山西北),給農器,計口授田,以徵收農產品,並將俘虜來的工匠人口分賜給將士貴族作奴隸。"詔簡宮人非御及伎巧者悉以賜鰥人"(全上書)。下詔使天下每二十戶輸戎馬一匹,大牛一頭,六部人、鮮卑人羊滿百口者調戎馬一匹。這一些措施,使北魏的經濟基礎漸漸鞏固起來,政治規模也樹立了。於是南攻宋,取洛陽、虎牢(河南汜水)、滑臺(河南滑縣)三城,佔有了黃河以南的軍事要地。

北魏太武帝拓跋燾統治時期(424—451 年),逐步完成了北方的統一,擴大了領地。429 年,攻伐北方的強敵柔然,收降其種落三十餘萬落,又攻敗高車(原丁零地)數十萬落,遷降附人口於大漠以南。431年,滅西秦和夏,並有今陝西、甘肅(秦隴之地)及河套地區。436 年,滅北燕,並有河北東部地區及遼東西,439 年滅了割據秦、涼二州的北涼,並有河西。北魏遂統一中國北方,和南朝的宋形成南北對峙的局面。450 年,南朝宋文帝劉義隆興兵北伐魏。拓跋燾發兵百萬攻敗宋軍,並乘勢南侵,破宋淮南六州,進兵到瓜步(江蘇六合東南)威脅宋京建康。由於宋兵堅守淮南彭城、盱眙等據點,竭力抵禦,魏軍不能長期佔領淮南,俘虜宋人口五萬餘家,疲弊退軍。這一次戰爭是"泚水之戰"以後的又一次大戰。從此,南朝的淮南地區受到嚴重的破壞,北魏也因連年用兵消耗過甚,及宮廷中醞釀政變,才與宋通好停戰。452年,拓跋燾為宦官宗愛所殺。465年以後,宋王朝內部也因政治腐敗,內部矛盾加深,連續爆發內戰,力量削弱,不僅無力北伐,淮北淮西地區,相繼淪於北魏,到齊梁以後,則僅能守長江北岸了,由此逐漸形成北強南弱的局勢。

2. 北魏孝文帝的漢化政策和均田制

北魏在軍事征服的過程中,在北方中國封建經濟的基礎上,建立了鮮卑族拓跋氏貴族和北方漢族大地主聯合統治的封建政權。拓跋氏部落,也就很快地從家長奴役制社會飛躍地過渡到封建社會。但是,北魏在軍事征服中,不斷地強迫遷徙和俘虜各族人口,置於北魏統治的中心地區,或分賜給貴族軍士作奴隸從事畜牧耕作;或編入各軍府當兵被驅迫作戰;或屯田戍守;或計口分與耕牛田地強迫耕種,征受地租。在北魏統治下的各族人民,參加農業生產後,便很快地和漢族人民同樣受著北魏王朝繁重的賦稅徭役和兵役的榨壓,受著殘暴的種族歧視和階級壓迫。因之,常常掀起反抗鬥爭。

如北魏明元帝時(409—423年),有上黨(山西襄垣)民勞聰、士臻聚眾反抗,殺太守令長;河西饑胡屯聚上黨暴動;常山(河北正定南)民霍季聚眾起義。太武帝(424—451年)時,有定州(治中山)丁零人二千餘家起義,攻破郡縣;上黨人李禹聚眾起義,殺太守,南來降人五千餘家於中山起義。至北魏孝文帝時(471—499年),規模較大的起義有十一次之多。如青州高陽人封辯聚眾反抗,自號齊王;洛州人賈伯奴起義稱王;豫州人田智度稱上洛王;冀州人宋伏龍聚眾起義,自稱南平王;秦州略陽人王元壽聚眾起義,自號衝天王;懷州人伊祈苟聚眾於重山起義;沙門法秀聚眾起義。這些起義反抗,雖都被北魏州軍武力鎮壓下去了,但說明北魏的統治是極度不鞏固的。這是一方面。

另外,北魏統一北方後,雖實行一些受田免租、賑濟饑民的辦法,使農業生產有逐漸恢復的跡象,使遊民部分地還鄉生產,但是由於西晉以來北方長期戰爭破壞和人口大量死亡流徙的結果,土地荒蕪和勞動力缺乏,成為恢復生產的嚴重阻礙。再加上北方安定以後,農民返回舊居,土地已被強族侵佔,而豪族地主,隱冒戶口,往往五十家三十家為一戶,謂之蔭附,不服官役,所以豪強征斂,比官賦加倍。

以上的情況,給北魏的封建統治帶來嚴重的威脅。北魏孝文帝拓跋宏時(471—499 年),接受了封建統治的豐富經驗,實行了一系列鞏固北魏社會經濟,加強中央政權和安定社會秩序的政策。

第一是頒佈均田制:北魏孝文帝於太和九年(485 年),下詔均給天下民田。

均田制的內容,就是計口授田。男丁十五歲以上,受露田(種植穀物的田)四十畝,婦女二十畝。奴婢依良丁授田,丁牛(犢及老牛不計)一頭,受田三十畝。限四牛。"露田"的所有權歸政府,年老免役或死亡時歸還政府。奴婢和牛,隨有無以定還受,所受的田,為了供給休耕和還受的盈縮,加倍授給。一更之田加一倍,再更之田加二倍(男百二十畝,女六十畝)。另外,丁男一人分給桑田二十畝,限定種桑五十株,棗五株,榆三株。出產麻布的地區,丁男分給麻田十畝,女五畝。桑麻田為永業,產權歸受田者終身所有。奴婢也依良丁受桑田。桑田有餘或不足畝餘,可以買賣足數。地狹人多的地區,或因人口增加,而田地不夠分配時,減少桑田或倍田數。如願遷移空荒州郡者,准遷逐空荒地區。

隨著授田而來的,北魏並制定租調制度:一夫一婦出租粟二石,調帛一匹,還要服徭役,供兵役。奴婢不服徭役,奴婢八口,牛二十頭,出一夫一婦的租調。

均田制的規定中,受田丁牛有限制,而奴婢無限制。如按加倍授田數計算,一夫一婦有十奴四牛則可受田千畝以上。由此可見,均田制的本質,是北魏政府在保護地主階級利益的前提下,達到加強政府對自耕農民及豪強附戶直接統治的目的,使他們變為封建國家的直屬農民,以鞏固封建統治的經濟基礎。對於大地主的土地並不沒收分配,而且規定地狹人多地區的農民可遷入空荒州郡,這無異給豪強兼併土地以法律上的保障。但是均田制的實施,使北魏政府將大量官荒田授給無田農民,保證一定的使用期限,並受給桑麻田為農民永業。這就使廣大的勞動農民可以發揮他一定的生產積極性,創造社會財富,推動社會經濟的發展和農業生產技術的進步。

北魏的均田制,為以後的北齊、北周和隋、唐所承襲,並加以發展。

第二是立三長審定戶籍:北魏在太和十年(486年)建立黨、里、鄰、三長以定立戶籍。五家編為一鄰,設鄰長;五鄰編為一里,設里長;五里編為一黨,設黨長;作鄰長的,免一夫之役,里長免二夫,黨長三夫。三長制的實行,是加強了北魏政府對編戶農民的控制,爭奪豪強蔭附戶口,使其成為服官役的直屬民戶。

第三是規定官吏俸祿:北魏初百官無俸祿,內外官吏,依靠勒索人民,營商,放高利貸。孝文帝太和八年(484年),下詔按官吏品第給

禄。每一民戶增征戶調帛三匹、穀二石九斗,作為支付官司俸禄的
專款。

第四是遷都洛陽實行漢化:孝文帝為了消彌種族界限,以緩和
各族人民的反抗鬥爭,曾於太和七年(483 年)禁同姓相婚。並於
494 年,遷都洛陽,以加強其與中原士族的結合和對漢族人民的統治
和鎮壓。次第以政府命令,禁止胡服胡語。改鮮卑複姓為漢語單音
姓,如改拓跋氏為元氏。令鮮卑人遷河南洛陽者,便為河南洛陽人。
死不歸葬北邊。採用西晉以來的士族制度,定鮮卑貴族元氏、長孫、
宇文、于、陸、源、竇等族為最高。漢族士族,以范陽盧氏、清河崔氏、
滎陽鄭氏、太原王氏四姓為最高,與鮮卑八姓可互配婚姻。其他隴
西李氏、河東薛氏、趙郡李氏則列為郡大姓,按門第高低,分配官品。

北魏孝文帝的漢化政策,是鮮卑貴族與漢族士族地主相結合,共
同實現對漢族人民及各族人民進行封建統治的政策。漢化的結果,漢
族大地主大士族,成為鮮卑貴族統治中國人民的有力助手。在種族融
合的掩蔽下,加強其階級的壓迫和剝削。

另一方面,由於北魏孝文帝以後,實行一系列均田、戶籍、漢化等
制度的結果,使中國境內各族人民同成為北魏統治下的編戶,經濟文
化上得到進一步融合。各族人民共同勞動生產的結果,使中國北方的
經濟,得到逐漸恢復和發展。

農業經濟在中原地區發展起來,到北魏正光年間(520—524 年),
人口達到三千餘萬,戶達到五百餘萬。

西北地方的畜牧業,自太武帝(424—451 年)時代就在河西繁榮
起來,河西水草地區,畜馬達二百餘萬匹。橐駝百萬,牛羊遍山野。到
孝文帝(471—499 年),又在河陽(今河南)開闢牧場,經常養戎馬十萬
匹,以備軍用,並每年自河西徙牧於并州(山西)。畜牧業的發展,供給

了耕牛戰馬的需要。

北魏經濟的發展,到孝明帝元詡(516—527 年)初年時,使封建國家的府庫財富充溢了。而鮮卑貴族,也就在封建經濟的豢養中腐化起來。

3. 北魏末年的農民大起義

隨著北魏封建經濟的恢復和發展,北魏的統治者,自孝文帝以後便奢侈腐化起來。歷宣武帝元恪(500—515 年)及孝明帝元詡(516—527 年)時代,鮮卑貴族過著安富尊榮的生活,加重對人民的剝削,對南朝戰爭頻繁,並迷信佛教,大修佛寺及刻造佛像,阻礙了生產的進一步發展,使元宏時代的經濟繁榮景象又開始衰退了。

宣武帝時,徵發京畿內民夫五萬五千人修築洛陽三百二十坊。在州郡大造佛寺。洛陽南伊闕營建石窟三所,窟頂離地三百一十尺,自景明元年(500 年)興建,到正元四年(523 年)二十三年中,用人工八十萬二千三百六十六工。供養西域佛僧三千多人。孝明帝初年,在洛陽城內太社西修永寧寺,刻九層浮屠,高四十餘丈,費用不可計算。另外官私修的寺塔,多得無數,洛陽民居被佔三分之一。當時寺院在統治階級庇護下,佔有大批土地資財,放高利貸剝削人民,隱匿逃戶,廣收僧徒,成為很大的勢力。

506 年,北魏元恪發兵數十萬攻南梁鍾離(安徽鳳陽東北),梁武帝派兵二十萬拒戰。魏軍以鮮卑騎兵驅迫漢人築工事,在梁兵勇猛攻擊下,魏軍大敗,溺死及被斬殺的二十餘萬,沿淮百餘里地區,屍橫遍野。這次戰爭對北魏政治上的打擊是很大的。

另外,北魏元詡在位時,母后胡太后專制朝政,任意支取府庫財物,賞賜宮內后黨。520 年以後,預徵天下六年租調,造成百姓無法生活。為了供給宮中的奢侈浪費,廢除百官每年例酒,就合米 53054 斛,面穀 6960 斛,面 300599 斤。廢除百官每年例給米肉的半數,合計省肉 1599856 斤,米 53932 石。又增稅京城田租及入市稅,寺院的盤剝掠奪,戰費的負擔和人口死亡,再加上政府租稅的增加,使廣大階層的各族人民,普遍受到生活的威脅,因而掀起各地區的人民反抗鬥爭。

523 年,代北地區有破六韓拔陵聚集匈奴族和漢族人民,在沃野鎮(今甘肅東北黃河東岸地)暴動攻佔武川鎮(內蒙自治區薩拉齊)懷朔鎮(內蒙烏蘭特),殺鮮卑鎮將鎮兵,連陷北方六鎮,攻敗北魏政府兵。

524 年,秦隴以東有羌人莫折大提及漢人薛珍聚眾起義,攻佔秦州(今甘肅東),殺刺史,並佔雍州(陝西南部),與北魏政府兵戰鬥三年。同時並起的有冀、并以北的胡琛聚眾起義。胡琛死後,萬俟醜奴繼之,進攻關中。直到 528 年,在北魏軍進攻下失敗。起義軍中,規模最大的是葛榮所領導的人民起義軍。

526 年,葛榮領導著以漢族流人為主體的各族人民在左城(河北唐縣)起義。起義軍向北推進,攻敗魏軍,佔領瀛洲(河北河間),燒官府,殺官吏,葛榮被推為天子。527 年,又攻佔殷州(河北隆平)、冀州,進圍相州(河南湯陰)。所過地區,群眾紛紛響應,圍相州時,起義軍已達百萬,瓦解了北魏在河北、豫北的統治力量,並威脅了河東地區的北魏統治。後來因為相州久圍不下,起義軍內部宇文泰、高歡等叛降北魏。528 年,起義的領導者葛榮被北魏爾朱榮(原秀容川部的酋長)戰敗犧牲,百萬大軍堅持二年戰鬥後失敗了。但北魏的統治,也遂即分裂。

4. 北魏的分裂及北齊北周的政治

北魏末期的農民大起義,大大地打擊和削弱了北魏政權的統治力量,但在農民起義被鎮壓的過程中,卻強大起來了地方武裝勢力。這就是世居秀容川(山西朔縣)並世為領民酋長的爾朱榮。

爾朱榮的祖先,在拓跋珪時,就是秀容川的部落酋長。因率部隨拓跋珪平晉陽、定中山建立功勳,便受封秀容川三百里為世業,成為北方封建世襲領主。北魏孝文帝元宏時,爾朱新興已成為"家世豪擅,財貨豐贏"的部落,"牛羊駝馬,色別為群,谷量而已,"(《魏書·爾朱榮傳》)常常獻私馬、資財以助朝廷征伐,元宏授以平北將軍、秀容第一領民酋長的爵位,實際上仍然是一方的領主。爾朱榮襲爵後正逢元翊末年農民暴動,四方兵起。爾朱榮遂散畜牧,招集兵眾,供給衣馬軍資,進攻兼併各地反抗勢力,兵力漸強,元翊任命他為大都督,都督肆、汾、廣、恒、雲等州(今山西地區)軍事。葛榮起義縱橫河北的時候,北魏官兵頻敗,爾朱榮乘機擴充自己的實力,北捍馬邑,東塞井陘,以阻農民起義軍西進山西。528 年並攻敗葛榮領導的起義軍,鎮晉陽(山西地),成為地方上一大勢力。

528 年,胡太后殺元翊,立三歲的元釗為帝。爾朱榮進入洛陽,殺了胡太后、元釗及王公群官二千餘人,立元子攸為孝莊帝(528—530年)。爾朱榮使元天穆掌握朝政,而自己仍回鎮晉陽,於是北魏的政權遂為爾朱榮所把持。530 年,北魏孝莊帝引爾朱榮入朝,設伏兵謀殺了爾朱榮及元天穆。汾州刺史爾朱兆,聽到爾朱榮被殺,舉兵攻入洛陽殺孝莊帝,在晉陽立元曄為帝,使從子爾朱世隆鎮洛陽。世隆在洛陽另立元恭為帝(531 年)。同年,爾朱榮的部下高歡攻敗爾朱兆,廢元恭,立元修為孝武帝(532 年)。高歡為大丞相,鎮鄴,專政權。534 年,孝武帝元修招關右兵攻高歡失敗,逃往關中依宇文泰。從此以後,北魏分裂為東、西魏,高歡在鄴立元見善為孝靜帝,是為東魏(534—550年)。宇文泰於 535 年殺元修,立元寶炬為文帝都長安,是為西魏(535—557 年)。550 年,高歡子高洋自立為帝,國號齊(550—577年)。557 年,宇文泰子宇文覺自立為帝,國號周(557—581 年)。北朝遂成為北齊、北周對立的局面。

高歡是鮮卑化的漢人,他曾參加過杜洛周領導的六鎮起義軍,繼又投葛榮,最後投爾朱榮,榮死從兆。後叛爾朱兆攻滅爾朱氏餘黨,佔有山西、河北地區,到他的兒子高洋建立北齊。

北齊的政治,在高洋初年,引用漢人楊愔、薛道衡等,頗有一些改革。但晚年漸驕恣暴虐,荒淫昏亂,築長城,修宮殿,發動對梁的戰爭,生產始終未得到恢復。高洋死後,北齊不斷發生內亂,政治腐敗,“官由財進,獄以賄成”,朝廷中的閹人、商人、胡戶、歌舞人、雜戶都以貪污致富,賦斂增加十倍;州縣官多為商賈,他們競相貪縱,加重剝削人民,而朝廷的財政反日加空竭,577 年,遂為北周所滅。

宇文泰為漢化的鮮卑人,參加過葛榮的起義軍,又投爾朱榮,後投賀拔岳,岳死代統岳眾,佔有關中土地,其子宇文覺,代西魏而建北周政權。

北周引用漢人蘇綽、盧辯等儒者,附會《周官》的制度,改革鮮卑舊制。又改山東郡姓為關中郡姓,拉攏漢族官僚地主分子居顯要官位,以加強其統治;減少官員,設立二長(閭正、黨長),行屯田,整頓吏治,在政治上實行一些改革,經濟上也進行了恢復。

周武帝宇文邕在位時期(561—578 年),北聯突厥,東滅北齊,南乘梁內亂,攻佔長江上游廣大土地,軍事力量大大增強,並實行了一些政治經濟上的改革。

首先,進一步拉攏山東士族地主階級,加強其統治。578 年,周滅

齊後,周武帝就下詔命令山東諸軍,"各舉明經幹治者二人,若奇才異術,卓爾不群者,弗拘多少。"(《周書》)

其次,下令釋放 534 年以來北魏、西魏所俘虜的西涼人口和山東沒為奴婢的人口為良民,使他們變為北周政府直屬下的農民,從事農業生產。

再次,嚴禁隱匿土地和人口,詔令"群強盜一匹以上,正長(閭正、黨長)隱五户及十丁以上,隱地三頃以上者,皆死。"並下令毀佛寺殿宇,滅佛道二教,燒毀經像,令沙門道士還俗,減少后宮妃婦數目,減少浮户,減輕農民的負擔。

這一系列措施,無疑的對北周的生產發展和加強政府的統治是起了一定作用的。所以北周的國力,也就比較富強起來,廣大的人民,久經喪亂,深受戰爭之苦,對於北周趨向統一和集權的政治措施,安定生產、壓抑豪強的經濟措施,是擁護的。這就使北周的政治具有強大的社會基礎。

579 年,周武帝死後,繼承者是周宣帝宇文贇。他並沒有在武帝的政治方針下進一步鞏固政權,實現統一。相反的,卻奢淫亂殺,誅殺武帝時所依靠的軍事骨幹,如徐州總管王軌、上柱國尉遲運和宇文孝伯等;並大發山東諸州兵卒修洛陽宮;重用宦官,濫用刑罰,亂殺群臣,並搜選大臣家中美女充後宮,造成"貴賤同怨",内外恐怖的狀態。在這種情況下,周武帝以來掌握政權,上升到統治地位的軍政大臣,便感到他們的官位和特權將隨著北周政治的混亂而失去保障。因而另覓依靠,結納在皇后之父楊堅(當時為上柱國、大司馬)的周圍。580 年,宣帝死,楊堅同黨中官鄭譯、劉昉等,便假傳詔旨,發動宮廷政變,立宇文闡為靜帝。楊堅遂掌握了北周政府的軍政大權,殺了宇文氏諸王,調度關中諸軍,平定了反對楊堅的地方實力派。581 年,楊堅依靠關隴集團胡漢地主,奪取北周政權,建立隋朝。

589 年,隋朝滅南朝的陳,結束了南北分裂的局面,重新形成統一的
王朝。

五、四百年間的文化概況

自從 189 年董卓入洛陽,第二年挾漢獻帝入長安開始了軍閥割
據,到 589 年隋朝統一,整整四百年。這四百年是中國封建社會歷史
上一個大分裂的時代,而主要則為南北朝的對立。中國歷史發展到這
個時期,在南朝漢族的統治,則封建統治逐漸凝固,階級森嚴;在北方
則許多較落後的各族,先後從氏族社會或奴隸制國家向封建國家躍進
和轉化,至隋文帝統一之時,南北兩朝在經濟文化上已逐漸趨於一致,
因而以其軍事力量統一南北,建立隋朝。

在這紛亂的四百年中,在文化方面也顯露其特色,茲分宗教、文
學、科學三方面言之。

1. 宗教

(1)佛教和道教

佛教

佛教的創始者為喬答摩・悉達多,中天竺淨飯王太子,生於前 557
年,死於前 477 年。因感印度社會階級不平,而且由生老病死的苦痛,
舍妻子入山修道,周遊印度,宣傳教義,死後人們尊他為"釋迦摩尼",
是能仁,德全道備,能濟萬物的意義,又稱為佛陀或菩提,即自覺覺人
之意。

佛教講不殺、不盜、不淫、不欺騙、不飲酒等五戒,又有不犯殺、盜、淫、妒忌、忿恨、愚癡、謊話、巧辯、挑撥、惡罵等十善。一個人到死後要依照他對五戒十善執行的程度,分別受天堂、人類、畜生、餓鬼、地獄等報應。

公元前三世紀,印度阿育王定佛教為國教,四出宣傳,後來大約由錫蘭、中亞兩方面傳入中國。傳入時間不可確知,至東漢明帝時始派使往印度求佛。但佛經的傳入似乎還要早些,西漢哀帝時已有口授浮屠經之事,東漢明帝有白馬馱經的故事。

佛教傳入中國的興盛,當然譯經是一重要關鍵。從東漢到西晉譯經以攝摩騰、竺法蘭、安世高為代表,東晉以後以鳩摩羅什、曇無讖、法顯、智嚴、求那跋陀羅等為代表。東晉以後佛教在中國更加發展,梁武帝時發展到最高點。南北朝三百年,佛教在精神、思想意識上佔統治地位。

南北朝時,不論南朝北朝都是佛教全盛時期,由於西晉淪亡,東晉偏安江南,回想昔年洛陽盛況,感受深刻痛苦,需要有效的麻醉劑來解脫,而符合政治上的求靜求安,佛法說"無常"、"苦"、"空"、"無我",成為當時的特效劑。在北朝,各族文化落後,又是佛教乘機而入的好場所,所以北朝佛教也特別興盛。

而更重要的,佛教講報應,講來生,講宿命,講忍受,這更適合於統治階級,因此統治階級歡迎佛教學說,把它作為統治人民的工具,要人民老老實實地忍受他們的統治。而佛教苦修苦練以求來生幸福的說法,也使佛教在苦難的人民大眾中站住了腳跟,而統治者利用佛教以統治人民,優待僧侶,有不納稅、不服徭役的特權,受苦的人民為了逃避現實而出家的就加多了。

所以在南北朝時,佛教盛行,寺院之多,南北各有二三萬所,僧徒二三百萬人,很多寺院,都佔有大量的土地,剝削農民,放高利貸,開當鋪,放縱奢侈,嚴重地危害了社會經濟。

道教

道教是由道家思想發展而來的。李耳創立道家學說,完全講君主怎樣統治臣屬的方法,並沒宗教意味。道教如何發展而來呢? 首先通過燕齊方士,這些靠海的國家的方士,受滄海渺茫、海市蜃樓變幻的影響,幻想海上有神仙居住。他們講長生、講不死藥、求黃金方、房中術,利用富人貪財好色、怕死的弱點來誘騙,這些方士便利用了老子《道德經》中有一些似懂而不可解的話,如"玄之又玄,眾妙之門"等奇怪的話作為附合的材料,因而認為黃帝、老子都是神仙,黃老便成了道教的祖師,這是從東漢開始的。

到魏晉時代的道士,又模仿佛教把天堂地獄因果報應一套竊取來,構成道教全部內容。

道教集我國傳統的鬼神迷信,貪污淫穢,一切黑暗卑劣思想的大成,再加上了佛教虛幻妄誕騙人的新法,造成了中國獨有的宗教。所謂長生不死,白日飛昇,很能滿足剝削階級的願望。而所謂呼風喚雨,捉鬼除妖,避災免禍,符水治病,也很合勞動人民的要求,流行於民間,對歷代農民起義的組織都起很大影響。

(2)范縝的《神滅論》

佛教道教盛行與儒家學說曾起衝突。由於這三者都是封建統治者用來作為統治的工具,它們之間的鬥爭,當然是各從自己的利害出發,由此不惜互相攻擊謾罵。在北朝曾經有過兩次取締佛教,一次是在拓跋燾時(446年),那時道教興盛,拓跋燾信道教而殺僧徒,這是在選擇一種宗教作為統治工具時所發生的事。後來北周武帝時(574年),勒令僧尼還俗,這因宇文邕鑒於佛教勢力太大,他自己又信奉儒學的緣故。

這些都是從自身的利益和統治的關係而反對,而真正用唯物思想來駁斥佛教的迷信的是范縝的"神滅論"。

范縝是齊梁時人,在梁武帝宣佈佛教為國教的時候,范縝卻提出了神滅論來反對,他堅持真理的精神是很可佩服的。

"神滅論",完全是反佛教迷信的。他是儒者,所以也是站在儒家立場來反對佛教的。當然他的思想有根源的,中國無神論的思想,從戰國時荀子就提出,經過西漢有楊王孫,東漢有王充等人繼續發揮,"神滅論"發揮得更徹底。

佛教說人精神不滅,肉體隨時生滅,范縝針對著佛教這個基本迷信觀點提出相反的神滅論,證明物質是實在的,精神是附生的。他主要論點是:(一)精神是肉體的作用,肉體是精神的本質。肉體存在,精神才可存在;肉體死亡,精神也就消滅。比如一把刀,刀的要點在鋒利,但離開刀就沒有鋒利可言。(二)物質有多樣的種類,比如木是無知的物質,人是有知的物質。人死了身體變成像無知的木質,因之死人也就像木質的無知。(三)物質變化有一定的規律,比如樹木先是活樹後是死樹,枯死決不能變活,活人要死亡,而死人決不能再變為活人。(四)心臟是思想的器具,心臟有病,思想就錯誤,可知精神是物質的產品(當時尚不知腦)。這種思想是唯物的,是以唯物觀點來反對佛教的唯心。

范縝為什麼提出這神滅論來呢?那完全由於當時信佛教所造成對於社會的破壞。他說這些和尚是喪風敗俗的。富人們只知求成仙求發財而不肯救濟貧窮的親友,完全是自私自利的,國家貧弱也由於出家為僧的人太多:"家家棄其親愛,人人絕其嗣續,致使兵挫於行間,吏空於官府,粟罄於惰遊,貨殫於泥木",這病害是太大了,所以他說歸根到底要以耕田織布為根本事業。

神滅論一出,當然引起梁武帝以及許多貴族大官相信佛教者的反對,梁武帝曾經命令六十幾個大官和他辯論,並沒有嚇倒范縝,他們也無法說出神的存在,所以一切都流為空虛,最後止不過罵了幾聲范縝荒唐而已。但因為佛教一直為封建統治者服務,神滅論便一直被埋沒了一千幾百年。

(3)佛教傳播對文化的影響

佛教的傳入,對於中國文化是增加了許多新的成分。

首先是佛教本身,它在中國的思想和信仰上發生很大影響,對於封建統治起了鞏固作用。這種唯心思想的傳入對於中國原始的樸素的唯物思想的發展發生了極大的阻礙。

第二在文字和文詞方面,因譯經的關係增加了新的因素和成分。在字音方面,因拼音方法,有四聲的影響,即平、上、去、入四聲,這在中國詩文學上起了很大影響。

第三從文章體裁上講,佛經翻譯,另成一種體裁,在當時是一種革新的白話文體,豐富了中國的文章體裁。

第四從文學來說,中國的小說和戲曲已經被肯定是受佛教文學的影響而發展的。那就是從佛經變化出來的一種所謂"變文"再演化而來的。所以佛經文學的傳入也豐富了中國文學的內容。

第五從藝術來看,無論繪畫雕刻和建築,自從佛教傳入以後,都增加了新的內容而展開了新的方向,創造了新的格調。敦煌千佛洞的壁畫是保存佛畫最多的所在。這種畫不僅在當時在中國古畫的基礎上發展,增加了新的內容,而對於後來的影響尤大,尤其是畫人物鉤衣摺等方面。

隨著佛教繪畫藝術的傳入,雕刻和建築也是同樣展開了新的方向。雕琢佛像成為新藝術,用各種原料來雕刻,據《魏書》所載其最大雕刻於石壁的佛像高有七十尺,從今天山西雲岡的石佛可見其偉大。建築則以佛寺與塔的建築為最,而石窟也是偉大的工程。《洛陽伽藍記》記載關於佛寺及塔的建築形狀最詳。石窟則如千佛洞、雲岡石窟最為驚人。

佛教的傳入,對於中國文化是很有影響的,使中國文學藝術各方面更加豐富,也可見中國勞動人民能夠廣泛地吸收別人的所長而充實了自己。

2. 文學

這一時期的文學,首先可以提出的是文學理論的建設。曹丕《典論·論文》,脫離了儒家功用主義而建立純文藝的傾向。一時曹植、應瑒都有關於文學理論的著作,而尤以西晉陸機《文賦》為重要,他提出了內容與形式兩全,情感與想像的重要,反模擬等理論。

三國時的文學,曹氏父子、建安七子的作品,大部是貴族大地主意識形態的反映與自我歌頌,其中只有陳琳的《飲馬長城窟行》,寫人民徭役之苦與夫婦別離之情。王粲的《七哀詩》,寫人民離亂的生活。魏末,大地主們前途慘澹,產生了何晏、王弼、嵇康等的頹廢浪漫作品,正和他們的"清談"、"任達"的生活相結合。西晉時,由於統治集團無力穩定統治,產生了靡靡之音和堆砌雕琢的作品,縱情享樂,沉醉酒色,只有劉琨《扶風歌》《答盧諶》富有民族鬥爭的情緒。東晉統治集團腐敗,階級鬥爭嚴重,得過且過的生活,反映在文學作品中如《蘭亭序》《搜神記》等。

在這時產生了一位偉大的文學家,那就是陶潛(372—427年),他是詩人,也是散文作家。他的作品是寫實的,是歌頌自然的美,同時也寫他自己的生活,他是非常忠實於他自己的文學家。東晉末年,政治腐敗,陶淵明既無力撥亂反正,又不肯同流合污,他看見士大夫們的無恥行為,只有在他的《感士不遇賦》序中感慨"真風告逝,大偽斯興"而已。

到了南北朝,地主階級縱情享樂,荒淫無度,表露在文學上都是一些雕琢美麗而空洞無物的東西和色情的作品,流而為淫穢的宮廷詩。

當時民間歌謠,如《隴上歌》《洛陽童謠》《宋人歌》,均反映人民反抗對外族侵略和痛恨朝廷腐敗的情緒。民歌中有很多作品充分代表出地方寫實性的,如南方的《子夜歌》《讀曲歌》,北方的《勅勒歌》《木蘭詩》等。

另外在這時期,產生了兩部重要文學批評著作和一部文學選集。文學批評著作,一是劉勰的《文心雕龍》,一是鍾嶸的《詩品》。前者建立了文學批評論,後者對於各家詩作了扼要的評論。

《文選》是昭明太子蕭統選編的,系統地選了屈原以來的文學作品,為中國第一部文學選集。他不僅選了各種的作品,而且也提出了對於文學的看法和標準。

3. 科學

在數學方面,如圓周率的演算法,漢時劉歆得三點一五四七,南齊祖沖之更近了一步,他推算到三點一四一五九二六五,精確得多了。祖沖之又創造了"千里船"和"水推磨"。

農業科學方面,北魏賈思勰的《齊民要術》記述積肥、育苗、接種、家畜飼養各種方法,總結了五世紀以前我們祖先的農業園藝和食品工藝的豐富經驗,是很好的一部農業著作。

西晉時,裴秀總結了古來的製圖經驗,作《禹貢地域圖》十八篇,並縮制一地形方丈圖。從此我國地圖學,遂有了理論上的準繩,這是地理科學方面一大進步。而北魏酈道元《水經注》,每於河流經過的地方附帶說明當地的歷史和人物,對於讀者於地理、歷史兩方面知識的貫穿是很好的書。

附一:秦漢年表

公 元	朝 代	姓 名	年 號
前 221 年	秦	嬴政(始皇)	二十六年
前 209 年		嬴胡亥(二世)	元年
前 207 年		(秦亡)	
前 206 年	西漢	劉邦(高祖)	元年
前 194 年		劉盈(惠帝)	元年
前 187 年		呂雉(高后)	元年
前 179 年		劉恒(文帝)	元年
前 163 年			後元
前 156 年		劉啟(景帝)	元年
前 149 年			中元
前 143 年			後元
前 140 年		劉徹(武帝)	建元
前 134 年			元光
前 128 年			元朔
前 122 年			元狩
前 116 年			元鼎
前 110 年			元封
前 104 年			太初
前 100 年			天漢

公 元	朝 代	姓 名	年 號
前 96 年			太始
前 92 年			征和
前 88 年			後元
前 86 年		劉弗陵(昭帝)	始元
前 80 年			元鳳
前 74 年			元平
前 73 年		劉詢(宣帝)	本始
前 69 年			地節
前 65 年			元康
前 61 年			神爵
前 57 年			五鳳
前 53 年			甘露
前 49 年			黃龍
前 48 年		劉奭(元帝)	初元
前 43 年			永光
前 38 年			建昭
前 33 年			竟寧
前 32 年		劉驁(成帝)	建始
前 28 年			河平
前 24 年			陽朔
前 20 年			鴻嘉
前 16 年			永始
前 12 年			元延

公　元	朝　代	姓　名	年　號
前 8 年			綏和
前 6 年		劉欣(哀帝)	建平
前 2 年			元壽
公元元年		劉衎(平帝)	元始
6 年		孺子嬰	居攝
8 年		(西漢亡)	初始
9 年	新	王莽	始建國
14 年			天鳳
20 年			地皇
23 年		劉玄(淮陽王)(新亡)	更始
25 年	東漢	劉秀(光武帝)	建武
56 年			建武中元
58 年		劉莊(明帝)	永平
76 年		劉炟(章帝)	建初
84 年			元和
87 年			章和
89 年		劉肇(和帝)	永元
105 年			元興
106 年		劉隆(殤帝)	延平
107 年		劉祜(安帝)	永初
114 年			元初
120 年			永寧
121 年			建光

公　元	朝　代	姓　名	年　號
122 年			延光
126 年		劉保（順帝）	永建
132 年			陽嘉
136 年			永和
142 年			漢安
144 年			建康
145 年		劉炳（沖帝）	永嘉
146 年		劉纘（質帝）	本初
147 年		劉志（桓帝）	建和
150 年			和平
151 年			元嘉
153 年			永興
155 年			永壽
158 年			延熹
167 年			永康
168 年		劉宏（靈帝）	建寧
172 年			熹平
178 年			光和
184 年			中平
190 年		劉協（獻帝）	初平
194 年			興平
196 年			建安
220 年		（東漢亡）	延康

附二: 三國西晉年表

魏			蜀		吳		
公元	姓名	年號	姓名	年號	姓名	年號	
220年	曹丕(文帝)	黃初					
221年			劉備(昭烈帝)	章武			
222年					孫權(大帝)	黃武	
223年			劉禪(後主)	建興			
227年	曹叡(明帝)	太和					
229年						黃龍	
232年						嘉禾	
233年		青龍					
237年		景初					
238年				延熙		赤烏	
240年	曹芳(郡陵公)	正始					
249年		嘉平					
251年						大元	
252年					孫亮(廢帝)	建興	
254年	曹髦(高貴鄉公)	正元				五鳳	
256年		甘露				太平	
258年				景耀	孫休(景帝)	永安	
260年	曹奐(陳留王)	景元					

公元	魏			蜀		吴	
	姓名	年號	姓名	年號		姓名	年號
263 年			(蜀亡)	炎興			
264 年		咸熙				孫皓(烏程侯)	元興
265 年	(魏亡)		司馬炎西晉 (武帝)	泰始			甘露
266 年							寶鼎
269 年							建衡
272 年							鳳凰
275 年				咸寧			天冊
276 年							天璽
277 年							天紀
280 年				太康		(吳亡)	
290 年			司馬衷(惠帝)	永熙			
291 年				元康			
300 年				永康			
301 年				永寧			
302 年				太安			
304 年				永興			
306 年				光熙			
307 年			司馬熾(懷帝)	永嘉			
313 年			司馬業(愍帝)	建興			
316 年			(西晉亡)				

附三：東晉南北朝年表

公元	南 朝						
	朝代	姓名	年號				
317 年	晉	司馬睿 (元帝)	建武				
318 年			大興				
322 年			永昌				
323 年		司馬紹 (明帝)	太寧				
326 年		司馬衍 (成帝)	咸和				
335 年			咸康				
343 年		司馬岳 (康帝)	建元				
345 年		司馬聃 (穆帝)	永和				
357 年			升平				
362 年		司馬丕 (哀帝)	隆和				
363 年			興寧				
366 年		司馬奕 (廢帝)	太和				
371 年		司馬昱 (簡文帝)	咸安				
373 年		司馬曜 (孝武帝)	寧康				

公元	南　朝			北　朝				
	朝代	姓名	年號	朝代	姓名	年號		
376 年			太元					
386 年				北魏	拓跋珪 （道武帝）	登國		
396 年						皇始		
397 年		司馬德宗（安帝）	隆安					
398 年						天興		
402 年			元興					
404 年						天賜		
405 年			義熙					
409 年					拓跋嗣（明元帝）	永興		
414 年						神瑞		
416 年						泰常		
419 年		司馬德文（恭帝）	元熙					
420 年	宋	劉裕（武帝）	永初					
423 年		劉義符（少帝）	景平					
424 年		劉義隆（文帝）	元嘉		拓跋燾（太武帝）	始光		
428 年						神麍		

公元	南　朝			北　朝				
	朝代	姓名	年號	朝代	姓名	年號		
432 年						延和		
435 年						太延		
440 年						太平真君		
451 年						正平		
452 年					拓跋濬（文成帝）	興安		
454 年		劉駿（孝武帝）	孝建			興光		
455 年						太安		
457 年			大明					
460 年						和平		
465 年		劉彧（明帝）	泰始					
466 年					拓跋弘（獻文帝）	天安		
467 年						皇興		
471 年					元宏（孝文帝）	延興		
472 年			泰豫					
473 年		劉昱（後廢帝）	元征					
476 年						承明		

384

公元	南 朝			北 朝					
公元	朝代	姓名	年號	朝代	姓名	年號			
477 年		劉准(順帝)	昇明			太和			
479 年	齊	蕭道成(高帝)	建元						
483 年		蕭賾(武帝)	永明						
494 年		蕭鸞(明帝)	建武						
498 年			永泰						
499 年		蕭寶卷(東昏侯)	永元						
500 年					元恪(宣武帝)	景明			
501 年		蕭寶融(和帝)	中興						
502 年	梁	蕭衍(武帝)	天監						
504 年						正始			
508 年						永平			
512 年						延昌			
516 年					元翊(孝明帝)	熙平			
518 年						神龜			

续　表

公元	南　朝			北　朝					
	朝代	姓名	年號	朝代	姓名	年號	朝代	姓名	年號
520年			普通			正光			
525年						孝昌			
527年			大通						
528年					元子攸（孝莊帝）	永安			
529年			中大通						
530年					元曄（東海王）	建明			
531年					元恭（節閔帝）元朗（廢帝）	普泰中興			
532年					元修（孝武帝）	永熙			
534年				西魏	（北魏分為東西）		東魏	元善見（孝靜帝）	天平
535年			大同		元寶炬（文帝）	大統			
538年									元象
539年									興和
543年									武定

386

公元	南 朝			北 朝					
	朝代	姓名	年號	朝代	姓名	年號	朝代	姓名	年號
546 年			中大同						
547 年			太清						
549 年								(東魏亡)	
550 年		蕭綱（簡文帝）	大寶				北齊	高洋（文宣帝）	天保
552 年		蕭繹（元帝）	承聖		元欽（廢帝）				
554 年					元廓（恭帝）				
555 年		蕭方智（敬帝）	紹泰						
556 年			太平						
557 年	陳	陳霸先（武帝）	永定	北周	宇文覺（愍帝）宇文毓（明帝）	元年			
559 年						武成			
560 年		陳蒨（文帝）	天嘉					高演（孝昭帝）	皇建
561 年					宇文邕（武帝）	保定		高湛（武成帝）	大寧
562 年									河清

公元	南　朝			北　朝					
	朝代	姓名	年號	朝代	姓名	年號	朝代	姓名	年號
565 年								高緯(後主)	天統
566 年			天康			天和			
567 年		陳伯宗(廢帝)	光大						
569 年		陳頊(宣帝)	太建						
570 年									武平
572 年						建德			
576 年									隆化
577 年								高恒(幼主)	承光
578 年						宣政			
579 年					宇文贇(宣帝) 宇文闡(靜帝)	大成 大象			
581 年					(北周亡)	大定	隋	楊堅(文帝)	開皇
583 年		陳叔寶(後主)	至德						
587 年			禎明						
589 年		(陳亡)							

388

第六章　隋唐五代時期(581—960年)

一、隋朝的建立和滅亡(581—618年)

1. 楊堅建立隋朝及其統治政策

楊堅是從西魏到北周掌握中央政權的關隴士族統治集團中的重要人物。他的父親楊忠是宇文泰的忠實黨羽,北周的功臣勳爵,封隋國公,邑萬戶。楊堅承襲了父親的爵位,周武帝時任大將軍之職。其妻獨孤氏是鮮卑貴族獨孤信的女兒。楊堅的女兒又是周宣帝宇文贇的皇后。所以,楊堅在北周時享有很高的政治地位,官至上柱國大司馬。北周宣帝(578—579年)在位時政治腐敗,而又早死,周靜帝年僅八歲,楊堅便依靠他結交的私黨劉昉、鄭譯等人的支持,入朝掌握了北周的軍政大權,位至丞相,並將北周宗室諸王招到長安來,以防他們反抗,要演一出禪讓的故事。

楊堅掌握了北周朝廷軍政大權以後,北周的地方武裝勢力相州(河南安陽)總管尉遲迥首先起兵反抗,接著青州(山東孟都)總管尉遲勤、鄖州(湖北安樂)總管司馬消難、益州(四川成都)總管王謙等也相繼起兵。楊堅對這些反抗勢力採取軍事進攻和政治爭取的辦法,以分化他們的勢力。他首先派人爭取并州刺史李穆和懷州刺史李崇支持,並派韋孝寬、王誼、梁睿等攻滅三處的反抗勢力。接著,他便大殺北周的宗室諸王,拉攏鮮卑貴族中元諧、元冑、宇文忻等,以孤立北周皇室。580 年冬,楊堅遂進位隋王。581 年春,正式迫周靜帝退位,做了皇帝,改國號隋,都長安。這就是中國歷史上的隋文帝。

楊堅建立的隋朝,依然是西魏、北周以來關隴士族地主集團的政權。這個政權,繼承了北周武帝以來歷次實行政治改革加強統治、滅北齊統一北方的政治經濟基礎。到楊堅做了皇帝以後,進一步施行了政治經濟上的改革,加強中央集權的統治,並於 589 年滅陳,統一全國。

楊堅在位 24(581—604 年)年中,在政治經濟上的措施,包括哪些內容呢? 這就是:

第一,是壓抑豪強,整理戶籍。

隋政權的最高統治者,是以楊堅為首的關隴士族豪強集團。這個集團,自北周以來一直掌握著國家政權。但在隋朝建立時,山東地區和江南地區的地方豪強集團,仍然是當時的嚴重社會力量。山東地區的崔、盧、李、鄭諸家,以及瀛(河北河間)、冀(河北冀縣)諸劉,清河張、宋,并州王氏,濮陽侯族,都是"煙火連接,比屋而居"、"一宗近將萬室"(《通典‧食貨志》)的地方大族。江南的沈、周、顧等士族,也都是所謂的"郡大姓"或"縣大姓",此外都市山區,村莊土堡,也都存在著豪霸的勢力。這些勢力,是幾百年來分裂割據的經濟基礎。他們擁有大量土地和山澤,控制著大批供其驅使奴役和剝削的附戶或部曲,與中央政權存在著很大的矛盾。楊堅如果不對它們加以壓抑,便不能把更多的豪強附戶部曲變為封建國家直接控制下的農戶,從而進一步鞏固中央集權的封建帝國。因此,楊堅便於 583 年(開皇三年)推行新戶籍法,命高潁制定"輸籍定樣",頒佈各地,並下令"大索貌閱",實行戶口大檢查,規定每年正月,縣令親至各鄉檢查戶口,依靠里正党長(隋制畿外五家為保,保上為里,里上為黨),依照戶籍定樣,制定各戶賦役等級。隋朝經過戶籍大檢查,從地方豪族爭奪了戶口 443000 戶,合計 1641500 口。609 年(大業五年),隋煬帝檢查戶口,又增加 243000 丁(戶),641200 口,大批蔭附於豪強供其驅使的附戶轉化為封建國家直屬的納稅農民,並命令聚族而居的大家庭,從大功(九個月的喪服,即堂兄弟)以下,必須分居立戶,以增加戶稅收入。這種措施,使農民從豪族的控制下解脫出來,對生產的發展是有利的。

第二,是推行均田制,減輕賦役負擔。

隋文帝楊堅打壓豪強的同時,實行了對農民讓步的政策。這就是均田制和賦役制。

均田制度,在北魏孝文帝時(485 年)開始實行,對當時黃河流域荒地的開墾,起了很大作用。北齊、北周沿而不改。隋唐均田制的具體辦法,大體上是沿襲北齊,規定:八歲以上至六十歲的丁男,每人分配露田八十畝,丁女四十畝,奴婢按一般的成年人受田,一頭牛受田四十六畝。另外,每丁受永業田二十畝,種桑榆棗樹,或麻田,每三口分給園宅田一畝,奴婢五口給一畝,露田要在六十歲以後歸還政府,永業田則歸農民佔有。

隨著均田制的實行,分到土地的農民便要向封建王朝承擔封建義務——納稅服役,規定的賦役有租調和力役。隋初定男女丁受田戶,一夫一婦(稱一牀)繳納租、粟三石,調、桑田出絹絁一疋(計四丈)和綿三兩,麻田每戶繳布一端(約二丈)和麻三斤,未婚的單丁戶和奴婢減半納租調,力役每年三十日。

583 年,隨著爭奪豪族蔭附戶口的同時,相對地減輕了賦役負擔,調絹減為二丈,力役每年減為二十日,並縮短服役年限,改為二十一歲服役至五十歲免役,租粟照舊。力役的徵發多在農閒時期,使農民能從事正常的農業生產勞動。

但是隋朝的政權,是封建地主階級的政權,因此它在實行均田制分配給無地農民以無主荒地,從而規定其封建剝削的同時,並規定了統治階級官僚貴族地主大量佔有土地的合法權利。據《隋書·食貨志》載,官僚地主們佔有大量的永業田:"自諸王已下,至於都督,皆給永業田,各有差。多者至一百頃,少者至四十畝。"官僚則分給職分田,"一品者給田五頃……至九品為一頃"。此外,還有地方官僚作為衙門開支的"公廨田"。軍隊在偏遠地區如隴西、朔州、河源等地,還可以大量開屯田。而且,一般地主可有六十奴婢受田,親王可擁有三百奴婢受田,他們將大量的永業田租給農民耕種,徵收封建地租。因此,隋朝還有大批農民分不到土地,而被迫去耕種官僚貴族地主的土地。所以均田制度的本質,是保護封建官僚貴族地主經濟權力對廣大農民實行封建剝削的制度。但是受地農民,對封建王朝所負擔的封建義務,比較"為浮客,被強家收大半之賦"(《通典·食貨志》)時減輕了,這就多少地能增加其生產積極性,推動生產發展。

第三,是改革中央和地方行政機構,制定隋律。

楊堅掌握北周政權以後,就開始廢除北周所採用的古代官職名稱,調整中央政府的政權機構,設五省(尚書、門下、內史,秘書、內侍),以尚書省的尚書令和左右僕射,門下省的納言,內史省的內史監和內史令為宰相,尚書省總統吏、禮、兵、都官、度支、工等六部。583 年,改度支為民(非戶)部,都官為刑部。

地方行政機構,則改三級制為二級制。隋初,存在著郡縣龐雜、民少官多的現象。據楊尚希上表說:"當今郡縣,倍多於古,或地無百里,數縣並置,或戶不滿千,二郡分領。具僚以眾,資費日多;吏卒人倍,租調歲減。清幹良才,百分無一,動須數萬,如何可覓? 所謂民少官多,十羊九牧。……今存要去閑,并小為大,國家則不虧粟帛,選舉則易得賢才。"(《隋書·楊尚希傳》)隋文帝採納楊尚希的意見,於 583 年除郡縣五百,改行州縣二級制,以州刺史治民(後來隋煬帝大業三年又改為郡縣二級制),並實行整飭吏治,罷免貪污官吏,裁減冗官,減少政府開支,減輕了人民的負擔。

581 年,楊堅鑒於北朝法律繁苛、吏易為奸的弊端,命高熲、楊素、鄭譯等制定新律。刑法有五等:笞刑五(十到五十),杖刑二(六十到一百),徒刑五(一年、一年半、兩年、兩年半、三年),流刑(一千里、一千五百里、兩千里),死刑二(絞、斬),並廢除以前的鞭刑、梟首、轘刑(車裂)等殘酷的刑罰。又規定民在縣受枉屈,可以依次向州或朝廷上訴。583 年,命蘇威、牛弘等除去死罪八十一條,流罪一百五十四條,徒杖等一千多條,成《隋律》五百條十二卷。後來又增加規定判死刑要送到朝廷核實,地方官不得隨便處理。這些刑法上的改革,使人民在生命財產上多少有些保障。但是隋制規定官僚地主有減刑免刑特權,九品以上官可以出銅贖罪。這就說明隋朝的刑法,仍舊是官僚地主政權壓迫和統治人民的工具。隋朝通過刑法改革,加強了中央集權。

隋文帝在軍政上設總管區域,與州縣行政組織不同,以實行對反對勢力的軍事鎮壓,並擔任國防。由州刺史兼武事,謂之"總管刺史加使持節",可兼轄數州到十餘州。統一全國以後,內地總管府漸撤銷,而邊防地方仍保存。並歷次加鞏長城防務,以防北方強大的敵人突厥。大業元年(605 年),始廢諸州總管府,集兵權於中央。

第四,是建立府兵制。

府兵制始於西魏大統(535—551年)年間,它是淵源於鮮卑族兵農分離的部酋分屬兵制。宇文泰時,他使蘇綽、盧辯等仿鮮卑八部之制,建八大柱國。後來以六柱國統府兵,以仿周官六軍制。宇文泰為都督中外諸軍事,但當時府兵在本質上仍是屬於地方豪強軍將的武裝。府兵的編募,止限於中等以上豪富之家,"自相督率,不編戶籍",與民戶有別。北周武帝時,改軍士為侍官,使之直隸於皇帝,漸募百姓充軍,改民籍為兵籍,擴大府兵,並加強對府兵的控制。到隋文帝時,承襲了北周府兵制和北齊徵調制,加以重要的改革,使之成為兵農合一的強大武裝。

590年(開皇十年),隋文帝滅陳以後,下令"凡是軍人,可悉屬州縣,墾田籍賬,悉與民同。軍府統領,宜依舊式,罷山東、河南及北方緣邊之地新置軍府。"(《隋書·高祖紀》)由是兵士編為民戶,參加墾田耕種,使脫離生產的職業兵,變成編戶農民。規定丁男二十充兵役,六等戶共出一兵,出兵者不納租調,不服徭役。但軍裝、軍糧、軍器則由出兵戶共同負擔。刺史於農閒時訓練,合為百府,每一府"有郎將,副郎將,坊主,團主,以相統治;又有驃騎、車騎二府,皆有將軍。"(《新唐書·兵志》)同時,隋在中央政府設十二衛大將軍,已分統諸府兵,於是,府兵的徵調、統率權進一步集中到中央,加強了封建王朝的武裝力量,同時也減輕了農民供應職業兵的繁重負擔。

第五,是建倉儲糧,開放商禁。

隋朝建國之初,提倡儉樸儲糧,建立了許多官倉和義倉,以便利糧食的儲運。

583 年,在衛州(河南汲縣)置黎陽倉,洛州(河南洛陽)置河陽倉,陝州(河南陝縣)置常平倉,華州(陝西華陰)置廣通倉,以儲運山西和關東一帶的米穀供京師長安的需要。到隋煬帝初年,又在鞏縣置興洛倉(洛口),洛陽東北置迴洛倉。這些倉的規模宏大,築有倉城,有武裝守衛。洛口倉城周圍二十里,城內穿三千糧窖,每窖可儲糧八千石。洛陽城內有子羅倉,儲鹽二十萬石,倉西又有粳米六十餘窖,每窖容米八千石。西自蒲(山西)、陝(河南),東至衛(河南汲縣)、汴(陳留)沿水十三州,募丁運送諸州調物,裝滿了舊有的和新置的倉窖,使隋帝國的財富積累了雄厚的基礎。

另外,585 年開始在各地設義倉,由農民在收穫的季節,自由繳納糧穀交本地社司義倉管理,以防備災荒。但 596 年(開皇十六年),將義倉收歸州縣管理,又規定各州百姓及軍人,分上中下三等戶繳納糧穀(上等每戶一石,中戶七斗,下戶四斗)給義倉,農民的自由繳納,反變為定額負擔。

隋文帝開皇三年(583 年),罷官營酒坊鹽井,許民經營,並免關市商店稅,統一貨幣,廢除北周、北齊時輕重不等的舊錢,鑄新五銖錢。每千錢重四斤二兩,置錢樣於各關,勘校不合規格的私錢沒收入官銷毀,並制銅斗鐵尺,頒行全國,作為度量的標準,以統一全國的度量。

隋文帝的這一系列的鞏固政權、發展生產、安定社會的措施,不但是隋朝統一全國的物質基礎,而且是鞏固統一,推動隋朝社會經濟發展的條件,這就使隋朝在文帝時代至煬帝初年,國力上升,天下積儲足供五六十年之用。

2. 隋帝國社會經濟的發展和對外戰爭的勝利

隋文帝施行的政治經濟政策,使廣大的勞動農民有了一定時期的安定生產。農民辛勤的勞動,開墾大批荒地成為熟田,使農業生產發展起來,從而給手工業和商業的發展創造了條件。

(1)農業發展,表現在戶口數字的增長和墾田面積的增加。隋朝奪取北周政權時,僅有戶三百五十九萬九千六百零四戶,平陳後得戶五十萬,總計不過四百一十萬戶。但到了煬帝大業二年(606年),戶口竟增加到八百九十萬七千餘戶,四千六百餘萬口。二十六七年間,戶口增加一倍以上,大大超過了西晉以來的戶口數字。戶口增加,固然和整理戶籍,清查蔭附戶口和限制分立戶頭有關,但也不能否認人口的繁殖這一事實。生產發展促進了戶口增加,戶口增加也更進一步提高農業生產,為增加墾田提供了勞動力。

隋朝墾田面積,隨著戶口增長而增加,按照唐朝墾田情況估計。隋朝墾田面積,應在七百萬頃左右,如按當時農戶佔百分之九十計算受田面積,全國露田數即應達九百六十餘萬頃(煬帝初年)。

農業的發展,還可從封建王朝租稅收入的增加來看,隋朝不但廣建糧倉,收藏千百萬石糧食。而且到592年,王朝的"庫藏皆滿"(《隋書·食貨志》),更建"左藏院"來收藏人民繳納的財物。這些物資直到唐帝國建立後的二十年(637年)還沒有用完,洛陽府庫裏貯藏的布帛,到農民戰爭時期還堆積如山,并州在隋亡後第四年還存有布帛千萬匹和足用十年的糧米。到隋文帝末年時,"天下儲積,可供五十年"(《通鑒·唐紀》)。農民的勞動果實,滋養著隋朝統治階級,使他們擁有雄厚的財富。

（2）工商業的發展

隨著農業的發展，隋朝的工商業也逐漸發展起來，全國統一和開放商禁的政策，也促進工商業的發展。

隋朝的手工業，以紡織、造船等為發達，紡織業以河北一帶的綾絹、四川的綾錦最著名，蘇州、南昌等地有"夜晚浣紗而旦成布"的雞鳴布，說明紡織技術很高。造船業，據《隋書·楊素傳》載，楊素在永安（湖北松滋）"造大艦，名曰五牙"，上起樓五層，高百餘尺，左右前後置六拍竿，並高五十尺，容戰士八百人。《隋書·食貨志》載，隋煬帝遊江都，造龍舟、鳳榻、黃龍、赤艦、樓船、篾舫，足見造船技術的工巧。

此外，制茶、雕刻、建築、兵器等手工業都有很大成就。但隋朝的重要手工業掌握在封建政府手中，造船和兵器禁民私營。政府"少府監"下設許多掌管工業製造的機構，如左尚、右尚、內尚、司織，司染、鎧甲、弓弩和掌冶等署，對工匠加以管理，據唐杜寶《大業雜記》載，煬帝元年曾將河北諸郡工藝匠三千餘家集中到洛陽，指定他們居住的地方，以供王朝的役使。

隋朝的商業，也隨著南北統一、幣制和度量衡統一發達起來。隋煬帝建東都時，就曾"徙天下富商大賈數萬家"居洛陽，而洛陽是商業繁榮的都市，並位於通濟渠的起點，市內設有三市：東有豐都市，南有大同市，北有通遠市。豐都市周圍八里，市內有一百二十行，三千餘肆，市的四壁有四百餘店，堆積著四方商旅運來的珍奇商品，並有西域蕃商，集中到洛陽來進行貿易。此外，長安、南海（廣州）、江都、丹陽（南京）、宣城（安徽）、餘杭（杭州）、成都等，都是各地商業繁盛的都市。各城市設有市署，長官為市令，管理城市商業。

隋朝工商業的發達，和交通的發展是分不開的，隋文帝開皇四年

(584 年),就為了調運各州的租調,"命宇文愷率水工,鑿渠引渭水,自大興城(長安)東至潼關,三百餘里,名曰廣通渠"(《隋書·食貨志》),以通漕運,並修治道路,設置驛舍。而從煬帝大業元年到六年開鑿的通濟渠(自洛陽西苑引穀洛水通黃河,又自板渚引黃河水通淮河),山陽瀆(自山陽引淮水至揚子入長江),江南河(自京口引長江水至餘杭入錢塘口),永濟渠(引沁水南通黃河北通涿郡),連通了黃河長江和淮水,成為溝通南北經濟文化的大動派。經過以後歷朝的加修和改築,就形成了現在的大運河,它在海運未暢通以前,一直是南北交通的重要通路。這條工程浩大、千萬人民血汗智慧的結晶,到今天還是中國人民的驕傲。

(3)對突厥戰爭的勝利

突厥是在北魏時繼柔然之後興起於北方的部族,北齊、北周分據時期勢力漸強大,以畜牧為業,逐水草而居,工於鐵制兵器,處於氏族社會末期。但由於不斷和中國的封建社會接觸,而開始由氏族社會末期向封建經濟轉化,"科稅雜畜"作為賦稅,並有簡單的文字。有兵力數十萬,北齊、北周懼其強,都對突厥採取通婚賄賂財物的政策,使突厥勢力發展。隋朝奪取北周政權後,突厥可汗沙鉢略發動四十萬大軍南侵武威、天水和延安等地,中國邊境人民和牲口大受殺傷抄掠,隋文帝遂派河間王楊弘,上柱國豆盧勣、竇榮定,左僕射高熲,右僕射虞慶則並為元帥,率軍分道出擊突厥。沙鉢略兵敗逃走,從此突厥內部分裂,隋朝利用突厥內部矛盾,實行反間,使其自相攻擊。沙鉢略可汗勢弱,遂於 584 年向隋朝上表稱臣。此後隋朝國力日強,突厥日弱。597 年,隋朝以通婚辦法使突厥都藍可汗與弟突利可汗相攻,突利戰敗降隋,隋朝封他為督民可汗。對突厥戰爭的勝利,保證了西北邊境居民的安定生產,是有進步意義的。

此外,隋朝並於 581 年和 583 年,出兵擊敗侵襲西境的吐谷渾。吐谷渾是鮮卑貴族在青海和新疆南部地方建立的統治羌族的國家。到 609 年(大業五年),隋朝又派楊雄和宇文述率兵大破吐谷渾,逐其王伏允,在其地設置河源、西海兩郡。

隋朝於 607 年,派朱寬"入海求訪異俗",到了琉求,就是現在的臺灣。當時臺灣已有不少漢人民居住。從此到唐代以後,閩粵兩地的漢族人民大量地到臺灣經商或開墾定居,以中國大陸的先進生產技術,開發臺灣的富源。所以,臺灣自古以來,便是中國經濟文化不可分割的一部分。

3. 隋煬帝的殘暴統治和階級矛盾的激化

隋朝社會經濟發展,肥壯了統治集團的經濟和軍事力量,隋的政權也得到進一步鞏固。隨著封建統一政權的鞏固,隋朝統治集團便加強對人民的剝削,而對豪強妥協讓步了,如 590 年即平陳後的第二年,江南豪族高智慧、沈玄憺等,起兵反抗新戶籍法,隋文帝雖用強大的兵力鎮壓了反抗,但戶籍法也就不在江南推行。這一事實說明,隋朝統治集團,在取得全國統一以後,已成為最大的豪強集團而發展了他的腐朽性和兼併性。王朝的府庫盈溢,而不去賑濟食豆屑雜糠而不可得的關中饑民(594 年),並以嚴峻的刑法去壓制饑民暴動。596 年,下令盜一錢以上者棄市,三人共盜一瓜者處死。597 年,派大軍去鎮壓桂州(桂林)李世賢的起義。600 年(開皇二十年)派五萬大軍去鎮壓熙州(安徽安慶)人李英林的起義。

隋朝的皇親貴戚、高級官僚,不僅集中了大量土地,而且在各大都市開設商店,攫取高額商業利潤,並用各種方法從西域胡商或周圍各族取得奢侈品,並修築華麗的宮殿,拼命地役使民力。隋朝的對內政策,主要的是加強對人民的剝削和壓迫,而不再打擊豪強了。統治集團日益腐朽奢侈,而不再是"躬履節儉"了。因之階級矛盾就必然會日益加深。

604 年七月,隋煬帝楊廣即位,楊廣在繼帝位以前,曾做過并州總管(581 年),率大軍鎮守過洛陽,他親眼看見過突厥的敗亡。589 年節度八路大軍武力平陳以後,為揚州總管領江都,以戰勝者的姿態熏染著江南豪華奢逸的風氣。因之,他只看到由強烈的暴力手段,滿足隋統治者獲取土地和豪富的一面,而看不見人民的力量。所以,當他承襲了隋王朝積累的無窮財富和豐厚的社會經濟基礎,作了皇帝以後,便實行其暴力擴張、窮奢極欲的殘暴統治了。

(1)耗竭民力的大興建

煬帝即位不到一個月,并州總管漢王諒便發兵反抗,從反者十九州。隋煬帝派楊素帥數萬大軍討平楊諒,並遷徙、殺死楊諒部下吏民二十餘萬家。從此,煬帝的統治政策,便主要地是加強對東方地區的控制,以鞏固中央集權的統治力量。

604 年底,隋煬帝親到洛陽,下令徵發丁男十餘萬,在"自龍門(山西河津縣西)東接長平(山西晉城東北)、汲郡,抵臨清關(今河南新鄉東),渡河至浚儀(河南開封)、襄城(河南方城),達於上洛(陝西商縣)"這一弧形綫上掘塹、築關防,以鞏固洛陽、潼關的防務。

605 年,又下令營建東都,命楊素、宇文愷主辦工事,準備遷都洛陽,加強對山東的控制。同時,並下令徵發河南、淮北諸郡民夫一百多萬修通濟渠,歷時五月,徵發淮南人民十餘萬修山陽瀆。608 年,調發河北諸郡男女一百多萬開永濟渠。610 年底,修江南河。此外,又大修馳道,607 年徵發河北諸郡丁男十餘萬鑿太行山以通并州。同年發丁男百餘萬築長城(西距榆林東至紫河)。608 年,又發丁男二十餘萬築長城。

隋煬帝營建東都,每月徵發民夫二百萬,歷時十個月。自江南運來宮殿的樑柱,一柱就要幾十萬工。東都築西苑,周圍二百里,苑內有海,周十餘里,海內築方丈、蓬萊、瀛洲諸山,高出水面百尺,山上有宮殿樓觀;海北通龍麟渠,沿渠修十六院,每院有四品夫人主之,宮樹冬天凋零了,則剪花綴樹上,從江南嶺北,輸送來石材花木,鳥獸珍奇來裝飾西苑。修築東都時,"官吏督役嚴急,役丁死者十四五,所司以車載死丁,東至城皋,北至河陽(河南孟縣),相望於道。"(《通鑑紀事本末》)此外,在并州、江都、涿郡,修築了無數奢麗的離宮行館,以備煬帝到處巡遊時居住。

(2)無饜的巡遊

隋煬帝在位十四年(605—617 年),前七年主要忙於興建和巡遊,後七年主要忙於戰爭。巡遊是為了炫耀統治階級的豪華和威武,每次巡遊都伴隨著百官武士,沿途幾百里的州縣都要供獻珍奇食品,多者每州百餘轝。州縣官吏貢獻多的便加官進爵,稍不如意便加譴責,甚至免官處死。因之,官吏藉獻供拼命剝削百姓,一面自肥,一面獻貢,給人民帶來嚴重的災害。

605 年,隋煬帝自東都出發遊江都,坐著高四十五尺,長二百尺的"龍舟",另外皇后、嬪妃、貴族大小官吏、和尚、道士所坐的各色船只不下幾千艘。船只首尾相連,延至二百里。徵用挽船夫八萬人,騎兵夾兩岸衛護前進,旌旗蔽天。

607 年,隋煬帝自榆林北出長城,帶甲兵五十餘萬巡北邊,親到突厥啟民可汗帳,招見突厥各部酋長,賦詩誇耀威武,賞賜衣服被褥錦彩無數。

609 年,西渡黃河巡張掖,受高昌王及西域二十七國迎謁,回來時他的隨行大軍十餘萬大軍到涼州西大斗撥谷遇風雪,"士卒凍死者大半,馬驢十八九"(見《通鑒·隋紀》)。三月出發,九月才回到西京。

一次又一次的巡遊,耗費著隋統治者積累起來的財力,使廣大農民遭到額外的徵調和剝削。因此,"逆析十年之租"(《舊唐書·李密傳》),被逼得無以為生。

(3)瘋狂的對外戰爭

隋煬帝不僅一味興建巡遊,誇耀其威勢,而且恃其雄厚的財力和軍事,不斷發動對外戰爭。605 年,派劉方遠征林邑(今越南順化等地)。609 年,又派宇文述等進擊吐谷渾,建置河源、西海兩郡,迫使伊吾(新疆哈密)吐屯設和高昌(新疆吐魯番)王入朝歸附,獻西域數千里之地,建鄯善、且來兩郡。610 年,派陳棱和張鎮周攻打琉求。這幾次戰爭,都是擴張威勢、虛耗人力的戰爭,給人民帶來災害和死亡。

611 年,隋煬帝實行全國大徵調,準備對高麗的戰爭。高麗是隋帝國東北的強國,佔領朝鮮半島北部和遼河以東地區。隋文帝開皇十八年(598 年),曾派漢王楊諒、王世勣等為元帥,率三十萬水陸軍進攻高麗,結果水軍遇風淹沒,陸軍也因遇水潦餉運不繼慘敗而歸。從此,隋文帝不得不收斂他向東擴張的意圖。

隋煬帝在臣服了突厥,擊敗了林邑吐谷渾等地以後,對內的控制加強,向東擴張的野心因之增長,於是傾國以征高麗。

611 年,隋煬帝下令親征高麗,以東萊(山東掖縣)和涿郡為海上和陸上的進軍基地,徵調全國兵力到涿郡集中,調江淮以南水手一

萬人,弩手三萬人,嶺南排(盾)鑹(小矛)手三萬人,到612年春集中
涿都的兵力達一百二十三萬人。又命元弘嗣在東萊海口造船三萬
艘供應海軍,河南、淮南、江南造戎車五萬乘送高陽(河北高陽)供陸
軍,又徵調民夫二百三十萬以及鹿車船只,夜以繼日地運送軍隊、兵
器等至涿郡。這樣驚人的大徵調,兵役力役在三四百萬,極大部分
丁壯是出在山東,造成"耕種失時,田疇皆荒"、"車牛往者皆不返,
士卒死亡過半"(《通鑒紀事本末》)的嚴重後果。而推馬車運軍米
的民夫,"二人共推米三石,道途險遠,不足充饑糧,至鎮無可輸,
皆懼罪亡命。"(《通鑒紀事本末》)東萊海口造船的工匠,在元弘嗣
等火急催趕的情形下,工匠晝夜立水中,腰以下腐爛生蛆,死者十
三四。

　　兵役力役的徵調以外,又加上車牛糧草艱辛和繁重的捐稅,以及
沿途對百姓的騷擾,山東、河北地區,不僅一般農民破產,就是中小地
主也招架不住了。因而這個戰爭一起始就是和人民的利益相矛盾的,
他必然遭到人民的反對而失敗。

　　612年春,隋煬帝從涿郡出發,水陸大軍分二十四道,首尾行軍的
行列長千餘里。隋煬帝親度遼河,到遼東城(今遼陽村附近)指揮進攻
平壤。結果由於高麗的英勇抵抗,擅自攻打平壤的水軍統領來護兒大
敗而回,四萬精銳只剩下九十人,隋軍前鋒三十餘萬也因糧運不繼,自
行潰散。又遭到高麗軍的四面抄擊,回到鴨綠江西的僅剩二千七百
人。隋煬帝第一次侵略高麗的戰爭失敗了,但他並沒有接受失敗的教
訓,在613年又繼續大規模地徵調,發動第二次侵略高麗的戰爭。但
楊玄感在黎陽的叛變,使煬帝不得不撤兵回來鎮壓楊玄感。楊玄感雖
失敗,但隋的統治力量已開始崩潰,農民起義的聲勢,隨著徵調的加緊
而高漲。

　　614年,煬帝第三次侵高麗,徵調的士卒相繼逃亡,農民起義規模

更加擴大,使隋煬帝的非正義戰爭,無法繼續徵發。瘋狂的戰爭,削弱了隋朝的統治力量,把社會經濟推向絕境,黃河以北江淮之間的生產遭到嚴重的破壞,"士卒填溝壑,骸骨蔽原野"(《隋書·楊玄感傳》)的災難,"搗槁為末","煮土而食",以至"人乃相食"的死亡威脅,使廣大農民不能不起而反抗虐政,和隋朝統治階級搏鬥了。

(4)農民大起義的爆發發展及隋朝統治的滅亡

隋煬帝的殘暴統治,引起人民不斷的反抗。610年正月,洛陽城裏即有數十人自稱彌勒佛,焚香持花闖進建國門,奪取衛兵的武器,被隋兵擊殺。六月,雁門人尉文通聚集三千起義,十二月朱崖(廣東儋縣)人王萬昌舉兵反抗,因規模不大,都被隋朝鎮壓下去了。但此後由於連年徵調發動侵略高麗的戰爭,農民起義遂大規模地爆發起來,最終摧毀了隋朝殘暴的統治。

農民大起義,首先爆發於山東。這是由於山東的地位,長期受著豪強地主的殘酷剝削,土地集中的情形嚴重。611年山東、河南三十餘郡遭到水災,人民相賣為奴婢,又加上侵略高麗戰爭的大徵調和稅捐,極大部分落在山東地區農民的頭上。逃避徭役的人民大批聚集到統治勢力薄弱的山區和水泊區,給大起義準備了後備力量。因之,611年山東鄒平人王簿聚眾據長白山(鄒平附近),揭起反對戰爭的起義旗幟,避役的人民便紛紛投歸。漳南(山東恩縣西北)人竇建德和同縣孫安祖,也聚集逃兵和無產貧民幾百人據高雞泊(恩縣西北運河東岸的水泊地區)起義了。鄃(山東夏津)人張金稱聚數百人起義。蓨(河北景縣境內)人高士達聚眾千餘,在清河起義。

612年,山東又遭大旱災。613年,隋煬帝進行第二次大徵調。原來起義的人民軍,便一再擴大了隊伍和佔領區,並把起義浪潮推向全國。起義地區擴展到了今河南、安徽、江蘇、浙江以至廣東、陝西、寧

夏,勢力最大者仍為山東地區。如濟陰(山東曹縣)人孟海公聚集數
萬;齊郡(濟南)人孟讓與王簿合兵,聚眾十餘萬;章丘(山東章丘)人
杜伏威,臨濟(章丘西北)人輔公祏起義,轉戰淮南一帶。迅速高漲的
起義給隋統治者以嚴重打擊,推動統治階級內部的分裂。同年 6 月,
楊玄感在黎陽起兵反隋,進攻洛陽,又反過來推動了起義軍的發展和
壯大。

隋煬帝以殘酷的屠殺對待農民反抗,自高麗回軍鎮壓了楊玄感的
叛變,殺三萬餘人,並籍沒其家,株連者大半,流放遠方六千餘人。但
這並不能阻止起義力量的壯大,"同苦隋政"的農民、漁人、獵戶、手工
工匠是起義軍的主力,另外一部分中小地主、官吏和個別大地主分子,
也在起義浪潮的推動下參加反對隋朝殘暴統治的戰爭。從 611 年開
始到 614 年,農民起義已發展到全國的規模,隋煬帝被迫結束了他可
恥的侵略高麗的戰爭,而把軍事力量集中來鎮壓國內的農民起義軍。
因之,614 年以後及 615 年一年中,隋軍以其優勢的有組織、有訓練、有
優越裝備的兵力,攻打圍困農民軍。隋煬帝下令鄉民盡遷入城、驛、
亭、村、塢,都築堡壘,用堅壁清野的辦法圍攻農民軍,使農民軍有不少
部分遭受到隋軍的打擊而失敗。但另一方面,起義軍在和隋軍進行殘
酷的戰鬥中壯大起來,由分散走向集中。到 616 年以後,逐漸形成幾
個有力的集團。

河南地區,韋城(河南滑縣)人翟讓與單雄信、徐世勣、王伯當等起
義軍於 616 年據瓦崗(在滑縣),進取河南諸縣,原來助楊玄感反隋的
李密也投入瓦崗軍,統一了瓦崗軍的領導。這年十月,瓦崗軍擊敗了
隋軍張須陀所率領的兩萬勁卒,張須陀兵敗自殺。瓦崗軍進佔滎陽和
虎牢以東戰略地區,在軍事上取得主動。617 年二月,李密和翟讓率領
七千精兵攻下興洛倉(鞏縣),開倉令人取食。於是人民紛紛投效,瓦
崗軍更加擴大了自己的隊伍,在打擊洛陽隋軍中發展到數十萬。進而

北佔黎陽倉（濬縣西南），西向進迫洛陽，佔領回洛倉（孟津縣東）。當時隋煬帝已於616年七月避到江都去了，東都留守越王侗以及各路援東都的隋軍數萬，被瓦崗軍打敗。618年初，農民軍迫隋軍王世充部退縮於洛陽不敢出戰。

河北地區的起義軍於616年冬，在竇建德領導之下，打敗了隋軍涿郡通守郭絢所率領的萬餘精兵，“殺略數千人，獲馬千餘匹”（《舊唐書·竇建德傳》）。至617年初，發展到十餘萬人。竇建德在樂壽（河北獻縣）稱長樂王（618年改稱夏王），攻佔信都（河北冀縣）、清河諸郡，擊敗南下增援東都的隋軍薛世雄部，佔領了河北大部分地區。

江淮地區的起義軍，在杜伏威領導下，於616年得到發展，在鹽城擊滅隋軍公孫上哲部。617年春，打垮隋大將陳棱所率領的八千關內精兵，乘勝攻破高郵，又佔領了歷陽（安徽和縣）作根據地，江淮間小股起義軍紛紛歸附，江都受到極大的威脅。

隋朝封建統治在農民起義軍的沉重打壓下，已臨於總崩潰的地步。從616年起，隋封建統治階級內部的分化就進一步加深。各地豪強地主脫離隋封建統治體系，紛紛獨立割據起來。

616年底，羅藝在幽州（即涿郡）起兵。

617年正月，豪族徐圓朗攻破東平郡。

617年二月。朔方（陝西橫山縣）豪族梁師都殺郡丞唐世宗，起兵據陝北。馬邑（山西朔縣）校尉劉武周殺太守王仁恭，起兵據晉北，均與突厥勾結，擴充勢力。

617年四月，金城（甘肅蘭州）校尉薛舉起兵據隴西。舉死，其子薛仁杲繼續割據。七月，武威（甘肅武威）司馬豪族李軌起兵據河西五郡之地。十月，羅川（湖南湘陰）縣令蕭銑據巴陵（湖南岳陽）起兵稱王。而同年五月，太原留守貴族李淵起兵，攻克長安，立隋代王楊侑為帝(恭帝)。

618年,吳興(浙江吳興)太守沈法興起兵。同時,在農民軍各路取得勝利的壓力下,江都和東都成為孤立的據點,隋煬帝的威風銳氣已被打垮,他企圖逃亡丹陽(江蘇江寧),當個割據江南的小皇帝,但他左右的衛士驍果軍大部分是關中人,他們思念家鄉,聽到李淵佔領關中的消息,很多私自逃亡了。統領驍果的司馬德戡和貴族宇文化及利用衛兵的騷動,於618年三月發動兵變,率兵入宮,捕殺了"溥天同怨"的暴君隋煬帝,結束了隋封建王朝的殘暴統治。

從此,反對隋朝封建統治壓迫的農民戰爭,轉向了封建統一戰爭階段。在這一歷史階段中,貴族出身的李淵抓住了各種有利條件,利用農民起義力量佔據關中,廢隋恭帝,建立唐朝。

二、唐帝國的建立及其興盛時期

1. 唐帝國的建立發展和唐太宗的統治政策

(1)唐朝的建立和統一

唐帝國的第一個皇帝李淵,是北周貴族八大柱國之一李虎的孫輩。李虎因助宇文氏建立政權的功勳,受封為唐公,自後累世襲爵,到李淵的時候,威勢已經下降了,但他和關隴集團的士族地主仍未斷絕血肉關係。隋煬帝大業十一年(615年),李淵被派為山西河東撫慰大使,去鎮壓農民起義。李淵也曾先後擊敗毋端兒及歷山飛別將甄翟兒等起義軍。616年,為太原留守,受命抗擊常常入侵北邊的突厥。但李淵既無法遏止北方的突厥,也無力鎮壓日益繁多的農民起義,便遭到隋煬帝的猜忌和譴責。陷於進退失據的矛盾地位的李淵,終於看到"主昏國亂,盡忠無益"(《通鑒·隋紀》)的隋政權危機,於是和他的兒子李世民與晉陽宮監裴寂、晉陽令劉文靜同謀,並得到"避遼東之役,亡命晉陽"(《通鑒》)的地主分子長孫順德、劉弘基、竇琮等的支持。於617年殺掉太原副留守王威、高君雅,在太原起兵,利用"晉陽士馬精強,宮監蓄積巨萬"(《通鑒》)的雄厚財物力,並"與突厥相結,資其士馬",攻下西河郡,開倉賑濟貧民,募集兵眾。到七月,李淵便帥甲士三萬自晉陽(太原)出發,西向關中進軍。

李淵向西進軍時,一面與瓦崗軍李密聯繫,推李密為主,使其阻住隋軍;一面沿途拉攏官吏地主,隨才授任或授以散官。並開倉賑濟貧乏,罷除隋離宮園囿,以收人心,同時派人和關中起義軍孫華、白玄度等聯繫。因而得以順利的渡過黃河,進入關中,收編了許多支農民軍,軍事力量已達"勝兵九萬"。又得到李淵族弟李神通、女兒李氏、女婿段綸等在關中起兵回應,攻佔長安周邊鄠縣、武功、始平、藍田各地。十月,李淵抵長安時,各路兵會集已有二十萬了,於是嚴明軍紀,下令保護隋宗廟皇族,十一月攻克長安,"與民約法十二條,悉除隋苛暴",規定殺人、劫盜、背軍、叛逆者死。以安定社會秩序,爭取苦隋暴政的人民的支持,並保護豪族地主階級的人身及財產安全。因此,李淵集團很快便在關中穩定了他的封建統治,派詹俊、李仲袞等攻下巴蜀。立代王侑為恭帝,尊隋煬帝為太上皇,李淵為大丞相,封唐王。618年三月,隋煬帝在江都被殺,李淵也就廢恭帝,在長安即皇帝位,建立唐朝,年號武德。

李淵集團入據關中時,東方的農民起義軍勢力最大的集團,是河北的竇建德,河南的李密,和江淮的杜伏威。割據西北的豪族,則有河西的李軌,隴西的薛舉及其子仁杲,陝北的梁師都和晉北劉武周。另外,則是隋朝封建政權的殘餘勢力洛陽王世充和越王侗。其中李密的瓦崗軍以百萬大軍和王世充相峙於洛陽堅城之下,沒有向關中進展的可能。而在618年宇文化及殺了隋煬帝以後,率十萬大軍自江都經彭城西進,聲言歸關中。李密臨於兩面作戰的危險,遂與洛陽越王佃妥協,在童山(河南濬縣西南)打敗宇文化及。王世充乘李密"士卒良馬多死,士卒疲病"(《通鑒》)的時機,提兵東出,擊敗李密。瓦崗軍全部瓦解,李密率一支殘餘兵力入關降唐。

河北的竇建德集團,於618年遷洛州(河北永年),稱夏王。攻滅宇文化及,吸收大批隋官僚地主分子,加以任用,並建立各項保護官僚地主階級利益的制度。因之,他的夏政權已經不再是代表農民起義軍的利益,而向封建地主轉化了。竇建德向南方擴充勢力,與王世充相攻。

杜伏威集團在江淮地區勢力發展以後,自歷陽遷都丹陽(今南京),自稱"大行臺",進用士人,繕利兵械,薄賦斂,除殉葬法,"民奸若盜及更受贓,雖輕,皆殺無赦"(《通鑒》),建立了封建割據統治,與陳稜、沈法興、李子通等小割據集團進行錯亂的階級鬥爭,還沒有統一江淮地區。

在東方各有力集團間互相競逐無力西進的形勢下,逐漸統一關中的李淵集團,感到最大威脅的,是與突厥有不同程度聯繫企圖進攻長安的幾個割據西北的豪族集團。因此,李淵集團為了進一步鞏固他在關中的統治,並進而統一全國,他的戰略計劃,便首先是消滅西北的威脅,再向東進。

618年冬,唐李淵利用薛仁杲(薛舉子)和李軌之間的矛盾,聯合李軌攻降隴西薛仁杲。然後利用李軌集團的內部矛盾,於619年五月消滅河西李軌。620年,唐遣李世民率軍攻敗勾結突厥進侵太原的劉武周和宋金剛,並以子女玉帛賄取對突厥的聯合。從此唐解除西北的威脅,鞏固了以關隴為中心的根據地,遂將矛頭轉向東進了。

　　唐向東進兵之前，李淵便派遣遊士到東方活動，拉攏李密的舊部徐世勣等和以前反隋的農民起義軍王薄等。621 年，取得和杜伏威的合作，幽州的羅藝也早已降唐。於是唐便對王世充和竇建德完成了包圍的形勢。620 年七月，唐派遣李世民率大軍東進，進逼洛陽。621 年二月，竇建德打垮孟海公之後，親率十餘萬大軍救王世充。唐軍在李世民的英明佈署和指揮下，敗擒竇建德，王世充自縛投降。由此，唐的統一戰爭已經基本上結束。但竇建德在河北一帶的殘餘勢力，又在劉黑闥領導下起兵漳南抗唐，和兗州徐圓朗、漁陽高開道相呼應，並北結突厥，半年中盡據竇建德故地。但是劉黑闥反對統一的割據戰爭，已不能取得久經戰爭之苦的廣大人民的支持，終於在 622 年被李世民率領的唐軍擊潰。

　　唐於 621 年進攻王世充的同時，並派兵自四川東下擊敗割據荊湖的蕭銑集團。622 年，唐征杜伏威入長安，統一了江南。624 年，擊敗企圖割據江南的杜伏威部下輔公祏集團，穩定了唐在江南的統治。直到唐太宗貞觀二年（628 年），平定梁師都，完成了全國的統一。

　　（2）李世民及貞觀時期的統治政策

　　李淵父子，乘隋末農民起義及豪族割據紛爭，隋政權腐朽崩潰的時機，憑藉關隴士族地主的武力和政治支持建立唐政權以後，更適應隋末廣大人民渴望安定統一局面實現的要求，在不到十年的時間，完成了全國統一。唐政權中的重要人物，多是淵遠流長的世代貴族，他們具有一定的統治經驗和領導力，又在排山倒海的農民大起義中看到了農民群眾摧毀宣赫一時的隋政權。因此，他們在建立政權和鞏固政權實現統一的過程中，便不得不對農民做一定程度的讓步，施行一些寬簡賦役和減輕刑法的政策，奠定了統一封建政權的基礎。626 年，李淵讓位給他的兒子李世民，這就是歷史上有名的唐太宗,年號貞觀(627—649年)。唐太宗在位二十三年中,對唐帝國的發展和強盛起了極重大的作用。這是由於唐太宗和他的統治集團的上層,能總結中國歷史上長時期封建王朝的統治經驗,並對人民的力量有較實際的認識。因此唐太宗的統治原則是:必須對人民剝削有限度,先讓人民活下去,封建王朝才能鞏固他的統治。這就是《貞觀政要·論君道》中所載"為君之道,必須先存百姓,若損百姓,以奉其身,猶割股以啖腹,腹飽而身斃"的結論。由這一原則出發,貞觀時期施行了一系列的鞏固統治的政策,這一切施政,在一定程度上緩和了階級矛盾,從而促進了唐朝的政治和經濟上的發展。它的內容:

第一,整頓中央政權和地方政權機構,加強中央的統治權。

隋末農民起義,不僅打垮了隋朝歷時短暫的中央政權機構,而且也大大削弱了地方豪強的勢力。李唐關隴士族地主集團的政權建立起後,便逐步實現軍事上的統一和加強中央政府內部權力機關的組織及地方政權的整頓工作。到唐太宗時,完成了封建的中央集權政府的完備體系。

中央政府最高權力機關,是承襲前代的尚書、中書、門下三省。中書省的職權是定旨出命,門下省是掌審核王命、封駁。尚書省則掌施行王命。三省長官,中書令、門下侍中、尚書僕射(分左右)職同宰相,集"政事堂"議事,奏皇帝批准後執行。尚書省以"都堂"為辦公廳,以左右僕射為長官,分領吏、戶、禮、兵、刑、工六部,共設二十四司,分曹共理全國政務。這就是中央政府的組織。

地方行政機構,是以州或郡轄縣。全國有三百六十州。四萬戶以上的為上州,二萬戶以上的為中州,二萬戶以下的為下州。州刺史為長官,但權任削減,掾吏辟置之權、轉任用官權大部分歸中央掌握。如此地方政府權力大為削減,並依山川形勢將全國分為十道(關内、河南、河東、河北、山南、隴右、淮南、江南、劍南、嶺南),於各道設使(巡察使或按察使或按查採訪處置使)督察州縣,稱監司官,設治所以監臨之。邊防要地則設都督府,都督監督諸州兵馬、甲械、城隍、鎮戍、糧廩,總判官事。後來設置漸多,權亦日重。都督帶使持節者,謂之節度使。

由於唐朝中央統治權的加強,便有利於全國統一的鞏固,從而也有利經濟文化的發展,加以唐太宗還能夠用"納諫"的辦法,集中他統治集團中的意見,並注意考核吏治,以所管地區增戶減戶為考績標準。

第二,科舉制與府兵制的發展完善。

唐朝的科舉制和府兵制都是延承隋制,而加以發展完備的。

科舉制,是唐朝主要的選官途徑,分設八科考試,即秀才、明經、進士、明法、明字、明算、道舉、童子八科,各科考試中有規定的標準,其中秀才科後取消,明經、進士最為世人所重。而明經較易錄取,進士考試時務策五道,帖一大經,至玄宗時加詩詞賦,錄取標準較高。貞觀以後,朝官多為進士科出身,特為時人所重。

唐朝在中央和地方都設學校,以為科舉的準備。京師設國子監,領六學(國子學、太學、四門學、律學、書學、算學)。其中國子學、太學、四門學主要的是收品官貴族子弟入學,分習五經,設博士教學。貞觀時,國學擴充,增築學舍一千二百餘間,博士三百六十員,學生人數達八千人,高麗、新羅、百濟、高昌、吐蕃各國酋長都遣子弟請入國學。另外地方有州縣學及鄉學,學生每年選送到尚書省,或入四門學充俊士。

唐實行科舉選官和廣設學校培養生員的辦法,對魏晉以來地方豪強利用九品中正制及私門傳授經學以把持仕途的傳統,給以很大的打擊,給一般地主階級以通過科舉入仕參加政權的機會。這一措施,不僅使唐朝政權的社會基礎擴大,而且能選拔被統治階級中的某些才能之士為政府官吏,以加強政府機構的統治,鞏固中央政權,促進對封建文化的傳播。

　　唐朝的府兵制,同樣是承襲北魏和隋的府兵制而加以完備的。唐初武德三年(620年),設中央十二衛將軍統率關中各地府兵,以實現統一全國的事業。唐太宗貞觀十年(636年),將府兵的編制和兵士徵調加以制度化了。全國十道,設折衝府六三四,而關中有二六二府,上府一千二百人,中府一千人,下府八百人。每府設折衝都尉一人,左右果毅都尉各一人統領,兵士以三百人為一團,團有校尉;五十人為一隊,隊有正;十人為火,火有長。府兵的徵調,是在六等以上居民中,徵調年滿二十的男子為府兵,六十免役。每年冬季,由折衝都尉率領教習戰陣技術,平時則從事耕種。所以,府兵制並不是全農皆兵,而是全兵皆農,徵兵入府的,既不需要農民的特別負擔,使一般農民可以免兵役,又可選精壯有戰鬥力的當兵。府兵每年輪流到京師充宿衛,兵部按遠近給番。五百里內,五個月輪到值番上宿衛一個月,稱五番。千里七番,千五百里八番,二千里十番,二千里以外者十二番。府兵的服裝、器械、糧食,均自備。中央十六衛役設將軍三十員,屬官一二八員,分領各府折衝都尉。有戰事時,命將出征。事解則兵歸府,將歸朝,可免將士奪兵。可見唐朝的府兵制,是中央集權加強的具體說明,同時也是以均田制的實行為基礎的徵兵制。因此,由於唐太宗末年西北的屯戍之役已漸繁重,至高宗時,邊防兵額日見增多,而且屯戍的期限亦久,充役農民往往自殘軀體或逃亡以避兵役。同時隨著均田制的破壞,土地兼併的盛行,迫使農民失去土地。因之,唐朝的府兵制亦逐漸破壞而改行招募破產農民當兵了。唐玄宗時期,府兵制便完全廢除而實行募兵。藩鎮遂得擁兵據地,天子則唯持禁軍。

第三,均田制和租庸調制的實行。

均田制是在隋末農民起義戰爭中嚴重地打擊了豪強地主的勢力從而取得了一些小塊土地的勝利基礎上實行的。同時由於隋末的長期戰爭,人民死亡甚多,勞動力缺乏,土地荒蕪的現象很嚴重。到貞觀初年,這種現象仍是很嚴重,據《通鑒·唐紀八》載:當時是由於"隋末亂離,因之饑謹,暴骸滿野",人口死亡是慘重的。高昌王麴文泰入朝看到"秦隴之北城邑蕭條,非復有隋之比"。到貞觀六年時,還是"自伊洛以東至於海岱,煙火尚稀"(《通鑒·唐紀十》),還是"戶口未復,倉廩尚虛"(同上)。

唐王朝面對這種現實情況,在全國實現統一後,要想進一步鞏固其統治,首先便須控制大批土地和勞動力,以恢復生產,解決政府的經常稅收,防止豪強爭奪土地。於是唐朝初年,便承襲北魏以來的均田制,加以完備和推行。其具體辦法是:

①凡丁男年十八以上給田一頃,廢疾給田四十畝,寡妻妾三十畝,自立戶頭的加給二十畝。均以二十畝為永業田,其餘者為口分田。永業田身死得傳授繼承人,口分田年老或死後則歸還政府另行分配。

②地少人多的狹鄉給田數目減半,工商不授給,地多的寬鄉工商減半給田。農民因家貧或遷他鄉者,可賣永業田。遷往寬鄉者,並得賣口分田。

③凡受田的男丁每年繳納租賃二石謂之租,隨鄉所出每年繳納綢絹或絁二丈(布加五分之一),綿三兩(或麻三斤)

謂之調。每丁每年出力役二十天,不服役的,則折納絹六丈
(每日三尺),謂之庸。

這就是均田制和租庸調制。農民在均田制的名義下,得以開墾大
量荒地,成為王朝直屬下佃農,被束縛在土地上負擔封建義務——租
庸調。同時並得以佔有小塊的永業田為私產。這種辦法,對荒田的墾
闢,生產的恢復和發展是起了很大的推動作用。由於唐朝的均田制規
定,除寡妻妾外,一般婦女不給田不課稅,奴婢也不給田不課稅,這就
在一定程度上限制了地主大量佔田。並且農民可以納絹代役,而繼續
進行生產。

另外,唐朝實行均田制的同時,還規定新附戶或外族人民來歸的
及流落外國的農民還鄉生產的,分別情況予以免役免課,以吸收大量
勞動力。凡遇天災,也規定減免租、庸或調的辦法,以安定農民生產。

但是,唐朝的政權,是封建地主的政權。因此他必然是保護地
主官僚對土地佔有的特權。所以,唐朝政府,實行均田的同時並規
定王公品官可佔有大量永業田:親王百頃,郡王五十頃,國公郡公由
四十頃到五頃;品官一品六十頃,至九品五頃;職事官有俸禄田,京
官一品二十頃,至九品二頃,為“職分田”;地方衙門給“公廨田”。
這些特權階級是不在均田之例的,他們將土地佃給農民耕種收取地
租,而且享受免役特權。利用經濟上的優勢,向農民兼併土地,迫使
農民出賣永業田或口分田,去佃耕官府、皇室、官僚地主的莊田。

2. 唐帝國社會經濟的發展

(1)農業

唐朝初期的一百年中,由於國內統一的實現和唐王朝實行了恢

復和發展生產的有效措施,勞動農民得以復員到土地上來。在廣大農民的辛勤勞動下,生產便很快地恢復發展起來。荒田墾闢,人口增加。據《文獻通考·戶口考一》載,貞觀(627—629年)初戶口不過三百萬戶。到天寶十三年(714年)戶口增至九百六十一萬九千戶,五千二百九十萬口,超過了隋朝開皇時期的戶口數。據史載,當時社會安定,物價平穩,"斗米四五錢,外戶不閉者數月,馬牛被野,人行數千里不齎糧,民物蓄息,四夷降附者百二十萬人"。偉大的詩人杜甫在他的詩篇《憶昔》中,曾歌頌開元時期社會繁榮的景象:"憶昔開元全盛日,小邑猶藏萬家室。稻米流脂粟米白,公私倉廩俱豐實。九州道路無豺虎,遠行不勞吉日出。齊紈魯縞車班班,男耕女桑不相失。"

(2)手工業

唐朝手工業是在農業經濟發展的基礎上發展起來的。無論在手工業的組織管理上,行業種類上,成品式樣和技術上,都有很大的發展。尤其值得注意的,是唐朝手工業工人(工匠),已初步與農業分離而成為獨立的個體小生產者,在官營手工業中的工匠,也大部脫離了工奴的地位,這就刺激了手工工匠的生產積極性,提高了手工業產品的技術水平。

唐朝手工業經營,分官營和民營兩種,官營手工業的組織規模比兩漢廣大而整齊。中央政府設有"少府監",掌管百工技巧之政;"將作監",掌管土木工匠之政;"軍器監",掌管繕製甲弩;"都水監",掌管山澤津渠堰陂池之政。各監下設"署",分別管理手工作坊。其中,僅少府監"織染署"就包含有二十五作。而其中"織紝作"有布、絹、紬、紗、綾、羅、錦、綺、繝、褐等工項;"練染作"有青、絳、黃、白、皂、紫等六項。其它各作項目也是繁多的。因此,唐朝的官手工業,經營範圍很廣,而以軍器製造、鑄錢業、冶鑄、農具製造、紡織、造船,製酒等業為主。官手工業的勞動力來源,是徵調各地工匠以徭役的形式到官營手工作坊輪番應役,稱"短番匠",不願應役的可以納貲代役,官府以之酬給不下番的"長上匠"。另外,還有官奴婢和刑徒在官手工業作坊勞作。

唐朝官府,將各地工匠組織起來,以便管理。工匠按州縣組成工團,五人為火,五火設長一人,由工團中挑選材力強壯、技能工巧的工匠到官府應役。官府又以"教作者傳家技"的辦法來訓練專門技工,以提高生產技術。這種辦法,對唐代手工業技術的提高和普及,以及產品品質的增加起了很大作用。但同時,唐朝官手工業與官府壟斷的形式出現,也阻礙了私人經營的發展。因此,唐朝的民營手工業組織規模,便不比官營手工業了。

唐朝的民營手工業,有紡織、銅器、陶瓷、琉璃及各種金屬手工業,技術精緻,造紙業、文具業和印刷業在唐朝特別發達,給文化傳播提供了有利條件。民營手工業作坊和售貨場所是合一的,一般稱作"店鋪"。作坊有行東、幫手和學徒。行東是作坊主又是師傅,和幫手、學徒一同進行操作。唐中期以後,出現大規模的作坊,如定州何明遠經營的紡織業,有織機五百張。隨著商品流通的擴大和城市繁榮,作坊手工業大為增多,不僅為當地市場生產商品,而且通過商客將產品運銷各地。農村中的家庭手工業作為農業的副業而存在,也有一部分作為商品供應本地市場。

手工業作坊,為了防止同行業間的競爭,和抵制外來行商及流入城市的農民的競爭,同一地區的同業有了行會的組織,制定行規,產品價格及招收學徒的限制。行業檢舉"行頭",作為祭神,往官府納稅的代表。這是由於商品生產在封建制度內部的發展受到市場狹窄的限制所引起的。

(3)商業、都市和交通

唐朝的商業貿易,隨著農業手工業的發展而繁榮起來。長安、洛陽、揚州、廣州、成都、涿郡、泉州等地,都成為市肆櫛比的都市,官僚和富商在城市中開設邸店以存售貨物和招待客商。邸店主人稱"居停主人"或"牙人"。並有"櫃坊",專為客商保管財務收取保管費;"質舉"店經營抵押放款。例如長安在天寶初年居民有三十多萬戶,分東西兩市,有二百二十多個"行"。四方珍奇積集,人煙雜沓,充滿了繁榮景況。揚州是鹽業最發達的城市,並且是水陸交通的薈集點。唐人張祜《縱遊淮南》詩說揚州"十里長街市井連",王建《夜看揚州市》詩說"夜市千燈照碧雲,高樓紅袖客紛紛",李紳《宿揚州》詩說揚州"水郭帆檣近斗牛",都形象地寫出楊州笙歌徹曉,街市繁榮的景況。另一方面也反映出居住都市的官僚地主豪商生活的奢靡腐朽。

除掉了州縣城邑設市和政治經濟中心的城市外,在小城邑附近還有簡陋的"草市"。農村中還有三五日一集的"虛市"。

唐朝對外貿易,是隨著社會經濟發展和對外擴張而發達的。唐朝初期,西北商路暢通,輸出絲織品,輸入馬匹皮毛。中期以後,西北商路漸阻,而海上貿易轉盛。中國商船往來於波斯灣及南海,波斯人、阿拉伯人、新羅人來中國經商的也日多,廣州成為海上貿易的中心城市。開元二年(714年)設市舶司以管理商船及徵稅,揚州則為內河航運及對日貿易的薈集點。中國的絲織品、茶、瓷器不斷地輸出國外,國外的香料、珍珠、象牙也走進中國市場。

交通運轉的發達,是貿易發展的重要條件。陸路交通以長安為中心,西南達四川成都,東南達長沙、廣西、安南,東達山東,東北達范陽。路上都暢通無阻,並可通達印度、回紇、內蒙、朝鮮。水路交通,國內以運河為主。國外則分南北兩路,南由廣州達印度、波斯、大食;北由登州、明州(寧波)通日本、朝鮮。主要交通綫上每隔三十里設有驛站,備有馬匹船、只供軍政郵件和行旅交通。

唐帝國從太宗到玄宗時一百多年中的國內統一,使勞動農民和手工業者發揮了智慧和勞動技巧,創造了燦爛光輝的經濟文化遺產,使當時的唐帝國成為世界上最先進的國家,而擴大對亞洲各國的經濟文化交流。但是,由於當時封建制度的限制,社會財富被封建王室和地主官僚所集中享有,並用以兼併農民的土地,掠奪手工業者,從而造成農民和手工業者的窮困,加深社會危機。

3. 唐帝國的對外擴張

唐朝初期一百年中社會經濟發展的時期,也就是唐帝國對外擴張的時代。從唐太宗開始,唐帝國展開對外擴張的戰爭,由於不斷的戰爭勝利,也就加強了唐王朝對內統治的權力和威望,開拓了國際貿易商路,從而為國內外貿易的發展創造便利條件,促進了中外文化的交流。

唐朝建立以後,圍繞唐帝國四周的國家和部族,東北有朝鮮半島北部的高麗;北部內外蒙古地區直連中亞的是東、西突厥,西突厥征服和奴役著西域各國;甘肅西部及青海北部有吐谷渾和高昌;康藏高原和青海南部有強大的吐蕃;雲南高原上則有南詔。唐帝國和這些部落國家都發生了不同的關係:

(1)戰勝東突厥解除北方威脅

突厥是中國北方的遊牧部落國家。隋朝初年分為東、西兩部,東突厥曾屈服於隋,隋朝末年乘中國內部戰爭之機,再度強盛起來,收納避亂人口,支持劉武周、唐師都等豪族集團的割據戰爭。東至契丹、室韋,西至吐谷渾、高昌(吐魯番)等都為突厥所臣屬,有騎兵百萬。李淵在太原起兵,也獻子女金帛結突厥為援。突厥頡利可汗,不斷侵略北方邊境。唐武德七年(624年),突厥頡利、突利二可汗舉兵入侵關中,長安戒嚴,賴李世民率軍擊退突厥,保衛住長安。但因唐初内部統治尚未穩固,突厥正強,不能採取進攻的政策,僅能加強防禦或媾和。

唐太宗繼位後,一方面是國内統一逐漸鞏固,王朝的經濟力量也逐漸加強;另一方面,突厥内部由於頡利可汗的政治苛暴,連年用兵,重斂被征服的各臣屬部族,引起"下不堪命,内外多叛之"(《舊唐書·突厥傳》)的結果。陰山以北的屬部薛廷陀、回紇、拔野古諸部,都相率背叛突厥,這就大大地削弱了突厥的力量。東方的奚、霫等部,也叛變突厥歸唐。又加上連年遇大雪,雜畜多死,民多凍餒,饑荒嚴重,更加重了内部矛盾。頡利可汗和主東方的突利可汗遂相攻擊,突利向唐求救,唐太宗抓緊了這一有利的時機。首先,於628年擊敗突厥支持的朔方梁師都,掃清進攻突厥的道路;繼之,聯絡叛離突厥的北部鐵勒諸部(薛廷陀、回紇、僕固、同羅等)以分突厥之勢,並實行反間,分裂突厥君臣關係。629年冬,唐太宗派兵部尚書李靖為行軍總管,率領李勣(即徐世勣)、薛萬徹、柴紹等十餘萬大軍分道進攻突厥。630年春,唐軍擊敗突厥兵,突利可汗降唐,頡利可汗西逃。李靖率領精兵與李勣突襲陰山北突厥的牙帳,李勣則率軍截斷頡利西逃之路。在唐軍兩路挾攻下,突厥降唐,唐俘虜頡利可汗及大酋長以下男女十餘萬口,雜畜數萬匹,自陰山以北、大漠以南地區,全為唐帝國佔領,東突厥滅亡。這不僅解除多年來突厥對中國北方的侵擾和威脅,而且自隋末陷入突厥的男女人口也得返歸故土。原來臣屬突厥的漠北鐵勒諸部,薛廷陀、回紇、拔野古等,也在唐的進攻下,於貞觀十五年(641年)臣屬於唐。唐帝國於高宗時在漠南設立單于都護府(治雲中,今內蒙呼和浩特),在漠北設立北庭都護府(治金山,今蒙古人民共和國科布多境)以鎮壓突厥、鐵勒諸部的反抗,並保護通往西域道路的安全。

(2)與西突厥爭奪西域的勝利

西突厥在玉門關以西,隋末唐初時西域諸國都受其奴役控制。唐高祖李淵在位時,西突厥強大,勢力擴張,東到金山,西到裏海,北并鐵勒,擁有新疆中亞一帶地區,擁有騎兵數十萬,征服西域諸國,設官徵收賦稅,不但阻礙唐帝國向西發展,而且役使吐谷渾、高昌等西域各國入唐朝貢。唐帝國在社會經濟恢復發展、解除北部威脅後,便需要打開通往西域的商路,爭取與西域各國建立聯繫。

貞觀初年,西突厥內部分裂,各臣屬部族也因不堪經濟政治上的壓榨而紛起叛變,使唐帝國向西發展有了便利條件。唐太宗向西進軍,首先於貞觀九年(635年)派李靖率領侯君集、李道宗及突厥降將,攻破青海一帶的吐谷渾,降其大部,殺死部族長伏允;貞觀十四年(640年)又派侯君集等率軍進攻高昌(吐魯番),降其王麴智盛,置安西都護府於交河城(吐魯番西),得高昌樂工付太常。貞觀二十二年,攻破西突厥各國龜茲(今新疆庫車),並俘焉耆王,敗西突厥援軍,打通了西域交通。唐高宗時,先後派程知節、蘇定方、薛仁貴等率軍並發回紇兵進攻西突厥。657年,俘其沙鉢略可汗,次年(永徽三年)徙安西都護府於龜茲。在西域地區設置州府,西與伊朗(波斯)接境,唐帝國控制了塔里木盆地和天山北路及蔥嶺一帶地區。武后長安二年(702年),置北庭都護府治庭州(烏魯木齊),駐軍保護西域交通,控制天山北路。

當唐軍深入中亞的時期,也是波斯(伊朗)薩桑王朝衰落的時期,而阿拉伯人在此期間形成了一個仍為蠻族類型的年輕的軍事國家——歷史上通稱為大食。642 年,阿拉伯人征服了波斯,波斯王耶茲德格爾二世(632—652 年)逃亡突厥,652 年在謀夫城被殺。大食國遂攻占中亞地區,與中國、印度接壤。唐玄宗天寶(742—755 年)時期,大食兵東進,企圖與唐帝國爭奪西域。751 年唐安西節都使高仙芝率兵三萬進蔥嶺擊大食,在撒馬爾罕戰敗,唐軍中許多金銀匠和造紙工匠為大食所俘,中國的造紙技術由大食傳到歐洲。

唐對西域用兵的勝利,不僅使西域各國從西突厥野蠻的奴役和壓榨下解放出來,接受唐帝國進步的經濟文化影響,而且使當時世界上文化最盛的兩大帝國——唐帝國和大食——直接接觸,促進了中西文化交流,是具有重大的進步意義的。

(3)與吐蕃、天竺等國的關係

吐蕃是住在西藏一帶的部族,過著農業和遊牧生活。唐太宗時,吐蕃酋長(贊普)棄宗弄贊合併了分散的各部落,定都羅些城(拉薩),勢力強大。貞觀八年(634 年)遣使來唐求通婚,但仍不斷侵擾吐谷渾及四川松州(松潘)。唐朝當時正用兵於西北,640 年唐太宗以宗女文成公主嫁吐蕃棄宗弄贊。吐蕃遣弟子到唐留學,並請漢儒到吐蕃教習。高宗時,應吐蕃請求,唐朝的釀酒、碾磑、製陶等工匠派往吐蕃,並帶去蠶種。在唐帝國進步生產技術的幫助下,吐蕃經濟文化得到飛躍的發展,勢力也更強大。

唐高宗(650—682 年)時期,吐蕃由於經濟的發展,向外擴充領土,與唐爭吐谷渾(青海),攻陷西域十八州,又聯于闐攻龜茲。670 年,唐派薛仁貴率軍十餘萬出擊吐蕃,大敗。唐僅得守涼州(甘肅武威),並於河源一帶增加戍兵,設烽戍七十餘所,開屯田五十餘頃以供戰守。678 年,唐兵十八萬在李敬玄率領下與吐蕃戰,又大敗於青海上。於是吐蕃勢力,東接唐的涼、松、茂、嶲(均在今四川西北)四州,南

鄰天竺(印度),西陷龜茲、疏勒、于闐、碎葉(焉耆)等四鎮,北達突厥,
勢力擴大,地方萬里。武后時(684—709 年),吐蕃内部分裂,一部降
唐。692 年,武后派王孝傑率兵大敗吐蕃兵,收復龜茲等四鎮,再設安
西都護府於龜茲,派重兵屯田駐守。但唐與吐蕃仍不斷在河西地區發
生戰争,僅能阻其深入。

此外,唐朝與天竺(印度)、林邑(越南中部)、真臘(高棉)、驃國
(緬甸)都建立了和平的通商關係,中印文化交流更為密切。貞觀二年
(628 年)唐玄奘赴天竺取經,成為歷史上的盛事。唐高宗調露元年
(679 年),唐在交州(今越南河内)設安南都護府控制交阯府州和南海
各國。

(4)唐對高麗、百濟的戰争

朝鮮半島上有三個國家:高麗、百濟和新羅。三國互相戰争前後
歷數百年。隋唐時,都曾受中國王朝冊封。其中以半島北部的高麗最
强,而新羅臣屬於唐。

唐太宗貞觀十六年(642 年),高麗東部大人泉蓋蘇文殺高麗王建
武,立王弟子藏為寶藏王,蓋蘇文自稱“莫離支”(軍民總管),連年聯
合百濟(半島西南部)入侵新羅,阻新羅入朝,新羅遣使向唐求援。當
時,唐已征服突厥,並擊敗西域各國。遂於貞觀十八年(644 年)大舉
進攻高麗,命張亮率兵四萬、艦五百自萊洲(山東掖縣)泛海指向平壤;
命李勣率步騎兵六萬及部分“降胡”,指向遼東。唐太宗親自部署,645
年唐軍渡遼水攻佔遼東蓋牟(今蓋平東北)等十城,進圍安市城(蓋平
東北七十里)。由於高麗頑强的抵抗,唐軍久攻堅不下,士兵多戰死。
因北地旱寒,糧餉不繼,被迫退兵,遷徙遼東高麗人七萬口入内地。貞
觀二十一年及二十二年,唐又遣李勣、牛進達等進攻高麗,輪番入境,
以疲高麗。又發江南工人造大船,準備由海路大舉進攻。但由於高麗

背城拒戰，太宗死（649），戰爭停止。

唐高宗永徽六年至顯慶五年（655—660 年），百濟持高麗之援不斷侵新羅，新羅求救於唐。高宗於 660 年派蘇定方率十萬大軍，聯合新羅，攻滅百濟。然後進攻高麗，圍平壤不下。

百濟亡後請援倭（然後改為日本），時日本大明天皇在位，派舟師百艘、兵數萬救百濟。663 年，唐派劉仁軌、孫仁師等率兵與新羅聯合，破百濟殘餘勢力，並大破倭軍於白江口（錦江口），四戰四捷，焚倭船四百艘。百濟遂平，唐留軍駐守其地。

百濟亡後，唐乘勢進攻高麗。661 年，派蘇定方等率水陸軍破高麗兵於浿江（今大同口），進圍平壤，久攻不下，又遇天寒大雪而罷兵。666 年泉蓋蘇文死，諸子互爭內亂，唐高宗派李勣、薛仁貴等率軍會新羅兵進攻高麗。668 年破平壤，高麗王藏降。唐於其地設州縣，設安東都護府於平壤，命薛仁貴為都護總兵二萬鎮守。669 年，徙高麗戶三萬八千餘於內地空曠地區均田開墾。

高麗、百濟亡後，新羅國吸收中國文化，建立官制，國勢漸強，向百濟、高麗故地伸張，暗中支持高麗人民反抗唐朝都護，與唐為敵，屢發生戰爭。唐朝被迫將安東都護府移至遼東（676 年），677 年再移新城（撫順附近），盡棄高麗、百濟故地。武后時，新羅逐漸統一朝鮮半島浿江（大同口）以南地區，浿口以北，則為粟末靺鞨所建之渤海國所據。東北地區的渤海室韋和黑水靺鞨都在唐朝盛時派遣使臣入朝。雲南地區的南詔，也在開元（713—741 年）時派遣子弟來唐學習文學，並帶詩書歸去。

唐朝初期一百年間對外擴張取得勝利的結果，使帝國的版圖擴大了，成為雄據亞洲大陸的統一大帝國，經濟文化先進的國家。由於帝國領地的加大，人口增多，封建租稅收入增加，以及對外交通發達，不僅刺激帝國經濟文化的高度發展，而且使唐帝國與亞洲各部族國家

(尤其是朝鮮半島、日本、安南)加強了經濟文化上的聯繫,使高度發展的唐帝國經濟和文化對亞洲各國發生了重大的影響。我國的造紙技術和繅絲輾轉傳入歐洲,對歐洲文化經濟的提高也起了很大作用。同時唐帝國不斷地吸收了外來文化的精華,並把它融合發展為我國文化的一部分,從而充實了我國經濟文化內容,豐富了我國人民的精神和物質生活。因此唐帝國初期的對外擴張,對整個社會經濟文化的發展,是起著積極進步作用的。

三、唐帝國的衰落及崩潰時期(741—907 年)

1. 唐帝國社會矛盾的發展

(1)均田制的破壞和莊園制的發展

唐朝初期的均田制是在農民大起義嚴重地打擊了豪強地主的勢力,人口削減勞動力缺乏,荒地增多的特殊歷史條件下實行的。它的目的是誘使農民歸復到土地上,以便封建王朝計丁進行封建剝削,從而加強王朝的統治。因此,它的實行範圍是有限的,不僅地主階級的私有土地不受均田限制依然保存,而且隨著唐王朝的建立而升居統治地位的貴族官僚地主,特別是關隴集團的貴族地主,除了保持原有土地外,又以職分田、永業田、封地的名義獲得了大量的土地,成為在經濟上佔絕對優勢的大地主。這種大地主私有土地佔有形態和均田制的土地所有制並立,就是土地兼併的根源。

唐朝初期社會經濟的發展,荒地的大量開闢,人口的增加,使封建王朝和官僚地主豪強依靠剝削農民和手工業者拖累了豐厚的財富,不但生活腐化奢侈,而且憑藉政治特權和經濟勢力無厭的兼併土地。兼併的方式是多樣的：或變官田為私地，或侵奪民田，或強佔山谷牧地，或由王朝封賞。

這種土地兼併現象，是隨著唐朝的經濟發展而加劇的。到唐玄宗時已達到嚴重的程度，造成"朝士廣占良田"，"豪強兼併，貧者失業"的現象，朝廷已無力束縛經濟力量日益增長的大地主，限制土地買賣，而且已無官屬荒地授與無地農民。因之，玄宗以後，均田制徹底破產，絕大部分農民被迫喪失土地，轉而淪為豪強地主的佃客傭工或流浪無依，地主的莊園遍及全國，成為封建地主經濟的主要形態，於是莊園制逐漸地發展起來。

唐朝的莊園有官莊、私莊、寺院莊園之別。官莊中包括外官莊園和皇莊，設有管理莊園的官職去徵收封建地租。唐初的營田、軍田和屯田也變為官莊。私莊以官僚地主的莊園為主，是由侵奪民田、政府賞賜或繼承而來的；或由自己管理，或派家僕、監莊、莊吏去經營。寺院地主的莊園，或由豪強主的佈施，或由放高利貸侵奪民田而來，往往一寺佔有莊園十幾所。

這些官、私、寺院莊園的主人，將莊園田地分成小塊，佃給農民或雇傭農民來耕種，向農民徵收唐初租庸調制數額幾倍的地租，並強迫農民替他們種植果園、茶園、菜園，修築房屋。當莊園主對抗農民起義時，便驅使莊客組織"土團"去為莊主當兵。因之，莊客成為莊主的農奴被束縛在土地上，對莊園形成了人格上的依附關係，連同莊客的家屬都要受莊主的殘暴奴役。

除了佔有數以十計百計的莊園直接榨取農民外，莊園主還把莊園變為自給自足的經濟單位而佔有很多碾磑，碾制穀麥，經營紡織作坊、銀器作坊；組成"土團"，迫使莊客當兵，因此莊園制經濟便成為豪強地主割據地方對抗中央集權的經濟基礎。由於莊園制的發展，統治階級內部爭奪土地的鬥爭也就隨之擴大和尖銳化，表現為錯綜複雜的藩鎮、朋黨和宦官之間的矛盾與劇烈衝突,及封建王朝與寺院地主間的衝突。這種矛盾和衝突,也加深了唐朝末期的社會危機和階級矛盾的發展。

由於均田制的破壞和莊園制的發展,大批封建王朝直屬下的農民被迫喪失土地變為莊園地主的私屬,因之王朝的納稅農戶便逐漸減少了。據《新唐書·食貨志》記載,天寶十四年時,依恃特權不負擔稅役的不課戶已佔總戶數的百分之四十,政府的浩大軍費和繁重賦役都加到百分之六十的貧苦勞動農民身上,造成"丁去田亡,而稅籍猶存"的現象,逼得農民大量逃亡。負擔租庸調的丁戶,漸至"十不存三",計丁定租庸調的租賦制度便隨之不能維持了。這種現象,隨著藩鎮叛亂割據狀況的嚴重而發展,封建王朝為了維持它的財政收入,於唐代宗大曆四年(769年)開始改稅口稅戶為按貲財負擔租賦的辦法,按照佔地多少將民戶分為九等以為徵稅的標準。到德宗建中元年(780年),政府採用宰相楊炎的建議,明令廢除租庸調制,實行以實物折納錢幣為主的兩稅法。

兩稅法的內容是:

第一,由各地方州縣政府根據當應繳納中央和地方留用費用,估定當地應徵賦租總額,按唐代宗大曆十四年(779年)全國墾田畝數確定田稅總額然後比例均攤。

第二,不問主戶客戶中丁成丁,將現住戶按貧富(田畝多少)分為等級,分等納稅,以前的租庸調雜役完全省去。

第三,每年稅收分夏稅(不過六月)、秋稅(不過十一月)兩季徵收,以實物折納現錢為准,商賈依所居州縣納稅卅分之一(後增為十分之一)。

　　兩稅法按貲財土地多寡定稅額,並徵收現金,它是適應莊園制土地佔有關係的。它同時反映王朝政府為解決稅源而給豪強地主特權戶以一定的打擊,從而有限度地緩和了日益發展的社會矛盾。但是,由於當時唐朝政府已失去了控制豪強地主的力量。豪強地主一方面勾結地方豪吏降低戶等避免納稅;一方面乘農民納稅以實物折換錢幣,"積錢以逐輕重",任意操縱,造成物賤錢貴,使農民負擔往往比稅額增加二三倍。政府征不足額,將缺額攤派到貧苦農民身上,而且,依戶等定稅額度後,即有加無減。戶等已降,而稅額不減。兩稅之外,不久又有附加,雜稅多到幾百種,農戶的負擔輾轉加重。

　　州縣官吏苛索嚴急,造成農民愈益貧困,以至達到"織絹未成匹,繰絲未盈斤,里胥迫我納,不許暫逡巡"(白居易《重賦》)和"幼老形不蔽,老者體無溫"(同上)的悲慘境地。

　　(2)府兵制的破壞及藩鎮權勢的加重

　　唐朝的兵制,是在均田制的經濟基礎上施行的更番上宿衛或戍防的徵兵制。隨著均田制的破壞,對外戰爭的頻繁,士兵久戍不歸不能按期更番輪替,因而相率逃匿,府兵制便不能維持了。據《新唐書·兵志》說:"自高宗武后時,……府兵之法寖壞,番役更代多不以時,衛士稍稍亡匿,至是(玄宗時)益耗散,宿衛不能給。宰相張說乃請一切募士宿衛。"這便說明府兵制早在破壞中。到唐玄宗時,由於農民喪失土地破產失業現象的嚴重,使招募兵士成為可能。因而改行募兵制稱"彍騎",政府招募九等或八等戶身高體壯的壯丁充當宿衛兵士,免其苛雜役。邊防戍兵,也改為招募。但自玄宗天寶以後,"彍騎"也變廢了,至於折衝諸府無兵可交。募兵不足,唐朝政府便捕捉壯丁從事戰爭,但兵源不足,愈益威脅著唐朝統治者的武裝力量。為了繼續鞏固邊防,防止被征服各部落的反抗,保護通往西域的國際商路,和鎮壓人民的反抗,唐朝統治者便採取加強邊防將帥的權力和地位,招募兵士不論番漢,增加邊防兵額。

唐高宗永徽(650—661年)以後,唐朝將統兵鎮守邊防的大都督加以"節度使"之名,以加重其威望職權,代表皇帝處理軍政。到唐玄宗天寶時,隨著四方各部族的強大和邊患嚴重,設節度使的邊鎮到十節鎮,統兵總數到四十八萬六千四百人。邊鎮武力增強起來,而相反的,宿衛京師的六軍,卻都是招募來的市井紈絝子弟充當,終日作買賣玩角觝,完全失去戰鬥力。據《新唐書·兵志》載:"六軍宿衛皆市人,富者販繒綵食粱肉,壯者為角觝、拔河、翹木、扛鐵之戲,及祿山反,皆不能受甲。"這說明唐朝"府兵"和"彍騎"相互破壞以後,邊防節鎮勢力加強了,而中央的武裝力量廢弛了。這就使邊防鎮將得挾其武力對抗中央。

(3)唐朝的統治階級的腐朽

唐朝社會經濟的發展,到唐玄宗時已達到頂點。在農民和手工業辛勤勞動中豢養起來的皇室地主和豪強地主統治階級也奢侈腐朽到嚴重的程度。宮庭之中,生活腐敗不堪,政治黑暗達極點,統治階級日趨腐蝕朽敗。

唐玄宗天寶年間(742—755年),皇帝深居宮中,縱情於聲色,天寶三年武惠妃死後,便將他的兒子孝王冒的妃子楊氏帶入宮中,號太真,這就是歷史上的楊貴妃。楊貴妃得玄宗寵愛後,楊氏兄弟姊妹,便馬上富貴尊榮,進爵封號。楊氏三姊妹,封為韓國、虢國、秦國三夫人。兄弟楊錡作了附馬都尉,楊鉆為殿中少監,堂兄楊釗(國忠),繼李林甫之後為宰相。三姊妹和楊銛、楊釗五家的勢派傾天下。府縣聽命,有如詔敕。據《通鑑紀事本末》載:"三姊與銛、錡五家,凡有諸托,府縣承迎,峻於制敕,四方賂通,輻湊其門,惟恐居後,朝夕如市。"他們競相

修築府第,"一堂之費,動踰千萬。既成,見他人有勝己者,輒毀而改為"。(同上書)

楊貴妃得寵,貴戚競獻珍寶食品,奢侈絕頂,"水陸珍羞數千盤,一盤之費中人十家之產"。"楊貴妃欲得生荔枝,歲命嶺南馳驛致之,比至長安,色味不變"。"織繡之工,專供貴妃院者,七百人。中外爭獻器服珍玩。"(均見上書)楊國忠身為宰相,大貪賄賂,"中外餉遺輻湊,積縑至三千萬匹"。

楊氏一家,包攬了唐王朝的內外大權,他們納賄賣官,勢傾天下。楊國忠與李林甫爭奪權位,勾結方鎮為外援。政治腐敗,剝削加重,使人民的生活陷於絕境。

由於政治腐敗,權臣貪污,邊將貪功,戰爭頻繁起來。天寶十年(751年),劍南節度使鮮于仲通征南詔(雲南地),高仙之擊大食,安祿山擊契丹,無一不遭到失敗。為了補充征南詔的兵力,楊國忠派遣御史分道強抓丁壯當兵,套上枷鎖,押送軍中。妻子爺娘牽衣頓足,攔道哭號,聲入雲霄。殘酷的兵役,繁重的苛捐雜稅,殘暴的官吏壓榨,地主掠奪,將唐朝的經濟推向絕境。社會危機有如山雨欲來風滿樓,不久爆發了安史之亂。

2. 安史之亂及唐朝統治的衰落

(1)安史之亂和藩鎮割據

安祿山是營州(熱河朝陽)胡人,通六蕃語,作過互市部,驍勇機智,熟習邊事。天寶初年,唐王朝任用安祿山為營州都督,提擢為平盧節度使,率兵抵禦北方新興的契丹、奚,安祿山利用唐朝統治階級政治腐敗和外部種族矛盾擴大的機緣,逐漸壯大自己的勢力。到天寶六年,兼併平盧(熱河朝陽)、范陽(河北大興)、河東(山西太原)三鎮節度使。"歲獻俘虜牲畜奇禽異獸珍玩之物,不絕於路"(《通鑒紀事本末》),賂遺唐玄宗,取得寵信,因得探聽朝中虛實。於是勾結契丹,多用蕃將代替漢將,改編和擴充軍隊,畜戰馬,積貲財,在上谷設爐鑄錢,兵力達到十五萬。駐守河北一帶十年,成為節度使中的強鎮。天寶十四年(755年)發部下各族兵十五萬在范陽叛變南侵。

當時,唐朝地方軍隊已腐敗得不能作戰,安祿山遂一路無阻打到洛陽,陷潼關,直逼長安。唐玄宗率領他的皇親貴妃和一部禁軍放棄長安西奔,至馬嵬驛,將士兵變,殺楊國忠、楊貴妃,玄宗奔蜀。太子李亨走依朔方節度使,在靈武即皇帝位,稱肅宗。

756年,安祿山攻入長安,大肆殺燒搶掠婦女財物,驅使丁壯負擔,殘殺老弱。祿山派往州縣的偽官,也"勾剝苛急,百姓愈騷"(《新唐書·祿山傳》)。於是激起長安內外人民紛紛反抗,"郡縣相與殺守將,迎王師"(同上)。唐肅宗適應廣大人民的要求,使郭子儀率領朔方軍及借來的回紇兵共十幾萬,出兵進攻安祿山。安祿山內部發生矛盾,其子安慶緒因爭地位將祿山殺死。在唐軍攻擊下,安慶緒東走洛陽,唐軍收復兩京。安慶緒逃鄴都(河南安陽),唐兵之攻鄴不下,史思明又繼起叛亂。

史思明是安祿山舊部,在安慶緒被唐軍攻敗北逃時降唐,被封為范陽節度使。唐軍攻鄴久不能取勝,史思明看透唐政府的腐朽無能,遂叛唐援助安慶緒,大敗唐兵,於759年殺安慶緒自稱大燕皇帝,渡河攻陷洛陽。761年,史思明為其子史朝義所殺,部將多不服調遣,兵勢遂衰,唐肅宗乘機借回紇兵攻陷洛陽。回紇兵縱兵劫掠洛陽、汴、鄭、臨汝等地,洛陽市民死亡萬計,火燒數旬不絕。安、史舊部薛嵩、張忠信、田承嗣、李懷仙等相繼降唐。唐朝仍承認他們擁有重兵,割據地方,以爭取他們在名義上服從唐政府。唐代宗慶德元年(763年),史朝義孤立無援,窮蹙自殺。安史之亂前後歷九年

(755—763 年),至此結束。但唐朝經此次戰爭後,中央和地方割據勢力——藩鎮之間的分裂愈益加深,王朝的統治力量也因而日益削弱。

安史之亂以後,唐朝在河淮流域遍設節度使,以安置安史舊部的降將及平定安史之亂的有功將領。節鎮各擁重兵,不聽朝廷調度,任命官吏,截留稅賦,割據三四州至十餘州的地區,儼然成為獨立王國。他們依靠地方莊園地主的支持,迫使莊客當兵,來擴大武裝,鞏固地方割據的封建統治。他們有時聯合起來,對抗中央;有時為爭奪地盤互相混戰,嚴重地破壞了北方的社會生產,給人民帶來深重的災難。

唐代宗(763—779 年)、德宗(780—804 年)年間,河淮一帶分為八個強大的節鎮。

(一)魏博鎮節度使(轄今冀魯豫地區)田承嗣,為安史舊將,割據魏(河北大名)、博(山東聊城)、貝(河北清河)、相(河南安陽)、衛(河南汲縣)、磁(河北磁縣)、洺(河北永年)等州。

(二)成德鎮節度使(轄今冀中冀南)李寶臣,為安史舊將,割據恒(河北正定)、定(河北定縣)、易(河北易縣)、深(河北深縣)、冀(河北冀縣)、趙(河北趙縣)等州。

(三)盧龍鎮節度使(轄今冀東冀北)李長仙,為安史舊將,割據幽(北京)、涿(涿縣)、莫(清苑)、瀛(河間)、平(臨瑜)、檀(密雲)、媯(懷柔)、薊(薊縣)、營(盧龍)等州。

(四)淄清鎮節度使(轄今山東半島)李正己(高麗人),割據淄(淄川)、青(益都)、齊(歷城)諸州。

(五)滄景鎮節度使(轄渤海地區)程日華,為安史舊將,割據滄(河北滄縣)、景(河北景縣)、德(德州)、棣(惠民)

等州。

（六）宣武鎮節度使（轄今豫東皖北）劉元佐，割據汴（開封）、宋（商丘）、亳（安徽亳縣）、穎（安徽阜陽）等州。

（七）彰義鎮節度使（轄今豫南）李希烈、陳仙奇，先後割據申（信陽）、光（潢川）、蔡（汝縣）等州。

（八）澤潞鎮節度使（晉魯豫地區）李師通、劉悟，先後割據潞（山西長治）、澤（山西晉城）、邢（河北邢臺）等州。

其中成德、魏博、盧龍三鎮開始時最跋扈，各擁兵數萬，連結淄青，對抗朝廷。他們"連結姻婭，互相表裏，意在以土地傳付子孫，不稟朝旨，自補官吏，不輸王賦"（《舊唐書·李寶臣傳》）。不久澤潞、彰義諸鎮，也相繼反抗朝廷。唐德宗企圖削平河北諸鎮未成，涇原鎮節度使朱泚嗾使其士兵嘩變，進圍長安，迫使德宗出走。唐憲宗（806—820年）時，用收買分化進攻的辦法，曾一度削弱節鎮勢力，但終因藩鎮仍握重兵，控制地方經濟力量，而不能根本解決割據的局勢。憲宗死後，藩鎮勢力更加猖獗。隨著唐上層統治者內部的分裂，宦官朋黨勢力的形成，藩鎮割據混戰也益趨激烈，直到唐亡。

（2）回紇、吐蕃和南詔

安史之亂，削弱了唐王朝對地方和四周各族的控制力量。因而隨著內戰的繼續，周圍各族便乘機發展，與王朝發生戰爭。其中以北方的回紇、西方的吐蕃和西南的南詔為最強大。

回紇：是鐵勒族的一部，遊牧於圖拉河一帶。唐太宗滅東突厥後，回紇勢力向南發展，和唐發生密切關係。唐帝國常使用回紇騎兵進行對外戰爭。唐玄宗天寶初年，回紇統一了大漠南北，勢力強大起來。安史之亂起，唐肅宗借回紇兵收復兩京，約以子女玉帛酬回紇。因之，洛陽曾遭到兩次回紇兵浩劫。唐每年贈遺回紇絹帛,並以肅宗女妻回紇可汗以緩回紇侵擾。

唐代宗永泰元年(765年),僕固懷恩叛唐,誘回紇、吐蕃、吐谷渾等數十萬眾進侵關中。吐蕃兵十萬至奉天(陝西乾縣),長安震恐,代宗聽魚朝恩言,欲棄長安走河中(山西永濟)。因僕固懷恩死,回紇與吐蕃互爭長不相睦,分營而居。郭子儀命將士鎮守涇陽,單騎入回紇營,說服回紇助唐擊吐蕃,並允酬以吐蕃所掠資財馬牛雜畜。回紇偕唐軍攻敗吐蕃後,掠走士女四千人,唐前後贈回紇繒帛,府藏為之空竭。回紇人居長安者,驕橫不法,官吏不敢禁止,每年以駑馬數萬匹強易唐絹、帛、絲、茶,運往西方販賣。

回紇強盛一百多年,到唐武宗(841—846年)時,國內發生饑荒、瘟疫和雪災,牲畜多死,經濟勢力衰落,內部混亂,為其北部的遊牧部落黠戛斯(今吉爾吉斯)所敗。一部降唐,漸徙居今甘肅西部和新疆南部一帶。

吐蕃:在唐玄宗時,成為唐西方的勁敵,連年入侵。安史之亂,唐邊防軍內調增援,邊防單弱,吐蕃遂不斷進侵,到唐代宗時,盡佔河西隴右地區,自鳳翔以西、邠州以北,均淪於吐蕃。代宗廣德元年(763年),吐蕃率吐谷渾、黨項、氐、羌各族二十萬人入侵長安,唐代宗逃奔商州(河南陝縣)。吐蕃搶掠長安府庫市里,燒閭舍,官軍不能抵禦,潰散入山谷中。後為郭子儀率兵擊退,此後十餘年中,吐蕃與唐屢在靈州(今甘肅靈武)、涇州(陝西長武)、邠州(陝西邠縣)一帶作戰,截斷長安通西域之路。唐德宗末(789年),吐蕃攻佔唐安西、北庭二都護府,控制了天山北路。

吐蕃自七至九世紀中,強盛二百年。九世紀中葉,內部分裂,唐宣宗乘機收復河西走廊、黃河以東地區。後來,河西人民在節度使張義潮的領導下打敗吐蕃,恢復在河西走廊全部及西部的統治。

南詔:是定居在雲南地區的部族之一。唐初分六部,稱六詔(詔即王的意思),分統各部。其中以蒙舍在最南,稱南詔。唐高宗時,南詔蒙舍細奴羅入朝於唐。唐玄宗開元末,細奴羅孫子皮羅閣為酋長,勢大強,統一六部,併吞西南蠻族小部落,擊敗吐蕃,徙居大和城(雲南大理)。738年,唐玄宗封皮羅國為"雲南王",南詔派子孫到唐留學,和唐發生了密切的文化關係。

天寶九年時(750年),楊國忠專制朝政,任用鮮于仲通為劍南節度使,和雲南太守張虔陀貪暴聚斂,對南詔徵求無饜。南詔酋長閣羅鳳率泉抗唐,攻陷雲南,殺張虔陀。鮮于仲通發兵進攻南詔,南詔被迫臣服於吐蕃。唐兵於天寶十年(751年)及十三年(754年)兩次進攻南詔都遭到了失敗,唐兵死者二十萬。南詔遂進佔四川西南部,有兵數十萬。但受吐蕃繁重的賦稅徵發,並被吐蕃強迫出兵作戰當前鋒侵唐。吐蕃佔據南詔的險要地區築堡壘征南詔兵防守。南詔苦吐蕃賦役,於唐德宗時歸服唐朝,唐封南詔酋長黑牟尋為"南詔王"。從此以後,唐與南詔維持幾十年和好關係。唐宣宗末年(859年),南詔與各蠻族入侵,又進行了二十多年的戰爭。唐僖宗以後,南詔勢衰,唐帝國也在黃巢大起義打擊下衰落了,雙方才又停戰議和。

(3)宦官專權,朋黨傾軋

宦官本是皇帝的家奴,與皇帝朝夕相處。當皇帝腐敗荒淫到不願過問政事,或因軟弱無能不能過問政事時,統治權很容易落到宦官或外戚手中。唐玄宗時宦官高力士就是憑著皇帝的寵信,逐漸操縱政權,通達百官章奏。宦官們假借權勢,擴大田產。於是"上腴之田,為中官所名者半京畿"。安史亂中,唐肅宗不信任武將,因而派宦官魚朝恩為觀軍容使,節制諸軍。代宗以後,宦官便一直掌握天子的衛隊——禁軍,於是宦官進而操縱軍權。憲宗時,派宦官為監軍,節制中外諸將。於是皇帝也成了宦官控制軍政大權的工具,由宦官任意殺害、廢立。唐末九個皇帝,有八帝為宦官所立。宦官掌握北司禁軍,與南衙(宰相行政之地)對立。

居於內廷的宦官互相劫持皇帝,以便支配朝廷攫取對人民的剝削權,因之內部分裂為大集團,互相爭奪,各自援引外廷的官僚以為支援。外廷官僚也各結朋黨,互相排擠,各自賄賂和勾結宦官以鞏固自己的地位,擴大自己的權勢。這種錯綜複雜的朋黨鬥爭,使唐朝的政治更加混亂和腐敗,使人民的生活也更加陷於痛苦的深淵。

官僚戰爭的社會根源,除了內廷宦官集團分裂的影響外,主要的是代表士族地主的舊士大夫集團的"李党"和代表進士科出身的新興士大夫集團的"牛黨"兩個封建集團的爭奪。唐憲宗時,出身山東舊士族的李吉甫為相,由科舉出身的牛僧孺、李宗閔則與另一派宦官結成"牛黨"。李吉甫死後,牛僧孺、李宗閔始入朝為御史。憲宗為宦官王守澄等所殺,穆宗(821—824)即位,牛黨漸得勢。牛党李逢吉為相,引用牛僧孺,排斥李德裕(李吉甫子),出為浙西觀察使。於是兩黨各結羽翼,互相攻擊,從穆宗時開始到宣宗時止,前後傾軋四十年。他們之間無論哪個集團得勢,都是為了拼命地擴大自己的政治經濟勢力,更殘酷地剝削人民,使社會生產和人民生活更陷於絕境。統治階段內部的矛盾,削弱了統治力量,便利了人民的起義反抗。

3. 唐末農民大起義和唐帝國的滅亡

(1)唐朝末期的社會經濟

唐朝自安史之亂以後,繼之以長期的藩鎮割據戰爭。黃淮流域慘遭戰爭破壞,丁壯被劫去當兵,老弱死亡流徙,人口大減。河南中部五百里內,才有千戶人家。全國人口由開元時的八九百萬戶,減到不足三百萬戶。杜甫在他的《無家別》中,寫出天寶以後的淒慘景像:"寂寞天寶後,園廬但蒿藜。我里百餘家,世亂各東西。"多少人完整的家園被戰爭破壞了,變成滿目荆棘的荒涼野叢。江南地區,因為未直接受到戰爭的破壞,外來人口不斷遷徙到長江流域開墾土地。唐朝政府失去北方的稅源後,為了保持財政收入,支持浩大的軍費和皇廷的奢侈生活,曾不斷在江淮地區興建灌溉和排水工程,以增加農業生產。江南地區的採礦和煮鹽業也繁盛起來。唐肅宗時實行食鹽官賣,設監院監督煮鹽,鹽利收入佔政府收入之半,揚州、成都成為鹽都。江南地區的紡織和茶、紙、瓷器業,也仍能維持原有的生產。江、淮、湖、廣的經濟力量,成為唐朝政府平定安史之亂維持它後期一百多年封建統治的物質基礎。

但是,唐朝政府失去北方稅收後,把政府開支和軍費負擔整個加在江南人民身上。並且在實行兩稅法後,又加征茶稅、鹽稅、酒稅、春苗錢、除陌錢、開架稅等稅捐,進行搜刮人民。官僚豪強,借機對各地人民加強剝削。德宗以後設"宮市",以宦官為宮市使,以低價強買商貨,實際上就是侵奪。詩人白居易的《賣炭翁》就是痛斥宮市害民的現實主義詩篇。食鹽官賣,使唐德宗時鹽價每斗比肅宗時增高三倍多,再經商人轉售給人民,又增加一倍,人民買不起鹽,經常淡食。無以為生而販私鹽的商販,要受到政府嚴刑的禁止和殘酷的屠殺。

此外,唐朝末期,官僚豪強地主乘政府實行兩稅法,食鹽官賣和變造(以江南租庸轉市輕貨供給長安)等機會,買賤賣貴,高利盤剝農民。他們積資巨萬,殘酷地侵奪農民土地和田宅,使土地兼併、農民失業更加嚴重。如唐朝名將郭子儀,便佔有自黃峰嶺至河池關間百餘里的田地。

在戰禍襲擊、稅賦繁重、土地掠奪重壓下的廣大農民手工業者,被迫失去生路。再加上水旱荒災的逼迫,使廣大農民普遍無衣無食,只有起來反抗,像統治階級決鬥了。

(2)裘甫和龐勳領軍的起義

唐朝自懿宗(860—873年)以後,農民反抗統治階級的鬥爭便由零星的暴動匯集為大規模的起義。859年,浙東裘甫領導不堪賦斂無度、重稅壓榨的流亡農戶一百人在浙東起義,攻下象山(浙江象山),860年在進攻剡縣(浙東嵊縣)的進軍中大敗唐官軍,很快發展到幾千人。後來漸至三萬,分兵取浙東上虞、餘姚、慈溪、奉化、寧海等縣。

唐朝政府派王式率領大軍和回紇、吐蕃騎兵鎮壓浙東起義。並令各縣開倉賬濟貧民,使其不再參加起義軍,最後將起義軍包圍在剡縣。起義軍在反圍剿戰中,三日經八十餘戰,英勇抵抗官軍,但終因眾寡懸殊,裘甫兵敗被捕,壯烈犧牲。起義軍自859年冬起義至860年八月失敗,堅持戰鬥近一年,削弱了唐王朝的武裝力量,揭開更大規模農民起義的序幕。八年以後(868年),屯戍桂州(桂林)的徐、泗戍卒,因逾期久不番代,便在許佶、趙可立領導下發動起義,共推糧料判官龐勳為首,奪府庫兵器北向進攻,攻下宿縣(安徽鳳陽)、泗州(安徽盱眙)、滁州(滁縣)等地,遠近人民皆持鋤頭應募,屢敗唐官軍,進克徐州。唐統治者無恥地勾結沙陀、吐谷渾等外族兵,結合地主武裝,鎮壓龐勳軍。869年,龐勳戰死,官兵殘酷地屠殺農民數萬人,僵屍數十里。這次起義在統治階級瘋狂的屠殺中失敗了,但給大起義創造了反抗統治階級的鬥爭經驗。

(3)黃巢大起義

867年,懷州(河南沁陽)大旱。869年陝州大旱,官僚們不許人民報災。874年山東連年水旱,饑民到處起義,濮州(山東濮縣)人王仙芝、尚讓等遂聚眾數千人起義於長垣(河南),攻下濮州、曹州(山東菏澤）、鄆州（鄆城），眾至數萬。唐僖宗乾符二年（875 年），冤句（菏澤）人黃巢聚集數千人，起兵回應王仙芝。

　　黃巢與王仙芝同里，少與仙芝同販私鹽，曾舉進士不第。他們在連年水旱成災的曹濮地區，結成一個對抗官府販賣私鹽而謀求生活的社會集團，並集結了曹濮地區苦官府苛斂又為饑荒所迫的窮苦農民。因之，起義爆發後，便提出應合廣大窮苦農民要求的口號，傳檄諸道，指斥唐朝的暴政，如官吏貪暴，賦斂苛重，賞罰不平等，得到廣大人民的擁護。蘇、魯、豫各地受暴政重斂壓榨的人民群起響應，加入起義隊伍。數月之間，眾至數萬，與官軍展開堅決的鬥爭，由蘇北魯南地區向河南中部推進，逼洛陽，活動於豫東南和皖鄂中部。

　　876 年，唐王朝一面調集大軍扼守潼關、洛陽、汝、鄭等地，阻起義軍西進；一面令各地地主武裝向起義軍進攻；一面又實行陰謀收買政策，分化起義軍內部，以高官厚祿收買王仙芝降唐。最後經過黃巢的反投降鬥爭，阻止了王仙芝的動搖，進而攻佔蘄州。但從此王仙芝與黃巢分兵。877 年，王仙芝攻下鄂州（武昌），黃巢轉戰山東，進克鄆（東平）、沂（臨沂）。878 年，王仙芝轉戰江西，被唐官軍戰敗犧牲。

　　878 年王仙芝死時，黃巢正攻亳州（安徽亳縣），王仙芝隊伍的一部由王重隱率領東破洪州（江西南昌），一部由曹師雄率領進入兩浙，而主力則由尚讓率領北與黃巢合軍，共推黃巢為主。從此，起義軍有了統一的領導，力量更加強大了。黃巢為了沖出唐王朝各節鎮重兵的四路圍擊，避免與官兵主力作戰，便利用統治階級內部矛盾，乘隙南下。一面派兵西攻汴州（開封）、陽翟（禹縣），牽制官兵，再自淮南渡江南下，攻下虔（江南贛縣）、吉（吉安）、饒（鄱陽）、信（上饒）等江西諸州，轉戰浙東，開山路七百里，攻入福建，佔領福州。沿途與王重隱、曹師雄等部相呼應。

　　879 年，因受唐鎮海節度使高駢所派遣官軍的圍擊，黃巢遂向南轉移，經梅（梅縣）、潮（潮陽）入廣州、桂州（桂林），攻佔東起潮、梅，西至蒼梧（廣西），東西千里的兩廣地區。一路行軍，破州縣，殺官吏，除民暴政，受到廣大人民的擁護。攻下了唐朝"市舶寶貨所聚"的廣州，俘獲唐嶺南節度使李迢。黃巢自號"義軍都統"，提出新的政治口號："露表告將入關，因詆宦豎炳朝，垢蠹紀綱，指諸臣與中人賂遺交構狀，銓貢失才，禁刺史殖財產，縣令犯贓者族。"（《新唐書·黃巢傳》）。這些口號，在當時統治階級看來，都不能不承認是"皆當時拯弊"。

黃巢隊伍駐嶺南兩月，進行休整。唐朝統治者不容農民軍久駐兩廣，立即派宰相王鐸為荊南節度使，兼南面行營招討都統，駐江陵；並派李係將精兵五萬屯潭州（長沙），以拒黃巢。起義軍多北方人，在嶺南罹瘴疫，死者十三四，不能久駐。879 年九月，黃巢率軍自桂林沿湘江編數千大筏北上，連破衡、永、潭諸州，李係敗奔朗州（常德），農民軍乘勢逼江陵，眾號五十萬。江陵留將王鐸不敢出戰，留部將劉漢宏守城而自奔襄陽。劉漢宏縱兵大掠江陵，燒殺一空。士兵逃避入山谷，遇大雪，凍死僵屍遍野。黃巢軍至江陵，劉漢宏也北遁。於是黃巢軍北趨襄陽。

黃巢軍向襄陽進軍時，唐軍主力集中於荊門（豫鄂間）一帶，以輕騎誘戰。黃巢軍誤遇伏兵，受到很嚴重的挫折。遂折而東返，攻鄂州（武昌），入江西克饒州、信州。再入安徽攻佔池州（貴池）、宣州（宣城）、歙州（歙縣）及浙江境內湖、杭二州，控制了長江下游十五州，號二十萬眾。

黃巢軍經過長期的戰爭鍛煉，戰鬥力不斷增強。唐以淮南節度使高駢率七萬大軍駐揚州以阻黃巢軍北進。880 年七月，黃巢一面遣別將攻陷睦（浙江建德）、婺（金華）等州；一面自率軍由採石（安徽當塗）渡江，圍天長（安徽天長）、六合（江蘇六合），眾至六十萬，長驅北進。高駢兵敗退保揚州不敢出戰。農民軍舉眾渡淮水入河南，攻下皖北豫東諸州，"所過不虜掠，唯取丁壯以益兵"（《通鑒紀事本末》），軍紀井然，聲勢浩大。黃巢自稱"補天將軍"，向洛陽進發，並檄告唐各路官軍，叫他們"各宜守壘，勿犯吾鋒，吾將入東都，即至京邑，自欲問罪，無預眾人"（同上書），於是攻克洛陽，唐洛陽守留劉允章迎降，巢軍入城慰問，閭里安堵如常。

唐僖宗君臣，聞黃巢軍東下洛陽，且將西進長安時，對泣無策。最後派張承範率領二千多神策軍去守潼關，而神策軍士都是長安富家子，賄賂宦官竄名軍籍，以圖厚領廩賜，只能華衣怒馬，憑勢凌人，不能作戰。一聞出征，相對聚泣，以金帛雇市井貧病人代行，因此毫無作戰能力。到潼關後，搜迫逃避箐中的村民運石汲水修守備，而黃巢大軍前鋒已抵關下，白旗遍野，不見其際，呼聲振河華。唐軍潰敗入關，起義軍自關左"禁谷"入攻關背夾擊，遂破潼關，攻入華州。唐河中留後王重榮投降。專權亂政的宦官田令孜（領神華軍）帶五百神策軍挾唐僖宗及諸王妃嬪逃四川。唐潰兵入長安爭掠府庫金帛，唐金吾大將軍張直方帥文武百官數十人到霸上迎降，黃巢軍首尾千里的浩大隊伍，在市民"夾道聚觀"中開入長安城，由尚書向長安市民宣告："黃王起兵，本為百姓，非如李氏，不愛汝曹，汝但安居無恐。"（《通鑒紀事本末》）誅殺官吏，施給貧民財物。880 年十二月，黃巢在長安即皇帝位，國號大齊，年號金統。唐官三品以上的停任，四品以下的留用。以尚讓為太尉兼中書令，命朱溫屯東渭橋拱於長安。長安城內秩序漸復，新政權建立起來了。

黃巢的大齊政權，並不是在徹底摧毀唐朝的統治基礎後建立起來的，因此它沒有穩固的社會基礎。當農民軍以排山倒海之勢攻下洛陽、長安時，唐朝將領一部分迫於形勢，向農民軍投降了，唐僖宗也逃亡四川。但農民軍入關後，沒有窮追唐朝的逃亡政府，使之徹底消滅；對投降將領也沒有適當的處置，而仍令領本鎮。因之，使他們有觀望喘息的機會,結合莊園地主勢力,重整力量,對農民軍反攻。另外,起義軍在南征北戰縱橫十二省的進軍中,攻陷州縣,並沒有建立起基層政權,摧毀藩鎮地主的武裝。因之,隨著農民軍的主力北進西征,各地藩鎮便又恢復了他們的封建統治,控制廣大的富庶地區,反對農民軍,而農民軍佔據的長安關中地區,在經濟上已遭破壞,入長安後,又不能解決廣大國民的土地和生產需求,幾十萬大軍駐守長安附近,在脫離生產和城市的經濟腐蝕下,逐漸紀律廢馳,失掉了群眾的支持和信任,黃巢的命令便不能在兵士和群眾中貫徹。

881年,唐僖宗的逃亡政府,在四川站穩後,委派鄭畋會集鳳翔、涇原、鄜、延等路兵屯盩屋,勾結黨項族的拓跋思恭屯武功阻農民軍西進;陳景思會集代北各路軍,勾結沙陀人李克用屯河東,威脅長安北方。王重榮叛歸唐,屯沙苑(陝西大荔),控制長安外圍據點,使農民軍的糧食供給發生困難。各路節度使又帥兵向長安進攻。882年,鎮同州的朱溫叛變(正名全忠),農民軍的內部分化,軍事失利,被迫於883年退出長安。

黃巢率十餘萬大軍退出長安後,由藍田經商山入河南,向陳蔡進發,攻敗蔡州刺史秦宗權,佔領蔡州,連克許、洛諸州,聲勢又振,圍攻陳州。但884年,沙陀將李克用驅河東蕃漢軍五萬與叛徒朱全忠圍農民軍於陳州(河南淮陽),黃巢軍失利,自陳東北趨汴州(開封),渡河到封丘,被李克用追擊,失利。尚讓又叛變降唐,黃巢率眾東走泰山,為尚讓追擊,至狼虎谷自殺。縱橫十二省、歷時十年的農民大起義,在兇惡的唐軍和叛徒的進攻下失敗了。但黃巢堅持鬥爭至死不屈的精神,卻給以後農民起義以重大的影響。

起義軍失敗了,但唐朝的政權卻在農民軍鐵拳的痛擊下根本動搖了。統治集團內部的分裂更加嚴重,藩鎮割據戰爭,也更加激烈。藩鎮朱全忠、李克用相攻不已,宦官田令孜和藩鎮王重榮互相爭鬥。

唐昭宗(901—904)時,宰相崔胤與宦官爭鬥,勾結朱全忠為援。朱全忠遂進長安殺宦官和崔胤,強迫唐昭宗進洛陽。904年,朱全忠殺了唐昭宗,立李柷為哀帝。至907年,李唐政權遂為朱全忠所滅。

附:唐代六都護簡表

都護府名	道別	治所		控制	設置年代	備考
		古地名	今地名			
安東	河北	平壤	朝鮮平壤	高麗百濟新羅	668年(高宗總章元年)	總章元年平高麗,置安東都護府,天寶二年屬平盧節度,至德後遂廢。
安南	嶺南	交州	安南中部	交趾府州及海南諸國	679年(高宗調露元年)	高祖武德五年,改交州為總管府,高宗時改設都護府。
安西	隴右	龜茲	新疆庫車縣	西域諸府州	640年(太宗貞觀十四年)	貞觀十四年平高昌,置安西都護府,德宗時沒於吐蕃。
安北	關內	金山	科布多境	磧北諸府州	669年(高宗總章二年)	高宗永微初征服漠北,置燕然都護府,總章二年改為安北大都護府,天寶時屬朔方節度使。
單于	河東	雲中	內蒙呼和浩特境	磧南諸府州	664年(高宗麟德元年)	龍朔三年置雲中都護府,麟德元年改為單于大都護府。
北庭	隴右	庭州	新疆烏魯木齊	天山以北諸府州	702年(武后長安二年)	貞觀十四年平高昌,乃置庭州,長安二年改為北庭都護府,德宗後沒於吐蕃。

附:唐代十節度簡表

名稱	治所		控制	設置年代	備考
	古地名	今地名			
平盧	營州	熱河朝陽縣	室韋靺鞨等部	742 年（天寶初）	分范陽節度使置
范陽	幽州	北京	奚契丹等部	711 年（睿宗景雲二年）	
河東	太原	山西太原	支援朔方	723 年（玄宗開元十一年）	
朔方	靈州	甘肅靈武縣	回紇等部	721 年（玄宗開元九年）	
河西	涼州	甘肅武威縣	回紇吐蕃等部	711 年（睿宗景雲二年）	
隴右	鄯州	青海樂都	吐蕃等部	714 年（玄宗開元二年）	
鎮西	龜茲	新疆庫車縣	西域諸國	718 年（玄宗開元六年）	
北庭	庭州	新疆烏魯木齊	堅昆默啜等部	714 年（玄宗開元廿九年）	
劍南	益州	四川成都縣	吐蕃蠻爨諸部	717 年（玄宗開元五年）	
嶺南	廣州	廣東廣州	南海諸國	開元中置	亦作五府經略使

四、五代十國

——唐末藩鎮割據的延續(907—960 年)

1. 五代十國分裂割據局面的出現和契丹南侵

(1) 五代十國分裂局面的形成

　　唐僖宗時黄巢領導下的農民大起義,縱橫十二省,轉戰十年,打垮了唐朝統治下大部地區的封建統治機構,更進一步地削弱了李唐的統治,促使唐朝統治階級内部更加分裂。但唐朝統治者,在鎮壓農民起義的過程中,培養出了許多新的藩鎮。他們結合地方豪强勢力,在殘酷地進行屠殺農民軍的戰爭中,壯大了自己的勢力,擴大了土地和武裝。隨著黄巢起義的失敗,而出現了更加嚚張的藩鎮擁兵割據、互相混戰的局面。據《舊唐書·僖宗紀》載,當時情況是:"李昌據鳳翔,王重榮據蒲、陝,諸葛爽據河陽、洛陽,孟方立據邢、洛,李克用據太原,朱全忠據汴、滑,秦宗權據許、蔡,時溥據徐、泗,朱瑄據鄆、齊、曹、濮,王敬武據淄、青,高駢據淮南八州,秦彦據宣、歙;劉漢宏據浙東;皆自擅兵賦,迭相吞噬,朝廷不能制。"同時,農民起義摧毀了運河交通,使唐王朝"江淮轉運阻絶,兩河江淮賦不上供",喪失了"安史之亂"以後所依靠的東南地區經濟基地,而陷於財政上枯竭。同時,唐王朝所在的關中地區,又因多年的外族入侵和鎮壓,農民起義戰爭的破壞,經濟上不能支持它對全國的統治。因此,黄巢起義失敗後,李唐就開始分裂為"藩鎮相攻,朝廷不復為之辨曲直"的紛亂形勢。李唐政權,實際上已經瓦解了。

　　但是,由於當時各藩鎮相攻,還不能出現一個支配力量,所以它們不得不在名義上尊奉唐朝正朔。而當著藩鎮混戰了二十多年,宣武節度使朱全忠併吞河淮地區的節鎮,成為黃河流域的支配力量以後,他就將矛盾重重的唐政權滅亡了,而於 907 年建立"後梁"的統治,開始了"五代十國"時期。隨之,南北各地的藩鎮,也稱王建號,相繼獨立割據一方,出現了所謂"十國"。

五代的統治者以經濟殘破的黃河流域為其根本統治地區,佔有河南北、山東、關中,依靠高度壓榨和殘酷的剝削人民以維持其封建統治,不曾實行過農業經濟上的恢復,解決廣大農民的土地問題,卻一直維持大量軍隊,進行無休止的戰爭。因此,五代各王朝的社會經濟基礎和政治統治力量都是非常薄弱的。許多將帥節鎮依然擁兵割據,任意擁立皇帝,改朝換代。在短短的五十三年中,更換了後梁(907—923年)、後唐(923—936年)、後晉(936—946年)、後漢(947—950年)、後周(951—960年)五個王朝,政治上充滿了誅殺、篡奪、腐朽和混戰,使北方新興的契丹族乘機入侵,嚴重地蹂躪北中國的人民,造成生產破壞、人口大減的狀況。

與五代同時並存的,有先後建立的十個封建王國,就是吳、吳越、前蜀、楚、閩、南漢、荊南、後蜀、南唐與北漢。其中,除北漢是由沙陀人李旻在太原建國較晚外,其他九國都是漢人在長江流域及嶺南地區建立的獨立王國,這些王國的統治者,大都是唐末農民起義摧毀了唐朝地方統治機構以後,唐朝新任命的節度使或地方官吏。他們勾結豪強地主武裝,鎮壓農民起義,招募兵馬,組織鄉團擴大勢力,憑藉破壞較少的不同經濟地區,實行封建割據。由於南方戰爭較少,各王國的個別地區在經濟上呈現著相對的安定和發展,因而各國的統治年代,便都超過五代中的任何一代。

(2)黃河流域生產的破壞

五代十國時期,整個中國的社會經濟,呈現著南榮北枯的現象。

　　黄河流域,是五個朝代爭奪的中心,因之戰爭頻繁,破壞慘重。如朱全忠與李克用連年戰爭,決黄河堤以阻李軍,使曹、濮、鄆諸州漂沒,人民生命財產葬於洪流。五代時期黄河決口九次,人為的災禍使山東廣大富庶地區變為長期的災區。

　　五代的統治者,強迫人民當兵,以進行無已的戰爭。朱全忠實行兵士黥面制度,以嚴刑防止兵士逃亡,使大批勞動力脫離生產。統治者不僅自相混戰,而且大批地屠殺人民,劫掠糧食,並以鹽屍和人肉乾充軍糧,慘絕人寰的戰爭和屠役,使"自懷、孟、晉、絳數百里間,州無刺史,縣無令長,田無麥禾,邑無煙火者,殆將十年"(《通鑑紀事本末》)。陝西的人民也多逃避山谷,累年廢耕稼;山東、安徽一帶因兵戎不解,村落都成廢墟;鄂西一帶人民十之七八逃亡;長安宮殿、官署、佛寺、民房,僅存十之一二;洛陽城裏白骨蔽地,滿目荆棘。統治階級的殘酷戰爭,給人民帶來了死亡、破產、逃徙和慘重的生產破壞,使繁榮富庶的黄河流域變成千里無人煙的廢墟。

　　五代的統治者,為了供應其無休止的爭奪地盤和剥削權勢的戰爭,不惜把空前繁重的苛稅雜捐加在人民頭上。除繁重的正稅外,更有巧立名目的各種科派。如後梁、後唐,按兩稅法徵收田賦,每斛加徵二斗"雀鼠耗",後漢時又加二斗"省耗"。附加於正稅之內一并加徵的雜稅,現在可考的,有農器稅每畝一文半,麯錢每畝八文,及地頭錢、匹帛錢、鞋錢、蠶鹽錢等。附加稅外,又徵稈草捐每束一文,二十束加耗一束,絹絁布綾羅每匹納錢十二文,鞋捐每雙一文,現錢每貫徵七文。再加上地方官吏任意攤派,苛稅重重,無法計算。

　　害民最甚的是鹽的專賣。五代統治者把鹽稅收入當作重要財政收入,因之鹽價之高、鹽法之苛是空前的。後唐政府,劃定顆鹽(山西池鹽)、末鹽(海鹽)、青白鹽(甘肅池鹽)的專賣區域,按戶攤派,如有販賣非專賣區食鹽者,不計斤兩,處以極刑,並許人互相控告,因而犯鹽法死者甚多。另外還有"牛租",後梁時朱全忠掠奪淮南耕牛,帶到開封分交各州農民使用,徵收"牛租"。歷後唐、後晉、後漢,牛已死淨而牛租尚存。後周郭威時才取消。

五代時期,人民在殘暴的統治下,受到戰爭、屠殺、苛捐雜稅的壓榨,無法生活。有的將土地投獻豪族地主去作佃客;有的破產流亡,而最後被迫起而反抗暴動。如後梁末(920年)陳州人毋乙、董乙等借宗教組織農民暴動。後晉開運三年(946年),沂、密、兗、鄆各州農民群起反抗,但由於統治者的殘酷屠殺和藩鎮強大武裝力量的鎮壓,農民暴動很難發展為起義的規模。聶夷中有一《傷田家》詩形象地刻劃出五代時期勞動人民在殘暴統治下的災難:"二月賣新絲,五月糶新穀。醫得眼前瘡,剜卻心頭肉。我願君王心,化作光明燭。不照綺羅筵,偏照逃亡屋。"北方中國人口大減,到960年時,僅有戶九十六萬餘,全國戶口不滿三百萬戶。比唐末四百九十餘萬戶,又減少一百九十餘萬戶。

(3)南方經濟的相對發展

南方各獨立王國的統治者,對農民的剝削也是同樣殘酷的。如吳越的"田賦、市租、山林、川澤之稅,悉如故額數倍"。但由於南方各國統治區域內戰爭少,生產較安定,北方大量人口逃亡南方,增加勞動生產力,各國的統治者為了增強國力,鞏固其統治,有些施行了鼓勵生產的政策。這就使南方中國的經濟仍能繼續向上發展,江淮、兩浙成為全國的富庶區域,稱"蘇湖熟,天下足"。

江淮地區唐末曾受很大的戰爭破壞,吳建國後實行休兵息民,在三十多州中,二十年間獲得安定生產。南唐繼之,實行鼓勵耕織、興修水利,修濬練湖(江蘇丹陽)、絳嚴湖(句容西南)及太湖,灌溉農田萬頃以上。鼓勵人民種桑墾田,種桑五千株者,給帛五十匹。每丁墾田八十畝者,免租五年,給錢二萬。並防止富豪放高利貸,實行輕賦恤民。幾年中農民辛勤勞動的結果,創造了"江淮間廣土盡闢,桑柘至滿野"的繁榮景況。

統治兩浙地區十三州的吳越王錢鏐,對五代統治者稱臣朝貢,對鄰國保持安定,並實行興修水利、築堤造閘、定時洩洪,免旱潦之災,立國八十六年中農業生產發展,米價低廉,成為十國中最安定的地區。並築錢塘江堤以利航行,和日本、新羅建立通商關係,杭州成為繁榮美麗的都市。

此外,南漢劉隱,依靠廣州發展對外貿易注意農業生產;不用武人作刺史。前蜀、後蜀,有豐富的農業和制鹽業,世稱"天府之國"。楚據湖南,茶產豐富,經濟上都有一定發展。

由於五代時期,北方經濟破壞和南方經濟的相對發展,開始了中國歷史上經濟重心南移的轉化期。

(4)契丹的興起和南侵

五代的統治者,對人民殘酷屠殺、掠奪、剝削壓迫,而對異族侵略者卻無恥地屈辱投降,引入了北方無窮的外患。

契丹族原屬東胡,唐朝時,契丹族仍屬氏族末期的遊牧部落,居遼西、熱河一帶,分為八部,各部酋稱"大人"。每三年推選一大人為長,統率八部。唐末藩鎮混戰,幽、涿一帶漢人多逃往契丹避亂。契丹迭刺部大人阿保機,吸收大量漢人,築城從事農業生產,遂吸收了漢族的進步生產技術和封建文化,農業和畜牧業很快地發展起來。定制度,築市廛,勢力強大,征服東北各部族,並不斷侵擾中國北邊。掠人口,劫財物,私有財產激增,成為契丹強部。後梁時,迭刺部阿保機任八部大人九年,恃強不肯交代,併吞七部,殺其大人,由氏族家長制飛躍地向封建世襲制發展。916年,阿保機建國號契丹,稱帝。926年,阿保機死，子耶律德光繼位，兵力強大，加緊侵略中國北邊，並助邊鎮叛變（後唐時契丹助義城節度使王都叛唐）。936年，後唐河東節度使石敬塘（沙陀人）勾結契丹滅後唐奪取帝位，石敬塘割燕雲十六州（河北、山西北部）酬謝契丹，並向契丹稱兒稱臣，每年貢帛卅萬匹。從此，使燕雲十六州的人民，直接遭受契丹族統治者的壓迫和蹂躪。同時，使中國北方失去天然屏障，大河南北長期遭到契丹侵擾，引致宋帝國時期北方的嚴重外患。

契丹佔有燕雲十六州廣大的土地、財富和人民，勢力更加強大。937年，改國號為遼，以幽州為燕京。942年，石敬塘死，侄石重貴繼位，對契丹主稱孫不稱臣，又聽執政景延廣議，對契丹採取強硬態度，捕契丹回圖使喬榮（管理國際貿易的官），殺契丹商人，沒收其財物。契丹耶律德光大怒，於944年和946年兩度率兵南侵。後晉遣杜重威率兵抵禦，重威兵敗降契丹。契丹耶律德光率軍南下，陷開封，石重貴奉表投降，被俘送黃龍府（遼寧開原），可恥的兒皇帝王朝，在契丹侵略下滅亡了。

耶律德光滅後晉後，改後晉為"大遼國"（《五代史・四夷附錄一》），在開封即皇帝位，改服中國衣冠，派遣契丹部族酋長及其通事，作中國各州鎮刺史和節度使，搜刮民間錢帛以賞軍，縱契丹兵馬數千騎，每天四出劫掠人民，稱為"打軍穀"，開封四周東西二三千里間，人民廣被毒害、遠近怨嗟，所在起義殺契丹所派的州鎮守將。耶律德光在強大的中國人民力量打擊下，於947年被迫倉皇北退，掠去大批府庫財物及人口，並沿途屠殺掠奪。屠相州（河南安陽）時，積屍十餘萬，全城僅剩七百人。德光行至欒城（河北欒城）病死，當時後晉河東節度使劉知遠已在太原獨立稱帝，乘契丹北退，率兵入開封建立後漢。950年，為其部下武將郭威所滅，建立後周。

2. 周世宗柴榮統治時期的政治改革

後周太祖郭威,出身貧寒,由士兵逐漸升為節度使,因之他深知民間疾苦。稱帝后,對軍紀和內政有了一些改革。954 年,養子柴榮繼位,是為周世宗,在郭威改革的基礎上,加以進一步的發展。

柴榮是五代統治者中比較特殊的人物。他幼年作過商販,經歷地區很廣,對人民疾苦和官吏殘暴、藩鎮跋扈都有一定的瞭解。繼帝位後,在短短的六年統治中,施行很多改革,開始結束長期以來藩鎮割據的局面,緩和了國內的階級矛盾,初步奠定了北宋統一的基礎。周世宗的改革政策,大略有下列各點:

第一,是出佃逃戶莊田,增加朝廷稅收。

後周顯德二年(955 年)下令,逃戶莊田許民承佃,供納租稅。並規定業主三年內歸來者,交還莊田一半;五年內歸者交還三分之一,而承佃戶自蓋房屋及栽種樹木園圃不在交還之例。對於契丹入侵俘虜去的人口返歸故里特加優待。五年內歸來,交還莊田三分之二;十年內歸來交還一半;十五年歸者交還三分之一。這一政策,不僅使逃戶的田地不致荒廢,並使廣大的無田農民有地可種,同時也鼓勵陷入契丹的人口返回祖國。958 年,頒給各州縣"均田圖",作為均定租稅的標準。取消免稅的特權,將歷來不預庸租的山東大族孔氏也"抑為編戶"。並廢寺院三萬多所,下令僧尼還俗參加生產,毀寺廟銅像鑄錢。使殘破已久的北方農村經濟得到轉機,而逐漸恢復生產。

第二,是修治河渠水利。

顯德元年(954 年),徵發六萬民夫,以三十天的工夫,修築黃河堤岸,堵塞決口,減少災害。958年,派何幼沖為關西渠堰使,在雍、耀二州界,疏涇水溉田(見《五代會要》)。又疏濬下汴水北入五丈河,東北達於濟水,以通齊、魯舟楫。959年,疏汴河通淮南,疏蔡河通陳州,使破壞已久的河道交通,恢復漕運,便利灌溉。

第三,是整頓地方組織和吏治。

顯德五年(958年),下令諸道州府,併小鄉小村,整頓鄉村組織。每百戶為一團,每團選三大戶為耆長,管理逐捕奸盜,均定民田登耗,並嚴辦貪官污吏,裁汰冗官,整編禁軍,以穩定封建秩序。

這一切改革,使後周統治地區的社會經濟逐漸恢復,社會秩序相對穩定,後周政權也逐漸鞏固,於是柴榮便決意北伐契丹,解除北方威脅。

954年,柴榮即位後,北漢結契丹數萬兵大舉南侵,柴榮親自率軍在高平(山東高平)擊敗北漢。乘機整頓軍隊,斬殺了樊愛能等七十餘不用命的將校,並重賞有功者。同時整編禁軍,淘汰老弱羸小,選武藝超絕者為殿前諸班,"諸軍士伍,無不精當,由是兵甲之盛,近代無比,且減冗食之費焉"(《舊五代史·世宗本紀》),軍隊的統率集中,戰鬥力加強。957年,納王樸建議,首先進攻南唐,取得淮南江北十四州富庶地區和泰州鹽廠,大大增加了後周的賦稅收入和土地人口,控制了溝通南北的運河交通。同年攻取後蜀隴西四州,消除腹背威脅。959年,柴榮遂親自率兵北伐契丹,當時契丹主遼穆宗在位,殘忍好殺,政治腐化,統治階級內部矛盾分裂,國勢漸衰,後周軍入河北境,契丹統治下的漢人將官,便紛紛開城迎降。後周軍直入瓦橋關(河北雄縣),收復瀛(河口)、莫(任邱)、易(易縣)三州。正在幽州指日可下的時候,柴榮突然在軍中患病,全軍不得已撤回。柴榮病死,皇子宗訓繼位,軍事大權落於掌握禁軍的趙匡胤手中。960年,趙匡胤佈置兵變,奪取後周政權,建立宋朝,結束了五代紛亂局面。

附:五代十國興亡簡表

國號	興亡事略	疆域	建都	興亡年代
後梁	朱溫為黃巢部將,882年叛軍降唐,為唐宣武軍節度使。907年奪取唐政權,建後梁,傳至朱友貞,為李存勖所滅。	佔有今陝西、河南、山西南部、湖北、山東等地。	開封	907—923
後唐	李克用子李存勖滅後梁建後唐,被李克用養子李嗣源所殺,嗣源繼帝位。死後,子從厚與養子從珂爭權,為其婿石敬塘所滅。	佔有今山西、陝西、河南、甘肅、四川、河北、山東、湖北等地。	洛陽	923—936
後晉	石敬塘勾結契丹滅後唐,建立晉,傳至石重貴,為契丹所滅。	割燕雲十六州與契丹,四川獨立,餘同後唐。	開封	936—947
後漢	劉知遠乘契丹入汴自立稱帝,傳至劉承祐為其部將郭威所滅。	同晉。	開封	947—950
後周	郭威奪取漢的政權,建立後周。威死,養子柴榮立,傳至柴宗訓,為其將趙匡胤所滅。	佔有河南、山西、陝西、河北、山東、甘肅及長江以北地區。	開封	951—960
吳	楊行密,唐末淮南節度使,據有淮南,傳至次子楊溥,為其臣徐知誥所滅。	佔有今江淮安徽、江蘇一帶地區。	揚州	892—937
南唐	徐知誥奪取吳政權,改名李昇,滅閩、楚二國,傳至李煜,為宋所滅。	佔有淮水以南江蘇、安徽金陵以及福建、湖南、江西等地。	金陵洪州	937—975
吳越	錢鏐為唐末鎮海節度使,乘亂據有浙東之地,自稱吳越國王,四傳至錢俶,獻地於宋。	佔有今日浙江省。	杭州	892—978

國號	興亡事略	疆域	建都	興亡年代
前蜀	王建為唐末永平節度使,據有成都,並攻佔四川。唐亡,在蜀稱帝,傳至子衍,為後唐李存勗所滅。	佔有今日四川。	成都	891—925
後蜀	孟知祥為後唐四川節度使,攻據全蜀,稱帝號,傳至孟昶,滅於宋。	佔有今四川,陝南地。	成都	925—964
南漢	劉隱,唐末封州節度使,唐亡,據有嶺南,至其子龔稱帝,傳至劉鋹,滅於宋。	佔有今廣東地區。	廣州	905—971
楚	馬殷,唐末為武安留後,據有湖南,唐亡,後梁封之為楚王,都長沙。殷死,諸子爭立,互相攻殺,為南唐所滅。	佔有今日湖南省。	長沙	896—951
閩	王潮,唐末為泉州刺史,據有全閩之地,改為武威節度使。潮死,弟審知立,後梁封為閩王,六傳至王延政,為南唐所滅。	佔有今日福建省。	福州	893—945
荊南	高季興,為朱溫將,後梁時為荊南留後,後唐時為南平王,四傳至高繼沖,滅於宋。	佔有今湖南、湖北之一部。	江陵	907—963
北漢	劉崇,劉知遠同母弟,為後漢河東節度使。及郭威滅後漢建後周,劉崇自立,在晉陽稱帝,三傳至劉繼元,為宋所滅。	佔有今太原以北地區。	太原	951—979

五、隋唐五代的文化

隋唐五代時期,是中國歷史上繼兩漢六朝之後經濟文化空前高漲的時期。隋末轟轟烈烈的農民起義推翻了隋王朝的殘暴統治,是導致唐帝國出現的理由;而唐末農民起義在藩鎮和豪族地主武裝聯合鎮壓下失敗,則是出現割據分裂局面的原因。在這三百八十年(581—960年)的歷史階段中,隋朝的短期統一,給唐帝國的經濟文化發展打下了基礎。而唐帝國統治的二百九十年中,由於國內的長期統一和安定,由於國內外經濟和交通貿易的發展,由於帝國版圖的擴大和對外經濟文化交流的廣泛,創造了中國經濟文化空前高漲的歷史時期,無論在科學技術、文學藝術、宗教生活各方面,從內容到形式,都呈現空前的發展,並對世界,尤其是亞洲各族的經濟文化生活發生了重大的影響,創造了中國人民光輝璨爛的文化遺產。

1. 科學技術

隋唐科學技術,以印刷術的發明、天文學數學的進步、地理學的發展和史書編著的整理工作為最重要。

天文學數學方面,隋煬帝時,文史天算家劉焯,研究推測日月之經,度量山海的方法極深,他曾提出理論以測子午綫的長度,要求隋煬帝協助實測,因朝廷不重視而不能實行。到唐玄宗時,從事天文學研究的僧侶張遂(即僧一行)得到太史監南宮說的協助,於 725 年實測出子午綫一度長為三百五十一里八十步(唐每里三百步)。這是世界上第一次測子午綫長度的科學壯舉,雖然測量里數還不夠精准,但在方法上已是一個大進步。西洋回教王阿爾曼孟於 814 年(唐憲宗時)在美索不達米亞測量子午綫長度,已在南宮說後九十年了。著名的天文學家兼數學家李淳風,在唐太宗時根據隋唐的"觀臺渾儀"加以改製,建造了更精確的觀象儀,定出相當精密的《麟德曆》(麟德是唐高宗年號),並注釋了魏晉南北朝時代的算經。而唐高祖時算學(京師六學之一)博士王孝通在620年著有《緝古算經》,提出三次方程式的正根解法,對數學上方程式論有重要貢獻。

地理學的發展是和唐朝交通貿易的發展聯繫著的。唐許敬宗編有《西域國志》,賈眈作《海内華夷圖》,都是對地理學的重大貢獻。《海内華夷圖》橫三丈,寬三丈三尺,以一寸折成百里,繪製成圖,是縮尺繪圖學上進一步的發展。並撰有《古今郡國縣道四夷述》,配合華夷圖,糾正了以前許多地名、沿革和位置上的錯誤。

史書的編著和整理,唐人也作了很多工作。二十四史中,有八種為唐人所修。其中《晉書》《梁書》《陳書》《北齊書》《北周書》《隋書》等都是官府組織修撰的。《南史》《北史》則為唐人李延壽編著。這些史書,對三、四世紀之交到七世紀初約三百年間龐大混亂的歷史材料加以初步整理,以便後代研究此段歷史時可以有基本的綫索。但它仍舊保存著中國封建社會史書的傳統——帝王氏族家譜的形式。此外,杜佑的《通典》,詳細地摘列了歷代的政治制度,也是很有價值的歷史著作。

雕版及印刷術的發明,是這一時期文化上卓越的成就。我國雖在東漢已發明造紙,但文字記載,仍用帛或竹簡手抄。東漢靈帝時(175年),為了避免當時最通行的經籍轉抄發生錯誤,曾在鴻都門外立了蔡邕寫刻的石經,作為標準。當時摹搨的人很多,以後每一代都有石經的雕刻,可算是雕刻印刷的萌芽。而真正的雕版印刷起於隋朝,到唐朝已有雕版印刷的佛經。1907年在甘肅敦煌千佛洞莫高窟發現的一卷《金剛經》,是868年用雕版印刷的最古書籍。唐中葉,詩人白居易的作品,曾有雕版本流行民間及朝鮮、日本。通行的曆本也有刻印。唐末和五代,四川民間有用墨版雕印的"字書"、"小學"和一般技術書籍。後唐時官僚馮道,曾為官府大規模地刻印"九經",但因五代時期戰亂頻繁,這些印刷品很少遺留下來。我國的雕版印刷技術比歐洲早發明了五百五十多年。歐洲到 1423 年才有一本刻版印刷的書籍出版,而我國在 868 年就有了刻印的《金剛經》了。

2. 文學藝術

隋唐五代時期的文學藝術,在唐朝顯示出光輝璀璨的發展。這是和唐朝的具體歷史條件分不開的。由於唐帝國初期社會經濟的蓬勃發展,創造了較富裕的社會物質生活條件;由於唐帝國疆域的擴大和對外交流的頻繁,西域、印度各國音樂舞蹈等藝術不斷傳入中國,豐富了我國詩歌的內容;由於唐朝科舉制度的實行,進士科以詩賦為重要考題,文人普遍學習作詩,這就使得唐朝文學中的主流──詩在繼承兩漢六朝詩文優良傳統的基礎上獲得進一步的發展和提高。許多優秀的詩人,把他們五萬首詩篇流傳到後代(《全唐詩》有詩四萬八千九百多首)。其中最優秀的代表,是李白、杜甫、白居易。

李白(701—762 年),是唐朝的優秀詩人。他生長在由武后到唐肅宗的時代,而活動於唐玄宗統治時期的開元盛世(712—741 年)和天寶年間安史之亂前後(742—755 年)。他的家鄉是山川壯麗的四川,他從五六歲時,就誦讀六甲,十歲就通詩書、作詩賦。二十四歲時離四川,出三峽,千里遨遊,遍歷了祖國南北各地,旅居過湖北,卜居山東。四十二歲時(742 年),應唐玄宗邀到長安做了翰林學士,他以"眼高四海空無人"的姿態,鄙視當時庸俗的皇帝和達官貴人。因而離開長安,遨遊江南海北,歷經江蘇、安徽、浙江各地。安史亂起,李白投入永王李麟幕下,參與反對腐朽的唐王朝起事,失敗後,被遣送夜郎,雖在中途被赦免,但從此後李白對庸俗的統治階級當權派更加鄙視了。傳說他在六十二歲時泛舟捉月而死。

李白的生活豐富,走遍長江大河,眼見過唐朝的宮廷生活和民間事物。因此,他的詩篇中,充滿著熱愛祖國山川的感情形象和同情勞動人民的情緒;他的詩鄙視當政者的操縱權勢,反對殺人流血的戰爭,熱情奔放,充溢著人道主義精神。因而創造了新的風格與體裁,擺脫了舊格律的束縛,開闢了浪漫主義的詩格。他的詩篇博得廣大人民的熱愛。

但李白出身於沒落貴族而又富於資財的家庭,他對"功名富貴"還是愛慕,而又留戀"眠花醉柳"的生活,最終感到"浮生若夢"。這是他生活上消極庸俗的一面。

杜甫(712—770年)的一生,歷經唐玄宗、肅宗和代宗三代,正當唐帝國由繁榮的盛世轉入衰落崩潰的時期。他的祖父是唐朝初期武后時的詩人杜審言。父親杜閑,作過小官。杜甫年七歲能詩,讀書破萬卷,有著深厚的文學素養。中年並結識了唐朝許多有名的詩人如岑參、高適、王維、嚴武等,互相唱和,對他的詩作有一定的積極影響。但由於杜甫的一生,應試不取,飽經亂離貧困饑餓之苦,他在生活上和情感上更密切地接近人民。因此,杜甫的詩篇,便出現許多優秀的現實主義作品,反映了當時人民的生活和痛苦。他的《兵車行》和《前出塞》,沉痛地咒恨統治階級窮兵黷武;《自京赴奉先詠懷》,無情地揭發了唐統治者的荒淫腐朽和人民的無法生活;"三吏"、"三別",深刻地反映出安史之亂的戰爭帶給人民的危害。杜甫的現實主義詩篇,不但具有高度的人民性,而且有高度的藝術性,這就使他的詩不僅光耀了中國的文學史,而且為世界文學史中的傑作,受到廣大人民的熱愛。

白居易(772—864年),生活在唐朝極端苦難動盪的時代,出身於小官僚家庭。唐德宗時,考試中第後,又中朝廷拔萃科考試甲第(803年),任秘書省校書郎。憲宗時(807年),任翰林學士、左拾遺等官。當時朝廷政治黑暗,為舊派官僚所排擠,自810年後,歷任外官,江州司馬、杭州刺史(822年)、蘇州刺史等官。五十八歲以後,大抵過了近二十年的歸隱生活。晚年住洛陽香山寺,自稱香山居士。著有《白氏長慶集》,卒年七十五歲。

白居易目覩唐朝政治的黑暗,並深受朋黨排擠,他的詩篇裏的諷刺詩,揭露當時政治黑暗,也反映人民生活的痛苦。他的《秦中吟》十首,深刻地揭露了當時唐朝統治階級的驕橫奢侈和人民在殘酷剝削的暴政下不得為生的現實;《折臂翁》反對窮兵黷武給人民帶來的災害;《賣炭翁》揭露長安"宮市"暴政。白詩有高度的人民性,形式通俗流暢,為民間所樂誦,擁有廣泛的讀者。

藝術在隋唐也有很大的發展,在繪畫和雕刻方面都出現了傑出的作家和作品。隋煬帝時,有《古今藝術圖》五十卷,都是當時畫家作品的萃集。唐朝受到印度繪畫暈染法和凹凸畫傳入的影響,在繪畫藝術上更加發展。吳道玄的人物畫,王維的山水畫,都以神韻逼真著稱。保存在敦煌石室中的唐代壁畫、雕刻,都是無數畫工、刻工的集體創作。其中四百六十九窟中有二百零二窟是唐朝壁畫,內容雖以宗教畫為主,但畫面穿插著不少勞動人民的生活,成為世界藝術的寶藏。

3. 宗教

隋唐時期,由於對外交通和貿易的發達,外國的宗教傳入宗派較多。如伊斯蘭教、襖教、摩尼教、景教等先後都傳入中國,但最盛行的還是佛教和道教。

唐朝從太宗時起就提倡佛教。名僧唐玄奘(596—664),去天竺

(印度)求經,留印度十七年,研究經典梵文,645年(貞觀十九年)返回長安,帶回佛教經典657部,得到唐太宗支持在弘福寺集弟子五十餘人翻譯佛經,歷二十年,譯出佛經千三百多卷。佛經的流傳漸廣,佛教也隨之盛行,而我國古代最有成就的翻譯工作,便是唐代佛經的翻譯,玄奘便是中國一個偉大的翻譯家。佛經是印度人民的偉大著作,其中有哲學作品,也有優美的文學故事。佛經在中國的傳播促進中印文化交流,也影響著中國人民的精神生活。

道教是中國固有宗教,依託老子為教宗。唐朝自高祖、中宗、睿宗、玄宗、武宗時,都提倡道教,唐高宗尊老子為"太上玄元皇帝",唐玄宗命兩京(長安、洛陽)及各州,各築老君廟一所,並置崇玄館,學《老子》《莊子》文,從皇帝到大官僚,多信道教,大道士並得參與政治。道教徒多信丹藥,中唐以後的皇帝多服藥至死。

隋唐五代時期,以唐朝的文化發展最廣泛,不僅在當時居於世界文化的前列,而且給後世中國文化的發展打下深厚的基礎。

第七章 宋遼金元時期(960—1367年)

一、北宋專制主義中央集權封建國家的發展與對外戰爭

1. 北宋政權的建立與統一

959年(後周顯德六年)後周世宗柴榮病危時,對於朝廷官員曾做大規模的調動,以穩定他的繼承者七歲幼兒柴宗訓的統治。主要的是免除貴戚張永德的兵權,改任趙匡胤為殿前都點檢,掌管禁軍。

趙匡胤是涿郡人,他的祖及父累世都是官僚和武將,高祖趙朓作過縣令,曾祖趙珽作過御史中丞,祖父趙敬作過州刺史,父親趙弘殷在後唐、後漢、後周時都作過禁軍將官,在後周時屢次從征建立軍功。而趙匡胤在後周郭威時僅僅是東西班行首,柴榮時征北漢和南唐立過戰功,在所有將領中取得很高的地位,從殿前都虞侯升為殿前都點檢,就是殿前諸班的首領。殿前諸班,是柴榮整頓禁軍以後,由統治者直轄的一支勁旅。趙匡胤掌握這支勁軍,並和許多大將如石守信、王審琦等結為"義社兄弟",因此,他就成為後周掌握軍權的最上層人物了。趙匡胤憑藉他的軍事力量,在柴榮死後半年的960年春天,製造了北漢和契丹入侵的假情報,率軍北征,發動了"陳橋兵變",來去五天,便奪取了後周政權。在汴京(開封)建立北宋王朝。這是五代以來武將奪取政權的第四次了(後唐李嗣源、李從珂、後漢郭

威之後）。但這一次在"市不改肆"的情況下轉移了政權，卻比以前成功得容易。

趙匡胤做了北宋皇帝後，潞州李筠和揚州李重進兩個軍事集團相繼起兵反抗。李筠並結合北漢主劉筠，企圖南下威脅汴京。趙匡胤先後率軍平定了兩大反抗勢力，穩定了他的統治地位，統一了後周舊境。於是進而實現他統一全國的軍事活動，逐步消滅割據南北的幾個封建王國。聽趙普的建議，暫留北漢為對付契丹的緩衝，而首先向南方進軍，於 963 年滅掉軍事力量薄弱的荊南高繼沖，平定了湖南，佔據了"上制川漢，下覽江南"的荊湘地區。964 年末，宋軍一面上溯長江入三峽，一面由陝南下入劍門，滅掉後蜀，孟昶出降。970 年，宋軍在潘美率領下度嶺南，滅掉主昏國亂、政權腐敗的南漢。吳越王錢俶和割據福建的陳洪進震於宋軍威力，遣使貢奉。吳越並與宋聯兵，於 964 年九月進攻南唐，965 年冬佔領南唐都城金陵（南京），南唐後主李煜投降。978 年（宋太宗太平興國三年）吳越和福建陳洪進獻地歸宋。最後，宋太宗親自率軍於 979 年攻滅北漢劉繼元，佔領太原。北宋政權，在建國後的十九年中結束了分裂割據的局面，統一了中國內部地區。只有北方燕雲十六州還在契丹統治下，陝甘邊疆以北地區還為黨項夏國佔領著。

2. 北宋專制主義中央集權的進一步發展

趙宋政權的建立是唐末五代以來二百多年藩鎮割據跋扈局面的結束，而且是武將奪取政權的最後一次。因此，趙匡胤在他軍事統一的過程中，同時也進一步加強專制主義中央集權的統治，以加強對地方政權、軍權和財政權的控制，防止藩鎮勢力的再起，主要的是加強對全國人民的統治。

(1) 軍權的集中

趙匡胤為了集中軍權, 首先於 961 年廢除禁軍中都點檢官職, 並罷除宿將典兵。解除禁軍中石守信、王審琦等幾個重要將官的兵權, 使他們去作空頭節度使。設"殿前都指揮使""馬軍副都指揮使""步兵都指揮使"為三帥, 分統禁軍以削弱其權, 並設置"樞密院"掌握調兵之權, 於是將"握兵權"和"發兵權"分離開來, 以便控制。

963 年, 趙匡胤平定荊湘以後, 派文官充任各州"知州""知縣", 掌握了地方官吏的派遣權, 並在各州設"通判", 直接向中央奏報地方官吏, 政令頒行, 必須通判附署, 以防止知州權重, 妨害中央集權。

趙匡胤為了收奪節鎮精兵以削其勢, 派使到各州選舉節度使所屬軍隊中的精銳以補禁軍, 並於 965 年制定"更戍法", 使駐汴京內的禁軍輪流戍邊或派遣各地駐防, 名義上是使士卒習勤苦, 均勞逸, 實質上是使兵將不相悉, 以防止兵士和武將的結合, 並使內外軍隊勢均力敵, 互相牽制, 以防叛變。

977 年 (宋太宗太平興國二年), 裁除藩鎮所領支郡, 歸中央直轄, 使節度使僅為一州郡的長官, 後來更與以團練、防禦等武職官銜, 而實際上節度使的權勢已大削弱了。

趙匡胤不僅將節鎮兵權集中到中央, 以加強中央集權; 制定更戍法以防兵士叛變; 同時制定招募荒年饑民當兵的募兵制度, 以緩和尖銳的階級矛盾, 加強對人民的鎮壓和統治; 將全國軍隊分為禁兵、廂兵、鄉兵、蕃兵四種。其中, 鄉兵是由居民中抽壯丁或當地居民應募組成的地方武裝。蕃兵是由邊境上"歸順"部落居民組成的, 這兩種兵的數目既少, 而且並不常設置, 所以不是宋朝主要的兵種。廂兵是各州招募的鎮兵, 不負戰鬥任務, 且少訓練, 在各地供役使, 充當修橋鋪路傳達郵遞等雜役。只有禁兵, 是從地方廂兵中選擇合乎"兵樣"標準的最精銳的軍隊,數量大,戰鬥力較強,負責拱衛京城,駐防各地和邊防要地,並負戰時的戰鬥任務,是宋朝兵種中的主要武裝力量。

宋朝軍隊的來源,除在荒年招募饑民外,主要的是招募來的脫離生產的兵痞流民及小部刺配充軍的罪犯。因是,隨著軍隊招募數目的日益增多,它就日益成為驕惰不堪,腐蝕宋朝武裝力量的因素了。

(2)龐大重疊的官僚機構

宋朝專制主義中央集權的加強,不僅表現在地方政治權力集中於中央,而且表現在中央權力集中於皇帝一身。趙匡胤為了確保皇帝專權,加強對中央和地方官僚機構的控制,實行分化事權的辦法,來編組宋朝的中央和地方政府。

中央政府的組織,大體上是沿襲後周,並保存唐朝三省六部制的軀殼,但又新設機構,以分宰相大權。設"樞密院"掌管軍事,一切公事,宰相不得干預;設三司使掌財政,宰相不得過問;設"審官院""考課院""三班院",分別掌管中央地方文武官職的銓選,以分中書之權;而宰相只剩下一般行政權了。樞密使與宰相對掌大權,地位相等,號稱"二府"。又設"參知政事"以佐宰相,樞密副使以佐樞密使,以分其事權。提高臺諫官的權力,使之糾劾各級官僚。這樣,宰相權分割,各官僚機構職權縮小,中央大權遂集中於皇帝一身。

宋朝的地方政權機構,分為路、府(州、軍、監)、縣三級。路是地方行政最高的區劃,上設帥(安撫使)、漕(轉運使)、憲(提刑按察使)、倉(提點常平茶鹽使)四司,分掌一路兵民、財賦、獄訟、義倉水利。重疊相制,各不相屬。

官僚制度中,有"官""職""差遣"之分。"官以寓祿秩、敘位著,職以待文學之選,而別為差遣以治內外之事"(《宋史·職官志序》),這就是說"官"僅僅是禄位空名,"職"僅是尊貴的名義,掌握實權的卻是"差遣"。因之宋朝官僚所追逐的是"差遣",而非官位升降。從中央到地方的長官,多是居其官而無職權,帶著官名差遣到其他機關任事。這就造成了官與職分,名與實分的事實,必須在原來機構之外疊說架屋地設立許多新機構,造成龐大重疊的官僚機構,事權不分,從屬不一,互相推諉,互不負責,毫無行政效率可言。

宋朝不僅官僚機構重疊,而且官僚待遇優厚。官僚有廣佔田宅、免徭役及減免租賦的特權,而且享受豐厚的月俸。如中央官樞密使"正俸"之外,又有禄粟、從人衣糧錢、冬春衣服、茶酒廚料錢、薪炭錢、飼馬芻粟錢等項,外官有職田、公用錢、茶湯錢及贍家費等項,退職官僚有退職恩禮及額外恩賞。中上級官僚,還享有"恩蔭"特權,子孫兄弟甚至親戚、朋友、門客、醫生,都可由恩蔭得官。而且宋朝承襲唐朝科舉制,選拔官僚,一中舉就可授官,一次中舉由宋初的幾十人增加到七八百人,固定三年一選,大批的新官僚擁進政府。大量的地主階級、商人及農民中的上層分子,由科舉選拔為趙宋統治的支柱,同時也腐蝕著趙宋專制主義的統治的機構。

(3)財政權的集中

宋朝設各路轉運使,直接監督各郡收支奏報中央,所有地方租賦收入全部繳國庫,廢除唐末以來"送使""留州"的財賦,各州度支經費稱為"應在",也視為中央財政的一部分,由中央分配。於是地方官吏遂不得專擅財賦,中央加強了對全國財賦的控制,也就增強中央集權的物質基礎。

北宋這一系列的發展專制主義中央集權的措施,對鞏固全國統一和封建經濟的發展起了很大的作用;但另一方面,也由此造成北宋冗兵、冗官的形勢。冗官耗於上,冗兵耗於下,使北宋王朝竭力搜刮人民,增加稅收,仍追不上日益增漲的財政開支,再加上每年向遼、夏輸納巨額金帛,便造成北宋中葉積貧積弱,內政腐敗,外患強烈的局勢。

3. 北宋與遼及黨項夏國的鬥爭

趙匡胤奪取後周政權建立宋朝後,專力對付國內割據的各獨立王國,實現統一,因此採取了先南後北的軍事策略,對契丹採取守勢。待宋太宗滅了北漢後,想趁勢攻遼,收復燕雲十六州。但遼國自遼景宗在位十餘年(969—982年)中實行封建的統治政策,國勢已強,宋軍不但不能取勝,反而遭到兩次很大的挫敗。

979年,宋太宗乘滅北漢、攻佔太原的勝利餘威,遣發京東河北軍儲,親自將兵伐遼。自太原出兵進攻幽州(今北京),大敗遼北院大王奚底及統軍使蕭討古軍,取得初步勝利,收復易、涿、順、冀各州,進圍幽州。但因太原戰後,宋軍士卒並未經休整,"師疲餉匱,賞賚且未給"(《宋史‧崔翰傳》),倉卒決定攻遼計劃並無充分的準備,軍糧不給,因之當遼主派遣的援軍在耶律休哥、耶律斜珍率領下分左右翼腹背夾擊宋軍時,宋太宗在高梁河(北京西直門外)遭到了失敗。宋軍紛紛潰退,被遼輕騎追至涿州,宋太宗負傷乘驢車逃免。經過這次慘敗之後,再也不敢親自出征了。

986年(宋太宗雍熙三年),宋太宗又派遣大軍分路攻遼:東路軍由曹斌指揮,由河北直撲幽州;西路軍由潘美、楊業等率領,由山西北出雁門進攻雁北。最初西路軍發展迅速,攻下雲、環、朔等,取得暫時勝利。但因軍糧不夠,兩路將領爭功,指揮不當,東路軍大敗於岐溝關(河北涿縣),西路也只好撤退。但在敵佔優勢的情形下,潘美硬逼楊業迎戰。楊業在朔州陳家谷與遼軍進行了殊死的戰鬥後,終因糧盡矢窮,全軍覆沒。楊業被俘後不屈而死。

這兩次攻遼失敗之後,宋軍精銳損失慘重,北宋統治者的失敗主義情緒日益增長,不敢也不能主動北伐了。因之,得勝的契丹遼國,遂經常集結大兵逾越燕山,蹂躪河北、山西地區。

1004 年(宋真宗景德元年)九月,遼主率兵大舉南侵,深入澶州(河南濮陽),宋朝君臣驚慌失措,企圖遷都逃避。但當時宰相寇准等,卻分析了契丹孤軍深入的不利形勢,及足以抗敵的河北邊緣地區農民子弟兵的力量,力勸宋真宗親征。宋真宗聽寇准議,親自率兵渡河北阻契丹兵,進至澶州北城,河北各地人民在真宗親征的影響下,奮勇抵抗契丹軍,使遼軍"犯邊以來,累戰不利",遼軍統帥蕭撻覽又中宋軍伏弩擊死,攻勢敗挫。因而遣宋降將王繼忠來宋軍試探議和,畏縮懼敵的宋真宗藉口屈己安民,允許每年贈送契丹銀 10 萬兩,絹 20 萬匹,宋稱遼主為弟,尊遼太后為叔母,遼稱宋為兄等條件,與遼議和,並命令沿邊各鎮,在契丹退兵時不得邀擊,這就是屈辱議和的澶淵之盟。宋真宗對外屈辱的政策,是北宋重內輕外的反動政策的發展。它說明北宋統治階級日益腐化和苟安偷生,是縱敵深入,引發更嚴重外患的根源。從此國防力量日益削弱,西北方的黨項夏國強大起來,成為北宋的勁敵。

黨項夏國的由來,是應遠溯到唐末。當時黨項族各部落,散居在川、青、甘三省交界的地區,因受吐蕃的侵擾,不斷向東北移動。黨項酋長拓跋思恭據夏州(陝北橫山)、慶州(甘肅慶陽)一帶,臣服於唐,並曾助唐鎮壓黃巢起義,取得了唐朝"權知夏、綏、銀節度事"的官職,受賜姓李。唐末五代割據分裂時期,黨項便乘機據有陝甘一帶地區。李思恭八傳至酋長李繼捧,黨項族內部分裂,於 982 年(宋太宗太平興國七年),李繼捧朝宋,獻銀、夏、綏、宥各州(今甘肅陝北),作了宋的彰德軍節度使,受宋賜姓趙。繼捧族弟李繼遷卻率眾逃奔,反抗宋朝,於 985 年攻佔了銀州(陝西米脂),並向契丹稱臣,進獻方物,取得契丹支援,被封為夏國王。不久攻佔靈武、鹽州,進攻河西,實力強大。宋朝連結西涼(武威)、青唐(西寧)地區各部族以牽制西夏。當時黨項夏國在趙德明統治下,採取向西發展的政策,與宋妥協進行貿易,向西爭奪涼州及河西走廊地區。夏主元昊時(1032—1048 年)擊敗回紇、吐蕃,攻佔了河西涼州地區,於 1038 年(宋仁宗寶元元年)稱大夏皇帝,建都於興慶府(銀川),經濟力量和軍事力量加強,仿宋朝制度,建立官職、監軍,有精兵 60 萬,盡有今陝西甘肅地區,轉而向北宋進行掠奪性戰爭,成為北宋西北方的勁敵。

北宋統治者對西夏的基本政策,是只要能維持"上國"的名義地位,則損失土地和金帛都在所不惜。而偏偏夏國處在封建社會過渡時期,又保持著氏族社會的殘餘,對土地人口的要求特別強烈,軍事掠奪性也特別強,因之對北宋猛烈進攻,屢敗北宋西北面的防禦軍。北宋任用韓琦、范仲淹為陝西經略安撫招討使,經常以 40 萬大軍防禦西北,但仍不能對西夏取得徹底勝利。自宋仁宗景祐元年(1034 年)至慶曆四年(1044 年)的 10 年中,宋與西夏不斷發生戰爭,西北邊境延、鄜、秦、鳳、環(陝西北部西部及甘肅)一帶許多城砦被焚毀,很多人民被殺害,牲畜被掠奪,使得生產本不發達的陝甘邊區,至此更加荒涼不見人煙了。夏元昊雖屢次取勝,但死亡瘡痍者相半,人困財窮,國內矛盾增長,"國中為十不如之謠以怨之"(《宋史·夏國傳》),元昊遂罷兵與宋議和。宋仁宗北困於契丹進擾(1042 年),對於西夏不惜出金帛換取和約了。於 1044 年,宋夏議定和約,內容如下:第一,宋冊封元昊為夏國王,元昊對宋稱臣。第二,宋每年賜夏歲幣銀 72000 兩,絹153000 尺,茶 3 萬斤(大斤等於 6 小斤,合 18 萬小斤)。

這是"澶淵之盟"以後又一次屈辱妥協的條約。在這次和約以前的 1042 年,契丹乘宋與夏相爭,曾遣使索求瀛、莫二州(瓦橋關南地,周世宗時收復的)。北宋方困於西夏,遂向契丹妥協,允每年增歲幣銀十萬兩,帛十萬匹,連"澶淵之盟"時歲幣數合計,每年輸契丹銀 20 萬兩,絹 30 萬匹。

　　輸幣妥協換取的和約,並不能持久。宋神宗在位時(1068—1085年),西夏又進侵環、慶,攻大順城(慶州城砦),及延、鄜新築諸堡砦。宋朝大舉兵攻夏,遭到靈州、永樂(銀、夏、宥三州界的堡砦)之役的兩次失敗(1081—1082 年),結果由於北宋"官軍、熟羌、義保死者六十萬人,錢、粟、銀、絹以萬數者不可勝記"(《宋史·夏國傳》),損失慘重,無力西伐。而西夏也困弊不能戰,到宋哲宗元符二年(1099 年),才又議和,但輸夏歲幣如故。

　　北宋對遼、夏戰爭,終於以失敗和妥協結束,這是和趙宋政治上的腐敗和軍事上的無能分不開的。而這種腐敗無能,又是趙匡胤防範武將,優禮文臣,重內輕外政策的嚴重後果。北宋不惜輸幣割地換取對外妥協,不懂因巨額銀帛的歲幣外溢加重國內人民的負擔和痛苦,而且使西北邊境的人民,長期處於遼、夏的掠奪壓迫之下,從而削弱西北國防,引致更深重的外患。這就使北宋的階級矛盾和民族矛盾更尖銳激化,社會危機也更加深重。

二、北宋的社會經濟狀況

1. 農業的發展

　　宋朝的統一,是在唐末藩鎮割據形勢延續了半世紀的五代十國時期以後實現的。因之,唐末以來的地主莊園經濟基礎依然存在。北宋朝廷雖然削奪節度使的兵權,但並不限制他們"擇便好田宅市之,為子孫立永久之業"(《涑水記聞》),佔有大量土地,所以北宋的地主莊園經濟比唐朝更踏進了一步,這就限制了北宋王朝有效地滿足農民對土地的迫切要求。

但是,由於唐末五代時期的長期割據及契丹入侵,造成頻繁的戰爭,使中國的廣大地區,特別是北方幅員數千里的地區,仍然存在著土地荒蕪、戶口逃匿減少的現象。據《宋史·食貨志》載,宋太宗至道二年,陳靖上書謂"今京畿周環二十三州,幅員數千里,地之墾者,十纔二三;稅之入者,又十無五六。復有匿里舍而稱逃亡,棄耕農而事遊惰,賦額歲減,國用不充",就是說明當時土地荒蕪、戶口逃匿的狀況,已威脅了北宋的封建稅收。因此自宋太祖、宋太宗時期,不斷承襲後周世宗恢復生產的政策,實行了一些有利於農業生產的恢復和發展的措施。雖然它是有很大限度的改革,但經過北宋初一百多年中統一局面的實現,給勞動農民帶來安定生產的條件,從而使北宋農業呈現出超過前代的發展。這些措施具體表現在:

第一,是積極獎勵農業生產。

宋太祖趙匡胤詔令所在州縣的長官,用"止輸舊租"的辦法招誘逃戶或農戶廣植桑枣,墾開荒田,州縣官吏,能招來墾田戶口使野無曠土者,則給以獎勵。宋太宗時,下令將各州縣曠土荒地許民請佃為"永業"免三年租,三年滿後,納租三分之一。宋真宗時,又以免除徭役的辦法獎勵墾荒。

第二,是改進生產技術。

宋太宗太平興國(978—983年)中,下令在兩京和諸路各縣,從農戶中推選"練土之宜、明樹藝之法者"(《宋史·食貨志》),每縣一人為縣的"農師",蠲免其稅役,使之分辨土地肥瘠,所宜種植的穀類,教農民開墾耕種，又詔令江南、嶺南各州官吏，勸民多種各色穀類。將淮北各州的粟、棗、黍、豆等種子，發給農民，使之在江南、嶺南種植。江北各州也下令在水廣地區種植秔稻。994 年(淳化五年)，宋、亳等州牛瘟，耕牛死亡過半。於是官府以官制人力"踏犁"向農民推廣，並令在江淮買耕牛。真宗時，"踏犁"又推廣到河朔地區。又因江淮兩浙三路地區，遇旱則水田即不收，官府遣使就福建取占城(越南中部)稻種 3 萬斛分給三路農民，在高仰田種植，可以抗旱。並命令各路轉運使將占城稻種的種植方法揭示農民加以推廣。此外，並免除農具稅和耕牛稅，選擇醫牛瘟的古方頒佈全國。

第三，是興修水利。

北宋在宋太祖和太宗時，不斷地修治黃河和汴水，以利槽運。並於黃河南北開闢陂塘，蓄水灌田，在兩湖及淮南，引水灌田達幾萬頃。在河北廣開陂塘稻田，以阻契丹騎兵南侵，既利生產，又利國防。

此外，北宋朝廷廢除了五代十國時期的苛捐雜稅，禁止例外雜征。這一切措施，在一定程度上招誘遊民歸復到土地上來，開闢了荒田曠土，使社會經濟逐步走向恢復。因此宋太宗時，北方二十餘州荒地佔十之七八，到宋真宗時，便是"戶口蕃庶，田野日闢"了。到宋神宗時，墾田面積比宋初增至一倍半，戶口數增為宋初的六倍。

但是，由於北宋依然保持著大地主莊園經濟的基礎，而且政府直接掌握大量土地組織官莊(包括屯田、營田、官莊、職田、倉田、學田等)，招佃農民耕種，徵收地租充作政府收入。因之，北宋土地，大量掌握在政府莊園和私人莊園主的手裏；而准民佃為永業的曠土，則不過是瘠薄的生荒；闢為熟田後，也很快地為大地主兼併掉了。所以北宋的土地分配，顯示出特殊的不均衡，封建負擔也極端不合理。這就造成農民不斷地淪為莊園地主的佃戶。

北宋的主戶（有地農民和地主）和客戶（無地農民及佃戶）的比例，如下表所示（《中國社會經濟史綱》）：

年代	主戶	客戶
宋真宗天禧五年（1021 年）	六、〇三九、三三一	二、六三八、三四六
仁宗寶元元年（1038 年）	六、四七〇、九九五	三、七〇八、九九四
神宗元豐三年（1080 年）	一〇、一〇九、五四二	四、七三四、一四四

這就說明三分之一以上的農民，是無地而去佃耕強宗巨室的莊田。而主戶之中，約佔總人口百分之十的地主階級，其中十分之一二為大地主特權形勢戶。地主階級中的特權戶，佔有約在百分七十以上的土地，卻不輸稅賦，不服徭役。北宋中季"租賦所不加者，十居其七"。宋仁宗曾下詔限公卿田毋過三十頃，牙前將更應復免（免役）者，毋過十五頃。但為任事者所反對而不能行。可見貴族，官僚大地主佔田數字，遠遠地超過限田數。

北宋的封建剝削是繁重的，而且主要的落到佔有小塊土地的自耕農民和中小地主身上。耕種官莊、私莊土地的客戶農民，則以對分或四六分租的辦法，向莊園主繳納繁重的地租。客戶農民的自身和家屬都受著莊園地主奴役，被強迫固著在莊園地主的土地上，並受著封建國家的徭役剝削，被征作修河、鋪路、運輸。

北宋王朝的賦稅，以兩稅為主。沿襲唐制，分夏秋兩季徵納，兩稅徵收的內容和方式都很複雜。稅賦繳收有穀、帛、金鐵、物產四類。每類中又包括若干品，據《宋史・食貨志》載，四類繳納物中共包括二十七品。農民輸納有一定的地點和規定的品類，但政府徵收時，則可以以有餘補不足，而使農民向遠處州縣去輸納，叫作"支移"，"移此輸彼,移近輸遠"(《宋史·食貨志》),造成納稅民戶"往返千里,費耗十倍"的過重負租;同時,官府還可以按其需要,改變徵收物,使納稅民戶改納其他品物,叫作"折變",迫使民戶不得不將現物折變再折買官府所需的寶物折錢繳納。由於輾轉折變,官吏乘機誅求,使民賤糶而貴折,則大熟之歲,反為民害。

兩稅之外,還有稱為"加耗"的田賦附加稅、繳入"義倉"的粟米、官府以低價徵購粟米的"和糴"和官以低價布帛的"和預買絹",每項都佔百分之二十幾的剝削額。而力役之征,害民更嚴重。

北宋力役,有"以衙前主官物,以里正、戶長、鄉書手課督賦稅,以耆長、弓手、壯丁逐捕盜賊,以承符、人力、手力、散從官給使令"(《宋史·食貨志·役法上》),按九等戶(後為五等)家資丁壯多少派役,四部戶以上服役。但由於北宋大地主官僚都享免役特權,所以服役戶主要是中下等戶,應"衙前""里正"諸役者,由於貧戶逃亡徵不到稅,特權形勢戶又抗不繳稅,往往自賠稅額,至於傾家破產。據韓琦上疏所說:"州縣生民之苦,無重於里正、衙前,有嫗母改嫁,親族分居,或棄田與人,以免上等,或非命求死,以就單丁。"百端企圖逃避苛虐的力役。因此繁重的賦役,又助長了農戶逃亡和土地兼併,阻礙了社會經濟的發展。到宋仁宗時,豪強兼併勢力的增長,便嚴重影響了朝廷財政收入,促使階級矛盾日益激化。

2. 手工業的發展

宋朝的手工業是在五代十國時期地方手工業發展的基礎上建立起來,但無論在組織規模、生產數量、技術水準上,都有了超越前代的發展。官營手工業,比唐時更為龐大。據《宋史·食貨志》記載,官府專賣的有鑄錢、鹽、茶、酒、阮冶、礬等各種手工業。而單就供皇家使用器物的製造業,更是多種多樣。"少府監"的附設機構"文思院",是掌管皇家日用"金銀犀玉工巧之物,金彩繪素裝鈿之飾,以供輿輦、冊寶、法物及凡器服之用"(《宋會要稿》)的,就領有四十二作。"內侍省"裏的"造作所",是掌管製造"禁中及皇屬婚娶名物"的,領有八十一作。宋神宗時期的軍器監,領有八作司,及廣備攻城作,凡十一目:火藥、青窯、猛火油、金、火、大小木、大小爐、皮作、麻作、窯子作,都有一定的操作制度,有工匠八千人至一萬人。民間私營的手工業,也包括範圍很廣。

宋朝手工業的主要生產部門,是阬冶業、紡織業、製瓷業、造船業和印刷業,尤以防治業的發展最著。

阬冶業,有金、銀、銅、鐵、鉛、汞等業,大部由官府操練鑄造經營,在產礦區設"監"管理開採和冶練。徐州東北的"利國監"(山東利國驛)有三十六冶,是規模最大的冶鐵中心,開採左近的煤礦作為冶煉燃料。因此產品品質都有很大進步,所製武器無不犀利。磁州(河北磁縣)的煉鋼業極為出名,當時稱為"真鋼"。末陽(湖南末陽)的製針業,能製出縫衣或刺繡用的大三分和小三分針,為四方所推崇。長沙的銀質茶器極為出名,各礦場製造中,不僅適用雇傭的工匠,而且有較細的分工,如蘄春"鐵錢監"管領下的鑄錢業,分作沙模作、磨錢作、排整作三個分工程式,有工人三百多進行操作,因之已經粗具手工工廠的組織形式。

紡織業,由官府設"場""務",備工織造。如汴京有"綾錦院",洛陽、真定、青、梓、益等州,設有織錦、綺的場院,潤州湖州有"織羅務",織出成品,主要是供統治階級消費,或由官府出售。另外,對民間手工業產品,則由官府向各地織戶指定貨色徵收,稱"上供"。宋神宗時單是兩浙路上供的帛,就達九十八萬尺,可顯見民間紡織業的發展。紡織品的原料,除絲、麻外,還有毛織衣物氈毯。適應紡織業的發展,宋代的染色技術也有了提高。汴京設有"染院",各紡織場務有染工,各城市有"染肆""染坊",專辦染色。

另外,製瓷業在宋朝也有顯著的進步。汝州的"汝窰"、定州的"定窰"、浙江龍泉的"哥弟窰"都是瓷器製造中心,產品不僅供給國內市場,而且大量輸出國外。荊、江、淮、浙各地的造船業,四川兩浙地區的造紙業,汴京、四川、杭州、福建的印刷業,福建的制茶業,都有特殊的發展。

官營私營手工業作坊中的工匠,大都是招募而來受其雇傭的,領取錢或米作為傭值,有的計件給值,因此工匠已有雇傭工人的性質了。

宋代手工業各部門,稱"行"或"作",同類行業聚居在都市的一定地區。作坊業主,也就是師傅,收有學手藝的徒弟,有技藝的工人則每月領雇值,同行手工業作坊有行會的組織,各行有"行老""行首",並有行規共同遵守。官府對私人作坊,按上、中、下三等繳稅。行會組織,和唐朝時一樣,是為了保護小業主的可靠地位,防止同業競爭。因此,它反映了手工業發展和市場的局狹性之間的矛盾,對生產發展很起作用,但到後來就成了阻礙生產力發展的東西。

3. 商業和都市

宋代的商業貿易和國內大小市場的聯繫,都在農業、手工業發展的基礎上發展起來。許多在唐朝時候的定期市集,宋代已發展為市鎮。水陸交通綫上,城市也多起來。汴京(開封)是政治中心,也是全國第一等大都市。成都、興元(南鄭)、杭州、明州、平江(蘇州)、廣州、洛陽,也都是著名的大城市,手工業者和商鋪聚居城市中。北宋政府在城市中設"稅務",徵收商稅。開封府界就設有41個稅務。商稅明目:有過稅(即過路稅)抽2%;住稅(市賣稅)抽3%。而從南到北的貨物,沿途抽稅,往往達 50%。商稅成為北宋政府收入的大宗,小商販受到嚴重剝削。

宋代對外貿易也很發展。在河北及陝西邊境設榷場,管理對遼、夏的貿易,輸出絲帛、茶瓷,輸入畜產、氈毯、藥品等,而與大食及南洋各地的貿易,則靠海運。宋朝在廣州、杭州、明州、密州(山東膠縣)、華亭(江蘇松江)、泉州等地,都設有市舶司管理對外貿易,抽取商稅。中國的商船載著金銀、錫鉛、緡錢、瓷、帛、茶等運往外洋,買回香藥、犀象、珊瑚、琥珀、玳瑁、瑪瑙、水精、蕃布、烏樠、蘇木等。大食及南洋來中國貿易的外商,聚居"蕃坊"的外商,由蕃長來處理他們自己的事務。

由於國內外貿易的發達和大量奢侈品的輸入,引起貨幣流通額的增加及金銀銅錢的外流。因此,宋代不但鑄錢量逐年增加(宋仁宗時年達三四百萬貫,神宗時年達六七百萬貫),而且有"便錢"(如唐代的飛錢)、錢引、交子等紙幣的流通,白銀也用作貨幣上的支付。

北宋的工商業雖然發達,但由於北宋政府重徵商稅,政府專賣鹽、酒、金屬、茶等日用必需品,官僚地主大商人利用特權經營專賣品,開設壟斷性的"邸店",使私營工商業的發展受到很大限制。

4. 火藥、羅盤針、印刷術

火藥、羅盤針和印刷術這三件對世界經濟文化有重大貢獻的發明,都在北宋手工業技術發展的基礎上得到完成。

火藥的原料是硝石、硫磺、木炭。在我國古代煉丹術中,已知道用硫硝混合製造,到了宋太祖時(969 年),馮繼昇、岳義方發明了火箭法。1000 年(宋真宗時),唐福製造了火箭、火毬、火蒺藜,火藥才開始用於武器的製造上。南宋時又發明了火炮,但仍只是利用火藥本身的爆炸力,還不知利用其放射性。後來,十三四世紀時,通過蒙古人的活動,將火藥經中亞傳到歐洲。

羅盤針是遠洋航海中的必備工具,確切發明年代雖不可考,但北宋沈括著的《夢溪筆談》則是最早的關於磁石為針指南的記載,成書於 1119 年的《萍洲可談》(朱彧著)還記載羅盤針使用海舶上的事實。就在這一時期,阿拉伯人與中國貿易,學去了羅盤針的使用,傳到歐洲。

活字印刷術是北宋仁宗慶歷年間(1041—1048 年)鍛工畢昇發明的。用膠泥製成和錢一樣厚的字模,用火燒堅,成為活字模。印時將字模排在塗松脂臘和紙灰的置鐵範的鐵板上,將藥烤熔,就可印刷。宋代的活版印刷比隋唐時的雕版印刷,技術上提高一大步,為文化的傳播和典籍保存創造了更有利的條件。歐洲的活版印刷比我國晚四個世紀。

火藥、羅盤針、活版印刷三項大發明,是我國人民長期勞動和優秀智慧的結晶。它說明中國是世界文明發達最早的國家之一,而且在幾千年的歷史時代中,一直居於世界文化的前列。

三、北宋的社會危機和王安石變法

1. 北宋的社會危機

北宋初年,由於趙匡胤施行了一些恢復生產的政策,使北宋社會經濟獲得了小康局面,並在廣大地區呈現緩慢的上升。但由於大地主莊園經濟的存在和發展,土地兼併和集中的現象,自宋初就極為嚴重。而由於北宋政府實行中央集權造成官僚機構龐大重疊,地主官僚待遇優厚，和重內輕外政策造成對遼夏戰爭的連續失敗和兵額日益靡大，這就造成冗官、冗兵、冗費的局面。北宋政府，施行各種壟斷專賣政策，打擊了中小工商業者，徵收空前繁重苛雜的賦稅，增加農民的負擔，但仍不能供應日益浩大的財政支出。因此，北宋的階級矛盾也就日益尖銳，財政日益困難，國勢日益貧弱，社會危機向前發展著。

(1)宋初以來的農民起義

北宋太宗時到仁宗初，不斷發生農民起義，其中規模較大，影響較深的是四川王小波、李順的起義。

四川是土地兼併極嚴重的地區，邊緣州郡無地農民（客戶）佔百分之四十五到七十，豪強地主往往擁有旁戶數十家到數百千家之多。這就造成客戶農民在政府賦役和地主兼併雙重剝削下無法生活而被迫去從事販賣茶帛的小生理。這種情況自唐末五代以來就日益發展著，至宋初而益甚。

北宋初滅蜀以後，不僅將蜀府庫中的重貨布帛及一般的財貨水陸運往汴京，而且官府在四川一帶設"博易務"，專賣壟斷一切重要物品如布帛等。到宋太宗時，又實行茶的專賣，禁止私市。這一措施使兼併者得以釋賤販貴，而一般失地農民、依副業為生的小生產者卻因此斷絕生路。因此，在"販茶失職"的王小波、李順等"均貧富"的號召下，於993年（宋太宗淳化四年）在四川眉州發動了農民起義，十餘天中，眾至數萬。

起義軍很快地攻下青城、彭山諸縣，殺了貪暴的彭山縣令齊元振，"剖其腹，實以錢"，並攻殺趙宋西川都巡檢使張玘。不久小波戰死，李順被推為領袖，眾至數十萬。994年春，起義軍攻下邛州、漢州、彭州、成都府，稱大蜀王，佔領西川十餘州，出富家大姓積粟，賑濟貧民，並錄用有才能者為官吏,軍紀嚴明,所至之處不侵犯百姓。這說明起義軍樸素的本質和改善自己境遇的能力。宋太宗在王小波起義的震恐下,急派宦官王繼恩率京師禁軍分路入川鎮壓,歷經一年半的王小波、李順起義,便被屠殺鎮壓下去了。但王小波、李順等在這次起義中提出"均貧富"的口號,卻說明農民在自發的反封建壓迫運動的過程中,認識上已有極大的進步。

隨著北宋苛稅剝削的日益加重,到宋真宗和宋仁宗時,農民起義也日益發展。

997年,四川戍兵劉旰起義,參加者數千人。

1000年(宋真宗咸平三年),西川路鈐轄符昭壽貪暴,戍卒趙廷順等發動起義,推王均為帥,國號大蜀,堅持一年被鎮壓失敗。

1007年(宋真宗景德四年),宜州(廣西宜山)知州劉永規貪暴,軍校陳進推判官劉均為帥起義,號南平王。

1043年(宋仁宗慶曆三年),軍士王倫率領兵眾百餘自京東路沂州(山東臨沂)起義,從沂蒙山區向淮水流域進軍,渡過大江,行經千餘里,所遇如入無人之境。但由於始終未擴大佔領地區而流動無常,被鎮壓失敗。

1047年底,軍士王則據貝州(河北清河)起義,稱東平郡王,用宗教組織結合當地農民,因被文彥博、明鎬所率領的官軍圍困在貝州,經過六十天的頑強鬥爭最後失敗。

北宋初期的農民起義,從邊緣地區發展到京東西地區,從攻佔城鎮到轉戰南北,都充分說明北宋地方統治力量的薄弱和在內外矛盾激蕩下統治者的動搖。

(2)冗官冗兵和冗費所造成的積貧積弱

由於北宋防內政策,廣募兵額,和對遼、夏鬥爭中長期增加邊緣兵,使北宋軍隊數額不斷增加。宋太祖初年,全國兵額不過二十二萬餘,而到宋太宗時增為六十六萬餘,宋真宗時增到九十一萬,宋仁宗時達一百二十五萬九千。一百年間,兵額增加五六倍,如果按當時的戶口和田畝數字,則不到十戶便要供養一廂兵,十畝地便要給供一散卒,成為財政上的大蠹。

冗兵不算,還有冗官。宋真宗時官員數字為一萬,宋仁宗時增加一倍,英宗治平時增為兩萬四千。官僚激增,而多為庸庸無能、保守頑固之輩,坐食優厚的俸祿,毫無建樹之所言,這就是趙宋官僚機構腐朽無能的根源。

冗兵,冗官,坐耗經費,造成冗費,使北宋政府無饜地搜刮人民,但仍抵不上日益增漲的財政開支,形成財政上的虛虧和赤字。據《宋史·食貨志》:

時代	收入	支出	收支相差
宋太宗時(997 年)	22245800 緡		餘大半
宋真宗時(1020 年)	150850100 緡	126775200 緡	餘 24074900 緡
宋仁宗時(1049 年)	126251964 緡		無餘
宋英宗時(1065 年)	116138405 緡	131864452 緡	不足 15736047 緡

將仁宗、英宗兩朝與太宗時相較,歲入增加六倍,而墾田面積,宋仁宗時比太宗時為百分之七八。這就說明墾田面積和稅收的不相適應,剝削額嚴重地加在客戶農民和小手工業者身上。而大地主的隱避

賦稅和戶口,中小地主日益破產降為下戶,農民手工業者不堪重稅盤剝日益破產,起義反抗,使北宋王朝的稅源日益枯竭。北宋王朝面臨著這種內外矛盾交加、財政日益困難的局面下,社會危機達到嚴重的程度。因此改革政治,解決財政困難,增強國防力量,緩和社會危機,以維持北宋王朝的統治免於崩潰,就成為當務之急了。王安石變法就是在這種局勢下出現的。

2. 王安石變法

王安石變法以前,宋仁宗時參知政事范仲淹曾代表中小地主階級政治改革的願望,提出過明黜陟、抑僥倖的主張,以整頓官僚政治及擇長官、減徭役、厚農桑等緩和階級矛盾挽救社會生產的主張和修武備以加強國防力量的主張。但由於大官僚地主的強力反對,不到一年,范仲淹被排擠去位,新政就此失敗。隨著北宋政治危機的加深,直到宋仁宗晚期,政治改革的呼聲一直在地主士大夫中高漲著。有的官僚,在職權區域內,實行了一些具體改革,如李參在陝西行青苗法以防高利貸;李後圭在兩浙實行募役法代替差役法,企圖解決嚴重存在的高利貸盤剝和力役繁重等問題。這種改良的呼聲和改良的具體辦法,給王安石變法創造了有利條件,而將改良運動推向前進。

王安石是出身於中小地主階層的政治家。自 1042 年考中進士後到他登朝作執政,曾歷任過地方官。在他作鄞縣縣令時,曾經有過興水利、貸穀於民、興學校、嚴保伍等利民的措施。他目覩北宋王朝的危機,不斷提出過有系統的改良主張,成為當時地主統治階級中負有威望的人物。

宋神宗即位後,面臨著北宋深重的危機,知道不加扭轉,趙宋封建統治便有崩潰的危險。因之,他有改革的企圖,而當時滿朝執政,都害怕改革而阻撓宋神宗意圖的實現,於是宋神宗便起用了銳意改革的王安石。熙寧二年(1068),任王安石為參知政事(副相),成立"制置三司條例司"為變法的機構,次年實行變法,這就是"熙寧新法"。

王安石新法的內容,可分為理財、整軍、改革官僚機構三個方面。而其變法目的,是在限制大地主、大官僚、大商人的一些利益,以增加朝廷收入,緩和社會危機,加強國防力量,以支持北宋專制主義的統治,以抑制兼併,發展生產中求得"富國"、"強兵"。

(1)理財諸法

第一是均輸法——1069 年(熙寧二年)七月制定:先在東南六路設置發運使一員,總管六路財賦,周知六路生產情況及中央政府的庫藏和需要,使其得互相調劑,通融移用,斟酌時宜,收買存儲備用。採購時要在路程較近的生產地採購,以節省價款及轉運費用。各州縣豐年時可供納實物,荒年可改折現錢,再由發運使在農產區購買,這就使農民減輕一些不合理負擔,政府也可增加財政收入。

第二是青苗法——1069 年九月四日公佈實行。將北宋初年以來常平、廣惠等倉現存的倉米一千五百萬石變價,作為農貸本錢,每年分夏(正月三十日前)、秋(五月三十日前)兩季按戶等貸款與民。豐年為期,取息二分,年息四分,即百分之四十,稱青苗錢,由各路四十一員常平官專管借貸。實行之後,常平官強行按戶等貸出。但青苗法實行確使一般農民免去年利百分之二百以上的高利貸盤利,朝廷由此增加了收入。因此,引起北宋大官僚司馬光、韓琦等的極力反對。

第三是農田水利法——1069 年 11 月 13 日公佈實行。由政府鼓勵各地私人和官府興修水利增加農產,或陳述興陂隄種植之法。於是各地爭言水利,並開工興修。迄 1076 年(熙寧九年),各州公私興修的水利工程達一萬七百九十三處,灌溉民田三十六萬一千一百七十八頃餘,官田一千九百一十五頃餘,對於農業生產起了很大的作用。

第四是免役法——北宋"差役"多至破家蕩產。宋神宗熙寧二年(1069年)提出改革,至1071年正月修改公佈實行,又稱"募役法"。免役法的內容,是將過去"衙前"等重役免除,由官府募人充當,由當役戶按戶等出錢免役,以前不負擔力役的官戶、坊廓戶、單丁女戶、寺觀等,財一律出錢"助役",稱"助役錢"。所納役錢,多取二分以備水旱欠閣,又稱"免役寬剩錢",並裁減州縣各色差役名額百分之三十到五十。免役法的實行,使農民力役負擔相對減輕,徵收役錢範圍擴大,政府收入增加。

第五是市易法——1072年公佈,政府先在汴京設"市易務",由國庫中撥付一百萬貫資本,供小商販借貸。小商販行業以產業作抵押,向市易務借支資本年息二分,遇客商滯銷貨物,可照市易務評價收買,或與官中物交換,或由市易務購買貯存,俟市場缺貨時由小商販均分賒購,另加合理利潤向民間銷售,於半年或一年後,依原定價給加息三分償還市易務。其後在其他城邑陸續設置市易務,按汴京成規辦理。各大城邑商業,由此繁榮起來,小商販免受豪商欺壓,政府財政收入也大量增加。

第六是方田均稅法——1071(熙寧五年)八月公佈。北宋各地隱田漏稅現象極為普遍,時稱為"詭寄""挾佃"。此法主旨,在糾正有產無稅、產去稅存的弊端。實行清丈田畝,以"東西南北各千步的平均面積當四十一頃六十六畝一百六十步為一方",清丈後將田畝登記下來連戶帖付給各戶為地符。按土地肥瘠分作五等,將現有稅收攤在田畝上,按田畝多少納稅。凡是瘠鹵不毛及山林可供樵采之處及種植桑柘,均不作納稅之數。這樣,不僅相對地減輕了瘠貧戶的負擔,並可鼓勵農戶多植桑柘,開闢生荒。

（2）整軍諸法

第一是置將法——北宋到仁宗時，冗兵一百二十餘萬，但馬步兵多不足額，空餉被多級將領吞沒。宋神宗熙寧二年到四年，先後整頓禁軍和廂軍，裁汰合併，至熙寧八年將一百一十餘萬的軍隊，裁剪為七十九萬餘。裁汰的兵士在地安插，或發貲使其投向農業生產。其次，並於熙寧七年，於各路置將。於河北路設置卅七將，使每將統帶三千人、六七千人或一萬隊伍，負責訓練教閱，戰時率領作戰，糾正更戍法的弊端。在河北及陝西、甘肅一帶，置將帶兵佔全國十分之六，以防禦契丹及西夏。這就加強了對邊防上的控制，改變了屯重兵於京師的內重外輕局面。

第二是保甲保馬法——保甲法是以前普遍於鄉村中的"伍保法"的恢復和發展，規定凡主客戶五家相近者為一保，選主戶一人為保長，五十家為一大保，選主戶一人為大保長，十大保為一都保，選主戶中為眾所服者為都保正，主客戶家有兩丁以上，出一丁當保丁。每一大保夜輪差五人輪流巡邏，遇有盜賊，聲鼓告報，大保長以下同保人戶前去追捕救應。同保內有犯竊盜殺人放火，強姦略人，傳習妖教，並依從五保法科罪。此法目的，是將鄉村農戶組織起來，以有物力的主戶（地主）為各級保長，來鞏固地方封建秩序，防止農民起義。後來，規定在農隙時教練保丁武藝，按武藝高低分四等獎勵，令保丁志願參加上番，巡邏各地，使農民受到軍事訓練，逐步以民兵制代替募兵制。保甲法推行全國，到熙寧九年止，各地保甲總數達六百九十三萬多人，在以後的抗金戰爭中，保甲法曾起了一定的作用。

保馬法，是諸路保甲可代官府養馬，以備習戰之用。熙寧五年公佈，自開封府推行，總計不過養馬八千匹。

第三是設立軍器監——熙寧六年於汴京設軍器監，掌管全國武器製作,召募各地技術熟練的工匠八九千人,按照規格製造。並鼓勵工匠改革技術,創造發明製造法式,以求兵器製造上的改進與提高,因之軍器監製造的產品品質完具,可足十年之用。

(3)改革官僚機構

第一改革科舉制度——公佈於熙寧四年(1071),廢明經科,罷試詩賦、貼經,而添上考試經義和時務策,並大力開辦學校來培養官僚。擴大太學,分立三舍(外舍、內舍、上舍),按定額收學員,按成績遞次升進,以王安石的《三經新義》《字說》作為學員的讀本,另外設立州學及武學、醫學、律學,廣泛招收生員,通過考試入學。

第二改革任官辦法——王安石為了推行新法,在任用官僚中特別注意選擇培養支持新法的官僚。因此主張“用材不限資格”“不以品質高卑”為准,而提拔許多有才幹的下級小官僚,來執行新法。

新法推行了十六七年,宋神宗熙寧、元豐年間,社會生產提高了,人民生活安定了,政府收入經費可支二十年,邊防上軍儲和軍事配備力量也增強了。這就是說,新法的目的——“富國”“強兵”都收到了一定成效,並在一定程度上緩和了國內階級矛盾。

3. 新法的失敗和北宋政治危機的加深

(1)變法失敗後北宋政治黑暗腐朽的加深

王安石新法推行的過程中,不斷打擊了大地主、大官僚、大商人的利益,因此不斷遭到代表大地主、大商人利益的舊派官僚的反對和攻擊。王安石曾因宋神宗在舊派官僚反對勢力囂張聲中動搖不定而兩次罷相(1074年和1076年),終因新法收有成就,在新官僚派的堅持下,新法得以繼續推行,直到宋神宗死,前後凡十七年(1069—1085

年）。

1085年，宋神宗死，子哲宗立。神宗母宣仁高太后聽政，援引了以司馬光為首的舊派官僚執掌政權，於是盡罷新法，並排斥新派官僚，激起新派官僚的忿怒。元祐八年（1093年），宋哲宗親政之後，新派官僚從新執政，盡力打擊舊派官僚，作為報復。在新舊派官僚反復鬥爭中，投機小人蔡京乘機竄入政府，奪取政權。宋徽宗即位（1100年）後，蔡京執政，援引賊幫童貫、梁師成、李彥、王黼、朱勔等“六賊”，以新法作為掠奪和剝削人民、排斥舊官僚的手段，將北宋政治推入黑暗腐朽的深淵。

蔡京等貶斥新舊派官僚，獨攬大權，賣官爵，劫民財。朱勔的田產“跨連郡邑，歲收租課十餘萬石，甲第名園幾半吳郡，皆奪士庶而有之者”。蔡京請客，單是蟹黃饅頭一項就值千三百餘緡，毀民居為樓閣，搶劫民田，人民恨之入骨。

宋徽宗在蔡京等賊的幫助下，擴大對人民的剝削，兩稅增加較前更為繁重。據戶部統計，在宣和元年（1119年）諸路上供就達到一千四百九十五萬五千七百七十六貫、匹、兩，尚不包括“斛斗地雜科”等稅在內。力役之徵以外，加徵“地里腳錢”一項，每斗五十六文，輾轉折為其他寶物，又增數倍，使農民變賣耕牛地產猶不能給。其次，“和預買”絹，在宋徽宗崇寧（1102—1106年）之後，變成白取掠奪。茶稅收入，比宋真宗時增加一百三十餘倍（三萬緡增為四百餘萬緡），東南地區尤甚。婺州的“上貢羅”到靖康時，比宋初增加五六倍。農民的負擔，愈加深重了。

最嚴重的是“花石綱”的害民擾民，宋徽宗及六賊，在江東兩浙搜掠奇花異石，以填其欲壑。在蘇州設“蘇州應奉局”，專辦劫掠花石奇物，命朱勔主其事。用新造船只，由運河運送汴京，一石的運用往往耗費到30萬緡。沿途停糧運，拆城垣、水門、橋樑，浪費了數不清的財力,使州縣帑藏為空,中等人家破產,或賣子女以供其需。於是不堪重稅苛役負擔和暴政壓迫的農民和小有產者,紛紛起義反抗宋徽宗為首的黑暗統治。

(2)宋江和方臘的起義

在北宋滅亡前的 20 年中,農民起義逐漸在全國範圍內發展起來,其中最著的是宋江和方臘的起義。

宋江在 1120 年冬,起義於河朔一帶(河南北部、河北南部)向東南移動,活動於青、齊、單、濮等州。雖只有三十六人,但以飄忽無常的行動,轉掠十郡,橫行齊、魏,使宋朝數萬大軍不敢攖其鋒。由於宋江等專事經常性的掠奪,遊動不定,沒有結合廣大人民建立根據地,在 1121 年春,在海州被張叔夜所擒失敗。有關宋江等反封建鬥爭的事蹟,卻廣泛流傳下來。

1120 年(徽宗宣和二年)十月,方臘在睦州青溪(浙江淳安)以魔教組織人民起義。

方臘是清溪縣的漆園主,家有漆林之饒。由於州縣徵斂無度而瀕臨破產,於 1120 年十月,聚集千餘無以為生的貧民起義,揭露趙宋王朝賦役繁重、官吏侵漁的重重罪惡,揭發趙宋以榨取人民的膏血來侍奉契丹西夏,使其強大後再來欺壓中土的罪惡。方臘揭起義旗,得到廣大人民的支持,十天中發展到十萬人,攻下睦、歙、杭、婺、衢、越等六州五十二縣,搶富戶,殺官吏,眾至百萬,勢力擴大。

宋徽宗為首的北宋統治集團,為方臘起義所震懾了,立即派遣童貫率領京畿禁軍和蕃漢兵 15 萬前去鎮壓,並撤銷"蘇杭應奉局",罷去朱勔父子以緩和人民的反抗。方臘堅持鬥爭 6 個月,1121 年 4 月,因武器缺乏及兵力分散,戰敗被迫退至青溪。青溪被攻陷,方臘等 56 人被俘,8 月在汴京被殺害。東南人民被童貫屠殺了幾百萬。起義被鎮壓後,宋徽宗又恢復其"蘇州應奉局",並復朱勔父子後,繼續其橫徵暴斂。

四、女真金國的興起及宋政權南遷

1. 女真金國的興起和滅遼

女真屬於通古斯族,南北朝時稱"勿吉",有七部。隋稱"靺鞨",唐初有黑水靺鞨、粟末靺鞨兩部,其餘五部無聞。粟末靺鞨初附於高麗,吸收了唐文化,唐擊破高麗後,粟末靺鞨於朝鮮半島北部建渤海國,黑水靺鞨居白山黑水間,臣屬於唐,後屬於渤海。五代時,契丹強大,滅渤海,黑水靺鞨又臣屬於契丹。"勿吉""靺鞨""女真"同是一音之轉。黑水靺鞨南部部眾屬契丹籍者,稱熟女真;北部部眾則仍自成部落,號生女真,不受契丹統治,僅每年向契丹納貢。生女真活動於白山黑水間,後來建立金國。

據《金史》卷一記載,金的始祖名函普,唐末自高麗入居於女真族完顏部,成為完顏部的酋長。函普以前,女真部落還處在"無室廬,負山水坎地,梁木其上"的穴居狀態,過著遷徙不常,佃漁射獵的原始採集經濟生活。函普時,則私有財產已漸發展,據《金史》卷一記載,函普做酋長,是由於女真完顏部與鄰部械鬥不已,函普建立賠償殺傷人的罰條以解鬥:"凡有殺傷人者,徵其家人口一,馬十偶,犄牛十,黃金六兩,與所殺傷之家,即兩解,不得私鬥",可見馬、牛、黃金已作為氏族(家族)私有財產而存在著了。

到四世酋長綏可時,女真族的經濟生活有了進步,於是"耕墾樹藝,始築室,有棟宇之制"(《金史》卷一),定居於安出虎水(阿什河)附近,開始農業定居生活。但仍"無書契,無約束,不可檢制"。五世祖石魯時,才"稍以條教為治",但仍無文字,無官府,就是還沒有階級壓迫的工具——國家。傳到六世祖烏古廼時,漸漸役屬諸部,並與各族交換,換來甲胄、鐵器,因而能製造弓矢器械,兵勢稍振,於是征服附近許多部落。十一世紀到七世祖劾里鉢時,更進一步統一女真各部,勢力漸強,進而要解脫契丹的奴役了。

契丹遼國的統治者,在其日益向封建經濟轉化的過程中,生活日益腐朽,以繁重的稅法,剝削落後屬國和部落。到天祚帝(1101—1124年)時,更是荒淫浪費,賞賜無節,開支擴大,加重賦斂,而造成上下交困的狀態,激起各地人民的反抗,天祚帝又以殘酷的暴刑鎮壓人民。女真族就是不堪契丹銀牌使者騷擾勒索和無饜的徵貢良馬、金珠、海東青(鷹類供捕鵝雁)以及"打女真"的苛重剝削,才起而反抗契丹統治的。

女真族反抗契丹剝削壓迫的鬥爭,是在酋長阿骨打的領導下開始的。1114年,阿骨打集中女真各部兵力二千五百人,起兵反抗契丹,大敗契丹精兵萬人於出河店(扶餘境),攻下了賓、祥、咸等州,兵力發展到1萬人。

1115年,阿骨打在會寧(阿城)稱帝,國號大金。實行"釋奴"、"贖奴"等法令,並進兵攻打遼的黃龍府(吉林農安),攻敗天祚帝親自率領的百萬大軍於護步荅岡(農安西),摧毀了遼的精銳軍,激起了遼統治階級內部分化和各州人民的叛變。因而發生了1116年,高保昌在東京(遼陽)的兵變和東路各州的人民起義,這就大大削弱了遼統治力量。於是女真在1116年,先後攻蒺藜山(義州)等地,並攻佔東京(遼陽)州縣。於1120年,攻佔上京(臨潢府上內蒙林西東北)。

由於女真族勢力的擴張,阿骨打便在1116年將其原有的"猛安"

"謀克"制度加以完備化。三百戶為一"謀克"，十謀克為一"猛安"，使氏族中的貴族成為軍事和政治力量的控制者，將女真族結合為一個軍事行政單位，從而有組織地移向被征服地區去統治被征服部落。因此，在1116年阿骨打將他所徵服的契丹、奚、漢、室韋等部，也按猛安謀克制加以編織起來，並以投降的官吏為"猛安"（即千戶），以加強女真族向外擴張的力量。

女真族興起並屢次摧敗遼國後，北宋的腐朽統治者便準備聯金滅遼，借金人力量收復燕雲十六州，以緩和國內日益增長的人民反抗，並借機向人民榨取軍費，以滿足腐朽統治集團的貪欲。遂於1118年開始，先後派馬政、趙良嗣等出使金國，商量共同結盟滅遼，並於1120年結成盟約：①金宋共出兵攻遼，金出兵攻遼中京（熱河平泉東北），宋攻遼燕京（今北京）。②宋收復燕雲各州失地，滅遼後，宋將輸遼歲幣如數輸金。③不得與契丹講和。這就是"海上之盟"。

宋金結盟後1122年，金約宋出兵。北宋命童貫、蔡攸率十五萬大軍北上攻燕京，被遼軍耶律大石、蕭幹打得大敗而回。不久，遼將郭藥師以涿、易二州降宋。童貫又命劉延慶、郭藥師率十萬大軍北進。劉延慶軍無紀律，被不足一萬的遼軍戰敗，郭藥師也遭遼軍擊敗。膽小的劉延慶不敢前進，與少數遼軍在盧溝河（永定河）對峙，見到敵軍中火起，嚇得燒營逃竄，士卒蹂踐而死，遼軍追擊，集屍百餘里。宋朝北部邊境軍實全部損失，而金軍卻順利地取得了遼的中京（熱河平泉）、西京（大同），並攻佔了燕京。北宋政府，除每年將輸遼歲貢輸金外，並以每年一百萬緡的燕京代稅錢，換得了七座燕京空城。燕京的金帛、職官、子女盡被金軍掠去。

這時，遼國內部更加分裂。1124年，耶律大石引兵西走，穿越沙漠在新疆西部建了兩遼國（黑契丹）。1125年，金將婁室在西京應州境內捕獲了遼天祚帝,滅了遼國。於是金國繼遼國之後,雄據北方,成為北宋最強大的敵人。

2. 金人南侵和宋政權南遷

金滅遼後,於 1125 年夏就準備南侵。而昏庸腐朽的北宋統治者,卻並不加強北方的防務,反將燕京防務交給遼降將郭藥師,並以重刑禁止議論邊事,各地報告金人南侵的消息,都被童貫截留。北宋君臣沉於淫逸享樂,仍舊拼命地剝削人民。

1125 年 10 月,貪欲旺盛的女真貴族,遣粘沒喝(宗翰)、斡離不(宗望)率兵分兩路南侵。西路金軍粘沒喝自大同南下進攻太原,鎮守太原的童貫聞風逃竄汴京。東路金軍在斡離不率領下,自平州(河北盧龍)攻燕京。北宋守燕京的郭藥師降金,金兵長驅南下。金兵原來的計劃,是在粘沒喝攻下太原後,阻潼關內宋軍東出,然後與東路軍會攻汴京。但西路軍在圍攻太原時,受到宋軍兵的猛烈抗擊,不能南下。而東路金軍,卻於 1126 年 1 月,攻下相州(河南安陽)、濬州(河南濬縣)。把守黃河的北宋宦官梁方平,望風燒橋逃竄,無一人禦敵。金兵以小舟渡河,零零散散不成隊伍,五天才渡完騎兵,進逼汴京。宋徽宗傳位趙桓(欽宗),與蔡京、童貫、朱勔等率精兵二萬逃往鎮江。

北宋朝廷在金兵威脅汴京的情況下,統治者內部分為抵抗和逃跑兩派。白時中、李邦彥、張邦昌、蔡懋等人,代表一貫與人民為敵的大官僚、大地主利益,包括宋欽宗,主張投降逃跑,逃到南方去過暫時安樂的生活。而李綱則在人民和禁軍士卒抗敵情緒的激勵下,主張整頓軍馬,固結人心,堅持抗金,保衛汴京。宋欽宗在抗戰派的壓迫下,不得不暫時放棄逃跑的主張,任命抵抗派李綱為親征行營使,負責防衛汴京,抵禦金兵,汴京人民紛紛投軍助戰。於是兵臨汴京城下的六萬金兵,遇到汴京軍民猛烈襲擊,由種師道率領的自陝西東進的涇、原、秦、鳳兵二十萬也到達汴京城下,各路勤王兵陸續到達。金兵西路軍又阻於太原不能南下,便陷入孤軍深入的不利境地。於是遣使向宋欽宗提出議和條件,勒索:

(1)金五百萬兩,牛馬萬匹,衣絹百萬匹。

(2)割太原、中山、河間三鎮與金,金宋以黃河為界。

(3)宋以宰相、親王送金營為質。

宋欽宗都一一答應,並在汴京內強搜刮了金二十萬兩、銀四十萬兩送往金營。李綱堅持反對和議,宋欽宗將抵抗派李綱、種師道撤職,任梁方平、蔡懋等防守汴京。這種錯誤的措施,激起邊境軍民的憤怒。二月五日,大學生陳東率領太學生數百人伏闕上書,堅持反對屈辱投降的妥協條件,要求恢復李綱、種師道官職,堅決抗擊金兵,宋欽宗被迫復李綱、種師道職,十餘萬軍民保衛住汴京,迫使孤軍深入的金兵,在汴京堅城下和河北軍民紛起抗擊中,顧不得金銀括足,於1126年3月裏匆匆退兵,沿途瘋狂搶劫破壞,造成數百里無人煙的慘狀。

金兵退後,逃跑派又得勢,宋欽宗將李綱、種師道貶職,罷其軍權,並斥退各路勤王軍。宋徽宗為首的一群逃跑分子又都回到汴京,仍舊過著腐朽無恥的生活。

1126年8月(宋欽宗靖康元年),金兵派粘沒喝、斡離不二次南侵。東路金兵陷真定;西陸金軍,圍攻太原二百餘日。太原全城數十萬民眾在王稟率領下堅持抗爭,最後因外援不至,糧盡矢窮死傷十之八九,太原被金攻陷,但全城軍民都壯烈犧牲。西路金軍陷太原後南下攻佔河陽和潼關,與東路金兵共圍汴京。宋欽宗驚慌萬狀,派其弟康王趙構至斡離不軍營議和,趙構至河南長垣為抗戰軍民所阻,要求抗擊金兵,最後至磁州被宗澤留住。而逃跑派百般阻撓抗金軍民的愛國抗敵行動,堅持議和,遂使金兵攻陷了汴京(1127年1月),俘虜宋徽宗、欽宗及趙宋宗室后妃公主北去,將汴京珍寶、儀仗、圖籍、儀器及百工技藝等盡掠北去,汴京及附近遭到浩劫,北宋至此被金所滅。

金兵迫於各州縣軍民組織起來的抗金力量,無力久據汴京,於1127年4月北退,又立了北宋逃跑派張邦昌為帝,在汴京設立傀儡政權,國號楚。但一般軍民和官僚地主們唾棄這個漢奸政權,而擁護趙桓的弟弟康王構繼承趙宋帝位,於是張邦昌政權倒臺。1127年6月,趙構在南京(河南歸德)稱帝,建立南宋統治,這就是南宋高宗。

五、南宋對金的和戰及中國人民的抗金鬥爭

1. 宋政權南遷後趙宋統治階級中抗戰派和逃跑派的鬥爭

1125年至1127年金兵兩次南侵時,北宋官軍紛紛潰退,而兩河(河北、河東)軍民卻奮起抗金,拒絕宋欽宗的投降命令。聚保山砦,進攻城邑,大者數萬,小者不下萬人,到處抗擊金兵。在磁州的宗澤連破金兵三十餘砦,山西、陝西軍民也收復潼關東進。這才迫使金人不敢久留汴京,匆匆北撤;這才使宋高宗有可能在南京建立政權。宋高宗為了穩定他的帝位,不得不用抗金派李剛作宰相;但宋高宗同時又依靠投降派黃潛善、汪伯彥,牽制抗戰派,以壓制人民的抗金

力量，時時準備向金人求和。因此，南宋初期，統治階級內部在對金人的基本政策上，始終貫穿著抗戰派和投降派的鬥爭。宋高宗在他的帝位受到威脅時，則不得不任用抗戰派。但由於他害怕人民力量甚於金人，所以信賴和依靠的則是投降派。這就使投降派佔上風，而破壞抗金力量。

以李綱為首的抗戰派，代表著廣大人民抗金的要求，認識到兩河各地人民自發的抗金鬥爭是保衛汴京、收復河東河北的主要力量。因此，李綱在 1127 年 5 月被高宗任命為宰相以後，就提出抗擊金人的具體主張。除了提出修軍政、裕邦財、寬民力、改幣法、省冗官、誠號令、信賞罰等政治改革的辦法外，他認為更急切的則是在朝廷置司遣使，分兵支援堅守河東、河北三十餘郡義軍的抗金鬥爭，以保中原，安東南。於是推舉張所為河北招撫使，傅亮為河東經制副使，分別去聯繫河北、河東義軍；力推宗澤為東京留守，防守汴京。張所以蠟書冒圍到河北宣讀了朝廷意旨，應募抗金者就有十七萬人。張所回來後，力勸高宗返回汴京以固人心，準備渡河抗金；並痛斥汪伯彥、黃潛善等企圖南逃的誤國。

但是，在逃跑派汪伯彥、黃潛善反對下，李綱等的抗金衛國主張，受到百般阻撓。李綱作了七十七天宰相就被罷免，張所、傅亮等也被撤職。太學生陳東等，因上書乞留李綱及勸阻高宗南逃而被殺。於是南宋政府全為黃潛善等逃跑派所把持，宋高宗也就在 1127 年逃往揚州。

宋高宗南逃時，汴京還在宗澤率領軍民防禦中屹立如故。宗澤自 1127 年 6 月任東京留守後，就修治防務，屢次出師敗金兵，肅清汴京附近的敵兵。更重要的，是在汴京四壁立堅壁二十四所，於城外沿河立連珠砦，連結河東、河北水砦忠義民兵，以固防務；並開五丈河，以通南北商旅，以勸高宗返汴京。1128 年，宗澤並將河北、河東的義軍首領楊進、王善所領導的百萬義軍,集聚在汴京城下,渡河打擊金人。又遣王彥、岳飛等率兵渡河收復失地。王彥戰敗,率餘眾入太行山,結兩河義兵為"八字軍",眾至十餘萬,綿亙數百里,嚴重打擊金人。另外,河北地區山寨水寨義軍,結為"忠義巡社",出攻城邑,到處抗擊金人。

在兩河軍民抗金力量高漲,宗澤等聯絡義軍以固中原的形勢下,金兵不敢向汴京,汴京防務日趨鞏固。宗澤屢上書勸高宗返汴京,以準備渡河收復失地。但黃潛善等忌澤成功,途中阻撓,派郭仲苟為東京副留守以監視宗澤。宗澤的抗金愛國壯志不得伸展,積憤成疾,於1127 年 7 月病死,臨死誦杜甫詩"出師未捷身先死,長使英雄淚滿襟"句,並連呼三聲"過河"。

宗澤死後,南宋派了個酷而無謀的杜充繼任東京留守。杜充盡反宗澤所為,於是聚汴京下的各路義軍紛紛離去,山寨義軍也因失去支持而被金兵打敗。兩河中原地區,又淪陷在金人殘暴的蹂躪之下。

2. 金兀术南侵及其失敗

南宋政府逃跑派阻撓李綱、宗澤結合人民抗金,使抗金義軍陷於孤立,而卻給金人南侵鋪平道路。1128 年 10 月,金兵分三路南侵,西路攻陝西,中路攻湖北,東路金軍自河北侵入山東。防守汴京的杜充棄城南逃,濟南劉豫也無恥地投降了金人。1129 年春,金兵前鋒軍連陷淮、泗、徐、天長,逼揚州。宋高宗聽到金兵攻陷天長軍,大驚失色,忙被甲乘騎,逃到瓜州步乘小舟渡江逃亡鎮江。汪伯彥、黃潛善正在聽浮圖說法,聽說高宗逃走,也急忙戎服乘馬南逃。金兵前鋒軍五百騎到揚州,見高宗逃走,追至揚子橋,並放火燒揚州,煙焰燭天,見於數里。

宋高宗渡江南逃之後,一面遣杜時亮及宋汝為使金軍請和,一面命自汴京逃跑的杜充守建康,韓世忠守鎮江,劉光世守太平、池州。而宋高宗卻一直逃到杭州。

1129 年 10 月,金兀术分兵南侵,東路自滁和入江東,西路由靳黃入江西。金兀术率領的東路軍,連陷滁和無為,渡江攻建康,杜充叛降金。於是江浙宋軍紛紛潰敗。杭州危急,宋高宗遂向明州(浙江鄞縣)、越州(浙江紹興)逃奔。金兵追攻廣德(安徽廣德)由獨松關入浙,侵杭州(臨安),宋高宗南奔入海至溫州。金兵追勢不已,於 1130 年春,陷浙江明州、越州,但因受到宋軍反擊之後,才引兵北退,沿途大行燒殺搶掠。單平江(江蘇吳縣)一城,殺人五十萬。江淮兩浙地區,遭到金兵嚴重的破壞,因之激起中國人民的反擊。

1130 年 4 月,金兀术退至鎮江,鎮守鎮江的韓世忠以八千人截擊金兵十萬於黃天蕩,相持四十八天,使金兵不能渡江。岳飛也設伏兵於牛頭山(建康附近),以擾金兵,最後金兀术自建康撤退。侵入江西的金兵,也遭到宋軍的襲擊,自荊門北撤。

金兀术企圖以速戰速決的南侵一舉傾覆南宋政權,但在人民和愛國將領的反擊下大敗而歸。為了首先鞏固女真貴族對北中國的控制,並分兵入侵關陝,女真貴族於 1130 年在濟南建立了叛徒劉豫為首的傀儡政權,稱齊帝,以作為屏藩。於是在 1131 年入侵陝西。

金人侵陝西,是企圖由陝入川,控制南宋上游的。但在愛國將領吳玠、吳璘兄弟率領的軍民抵抗之下,於 1131 年大敗金兵於和尚原(大散關東,寶雞西南),金兀术中二流矢,僅以身免。此後,金人陸續南侵。1134 年,吳玠、吳璘與金兀术戰,大敗十萬金兵於仙人關(陝西鳳縣),穩定了川陝局勢,並牽制了金兵侵江淮的兵力。

3. 岳飛的抗金鬥爭和宋高宗秦檜等的賣國投降

由於愛國將領和中國人民的抗擊金兵,才挽救了垂亡的南宋王朝,使宋高宗穩定了他在臨安小朝廷的統治地位。因此,宋高宗才被迫起用了韓世忠、岳飛、吳玠等愛國將領,來防禦金兵的南侵。但是,在人民的抗擊下,不能用武力擊潰南宋王朝的金人,卻於 1130 年冬送回秦檜,使他做內奸,以從內部破壞南宋的抗金鬥爭。腐朽透頂的宋高宗,自 1130 年至 1135 年間,派主要的兵力去鎮壓洞庭湖濱一帶佔據十九縣的鍾相、楊麼所領導的農民起義,以穩定南宋對長江流域地區的統治。繼之,宋高宗和秦檜等賣國集團,便實行賣國投降的活動,破壞岳飛等的抗金鬥爭。

1137 年,金人所立的傀儡政權劉豫,由於遭到人民的痛惡和屢次南侵的失敗,失去它存在的條件,因而被廢。當時,金主亶(金熙宗)在位,金統治階級內部在對宋政策方面,也分主和、主戰兩派。金貴族撻懶和宗磐為首的一派,主對宋和議,將偽齊之地予宋。而以金兀朮為首的一派,則主張武力侵宋。金熙宗傾向和議派。

南宋方面,自秦檜歸回杭州後,大倡其"南人歸南,北人歸北"的賣國主張。這顯然是與金貴族撻懶等相呼應的。而宋高宗卻堅信秦檜的和議主張。於是 1129 年,金、宋初步商妥了下列和約:(一)宋奉表稱臣。(二)宋歲輸金銀絹五十萬兩匹。(三)金允以河南、陝西地予宋。於是南宋遣王倫到金營,要求收河南、陝西之地,金則派張通古到杭州議和,和議已趨成熟。

正在金、宋和議完成之時,金的主戰派發動政變,主和派撻懶和宗磐被殺。於是推翻和議,金兵於 1140 年(紹興十年)大舉南侵,但遭到南宋愛國將領在各路的抗擊。

劉錡在順昌(安徽阜陽)擊敗了金兀术的"鐵浮圖"和"拐子馬"勁旅,迫使金兀术退軍汴京。

吳玠敗金兵於陝西鳳翔,阻金兵入川。

韓世忠敗金兵於淮陽(今江蘇邳縣)泇口鎮,阻金兵南下。

而岳飛自襄陽北伐,敗金兵於郾城(今河南郾城),取得更大的勝利。金兀术忙以重兵來迎,岳飛敗其"拐子馬"(兩面包抄的騎兵戰術),金兀术大潰敗。於是岳飛乘勝追至朱仙鎮,距汴京僅四十里,以"直搗黃龍府"鼓舞軍士,指日渡河收復中原。

在岳飛節節勝利擊敗金兵的時候,前此岳飛派梁興聯絡的兩河義軍,也配合官軍屢敗金兵。兩河父老百姓爭相挽車牽牛,載旗糧以食饋義軍,"自燕以南,金號令不行,兀术欲簽軍以抗飛,河北無一人從者"(《宋史·岳飛傳》),這說明當時河北義軍和廣大農民都起而抗擊金兵,配合官軍作戰。金兵內部動搖,先後投降者不絕。在這種形勢下,徹底擊敗金兵收復中原,是指日可待的。

秦檜為首的主和派,越看到抗金的勝利,就越慌恐不安,以防止武將跋扈的傳統國策,博得了宋高宗的信任,破壞岳飛和人民抗金的巨大成果,解除韓世忠、岳飛等兵權。由於岳飛堅持抗金,秦檜等賣國集團便於 1141 年冬將岳飛下獄,將岳飛及飛子岳雲殺害。於是宋高宗和秦檜便於 1142 年(紹興十二年)與金訂立了賣國條約:

一,宋高宗向金稱臣。

二,宋歲貢金、銀、絹各二十五萬匹兩。

三,宋將淮水以北、大散關以東地區割給金,並割唐、鄧二州及商州、秦州(陝西地)之半給金。

岳飛英勇抗擊金兵的輝煌事蹟,永遠在中國歷史上閃耀著光芒,為人民所崇敬。而秦檜賣國求和的可恥行為,則永遠受人民的唾罵。

南宋對金賣國投降的和議,喚起了金、宋對峙局面的出現。但這種局面的保持,還仍舊依賴愛國將領和人民的抗金鬥爭。

1161 年(紹興三十一年)金主亮推翻和議,率六十萬眾自壽春渡淮南侵。宋高宗又要浮海避敵,賴宋將虞允文堅守采石磯(安徽當塗)擊退金兵,阻止了金亮渡江。義軍魏騰與宋軍李寶又擊敗海上的金軍。金主亮在敗退之中,為其部下所殺,金軍南侵遭到失敗。

1163 年,宋孝宗趙眘立,金主雍仍繼續南侵。南宋任用主戰派張浚為將,派李顯忠等軍北伐,結果宋軍敗於符離(安徽宿縣)。宋孝宗急罷張浚,起用主和派的秦檜舊党湯思退為相,於 1164 年與金議和。(一)宋稱金為叔父,自稱侄。(二)宋贈歲貢幣銀二十萬兩匹。(三)割唐、鄧、海、泗四州與金。

1205 年宋甯宗趙擴在位,外戚韓侂胄專權,乘金內部混亂和蒙古崛起的時機伐金以壯威勢,結果失敗。宋甯宗殺韓侂胄以其首向金謝罪,並議定:(一)宋稱金為伯父。(二)宋贈歲幣銀絹各三十萬兩匹,犒軍錢三百萬貫。

自此後,蒙古崛起。金在蒙古威脅進攻下無力攻宋,宋、金才維持了七十年的和平。

六、宋金對峙時期的社會經濟

1. 南宋偏安局面下南方經濟的繼續發展

女真貴族歷次大舉南侵,企圖滅亡南宋統治全中國的妄想,在大河南北廣大人民堅持抗金鬥爭的嚴重打擊下被粉碎了。由此金國統治階級內部不斷發生政變,宋、金對峙的局面,才得穩定下來。南宋朝廷才得以維持一百五十二年(1127—1279 年)在長江流域的統治。

南宋的領土不及北宋三分之二,淮河以北、大散關以東地區淪陷在金人統治下。但南宋政府的稅收,卻與北宋全盛時期的宋仁宗時的約略相等,約計 12000 萬貫。這說明南宋經濟在繼續發展,但政府剝削也異常繁重。

(1)南宋的農業和土地佔有關係

南宋初年,由於北方和兩淮荊湖各路人民不堪金人的殘酷屠殺,大量逃往南方,增加了江南地區的勞動力。南宋政府和莊園地主招募流民充當佃戶,開墾荒地。於是不僅受戰爭破壞而荒蕪了的土地重新開墾,這時湖廣和沿海地區的生荒也逐漸開闢為熟田。因此,南宋土地所有制形式中,便顯示出"官田"面積的增加和莊園主土地集中的嚴重。

南宋官田,是由無主荒田、沙田、蘆場及籍沒罪犯的田產組成的。由地方官府直接管轄,招募無田客戶及難逃的流民開墾耕種,稱為"官莊",官府與佃戶對半分租。

"官莊"不僅佔有不少良田,而且為了增加官府收入,在長江下游及兩浙地區大修圩田水利,以擴大官田面積。在靠近江湖的田地四周幾百里,築高堤防水,謂之圩岸。沿堤造水閘,開港渠,以便引水和攔水。因此可保常年豐收,不遭水旱;使水鄉澤國,變成豐饒的耕地。南宋初,在建康、蕪湖、當塗、宣州、和州、無為等地,開闢了規模很大、相連八九十里至百餘里的圩田。長江下游和兩浙地區,由於水利的灌溉和實行深耕熟犁,每畝田收入可達五六石,單位生產率大大提高了。南宋寧宗(1195—1224 年)時,政府掌握大量官田,官田收入每年達

722700 石, 錢 1315000 貫。

南宋政府不斷出賣官田給官僚、地主, 並將官田包佃給豪強地主。因之, 南宋的莊園地主、官僚地主佔有大量土地。如秦檜佔永豐圩田千頃, 張俊每年收田租達六十四萬石。他們派有專管莊園田租的"管幹"、"幹僕"欺壓佃客。官僚地主們還利用權勢, 侵佔沿湖四旁低地築堤, 防湖水浸入, 稱為湖田或圍田; 霸佔江湖水利, 與湖爭田, 使湖面縮小, 以至農民田地, 常遭旱澇之災, 生產減縮。

南京官僚大地主用收買官田、包佃官田、侵奪民田等辦法佔有大量土地後, 混亂經界, 用各種變法逃避納稅和服徭役的義務。因之, 嚴重地影響政府的稅收。南宋政府, 不能制止官僚地主兼併土地, 為了維持政府收入, 在宋高宗紹興十二年(1142 年)開始實行"正經界", 以清量土地, 按畝收稅。但行之七年, 由於豪強地主製造異論而停止實行。南宋末年, 土地兼併更加嚴重, 宋理宗開慶四年(1263 年)時, 賈似道當權, 在兩浙一帶實行"公田法", 政府規定大地主佔田限制, 逾限數由政府用紙幣收買三分之一, 作為"公田", 再佃給農民耕種收取高額地租, 擴大官莊面積。但這種強制收買土地辦法, 不僅遭到一般地主的不滿, 農民也因剝削加重而反抗。因之, 即使 1275 年下令廢止公田, 南宋也未幾即亡。

南宋土地集中和賦稅負擔極不平衡的形勢, 使農民不斷失掉土地, 淪為官莊和私人地主的佃戶。因之, 南宋自耕農民, 不過佔農戶三分之一, 其餘三分之二的農戶成為官莊和地主的佃客。由於"小民田日減而保役不休, 大官田日增而保役不及"(《宋史》謝方叔語), "貧者產去稅存, 富者有田無稅", 繁重的賦稅和力役, 便加在三分之一的農戶身上。這就更加使農民失地破屋, 忍受百分之五十至百分之七十的地租剝削, 去做地主的佃戶。

由此可見, 南宋農業由於大量人口南遷, 開闢荒地, 興修水利, 改進生產技術,在農民的辛勤勞動中有了重要的改良。但是,由於南宋土地大量集中到官府和官僚地主手中,對農民實行繁重的剝削,使農民過著極端貧困的生活。

(2)手工業和商業、都市

南宋的手工業也和農業一樣繼續發展,造船和火器製造業適應戰爭的需要有了很大進步,印刷、造紙、瓷器和紡織業都相當發達。

造船技術提高,可以製造船底裝置輪子的"車船",高二三層,能乘千人,供水軍作戰;海船的桅杆裝置,也有很大改進。

南宋火器的製造規模已相當大。爆炸式的武器開始是用乾竹作的霹靂火毬,後改進為霹靂炮。南宋末,在荊州可以製造鐵制火炮,形式"如匏狀而口小,用生鐵鑄成,厚有二寸"(趙與裕《辛巳泣蘄錄》)。管狀射擊性武器,有以竹管裝火藥製成的火槍,"以鉅竹為筒,內安子窠,如燒放焰絕,然後子窠發出如炮,聲遠聞百五十餘步"(見錢偉長著《我國歷史上的科學發明》)。另外南宋度宗時,沿邊州郡,能治回回炮(《續通考·兵考》)。這些火器的製造方法已無記載可考,但可說明遠在宋朝,我國火器製造技術已達到很高的水平。

印刷業中,可以用銅版印造紙幣及新聞小報。

南宋紡織業,由於草棉普遍種植於長江流域而得到充足的棉織原料供應。紡織技術已有進步,用織車、彈弓、織機織布,並已出現了專門以紡織業為生的生產部門——"機戶",定州織"刻絲",能織成各種各樣的花草鳥獸樓閣狀,工極精美。

南宋在手工業方面,利用水力為動力已有很大進步。據元王禎《農書》載,江西產茶地區,有水轉連磨,用急流大水衝擊水輪,水輪轉動大軸,帶動九磨同時轉動,可以搗茶,可以磨粉,並可利用水力轉動大紡車,晝夜可紡績五百斤。

南宋手工業作坊,幾乎普遍到鄉鎮及沿海各城市。據馬可波羅的記載,杭州城有十二種職業,各業有一萬二千戶,每戶至少十人,有多至四十八的。職主脫離生產,指使工人操作,生產品供給附近城市消費。官營的杭州、蘇州、成都三大織錦院,雇傭工匠達數千人。由此可以看出,這種官司作坊,已具有手工工廠的組織形式,而且已在孕育著資本主義因素。

由於政治中心南移和南宋統治階級的窮奢極欲,南方的商業和城市更加繁榮起來。都市人口增加,南宋首都臨安(杭州),在宋度宗時(1265—1274年)人口達到三十九萬戶,比北宋時的汴京還多十三萬戶。單就食米,每日交易額就佔三四千石,依賣米為生的有十六七萬人。太湖流域和廣州的食米,都可運往臨安銷售。

另外,臨安城裏聚集著各種行業,有錢市兌換鋪百餘家,有珠寶市、綢緞布帛市及早市、夜市,各行分業聚成街坊。官僚富商和大地主,則經營邸店(貨棧)和長生店(典當鋪),以囤積居奇,放高利貸。並有官營的大手工業局、坊、場。圍繞臨安的明州鄞縣和建康,都發展起來許多市鎮,江陵、成都也都成為繁榮的貿易中心。政府在市鎮上設有稅場,抽取高稅。

對外貿易,在金宋交界處設榷場,管理貿易和抽稅。廣州、泉州、明州為海外貿易口岸。南宋政府設提舉市舶司管理貿易和抽稅。南宋初市舶收入達二百萬緡,佔總稅入二十分之一。輸出品有絹、帛、綿、綺、瓷、漆等,輸入則為各種香料、犀角、象牙、玳瑁、珊瑚等奢侈品,與南洋群島、日本、高麗的貿易為最發達。大官僚、大富商經營海外貿易獲得暴利。

由於手工業和商品經濟的發展,貨幣發行額大增。但南宋政府開支浩大,濫發紙幣以掠奪人民,彌補財政虧空,以致紙幣價值低落,物價飛漲。宋理宗時,達到升米千錢。人民生活痛苦,造成政府財政崩潰,以至滅亡。

(3)南宋統治階級的腐朽和殘酷剝削人民

南宋統治集團在對金屈辱投降求得苟安的局勢後,便沉醉於奢侈腐朽的生活中了。官僚地主不僅可以佔有幾百畝的田產,而且完全享受免役免賦特權。他們利用經濟優勢、政治特權,兼經高利貸和貿易走私,獲取大利;公開兼併田產,迫使小農失業。而政府浩大的軍費、貢金、歲幣、統治集團的浪費等各種費用,便加在農民身上,而且剝削額異常繁重。

兩稅是南宋的正稅。其中粟米之徵不但稅額增加,而且附加"斗米之耗"達到宋徽宗時正稅的兩倍,等於唐代稅額的七倍。另外各種雜稅,有(一)折帛錢,將以前和買帛額折納現錢,原額上供仍然照舊;(二)經、總制錢,是酒稅、田契稅、頭子錢等經制錢的增加額,由總判司管理,每年收入達一千七百萬緡,佔總稅入四分之一;(三)月樁錢,供應軍需的額外徵收;(四)板帳錢,包括輸米加耗,錢帛靡費,沒收賕款,犯罪罰金等。這些新的苛捐雜稅,為正稅的九倍。廣大人民,遭受到"婦女吊死兒童僵"的無邊苦痛,正如辛棄疾在奏疏中所言:"田間之民,郡縣以聚斂害之,吏以乞取害之,豪民以兼併害之,盜賊以剽奪害之。民不為盜,去將安之?"呻吟在南宋腐朽統治下的廣大人民,自孝宗以後,即被迫不斷爆發起義。

1165 年(孝宗乾道元年),因政府強派銷乳香,激起了湘南峒民爆動,以射士李金為首。

1175(孝宗淳熙二年),由於政府禁販私茶,激起茶販賴文政為首的近四百人的武裝起義。初起於湖北,轉入湘、贛、嶺南打敗官軍。最後以流動性太大,卒被鎮壓失敗。

1179 年(淳熙六年),湘南彬州民陳峒,聚合數千人起義,攻下道、連等州,當年被官軍鎮壓失敗。

這些小股人民起義鬥爭,反應出南宋政權統治的薄弱,社會矛盾的激化。

2. 金統治下北方經濟的破壞

處於氏族制解體階段的女真族,在滅遼侵宋的過程中軍事掠奪戰爭,不斷地發展著私有財產,並俘虜大批人口充當奴隸。侵入中國北方的廣大地區後,受到漢族封建經濟和文化的影響,飛速向封建制過度。在漢族地主的投靠下,金朝在中國北方建立起封建制國家。但由於氏族的狹隘性和軍事掠奪性的支配,金朝對中國的封建經濟和文化加以嚴重的破壞和摧殘,對中國北方各族人民進行種族壓迫和奴役,大批漢族人口被掠奪,遷往金人原居地區(今東北)去充當農奴和奴隸,大量牲畜財物被劫掠,無數城市鄉村被毀滅,大量農田被強佔。

隨著女真掠奪戰爭的發展,女真統治者將其氏族制末期的軍事部落組織——猛安(千夫長)、謀克(百夫長)戶,大批遷入中國北方進行屯田和鎮壓漢族人民。女真貴族和猛安、謀克戶以掠奪的方式,侵佔農民土地,往往一家一口佔田數十頃。如宰相納合椿年佔田達八百餘頃,驅使俘虜的農奴或奴隸耕種或強迫漢族人佃耕徵收田租。這些女真貴族大部轉化為保持奴隸殘餘的封建地主。

另外,女真族統治者大量搜刮民田作為官田,或圈佔民田作為牧場和獵場。如燕京周圍五百里地區被圈為皇帝的獵場。擄掠或脅買漢人作奴隸,耕種官田。女真統治者,並將田地、奴婢和牛具,按等級分給猛安、謀克戶,每個謀克戶佔有奴隸一兩個至二三百個不等,大貴族可以"奴婢萬數"。土地人口的掠奪和奴隸勞動的使用,大大摧殘了中國北方的社會經濟,阻礙生產發展。

女真統治者按保甲將漢族人民編制起來,五戶為邦,五邦為保,保上城廂有坊正,村社有主首、里正,以防備人民反金活動,以嚴刑鎮壓人民。

漢族農民負擔著繁重的賦役,二稅之外,並有"物力",凡園圃、住宅、車輪、畜產、錢幣等,都按定數納稅。到金朝末年,還往往加賦數倍,或預借田賦數年。特別繁重的是兵役徵發和徭役,強征漢族人民當兵,去進行侵略戰爭,食糧均需自備,壯丁徵發殆盡。戰爭破壞著生產勞動者。

女真統治者,王室貴族及官僚,掠取金銀錢幣,窖藏起來,因而流通額減少。金主亮貞元二年(1154 年),設置交鈔庫,舉行交鈔,與遼、宋銅錢並行。分大鈔、小鈔兩類,大鈔分一貫、二貫、三貫、五貫、十貫五種,一鈔分一百文、二百文、三百文、五百文、七百文五種。由於交鈔的發行,銀幣、銅幣流通更少,女真統治者,遂濫印發大鈔和銀鈔,造成貨幣膨脹,物價飛漲,萬貫交鈔僅能買燒餅一個,民間通用銀幣交易。濫發紙幣,嚴重破壞了工商業,造成"市肆關閉,商旅不行"的後果。

女真貴族,用殘酷的掠奪和繁重的剝削搜刮漢族人民。漢族地主也依恃金人勢力,和女真貴族同樣劫奪本族勞動農民。女真族統治者在封建剝削的餵養下,很快安富尊榮起來,接受了漢族地主的腐化生活方式,並積累大量財富,勇猛善戰的傳統在漢化的過程中逐漸消逝了,統治階級內部不斷發生爭奪權位的鬥爭,削弱了其統治力量。

在女真貴族殘酷統治下的漢族人民,不堪高利貸盤剝和土地掠奪及繁重的賦役壓榨,被迫大量逃亡南方或死亡,造成北方戶口減少,農村勞動力缺乏,土地荒蕪。逃亡戶的欠稅,又被強攤在現戶身上,逼使人民起義反抗,或組成義軍堅持抗金鬥爭。女真族統治末期的金章宗時代,金政權南遷開封後,河南州縣,負擔更加沉重,於是爆發了規模強大的"紅襖軍"起義。起義軍活動於山東、河北,殺盡了壓榨蹂躪漢族人民百餘年的"猛安""謀克"村寨,沉重打擊了女真統治,加速其在蒙古進擊下的滅亡。紅襖軍領袖彭義斌在蒙古入侵時,孤軍深入河北抗拒蒙古,但因得不到南宋王朝的支持,最後兵敗戰死。

南宋高宗和秦檜的投降賣國政策,破壞了義軍的抗金鬥爭和愛國將領的壯志,將北方廣大人民推入金人蹂躪壓迫之下一百多年,受盡煎熬痛苦死亡和流離,加上以後百餘年的蒙元統治,嚴重地破壞了北方的社會經濟。因此,廣大人民始終接受歷史上的教訓,反抗任何一個賣國投降的政府。

七、蒙古之興起及侵佔中國

1. 蒙古的興起及蒙古帝國的建立

蒙古族是長期遊牧於黑龍江上游克魯倫河流域的部落。唐朝時稱"蒙兀",因隸於室韋,又稱"蒙兀室韋"。宋、遼、金時期,稱"萌古""蒙古里""黑韃靼"。這些民族部落遊牧於蒙古草原之上,過著原始氏族社會生活。

蒙古氏族部落以馬、牛、羊為主要生活資料,許多氏族成員結成"庫倫"或村落的形式進行畜牧。有些家族已成為獨立的生產單位並據有一定的地區進行畜牧,逐漸萌發著家族私有財產。而且,氏族部落間互相掠奪,將俘虜作為家內奴隸使用。鐵木真的十世祖孛端察兒兄弟就曾征服附近諸族,將其百姓俘虜來做為茶飯使喚的奴隸。因而氏族內部間有貧富的區分和階級分化。隨著鐵制兵器的使用,這種分化進一步加劇。

孛端察兒以後的蒙古酋長,雖然繼續征服附近各族,俘虜更多的奴隸,但奴隸的使用在生產上只是起輔助作用。負擔主要生產勞動的是氏族自由民和氏族貴族的屬民(比奴隸地位高的牧奴)。由於受到周圍地區高度發展的封建經濟的影響,這種牧奴和氏族貴族之間的關係已具有濃厚的封建牧奴對領主的因素了。這種生產關係促使氏族制解體,氏族貴族的私有財產在掠奪中急劇增長。富有的家族被選為氏族長、部落長或部落聯盟的酋長——汗。

鐵木真的曾祖合不勒便做了蒙古部的合罕(汗)。當時,蒙古依然受到金的統治。金國見蒙古日益強大,便挑唆蒙古部東部的塔塔兒部與蒙古鬥爭。以後的蒙古部長不斷和塔塔兒部發生戰爭,還遭受著金國的攻打和掠擄。鐵木真的父親也速該併吞和聯合各部落,成為一個強大的部落聯盟。

後來,也速該被塔塔爾人毒害而死。他的兒子鐵木真年幼,部下多逃亡。鐵木真和他的母親訶額侖曾遭受到非常曲折的困難。鐵木真在他的妻族翁古剌惕部及和他父親結盟的克烈部三軍的幫助下強大起來,1189 年被部眾推為合罕(汗)。

鐵木真被推為合罕(汗)時,在蒙古高原上分佈著七個較大的部落,這就是塔塔兒部、泰亦赤兀惕部、汪古部、蔑兒乞惕部、克烈部、乃蠻部、劄只剌部。鐵木真與克烈部、劄只剌部聯合,與金聯合,打敗東部的塔塔爾部。後又征服了泰亦赤兀惕部、蔑兒乞惕部,打敗西部阿爾泰山一帶的乃蠻部,最後將克烈部、劄只剌部也征服了,滅汪古部,統一了蒙古高原東自黑龍江西至阿爾泰山一帶地方。1206年,鐵木真於斡離河源(顎嫩河)正式稱為"成吉思汗",建立蒙古族的國家組織。

首先,成吉思汗將他征服的各地區百姓,贈給他的親族和追隨他的氏族貴族,以十進為級,封為十戶、百戶、千戶、萬戶"那顏"(即封建王公)。被分封的千戶、萬戶"那顏",在自己的封區內是封建世襲的最高權力者;但必須受汗的約束,帶領屬民參加汗所發動的戰爭。這說明,成吉思汗已在蒙古部族久已孕育著的封建經濟基礎上,建立起封建國家,進一步推動封建經濟制度的發展。

其次,成吉思汗還制定了法律制度,確立父子、兄弟、夫婦之間的封建等級關係,以鞏固封建秩序;利用畏兀兒(維族)文字母,制定蒙古文字。

再次,成吉思汗建立了"怯薛"的親兵制度,將他稱汗以前的護衛親兵加以擴充,選萬戶、千戶、百戶那顏的兒子,帶著隨從馬匹和自己的財產,充當親兵護衛,享受較高的權力。

成吉思汗統一蒙古高原,建立封建制度,使蒙古的力量強大起來,實行對外擴張的瘋狂戰爭。

成吉思汗稱汗六年(1211年),便越過大漠,南下攻金西京(大同),大破金精兵四十萬,佔據了金北方大片地區——東至灤平,西到清滄,北自臨潢過遼河,西至忻代間地區。又分兵攻佔居庸關,南下攻燕京及東昌府。金將胡沙虎戰敗,因畏罪之故於1213年殺金主永濟,立金主珣為金宣宗(1213—1223年)。蒙古兵一方攻燕京,分兵三路攻佔金兩河、山東地區,數千里內遭到蒙古騎兵的嚴重破壞和殺戮。成吉思汗又迫使金統治者獻宗室女及童男五百、馬三千匹向蒙古求和。1214年金主珣南遷汴京。此後,蒙古攻佔河北、河東、陝西地區,金退縮到河南一隅之地,南侵南宋以取補償,無力抵抗蒙古。

成吉思汗削弱金國,佔有黃河以北及陝西廣大地區後,便向西擴張。當時,分佈在中亞和東歐一帶的國家,多是處於分裂衰落階段,統治集團腐朽,內部矛盾尖銳。在蒙古騎兵的突擊下,這些國家無力挽救滅亡的命運。

2. 蒙古西征及四大汗國

(1)成吉思汗西征(1218—1227年)

成吉思汗西征——於1218年入侵西遼故地。當時西遼建國已有百餘年(耶律大石於1131年建國),成吉思汗滅乃蠻部後,乃蠻部酋長太陽汗的兒子屈出律逃至西遼,篡奪了西遼政權,又與已被蒙古征服的畏兀兒人聯合以防蒙古。1218年(宋寧宗嘉定十一年)在成吉思汗西征中,屈出律被擒殺,蒙古攻陷西遼都城喀什葛爾。

成吉思汗滅西遼以後,遂與花剌子模接壤。花剌子模是統轄著東北至錫爾河,東南至印度河,南濱波斯灣,北至咸海、里海,西至高加索地區的一個回教國。國王摩訶末,殘暴聚斂,劫奪蒙古商隊,阻礙了蒙古和西方的商路交通。1219年,成吉思汗調回征討高麗的軍隊,集二十萬大軍西征中亞,擊潰花剌子模軍,國王摩訶末逃往里海的一個小島上死亡了。蒙古騎兵,踐踏中亞的許多城市,破壞了當地的灌溉系統,殺擄成千上萬的居民,使富庶的中亞地區變成了沙漠和廢墟。

花剌子模亡後,蒙古騎兵又分兩路進發。一路入侵印度北部,一路入侵高加索山東北的欽察部。又從欽察部侵入俄羅斯北部,歐洲為之震動。俄羅斯諸公國受到極大的破壞,俄羅斯諸貴族王公也遭到殘殺。1224年,成吉思汗才結束了在中亞一帶的戰爭。1227年,成吉思汗滅亡了西夏以後,死在甘肅六盤山。窩闊台繼承了他的汗位。

成吉思汗在戰爭中度過他的一生。他的統一事業,是適應蒙古族的經濟發展和擺脫外來壓迫的要求的。因之,他的事業也就具有推動蒙古歷史發展的作用。但蒙古貴族的對外掠奪戰爭,對於高度發展的封建經濟也帶來了嚴重的破壞。

(2)拔都西征(1235—1242 年)

成吉思汗死後,窩闊台汗在位時期,蒙古統治者繼續西侵。

1235 年(窩闊台七年),以拔都(術赤次子)、蒙哥(拖雷長子)、貴由(窩闊台長子)與前軍主將速不台率領下的蒙古騎兵大舉西征。窩闊台命令蒙古貴族長子一率出征,號長子軍。

蒙古騎兵自欽察部北出,進攻俄羅斯許多公國,於 1237 年攻佔了莫斯科、烏拉基末爾、諾佛格羅得等城。1240 年,度過蠢伯河,進陷基輔。俄羅斯的人民在保衛基輔的戰鬥中,發揮了抗拒蒙古侵略的英勇壯烈的精神。繼之,蒙古軍又西侵波蘭、德國、馬劄兒(匈牙利),蹂躪東部歐洲;又進攻捷克,遭到捷克人民的英勇的抵抗而退回南俄草原。這一次西征,蒙古軍的前鋒部隊,曾到達威尼斯境(今意大利),由於俄羅斯人民及捷克人民的英勇抗擊,才使西歐免於災難。1241 年窩闊台死,拔都退兵,結束了第二次西征。由於拔都與窩闊台子貴由的矛盾,拔都在伏爾加河下游建立欽察汗國,建都薩萊(伏爾加河下游),統治俄羅斯地區。直到 1480 年,為伊凡三世推翻。

(3)旭烈兀的西征

在拔都西征的前後,另一支蒙古騎兵侵入西南亞,蹂躪了今伊朗及小亞細亞大部分地區。拖雷子蒙哥為大汗時(1251—1260 年),於1253 年遣拖雷第三子旭烈兀西征。旭烈兀於 1256 年征服了里海南邊的回教國木剌夷及地中海東部地區。1257 年,進陷報達(巴格達),迫使報達的回教主哈里發投降。蒙古騎兵在報達燒殺數十萬軍民,餓斃哈里發。旭烈兀佔領了亞洲西南部,出兵阿拉伯半島,佔領埃及的屬國西里亞。

正在旭烈兀瘋狂西征之際,蒙哥大汗在侵宋戰爭中被擊斃於四川(1259 年),忽必烈繼為大汗,封旭烈兀於伊爾汗國,統治印度河以北、阿姆河以西、匈牙利以東、欽察汗國以南地區。

蒙古自成吉思汗向西擴張,將其征服地區建立四大汗國。

四汗國名	統治地區	建國者	都城		備考
			原名	今地	
欽察汗國	東歐俄羅斯地區:東自吉爾吉斯草原,西至匈牙利。	成吉思汗長子术赤之子拔都西征時所建。	薩萊	伏爾加河下游地	後來國土分裂,至 1480 年,即明憲宗成化十六年為莫斯科大公伊凡三世所滅。
窩闊台汗國	阿爾泰山一帶及新疆北部地。	蒙古太宗窩闊台之後人所建。	也米里	新疆塔城縣境	忽必烈建蒙元後,滅窩闊台汗國,以其地併於察合台汗國。
察合台汗國	阿姆河以東至天山附近一帶。	成吉思汗二子察合台所建。	阿穆爾	新疆伊犁以西	蒙元亡後 1369 年,即明洪武二年,為帖木兒帝國所滅。
伊爾汗國	印度河以北、阿姆河以西、匈牙利以東、欽察以南,中亞、伊朗高原及小亞細亞一帶地區。	成吉思汗四子托雷第三子旭烈兀所建。	馬拉固阿	伊朗西北烏米亞湖旁	為帖木兒帝國所滅。

3. 蒙古的南侵及南宋滅亡

蒙古貴族向西擴張的同時,分兵向南進侵金、宋。

蒙古自1214年削弱金國,迫使金宣宗南遷汴京,佔據黃河以北地區後,便專力西征。1219年派木華黎率兵攻金,在佔領地區設置官吏,派兵駐守。

金主南遷後,金統治階級荒淫腐朽更加嚴重。河北的猛安謀克戶百餘萬口南遷河南,歲糜衣食口糧佔河南路全年租米一倍以上。又大括民田,強指為荒地,分給猛安謀克戶每人三十畝,任其荒蕪。沿黃河築保塞,搜括居民充當守兵。屢侵南宋(1217年)、西夏,連年用兵,軍用浩繁。殘酷的剝削,激起漢族人民紛紛反抗,到處殺害猛安謀克戶。金統治地區的人民起義大大削弱了金朝統治力量。蒙古窩闊台統治期間,大舉攻金,陷開封,迫使金哀宗(守緒)逃奔蔡州(河南汝南)。蒙古約宋夾攻金,允諾滅金後以河南地歸宋。腐朽的南宋統治者遣孟拱率精兵二萬、軍糧三十萬石助蒙古軍合圍蔡州。1234年(宋理宗端平元年),宋軍攻陷蔡州,蒙古軍隨入,金哀宗自殺,金亡。

金亡後,南宋派軍進復三京(汴京、洛陽、應天),蒙古敗盟。1235年,窩闊台派其子曲出、闊端分路侵宋。曲出一路進侵鄖州、襄陽、樊城、江陵;闊端一路自隴西攻入四川,攻佔成都。企圖從長江上游,迂迴進攻南宋。1245年,窩闊台死,蒙古退兵。而同時東攻高麗的蒙古軍,於1238年滅亡了高麗。

南宋與蒙古,自金亡後展開了四十多年的長期戰爭,最終由於南宋統治集團的腐朽,亡於蒙古。

蒙哥為大汗時期(1251—1260年),除以主力軍西侵外,並在東自淮水、西至漢水的一綫上分兵屯田,修築工事,準備大舉攻宋。同時,派忽必烈率兵征服青海一帶的吐蕃人和南詔後人所建的大理國(雲南)(1252—1253 年),派大將兀良哈台率兵自雲南深入交趾(1257 年),對南宋完成三面包圍。自 1257 年起,蒙古兵分三路大舉侵宋。留阿里不哥留守和林,一路由忽必烈率兵渡江圍鄂州(武昌)。一路由兀良哈台率兵自交趾北上,自廣西入湖南,進攻潭州(長沙),企圖與忽必烈在鄂州會師。另一路由蒙哥親自率御營兵,自六盤山行營分路南下攻四川。

蒙哥率領的蒙古軍,自漢中攻入利州(廣元),南宋官吏多逃跑或投降。於是閬州、蓬州(蓬安)相繼淪陷。但當蒙古騎兵攻打合州時,卻遭到合州守將王堅頑強抵抗。在人民支持下,王堅堅守釣魚山抗擊蒙古侵略軍四個多月,使蒙古兵受到很大傷亡。1260 年蒙哥也在攻城戰役中受傷死去,入侵四川的蒙古軍遂喪氣退走。

進侵鄂州的忽必烈軍,在鄂州兵士和人民堅守城池的雙重抗擊下,久不得展。於是分兵攻陷江西的臨江(清江)和瑞州(高安)。自交趾(安南)北上的兀良哈台軍,在靜江(廣西桂林)遇到馬墍率領的軍民頑強抵抗。他們多次打退蒙古軍,最後馬墍以兵盡糧絕失敗犧牲,靜江失陷,蒙古騎兵遂北抵潭州。

當蒙古軍進侵湖北、湖南及江西時,南宋的腐朽統治集團,封賈似道為右丞相兼樞密使,帶兵援鄂州。賈似道屯兵黃州,無恥地遣秘使向蒙古軍求和,許割江北地,歲貢銀絹各二十萬兩匹。當時,攻四川的蒙哥戰死,留守和林的阿里不哥又陰謀爭奪大汗之位。忽必烈急於北歸爭奪統治權,於是在 1260 年接受了賈似道的請和要求,解鄂州之困,全軍北撤。而賈似道卻隱瞞其屈辱求和的事實,向南宋朝廷虛報各路大捷,冒功受賞。以宋理宗為首的統治集團,不查明事實,對賈似道加官封爵,愈加信任。賈似道也就愈加作威作福,排斥真正抗敵的將領,並於 1260 年,將忽必烈派遣依約索取歲幣的使節郝經加以囚禁,以防揭穿他投降的把戲。這種掩耳盜鈴自欺欺人的辦法,自然很快被歷史事實所揭破。

1260 年,忽必烈擊敗阿里不哥,在開平(多倫東)即皇帝位,這就是元世祖。1264 年,忽必烈遷都燕京,穩定了自己的統治,於是在 1267 年(南宋度宗咸淳三年)開始侵宋。這次,忽必烈的戰略是先取襄陽、樊城,然後進攻臨安。自 1268 開始的五年中,蒙古軍集中火力圍攻襄陽。困守襄樊的守將呂文煥,向賈似道求援軍,賈似道置之不理,最後兵敗投降。但在堅守襄樊抗擊蒙古的戰鬥中,張順、張貴、牛富及許多軍民,英勇地抗擊元兵,為保衛襄樊流出最後一滴血,牽制蒙古兵東犯。而腐朽的南宋統治集團,仍然沉溺於荒淫無恥的生活裏,拼命地搜刮人民,不能抗擊蒙古。

襄樊陷落後,1274 年,忽必烈命伯顏率領大軍,以宋降將劉整、呂文煥、張弘範等,水陸分兵東侵。賈似道被迫率兵迎戰,結果是不戰而潰。元兵侵沿江各州,鎮江、太平(當塗)相繼淪陷。元將伯顏屯兵建康,分兵三道,水陸並進,入侵臨安:一路自建康出廣德趨獨松關;一路自江浮海,由江陰趨澉浦;一路由伯顏率領趨常州。常州軍民堅守抗擊元兵,元兵晝夜炮擊,最後城陷時數千守軍只餘六人,仍殺敵多人壯烈犧牲。常州遭到蒙古軍殘酷的屠殺,僅七人伏橋下得免。

南宋的統治者,在元兵臨城下的危亡關頭,一味卑辭求和。宋謝太后奉表向元稱臣,允歲貢銀二十五萬兩,絹二十五萬匹,乞求保存境土。但元進兵不已,南宋朝廷官僚紛紛逃亡。1276 年 3 月,臨安陷落。宋恭帝趙㬎及謝、全兩太后,宗室、官吏、學生、樂器、圖書、戶籍全被蒙古兵士俘去,臨安宮殿被劫一空。南宋小朝廷結束了它腐朽的統治。

4. 抗敵英雄文天祥等挽救殘局的英勇鬥爭

南宋統治集團,在強敵壓境、國土淪喪殆盡的緊急關頭,只能向蒙元屈膝投降,企圖以國家土地主權和人民的生命,換取統治集團的苟延殘喘。但廣大人民及愛國將領們,卻不惜拋頭顱、丟生命,寸土必爭,抗擊蒙元,表現了英勇不屈的民族氣節。他們的事蹟,至今贏得中國人民的崇敬。

蒙元騎兵入侵襄樊時,同時進攻上游的四川,進圍合州、重慶。合州守將張珏,堅守城池,屢敗元軍,後又退守重慶堅持抗擊。至 1278年,因孤軍不敵,失敗被俘,後以弓弦自殺,至死不屈服。

當蒙元攻陷沿江各州進攻臨安時,江北揚州也陷於元兵包圍中。揚州守將李庭芝、姜才堅守城池抗擊元兵。臨安陷後,元伯顏持謝太后手詔命令留守城池的州縣降元。但愛國英雄李庭芝和姜才在城上燒降書,射降使,堅守不屈。最後,張世傑等擁立趙㬎兄益王趙昰撤退入閩,即帝位(端宗),遣使令李庭芝等撤退,李庭芝、姜才等才轉移到泰州(江蘇泰縣)。後又被元兵追擊包圍,失敗被俘,不屈而死。

趙昰到福州即位時,文天祥率領義兵恢復江西一部州縣,各地軍民回應。元兵進逼福建,宋臣陸秀夫等自海道至泉州,保護趙昰、趙昺。久擅市舶之利三十年的阿拉伯富商蒲壽庚勾結元兵攻宋,陸秀夫等被迫自閩退到廣東海上,堅持抗元。1278 年,趙昰在廣東碙州(吳川縣南海島)病死,張世傑、陸秀夫等又立其弟趙昺為帝,困守崖山(廣東新會)。在元兵及叛將張弘範的進攻下,張世傑在海上戰敗溺死。陸秀夫於 1279 年背著趙昺投海自殺,至死不投降,為祖國人民樹立光榮的榜樣。

轉戰江西的文天祥,因蒙元大軍追擊,終因眾寡不敵,於 1278 年轉戰至廣東海豐,兵敗被俘。他以堅韌不屈的氣概,拒絕了蒙元和叛將漢奸的勸降。在崖山海上舟中,詠出他"人生自古誰無死,留取丹心照汗青"的壯烈詩句,拒絕張弘範招降張世傑的陰謀,在敵人威脅利誘下,至死不屈,1282 年在燕京被害。被害前一年,文天祥在囚禁中賦《正氣歌》,表現了高貴的民族氣節和反侵略的英雄氣概,至今受到中國人民的崇敬。但是,南宋腐朽的封建統治集團,卻從來壓抑這些受人崇敬的愛國將士,而無恥地屈辱投降,將中國人民推向蒙元黑暗統治之下。

八、蒙元的統治與中國社會經濟的衰敗

1. 蒙元在中國的統治

蒙古人侵入中國時,還處在從氏族社會末期向封建制飛躍轉變的階段,他們的經濟生活主要是畜牧,所需要的是廣大的牧場。正如馬克思分析蒙古人破壞俄羅斯的社會經濟情況時所說的:"例如蒙古人在俄羅斯境內的蹂躪是適應著他們的生產而行動的,牧畜民族所需要的是牧場,而廣大無人居的荒野對於牧場是一種主要的條件。"(馬克思《政治經濟學批判導論》)中國的社會經濟,必然地也要受到同樣的破壞。在成吉思汗時,蒙古貴族別迭等就曾提出把中國人趕出去以土地為牧場的建議。雖未實行,但在蒙元統治時期,確仍有大量良田——特別是在中國北方——被荒廢為牧場。所謂"王公大人之家"或佔民田近千頃,不耕不稼,專放孳畜,正足以說明習

慣於遊牧生活的蒙元統治者,企圖以落後的生產方式來代替漢族進步的生產方式。

但由於中國封建制度優越性所產生的高度封建經濟和文化的影響,蒙古統治者以及進入中國的蒙古人的經濟生活及其統治方式也發生了一定程度的變化。而且當時還有熟悉中國封建制度的漢化的異族人以及一些地主官僚士大夫分子,如契丹人耶律楚材,如漢人劉秉忠、姚樞、許衡等替他們出主意,幫助其施行統治,因而訂立了若干制度,以奠定其建國規模。

然而,由於蒙古人是剛從塞北遊牧氏族制的社會進入高度封建制度的中國的,所以他們接受中國封建的生產方式和生活方式有一定的限度。而且,絕大多數的蒙古貴族和騎士還激烈地抗拒這種影響,反對轉化。蒙古族人口較少,社會經濟文化比較落後。加之,人們的意識落後於存在,所以蒙古族還頑固地保留著氏族制末期的狹隘性和強烈的貪暴性。在他們侵入中國後,統治著文化較高且又富有反侵略傳統的中國人民時,就不能不產生極大的戒懼,因而在他們統治中國的過程中,就表現為特別殘酷的種族壓迫、黑暗的農奴制和經濟上的破壞與掠奪。

蒙元的若干制度大體是在忽必烈時代建立起來的,忽必烈看到鐵木真及窩闊台任用耶律楚材,草創了不少統治漢族的辦法,因而瞭解到統治中國必須採用中國舊有的統治術。於是令劉秉忠等針對著統治中國人民的需要,訂立出來一些具體的制度。

第一,改國號——至元八年(1271)依劉秉忠建議,取《易經》"大哉乾元"的意義,改蒙古為大元。其改國號詔書說,秦漢隋原是一個小國的專名,作為全中國通稱,未免不公。我現在做了萬邦的共主,一切人民都是大元人民,並不強令充當蒙古國的人民。

　　第二，**服裝**——蒙古侵入中原，依契丹、女真舊法，不強迫漢人改換衣冠，薙髮打辮。庶民除不得服赭黃色衣外，其餘全存舊俗，儒生祭孔子，得襴帶唐巾行禮。

　　第三，**定都燕京**——蒙古人築城，從窩闊台開始，他選定和林作都會，築四個城門的小土城，城內只有兩條大街，規模極為簡陋。忽必烈建都燕京，至元元年（1264）改稱中都（開平稱上都）；四年，中都東北築新城宮殿；九年（1272）定名大都，城周圍六十里，城門十一座，比和林城大十倍，這就是現在北京城的最初規模。

　　第四，**制文字**——蒙古本無文字，鐵木真借用維吾爾字母，忽必烈始命吐蕃僧八思巴造蒙古新字，凡四十一個字母，製成字一千餘個。至元六年（1269）頒行全國。政府一切公文，限用新字作主體，各國文字作副體。忽必烈定制，中原官吏限用蒙古語，江浙官吏得用漢語；各路設蒙古字學，漢官子弟多入學讀蒙古文字。

　　第五，**定制度**——鐵木真初起漠北，只有萬戶管軍政，達魯花赤（斷事官或掌印官）管民事。窩闊台依耶律楚材議，始立十路徵收課稅使。忽必烈命劉秉忠、許衡定官制：內官最高有中書省管政事（宰相），統領吏、戶、禮、兵、刑、工六部，樞密院管兵馬，御史臺管糾察；次級內官有院（如蒙古翰林院、宣政院）、寺（如武備寺、太僕寺）、監（如司天監、回回司天監）、府（如大宗正府）。外官有行省、行臺、宣慰使、廉訪使；親民官有路、府、州、縣四等。又元初百官，例不給俸，任令貪暴害民。後來雖然給俸祿、定職田，但絲毫不能減少官吏贓穢的積習。

第六，**行省**——忽必烈滅宋統一中國，劃分地方行政區，中書省直轄河北、山東、山西等地，稱為腹里；此外行中書省(簡稱行省)凡十一，計為嶺北、遼陽、河南、江北、陝西、四川、甘肅、雲南、江浙、江西、湖廣、征東。行省制度，明清以來相沿不改。

2. 種族壓迫

蒙元統治者的種族壓迫，表現為奴役以漢族為主體的中國人民。蒙元利用色目人——包括西域各族人和西夏人——來壓迫漢人，故意分化漢族人民的團結，以削弱中國人民的反抗力量，從而鞏固其統治政權。

他們把各族人分為四大類，蒙古人最貴，色目人次之，漢人——包括腹里漢人、契丹人、女真人、高麗人等——又次之，南人——南中國的漢人——最賤。其視南人為最賤的原因，就是因為在其征服中國時，南方人反抗最激烈，且最持久，故而特別地施以壓迫，可透過漢人與南人的不平等，分化中國南北人民。

高級行政官吏很少由漢人擔任，內外官府的正官，必需用蒙古人或色目人，次官才得用漢人、南人。次官如分左右，漢人不得居右(蒙人以右為貴)。各級地方政權均置達魯花赤總攬一切，由蒙古人(亦有色目人)為之。其管理軍政和武器的官吏，絕對不用漢人。漢官不許參預軍機，不許閱知兵籍。漢人不許投充宮庭宿衛。凡各級官吏皆參雜置用各族人，使他們互為牽制。

在法律上，依種族貴賤，待遇極不平等。蒙古人犯死罪監禁，官司不得拷打；犯普通罪，官司不得拘押。審囚官如把蒙古犯人刺面，罰杖七十七，革官，並令平去犯人面上刺字；可是漢人犯竊盜就要刺字。蒙古人毆死漢人，只斷罰從軍出征，並罰燒埋銀；若漢人、南人殺蒙古人、色目人，則處死刑。蒙古人毆打漢人，漢人不許還手，只許指出見證，告官申理，如還手，從重治罪。漢人聚眾與蒙古人互毆，從嚴禁止。

蒙元統治者懼怕中國人民起來反抗，對於中國人民防禁森嚴，經常處於戒嚴狀態中。漢人、南人不許藏兵器，不許田獵，不許習武術，不許養馬，不許聚眾祠禱、祈神賽社，甚至不許集市買賣。為著鎮壓中國人民，蒙元對各地駐防軍隊，異常周密謹慎。在中原地帶駐屯蒙古軍，在江淮以至南海駐屯非蒙古兵的探馬赤軍及漢人民兵的漢軍。所有南宋降兵的新附軍，則雜屯於各軍之間。漢軍和新附軍，在非戰時均解除其武裝，武器歸庫保存。

對於漢人的言語行動，嚴加干涉：在言論方面，禁止妄談禁書，亂制詞曲，及寫匿名文書；在行動方面，夜間戒嚴，禁止通行，禁止點燈。尤其在江南地方，更具體規定：每夜禁鐘（一更三點，官署打鐘，禁止路上行人）以前，准其街市點燈買賣，曉鐘（五更三點）以後，才許人家點燈讀書、工作，違者按律治罪。一般的地方都有村社的編制，定有立社規條十五款。凡各縣所屬鄉村，五十家為一社，縉紳者為社長，表面上是使大家守望相助，疾病相扶持，善則相勸，惡則相戒；可是各處屯駐的蒙古軍，探馬赤軍的軍人們都一體入社，顯然實際上是要監視漢族農民。在江南地方，更是有特殊的編制，城鄉二十家為一甲，使北方人為甲主，衣服飲食由甲人供給，童男少女，任甲主凌辱。這樣地讓北人管制南人，正是故意地要造成南北之間的一種嫌怨，使之彼此交惡。

3. 經濟上的破壞與掠奪

蒙元統治者在征服中國的過程中,即曾大肆屠殺中國人民,其軍隊攻城掠地,一遇守軍抵抗,便視為"拒命",城破依例屠城,中國人民特別是中國北方的人民被屠殺的不可勝數。又復大肆俘虜人民,充作驅丁(近乎奴隸的農奴)或奴隸。這樣,就使歷來在經濟上和文化上先進的中原地區,在契丹、女真長期統治蹂躪之後,再經蒙元的破壞,土地荒蕪,愈益變成了落後地區。

蒙元又對中國北方展開了前所未有的土地掠奪。他們佔有金、宋遺留下來的官田和公田,並大肆搜刮因人民被屠殺、俘虜、或逃亡而遺留下來的荒地,侵奪農民現有的耕田,悉以之充官田。官田除一部分歸朝廷管理外,還大舉地分賜給貴族、官吏和寺院,如伯顏前後受賜田萬頃,大承天護聖寺兩次受賜田各達十六萬餘頃。此外又擴充屯田,全國屯田約在二十萬頃以上,以分佈在中國北方者較多。

貴族、官吏和寺院也仗恃其政治上、經濟上的特權,大量蔭佔土地,侵奪民用。貴族除領得賜田外,還各有"分地",分地租賦雖由朝廷徵收後再行分領,但他們仍然可以憑藉其領地任意勒索境內人民;各領主在其分地內握有極大的權力,幾乎等於一個獨立國家。據不完全統計,各分地內戶數總計有二百八十餘萬,佔全國戶數的五分之一。

蒙元統治者們掠奪來的土地,有許多被荒為牧場。他們掠奪了大量土地,但並非親自耕種或放牧,而全是役使漢族人民為他們作無價的、或者是代價很少的勞動——實行農奴制的殘酷剝削或使用奴隸勞動。至於屯田,民屯係強迫漢人屯墾收租,軍屯則係分給各軍戶。而軍屯則仍多係役使驅丁耕種,其生產物大部由朝廷和軍戶分別佔有,驅丁只能得極少的一部分。

在這種掠地役民的形勢下,中國北方的農民大半淪為最受壓迫的驅丁或奴隸,小部分充他們的佃戶,餘下的自耕農為數極少;就是中國南方的農民,也常有被擄賣到北方的。奴隸的主要來源,是軍前的俘虜與被擄掠、被強佔的良民,其數量動輒以萬計;其次則由於賦稅的苛暴、高利貸的盤剝或由於饑荒疫病的農民被迫賣妻鬻子或自賣為奴,或投庇貴族、官吏、寺院、豪強而淪為驅丁或奴隸。奴隸可以公開買賣,其中一部分竟被遠送至海外市場。驅丁雖得自立門戶,有其可憐的個體經濟,但一方面對主人負耕田、供役、納貢賦、代主從軍的義務,另一方面對國家負每歲納粟一石的丁稅義務,在法律上與奴隸並無區別。因之,農奴勞動在北方的農業和牧畜生產上實居於主要地位。

在南方,農業的主要勞動者是佃農。蒙元對中國的征服與統治係依靠漢族地主階級的支持而成功的。故當其入侵之際,漢族大地主不僅繼續保有其土地,而且更乘機大肆侵佔民田。在其征服中國之後,他們更利用蒙元統治者的庇護,殘酷地剝削與壓迫佃戶,甚至仿效著壓迫驅丁的落後形式剝削佃戶。因此當時土地集中的程度、更甚於南宋,每年收二三十萬石租子的,佔著二三千佃戶的大地主很多。佃戶除繳納每畝租米三斗至一石,甚或高至三石二斗的地租外,還擔負官府的課稅和徭役以及官府和地主的百般苛索,故而佃戶又幾等於驅丁。

其侵奪土地的同時,蒙元統治者又搜刮農民的馬匹,以充軍用,防止人民習武田獵。據當時的官方統計,農民喪失的馬匹竟多至七十餘萬頭。其次車船也時常大量被徵發。這些都嚴重地損害了農業生產的動力。

再就手工業說,蒙元的入侵和統治,對手工業的破壞和掠奪主要表現在兩個方面：

第一，集中全國工匠以生產兵器，或為少數貴族生產消費品。在成吉思汗入侵西域時，俘虜了一批工匠，才開始有製造兵器及其他手工業品的專門性質的手工業。此後，他們在各地擄掠中，即只注意搜刮工匠，於各地屠城，惟工匠得免；因而擄掠和搜刮的工匠，動輒以數十萬計，幾乎把全國工匠都集中在蒙元朝廷和各貴族的手中。據《元史·百官志》所載，總理匠戶的官府分屬於朝廷和皇帝、皇后、太子及各貴族，以經營其所需物品的手工業。於是當時的主要手工業，除為官家製造殺人專用武器、日益貶值的紙幣外，都是圍繞著異族皇帝、貴族及官僚們的奢侈享樂需要而進行的，諸如紡織物、木棉布、氈毯、金銀玉器品、皮毛、燒酒、葡萄酒之類，各有大量的□□，因而也造成工業繁榮的假象。

第二，大批手工業工人一被俘獲，便淪為工奴，在官營手工業作坊、工廠內作工的官匠和軍匠，僅能領得只夠自己糊口的口糧。這樣，一方面工匠喪失了勞動興趣，大大地損害了他們的創造性和積極性；另一方面，又阻礙著民間手工業的自由經營。這就嚴重地破壞了手工業的發展。

最後就商業說，大型手工業，幾乎全掌握在統治階級手裏。他們把用不盡的剩餘產品拿出來賣，故國內的商業就有一大部分歸蒙古貴族經營。海上貿易只在短時期內開放，也都由官家經營，輸入多為珍寶香料等奢侈品，供蒙古貴族們享樂之用；輸出除手工業產品外，以金、銀、銅、鐵貨為多，奴隸亦不少，且多用以換取奢侈品。這裏可以看出，蒙元貴族們的享受欲和貪財欲是何等強烈。

與商業有關的還有高利貸。在蒙元王朝中，自皇帝至朝廷大臣，無不兼管異常殘酷的高利貸，即所謂"斡脫錢"。這種高利貸一年內本利即可相等，一錠本錢十年後得息一千○二十四錠，又稱"羊羔兒息"。

所有受盤剥的自然都是那些中小地主、自耕農民、中小商人以及小手工業者,他們經常陷溺在高利貸的羅網中不能自拔。

再就無基金的紙幣而言,當時紙幣(鈔)是唯一合法的通貨,強制使用。這並不意味著商品貨幣關係的進一步發展,而是蒙元憑藉其征服者的暴力威權,以掠奪人民而支付其龐大的軍費和其他開支的手段。他們以此奪取金銀輸往海外,換取奢侈品以滿足統治者墮落腐化的欲壑。因而紙幣發行數日日趨膨脹,迄元末農民起義爆發後,紙幣量達到"每日印造不可勝計"的激增程度,最後竟不抵鈔本,形同廢紙,致使物價暴漲,民不聊生。

元代的交通路綫倒是日就開闢。在海運方面,從朱清、張瑄替伯顏由海道搬運亡宋庫藏圖書到直沽(天津)後,上海、天津間的海路漸已暢通,江南的糧食逐年增多地運至北方,迄圖帖睦爾天曆二年(1329年)竟增至三百五十二萬石。在河運方面,忽必烈晚年為了漕運江南糧食,先後開鑿會通河(即今山東東平至臨清的運河)和通惠河(自大都至通州),現在貫通南北的大運河完整的交通綫逐告完成。在陸運方面,各地廣設驛站,驛路四通八達,往來亦稱便利。其所以如此做的原意,是為著運輸漕米、傳達政令以及調遣軍隊。但在客觀的後果上,卻又能便利南北四方的交通和中外文化的交流,這是為異族統治者所始料不及的。

九、元末農民大起義

1. 中國人民反元統治的長期鬥爭

還在趙宋政權尚未最後覆滅前,中國南方人民即紛紛起義,響應趙昰、趙昺。如 1277 年,汀(福建長汀)、漳(福建龍溪)民軍首領陳吊眼與畬族之首領許夫人聚眾回應張世傑,及宋亡後,又堅持了三年,才最後失敗。隨著中國的全部淪陷,中國人民的武裝反抗,亦日益強烈。就總的形勢言,初期反蒙元的暴動和起義規模較小,且較分散,地區多在江南;嗣因蒙元殘酷壓迫,多數被迫轉入地下,變成秘密會社的活動。表面上雖不如初期的明顯與普遍,但鬥爭卻一直在持續著。及至後期隨著蒙元的統治日就削弱,人民反抗的暴動和起義規模亦日益擴大,且日漸向其統治的中心地區——中國北方發展。

在初期,有廣州新會(廣東新會縣)林桂方、趙良鈴起義,建羅平國;又有趙和尚自稱宋福王子廣王,在四川醞釀起義,事發被害。這都是顯著的事例。所以 1283 年蒙元尚書崔彧說,江南人民起義凡二百餘起;1287 年,桑哥、玉速帖木兒說,江南歸併十年"盜賊"迄今未清;1289 年,玉呂魯說江南盜起凡四百餘處。其初期起義之多,於此即得到證明。

蒙元統治者在對財富的卑鄙地貪婪掠奪中,在對人民的殘暴屠殺與奴役中,自身也急劇地腐化下去。從元中葉以後,各代皇帝皆盡情搜刮人民,不但橫增賦稅,並且濫發紙幣,以搜刮民脂民膏所得,過著其淫靡奢侈生活,對貴族賞賜無節,內廷作佛事消費尤大。同時,統治者內部為了爭奪帝位,內亂迭起,帝祚迭更。可是對於人民的提防和鎮壓,卻是異常的瘋狂殘暴,人民都在切齒痛恨著,如浙東人民在村邊樹旗,上寫道:"天高皇帝遠,民少相公多。一日三遍打,不反待如何。"這就表示出人民反抗要由秘密活動揭開為公然活動的時期就要到來了。

到了後期順帝的時候,統治者的腐朽達到了極點,連同它的作為鎮壓反抗用的武力也喪失去戰鬥能力。同時人民的痛苦也達了極點,人民的怒火就要燃燒起來。於 1334 年(順帝即位第二年),益都(山東益都)、真定(河北正定)的人民群起暴動,因為迫近蒙元首都——大都,自然給蒙元統治者以極大的威脅。1335 年息州(河南息縣)人趙丑廝、郭菩薩揚言彌勒佛當有天下,也起暴動。接著 1337 年,起義不斷地發生,其規模較大而見於史冊的有:廣州增城(廣東增城)人朱光卿起義,建國名大金;惠州歸善(廣東惠州)人聶吉卿等自造軍器,拜戴甲為"定光佛",與朱光卿相呼應;棒胡(本名閏兒)起義於汝寧信陽州(河南信陽),宣傳彌勒降生,攻下鹿邑(河南鹿邑);合州大足(四川大足)人韓法師起義,自稱南朝趙王;京畿(大都附近)也出現了人民武裝暴動,西北和西南各族人民亦多有暴動起義,其中瑤民的聲勢為最大。自此以後,各地紛紛興起的起義暴動幾乎無年無之,已成為"山雨欲來風滿樓"之勢。

2. 以紅巾軍為主導的元末農民大起義

元末農民大起義的基本力量是以白蓮教為紐帶的秘密會社所組織起來的紅巾軍。"白蓮教"與"彌勒教"都淵源於佛教,後又與"明教"(即北宋末方臘用以組織起義的魔教)三者合流,通稱曰白蓮教。白蓮教宣傳"彌勒降生"和"明王出世",謂光明就要到來,黑暗只是暫時的,光明必然戰勝黑暗。教規主張節約,互助合作,團結一致,頗符合在殘暴壓迫下的貧困農民和小生產者的反抗要求。在蒙元黑暗統治下的中國農民紛紛入教,蒙元曾屢次下令禁止白蓮教的活動,但北方農民仍在白蓮教的隱蔽下組織了多次的暴動和起義。

紅巾軍的大起義是這樣起來的;順帝至正十一年即 1351 年 4 月徵發民夫十五萬、戍軍二萬,派賈魯主持修治屢次決口的黃河。在這次困苦無告的人民群眾得以聚集起來的機會當中,白蓮教首領韓山童、劉福通派遣會眾參加治河,鼓吹群眾起義,一面預埋一隻眼的石人在黃陵岡(魯豫交界處)工地,製造童謠說"石人一隻眼,挑動黃河天下反",借迷信以為鼓動。在這樣的時機與佈置之下,劉福通等人於是在永年(河北永年)聚眾三千人,推韓山童為明王,宣稱其為宋徽宗八世孫,擇日起義,提出反種族壓迫和反階級壓迫的政治口號,派人四處通知,同時發動起義,頭裹紅巾為號,故稱紅巾軍。後以事泄,韓山童被害,其子韓林兒隨母逃往山中。起初雖遭到挫折,劉福通等又往潁州(安徽阜陽)發動起義,一連攻佔潁州及豫南一帶(羅山、真陽、確山、葉縣、舞陽、汝寧、光州、息州等地)。淮水流域的人民及治河民工紛紛投入義軍,遂得在短期內發展到十餘萬之眾,成為紅巾起義軍的主力。蒙元統治者當即派圖克齊率領阿蘇的精悍軍隊,加上河南行省徐左丞的部隊,前往鎮壓。一經接觸,元軍即遭慘敗,蒙元統治階級憤恨之餘還想盡殺漢族人民,更加激起河北人民紛起響應紅巾軍。

劉福通起義後,江淮一帶農民也不斷地興起。同年,徐壽輝起兵蘄(湖北蘄水)、黃(湖北黃岡),布王三、孟海馬起兵湘(水)、漢(水),芝麻李起兵豐(山東豐縣)、沛。1352年,郭子興起義佔濠州(安徽鳳陽)。同年,出身貧農、後來領導起義軍推翻蒙元、重建漢族統一政權的朱元璋也參加了郭子興的起義軍。這些起義軍都是屬於紅巾軍系統的。

紅巾軍,除中國北方的劉福通外,以南方的徐壽輝為最強。徐曾於1351年在蘄水建國稱帝(後遷都漢陽,即今湖北漢陽),國號"天完",連下湖廣、江西諸郡(今湖北、湖南、江西、皖南等地),一度攻下杭州,進入福建。及1360年,陳友諒殺壽輝,自稱皇帝,國號漢,以江州(今江西九江)為都城。在此以前,即於1357年徐壽輝另一部將明玉珍西上攻佔四川,於1362年稱帝,國號"夏"。玉珍死,子玉昇繼位。

　　其不屬於紅巾軍系統的起義軍,主要的有長江下游的方國珍和張士誠(都是私鹽販)。方國珍在紅巾軍起義前三年的 1348 年,已在浙東起義,以慶元(浙江寧波)為根據地。張士誠於 1353 年在蘇北起義,據高郵(江蘇高郵),自稱誠王,國號“周”。1356 年渡江南下,攻佔長江下游三角洲一帶,南遷平江(江蘇蘇州),於 1363 年改稱“吳王”。

　　在北方直接與蒙元政權相周旋者,則為紅巾軍主力的劉福通。劉福通再起於潁州後,所至嚴守教規,不殺平民,不姦淫,不搶劫,開官倉散給貧民,因而得以迅速發展。比及 1355 年,遂迎韓林兒至亳州(安徽亳縣)為帝,又號小明王,即以“宋”為國號,改元“龍鳳”,建立起與蒙元直接對立的漢族政權。在當年與蒙古答失八都魯接戰又一度受挫後,韓林兒退至安豐(安徽壽縣),不久,即兵氣復振。除劉福通率領主力轉戰於大河南北外,於 1357 年,共分三路北進:中路攻下開平、大寧(熱河平泉東北)、遼陽、上都,並直抵高麗;西路攻下興元(陝西漢中)、鳳翔(陝西鳳翔),入甘肅,又入四川,別部攻下寧夏(寧夏銀川)、靈武諸邊地。東路兩年間攻佔今河南東北部和山東大部,復北進下河北南部諸地,進取薊州(河北薊縣),直逼蒙元的首都大都。元順帝征四方兵入衛,一度欲遷都以避。劉福通於 1358 年率軍攻下汴梁(河南開封),迎韓林兒入居,定為國都。計自 1357 年至 1359 年,是北中國紅巾軍聲氣極盛時代。

　　各路北方紅巾軍雖然一時得到勝利,但都各是自發地勇往直前,並無預定的計劃和彼此的配合。當東路毛貴軍逼迫大都時,他路正忙於各自進展,並未能目標一致,協力傾覆蒙元的根據地,坐任毛貴被擊敗而退回濟南。各路就此各自為戰,不聽中樞的指揮監督,與劉福通失去聯繫。其各路作戰,又皆過而不留,不知建立據點,一味飄忽往復,所到城邑,旋得旋失;更復自身以爭權奪利的關係,互相殺戮,或趨於分化,漸至軍紀廢弛,違反了人民的期望。這些都是出於農民的狹隘性和散漫性,也就成為其被各個擊破而終歸失敗的因素。這時候,有一部分漢族和色目人地主畏懼農民獲得政權,就率領其所組成的地主武裝來幫助蒙元向農民起義軍進攻。蒙元政權正因所轄部隊不堪一戰,也就樂得借助於他們。於是他們便同惡相濟,針對著北方的紅巾軍的弱點而施以打擊鎮壓。這些地主們就是答夫八都魯的兒子孛羅帖木兒,漢化乃蠻人,世居沈邱的察罕鐵木耳和其養子漢人又名王保保的擴廓帖木兒以及羅山人李思齊等。

雙方鬥爭的結果是:於 1358 年(順宗至正十八年),陝西起義軍兵敗逃入四川,改稱青巾軍,歸降明玉珍;1359 年察罕鐵木耳、李思齊率大軍自陝西攻汴梁,劉福通堅守百餘日,後以食盡,奉韓林兒突圍退回安豐。毛貴所駐營的山東為中國北方紅巾軍唯一比較鞏固的根據地,也因 1359 年毛貴被其內部破壞分子趙均用所殺害,亦於 1361 年由察罕鐵木耳乘機擊平,最後只剩下益都一隅,也於 1362 年被擴廓帖木兒繼攻失陷。至此,山東、河南、陝西又歸蒙元所復有。

韓林兒所退守的安豐陷於孤立無援的境地。1363 年據有平江的非紅巾系統的張士誠遣將呂珍襲攻安豐,劉福通敗死,韓林兒逃出城外,其時朱元璋已在郭子興死後代領其眾,並已佔據了金陵,馳兵來救,擊敗呂珍,迎韓林兒歸,於是北方紅巾軍完全失敗了。劉福通反元鬥爭雖然失敗,卻大大消耗了蒙元的實力,動搖了蒙元的統治基礎;同時,對於南方以朱元璋為首的紅巾軍起了極其重要的掩護作用,創造了許多取得勝利的經驗和條件,使朱元璋所領導的起義軍得以從容發展壯大。到 1368 年,朱元璋終於完成了推翻蒙元統治,重建漢族統一政權的偉大事業。

十、宋元文化

1. 宋代的哲學思想

(1)宋代理學的發軔及其發展

理學也稱道學,是宋代地主統治階級的思潮主流,對當時及後來的封建統治有深刻的影響。

理學是從儒家經學思想演變發展而來的。從孔夫子的"中庸"之道的富有伸縮性的思想說起,經學一直隨著封建制度的發展而發展,它經常與其各色各樣的思想結合,成為最適合維護封建制度的上層建築物之一。在隋唐佛教唯心哲學進一步發展的時期,所謂"文起八代之衰"的韓愈,為維護儒家的正統地位,把道統與古文運動結合,對佛教與不能載儒家之道的駢體文大加攻擊。但韓愈及其弟子李翱的思想內容,仍然是有其他雜質的。宋代理學便是繼承這一道統思想來的,這是宋代理學的一個淵源。

宋代理學是這樣發展來的,對佛老等異端也就必然地加以排斥。但實際上,宋代理學與佛道有著密不可分的內在聯繫。理學吸取了佛道的特別是佛教唯心論的東西使自己發展起來。

佛教當中,有兩個對立的派別,一是法相宗,一是禪宗。法相宗主張個人的修養是自淺入深的,而禪宗則主張頓悟。這兩種唯心的方法論都被士大夫接受了。

由於這種關係,宋代理學中也就產生了兩種對立的派別。這樣,宋代理學中不同派別的對立,正又是佛教中不同派別對立的一個反映。

從道教所吸收來的成為理學的一個組成部分的是"道"。但是這個"道",是虛無的、渺茫的、非物質的、抽象的東西,因而也是唯心論的。

這就是宋代理學的淵源。可以說,它是儒、佛、道糅合成功的一種哲學思想。但這種哲學思想只不過是儒家哲學的一個變種,是經學發展史中的一個演變而已。

理學是在北宋時期萌生的。到了周敦頤之後,理學有了發展。周敦頤(1017—1073年)從僧壽涯問學,自禪宗學得靜坐(佛教的禪定)等工夫,又把道教中的太極圖加以改造,因而完成了他的"主靜"的學說,所謂"歸根曰靜"。於《太極圖說》之外,周敦頤又作了《通書》。在這個著作中,他提出了"誠"。誠是"聖人之本"、"性命之源"、"五常之木,百行之原",而"誠"則是"寂然不動"的(以上俱見《宋元學案·濂溪學案上》),亦就是說誠是靜的。

周敦頤提出人的本性是靜的,一切事物的根本也是靜的。這種意圖是很明白的。把一切事物看作為處於永恆不變的靜止之中,以抹煞事物的運動,就是他的宇宙觀。這種觀念提到現實生活上來,就是封建等級制度是永恆不變的,被剝削者應當靜靜地誠誠實實地忍受剝削階級的壓迫和剝削,不得反叛,不得抗上了。顯而易見,這個學說乃是在封建制度高度發展時期階級矛盾進一步激化之下,為服膺封建統治階級利益而產生的;它是麻痹人民鬥爭的一個說教。

周敦頤把佛道學說採取來,建立了儒家的哲學,在儒生中便享有很高聲譽,他被稱作濂溪先生,他的這個學派亦被稱作"濂"派。

繼濂派之後,洛派的程顥、程頤把理學的發展推進到一個新的階段。可以說,理學到北宋晚期已經完成了。

程顥、程頤兄弟都與佛家有密切的關係。他們亦都跟隨周敦頤就學過。不過,程顥、程頤兩人的論點又有某些不同。

程顥(明道)在其《識仁》篇指出,學者做人的道理首先是"識仁",其他如義、禮、智、信亦皆是"仁",萬事萬物都體現出"仁"。而"仁"亦即是靜止的東西,是事物的根本。只要能使自己保持"慎獨"修養的工夫,就可以"悟"得"仁"的。這就是說,"皆無所由,乃出終天"的"良知良能",由慎獨工夫不使其失去,即可由此而達到對萬事萬物的認識。顯而易見,程顥把"心"(意識)的作用孤立地觀察了。程顥學說發展的結果,便是陸九淵派的主觀唯心論。

程頤(伊川)則主張"格物致知",格物的方法是"須是今日格一件,明日又格一件,積習既多,然後脫然自有貫通處",即達於窮理的地步。於此同時,程頤提出窮理為學,心須要疑的方法。

然而程頤的這種認識論,並不是從具體的實踐來達到對事物的認識。在他看來,知識的來源不自事物內部,而是遊離於事物之外。因而,程頤的認識論(格物致知)仍然是以唯心論為其基石的。

由於這種方法,程頤和其他的理學家一樣,主張對事物的認識要"默識心通""欲要所得",須是篤誠意"燭理",因之"靜坐"便是達到認識事物的基本手段。

程頤承認物質的東西"氣"的存在,並把"理"(觀念形態)和"氣"分開。他一面承認觀念形態(理)的東西不能離開物質的東西,但一面認為觀念形態的東西則先於物質的東西,並稱"天下無實於理者"。顯而易見,這種哲學家思想正是客觀唯心論的。程頤一派哲學家到朱熹而集大成,建立一套完整的系統。

在此以外,又有所謂張載一派的哲學,這一派被稱做"關"派。他的思想近於墨學,因而雖也列為正統派,但並不為封建統治者所尊重。

(2)朱熹與陸九淵的哲學思想

理學到南宋時期已經發展到頂峰。朱熹是理學正統派的主要繼承者,他和陸九淵在唯心論哲學陣地中形成為兩個本質相同形式稍異的對立體系。

朱熹(1130—1200年)字元晦,徽州婺源人。他主要地承繼了程伊川一派哲學,並將其他各家思想吸收過來,成為理學集大成者。朱熹學派被稱為閩派。

朱熹承認"理"必須依附"氣"而存在,但歸根到底,"理"卻是第一性象的東西,而"氣"則是第二性象的東西,所謂"理與氣本無先後之可言,但推上去時,卻如理在先氣在後相似"。這樣,朱熹便對程頤的客觀唯心論有了進一步的發展,使之明確起來。

朱熹的這種思想,必然把事物發展的源泉——對立鬥爭,加以抹煞,因而把事物看做為靜止不變的,所以他稱"人生而靜"。雖然他也承認事物的運動,但支配"動"的是"靜"。這樣,事物不是自對立鬥爭中取得發展,而是在循環中復歸本位:"陰陽只是一氣","非直有兩物相對立也"。這種靜止不變,循環歸原的宇宙觀,便是為封建主統治服務的有力工具。

朱熹曾經注釋《大學》《中庸》《論語》和《孟子》,稱為《四書注》,他以此為教本,教授生徒。他的教學主旨,在使生徒明白"父子有親,君臣有義,夫婦有別,長幼有序,朋友有信"這一系列的封建秩序;而所謂修身之道,則是"言忠信,行篤敬",對封建統治極盡力量地加以支持;所謂治國、平天下,也就是維護封建統治階級的一切利益。

當朱熹學派熾盛之時,陸九淵提出他的主觀唯心論論點來和朱熹派對立。

陸九淵主張“尊德性”，所謂德性亦即人的本心，人人的主觀意識。人只要能知本，即返於本心，則萬事萬物的道理都可通達，“六經皆我注腳”(《象山集》卷三四)，這客觀事物便只有依賴人的主觀意識而存在了，所以他稱“道外無事，事外無道”。

陸九淵與朱熹曾經進行過激烈的論辯。陸九淵反對朱熹格物致知的一套瑣碎方法，所以在“鵝湖之會”中，曾以自己的頓悟方法與之相比，說“易簡工夫終久大，支離事業竟浮沉”。朱熹亦加以反駁，稱“舊學商量加邃密，新知培養轉深沉”。後來雙方詰辯，竟都揭露對方吸取佛家的方法，自後就都不敢再多申辯了。

理學中雖有主觀唯心論和客觀唯心論的區別，但其本質則並無不同。

理學特別是朱熹正統派的理學，對當時及後來的封建統治起了重要的作用。

理學唯心論以靜的學說來說明客觀事物的不變，這是完全用來說明封建制度永恆不變，從而維護封建主的永恆秩序和正義。

理學唯心論把靜看作事物的本源，無非是抹煞事物的矛盾發展，從而使被統治者、被剝削者靜靜地服膺統治者的統治。理學家曾提出的所謂“天理”與“人欲”的對立。“天理”是封建統治的根本道理，違反封建統治便是違反天理；“人欲”亦只是片面地提出來，抑制臣民求生的欲望，所謂“餓死是小，失節是大”，服膺封建統治者的剝削利益。

理學極力維護封建秩序和封建專制主義，臣民不得反抗君主，所謂忠、孝、仁、義、禮、智，都是替封建統治者張目的。因而程朱正統派理學是晚期封建統治的重要上層建築之一。

(3)康與之和鄧牧的思想

康與之是北宋末南宋初人。他在《昨夢録》一書中,曾刻畫出一個空想的社會形象。他描寫在這樣一個社會中,一切衣服飲食牛畜絲麻都公平分配,大家同居不亂,信義和睦,沒有疑忌爭奪,珠玉錦綺是無用之物,都要燒掉;按口授田,自食其力,不得從他人手裏榨取衣食。

顯而易見,康與之《昨夢録》所反映的,乃是農民的空想社會主義的思想,這種思想顯然是與封建剝削制度相對立的。

鄧牧在南宋亡國後,與謝翱、周密等悲痛於祖國的淪亡,曾堅決不屈地發揚著民族氣節。鄧牧在其《伯牙琴》的著作中,痛斥帝王,稱其為禽獸,是一切禍亂的根源。因此他主張廢除君主,與此同時,鄧牧又稱大小官吏比害民的虎狼盜賊還要兇狠,他們攘奪民食,竭盡民力以自奉,造成人民的怨恨。因此,他主張廢除官吏,讓人民自治,才能安樂。

顯而易見,鄧牧的思想乃是民主主義思想的萌芽。

2. 宋元文學

(1)宋詞

宋代文學以詞為最發達。

宋詞從形式上說,是從詩歌(特別是絕句)發展而來的,因而稱為詩餘。

宋代詞人甚多,柳永和蘇軾是北宋時期的著名的作家。兩人的風格創作不同,前者婉約,後者豪邁,對宋詞有很大的影響。柳永的詞曾在社會上廣泛流傳,所謂有井水處都歌唱柳屯田的詞。

到南宋時期,愛國詞人辛棄疾和陸游在詞壇上放射了光輝的異彩。

辛棄疾(1140—1207年)字稼軒,山東濟南人,他在青年時曾經參加忠義社,反抗女真侵略者。宋高宗紹興三十二年曾率領五十騎突入五萬大兵的金營中,將叛將張安國殺掉。

之後,辛棄疾渡江南宋,屢次向南宋朝廷提出抗金,收復失地的主張。可是,不僅這些主張未見採納,辛棄疾自己亦屢次遭受貶斥。

辛棄疾的詞充滿了愛國的呼聲。他以"橫絕六合,掃空萬古","沈著痛快"的氣勢磅礴之筆,寫出許多絕唱。像"壯歲旌旗擁萬夫,錦襜突騎渡江初。燕兵夜娖銀胡䩮,漢箭朝飛金僕姑","落日胡塵未斷,西風塞馬空肥",都是充滿愛國熱情的詠唱。直至在他屢被排擠之後的白髮暮年,還念念不忘於收復故土,歌唱了"醉裏挑燈看劍,夢回吹角連營"之類的豪邁詞曲。

陸游(1125—1210年)字務觀,號放翁,山陰人。在他八十五歲的生命中,流傳下來的詩詞不下九千餘首,他是古代詩人產量最稱豐富的一個作家。

在他的許多詩詞中,陸放翁一面揭發女真侵略者的兇狠,也一面揭露封建統治階級的荒淫無恥。他既深刻地暴露了中國南方人民所遭受的種種剝削和壓迫,同時更以悲憤而激昂的語句,說明中國北方人民熱烈地盼望官軍和支援官軍收復故土的情緒。他歌頌宗澤、岳飛這些偉大的民族英雄的事蹟,指出人民對這些人物的愛戴,同時他對那些擁兵自衛,紀律敗壞,不肯從事抗金鬥爭的武將,予以無情的痛斥。總之,陸游的一生用他的筆墨來鼓吹愛國事業的。他歌頌宗澤:"君不見昔時東都宗大尹","疾危尚念起擊賊"。他歌頌岳飛:"遺民猶望岳家軍"。在《示兒》詩中,他說:"死去元知萬事空,但悲不見九州同。王師北定中原日,家祭無忘告乃翁!"陸游臨死之前,他的熱愛祖國的情懷依然充溢於紙上!

辛棄疾、陸游是我國文學史上的優良傳統的繼承者,他們的作品永遠得到人民的珍視。此外岳飛、文天祥也都有許多愛國詩詞,流傳後世。

(2)民間口語文學的發展

至晚在唐末五代起,都市上便有以說書為職業的說書人的存在了。依照北宋人的記載,當時說書的最多的是"說三分"(說三國的事情)。孟元老《東京夢華錄》載有:說書人中有的是講歷史故事的,如"說三分",尹常賣"五代史";有的是講小說的。

到南宋,所謂的這類"瓦舍伎藝"更加發達。大致說來,說書的內容分作如下幾點:①講史書:講述前代史書中朝代興廢戰爭的故事;②講說佛經的故事:③講說小說:如煙粉、靈怪、傳奇等。

經過這類講述,許多故事都為之擴充,豐富起來,稱做"話本"。"話本"流傳到今天的,如《五代史平話》《京本通俗小說》《大宋宣和遺事》等都是。話本是經過很多人編纂的,講史部分多依據舊史,文言和白話摻雜在一起,很明顯,這大約是經過失意文人加工的。

由於這種文學的發展,文學創作的源泉便豐富起來,元曲和元末的小說便是由此而得到昌盛的。

(3)元曲

元代文學的主流是曲,因而被稱為元曲。

元曲之所以發達,一面由於元以前具有各種形式的文學的發展,給元曲以豐富的源泉;一面由於蒙元統治階級的殘酷壓迫,使一般士大夫特別是下級的士大夫轉到文學道路中去。因而給一些作品以加工、製作的功夫,從而使元曲發展起來。

保留下來的元曲還很豐富。這些豐富的作品,局部反映了地主階級的醜惡,封建統治的黑暗,同時也反映了勞動人民的反抗鬥爭的生活。

王實甫的《西廂記》是元曲中的不朽作品。作者以元稹的《會真記》所記載的故事為素材,暴露封建社會中的婚姻的不自由,講求門當戶對的黑暗狀況。作者以高度的文學技巧刻劃出來紅娘這位敢於反封建禮法的典型人物。作者在抒情描景方面,也以精粹的、豐富的語句給以細緻的生動的描繪。王實甫的《西廂記》是北曲的代表作。

與《西廂記》並稱的高則誠的《琵琶記》也是著名的作品,它是南曲的代表作。

元曲,從形式上說,它脫胎於宋詞,但對後來戲劇的發展有不可分的密切關係。

3. 宋元史學

歷史編撰學到宋代有了顯著的發展,不僅是封建官府設有專門機構編纂本朝的歷史,有日歷、起居注、時政記、會要、國史等各種體裁。這些雖然多半是承繼以前的,但卻比以前更加完備了;而且私家著述的史書亦非常之多。這樣,在這些史書當中,就出現了具有高度發展水平的和代表意義的作品了。

(1)《資治通鑒》

司馬光的《資治通鑒》就是這類作品之一。

司馬光在政治上是保守的、頑固的、反動的大地主階層的代表,因而他在《資治通鑒》上所透露的各種論點無不是維護封建統治階級利益的。所以,當他把這部書呈給宋神宗時,宋神宗就給這部書題上"資治"的名字,這充分說明這部史書對於維護封建制度具有何等重要的意義了。

但這部書終究是我國古代歷史編纂學中的一部巨制。它繼承了以前的編纂的方法,使這部書達到很高的水平,因此它也是封建的歷史編纂學發展史上的一個標誌,一個總結,這是應當給予妥當估價的。

今天看來,《資治通鑒》僅只是一部史料書而已。它對隋唐以後的歷史,保留許多有價值的史料,這是一件公認的事情;同時,在歷史編纂學的發展中,它是一個總結性的作品,因而佔有重要的地位。

(2)《資治通鑒紀事本末》

《資治通鑒紀事本末》是南宋袁樞的作品。袁樞將司馬光《資治通鑒》中記錄的史事,凡屬於同一事件者,從逐年逐月中摘錄出來。因而使人對這一事件的頭尾都能夠清楚知道。由於這部書是以事件為其敘述的中心,所以稱作為《通鑒紀事本末》。

紀事本末體是歷史編纂學發展中的一個重要體裁,它和編年體、紀傳體鼎分三足,比編年和紀傳的記事方法更進了一步。因而,儘管這部書存在很多缺點,特別在今天看來,僅是史料書,但在歷史編纂學發展中卻具有重要的地位。袁樞不愧為一位有創造性的宋代史家。

(3)《文獻通考》

文獻通考是馬端臨作。馬端臨,字貴與,江西鄱陽人。南宋亡國之後,馬端臨不忘祖國,在其著作中,仍稱皇朝、皇宋、國朝,是一個具有民族氣節的史家。

馬端臨的《文獻通考》是將杜佑《通典》的體例加以擴大而編纂成功的。這部書可以稱為各種典章制度的通史。它的價值,正如同《通典》對於研究隋唐史是一部不可或缺的史料一樣,而為研究宋史的一部重要材料(《宋史》中有關宋代各種制度的記載大都是從《文獻通考》摘錄下來的,但錯誤之處卻遠比《文獻通考》為多)。

4. 宋元科學狀況

(1)沈括

沈括(1032—1096 年),字存中,浙江錢塘人,是北宋時期一位傑出的科學家和淵博的學者。他的《夢溪筆談》一書,不但記錄了像活字印刷術、指南針這類重要的偉大發明,而且其他的片段的、零星的記載也都顯示著勞動人民的無窮的智慧,閃爍著沈括的科學天才。

沈括的科學天才表現在多方面,他通過實踐、觀察,獲得一些極可寶貴的知識。在天文學方面,沈括曾以"窺管"觀察北極星,在三個多月當中,他把極星初夜、中夜、後夜的不同位置畫了二百多幅圖,由此他歸納出北極離開極星尚有三度多的距離。

在曆法方面,沈括一掃前人陳說,主張不以月亮的朔望定月分,而以氣節定月分,廢除閏月,實行徹底的陽曆。這是倡用陽曆的最早說法,這種曆法對農民的耕作是合宜的。

沈括曾用座標法和分率(比例)法繪製地圖,他並且做過立體的木製地形模型圖。根據他的觀察,河北太行山一帶山壁有螺蚌和卵形石子的帶狀堆積層,因此他指出這裏是古代濱海的地區,而河北平原則是由河流沖積成的。對於浙江雁蕩山的嶙峋崖壁,他認為是由水的沖刷作用造成的。

沈括斷言"墨光如漆"的石油,"後必大行於世"。

沈括對於數學、樂律、醫藥及其他各種工藝也都有精闢的議論。可以說,沈括是十一世紀一位傑出的科學家,不僅在當時中國可以這樣稱呼他,在當時世界上也可以這樣稱呼他。

（2）李誠的《營造法式》

我國建築學是在本國悠久的優良傳統上和吸收外來技術的基礎上而日益發展起來的。我國古代建築學的種種成就,在北宋末期有了一個總結。這個總結就是偉大的建築學家李誠所編纂的《營造法式》。

《營造法式》以圖來說明建築物的結構。它將梁架和斗拱這個重要組成部分叫做"大木作做法";而有關於磚石、牆壁、門窗、油飾、屋瓦等部分則稱為"石作做法""小木作做法""彩畫作做法"和"瓦作做法"。這是世界建築史上的早期的最完備的一部著作。

這部完備而有系統的著作,在1925年校訂重刊:大半被外國購去,由此也就可以看出這部著作所受重視的情況了。

（3）秦九韶在數學上的貢獻

秦九韶,四川人,生長在南宋的晚期。他著有《數書九章》一書,內分大衍、天時、田域、測望、賦役、錢穀、營建、軍旅及市易九部分。書中《大衍》一章,論解數值方程式的基本演算方法,這是中國古代代數學上的一個重要成就。

與秦九韶同時的李冶,著有《測圓海鏡》,曾提"天元一術",和秦九韶使用的方法相同,把"增乘開方法"推進到完善的階段。

（4）大天文學家郭守敬

郭守敬(1231—1316年),河北邢臺人,他在天文學上有很大的貢獻。

郭守敬曾經製作了候極儀、玲瓏儀、仰儀、日月食儀等十三種儀器,以觀測星象。為更精准地觀測星象,以便使曆法更趨於精密,他建議擴大觀測的範圍。因此,他在東自高麗,西至涼州,南逾朱崖,北到

蒙古的廣大地區上設立了二十二處測候所,在河南登封設有中心的
"觀星臺"。觀星臺的遺址和郭守敬製作的儀器都還保存著。

　　經過這種細密的觀測,郭守敬製出了著名的"授時曆"。這個曆
法,以 365.2425 天為歲,與地球繞太陽轉一周的實際時間僅差二十六
秒,這就足以說明"授時曆"的精密了。"授時曆"到有明一代還繼續
沿用,前後約四百年之久。

　　郭守敬在數學方面也是一個天才,他的"招差數"(差術法)有關
於級數論的理論,也是極其光輝的貢獻。

　　(5)王楨的農書

　　王楨是元代的卓越的科學家。他的《農書》對於元以前的農業生
產等方面的技術,像利用動力和各種機械都加以記述。因而保留下許
多可貴的生產方面的知識。

第八章　明和鴉片戰爭以前的清朝

一、明封建國家的建立及社會經濟的恢復

1. 朱元璋重建漢族統一政權

(1)朱元璋的身世

朱元璋,濠州人(安徽鳳陽),出生於一個佃農家庭,父母兄弟相繼死亡,乃入皇覺寺為僧。在寺內"居無兩月",因"寺主封倉",他被逐出而為遊方僧。在外乞食,前後三年,歷遍淮西一帶,即皖北、豫東、豫南各地。這正是彭瑩玉、劉福通等宣傳白蓮教,組織反元鬥爭的活動地區。因此,朱元璋便受了這些革命者的影響,在 1351 年(元順帝至正十一年),即元末農民大起義爆發的次年,投奔了濠州郭子興起義軍,充當一個小頭目。

朱元璋在幼年長期遭受地主階級的殘酷剝削與壓迫,稍長又過著窮困的流浪生活。這些遭遇孕育了他的反壓迫、反剝削的階級感情和鬥爭精神。參加起義軍後,義軍首領郭子興極為賞識他,以義女馬氏妻之,在此後的一些小戰役中,獲致許多勝利。

1353 年(至正十三年),朱元璋回鄉號召農民參加紅巾軍,得七百餘人,兒時夥伴徐達、湯和也都參加。當年夏天,朱元璋率徐、湯等南下攻佔滁陽(安徽滁縣)。在進軍途中,"結塞自保"的定遠地主馮國

勝、國用兄弟和定遠儒生李善長也都先後投靠。此後,他又吸收了劉基、宋濂等知識分子。元璋不僅要推翻蒙元的統治,還要容納願意合作的地主士大夫分子,以便建立漢族政權。

1355年郭子興死,元璋代領其眾,韓林兒的宋政權任命他為左副元帥。這樣,他率領的農民起義軍正式成為北方紅巾軍的一支。當年夏天,巢湖的水寨首領廖永忠、俞通海等也率領農民起義軍正式成為北方紅巾軍的一支。當年夏天,巢湖的水寨首領廖永忠、俞通海等也率水師來投,元璋便乘機從和陽渡江,攻取太平(安徽當塗)。次年春(1356年)又攻下集慶,改名應天(南京),自稱英國公。在名義上朱元璋依然奉韓林兒為宗主,實際已成為江南一支強有力的獨立的力量。他就此利用劉福通領導的紅巾軍正在中原一帶和蒙古統治者鬥爭的時機,擊潰了江南元軍的主力。

(2)江南的平定

朱元璋克復了蘇、皖、浙等廣大地區後,當時的形勢是:劉福通紅巾軍縱橫中原,徐壽輝據漢陽,張士誠據蘇州,方國珍據慶元(寧波)。朱元璋佔領東南形勝的應天府,借四周各個勢力作屏障,嚴辭不受元兵直接威脅。他乘時整頓軍隊,建立紀綱,擴大土地,籌備錢糧,以便逐步實現其削平東南群雄的計劃。當時取代徐壽輝的陳友諒屬於長江中游紅巾軍的系統,張士誠、方國珍也曾打過反抗蒙元的旗幟,但他們後來皆割地稱雄,逐漸喪失了原來的鬥爭目標。因此,朱元璋要北伐蒙元,必須先消滅陳、張。在1360年朱元璋決定了總的作戰計劃:先圖陳友諒,再滅張士誠,穩定江南根據地,然後北伐中原。

1360年—1364年(至正二十年—二十四年)為朱元璋與陳友諒互爭勝負的時期:陳友諒於1360年,奪取了朱元璋的太平,並約張士誠合攻應天。朱元璋用劉基策,集中主力,以逸待勞,挫敗陳軍。張士誠狡懦無遠見,按兵不敢動,便給了朱元璋乘勢攻取江州(九江)的機會,陳友諒敗逃武昌。1363年陳友諒又乘朱元璋北援安豐韓林兒之際,大舉進犯,包圍洪都(江西南昌)。朱元璋回兵救援,大戰於鄱陽湖。最後陳友諒軍敗,中流矢死,其子陳理歸武昌稱帝。1364年(至正二十四年)陳理降,江西、湖南、湖北等地為元璋所有。

1365年—1367年(至正二十五—二十七年)為朱元璋消滅張士誠及方國珍的時期。當朱元璋與陳友諒相攻時,張士誠在蘇州大造宮殿,屢次襲擊紅巾軍後方,乘危攻殺劉福通,又曾一度降元。陳友諒被滅後,朱元璋轉以主力進攻張士誠。他先取淮東地區,後攻取湖州(浙江吳興)、杭州,進圍平江(蘇州)。到1367年攻佔了平江,張士誠被執。朱元璋又乘勝遣將攻佔慶元(寧波),方國珍降。江浙地區相繼平定。

(3)南征北伐與統一中國

江南平定後,1368年,朱元璋稱皇帝,建國號明,年號洪武。

這時候,中國南部尚有佔據四川的明玉珍,佔據福建的陳友定,雲、廣則仍為元朝勢力範圍。在北方,紅巾軍則被元朝蒙漢地主武裝所消滅。但不久蒙元統治者內部的矛盾也隨即爆發,朱元璋便利用這一時機,進行北伐。

1367年(至正二十七年)10月,朱元璋召集諸將商討北伐策略。朱元璋的作戰計劃是:先攻山東,轉取河南,堵塞潼關,然後北上直撲大都(北京),最後再攻取山陝。在確定了這個原則之後,他即以徐達為征虜大將軍,常遇春副之,率兵二十五萬,發動了強大的攻勢。

與此同時,朱元璋為配合軍事進攻,又展開了政治攻勢。在他命令宋濂所寫的一道檄告,指出這個軍事目的是:"驅逐胡虜,恢復中華”，“拯生民於塗炭”，以號召北方的漢族居民。同時，為削弱和瓦解蒙元統治的力量，在檄告中又指出，蒙古、色目人如願居留中國，將一體看待。另外，又嚴飭將士，“所經之處，及城下之日，勿妄殺人，勿奪民財，勿毀民居，勿廢農具，勿殺耕牛，勿掠人子女”。這些正確的措施，使軍事行動很快地得到勝利。

徐達、常遇春率大軍北攻山東，順利地攻下了沂（山東臨沂）、嶧（嶧縣）、滕（滕縣）等州，並於 1368 年（洪武元年）二月收復了山東全境。接著在三月中，徐達、常遇春的大軍攻克汴梁，西進至洛水北，洛陽元守將梁王阿魯溫投降。四月馮宗異入潼關，明軍遂控制了關陝的鎖鑰。閏七月，明大軍以飄風疾雨之勢，渡河長驅西北，克直沽（天津縣）、通州（通縣），進逼大都。於是，元主妥歡帖木兒率后妃皇子逃往上都，八月徐達率大軍入大都（改稱北平府），蒙元統治正式告終。

1370 年（洪武三年），常遇春進克上都，次年徐達、李文忠、湯和分三路出塞，追擊蒙元貴族。妥歡帖木兒死，子愛猷識理達臘立，從此蒙元殘餘力量便控制住沙漠地區，來和明帝國對抗了。

此外，當 1367 年（至正二十七年）北伐軍定山東之時，朱元璋又分別遣將由海道取福建入廣東，由湖南取廣西，這些地區均於 1368 年平定。1371 年（洪武四年）遣湯和伐四川，明昇降。獨雲南久為蒙古梁王匝剌瓦爾密所守，至 1381 年（洪武十四年）始由沐英、傅友德、藍玉等攻下。

至是中國統一，結束了從五代以來因遊牧種族相繼侵入，而引起的四百年混亂的局面，創立了中國歷史向上發展的條件，中國歷史上又出現了強盛的統一大帝國。

2. 明初緩和階級矛盾的經濟政策

元末農民戰爭推翻了蒙古貴族的統治,朱元璋建立起代表地主階級的封建政權。他深知農民起義力量的巨大,也瞭解到當時農村殘破的情形及農民生活的痛苦。在新政權建立之初,便採取了一些恢復農村生產的改良辦法,來安定農民生活,以圖緩和階級矛盾,鞏固新政權。自然,封建王朝恢復農村經濟的主要目的是在增加稅收,但在客觀上,他的利益與人民利益相符合,因此這樣的政策在當時是正確和進步的。這種政策的實施,亦正是元末農民階級鬥爭的反映和結果。

第一,獎勵墾荒。明初,將全國戶口分為民戶、軍戶、匠戶三種,把奴隸、農奴大部變成自由民。除提高生產力外,在恢復農村經濟方面有下列數項措施:

洪武初令流民復業,聽墾荒地,官給耕牛、種子,不論有無原主,墾後即作為永業,並免租三年,又以墾田多少作為官吏賞罰標準。

在北方郡縣近城荒地,參加墾荒的流民和失田農民,則每人給田十五畝、蔬地二畝,免租三年。此外,鼓勵人民到山東、大河南北特別荒蕪的地區開荒,作為永業,永不起科。1372 年(洪武五年)再號召流民回鄉,各就丁力耕種,不限蓄田。至 1393 年(洪武二十六年),全國墾田面積已達到 850 萬頃。全國荒地已大部分墾成熟田了。

第二,實行屯田。

一、軍屯。在 1358 年(元順帝至正十八年)朱元璋佔據應天后,便實行軍屯。朱明皇朝建立之後,因為此前農業生產受到嚴重破壞,軍兵糧餉發生困難。為解決軍隊的給養問題,朱元璋繼續以宋元以來的官田和無主荒田實行軍屯。軍屯田由衛所長官管理,每一軍受田五十畝,稱為一分,官給耕牛農具。邊地軍人三分守城,七分屯種;內地軍人兩分守城,八分屯種。

二、民屯,歸地方官管理。狹鄉的貧戶、無戶籍的流人、犯罪的官民被指定住某地墾荒,稱為民屯。1367 年(洪武九年)曾移山西、真定(河北正定)失業農民往鳳陽屯田。

據統計,洪武時,軍、民屯田面積共達八十九萬三千多頃,約佔田畝總數的十分之一強。

三、商屯,是輔助軍屯不足的一種辦法。在邊境軍糧不夠,就採用了招商中鹽的辦法(當時叫"開中"法),令商人運送一定數量的糧食到邊境上,向官府領等價的鹽引,到產地換鹽。商人因運輸困難,便索性雇人在邊境上屯田,就地繳糧,這便是商屯。

第三,興修水利。水利事業的興修,與生產的發展有密切關係。1356 年(至正十六年)朱元璋設營田司,命元帥康茂才為都水營田使,管理全國水利,修築各處堤防,並下令地方長官,凡人民條陳水利,即時轉呈朝廷。1368 年(洪武元年)採取和州(安徽省)人民的建議修銅城堰閘,周圍二百餘里。1394 年(洪武二十七年)特令工部修治陂塘湖堰,以備旱澇;遣國子監學生和技術人員分路督修全國水利。次年冬,共開塘堰四萬零九百八十七處。

第四,減輕賦役。朱元璋對剛收復的地區,對曾遇水旱荒年的地區,頒佈命令減免租賦,設法救濟。設預備倉,作為經常性救災的準備。此外,清丈土地,普查人口,以免地主將賦役轉嫁在貧苦農民身上。

1381年（洪武十四年）朝廷將人口普查的結果編製全國賦役黃冊（用黃紙作封面的戶籍冊）。編戶口為里甲，110戶為一里，推丁糧多者十戶為里長，餘百戶分十甲，每甲十戶設一甲首。官府按年設里長、甲首各一人，管一里一甲公事。十年輪役一遍，稱挑年。

1387年丈量全國田畝，記載田畝方圓面積，編列字型大小，寫明田主姓名，地形土質，製成文冊，形似魚鱗，名魚鱗冊。官府依此定賦稅標準，免去貧民"產去稅存"的弊端。

第五，抑制兼併。從宋元以來，豪紳惡霸兼併土地，朱元璋便對他們加以壓抑。1371年（洪武四年）下令，強制移徙江南豪民（地主）十四萬戶到鳳陽墾田。又徙江浙等九省及應天十八府富民一萬四千三百餘戶到京師（南京），稱為"富戶"。這樣使大量富戶遠離鄉土，雖然他們仍保存原有田產，但對貧苦農民的盤剝卻多少可以減輕一些。

第六，嚴懲貪污。朱元璋恐怕官吏貪污虐民，對於貪污的官吏則用嚴刑懲戒。命刑部編輯官紳犯罪事狀，制《大誥》三篇，羅列淩遲、梟首、滅族等罪千百條，斬首以下罪萬餘條。凡官吏貪污滿六十兩以上者，梟首示眾，剝皮實草，置之官廳，以儆新官。同時允許人民直接控訴地方官吏的罪惡，並得執送貪污官吏於京師。這些措施只有貧苦農民出身的朱元璋才能採取。

由於以上種種措施，農業生產得以恢復、發展，田地及戶口均有增加。1393年（洪武二十六年），全國田畝總數達八百五十萬七千六百二十三頃，全國有戶一千六百零五萬，口六千五十四萬五千八百十二人。稅收方面則洪武末年夏秋兩稅收麥四百七十萬石，米二千四百七十多萬石。至永樂末年，"天下本色稅糧三千餘萬石，絲鈔等二千餘萬"。

至此中國歷史又步入向上發展的階段，出現了明初的繁榮和強盛，封建經濟得以進一步發展。但同時明初地主階級聚集大量財富，作為腐化享受和對外擴張的物質根據。

3. 專制主義中央集權制度的高度發展

明初為澄清長期在蒙元統治下所造成的中國社會的紊亂局面，必須有強有力的中央政權，特別是為了清除奴隸制與農奴制的殘餘，更必須集中法律、政治乃至軍事的統治力量。被推翻的蒙元統治者在塞外仍保有相當實力，常有捲土重來的嚴重威脅；同時國內還有很多地主分子，不肯與朱明皇朝合作。至於那些暫時與朱元璋合作的舊地主士大夫分子，大多數也是貌合神離。在這樣的歷史條件下，明皇朝在穩定政權的過程中，便逐漸建立了高度君主專制的中央集權的封建制度。

(1)嚴密控制地方吏治加強皇權統治

首先是改革官僚機構。明太祖繼承了歷代皇權走向獨裁的趨勢，對官僚機構進行了一系列的改革。

第一，對地方統治機構的改革。元代地方的行中書省，職權很大，朝廷難以控制。1376 年(洪武九年)朱元璋便改行中書省為承宣布政使司，設左右布政使各一人。他們是朝廷派駐地方的代表，宣揚並執行朝廷政令，他們職權只限於民政和財政。另外有提刑按察使司，設按察使，掌司法；都指揮使，司掌軍政，合稱三司。至是地方上的民政、軍政、司法三權分立，由朝廷直接指揮。

布政司之下,真正的地方政府分兩級:第一級是府(長官為知府)和直隸州(長官為知州),第二級是縣(長官是知縣)和州(長官為知州)。

第二,對中央統治機構的改革。1380年胡惟庸案發生後,廢中書省,不設丞相。析中書省之政歸六部,各部尚書直接對皇帝負責,奉行皇帝的命令。這樣全國政務,由皇帝總攬。後來因為皇帝事煩,特設內閣大學士,但亦僅備顧問,無權處理政事。

此外,又分大都督府為中、左、右、前、後五軍都督府,分掌兵籍,分領所屬都司衛所。都督府雖管兵籍軍政,卻不直接統帶軍隊,遇有戰事,由皇帝命將充總官,統率衛所兵出征;戰事結束,主帥還印,兵歸衛所。軍隊調遣歸兵部,統帥任命和總指揮權則歸皇帝。至此,軍權也由皇帝一人總掌。

1382年(洪武十五年)又將御史臺改為都察院,在其長官左右都御史之下,設許多監察御史,監視和糾劾朝廷及地方官吏的行動。

這樣,在中央也是三權分立,而由皇帝總其成,這是中央集權的封建制度更進一步的發展。

第三,封建諸王。1369年(洪武二年)定封建諸王之制,這是與中央集權相矛盾的措施,但其實質卻是為了怕皇權旁落。1378年(洪武十一年)使諸王就藩,王府得設置官屬,掌握一定軍權,但不能干預民政。晉王棡、燕王棣等且屢次受命將兵出塞。大將馮國勝、傅友德等均歸其節制。農民出身的朱元璋,對地主士大夫分子本有惡感,尤其在接受了胡惟庸叛變的經驗教訓之後,他更認為天下最可靠的惟有兒孫而已。於是把軍權托付諸王,以親王守邊,專決軍務。內地各大都會,也以皇子出鎮,屏藩皇室。這種分封藩王制度,在朱元璋死後,便與中央集權制體系對立起來,發生了尖銳的矛盾。

第四,殺戮功臣、文人。朱元璋由農民轉變為封建地主階級的首領,對一般官僚地主分子採取了妥協的辦法,以換取他們的支持與擁護,但對那些不肯與他合作的舊官僚地主士大夫分子卻始終不信任。因此,為了掃除他獨攬大權的障礙,鞏固朱家的專制統治,他便殘酷地殺戮一般擁有實權的功臣宿將和傲慢不服的文人。由此也可看出朱元璋政策的兩面性:不僅是對廣大人民,也對付那些妨礙了他專權的官僚大地主。

當時最大的案是胡惟庸、藍玉之獄。胡惟庸是朱元璋的左丞相,藍玉是隨朱元璋出征有功的武將,他們都恃功仗勢,逐漸變成了大的惡霸地主,與皇權對立,終於衝突表面化。朱元璋便加胡惟庸以勾結日本、企圖危害明政權的罪名,將胡惟庸凌遲處死,株連被殺者達三萬餘人。藍玉也因被"圖謀不軌"的罪名而凌遲處死,凡上至宗族文武大員、下至舊部士卒,坐藍黨罪被殺者二萬多人,倖免於屠殺者惟湯和一人。這是因為他在徐達、李善長死後,聰明地交出了兵權的緣故。

對於地主階級出身的知識分子,朱元璋一方面利用他們來幫助鞏固朱明的統治,另一方面則怕他們利用文字來譭謗統治者,因之便大興文字獄,加以屠殺,迫使文人恭順地為統治者服務。鞭笞捶楚成為士大夫們經常遭受到的侮辱,重則廷杖逮治。於是這些文人相率習為卑污,不再顧及廉恥,這便形成了朱明政治腐朽的一個因素。

(2)軍權的集中

衛所制度。朱元璋用劉基議,創立了折衷於徵兵制和募兵制之間,兼有二者之利而無二者之害的衛所制度。其原則是使戰鬥力量和生產結合一致。

衛所組織以衛和所分做兩級,大體上以五千六百人為衛,衛有指揮使。每衛分五個千戶所,一所一千一百二十人,有千戶。一千戶所分十個百戶所,每百戶所百十二人,有百戶。每百戶下有總旗二,小旗十；總旗領小旗五，小旗領軍十人，大小聯比成軍。衛所的分佈，根據地理險要，小據點設所，關聯幾個據點的設衛，集合一個軍區的若干衛所。又設都指揮使司（隸屬於皇帝直接負責的五軍都督府），為軍區之最高軍事機關，長官是都指揮使。軍隊的組成來源有四：從征、歸附、謫發及垛集。這四種來源的軍人都是世襲。如無子孫繼承，則由其原籍家屬壯丁頂補。種族綿延的原則，被利用到武裝部隊裏來，以便於控制。

統軍權與軍令權的集中。統軍權歸五軍都督府，軍令權歸於兵部。而這二者又都是直接對皇帝負責，亦即使兵部發令決策，武將帶兵作戰。都指揮使雖是地方的最高軍政長官，但一旦有戰事，則由中央派遣總兵官統籌軍隊。這樣，將不專軍，軍無私將，上下等級分明，使得悍將跋扈、驕兵叛變的事情根絕。

（3）統治思想的學校與科舉制度

為了更嚴密地統治思想，加強集權制度，朱元璋便通過學校和科舉制度來培養和選拔效忠於他的新官僚。

學校制度。學校有國學（國子監）和府州縣學。國學是新官僚的養成所，功課內容除四書、五經、大明律令等書外，最重要的是朱元璋自己編定的《大誥》，有續編、三編、《大誥武臣》，一共四冊。主要的內容是列舉所殺官民罪狀，使官民知所警戒，教人民守本分，納田租，出夫役，老老實實替朝廷當差。府州縣學也以《御制大誥》和律令作主要必修科。1379 年（洪武十二年）朱元璋頒發禁例於全國學校，其中最重要的一條是"軍民一切利病，並不許生員建言"。這說明朱元璋禁止生員議論時事，正是他對於有群眾基礎，有組織能力的知識分子的懼怕的表現。

科舉制度。國子監的學生可以不由科舉，直接仕官。其他從科舉出身的官僚,一定是學校的生員。因此學校是科舉的階梯,科舉是學生的出路。科舉考試專用四書五經出題目,只許揣度古人口氣說話,只能根據幾家指定的注疏發揮,絕對不許有自己的見解。至於體裁則採用排偶的八股文。實際上這種科舉辦法的主要目的是將知識分子的思想束縛於宋儒的範圍之內。八股文在最初是在經義文的程式上造成一種嚴密的格式,以為錄取的一種憑藉,後來逐漸演變成為遺害於文化的空洞無物的八股文。

二、封建經濟的發展與資本主義因素的增長

1. 農業生產的進一步提高

農業生產在明代社會生產中佔主要地位。前面已經談到朱元璋在獲得政權以後,曾採取了一系列扶植農業生產的政策。這些政策使得遭受蒙元摧殘的農業生產不僅得到迅速的恢復,而且在兩宋及前代豐富的經驗與創造的基礎上大有發展,生產工具、生產技術都有顯著提高。農具有犁、耰、耙、耬車、砘車等,從開墾荒地到播種、收穫全部生產過程中所用工具都已具備,歷明、清兩代無大變化。

由於農業生產工具和技術的進步,明代農業生產真正達到"深耕細作"的水平。《農政全書》引《韓氏直說》,敘述當時耕種過程:"凡地除種麥外,並宜秋耕,先以鐵齒耙縱橫耙之,然後插犁細耕,隨耕隨撈。至地大白背時,更耙兩遍。至來春地氣透時,待日高復耙四五遍。其地爽潤,上有油土四指許;春雖無雨,時至便可下種。"生產技術的提高,使更多土地能夠春秋兩收。

施肥方面,注重積肥,廣泛利用腐朽之物,時諺說,"惜糞如惜玉","糞田如買田",可見一般。

灌溉技術也特別發展。由於更多山田的墾闢,進而廣泛地利用機械灌溉高地,有水車、筒、輪、戽斗、桔槹、槽架、連筒、陂柵之類。

由於農業生產的高度發展,就極大地提高了農業生產量,農業生產進一步提高,便為工商業的發達提供了有利的條件。而商品貨幣經濟不斷發展的結果,也侵入農村,促使更多的農產品商品化。例如明代城市人口的迅速增加,產棉區和棉織業中心的分工,手工工場原料需要的增多,賦役和其他稅收的改徵銀幣,農業中大批僱工的出現,都是農產品商品化的顯著傾向。因之廣大的農村和農民被日益捲入到交換經濟中去。

2. 工場手工業的發達

中國過去的手工業生產的主要目的仍只是自給自足,而不是創造商品,所以大多數的手工業品,都是農業家庭的副產物。在都市上雖也存在有小作坊工業,它的生產品雖然是以出賣為目的,但它的生產組織規模卻非常狹小,還是一種小家庭工業。我國的手工業便長久地停滯在這種情況中。明代手工業雖有許多超過前代的地方,但由於手工業生產者仍然受著束縛,因此它的進步和發展,未能脫離封建經濟的本質。但明代手工業生產者及紡織、瓷器、造船、礦冶等重要手工業卻已漸表現出一種特徵,就是資本主義生產關係因素正在尚未脫離封建經濟本質的手工業中孕育和萌芽著。

(1)手工業者的地位

朱元璋推翻了蒙元統治,使漢族人民擺脫了異族的羈絆,把全國戶口分為民戶、軍戶、匠戶三種,將奴隸、農奴和工奴大都變成自由民戶。洪武年間全國工匠共有二十三萬二千零八十九名,這樣巨量的匠戶,多是半自由的手工業者,這成為手工業發展的重要因素。

這些匠戶雖已由工奴轉變為自由民,但仍是“役皆永充”,子子孫孫不許脫籍改業,以便為封建統治階級服務。如明代匠戶之分為“住坐”“輪班”二等。“住坐”便是工匠每人每月都要在三分之一的工作時間內替統治者無償勞動。其不赴班者要罰納白銀六錢(相當於當時米六斗的價格),稱為“輪班”。這是很重的一種封建剝削制度。但一般技術較高的工匠,他們可以拿出工資收入的一部分作為“罰班銀”,以此獲得較多的工作上的自由。同時在 1488 年(弘治元年)官府又曾頒佈“銀作局高手匠役”可以免役的規定。不過在當時手工業者獲得“免役”或納銀“不赴班”者,畢竟是極少數。大多數匠人在匠籍的束縛下,仍然是很痛苦的。

以後,官府更規定匠戶的供役和其他農戶的供役一樣,一概改為徵銀,再由官府以銀去雇募工匠。因此到這時,匠戶的匠籍雖仍保留,但在行動上是和一般農民沒有分別了。另一方面,在廣大農村住民中的手工業也和匠戶的技術相結合,在各個地方不同的經營作業,從家內副業逐漸發展為家庭手工業,或成為小商品生產者,在一定程度上成為初步的專業分工。因此在明中葉以後,手工業的主要勞動者是以小自耕農的同等地位廣泛地存在著。社會上手工業行業的數目也逐漸增多,同時也有了雇傭勞動的使用。在個別的行業中,手工業離開了農業而獨立,走向工場手工業的經營。

隨著手工業的發展,行會組織也發展起來。各種行業都有了一定的組織,不僅在大都市,而且在各地州城,甚至在南方的一些城鎮中,都組織有同業的行會。不過這種行會表現為封建社會的局限性、穩定性和閉塞性,成為資本主義因素發展的一種障礙。

(2)紡織和棉織技術的提高

明初的紡織業,不論在技術上還是生產方式上,都具備了工場手工業的雛形。即以杭州為例:當時一般"饒於財者",已掌握了一定的生產資料——"杼機四、五具",並且將自由出身勞動力的工匠組合起來,進行較大規模的生產。這些工匠每日拿到二百錢的工資,但技藝較高的熟練工人,可以要求更高的工資。這些雇傭工匠多數已為男子,說明家庭兩性分工發展為社會勞動分工的過程。工匠可分為長期和臨時兩種。不過由於他們的剩餘勞動完全為工場主所剝削,因此如果他們一旦失業,便會"凍餓而死"。產品也已經行銷各地,這一切都說明當時已經具備了工場手工業的最初規模。此外,工場主並以剝削工匠的所得,用來擴大再生產。神宗(朱翊鈞)時,吏部尚書張瀚的先世便是在很短的時期內,由一張織機而擴展到織機二十多張及資本數萬金的工場主。

明代絲織技術是繼承了唐代所發明的提花機而更進一步。根據明末宋應星《天工開物》記載有花機、腰機、結花等各種技術,特別應當指出的,在綾絹上、紗羅上的提花技巧有了進一步的發展。此外,《天工開物》一書還記載著工匠的分工,這在官辦手工業工場和蘇州、杭州的織造局內特別顯著。同時絲織業和原料生產業也已經分化。其絲織品產額和種類不管在官辦工場內還是民營工場內,都不斷地大量增加起來。

當時不僅手工業具備了工場的雛形,而且雇傭工匠也受著政權與場主兩重的剝削。這雙重博學曾引起了偉大的中國工人階級的先驅者的第一次抗苛稅的鬥爭。1601年(萬曆二十九年),因為封建政權"每機一張,稅銀三錢"的稅收政策,蘇州的機戶不但"皆杜門罷織",而"織工皆自分餓死",為了求生存,便在織工領袖葛賢的領導下,群起包圍了織造衙門,"縛稅官六七人投之於河,且焚宦家之畜稅棍者"。對於鄉里則預先告知,"防其延燒",最後"葛賢挺身詣府自首","不以累眾"。(以上均為《明實錄》所記載)這一史實不僅為明代資本主義因素的增長提供了有力的證明,而且也充分表露出偉大的工人階級的反封建壓迫的優秀傳統和那種大公無私、自我犧牲的精神。

明代的棉織手工業也有廣泛的發展。以松江為中心,朱元璋時強制農民栽種棉花。他下令凡農民有田四五畝至十畝者,栽桑麻木棉各半畝,十畝以上倍之。麻畝徵八兩,木棉徵四兩,栽桑以四年起科。不種桑出絹一匹,不種麻及木棉,出麻布、棉布各一匹。這樣用稅法強行推廣棉麻的種植,使棉布成為人民普遍的服用品,棉花的紡和織成為農民的主要副業。當時種棉業普遍發展起來,同時由於種棉業的發展,棉織工業也漸自種棉的農業中分化出來。

當時種棉固多在北方,而織布則盛於南方,且多已由農業家庭分化出來而為機織行,松江、蕪湖即為棉織業中心。在棉紡業的技術方面,也有所提高。"木棉攪車"已普遍使用;木弓蠟絲弦的彈花弓代替了舊的竹弓繩弦;手搖紡車外又出現了腳踏紡車及利用水利的"水轉大紡車"。長江中下游和江浙沿海一帶的勞動人民有能一手同時紡出兩支綫或三支綫的。在棉織品方面,除一般粗布外,同樣能織出雲花、斜紋,象眼等各種花樣。

(3)礦冶的發展

明代鐵銅等礦的開採和冶煉也有很大的進展。官府在產鐵各地設立冶鐵所,共有十三處,每年輸鐵七百四十萬餘斤。永樂初年,在四川的龍州,湖廣的茶陵、武昌,北直隸的遵化,遼東的三萬衞等處設立冶鐵所,置鐵官,歲課鐵一千八百四十七萬五千斤有奇,足見明初鐵礦采冶發展的迅速。由於鐵產量的增加和需要的擴大,冶鐵技術也有顯著的提高。在遵化出現了深一丈二尺的煉鐵爐,每爐容納礦砂兩千多斤,一天可出鐵四次,扇爐風箱必須四人或六人帶拽,有的地方還能用水力鼓風。鐵的鎔煉和鑄造大部分已經使用煤炭。各地工匠分有專業,錘煉精鋼,造成犀利的刀、劍、針、鉋等工具。所制農具和用具並成為邊疆互市的重要貿易品。又鎔化合金造成細小的鉛鐵彈子或長達一丈以上的炮銃或兩萬斤以上的巨鐘或大鼎、重錨等,這些成就都超越前代。對於各種礦石的分類、洗煉和熔冶也積累了豐富的經驗,應用了初步化學配合的方法。

其他如銅、錫、金、銀等礦在明代都有開採,銅礦並有官府礦場。不過明代礦業因官府壟斷礦場,大量徵役民夫,無限浪費勞動人民的血汗,對民間採礦者有很厲害的管禁。因此在這種種繁苛的限制下,明朝貪官污吏乘機肆行掠奪和欺壓,便阻礙了礦業的正常發展。

(4)火器及造船

在明代,火器有進一步的發展。大炮有從西洋輸入的佛朗機、紅夷炮,槍有快槍、鳥嘴銃及各種手銃,已接近近代武器。又造船業成為明代重要的工業部門,也最能表示當時各種工業的綜合發展。南京、廣東、福建都有較大規模的造船廠,鄭和下西洋的"寶船"大者長達四十四丈又四尺,寬十八丈。戰船則有蜈蚣船(底尖面闊,船上裝大佛郎機炮,船兩舷各置槳數十支)、鷹船(兩頭尖,進退迅速,船旁釘大茅竹,竹間設窓,可發銳箭。)福建較大的海船,樓四層,中間亦可安放大炮。廣東船用鐵力木製造,敵船被沖必碎。此外在崇明島一帶有沙船,能行駛於逆風中。

(5)瓷器和玻璃

陶瓷業開始就是離開家庭的獨立手工業,散佈在有豐富陶土的各地。景德鎮的瓷器在宋代即已很著名,至明代不僅繼承了宋元時代的優良傳統,更進一步有了燦爛的發展而成為瓷器業的中心,面積十方公里,人口近百萬,御窰、民窰近三千所,窰工等多至數十萬人。晝間白煙蔽空,夜間紅煙熏天。在技術方面也有了顯著的進步,各種單色釉的瓷器的製作比宋元時更加豔麗。宣德年間(1426—1435年)景德鎮窰所燒的青花瓷器,用潔白細膩的"麻倉"(景德鎮東鄉的麻倉山)陶土作瓷胎的質料。"青花"的原料用南洋輸入的"蘇泥勃青"(或稱"蘇麻離青")。單色釉中以鮮紅的"祭紅"(或稱"霽紅")為最著,五彩釉更為精美。宣德時德化窰(福建德化縣)所造瓷器,胎釉都是白色,渾然一體,光亮如玉,輸出國外,受到各國人民的讚揚。在景德鎮的"御器廠",開始有脫胎器的鏇坯車的製作,最精工者,胎薄如紙,幾乎看不到胎土。

中國瓷業在這種集中特殊發展的情況下,乃成為對外貿易的主要商品。當時人曾形容說:"工匠來八方,器成天下走。"產品是"中華四裔馳名",且多為日用必需品的製造,約佔十分之九。鄭和下西洋,所攜帶的中國商品,便是以此為主。因之中國瓷器已成為國際商品了。

我國自製玻璃始於明代。唐宋時雖已有,多由外國輸入。成祖(朱棣)時,鄭和出使西洋,帶回來燒玻璃的工人,我國才開始自造,以山東益都為首。

3. 城市經濟的發展

(1)商業城市的發達

由於明代手工業的發展,就使原有的城市更加繁榮,有的發展成為新的大城市。明代設都城於南京,及成祖(朱棣)興兵靖難後於1403年遷都城於北京,改南京為陪都。於是南京、北京不只是政治中心,同時也是經濟中心。明初南京人口達百餘萬,約佔全國人口六十分之一。明孝宗時(1488—1505年)北京人口達六十六萬餘,約占全國人口百分之一□□。人口大量集中,工商業自會隨之發達。各種經營都有以該業為名的坊、巷、市等區,如南京的綾莊巷、錦繡坊、顏料坊、銅作坊、鐵作坊,相當於北宋的缸瓦市、米市、煤市、草市等。

除去南京、北京以外,明代還有大商業都市30多處,如蘇州、杭州、福州、武昌、南昌、廣州、桂林、成都、重慶、開封、濟南、太原等。這些大都市大部集中在東南沿海,江浙即佔三分之一,而整個北方只佔全數的四分之一。由於歷經女真、蒙古對北方的破壞和南宋以來南方經濟的進一步發展,加以南方又有海外貿易的條件,因此到了明代,中國社會經濟的發展更呈現出顯著的不平衡狀態。

此外,在運河和長江交叉點上的揚州,商業特別繁華。廣州附近的佛山鎮不但成為手工業中心,在歐州資本主義殖民者侵入東方並佔有優勢以前,它一直是東方最大的海上交通中心,大批的紡織品、瓷器等都從這裏運到南洋各地。

(2)運河交通的整修

成祖遷都北京後,仍然需要江南地區的供應。因此,開始重視溝通南北大運河。1411年(永樂九年)二月令工部尚書宋禮、都督周長督修會通河(自臨清到濟寧)。當時河道四百五十餘里,淤塞者三分之一,六月修竣,於濟寧引汶水入南旺湖,置閘放水,南北分流(南流入徐州,北流入臨清)成為運河水源。至是黃河、淮河、長江及太湖流域諸水系得以聯結,這便是一直保存到今天的從杭州到北京的大運河。這道運河的修建,技術也是很高超的。當它流經地勢較高的山東西部時,便把汶河、濟河,泗水、沂水等上游三百多處泉源彙集成周圍幾十里到一百多里的十五個湖泊,用作這段運河的水源。在這裏,中間最高的地方比南北兩面的平原高出一百尺左右,為調節流量和水位,使載重三、五百石到千石以上的漕船能順利通過,施工者便順著地勢建築了幾十個水閘,所以這段運河叫作"閘漕"。在運河穿過淮安到揚州的一段低窪地帶,為了保持窪地湖泊的一定水位,使漕船能在窪地湖泊上順利地航行,又修建了很多堤堰和水閘,這段運河因穿過許多湖泊,所以叫"湖漕"。

(3)金屬貨幣的流通

明代工廠手工業非常發達,自然經濟逐漸被破壞,商品經濟發展起來。與之相伴隨的是,明代的貨幣也具備了封建社會末期的特徵。貴金屬銀,很快地成為普遍流通的貨幣。

明太祖朱元璋看到元末鈔幣的紊亂,在他未即帝位時,便在應天設寶源局,鑄大中通寶錢。即位後,復在各省設寶泉局,鑄洪武通寶錢,按重量計算價值。1393年(洪武二十六年)在產銅地區江西、陝西、山西每年各鑄錢六千七百六萬八千文、二千三百三萬六千四百文及二千三百三十二萬八千文。成祖(朱棣)、宣宗(朱瞻基)、孝宗(朱祐樘)時均曾鑄永樂錢、宣德錢及弘治錢。至世宗(朱厚熜)時又開始大規模鑄錢。1553年(嘉靖三十二年)鑄嘉靖錢一千萬錠(一錠五千文)。大量的鑄錢於此可見一斑。

鑄錢數量雖驟增,鈔幣也未因此而減少。早在1374年(洪武七年),朱元璋即曾在南京設立寶鈔提舉司,造大明寶鈔,最後終不免流於惡性的通貨膨脹。到1503年(弘治十六年)鈔法不易維持,始又有弘治錢、嘉靖錢的鑄造。嘉靖錢質量比洪武錢更好,仿佛可以通行無阻了，但終逃不脫"惡幣驅逐良幣"的定律，而致善錢深藏不出。

明代鑄錢發鈔，都按銀價作標準。明初交易即已多用銀，甚至賦稅亦用銀。如英宗（朱祁鎮）正統時，田賦米麥一石，折收銀二錢五分，從此田賦改徵白銀。孝宗時京城稅課及順天、山東、河南戶口食鹽全改折白銀。至武宗（朱厚照）時發放官俸，十分中錢一銀九。世宗時稅課徵銀不徵錢，國家收付一律用銀。

在錢、鈔、銀三種貨幣中，鈔法先壞，錢用不廣，只有銀是最重要的貨幣。同時，因中國需銀量激增，通過對外貿易，大量輸入白銀，尤以墨西哥洋為著。據估計，明穆宗（朱載坖，1567—1572年）以來，每年墨洋流入達數十萬至一、二百萬之巨，從此墨洋在中國也成為流通的貨幣。

（4）商品及商稅

明代商業城市發達，流通在這些城市之間的商品，其種類也多，範圍也廣，從明代免稅、課稅物品的種類中即可看出。1368年（洪武元年）免書籍、農具稅，1403年（永樂元年）免軍民常用雜物等稅，凡嫁娶喪祭，時節禮物，染練自織布帛，農器，車船運載非販賣貨物，各處小民挑擔蔬菜，溪河貨賣雜魚，竹木蒲草器物，並常用器物，銅錫器物，日用食物，一律免稅。宣德時改定，凡紗羅、綾錦、絹布及皮貨、瓷器、草席、雨傘、鮮果、野味等一切貨物，依時價估定課稅，應稅物品共達二百七十一種之多。由這些免稅、課稅物品的種類，可推知商品範圍的廣泛。

明代商稅，起初三十取一，凡橋樑、道路、關津各置收稅官。萬曆時改稅率，名義上十分取一，實際並無定章。商稅的收入，萬曆時崇文門、河西務等八鈔閣每年額定銀四十萬七千兩。崇禎初年，關稅每兩增收一錢,八關共得銀五萬兩。1630 年(崇禎三年)又增二錢。1640 年(崇禎十三年)又增二十萬兩。八關增稅如此,其他地方可類推。

根據以前所述,明代的工廠手工業發達,幾遍於全國。商業繁榮,城市增多,這一切不僅說明了明代封建經濟的發展及資本主義因素的增長,而且它也正是中國在十五、十六世紀的一個特點。

4. 鄭和的航海

(1)明初與南洋的往來

明代在國內工商業發達的基礎上,國外貿易也十分發達。不過當時中國和阿拉伯各國間的貿易已漸衰落。在朱厚照(武宗,1506—1521 年)以前,中國海外貿易是以南洋諸國為主。明代與於南洋的交通貿易關係,雖然因受朝貢貿易制度的限制,但南洋諸國並未直接對中國發生過寇擾的事件。後來由於封建社會經濟的發展,在需要擴大合法的對外貿易情況之下,明代與南洋的貿易竟擺脫了朝貢貿易的拘束,產生了新的商稅系統。

①在朝貢貿易名義下的對外貿易

朱明政權建立後,朱元璋便遣使奉詔遍諭海外各邦,要求他們向明朝進貢。根據《明史・外國傳》所記,當時南洋諸國應詔入貢的很多,例如琉球、呂宋、安南、占城、真臘、暹羅、爪哇、三佛齊、悖泥、西洋瑣里等國均是。朱元璋對於來朝的貢使,一律優禮招待,厚加賞賜。對於貢物,則是估值加倍報酬,以表示天朝的富庶和恩惠。對於入貢諸國,總是封以王號,並賜以大統曆(明曆),算作"奉正朔"的屬國。至於對通商的利益及交換物品以滿足社會的需要則是毫不介意的。但當時南洋諸國入貢絕非"慕義而來",而是希望借著朝貢名義獲得商業利益。在這種心理支配之下,便都多帶私物,暗地與中國商人交易,形成了表面上是朝貢,實質上則是交易的情況。

②對海外貿易的嚴厲限制

朱元璋一方面詔諭南洋諸國來入貢,但另一方面又怕中外商船往來海上,雙方"奸民"假通商為名互相勾結,造成寇亂。於是在洪武初年,曾在廣州、寧波、泉州三處設市舶司,專管貢船,認為貢船為合法的貿易。朱元璋對南洋諸國貿易的限制與南洋諸國迫切要求通商的欲望發生了矛盾,因此這些入貢國當然感到不快,他們多是希望比年一貢或一歲數貢。但就受貢的朱明皇朝來說,這種買賣確是不合算的。於是在1374年(洪武七年)因防倭寇,嚴申禁海之令,撤廢了招待貢舶的市舶司,禁止商船貿易,只由朝廷與少數使他還能信任的小國用朝貢(賣)、賞賜(買)的形式,獨佔了代表皇權利益的全部國際貿易。這種貿易進出口貨物數量微小,遠不合於社會實際需要,再加重利所在,沿海各省的文武大吏或自己經商,或保護中外商人從中獲利,朱元璋違反社會前進的"寸板不許下海"的禁令,實際上只是毫不生效的空文而已。這是因為明代與南洋的貿易是一種不可抑制的向前發展著的勢力,這更具體地表現在鄭和航海這一事件上。

③中國卓越的航海家鄭和及其事蹟

鄭和(1371—1435年,洪武四年—宣德十年)本姓馬,雲南昆陽人。小字三寶,回教世家。他的先世曾朝過聖地麥加,泛過海,浮過洋。鄭和可能是在1381年到1382年間(洪武十四年到十五年)傅友德、藍玉等平定雲南時被俘至南京的。後為隨侍朱棣的宦官,賜姓鄭。他在幼年曾傾聽他的先人敘述航海經驗及異國情調,有了豐富的地理知識。這也正是他後來能夠完成他的航海事業的一個有利條件。

在鄭和航海前的社會情況:成祖時(1403—1424年,永樂元年—二十二年),國內社會經濟不僅已經恢復並且迅速地發展起來。工商業的發達,要求開拓廣大的國內外市場。成祖便取消了朱元璋的違反社會要求的禁海政策,而創造了封建皇朝對外貿易的政策,用政府的力量派強大的武裝船隊到國外去貿易。這便是十五世紀初到四十年代(1405—1433年,永樂三年至宣德八年),"三保太監"鄭和下西洋(指今之南洋及印度洋沿岸)的一個主要推動力。

其次,當時明帝國的西北邊省受到中亞蒙古帖木兒帝國的嚴重威脅。1405年,帖木兒曾向明帝國發動攻勢,成祖想聯絡印度等國攻襲帖木兒帝國的後方,牽制它的東侵。所以在同年六月成祖便命鄭和等下西洋,不過表面上卻托辭是尋覓惠帝朱允炆。這可以說是鄭和航海在軍事上的意義。後來帖木兒死了,東侵停止。不久,帖木兒帝國分裂,內部處於紛亂狀態,力量削弱。這個帝國的強盛和它崩潰後的紛亂局面,都阻礙了中國與西方的陸路交通。因此,鄭和以後數次的航海,雖然已失去軍事上的意義,但由於第一次航行,獲知南洋及阿拉伯諸國的情況,因此尋找通到西方的航路和達到通商的目的,便提到了主要地位了。

其他如明代造船技術的高超,羅盤針的早已使用及航海知識的發達等,都為鄭和的航海準備了物質條件。

關於鄭和偉大的航程:鄭和從事海上活動,前後將近三十年(1405—1433年),率船隊遠航共七次(最後一次鄭和未去),經歷三十多國。他們自蘇州的劉家港泛海到福建的五虎門,從五虎門揚帆首達占城,在占城的新州分航綫為三:一是去勃泥的汶萊,一是去暹羅,一是經假里馬打、麻葉翁兩島之間而去爪哇的蘇魯馬益,再由此歷彭家,達舊港(即三佛齊)、滿剌加、阿魯至蘇門答臘。在蘇門答臘港又有二條航綫:一是經浙地、鎖納兒兩港去榜葛剌,一是去錫蘭。

兩綫皆經喃渤里、翠藍嶼兩地而後分途航行。在錫蘭的別羅里又有兩條航綫:一是西去溜山群島,此綫延長即可通非洲東岸的不剌哇,一是西北去葛蘭。在葛蘭有二條航綫:一條經達木骨都來,一條北往柯枝,經柯枝而到古里。在古里的航綫上有二條:一條西北赴波斯灣口的忽魯謨斯,一條赴阿拉伯南岸的祖法兒、阿丹等國,更循行紅海而抵秩達,最遠到了竹布。掠馬達加斯加島南端,再向東回航,歷經太平、印度兩大大洋,航行範圍非常廣泛,已經達到赤道之南,這的確是明初的盛事。

鄭和七下西洋,每次規模都很龐大,即以第一次航海而論,這次鄭和奉成祖命下西洋是在 1405 年(永樂三年),同行者有副使王景弘等,率領的勇士有二萬七千八百人,分乘大船六十二艘,攜帶大量金銀及各種製造品。組織也很緊密,艦隊中包括了許多人員,如水手、工匠、醫生、通事(翻譯)及軍士等。有很好的航海技術,航海時用羅盤定二四向,夜間參看星辰,他們沿途都作了精密而忠實的航行記錄,開始時間,停泊何處,何處有礁,何處有淺,都一一登錄無遺,並且增制了輿圖。以後又陸續航海六次,所經各國,紛紛遣使通好或通商,用珍貴的中國物品,遍賜諸國君主及其下諸頭目,如不服則以武威懾之。同時,也有許多中國商人隨同鄭和的艦隊或遵循他們的航行路綫遠航海外。

鄭和七下西洋,是中國歷史上空前未有的壯舉。他率領著龐大的船隊,縱橫於太平洋、印度洋上,英勇地與海洋作戰,與氣候作戰,表現出中國民族的大無畏精神。鄭和所率領的艦隊能有這樣輝煌的功績和偉大的成就並不是偶然的。這主要是因為當時的中國已具有高度發展的工商業基礎和航海上一切必要的物質條件。在航海過程中,群眾的智慧和力量以及鄭和所具有的豐富航海的知識,卓越的指揮才能,都起著很大的作用。王景弘等副使,對這幾次遠途航行的幫助也不小。優秀的強大的武裝部隊,更運用著高度的軍事藝術,排除了途中所遇的障礙,如舊港酋長陳祖義和錫蘭國王亞烈苦奈兒的被擊敗和擄獲。不過,這種武力是非到不得已時才使用的。當然,鄭和能完成這個偉大的航海事業,也是由於有朱明皇朝的支持。此外,鄭和自1405—1433 年所作七次遠航,從其終年來說,較之哥倫布發現美洲(1492 年),奧斯達伽瑪回航好望角(1497—1498 年)都早半個世紀以上,規模的宏大,組織的緊密,更非他們所能比。由此可以看出中國經濟和文化在明代還保持著世界最先進的地位。另一方面也說明鄭和是航海家中偉大的先導者,這也正足以說明少數民族在中國歷史上的貢獻。

三、極端君主專制的封建制度和與外族的關係

1. 極端君主專制與統治階級的腐朽

(1)極端君主專制

明初的高度中央集權的極端專制主義,隨著封建社會經濟的恢復發展和資本主義因素的滋長,逐漸成為阻礙社會向前發展的障礙物。

洪武時因胡惟庸案廢中書省,罷丞相官,提高六部地位,使之分任朝政,由朱元璋一人獨攬一切軍政大權。後來設有內閣大學士,以備顧問,但還未干預機要。仁宗(朱高熾)以後,閣權始稍重。漸而內閣中權位首次的差別漸嚴,首席閣臣儼然成為一個特出的"首輔",威權特尊。世宗(朱厚熜)時,凡有政令皆由皇帝口述,司禮監秉筆太監用硃筆記錄(稱為批紅),再交給內閣首輔,依批紅擬成詔

諭(稱為"擬票"或"票擬"),而後由皇帝核准頒佈。故當時夏言、嚴嵩雖有"真宰相"之稱,但其權亦不過"票擬"意見而已,一切大事仍是取決於皇帝。

在明代極端專制主義之下,大臣們見皇帝要跪奏,而且受到皇帝的任意責打和誅殺,"廷杖"之風盛行。隨著皇室的腐化,許多昏庸暴虐的皇帝濫施淫威。如武宗要到江南遊玩,朝臣一百零七人因諫阻而被罰跪午門五日,五日滿後,又各杖責三十。繼起諫阻者受杖四十、五十不等,先後被廷杖者一四六人,死者十一人。在明代皇帝這種專橫暴虐的淫威下,官僚們便只有謹慎保身,或專事奉迎,從而造成了官僚的日益腐朽。這便是專制主義發展下的一個必然結果。

(2)宦官的擅權擅勢

宦官專權是明代極端君主專制的伴生物。在洪武元年(1368年)的時候,朱元璋嚴禁宦官干政領兵,1373年(洪武六年)又禁宦官識字。1384年(洪武十七年)更鑄鐵牌置於宮門,上面寫著"內臣不得干預政事,預者斬"。到朱元璋臨死之前,頒佈"祖訓",還限制宦官不得任外臣文武官,官位不得超過四品,諸官與宦官不得有文件往來,由此可見朱元璋早就料到宦官可以為患。故防患於未然,而嚴厲地禁止著。

朱棣起兵"靖難",依靠朱允炆的宦官發動政變,以奪取政權,於是便開始重用宦官,使其出使專征,監軍分鎮及刺臣民隱事,宦官集團政治地位遂日漸加重。中葉以後,大小宦官以萬計,及至明末總數曾達十萬人。他們在宮廷中掌握有十二監、四司、八局二十四個衙門,其中尤以司禮監職權最大,成為皇帝的代理人。在這種情況下,宦官集團便借著政治上的特殊勢力,不僅壓抑群僚,扶植黨羽,公開勒索賄賂,並且開始進行大規模的土地兼併,儼然為明統治階級中最強有力的政治集團,其漸成禍患之由,始於成祖朱棣。其後,皇帝多平庸昏瞶,宦官便益上下其手,胡作非為,許多批答、諭旨,根本不經過內閣。閣臣為了鞏固自己的地位,只得順風承旨,即使想有些作為,也必須先結交宦官。故而,明代宦官之禍,肇於英宗(朱祁鎮),盛於武宗(朱厚照),而極於熹宗(朱由校)。英宗時王振,皇帝稱他為"先生",公侯勳戚尊他為"翁父";武宗時有劉瑾專擅威福,遣閹黨分鎮各地,"流毒幾遍天下";到熹宗時有魏忠賢結成閹黨,有五虎、五彪、十孩兒、四十孫之號。五虎都是文臣,為魏忠賢主謀議;五彪是武人,專為魏忠賢殺異己。就此達到了政治黑暗的高峰,也就加速了明代崩潰的過程。

(3)廠衛的活動

皇帝高度集權,為了鞏固他的地位和獨佔利益,便要以最親信的人,通過嚴密的組織機構和秘密的方法,來對那些可以影響皇權獨尊的官僚們展開了偵查、搜查、逮捕和審訊處刑等活動。這便是所謂的"廠衛"活動,廠衛是東西廠和錦衣衛的合稱。

錦衣衛是保護皇帝的警衛機關,是天子親軍上十二衛中的一衛,直接受皇帝指揮。他的下面設有鎮撫司,專門緝捕處治那些危害皇帝的"罪犯"和事件。因此鎮撫司設置管治罪犯的囚獄和獄官,凡是各地的重要罪犯都"詔下鎮撫司獄"。罪犯到了這裏,往往得到"五毒俱嘗,肢體不全"的結果。主管錦衣衛的指揮使,都是勳官都督,這是在朱元璋時代設立的。

東、西廠也是統治者為了鎮壓"反動勢力",故意造成恐怖空氣,使農民懾於淫威而不敢反抗的措施,是宦官權力的表現。他們直接受皇帝的指揮。朱棣因感到錦衣衛鎮撫司的偵緝工作,作得仍不夠周密,便在 1420 年(永樂十八年)設置東廠,令他所親信的宦官提督,專任緝訪謀逆、妖言、大奸惡等事。因此,"廠""衛"並稱,不過這時衛的勢力仍還超過於廠。憲宗(朱見深),在1477年(成化十三年)又設西廠,由其所委任的宦官汪直管領,於是廠的勢力超過了錦衣衛。朱厚照時,命宦官劉瑾總管東、西兩廠,作惡更甚。劉瑾在1508年(正德三年)後設"內辦事廠",由自己親領,京師稱之為內行廠,雖東、西廠,均在其伺察中。及魏忠賢兼領廠事,廠衛勢力合而為一,專以酷虐鉗制中外,陷害大小朝臣,一直繼續到明亡。

(4)統治階級的奢侈腐朽

極端的君主專制是封建社會發展到末期的產物。由於商品貨幣經濟的發展和土地的高度集中,封建王朝的最高統治者——皇帝和宦官,便借專制手段,更殘酷地劫奪農民和新興工商業者,企圖佔有日益增多的社會財富,同時也借專制權威來鎮壓日益強烈的廣大人民的反抗。但其結果,卻促使社會矛盾愈趨尖銳,使整個封建統治階級很快地走上腐潰的道路。

在劫奪土地和財富之下,皇帝們過著窮奢極欲的生活,從衣食住行、珠寶玩好,直到草木花卉、珍鳥異獸,無一不是"極天下之選,以奉一人"。皇室生活的浪費十分驚人,僅以膳食一項為例,以號稱節儉的明英宗(朱祁鎮)時期為例,廚夫便有六千三百多人,膳食器皿有三十萬七千多件。一年之中,光禄寺所需要的果品物料竟達一百二十六萬八千多斤,雞鵝豬羊費三、四萬,後來更增加到四倍。又如皇帝在北京西苑養豹一隻,用飼養人二百四十人,佔地十頃,每年支糧二千八百石,地租銀七白兩。再如神宗朱翊鈞結婚,用接濟邊防的銀子九萬兩作織造費,採用珠寶用銀二千四百萬兩,營造三殿僅采木一項即用銀九百三十多萬兩。

不僅皇室如此,外封的藩王也極為腐敗。官僚則競相追逐土地、金錢和財貨;在鄉的紳士也與官府串通一氣,狼狽為奸,殘暴地壓迫農民。

以上是明代統治階級的腐潰所表現在物質生活方面的。但此外也表現在政治生活上,皇帝的疏於朝政即是一例。自憲宗到熹宗(朱見深、朱由校)一百六十餘年間(1465—1627 年,成化元年——天啟七年),皇帝與大臣見面的次數約略可數,憲宗在位二十三年,僅在 1471 年(成化七年)召見大學士萬安等一次,談了幾句話,萬安等便口呼萬歲而退朝。孝宗(朱祐樘)在位十八年,在 1497 年(弘治十年)召見大學士徐溥等,每人賞茶一杯,竟被認為滿朝盛事。世宗(朱厚熜)、神宗(朱翊鈞)都是在位四五十年,也都是二十多年不視朝政。世宗在 1550 年(嘉靖二十九年)因為俺答(韃靼酋長)逼近京城,在朝臣的請求下,勉強來到奉天殿,但結果只是將朝臣斥責一頓了事。至於武宗(朱厚照)更是遊蕩南北,在位十六年(1506—1521年,正德元年至十六年),一次未召見過大臣。熹宗(朱由校)則每天在家舞斤弄斧,作木匠活為遊戲,朝政則完全交給魏忠賢把持。

同時,官僚們在保持祿位,追求土地、金錢和財貨的過程中所表現的寡廉鮮恥的情形,簡直難以想像。如嚴嵩當權時,朝臣願當他乾兒義子者竟多至三十餘輩,因而在明代官場中,賄賂公行,貪污成風。

2. 外族的關係

封建統治的朱明政權,對於邊境內外少數民族的政策,是以統治者的利益為出發點的。他們不是用武力加以征服少數民族,便是用籠絡手段來拉攏各族上層統治者。其結果總是"疲中國以事四夷",釀成無窮的邊患,以致人力財力遭受極大的損失,下面依次述及明代與境外各族的關係。

(1)對蒙古的防禦

1368 年蒙元統治者在明大軍全力進攻的壓力下,從北平(北京)逃往塞外,據守開平(內蒙古自治區多倫東南),仍保存相當實力。元順帝及其繼承者,屢遣兵南下侵擾,欲圖恢復,嚴重地威脅著新建立的明帝國。

這時朱元璋認識到,如不與蒙元殘餘勢力修復和好,並對侵擾給以嚴重打擊,便無法保障北方的邊防。於是他一面屢派大軍出塞進擊,一方面在每次發動攻勢前後,遣使去和林,試圖修好,但都無結果。同時他在軍事上也積極作防禦的佈置,沿邊設關隘,分地屯守。所以自 1380 年到 1387 年(洪武十三年——二十年),明曾數派大軍出擊元主,而以 1387 年藍玉率兵十五萬的出擊獲得了大勝,破元兵主力於捕魚兒海(內蒙自治區貝爾池),俘獲七萬餘人,馬駝牛羊十萬。至是漠北削平,蒙元殘餘勢力基本上被打垮。

此後,蒙元內部發生分裂。1378 年愛猷識理達臘死時,他的後嗣便互相爭位,二十多年間稱帝的有六人,最後一人為昆鐵木兒,被鬼力赤(非元主後裔)殺死。鬼力赤篡位,稱可汗,去國號(元),改為韃靼,蒙元大汗系統至此中絕。鬼力赤隨即為東部大酋阿魯台所殺,別立元後裔本雅失里為可汗,而自專大權。自此阿魯台與蒙古的另一部族瓦剌的酋長麻哈木彼此稱雄,互相攻殺。成祖朱棣便利用了蒙古族內部的這一矛盾,撫弱攻強,使北方不能統一,得以分而制之。

永樂初年,成祖曾遣使至韃靼和瓦剌通好,韃靼置之不理,瓦剌部則於 1408 年遣使貢馬。成祖就利用瓦剌去攻韃靼,便於 1409 年封麻哈木為順寧王,鼓勵他們去攻韃靼。瓦剌仗明威勢,便時出兵襲攻阿魯台。成祖乘機於 1410 年自率大軍五十萬北追至克魯倫河,分別擊敗本雅失里與阿魯台,這是成祖的第一次親征。

　　韃靼經此挫敗,在 1412 年本雅失里復為瓦剌的麻哈木所殺。阿魯台藉口為主復仇,降明。成祖想利用阿魯台去削弱瓦剌,乃於 1413 年封阿魯台為和寧王,扶植他與瓦剌對抗。麻哈木揚言出兵攻擊阿魯台,實際是想入寇明邊。成祖便在 1414 年(永樂十二年)親征瓦剌,戰於忽蘭忽失溫(克魯倫、土拉西河分水嶺),而阿魯台則採取了觀望的態度。戰爭彼此殺傷約略相當,這是成祖的第二次親征。

　　此後三數年中,瓦剌、韃靼均向明朝納貢,彼此互相仇殺如故。麻哈木於 1417 年死去,其子脫歡襲順寧王號;阿魯台在明朝的撫助下,兩次擊敗瓦剌,並向南侵犯。成祖又感覺到阿魯台比瓦剌難於制服,便在 1422 年率大軍出塞攻之。阿魯台率部眾北徙,明軍焚其輜重,收其所遺駝馬而還,這是成祖的第三次親征。

　　1423 年 7 月,成祖偵知阿魯台又將南下犯邊,便又親自率兵急出塞外,遇阿魯台部也光土幹來降(賀蘭山後的一個部落長),成祖大喜,便藉端誇稱韃靼王子歸降,班師回北京,這是成祖的第四次親征。

　　1424 年阿魯台南下侵邊,成祖又大舉親征。阿魯台早已遁去,便下詔暴阿魯台之罪而還。歸途次榆木川,病死,這是成祖第五次親征的結果。

　　明成祖朱棣對於漠北的經營,利用蒙古族內部的矛盾,來幫助自己削弱蒙古的勢力。但事實的發展,卻是削弱了自己的國力,耗去無數人力物力。所得到的只是激起韃靼、瓦剌二部對明的仇怨,相繼擾邊,阿魯台雖自此衰微,但瓦剌的勢力,卻從此不可抑制了。

　　(2)瓦剌的侵入及于謙的堅決抗戰

　　瓦剌是蒙古三大部之一(兀良哈部、韃靼部、瓦剌部),在 1434 年(宣宗宣德九年)脫歡襲殺阿魯台,勢力日益強大。1439 年(英宗正統四年)脫歡死,其子也先建立,雄視漠北,成為明帝國北方的嚴重邊患。

當時瓦剌每歲遣使入貢,明廷對之厚加賞賜。1449年(正統十四年)春瓦剌貢使二千到北京,但卻虛報三千,冒領賞品。經禮部核實,除按實際人數給賞外,並削減馬價五分之四。也先大怒,便分兵四路入侵;也先自率大軍進犯大同。這時,當權的宦官王振欲以"御駕親征"的聲威去嚇退敵人,便挾英宗親率大軍迎敵。大軍才到大同,前綫敗報陸續飛來,於是明軍便倉促退回土木堡(河北懷來西)。這時,也先輕騎進擊。明軍因指揮失當,大敗,死傷數十萬,隨行大臣死五十餘人,喪失騾馬二十餘萬頭,衣甲器械輜重無數。王振為亂兵所殺,英宗(朱祁鎮)被擄北去。這次由明統治者昏憒無能所招致的失敗,便是歷史上所稱的"土木之變"。

英宗朱祁鎮被俘,乃由英宗之弟郕王朱祁鈺監國,不久即皇帝位,是為景帝。在這種緊張局面下,群臣中分和、戰兩派:太監馬順等主張放棄北京南遷;兵部左侍郎(後任尚書)于謙堅決反對,力主防守。景帝為了保持帝位而終於聽從了于謙的主張,守議乃定。于謙便挺身支持危局,勇敢地擔當起保護北京國都的任務。

1449年10月,也先挾英宗進迫北京,于謙分遣諸將率大軍列陣九門外。並親自至德勝門督戰,于謙嚴申軍令,全軍振奮,英勇殺敵,瓦剌兵逼彰儀門土城時,居民登屋投磚石擊敵,呼聲動天,外援亦至,於是打退了也先的進攻。相持五日,瓦剌以孤軍深入,在明士兵和人民群眾的英勇抗擊之下,終於兵敗,被迫退去。于謙不許妄談和議,隨時隨地給敵人以打擊。也先技窮,又想利用朱祁鎮、朱祁鈺兄弟之間的矛盾而從中取利,便在1450年(景泰元年)送英宗回北京。

英宗被送回後,宦党曹吉祥等便陰謀佈置復辟。1457年正月,借景帝患病的機會,英宗入宮奪得帝位,仍廢祁鈺為郕王,後幽殺於西宮。英宗復辟後,便大殺主戰派人物,堅決抗戰的愛國者于謙也被囚禁,終於壯烈犧牲。自此以後,君臣昏亂,邊防屢馳,因之邊警頻傳,韃靼又繼瓦剌而起為明朝的邊患。

(3)韃靼侵入河套和俺答的與明通好

也先在土木堡之役後,於 1455 年被阿剌所殺,瓦剌內訌,勢力分散。韃靼又起,孛來與毛里孩共同稱雄。及至英宗復辟,于謙被殺以後,邊防廢弛,孛來與毛里孩便相繼出入河套一帶,陝西北部經常被其劫掠,西北邊患空前嚴重。在 1474 年憲宗(朱見深)修築了陝西以西的長城(東起清水營、西到花馬池)長約一千七百多里,有十一個城堡和上百個的烽火臺,以加強防禦。同時韃靼內亂時起,因之使延綏沿邊的軍民得到一時比較安定的耕牧生活。

韃靼內部紛爭多年,約在孝宗(朱祐樘)弘治初年,韃靼出了一個強有力的達延汗(亦稱小王子),漸漸統一各部,勢又轉強,樹立了蒙古族復興的基礎。十六世紀初,達延汗之孫俺答勇健善戰,出入河套,為患於山陝諸邊,世宗(朱厚熜)時,俺答曾三次入犯近畿。這時,由於嚴嵩執政,貪官與宦官勾結,加之倭寇肆虐東南沿海,明兵疲於奔命。嚴嵩企圖以互市之法,緩和韃靼的南侵。可是在大同、宣府開馬市之後,邊警依然如故,俺答汗經常侵邊,深入內地蹂躪今河北北部一帶,威脅北京。

穆宗(朱載垕)時(1567—1572 年),張居正執政,以王崇古鎮西邊,李成梁守遼東,數次主動地發動攻勢,進擊塞外。俺答汗知再戰不能得勝,亦冀圖和議。這時,俺答汗之孫把漢那吉因其妻為俺答所掠,憤而降明。俺答汗乃以送回其孫和互市為條件成立和議。明封俺答為順義王,名其所居曰歸化,議定互市規則。此後大同以西暫時得到數十年的平靖。

(4)倭寇對東南沿海的騷擾

明初,以日本為據地的倭寇,不斷地向中國大陸沿海騷擾。朱元璋希望與日本維持通商友好的關係,便在 1369 年(洪武二年)派楊載使日,勸誡他們勿再入寇,否則當"命舟師揚航諸島,捕絕其徒"。但日本對這樣帶有威脅意味的勸戒,不僅置之不理,反而扣留楊載;並再擾山東,轉掠溫(浙江永嘉)、台(浙江臨海)、明(浙江鄞縣)各州,更南寇福建沿海。以後朱元璋屢次遣使持書到日本,並開寧波港許其貿易,但仍不能阻止倭寇的侵擾。這樣,在 1371 年(洪武四年)底,朱元璋被迫下令,禁沿海居民私自出海,並為整飭海防而封閉寧波港。及至 1380 年(洪武十三年)胡惟庸暗結日本謀逆事發生,明廷對日本更懷極端仇恨之心。朱元璋便索性斷絕了與日本的關係,拒絕了日本的貢使,而專以海防為務,屢派大將湯和等率兵出巡海上,同時在沿海各地築城,設衛所,練兵、造船、搜捕倭寇,從此倭寇便比較稀少了。這便是明代海禁政策的開始。

成祖朱棣時,日本很想恢復對明的通商,以便攫取利益。在 1401 年(建文三年)便曾遣使來貢,攜帶表文非常恭順。當時成祖也正欲向海外宣示威德,在他所派使日的趙居任尚未啟程時,日本的第二次貢使又已經來到了寧波。這次上表頌揚明成祖,自稱"日本國王臣源道義",又依大統曆奉明正朔。成祖看了自然歡喜,同時又因為正在防禦蒙古,不願樹敵,便允許他十年入貢一次,每次貢船兩艘,隨員二百,不得攜帶兵器。日本雖然接受了這種約束,但卻未遵守,以後不僅進貢頻繁,而且船數、人數都遠遠超過限制,同時還攜帶著兵器,因此到了成祖的後期,倭寇復時常進行騷擾了。

這時,中國國內農業、工商業已經恢復並有了發展,也要求開拓海外市場。東南沿海一帶經營海外貿易的官僚大地主豪強鉅賈,為了獲利也願與日本通商。在這種情況下,中日兩國通商關係便又恢復起來。不過倭寇仍然不時乘機騷擾,而中國對之則是採取了開放與防範的兩面政策。由於明初社會內部較為安定,政治力量還很強大,軍備整飭,海防也比較嚴密,東南沿海地方的豪強地主富商還不十分猖獗,倭寇還不是重大的禍患。

公元十六世紀中葉(明世宗嘉靖年間),日本商業有了很大發展,其內部權臣及諸侯們爭來中國通商,各遣貢使分道來寧波,互爭勘合表文的真偽,以奪取與中國通商的特權。寧波市舶太監受賄,有所偏袒,遂激起日人焚燒劫掠、奪船出海之事。世宗(朱厚熜)便罷市舶司,關閉了海外貿易的大門,因而也就打擊了中國東南沿海的工商業。

在當時中日雙方工商業發展都需要海外貿易的情況下,這種措施徒使正當通商關係受到打擊,而對非法貿易卻無法抑制,同時反更給予奸商土豪乘機勾結日本商賈以自利的機會。一些只顧個人利益,但知追求財貨的東南"勢家""貴官""大姓"不僅支持他們的非法貿易,而且加以維護,地方官吏也不敢過問。正如朱紈所說:"去外國盜易,去中國盜難;去中國濱海之盜猶易,去中國衣冠之盜尤難。"(《嘉靖東南平倭通錄》,見《中國內亂外禍歷史叢書》第八冊)這些非法商貿,常欠日本海賈的貨款不還,如果催索過急,便令地方官派兵驅逐。倭商破產流落無法回國,便索性與他們相勾結,劫掠沿海各地,為害匪淺。1547年因沿海日本商船出沒無常,朝廷便命朱紈巡撫浙江兼管福建軍務,他嚴申禁令,不許商民通倭下海。凡私交倭人者,不問權貴,一律斬首,同時更搜捕了一些奸商。但浙閩豪紳大姓一向靠私通倭商獲利,因此群起反對,他們勾結在朝的浙閩官僚合力陷害朱紈,最後朱紈被迫自殺。自是"中外搖手,不敢言海禁事",守備盡撤,海禁廢弛,倭寇更到處剽掠,所至無阻。

1553 年大漢奸汪直等勾結各島倭人，大舉入寇，戰船數百艘分路並進，浙東西、江南北沿海數千里同時告警。自此時起，倭寇大舉侵略中國沿海，且深入內地劫殺。1555 年倭寇便分別自上虞（紹興）、樂清（浙江溫州）和山東日照三處登陸，大肆騷擾。明廷派權臣嚴嵩的私黨趙文華去抵抗，連戰連敗，但卻偽報朝廷水陸大勝。同時明軍內部也發生私鬥，沿海人民於倭患之外，復經官兵蹂躪。

這種嚴重的危機，迫使封建統治者不得不對東南沿海一帶正當的新興工商業者和地主兼營工商業者作出某種程度的讓步，依靠他們重新組成軍隊，對倭寇進行全面反擊。於是與人民武裝相結合的戚繼光、俞大猷的英勇抗倭在此時出現。

戚繼光、俞大猷等一面依靠民兵力量，召募金華、義烏民兵三千人，加以訓練，紀律極嚴。當時戚家軍的英勇善戰，贏得了全國人民的稱頌。戚繼光的策略是一面採取了分剿合殲的戰略，以適合於倭寇的往來不定、集散無常的行動；再益以各地人民也紛紛組織武裝，與明軍配合，沿海鹽民主動出海追擊。1564 年（嘉靖四十二年）戚繼光擊倭寇於平海。次年，倭寇萬餘復圍攻仙游，繼光率兵與戰城下，大敗之，並追擊其餘眾於王倉坪，殲敵數百，餘多墜崖谷而死，幸得生存者數千，奔漳浦，掠漁舟逃去，但在廣東潮州又為俞大猷所截殺。至此便在 1563—1565 年（嘉靖四十二年至四十四年）間基本上掃除了倭寇之患。

從這一段史實中，我們可以看到明代倭寇之患是當時歷史條件下的必然產物。由於日本封建主義發展，有了商業資本的因素，大量要求國內外市場。當時中國的商業資本也有所發展，但統治階級為了獨佔厚利，對於兩國間的自由通商倍加限制。這種封建主義的閉鎖性便予商業資本發展以一定的打擊。入貢方式已不能滿足日本商業資本的要求，因此在要求互市不成的情況下，倭寇的掠奪便代替了入貢和貿易。所以,我們說明代倭寇之患是在商業資本發展的情況下,朝貢貿易與自由貿易衝突的一種表現。

3. 土地的高度集中和賦役的繁苛

(1)土地兼併的嚴重

明初,農業恢復並發展。農業生產進一步的提高,為工商業的發達提供了有利的條件。而商品貨幣經濟不斷發展,也進一步影響到農村,促使更多的農產品商品化。這些因素都刺激著官僚地主加緊掠奪與兼併土地,造成土地高度集中的現象。

第一,官田。

明代官田的來源有,宋元以來相傳入官的田地;朱元璋打敗張士誠時所籍沒太湖流域豪強地主的田地;此外還有因元末戰亂所造成的大批荒地及自然荒地;直接和間接(通過籍沒官僚土地)侵佔的農民耕地。明王朝將大量官田租佃給人民。在江南太湖流域最肥沃的地域,這種官田最多,租稅也最重。據《宣德實錄》所載蘇州知府況鍾的奏章說,蘇田如以十六分計算,十五分是官田,一分是民田。1502 年(弘治十五年)時統計,全國田地中官田已占七分之一。

此外,屯田是在明代官田中佔的比例數最大。明代屯田最高額曾達八十九萬餘頃,約佔全國耕地十分之一。

第二,莊田:皇莊,藩王莊田,權貴莊田。

皇莊是統治階級對農民的掠奪行為與政府勢力密切結合的表現。皇帝本人佔有大量莊田,作為私產,稱為官莊。仁宗(朱高熾)時有仁壽宮莊、未央宮莊的建立。英宗(朱祁鎮)時(1464 年),撥太監曹吉祥抄沒地一處作為宮中莊田。幾年之間,侵佔的民田已超過原額十倍。到憲宗(朱見深)時才正式有皇莊名目,以後皇莊日漸擴大增加。孝宗

(朱佑樘)時(1489年,弘治二年)畿內皇莊有五處,共一萬二千八百多頃,後來增加到三萬七千五百多頃。武宗(朱厚照)即位不到一月,便建立了七處皇莊,其後增加到三百多處,單是在北直隸(今河北省)便有三十六處,共佔地三萬七千餘頃。

藩王莊田、權貴莊田,是皇帝分給諸藩王的田地及勳戚強佔的土地,在明代官田中所佔的比例也很大,尤以諸王莊田為多。朱元璋曾賜各親王莊田達千頃,勳戚莊田多者至百頃。明中葉以後,諸王莊田害民尤甚。世宗(朱厚熜)的兒子景王(載圳)就藩德安,賜湖廣等處田四萬頃。神宗(朱翊鈞)封福王,也擬賜田四萬頃。但因當時各省沒有這麼多,經大臣力爭,才減為兩萬頃;河南一省搜刮不足,神宗又下令湖廣撥田四千四百頃以補足。熹宗(朱由校)封惠、桂二王莊田達三萬頃,在湖廣只搜刮到六千頃,其餘由湖廣地方官吏將其租額攤派給農民負擔。州縣大者一百五十頃,中者一百頃,小者五十頃,每頃徵銀三兩六錢,弄得湖廣農民未種莊田也要繳納地租。

一些貴族則為擴大自己莊田,往往指民田為荒地,向皇帝乞請。孝宗時興獻王佑杬曾前後乞地千三百餘頃。有時更依勢力壓迫農民向其投獻,甚至公然侵奪民田。孝宗賜勳臣張鶴岑肅寧(河北肅寧)諸縣田四百頃。張竟乘機侵佔民田三倍,並毆民至死。他們的莊田多在北直隸、河南、山東、湖廣(湖北、湖南)、陝西諸省,且多為肥沃田土。穆宗(朱載垕)時雖定勳戚限田制(勳臣五世內限田二百頃,外戚限田七十至七百頃),但這只是一紙空文,並未實行。

明代宦官依仗皇帝的扶持,或侵佔官地,或掠奪民田。憲宗(朱見深)時宦官汪直佔荒地達兩萬餘頃。武宗(朱厚照)時谷大用佔民田萬頃。劉瑾設置莊田,侵佔北京官地五十餘頃,毀官民房屋三千九百餘間,廢民間墳墓二千七百餘座。熹宗(朱由校)時魏忠賢佔地達萬頃。這些都是有權勢的大宦官。至於較小的宦官,也佔田不少。除去宦官本人,就連他們的弟、侄也往往是"田連千頃"的。

依上所述,隨著統治階級的貪婪與淫奢,不入里甲的莊田面積逐朝都在擴大。世宗(朱厚熜)時(1522—1565年)載於冊籍的莊田有二十萬頃,全國民田是四百三十一萬頃,莊田約為民田額二十分之一。熹宗(朱由校)時(1621—1627年),全國民田額為七百四十多萬頃,而幾十個貴族官僚的莊田約為民田額的十五分之一。

與莊田掠奪相並進行的還有地方豪強侵奪土地的暴行。他們採取了重重兼併土地的方式,造成了土地集中的驚人數字。他們有的是倚勢侵奪,侵奪的對象由民田更進一步到公家的屯田。宣宗(朱瞻基)時郭玹即曾奪天津屯田千畝。因為屯田的被佔,田額減少,明代屯田額最高曾達八十九萬餘頃,約佔全國耕地十分之一;歲收糧四百三十五萬石,約當全國田賦收入七分之一。英宗以來,因為宦官、官僚及軍官強佔屯田,到憲宗時屯田收入已不及原額的十分之一。神宗時,屯田只剩下六十四萬四千多頃,比明初少了四分之一。此外,也有以投靠投獻,或乘人之急廉價逼買等方式來掠奪民田的。

通過這幾種兼併土地的方式,土地佔有在迅速集中,比較大的地主之土地動以數萬畝計。如神宗時江南大地主有佔田至七萬畝者。浙江奉化全縣田賦額共銀二萬兩,鄉宦戴澳一家就佔去一半。無怪明末大思想家顧炎武說:"吳中之民,有田者什一,為人佃作者十九。"(《日知錄》卷十)明代土地高度集中的嚴重情況,由此可見一斑。

(2)租賦徭役的繁苛

先言賦租的繁重。明初的田賦仍沿用唐德宗以來的兩稅法,朱元璋時田賦分為夏稅與秋糧,莊田例不納稅,官僚縉紳又都享有優免特權。1545年(嘉靖二十四年)規定京官一品免糧三十石,二品免糧二十四石,直到九品免糧六石。內官也照品級優免,外官各減一半。所以崇禎年間陳啟新曾說縉紳們是"產無賦,身無徭,田無糧,廛無稅。"(《復社紀略》卷二)一切負擔都沉重地加在廣大勞苦人民的身上。

明代官田"召人開耕",一般是依"民田例起科"的,官田每畝五升三合,民田則每畝減二升。但太湖流域的官田租額特重,蘇州一府擔負全國田賦的十分之一,比一般田賦高到八倍,甚至有每畝稅二、三石者。許多官田每畝租額達一石以上,並且要農民自己送到官倉,加上沿途運輸花費,往往耗費二、三石甚至四、五石才繳上一石租糧。許多農民窮困到今天完租,明天乞食,甚至有繳不上租糧的。

此外,隨著軍費的擴大,賦稅亦屢有增加。例如孝宗(朱祐樘)時除正稅外,又增加一二十種稅目。世宗(朱厚熜)時,因邊境軍費、建築宮殿、禱祀求仙等費用的驟增,便在1551年(嘉靖三十年)增江南、浙江等州縣田賦銀一百二十萬兩,稱為加派。同時各地田賦分擔也十分不均,例如真定轄五州二十七縣,糧十六萬六千石;蘇州轄一州七縣,糧二百零三萬八千石,可見對江南富庶地區壓榨的利害。

廣大勞動人民在賦稅的沉重壓迫下,人民大量流亡,土地日就荒蕪。因此自中葉以來雖不斷增加田賦,但收入卻日在減少。這種情形發展到神宗時,便形成了明代嚴重的危機。一條鞭法的推行便是明代最高統治者為謀取扭轉這一局面的重大措施。

早在1531年時(嘉靖十年),南直隸寧國知縣甘澧便已實行過一條鞭法。到1581年(萬曆九年)張居正當國,才將此法作為全國性的田賦制度而加以大力推行。到1592年(萬曆二十年)時全國就普遍實行了。從此農民負擔中直接受明皇朝剝削的部分,便完全貨幣化了。

　　所謂一條鞭法就是清丈田畝,按畝繳銀,令田主繳納一定數量的銀,所有田賦、差役各種雜費均包括在內,由官募人充役,不再另行攤派。

　　一條鞭法的實行簡化了政府徵收的手續,增加了財政的收入,減輕了人民被騷擾的程度,尤其對於少田、無田的農民有好處。因是按畝徵銀,所以沒有田地的農民便可以完全釋去力役的負擔,少田的農民因為出了銀就可以不再應役而有較多的時間從事耕種,這對農民的發展起了一些促進作用,暫時緩和了一下社會矛盾,最後達到穩定日趨混亂的封建秩序的目的,但卻不能根本解決社會矛盾。因此,一條鞭法是帶有改良性質的一種政策,我們不能過於強調它的均稅的意義,而忽略了它是封建末期加強剝削的一種政治手段。

　　再言徭役的繁苛。明代徵役是以丁口年齡為標準,即分成丁(十六至六十歲)、未成丁(十六歲以前)兩等。成丁服官役,六十歲以上免役。但除此以外,也必須有產。戶等的上下,以丁產的多寡為斷。

　　役分里甲、均徭、雜泛三種。按戶服役的稱里甲,即指里長、甲首所負擔的賦役。依黃冊一百一十戶為一里,推丁糧多者十戶為里長,所餘百戶為十甲,每甲為十戶,設甲首一人,每年役里長、甲首各一人,十年輪流服役一次。所分擔的差役是編配差役、督催稅糧、傳達官府命令等。按丁服役的稱為均徭,每田一頃出丁夫一人,每年農隙赴京師供役三十日,田多丁少者可以佃人充夫,其項目有“力差”、“銀差”之別。力差都須親身應役。銀差常見的項目,如歲供、馬匹、車船等公用物,都由民戶分別供備,或以貨幣代輸。力差、銀差的輕重不一,編配之時,大抵依民戶丁產的多寡厚薄分別戶等,並依戶等的上下以定負擔的輕重,平均輪將,所以叫作“均徭”。臨時供應官府呼喚而服役的稱為雜泛,雜役名目繁多,又憑官府任意增加,不可計數,如修河、修倉、運輸等。這便是明代服役的大概情形。

這種服役的規定,到了後來,發生了非常混亂的情況:里甲長變亂戶等,把下等戶列為上等戶,並因官吏貪污,使役的本身日趨複雜和繁重。例如里甲長除去傳達公事、督促稅銀、編配差役之外,還要籌措對於省部上供營辦各費,名之曰"里甲銀"。此外並要替官府營辦各種公私需要物,最初還給一點點營辦的代價,久之便一無所給,里甲長便將這些無名的科派轉到各貧弱的散戶身上。又如均徭中的解戶,是將上供物品解送京師,稱為"京徭",收納這些物品的中官太監便藉口物色品質太壞或量不充分而索賄留難。又如雜泛中的修河夫,在河南、山東起初是普遍的"力差",後漸次改為"銀差",到銀差成為固定的歲徵時,又令遠河者出銀,近河者出力。如此輾轉層累而上,弄到後來"兩稅輸官者少,而雜泛輸官者多",可見役法混亂現象的一斑。

4. 劉六劉七的起義

遠在 1420 年(永樂十八年),便有山東蒲臺縣民婦唐賽兒聚眾數千起義。英宗時除有鄧茂七反抗地主的額外勒索,聚眾數萬人起義外,並有湖北李添保率領苗、漢兩族人民起義。

自憲宗以後,農民起義的規模也就愈漸擴大。武宗時劉六、劉七的起義,便是許多起義中較大規模的一次。

這一次起義的導火綫有二因:一則,由於管理皇莊的莊頭任意侵佔土地、征斂財物、侮辱婦女。農民被壓迫,便只有把自耕土地投獻給他們,變成了無衣無食的饑民。一則,由於自武宗以來,選良馬供給邊防,邊馬在畿內寄牧,按丁田授馬,按歲徵駒,馬死或孳生不及數要賠補。後來莊田日增,草場日削,人民苦於孳養,再加近畿徭役繁苛,人民更加困苦,終於爆發了起義。

這次起義軍是由文安人劉六(寵)、劉七(宸)為領導而於 1511 年(正德六年)二月開始的,起義後不久,便擁有了一支龐大的隊伍。他們共推楊虎為首領,大軍分二支:楊虎向河南、山西進軍,劉六、劉七率軍在河北、山東、河南一帶奮戰。

劉六、劉七在河北、山東、河南一帶與明廷右都御使馬中錫奮戰,結果馬中錫以"師出無功"論罪,下獄死。當時起義軍活動在寄牧邊馬的河北地區,不特兵源充足,而且又深得人民的支持,因此在戰爭上取得了優勢。

楊虎軍隊由河北入山西,復至文安與劉六、劉七大軍會合,往來飄忽,縱橫數千里,如入無人之境。這二支義軍會師後,本想一鼓作氣攻下京師,但因明廷調大軍來討,在敵我力量懸殊的情況下,義軍為保存實力避免犧牲,便南下進軍,攻下山東日照等十數城。十月,楊虎在明軍的追擊下犧牲。楊虎死後,便以劉惠為首,趙鐩等為謀主,繼續戰鬥,義軍聲勢益盛。1512 年(正德七年),明廷又調動了所能調動的軍隊來征伐義軍,雙方展開了激烈的鬥爭。

劉惠、趙鐩在河南,劉六、劉七等在山東。在山東戰場上義軍曾三次威脅京師;在河南戰場上,則因兵源減少,造成義軍部分失敗,因而影響了全域,使劉六等陷於進退不利的輾轉苦鬥中。最後劉六因中流矢赴水而死。劉七復率軍轉戰江西、安徽、山西、江蘇一帶,統治階級發動了全國兵力,大江南北,官兵雲集,義軍走保狼山,劉七在這次戰役中犧牲。至是義軍被鎮壓下去。

這次轟轟烈烈的農民大起義,經過兩年的艱苦鬥爭,轉戰河北、山西、山東、河南、江蘇、安徽、湖北、江西等省,雖然被鎮壓下去,但統治階級與農民的矛盾並未解決,以後接連不斷地有很多革命運動。百餘年後,又爆發了大規模的、全國性的張獻忠、李自成大起義,明統治者的政權終於為農民革命的洪流所顛覆。

四、明末內外關係矛盾的激化和全國性農民大起義

1. 統治階級內部兩大集團間的矛盾

明代統治階級的腐朽,不但表現在物質生活的糜費方面,也表現在政治上無能與腐敗方面。明中葉以後的一些皇帝大都是居於深宮,多年不見一次朝臣,政權完全交由閹宦把持。中葉以後,統治機構也就陷入癱瘓狀態,例如1600—1601年(萬曆二十八年——二十九年),"兩京缺尚書三,侍郎十,科道九十四,天下缺巡撫三,布按監司六十六,知府二十五"(《明史》卷二三七《田大益傳》),組成封建皇朝的各部門,幾乎是名存實亡。可是在另一方面,麕集於京師待選的文武官吏常達數千人,而這些待選的官員則因吏、兵兩部無人畫押用印而不能領憑赴任。官僚機構中一面是缺員,一面是有員不選,同吋官僚機構中中下級官吏則又有大量增加的現象。

隨著政治的腐敗,統治階級內部有了分化對立的情形,代表中小地主的官僚集團的東林黨,與代表大地主利益的大官僚及閹宦,展開了激烈的鬥爭。

朱元璋時嚴禁閹宦干政,"定制不得兼外臣文武銜,不得御外臣冠服。"(《明史》卷三〇四);自成祖以來,閹宦逐次參與了出使、專征、分鎮監軍、刺事等種種大權;到英宗以後,閹宦的威勢更大。這樣,部分士大夫與閹宦展開了不斷的鬥爭:前者是代表中小地主的官僚集團,他們反對大地主、大官僚的政治壟斷;後者是代表大地主、大官僚的集

團,他們是以對人民的瘋狂掠奪與殘酷鎮壓來維持其政治統治地位。在神宗以前,鬥爭雖然激烈,閹宦勢力雖然兇暴,但除少數士大夫甘心作閹宦的鷹犬外,大多數士大夫是不肯屈服於閹宦的;到熹宗初年,除了東林黨外,大多數士大夫都成了閹黨。

士大夫內部又復分解,這是在萬曆年間張居正專政時期開始醞釀的。及張居正死,官僚之間、官僚宦官之間,縱橫角鬥,勢成水火,漸至結成門戶,邪正黨派的區分因而形成。當權的閹宦官僚殘暴地掠奪土地財貨,這種行為自然會引起代表一般地主和工商業者的失意官僚士大夫的反對,從而有所謂"清議"的發生。

最初,鬥爭的題目還只是圍繞著皇家內部事件,如皇位繼承問題,以及梃擊、紅丸、移宮等案。其公然發出政治主張,則自顧憲成始。憲成被斥革官回家,在無錫東林學院教學、聚會,與失官退居的高攀龍等人結成東林黨。一些政治上不得志的士大夫爭進書院聽講,除誦讀古書外,兼議論時政,對籌邊防敵也很注意,成為全國輿論中心。在朝一部分官員亦與東林互通聲氣,依輿論勢力對抗非東林黨。東林黨提出反對宦黨專政,改革政治的主張,要求政治對全部地主階級開放,改善科舉制度,使中小地主有政治出路,亦即東林派人物執政以代宦黨專政。這些主張不管東林黨當時主觀意圖如何,卻都符合了當時人民反宦官反掠奪的要求,因此東林黨與宦官鬥爭時,得到人民的同情和援助,不過東林黨卻不能與人民一致反對宦黨,而只能向皇帝乞憐。

1596 年(萬曆廿四年)以後,礦、稅監對人民的搶掠騷擾,引起了市民反抗封建主的鬥爭,這種鬥爭在明皇朝的黨爭中也反映了出來。1597 年內閣大學士沈一貫奏請反對派遣礦、稅監掠奪工商業者。1599 年右僉都御史李三才也屢次上疏陳礦稅之害,指出國內起義的危機及邊患嚴重的危機。他提出停止礦、稅監的要求,引起了更劇烈的黨爭。

三才被迫引去,但黨爭並未停止。

在神宗一世,顯然形成了士大夫階層的新舊兩個派別。舊者代表大地主、大官僚,與宦官相結合;新者代表中小地主、工商業者,就是東林黨,成為官僚宦官的眾矢之的。

熹宗(朱由校)時,在朝的官僚們又自分成齊、楚、浙諸黨,他們一方面分黨互爭,一方面又攻擊東林黨。當時"東林"幾乎成為犯罪的代名詞。熹宗非常昏愚,政權都落到宦官魏忠賢的手中,這時顧秉謙、崔呈秀等也都投到魏的門下,得入內閣或掌部院要職。他們造《縉紳便覽》,刊趙南星等百餘人為東林黨,按名處分;顧秉謙又主持造《三朝會典》,鉗制公論,士大夫如違要典發議論,便依大逆治罪,東林黨人被殺,幾無一人得免。

到思宗(朱由檢)即位時,他知閹宦干政,足以禍國,於是殺了魏忠賢,定逆案佈告天下。他雖然驅逐閹黨,召用東林黨人,但黨爭仍舊繼續不已。非東林黨便利用了思宗的性燥多疑、好獨斷的弱點,來排斥東林黨人。東林黨人經多年殺逐,得生存者寥寥無幾。太倉人張溥集本郡文人標榜復興古學,稱"復社",繼東林黨馳名全國。非東林黨起而誣攻,指張溥結黨議政,思宗將興大獄,幸張溥病歿,得免殺戮。後東南名士多復社中人,非東林黨概指他們為東林,合力對之加以攻擊。這種黨爭,直繼續到南明滅亡,才算告終。

明末黨爭反映了統治階級內部代表新舊勢力兩大集團間的尖銳矛盾。閹黨排斥進步人士的卑鄙行為和無休無止的黨爭,嚴重地削弱了明皇朝的力量,打擊了新興工商業者的利益,阻礙了中國社會經濟的發展,從而也阻礙了資本主義的發展。另外,在對外關係上,東林黨則主張嚴守邊防,打擊外敵入侵,而宦官大官僚地主集團則執行了極端謬誤的政策,以致使國防空虛。這也是需要指出而為事實所證明的。

2. 外患及歐洲商業資本主義先遣隊的入侵

(1) 倭寇的進擾

朱厚熜時,倭寇曾來入侵,發生過一次戰役。此後,明朝和日本的關係一直未得恢復,到神宗萬曆年間(1573—1620 年)日本又大舉侵略朝鮮,並窺伺明帝國,中國遂展開了偉大的逐倭援朝戰爭。

第一次援朝戰役。十六世紀末期,豐臣秀吉作了日本的關白(國王以下掌握實權的最高官員)。1590 年(萬曆十八年),豐臣秀吉征服了割據的封建諸侯,使武士集團控制了日本政府,於是便開始發展起瘋狂無恥的對外侵略行動。豐臣秀吉的攻明計畫是利用朝鮮人作嚮導攻北京,用汪直餘黨作嚮導攻浙閩海岸。神宗得報,便轉告朝鮮王李昖。李昖荒淫酒色,除自辯並不知情外,也不作任何準備。1589 年(萬曆十七年)日本致書朝鮮,告以欲假道朝鮮攻明,朝鮮拒其所請,並於 1591 年(萬曆十九年)將豐臣秀吉的通諜轉告給明皇朝。

1592 年(萬曆二十年)夏,豐臣秀吉率戰船數百艘,大舉入侵,自日本本土到了壹岐,從對馬島渡海進攻朝鮮。五月,日軍偷渡臨津,佔領王京(漢城),又繼續攻陷開城、平壤,只短短三個月的時間,戰火便燒遍了全朝鮮,但朝鮮人民卻沒有一時忘掉抵抗,各道人民紛紛起兵阻擊日軍,在敵人的後方也展開了劇烈的反抗鬥爭。

當朝鮮八道幾近陷落,朝鮮王李昖逃到鴨綠江邊的義州,日本侵略軍"旦暮且渡鴨綠"(《明史紀事本末》卷六二《援朝鮮》)之時,明統治階級內部發生了主戰、主和兩派的鬥爭,神宗則動搖於兩派間沒有主見。一面依照主戰派的主張,以李如松為東征提督率兵援朝;一面又照主和派的主張,派沈惟敬暗中往來,進行和議。

是年七月,明援軍渡鴨綠江,八月進軍平壤。但因地理不熟,兼以天降大雨,明軍出師失利,游擊史儒力戰而死,副總兵祖承訓渡江往援也戰敗。消息傳來,舉朝震動。兵部尚書石星本是個主持和議的官僚,即派沈維敬到日本軍隊中去刺探消息。沈惟敬貪圖厚利,便成為出賣祖國利益的漢奸,反為日軍刺探我方軍情。

另一方面,在史儒戰敗之後,明廷又繼續增派援軍,命宋應昌為經略使,李如松為東征提督。1593 年(萬曆二十一年)二月,李如松先帶領遼兵、南兵四萬人進圍平壤,日軍守平壤的是最精銳的小西行長部隊。由於援朝戰爭的正義性,李如松奮不顧身地親自指揮,經過一場劇烈的戰鬥,遂光復了平壤。接著,李如松展開了勝利追擊,順利地收復了王京(漢城)、開城和漢江以南一千多里的廣大地區。

在全面勝利即可來臨之際,國內主和派藉口李如松曾在碧蹄館受過挫折,力主和議撤兵,腐朽的明朝封建統治者,便聽從了主和派的意見,調李如松軍隊回國,以主和派薊遼總督顧養謙經略朝鮮事,盡撤江浙兵和薊遼兵,僅暫留劉綎川兵駐守。這時敵軍方面豐臣秀吉正在渴望得到喘息的機會,好從容整頓軍備,再發動新的進攻,於是"和議"就實現了。

第二次援朝戰役。和議在 1594 年(萬曆二十二年)告成,1596 年明廷派沈惟敬等赴日本送"茲封爾為日本國王"的國書,豐臣秀吉拒絕接受,這才揭穿了沈惟敬的通敵賣國陰謀。豐臣秀吉在愧憤之餘,決心出兵再戰。

1597 年(萬曆二十五年),豐臣秀吉發動大軍十四萬餘人,大舉進攻漢城。這年二月神宗也知道了沈惟敬所佈置的騙局,便再派大軍援朝,以兵部尚書邢玠總督薊遼,麻貴為備倭大將軍,楊鎬駐天津警備海路,動員了全國兵力。六月,敵船數千艘泊釜山,邢玠逮捕了通敵出入釜山的奸細沈惟敬。八月,敵軍再犯全羅道,進逼王京,邢玠親往王京坐鎮。九月,敵軍至漢江。十一月,邢玠徵調的大軍齊集,在明軍與朝鮮軍合力英勇抗擊之下,敵軍第二次被迫退往釜山。

1598 年(萬曆二十六年),邢玠為持久計,添募江南兵。陳璘以廣兵,鄧子龍以浙、直(江蘇)兵先後至,分道向釜山進軍。首先在陸軍方面,麻貴、劉綎給敵軍以相當打擊;其次在海軍方面,以陳璘、鄧子龍和朝鮮傑出的英雄李舜臣所領導的海軍,特別是李舜臣所發明的最優秀的大戰船——龜船,在朝鮮南海面與日本海軍大會戰,這一戰後,日本海軍幾乎全部被殲滅。明朝七十歲的老將鄧子龍和朝鮮民族英雄李舜臣都在激烈的交火中壯烈殉國。至於殘敗的日本陸軍便完全陷於孤立,再加上是年八月豐臣秀吉死去,侵朝日將便各懷歸志,軍心動搖,最後終於逃回本國,日本的侵略的非正義性戰爭至是完全失敗。經過這一次決定性的打擊後,日本在很長時間內不敢發動對中國的侵略戰爭。

(2)滿族的興起及入侵

滿族是女真的一部支族,是蒙古人種通古斯族的一系。宋時女真族曾侵入中國北方,建國號"金"。後蒙古滅金,於女真故地設軍民萬戶府五,明代官書分女真為建州女真、海西女真、野人女真三大部。明統治階級對女真部族這種分化,乃是削弱女真的力量,鞏固其統治的需要。

建州女真原居於今依蘭及牡丹江流域。元末,其一部又南遷到圖們江流域,其後建州女真的一部定居於以赫圖阿拉(今遼寧新賓附近)為中心的蘇克蘇滸河(今蘇子河,渾河支流)上游,明初以其地為建州衛。

未入關前的滿洲,在生產上已知使用各種鐵制生產工具,雖然大半是從中國交換去的;同時他們還可以利用外來的鐵器,加工改造製成自己所需要的東西,因此具有一定程度的鐵製手工業技術。

采獵經濟還在生活中佔著相當重要的地位,牲畜的多少是計算人們財富的標準,並且採獵的目的已由生活資料採集轉為商品採集。尤其是建州女真由於所處的地理環境,採獵經濟佔著更重要的地位。

雖然畜牧與採獵經濟在滿洲生產中長期居於重要地位,但代表生產發展的主要一面還是農業生產。他們所居住的東北地區,土地肥沃,雨量適宜,適於農業生產。他們又積極地設法獲得外來鐵器及提高製鐵手工業的技術。此外則是出犯明邊時所俘獲的富有農業生產經驗的漢人,及一些為生活所迫而逃入滿洲的中朝貧苦農民,都在滿洲農業生產的發展上起了很大作用。而這種農業生產發展的過程是滿洲轉向封建制的一個重要環節。

滿洲的商業也有其特殊性質,交換與市易的商品以人參、獸皮等為主。其次,經營商業的特權操在少數貴族手中,也就是說,商業通過政治關係與貴族結合著。

隨著這種農業、畜牧、採獵、商業的發展,滿洲社會內部在迅速分化著。部落長與家族族長和握有大量財富的貴族,他們在發展自己的經濟上需要更多的奴隸,而且自身則完全脫離了生產,依靠剝削滿足生活上的需要。在這種情形下,奴隸使用必然步步向前發展。奴隸有使用於家內的,有使用於農業、畜牧、採獵等生產上的。

滿洲貴族使用奴隸已有隸農生產的情形,即奴隸們耕種著一定數量的土地,也能有自己的生活資料。因為就女真的全部歷史說,隸農生產與農奴生產是以前曾經有過的。這樣的歷史傳統,有可能或多或少地遺留於後來的滿洲。其次,滿洲與中朝密邇相接,有可能傳入一些屬於封建社會生產的情形,更何況滿洲農業生產上的直接生產者,多半是來自中國的農民,他們具有封建社會的生產方式。

另外,滿洲貴族對於他們的奴隸沒有絕對的隸屬關係。這是由於滿洲專制政權的出現所致,因為滿洲統治主要與貴族間存在著矛盾。統治者不僅在政治上,而且在經濟上都要對貴族有所控制。首先就是表現在對於貴族私屬奴隸的控制,滿洲貴族對於他們的奴隸沒有絕對佔有權,這便意味著他們的奴隸有轉化的可能。這種奴隸使用形態的動搖,便是向封建制轉化的開端。因此滿洲專制政權對於滿洲社會從奴隸制轉向封建制是起了一定作用的。

根據以上所述,我們說滿洲在未入關前的社會形態是從奴隸制開始轉向封建制,但它是遠遠落後於當時中國封建社會的形態的。以下再言滿洲族侵略遼東的情形。

滿洲建國後,成為明帝國東北方的一個新興勢力,從此滿洲正式脫離了明帝國的羈絆,並給明朝以嚴重威脅。這時明帝國內部階級矛盾十分尖銳,政治腐敗,武備廢馳。而滿族則正在自氏族社會末期,經過奴隸制飛躍到封建制,富有掠奪好戰的性質。1618 年(萬曆四十六年),努爾哈赤便發動了侵略遼東的戰爭。

這年四月,努爾哈赤率步騎兵兩萬,以"七大恨"告天,誓師代明,乘明不備,攻取撫順,游擊李永芳降。神宗下詔令楊鎬為遠東經略,率大軍八萬,號稱四十萬,於次年二月陸續出關。明軍主力杜松勇敢輕敵,結大營於薩爾滸(今撫順東營盤附近),努爾哈赤集中八旗兵六萬人,擊破杜松軍三萬,殺杜松。這是滿洲與明一次有決定性意義的戰役,這次戰役後金兵進陷開原、鐵嶺、瀋陽震動。神宗便以熊廷弼為遼東經略,熊廷弼在遠東整飭軍紀,籌備軍火軍需,集兵十八萬分守要地,局勢迅速穩定,使努爾哈赤在一年多中不敢進攻。但熹宗即位後,閹黨交章劾熊廷弼不戰,熊被革職,而以無將才的袁應泰代替了他。金兵於 1621 年(天啟元年)乘機在奸細內應之下,侵佔瀋陽、遼陽,並以遼陽為首都。袁應泰自縊死,遼東七十餘城相繼淪陷。

明廷大震,不得已復起用熊廷弼為經略,但卻命閹黨王化貞為廣寧（遼寧七鎮）巡撫，掌握重兵，牽制廷弼。1622年（天啟二年）金兵渡遼河進攻，王化貞棄廣寧而逃，熊廷弼（駐山海關）不能立足，被迫護難民入關，二人下獄論死。1625年（天啟五年）魏忠賢索賂不遂，竟害熊廷弼，而釋其党王化貞。

廣寧陷後，1623年（天啟三年）明廷以抗戰將領孫承宗為薊遼經略使。承宗出鎮山海關，用其部將袁崇煥議，築寧遠城（遼寧興城），為據兵防守，掩護山海關，擴地二百餘里。又置水師覺華島上，與朝鮮、山東通聲氣，三年里幾復遼河以西舊地，使金兵不敢出動。但孫承宗也為魏忠賢排擠去職，以怯弱的高第代其職，他力言"關外必不可守"，竟將孫承宗、袁崇煥收復的遼河以西地區放棄，明軍撤兵入關，但袁崇煥誓死不去，獨守寧遠孤城。這時金已遷都於瀋陽。

1626年（天啟六年）金又乘機西侵，努爾哈赤以大兵十三萬進攻寧遠，崇煥刺血誓師，團結軍民，奮勇抗戰，大敗金兵。努爾哈赤於寧遠之役後受重傷，敗退，至瀋陽不治而死。

1627年（天啟七年）努爾哈赤第四子皇太極即位，改元天聰，決心滅明。自從萬曆援朝逐倭戰爭以後，朝鮮與明友好益篤。楊鎬出師，朝鮮曾遣兵助戰，此後與明互為聲援，因此皇太極為著消除其後方的威脅，便在這年攻入朝鮮。朝鮮被迫與金訂立和議，並向金納貢互市，但朝鮮對明仍友好如故。繼此役之後，皇太極又向明進攻，錦州受挫，復轉攻寧遠。當時守錦、寧軍隊皆袁崇煥所訓練之勁旅，在袁崇煥卓越指揮之下，使金兵遭到慘敗的打擊。這一戰役，在歷史上稱為"寧錦大捷"。

皇太極以袁崇煥堅守遼西，不敢進犯，便在1629年（崇禎二年）取道內蒙（今熱河），攻通州。崇煥率錦州總兵祖大壽等自山海關入援。金軍進迫北京，崇煥與金兵力戰於廣渠門外，金兵敗退，北京賴以不陷。皇太極便利用反間計，說崇煥與金有密約，崇煥遂被逮下獄，被害。金兵在關內擄掠凡七月,因懼駐守山海關的孫承宗截其後路,退出長城。

腐潰已極的明廷,一面不信任並殺害抗戰將領,一面又將主要力量用來鎮壓國內起義的農民,因此對滿洲戰爭的形勢愈為不利。而一些統治階級分子如孔有德、耿仲明、尚可喜等,只知道求財貨,寡廉鮮恥,為著保持並擴大自己劫取土地和財富的特權,於是便率領了軍隊,相繼叛變降金,甘作敵人鷹犬。皇太極喻他們為瞽者行路之嚮導,可說明他們對於滿清侵佔中國的作用的重大。

皇太極便於 1636 年(崇禎九年)在瀋陽稱皇帝,改國號為清,改元崇德。同年,皇太極因朝鮮仍與明帝國保持友好關係,牽制他侵略中國的後路,便再次侵入朝鮮。朝鮮在 1637 年(崇禎十年)堅持抵抗後被迫屈服,臣屬於清,承認與明斷絕關係。這時,清已征服了內蒙,明朝藩籬盡撤。此後清兵得以自由出入長城各口,明關外僅有錦州、寧遠等數座孤城。

以後自 1636 年到 1643 年(崇禎九年——十六年),清兵曾二次入關侵擾,但腐朽的明皇朝將領和官僚,除少數堅決抗敵的分子外,都不敢抵抗,任令清兵屠殺蹂躪人民,甚至開門投降。只有人民群眾為著生存,才自發地起而抗清。如 1643 年清兵破海州時,便遭到農民軍小袁銀部的痛擊,他們截下大量被俘人民,並每人給錢五十文,遣其速歸。因此,並不是滿清軍隊多麼強大,也不是明軍沒有戰鬥能力,而是明皇朝的腐朽及無恥官僚將領的降敵,阻止和削弱中國士兵和人民的保衛國家的英勇戰鬥力,才導致明王朝的最終滅亡。

(3)西方經濟勢力的侵入和傳教士的東來

首先侵入中國的為葡萄牙人。他們在 1497 年(弘治十年)先在印度建立起商業基地,然後又佔據了滿刺加,就此把印度洋最重要的貿易緊握在自己手里。1516年（正德十一年），在葡萄牙艦隊供職的義大利人裴斯特羅乘滿剌加商船駛至中國，第二年葡使比勒斯來廣州，這是近世歐洲人到中國的開始，此後葡萄牙人來中國者日多。1518年（正德十三年）葡萄牙遣使臣加必丹末假獻方物之名求入朝，明廷則因佛郎機（明稱西班牙、葡萄牙為佛郎機）之名不見於朝貢舊典而不許。後佛郎機以賄通廣東鎮守太監得入京，並因而得到了武宗的嬖幸江彬的奧援，在京放肆無忌；留在廣東懷遠驛的葡人也是如此，並有掠誘人口的暴行。次年武宗死去，明廷便拒絕了佛郎機的貢市。1523年（嘉靖二年），葡人又駕車入寇新會的西草灣，被明廷擊敗。廣州的對外互市完全封鎖，因而影響了全恃市舶抽分所得的番貨來解決的文武官月俸，所以不久，又默許番人互市。1535年（嘉靖十四年），明指揮黃慶受葡人賄賂，許以壕鏡（今澳門）為通商地，於是葡人便在那裏"築屋建舍"。1547年（嘉靖廿六年）葡人又在福建漳州濱海各島嶼間，勾結中國的海盜私商，作武裝買賣。及1553年（嘉靖卅二年），葡商托言商船遇風暴，請借澳門地方曝曬貨物，因行賄於明朝海道副使汪柏，便得入據澳門。1557年（嘉靖卅六年）以後，葡人竟公然以澳門為殖民地，設官吏治理。澳門便成為中國最早出現的租界地，也成為西歐資本主義國家侵略中國的最早根據地。

繼葡人之後，荷蘭、英國相繼來到中國。

西班牙與中國發生關係是由菲律賓的呂宋開始。1521年（正德十六年）西班牙發現了菲律賓群島，1565年（嘉靖四十四年）佔據了菲律賓南部諸島。幾年以後，攻滅呂宋，前後殘酷屠殺華僑數萬人。1575年（萬曆三年）西班牙人自馬尼剌來中國，襲用呂宋的名義與中國繼續商業關係（明軍追海盜至呂宋，呂宋助戰有功，允其朝貢），對中國進行搶奪財貨的欺騙貿易。海澄港（廈門）便是西國通商的口岸，海外銀洋也自此開始流入中國。

　　其次是荷蘭,在萬曆、天啟年間曾要求通商。1593 年(萬曆廿一年),航行到印度,分葡人的商利。1601 年(萬曆廿九年)到呂宋,為西班牙人所拒,復曾轉至廣東澳門,也被拒。於是便轉而侵奪臺灣,築室耕田,久留不去,並數次劫掠澎湖和沿海各地,大批擄掠我國人民。

　　最後是英國,1596 年(萬曆廿四年),英國女王伊莉莎白致書中國皇帝,求通市未成。在 1628 年到 1644 年間(崇禎元年——十七年),英國已戰敗了西班牙,驅逐葡萄牙在印度的勢力,開始與中國交往。第一次的商業接觸,就是在大炮的壓迫下進行的——即英炮轟擊虎門,這時因明皇朝正處於急劇崩潰滅亡之際,自顧不暇,對於外來的武裝勢力,已無力進行大的交涉。

　　總之,自此以後,西洋商品源源輸入中國,打開了中國閉關的大門,雖然也擴大了中國的對外貿易,但卻更多地阻遏了中國資本主義的發展。

　　在歐洲殖民者在東方進行了海盜式的劫掠和武裝殖民以後,華僑在南洋就開始遭受到驅逐及迫害。

　　歐洲殖民者的勢力東來並侵入南洋以後,華僑在南洋的政治、經濟方面的勢力都受到了排擠壓迫,失去了發展的機會。他們在海外所積累的財富不能送回祖國,而且也得不到祖國的支援,只有單獨地在海外作堅強的鬥爭。他們處於這非常惡劣的情勢下,不斷地受到莫大的犧牲,例如當西班牙人的勢力侵入菲律賓之後,於 1603 年(萬曆卅一年)下令屠殺華僑兩萬,1639 年(崇禎十二年)再下令屠殺,三萬三千商民中,得生存者僅三分之一。同時西班牙人又設法限制華僑來島,人數不得過六千名,每人每年納人頭稅六元,並須入教堂受洗,改奉天主教,違者逐出境外。

　　此外,當時中國與南洋通商是以現金換入統治階級所需要的奢侈品,因而國内現金外流,無由積蓄資本。在這種情況下,使得明初期由於工商業發達而給資本主義發展所提供的一些有利條件都被摧毀了,使得中國資本主義的發展陷於停滯狀態中。

隨著作為歐洲資本主義先遣隊的資產階級海盜商人入侵中國,有不少傳教士也就東來,他們東來的目的,是為了給西方殖民勢力向東方擴張準備條件。

1581年(萬曆九年),耶穌會傳教士、意大利人利瑪竇來中國傳天主教,到達廣州。當時正值明末外患方熾之際,明代統治階級所需要的是如何開發財源,改善兵器,以抵抗外患。傳教士們看清了明統治階級的心意,知道單純依靠傳播宗教,在中國是站不住腳的,於是一方面在1600年(萬曆廿八年)上表陳情,提出了西洋天文輿地之學有補於實用的意見,一方面通知他們本國多輸入火器、地圖、鐘錶等物。直到1601年利瑪竇打通了太監的門路,由中官馬堂進獻方物,方才來到北京。明統治者喜歡他們所進獻的自鳴鐘、萬國圖等,便允許他們留住北京,不久又允許他們購買土地,建立教堂。他們傳教的方法是一方面學漢字漢語,著儒服,通賄賂;一方面是從接近士大夫知識分子入手,向他們介紹西洋天文、數學、物理等科學。這些學術知識不僅切合當時需要,並且也是士大夫們聞所未聞的,因此,士大夫們欣賞他們的議論學識,便喜歡和他們往來。因而這些傳教士也部分取得了中國上層知識分子、官僚的信仰和支援,徐光啟、李之藻等先後加入了天主教。四年之間,得信徒二百多人,天主教從此在中國流傳起來,而教士來中國傳教者也日多。

明清之際,著名的傳教士有意大利人龍華民、畢方濟、艾儒略、熊三披、羅雅谷、王豐肅,葡萄牙人陽馬諾、傅泛濟,日爾曼人鄧玉涵、湯若望,西班牙人龐迪我等。他們表面上在中國進行傳教事業,實際上卻對中國的物產進行調查研究,作為其本國資產階級進行侵略中國的眼綫。但他們為了貫徹侵略的目的,也必須培養出一些能適合他們要求的人才作為他們侵略的工具。西方資本主義的科學,便由此而傳入中國,例如思宗時設西洋曆局,任用西洋教士,以徐光啟督修曆書;又命湯若望監修大炮,傳授用法。他們介紹炮術、火器和西洋學術等,目的自然是為了取得明皇朝的信任。

西洋學術的傳入,是歐洲人入侵中國的一種輔助手段。但另一方面,在中國封建文化已經高度發展的基礎上,西洋科學知識的傳入,對中國社會經濟的發展,也起著一定的促進作用。

3. 苛征暴斂下的農民生活

(1)稅監的擾民

在明初統治者對工商業的扶持政策下,工商業的發展達到一定程度,形成一個新的有力的經濟力量,國內資本主義因素顯著地增長,但隨之便與封建勢力發生嚴重的矛盾和鬥爭。統治階級對新興的工商業勢力,一方面是懼怕,便依恃封建特權壟斷了手工業的某些部門,如礦產、鹽、茶等,唯恐工商業者發展成為更大的勢力;一方面則是隨著商品貨幣經濟的發展,統治者追求土地,對金錢和財貨的貪戀與日俱增,於是便借"採辦""製造"之名對工商業者進行瘋狂的掠奪。"採辦"的範圍幾乎無所不包,"製造"則是掠奪絲織品和瓷器的手段,其中以稅監的擾民尤為屬害。

統治階級以採礦、開礦為名,大肆掠奪,成祖時便已派遣宦官提督查核開礦,到神宗時最為嚴重。從1596年(萬曆二十四年)起,朝廷派了許多宦官充任礦監稅使,遍佈天下。此外兩淮有鹽監,廣東有珠監,他們借勘礦、開礦之名,到處搜刮錢財,好像一批虎狼,不管是商民、農民、小地主還是士民,無不被他們"吸髓飲血",弄得傾家蕩產,賣妻鬻子。

這些派出去的礦、稅監,胡作非為,遇有良田美宅,便指說地下有礦脈,必待索賄滿足,方肯甘休,否則毀人房屋,掘人墳墓。他們不但公開搶劫人民財產,甚至可隨便捕殺人民,處置地方官吏,並侮辱婦女。開礦時,不問產量多少,任意規定產額,勒索人民包賠虧短。礦監就是如此殘酷地騷擾著人民的。

收稅掠奪的範圍,也極為廣泛細苛。妄立名目,擅自加徵,這一切都阻礙了工商業的發展,便引起了新興工商業者的極度不滿與憤恨。礦稅諸監權勢如此之大,皇帝可以不理朝臣的奏疏,而對於稅監所奏則"朝上夕報可,所劾無不曲護之",使得他們益加驕傲、放縱、肆虐。因此民不聊生,只有隨地激變了。

(2)城市居民對封建主的鬥爭

明統治階級對市民的瘋狂殘酷掠奪,弄得貧富盡傾,農商交困。於是在全國範圍內展開了市民對於封建主的反抗鬥爭。其中以湖北商民反陳奉的鬥爭規模最大:1599年(萬曆二十七年)湖廣的礦稅使陳奉自武昌到荊州徵稅,兼採興國礦砂,大肆騷擾。商民恨之刺骨,伺其出,聚集數千人以瓦石擲擊,奉走而得免。1601年(萬曆二十九年)陳奉到武昌,勒索苛斂更甚,市民大憤,誓必殺奉,聚眾數萬包圍陳奉住所,將其爪牙十六人投入長江。奉逃匿於楚王府,隱藏月餘,始得倖免,繼至漢口、襄陽、湘潭等處市民紛紛暴動。

與此同時,又有市民反抗天津稅監馬堂(兼轄臨清)的鬥爭。1606年(萬曆三十四年)雲南人民反抗稅監楊榮的鬥爭,陝西數萬人的反抗梁永的鬥爭,景德鎮市民對江西礦監潘相的鬥爭,以及上饒知縣李鴻幫助人民對潘相的反抗,這都說明礦稅監的擾民不僅掀起了人民的憤怒,也招致了地方上官吏的不滿。

萬曆年間市民大規模地對封建主的鬥爭,是中國歷史上的一個新現象。他們逐漸形成一種力量,在全國範圍內展開了自發的鬥爭,給予明廷以很大的打擊。同時參加鬥爭的階層也很廣泛,大理寺少卿、右僉都御史李三才及許多地方文武官吏、在野的士大夫都參加或支持了這個鬥爭。這種自發的鬥爭的廣泛展開,足以說明中國社會是在前進著,沒有西方資本主義的入侵,也不會永遠停滯在封建社會的階段。

(3)三餉的徵斂

明封建統治階級中的皇帝、宦官、藩王及官僚地主將農村土地搶佔殆盡,並用各種方法將賦稅負擔轉嫁到農民身上,除正賦外,有種種名目的加派。到明末,這種情形更甚,除田賦之外還要繳納很多種類的兵餉。

1618 年(萬曆四十六年)有遼餉加派。當時明皇朝與新興的東北滿族連年戰爭,軍餉激增到三百萬兩。宮內雖有藏銀,但神宗怕妨礙了他自己的奢侈浪費而不肯動用。於是戶部便援嘉靖時加派例,在三年之間,全國田賦(除京畿八府及貴州一省外)每畝加徵銀九厘,從此作為定額,每歲得銀 520 萬兩。熹宗時又增雜項一百六十餘萬兩,加派達田賦總額二分之一以上,農民負擔增加了百分之五十。1629 年(崇禎二年)又以兵餉不足,復於每畝九厘之外,又增三厘,得銀一百四十萬兩。

1637 年(崇禎十年),明廷更將鎮壓農民起義的軍費擔負加派在人民身上,即剿餉加派,每年增加了二百八十萬兩。皇帝並下詔說"不集兵無以平'寇'",一年以後,這種加派不僅未停止,反而更加增了其他的加派。

練餉加派是在外族侵擾和國內起義軍發動的情況下發生的。當時統治者感到用來禦敵和鎮壓人民的軍隊不夠用,於是便要增練民兵,因之就要增加練餉,便在 1639 年(崇禎十二年)每畝增加一分,得銀七百三十萬兩。

自 1618 年到 1639 年(萬曆四十六年——崇禎十二年),三餉先後加派共達一千八百萬兩左右,連統治階級也不得不承認這些加派是對於人民殘酷的剝削。1641 年(崇禎十四年)左懋第督催漕運,曾上疏說:"臣有事河干一載,每進父老問疾苦,皆言練餉之害。三年來,農怨於野,商歎於途,如此重派,所練何兵?兵在何所?奈何使眾心瓦解一至此極乎!"(《續文獻通考·田賦考二》)說明三餉加派的結果已使民生貧困,人心瓦解,起義爆發即迫在眉睫了。

4. 階級矛盾的高度激化——李自成、張獻忠的起義

(1)農民大起義在陝北爆發及其原因

1628 年(崇禎元年)農民大起義在陝北爆發。起義爆發於陝北的具體條件:

第一,陝甘西北一帶,山地荒薄,平時終年勞苦所得已是一半納糧,一半糊口。在三餉的徵斂之下,則是一半納糧,一半充餉,人民只靠吃水草樹葉為生,造成人口大量逃亡現象;加以水、旱、蟲、霜各災俱全,人民不得已紛紛起而暴動。

第二,中國社會發展不平衡,陝北工商業落後。農民被迫以廉價的原料(棉花、皮毛等)售給外省商人,而以高價購進手工業必需品(棉布、氈毯等)。高利貸者乘機盤剝,半年利息高到百分之百,使農村經濟加速破產。

第三,破產的農民被迫去當兵,也同樣受著統治者的剝削和壓迫。天啟末年,兵卒每人每月只給餉銀五錢,不足買米一斗。雖如此,政府

還要欠餉,軍官還要克扣,使得他們"衣不蔽體,日不再食",甚至質當盔甲器械,賣妻鬻子,無法維持生活。士兵被迫公開叛變或逃亡,與農民結合舉行大起義。

第四,陝北人民依賴作驛夫為生者甚多,1629年明廷正式裁驛,使陝西一部分人民連這個僅以維持半饑不飽生活的道路也失去了,失業的驛夫便相率加入起義軍。

第五,陝西是明封建統治最黑暗腐朽的一環,陝撫喬應甲、延綏巡撫朱童蒙、三邊總督史永安都是魏忠賢的私黨。朱、史搜刮民財給魏忠賢立生祠,朱並剝扣軍餉,他們手下的大小官吏,也是貪污橫暴。農民在這種情況下,只有反抗一途。

1625年(天啟五年)陝西已有饑民零星暴動,反抗地主富豪的殘酷剝削。1627年(天啟七年)饑荒更嚴重,被逼迫到死亡綫上的饑民群眾,便以白水縣農民王二為首,集結數百人,攻入登城縣城,殺死縣官張斗耀,退據洛河以北的山上。接著擊敗前來鎮壓的官軍,會合更多的饑民逃兵,活動於蒲城、韓城、宜君之間。這次起義揭開了明末農民大起義的序幕。

1628年(崇禎元年)王嘉胤起義於府谷,王二率隊北上,與之會合,當時西北各地農民紛起嚮應。高迎祥起於安塞,王左掛(名王之爵)起於宜川,五虎、黑煞神起於洛川,王和尚等起於涇川(以上均在陝北),韓朝宰起於慶陽(在甘肅),周大旺起於階州(甘肅武都),王大梁起於滿南。一、二年間,農民革命的勢力迅速地擴展到陝西全境和甘肅東部,並有一部進入川北。李自成、張獻忠的全國性農民大起義便在這個序幕下發展起來。

(2)大起義的初期情況與其發展

李自成,陝西米脂人,生於1606年(萬曆卅四年)。父守忠,務農為業,在豪紳地主壓榨及災荒侵襲下而破產。自成少時讀過幾年書,在貧窮生活的逼迫下,曾在本縣大戶艾家做過牧童。年長善騎射,在銀川當過驛夫。他家雖破產,但仍未擺脫當里役的苦差。自成一方面負債累累,一方面因欠差賦,而受地方官的枷鎖笞辱及當地惡霸的欺凌。於是他憤而殺人,逃到甘肅從軍。他少年時親身遭受的殘酷剝削和壓迫,便孕育了他對官僚地主統治階級極端頑強的反抗鬥爭性格。1629 年(崇禎二年)他參加了起義軍,初投王左掛部,1631 年(崇禎四年)又轉投他的舅父闖王高迎祥部下,為營長,稱闖將。

　　起義軍的主要目的是為解決饑餓問題。初起時,雖然擁眾十餘萬,但無統一領導,組織散漫。當時以王嘉胤部最強,高迎祥、張獻忠均屬之。當起義軍自陝西進入山西的過程中,山西饑餓的農民紛紛加入起義軍。1631 年(崇禎四年)王嘉胤為叛徒所害,便推王自用為首,他在山西將各起義軍分為州六營,眾至二十餘萬,稍具組織規模。次年,王自用率起義軍橫掃山西全境,向河北挺進。1633 年(崇禎六年)自用戰死,高迎祥繼起領導,自山西渡河入河南,農民革命的烽火隨之燃燒到大河以南,這時李自成率其侄李過及顧君恩等自成一軍。

　　起義軍的鬥爭不僅鍛煉出堅強傑出的領導人物,並且也使人民認識到只有堅決反抗統治階級的壓迫和剝削,才是唯一的生路。因之,廣大農民群眾紛紛參加起義軍,使得起義軍的隊伍更加壯大起來。

　　1634 年(崇禎七年)夏,起義軍蝟集陝南。明軍四面圍攻,高迎祥等誤走興安(陝西安康)車箱峽,被困。李自成獻計詐降,才保全了起義軍的實力,並立即轉移到湖北和河南。

　　這時起義軍已發展到一百二十多營,五十萬人,勢力遍於陝西、山西、河南、湖廣、四川、直隸等省,軍力頗強。明統治者便以洪承疇為兵部侍郎,總督山陝、河南、四川、湖廣諸省兵,調大軍圍剿起義軍。

1635年(崇禎八年)正月,高迎祥聚十三家首領大會於河南滎陽,商討作戰方略。大家主張不一,李自成提出分路攻戰的建議,提醒大家應有一致作戰的計劃,並鼓勵說:"一夫猶奮,況十萬眾乎?官兵無能為也。"(《明史·李自成傳》)會上決定起義軍分四路進攻,而以向東征的高迎祥、李自成、張獻忠的一支精銳軍隊為起義的主力。通過這次大會,不僅基本上改變了過去僅僅為解決饑餓問題各自為戰的局面,而且把各家起義軍聯合起來,並在軍事方面,由分散的無計劃的"流寇"式的作戰,進而有了初步的機動的作戰計畫和佈置,因而把農民大起義推到一個新的階段。

滎陽大會後,高迎祥、張獻忠、李自成的主力軍急急東征,攻下了朱明皇朝的老家鳳陽,焚毀了明皇陵。隨即又分兵兩路:高迎祥、李自成西走歸德(河南商丘);張獻忠南下,自安徽折入陝南。起義軍的勢力擴大到北起黃河,南抵長江,東自安徽,西至陝甘的廣大地區。明廷統治者在分途堵擊失敗之後,便改變戰略,集中全力指向起義軍的主力——高迎祥的部隊。

1636年(崇禎九年),高迎祥在自漢中北進,謀攻西安的途中,行經盩厔,中伏被害。李自成為部下所擁,稱闖王。高迎祥的遇難,使起義軍自然受到暫時的挫折。這時,起義軍各營中,張獻忠最強,1637年(崇禎十年)進逼南京。活躍於陝甘地區的李自成,則被迫轉入四川。

(3)統治階級對起義軍的鎮壓

自起義軍開始行動,明統治階級便對之採取了毒辣的"招撫"誘騙和"急剿"屠殺的兩面政策,對起義軍加以殘酷的鎮壓。例如1637年

（崇禎十年），楊嗣昌為兵部尚書，創四正六隅之法，十面張開，佈置周密，使起義軍受到巨大損害。不過十年來起義軍的頑強鬥爭，卻嚴重地打擊了明的封建統治。至 1639 年初（崇禎十二年），起義軍主要首領，除張獻忠等偽降外，只有李自成、賀錦、賀一龍等人。

統治者的毒辣政策，雖使起義軍受到了暫時的挫折，但起義軍的高潮即將到來。1639 年至 1640 年，河南等地蝗旱災正盛，以至人相食之際，張獻忠乘機於 1639 年（崇禎十二年）五月在鄂北穀城重舉義旗，羅汝才等回應，李自成也出商洛山往投。但因獻忠嫉自成，欲吞併之，自成復出走。1640 年，自成再度為明軍圍困於巴西魚腹山中，自成困迫非常，部將多出降，但劉宗敏等則誓死從自成。自成率五十騎突圍入河南，河南饑民聞闖王至，群起響應。從者數萬，三個月間發展為數十萬，張獻忠也攻戰川、鄂之間，所至披靡。農民大起義再度推向高潮。

（4）李自成大順政權的建立及明的滅亡

李自成來到河南以後，便以新的姿態出現。他提出了推翻明皇朝的殘暴腐朽統治，重建新政權的明確政治目標，改變了過去流寇式的作戰方法，開始奪取城市和建立根據地。這些轉變都對當時農民革命的迅速發展有著很大的作用。

這時，個別的失意士大夫分子，也在此時投到自成軍中來。而他們的加入，對起義軍的發展起了頗大的作用，如李巖、牛金星等，尤其是李巖，對自成的幫助更大。李巖是河南杞縣舉人，他曾出粟散濟饑民，並寫勸賑歌勸其他富戶捐助，因此得到當地饑民的擁護。他針對當時人民對於封建統治者的仇恨，提出了均田免賦，整頓軍紀等建議，並教自成尊賢禮士，除暴恤民，留用好官，殺除酷吏，收拾民心，開創基業。這些建議均為自成所採用。

　　李自成針對當時社會的主要問題——土地集中和賦役繁重,提出了均田免賦的口號與政策,反映了封建社會末期農民對土地要求的迫切,也標誌著中國農民革命戰爭已步入新的時期。以後自成每攻佔一地,便宣佈"三年免繳"或"五年不繳"的命令。他派人四處宣傳"闖王仁義之師,不殺不掠",還編了"吃他娘,穿他娘,闖王來時不納糧。"(《明史·李自成傳》)及"朝求升,暮求合,近來貧漢艱存活,早早開門拜闖王,管叫大小都歡悅"的童謠,或發檄文揭露指責明統治者的殘暴與腐潰,在廣大人民中間起了鼓動作用。這些政治宣傳攻勢對於瓦解敵人起了很大作用。

　　對於工商業者,李自成提出"公平交易"平買平賣的政策,這是符合於當時社會經濟發展的要求和城市工商業者的希望的。

　　在軍紀方面,李自成也嚴加整飭,禁止姦淫與搶掠亂殺,提出"殺一人如殺我父,淫一人如淫我母"的口號。軍紀的組織編制、指揮系統和行軍的號令、訓練等都很嚴密。因此在短時間內,李自成所領導的農民軍就成了一支紀律嚴明、作戰力很強的革命隊伍,到處受到廣大人民群眾的歡迎與愛戴。

　　1641年(崇禎十四年)自成攻破洛陽,將河南人民最痛恨的福王朱常洵俘殺之以泄眾憤,發王府金銀及富室米給貧民。又轉攻開封,大敗明各路援軍,各路義軍皆來附自成,兵力益盛,人數達百萬。1642年(崇禎十五年),李自成由河南下襄陽,攻取湖北州縣多處和湖南北部,開始建立政權的準備工作。凡所佔地區,均部署諸將,分守泛地,並派官治理。在崇禎十六年(1643年)正月,自成自號奉天倡義大元帥,號羅汝才為代天撫民威德大將軍。汝才謀自為一軍,與自成對立,自成惡其跋扈,殺而併其眾,自此滎陽大會的十三家,只自成、獻忠並存。同年五月,改襄陽為襄京,自成稱新順王。

　　自成都襄陽後,於1643年(崇禎十六年)自成採取顧君思的方針，率大軍於十月長驅入西安，分兵取甘肅、寧夏。次年正月，李自成正式建立政權，國號"大順"，建元"永昌"，以西安為西京，設大學士及六政府尚書，定軍制，有步兵四十萬，馬兵六十萬。鑄發新錢幣，開科舉士，用策論，廢八股，儼然具有開國規模，起義軍勢力空前壯大。

大順政權建立以後，李自成親率大軍自西安出發，向明帝國反動統治的中心——北京，勝利進軍。佔太原，大同、宣府（宣化）兩重鎮不戰而下，十四日入居庸關，十六日至昌平，次日至北京平則門外。城中發覺自成軍已到，君臣束手無策，城外明軍三大營兵變。十八日北京外城破，十九日拂曉，思宗自縊於煤山，天明，起義軍破內城，李自成下令："軍人入城，敢傷一人者，殺無赦。"在人民熱烈歡迎之下，起義軍進入了北京城。

大起義勝利地摧毀了朱明皇朝在北京的政權。

李自成入城後，即出榜安民，嚴整軍紀，並召民間父老問疾苦，減輕人民負擔。軍餉供應多勒令大官僚地主輸納，對明四品以下官予以錄用，明勳戚及三品以上官吏逮交大將劉宗敏營中拷打追贓，查究過去罪惡並處刑。

李自成進入北京後，就擔負起抵抗滿清侵略的歷史使命，他一面派人招降駐守在山海關的明寧遠總兵吳三桂，一面派兵南下，取得河北、山東諸地。長江以北大部均在大順政權控制之下，各地均派遣官吏治理或設鎮戍守。

（5）張獻忠在四川的鬥爭

起義軍的另一領袖張獻忠，是陝西延安柳樹洞人，與李自成同歲生，貧農出身。幼隨父販棗至四川內江，因驢糞汙鄉紳石坊，父遭毒打並被迫以手除糞。這事給獻忠以很深刺激。及長，因家庭破產，投延綏鎮為兵,後被誣陷下獄,幾喪命。他所遭受的壓迫,便蘊育了他後來對官僚豪紳地主階級的仇恨。

1630 年(崇禎三年),張獻忠回應王嘉胤,領導米脂十八寨起義。經過許多艱危的戰鬥,曾於 1631 年(崇禎四年)及 1638 年(崇禎十一年)為保存起義軍的實力兩次偽降於明。1639 年再起義,與熊文燦為主力的左良王部隊戰於房縣西八十里的羅猴山,明軍大敗,死萬餘人。思宗大驚,逮熊文燦,殺之。1641 年(崇禎十四年),轉戰湖北、河南、安徽等地。1643 年攻克武昌,稱大西王。發明楚王府藏金賑饑民,建置官制,設尚書、都督、巡撫等官,並開科取士。蘄、黃等二十一州縣悉降附。次年率軍士入四川,在成都建國,稱大西國王,建元大順;十一月,稱帝。

張獻忠在四川的政治措施,並不像地主階級的歷史家所記載的那樣"嗜殺成性","濫殺無辜",而是軍紀嚴明的,在四川發現的"大西驍騎營都督府劉禁約"碑,便有力地反斥了統治階級的讕言。不過後來由於四川各地主武裝蜂起反抗,獻忠為了鎮壓他們,雖是屠殺了地主武裝的統治階級,但這正是表明農民起義軍與明封建皇朝兩個對峙集團的鬥爭。

張獻忠所率領的這支農民軍,曾以快速的流動戰術,粉碎了明軍多次的圍攻,並佔領許多城邑地區。這對於李自成起義的攻佔北京,顛覆明封建統治,起了極大的輔助作用。此後,在滿清侵入後,這支義軍依然地堅持著反抗外來壓迫的鬥爭,充分體現了勞動人民熱愛祖國的品質。

明末農民大起義圖(暫略)

附:明朝帝系表

帝號	本名	年曆			與先世之關係
		年號	年數	公元	
明太祖	朱元璋(1328—1398)	洪武	31	1368—1398	
明惠宗	朱允炆(1377—	建文	4	1399—1402	太祖孫
明成祖	朱棣(1360—1424)	永樂	22	1403—1424	太祖子
明仁宗	朱高熾(1378—1425)	洪熙	1	1425	成祖子
明宣宗	朱瞻基(1398—1435)	宣德	10	1426—1435	仁宗子
明英宗	朱祁鎮(1427—1464)	正統	14	1436—1449	宣宗子
明代宗	朱祁鈺(1428—1457)	景泰	7	1450—1456	宣宗子
明英宗	朱祁鎮	天順	8	1457—1464	
明憲宗	朱見深(1447—1487)	成化	23	1465—1487	英宗子
明孝宗	朱祐樘(1470—1505)	弘治	18	1488—1505	憲宗子
明武宗	朱厚照(1491—1521)	正德	16	1506—1521	孝宗子
明世宗	朱厚熜(1505—1566)	嘉靖	45	1522—1566	憲宗孫
明穆宗	朱載垕(1537—1572)	隆慶	6	1567—1572	世宗子
明神宗	朱翊鈞(1563-1620)	萬曆	48	1573—1620	穆宗子
明光宗	朱常洛(1582-1620)	泰昌	1月	1620	神宗子
明熹宗	朱由校(1605-1627)	天啟	7	1621—1627	光宗子
明思宗	朱由檢(1611-1644)	崇禎	17	1628—1644	光宗子

明朝自太祖至思宗凡傳十六世二百七十七年

五、滿清侵入中國及中國人民的抗清鬥爭

1. 滿清入關與明代官僚地主階級的投降

(1) 吳三桂的投敵與滿清入關

李自成率領的農民起義軍推翻了明封建政權以後,接著便擔負起抵抗滿清的歷史使命。當時起義軍與在關外的滿清侵略勢力有直接接觸,因此農民軍所面臨的問題,已不是南明王朝殘餘勢力的反攻,而是在於能否抵抗滿清的入侵。

李自成進入北京之後,鎮守山海關的明將吳三桂決心作滿清侵略中國的鷹犬,上書清攝政王多爾袞,乞師共同鎮壓農民軍。多爾袞便借機強調這種中國內部的階級矛盾,而來掩飾他的侵略陰謀,他一面懷柔吳三桂,說他是"仁義之師",並誘以官爵厚利;另一方面則對滿清多年對中國的蹂躪與劫掠加以解釋。多爾袞的這一陰謀與明皇朝沒落官僚地主分子個人利益相結合,因此發生很大效力,使得一批無恥官僚地主分子如孔有德、尚可喜、耿仲明以及吳三桂等投靠滿清,幫助滿清進攻農民軍與南明政權。

李自成為了直接抵抗滿清,鎮壓吳三桂的叛亂,便親率大軍二十萬東征。吳三桂一面發佈檄文,誣罵農民軍,呼吁官僚地主階級共同進攻農民軍;一面促請多爾袞進兵,多爾袞便以大兵擊敗了繞至關外的農民軍的前鋒,並進至山海關。吳三桂當即迎清軍入關(1644 年 5 月底),吳三桂領前,清軍殿后,再加上北京閹宦漢奸的從中策應聯合,

向農民軍開始了進攻。

吳三桂與李自成接戰後,許久未分勝負,清兵助吳,突自三桂陣右出,萬馬奔騰,箭如雨下,農民軍猝不及防,死傷甚重。自成引軍急退四十里,而吳三桂卻至清營拜見多爾袞,薙髮稱臣,受封為平西王。多爾袞命吳三桂繼續追擊農民軍;另一方面迎順治帝入關,從瀋陽來到北京,宣佈定都北京,開始他君臨中國的民族牢獄統治,實行若干欺騙和收買的辦法,使明皇朝的官僚地主相率投降。同時繼續號召中國官僚、地主階級與之全力消滅農民軍,企圖把全國人民反滿清侵略的視綫轉移到階級鬥爭上去。由他所發佈的檄文中,便暴露出他竊據中國、奴役中國人民的猙獰面目。

(2)李自成的抗清及失敗

李自成與吳三桂及清軍交戰被擊潰後,便在 1644 年(崇禎十七年)4 月 22 日退回北京。29 日,即帝位於武英殿,建號"大順",為中國人民樹立起抵抗滿清侵略的旗幟,表示出中國人民抗清到底的決心。但為了保存農民軍的實力,當晚焚宮殿及九門城樓,次日即出北京西走,準備回到關中,繼續以陝西為根據地堅持抗清。

李自成在關中立足尚未穩定,清兵便大舉西侵。1645 年春(清世祖順治二年),清將阿濟格與多鐸分率漢奸吳三桂、尚可喜、孫有德等兵兩路夾攻西安。自成棄西安,率部由武關退出關中,東入襄陽,走武昌。清軍再逼,並與明軍左良玉兩面夾擊,大部殘敗,自成西退。四月,至通城九宮山,在清軍與地主武裝的圍擊下而犧牲。自成犧牲後,他的餘部約三十餘萬人拒絕了滿清的"招撫",他們並未因領導犧牲而對敵屈服,反而在自成侄李錦(李過)及自成部將郝搖旗等率領下與南明抗清將領、湖廣總督何騰蛟聯合,繼續堅持反抗滿清侵略的民族鬥爭。但是,他們雖與南明聯合,卻不奉南明正朔,說明他們是在抵抗異族侵略這一原則基礎上與封建統治階級相聯合的,表現了中國人民反抗黑暗統治和民族壓迫的優秀革命傳統。

2. 滿清侵佔江南和東南人民的英勇抗清鬥爭

清軍入關後,廣大人民展開了英勇壯烈的抗清鬥爭,明統治階級中的一部分分子在廣大人民的支持下,先後以南京、福州、桂林、昆明為據點,進行過長期抵抗。而在這些反抗滿清的鬥爭當中,出現了史可法、張煌言、瞿武耜、鄭成功、李定國等有名的英雄人物,尤其是李定國保護西南達十三年之久,鄭成功在臺灣創立的抗清根據地則支持到1683 年(康熙二十二年)。滿清統治者入關以後,整整用去四十年的時間,才把漢族人民大規模的武裝抗清鬥爭鎮壓下去。

(1)南明福王政權的建立與史可法的英勇抗清鬥爭

1644 年(崇禎十七年)4 月,明朝在南京的官員得到明思宗(朱由檢)死的消息後,以為國家失去了主腦,並商議立帝。1644 年 5 月,擁朱由崧繼位於南京,是為福王,定明年為弘光元年。這是南明的第一個封建政權。

南明政權完全是腐潰的北京明皇朝的繼續。福王荒淫昏亂,以他為首的南明統治階級,無不極力朘剝人民,以滿足他們荒淫腐朽的末日生活。馬世英、阮大鋮以擁立有功,主持內閣,霸佔朝廷,肆行無忌。他們所執行的政策是內除忠臣,外謀妥協,對農民軍依然存著"不共戴天"的頑固敵視。他們毫無為明室復仇雪恥之心,日以排除異己、援引私黨為務,兵部尚書史可法即被排斥,督師揚州,統率跋扈不馴的江北四鎮,不能有所作為。因此,當時應天府丞郭維經曾上書說:"聖明御極將二旬,一切雪恥除凶、收拾人心之事,絲毫未舉。"

同時黨爭在南明小朝廷中繼續發展著。馬、阮在朝中繼續以東林黨名目排除抗戰派和正人。黨爭進一步發展著，與東林有舊的鎮守武昌的大將左良玉，率部東下爭權。把持朝政的馬士英和閹黨阮大鋮竟聲稱寧讓清兵來，不能令左良玉得志，由江防前綫調回黃得功等進行內戰，後不久左良玉途中病死，子夢庚兵敗降清。福王政權的內訌也給滿清的進攻造成良好機會。

此外，馬、阮並藉口籌餉，搜刮民財，賣官升捐，不問人品，以致當時有"掃盡江南錢，填塞馬家口"和"職方賤如狗，都督滿街走"等謠諺。弘光時代南明政治的腐朽，由此可見一斑。這時的南京，不僅是貪污的淵藪，也是殺人犯的巢穴，那些閹黨餘孽，不敢打滿清，卻有本領來屠殺赤手空拳的農民軍和抗戰派，但南明政權的建立還是當時民族抗戰的一個標幟。

這時中國國內矛盾因滿清侵入而迅速轉化，民族矛盾成為主要矛盾。但滿清侵略者卻極力強調階級矛盾，要求南明政權投降，與滿清共同鎮壓農民軍，企圖利用南明力量共同撲滅堅決反抗外來侵略的中國人民的武裝力量，同時也削弱南明的實力。當滿清入關時兵力僅十餘萬，而南明軍隊則不下五十萬人，並控制著中國南方廣大的富庶地區。當時南明朝廷如能堅決抗清，支持漢族政權的農民軍共同抗擊滿清，則滿清未必能侵佔中國。但由於南明政權對農民軍的敵視，因此便為滿清入侵和腐朽的官僚將領賣國投降在政治上建立了根據，由此也就決定了南明政權不能抗清，從而中國人民的抗清鬥爭也受到這個腐潰政權的牽制而終歸失敗。不過抗清鬥爭雖然失敗，卻在鬥爭的過程中湧現出民族英雄史可法。

史可法被馬士英、阮大鋮排擠督師揚州，這並不是軍事的佈置，而是馬、阮的政治陰謀。史可法到揚州後，把馬士英所佈置的江北四鎮兵力引用於抵抗外敵，他首先指定四鎮的防地，並規定兵額，每鎮三萬人,又確定每鎮的糧餉為本色米二十萬,折色銀四十萬,同時奏請南明朝廷晉封四鎮守將以獎勵之,此外並建議號召義軍。他時時刻刻以報仇雪恥為念,每上奏論事,再三讀草稿,涕流滿面,感動左右。但由於馬、阮的擅權,他所提出的抗戰計劃,都被擱置破壞。

滿清侵略者當關陝陷落,李自成被迫退出關中時,即行南侵,進攻福王政權。滿清統治階級因知史可法號召漢族忠義人民,影響很大,曾屢次勸降,均為史可法嚴詞拒絕。1644 年(順治元年)十一月,清軍佔山東,進攻宿遷,史可法督部將力戰,清軍戰敗退走。次年(弘光元年)三月,清豫親王多鐸圍揚州,可法調各鎮來援,無一將官應命。多鐸五次寫信勸降,可法不理,自率文武百官守城,力戰七晝夜,堅決抵抗。圍城危急時,知事不可為,便寫絕命書,告別家人,表示必死決心。城即將陷,可法拔刀欲自刎,為參將許瑾所救,擁可法自小東門出,遇敵兵,可法大呼“吾史督帥也”,被執。見多鐸,一再勸降,可法回答:“吾頭可斷,身不可屈。”英勇不屈地為保衛自己祖國而就義了。史可法的決心抗清和從容就義是中華民族熱愛祖國、堅苦卓絕、維護民族獨立尊嚴,反抗侵略的優良傳統的表現。

史可法死後,他的部將劉肇基率殘兵巷戰,全軍戰死,無一降者。揚州被攻陷後,滿清下令屠城十日(四月廿五日——五月五日),據焚屍簿所載,被屠殺的人民在八十萬以上。當時揚州以大工商業都市聞名,經過了滿清侵略者這次暴行,頓時化為骨山血海(王秀楚《揚州十日記》所載甚詳)。後人為紀念史可法,在揚州城外梅花嶺為他修衣冠冢,每年來此憑弔這位民族英雄的人很多。

(2)“薙髮令”與江陰及大江南北的反清鬥爭

清軍攻下揚州後,長驅渡江攻南京。當時馬士英還說:“長江天塹,敵不足慮。"清兵到南京時,福王朱由崧正在夜宴,敗報傳來,急率宦官妃妾投於蕪湖黃得功軍,途中被執。馬士英逃往浙江,南京的文武大臣如王鐸、錢謙益等相率出城迎降。至此,南明第一個政府滅亡(1645 年 5 月 15 日,明弘光元年,清順治二年)。到六七月間,滿清已侵佔了中國北方、長江中下游大部地區,便以漢奸洪承疇總督軍務,"招撫"南方,分遣八旗兵駐順德、濟南等各中原要鎮,以鎮壓人民的反抗。但漢族人民的反抗鬥爭,卻隨著滿清的嚴令薙髮而發展到高潮。

滿清政權在大量屠殺漢族人民之下獲得了初步的穩定,因此便進而從身體上、精神上來奴役中國人民。1645 年(順治二年),清廷下薙髮令,限奉到命令十天之內一律薙髮,違者殺,有"遵依者為我國之民,遲疑者同逆命之寇"和"留頭不留髮,留髮不留頭"的話。令薙髮匠負擔遊行於市,強制人民薙髮,如不從命,便殺頭懸於竿上示眾。

漢族人民認定蓄髮是漢族的標識,薙髮無異於滅亡漢族。所以薙髮與否,是漢族人民從人身上和精神上是否承認滿清侵略者對漢族的主奴關係的決定性表示。以漢族為主體的中國人民,尤其是廣大農民群眾和江南工商業城市的市民階級以及愛國的士大夫分子與中國部分中小地主是堅持反抗滿清侵略的。因此隨著薙髮令的嚴厲執行,就發生了廣泛的反薙髮鬥爭,其中最為悲壯義烈、可歌可泣的是江陰和嘉定兩城人民的鬥爭。

當薙髮令在江陰城宣佈時,江陰人民回答說"頭可斷,髮絕不可薙"。全縣人民自發地起來,向新上任的漢奸知縣方亨要求留髮。方亨對群眾大罵,激怒了人民,將方亨捕之下獄,城市市民罷市,四鄉農民雲集,達數十萬人,大家公推明典史閻應元與陳明遇等為首領,共議守城抗清。四鄉農民自帶武器糧食進城打仗,市民則貢獻糧食及各種用品,以抗敵兵。江陰人民在富有軍事組織天才的領導指揮下,全部動員起來,團結一致,抗擊清軍的進攻。

江陰以一個小城與先後集中在江陰的二十四萬人相抗爭,打死清軍三個王,十八個將領,七萬五千士卒,幾乎牽制了清軍的全部主力。滿清又採取誘降辦法,但為閻應元嚴詞拒絕,他說"有降將軍,無降典史"。在激戰當中,閻應元題字江陰城門上:"八十日帶髮效忠,表太祖十七朝人物;十萬人同心死義,留大明三百里江山",表現了他的民族氣節,抗敵決心。

江陰城人民堅守了八十一日終於兵盡糧絕,最終在清兵的炮轟之下,於八月二十一日城陷。閻應元引千人上馬進行巷戰,受傷自殺,對從者說"為我謝百姓,吾報國事畢矣",但未死,後為敵所害。陳明遇也在戰鬥中犧牲。閻、陳全家皆自焚死。次日,巷戰未已,清軍下令屠城,全城人民"咸以先死為幸,無一人順從者"(《江陰城守紀》下),投火赴水自刎自縊,男女老幼無一人降,全城人民被屠殺者達十七萬二千餘人,僅五十三人得免。其後江陰鄉民被迫暫時屈服,但"薙髮之夕,哭聲遍野"。

江陰的抗清鬥爭,是中國人民千百次反侵略鬥爭中最光榮而壯烈的一頁,不僅表現了中國人民抗擊外來侵略者的愛國主義精神,也牽制了敵人幾乎全部的主力,予大江之南各地抗清義軍以很大的鼓舞和幫助。

嘉定人民的抗清鬥爭也堅持了兩個多月。鬥爭很激烈,八月初四大雨,城上民兵已露立三晝夜,兩眼腫爛,饑疲昏暈,天遇雨,遍地盡濕,不能支持,但仍堅持抵抗。清軍趁勢登城,破東關,縱兵入,城主侯峒曹仍率兵死戰,聲色不變,全家殉國。城陷後,漢奸李成棟(原為明徐州總兵)兩次屠城,按戶搜索,逢人便砍,城中人民自縊投井,血肉狼藉,遍地皆是;投河者不下數千,血流成渠,浮屍滿河,脂膏漂水面,高起數分,被屠殺者二萬餘人。嘉定人民的堅決英勇鬥爭粉碎了滿清的"吳下民風柔軟,飛檄可定,無煩用兵"的幻想。

原來繁華富庶的江陰、嘉定兩城,經過滿清大屠殺,變成廢墟了。

(3)桂王政權的建立與何騰蛟、翟式耜的抗清鬥爭

南京陷落後,1645年魯王朱以海稱監國於紹興,唐王朱聿鍵也稱帝於福州。1646年清兵攻浙江,魯王入臺灣(後卒於臺灣)。以後清軍入閩,唐王為清所執,鄭芝龍降清,至此福建政權也告結束。

浙閩失陷,唐、魯二王政權傾覆之後,廣西巡撫翟式耜與兵部尚書呂大器等於1646年11月擁桂王朱由榔稱帝於肇慶(廣東高要),次年改元永曆。這時李自成、張獻忠的餘部,在民族國家危亂之前,成為支持桂王政府的主力軍。因此,在湘、贛、粵、桂、川、黔、滇等地繼續展開抗清鬥爭,同時東南沿海人民和愛國的士大夫分子及一些愛國的將領與官吏,也在非常艱苦的環境下,仍然繼續堅持抗清。

十二月,漢奸李成棟進攻肇慶。1647年(順治四年)正月攻下肇慶。三月又攻桂林,翟式耜誓死堅守,成棟猛攻不能破。這時何騰蛟在湖南,與農民軍取得聯繫,李自成的餘部李錦率眾二三十萬來歸。是年十一月,清兵攻全州(廣西全縣),為何騰蛟所敗。1648年,清軍又攻桂林,何騰蛟督將死鬥,清軍退。這時漢奸金聲桓、李成棟忽棄清來降,江西廣東復歸於明,形勢為之一變。滿清丟掉了廣東、江西,又失去了兩員大將,湖南的守軍恐慌,同時湖南也大部分歸於明,四川明之舊將也都來附朱由榔。這時桂王已據有兩廣、雲、貴、江西、湖南、四川七省地,聲勢大振。

在南北各地反滿大潮流中,朱明皇朝該有恢復的機會了。但肇慶小朝廷又在繼續著楚、吳兩黨的鬥爭,而不以國事為念。同時清軍也自覺情勢危機,於是便"允許滿漢聯姻",企圖緩和激化了的民

族矛盾,而暗中卻發動全部軍事力量,令耿仲明、尚可喜等攻廣東、江西,孔有德等攻湖南、廣西,用來對付內訌劇烈的肇慶小朝廷。結果江西失陷,湘潭也被攻破,何騰蛟被殺。1650 年(順治七年)尚可喜破廣州,孔有德破桂林。瞿武耜在抗戰中,與大將張同敵一起被俘,孔有德勸降,瞿式耜嚴詞拒絕說:"我中國男子,豈肯失身!"再請薙髮,亦不允,最後被囚禁四十多天,在桂林獨秀巖下,二人被執死刑,當時瞿式耜曾有絕命詩:"從容待死與城亡,千古忠臣自主張。三百年來思澤久,頭絲猶帶滿天香。"此詩表現了他的堅決抗敵與從容就義的氣概。他們犧牲後,人們為紀念他們,曾在獨秀巖下修建有雙忠廟。

(4)李定國所領導的抗清鬥爭

1650 年(順治七年)清軍打進廣西,朱由榔敗走南寧(在廣西)。這時瞿式耜已被害,抗清的責任便由張獻忠部將李定國這支軍隊負擔了。1652 年(順治九年)三月,他率八萬人馬出兵抗清,攻湖南、廣西;進入湖南時,得到廣大人民的支援和歡迎,取得了優勢,收復了城市;追擊到桂林,殺漢奸孔有德。劉文秀、白文選率師北伐,由雲、貴兩路出兵略四川,克復成都以南諸州縣,大敗吳三桂軍。各地人民紛紛響應,廣西、湖南、川東、川南、川西又歸於南明,李定國的軍隊聲勢日大,滿清幾次進攻,都遭失敗。李定國自出兵抗清以來,不到一年,收復了湖南、廣西,打退了數十萬敵人,擊斃敵酋敬謹親王尼堪,造成了抗清以來未有的大捷,因之軍威更振。當時張獻忠另一部將孫可望便在嫉妒定國立大功的心情下錯誤地率留守軍東進,企圖爭功,並大殺明宗室大臣示威,李定國不得已遂從湘桂前線撤退。在1656 年(順治十三年),李定國奉朱由榔走雲南,孫可望怒叛變,降洪承疇,並引敵人西犯,於 1658 年(順治十五年)攻入雲南,朱由榔走緬甸。清軍陷昆明,李定國由滇西退至雲南邊境,遣使聯絡西南諸國,繼續抗清,並營救逃入緬甸即被拘留的永曆帝。1661 年(順治十八年),漢奸吳三桂率大軍入緬甸,緬王執由榔送交吳三桂,次年吳三桂絞殺了朱由榔,焚屍取灰,明亡。李定國接到朱由榔在昆明被吳三桂殺害的消息,悲憤絕食,憤懣吐血,並且告誡他的兒子和部將"寧死荒野,不可投降",後死於猛臘(雲南建水縣西南)。西南大陸十幾年轟轟烈烈的抗清鬥爭,隨著這位英勇奮鬥、百折不撓的民族英雄的殉國而基本上終結了。

(5)鄭成功、張煌言所領導的海上反清鬥爭

鄭成功是鄭芝龍的兒子,1646 年(順治三年)鄭芝龍叛國降清時,鄭成功堅決反對,便率部屬九十多人乘艦入海,收集舊部抗清,受桂王封號,各地人民亦來參加。鄭成功將軍隊加以訓練、組織,並修造戰船,連年出擊福建、粵東及浙南沿海,兵勢漸盛。後以金門、廈門為根據地,陸續克復福建大部分地區,清軍屢次誘降,均遭拒絕。及張名振等南下後,鄭成功與之合力抗清。他們屢次從海道攻入長江,甚至到達南京江岸,牽制清軍進攻廣西桂王。最後也是規模最大的一次是在 1659 年(順治十六年),鄭成功與張煌言率軍由崇明島入長江,破瓜州、鎮江,連敗清軍,直逼南京,收復了南京附近及安徽部分地區,凡四府,三州,二十四縣。長江下游揚州、常州、蘇州等地人民都投於張煌言、鄭成功部下。這一次進攻,不僅動搖了東南的統治,而且震動了北京的滿清王朝。這時鄭成功在南京城外,因誤信清兩江總督郎廷佐偽降,遭清兵夜襲,兵敗,退守廈門。因而影響了張煌言軍的前進,張煌言最後為清軍所俘,送杭州,堅決不屈,直立受斬刑死。

1661 年(永曆十五年),桂王已入緬甸,李定國在滇緬邊境堅持抗

清,清政權逐漸穩定。鄭成功因感在大陸抗清無望,便由廈門、金門發戰船數百艘驅逐了侵佔臺灣的荷蘭殖民者,收復臺灣,獎勵農業,整頓政治,訓練士卒,招徠義民,作為繼續持久抗清的基地。

臺灣是在中國人民辛勤勞動經營之下,而發展建設起來的富庶美麗的寶島。遠在隋代即與中國大陸開始交通,元時於澎湖設巡檢司,為設官治臺之始。1624 年(明天啟四年)臺灣為荷蘭人所侵據。崇禎以來,福建沿海人民陸續移居於臺灣。鄭成功入臺後,東南沿海人民去臺灣者更眾,他們與臺灣土著人民共同辛勤地開發了臺灣,臺灣更是祖國不可分割的一部分。因此,在臺灣人民的支持下,鄭成功及其子孫在臺灣的經營,不僅成為海外一支強大的抗清力量,鼓舞著全國人民的抗清鬥爭,而且也是祖國歷史上領導開發臺灣最有功績的人。

在 1662 年鄭成功死後,其子鄭經依然繼續抗清,並繼承遺業,努力謀求臺灣地方經濟的發展。1681 年(康熙二十年)鄭經子克塽繼立。1683 年,清兵始在鄭氏叛將施琅等統率下侵佔了臺灣,克塽不支,始降。

滿清雖然佔領了臺灣,但在反荷抗清鬥爭中已鍛煉了臺灣人民,繼續著反抗滿清的黑暗統治。

由於朱明統治階級的腐朽、分裂,統治集團上層分子的出賣祖國,明帝國走向敗亡,並犧牲了英勇善戰、具有反侵略反壓迫優秀革命傳統的廣大人民和士兵群眾。同時在滿清殘酷的屠殺、征服統治中國的過程中,卻深刻地鍛煉了以漢族為主體的中國人民反侵略反壓迫的堅強意志,以後中國人民便進入了長期不屈的反抗滿清統治者殘暴壓迫與剝削的英勇鬥爭。

六、滿清民族牢獄的統治和反滿運動的繼續發展

1. 滿清對漢族的殘暴的政治文化統治

滿清統治者以其民族少數的人口,落後的經濟文化,來統治征服人口眾多的,先進的,並且有豐富鬥爭傳統的漢族及其他各族人民,就必然地遭遇到極大的困難。它的基本方針是:一方面勾結漢族及其他各族的少數上層分子,防止和壓服漢族及各族人民的反抗;另一方面則利用和擴大各族間和各族內部的矛盾,造成互相仇視和殘殺,企圖削弱各族的力量,來穩定統治。因此,在十七世紀中葉及以後相當長的時間內,滿清對中國實行了殘酷的民族牢獄統治。

(1)政治上的壓迫

滿清在明朝的舊制度上,增加了懷柔和鎮壓的新成分,建立了種族的、階級的雙重壓迫的制度。在政治組織方面:

第一,從內閣到六部等中央機構,均設復職,滿、漢官員並設。在表面上標榜"滿、漢一體,滿、漢不歧視",但漢官並無實權,中央的大權,也不在內閣。雍正以前,凡軍國大政是交滿州貴族所組成的議政王大臣會議,雍正時及以後則在軍機處。內閣六部只是執行命令的機構,軍機大臣幾全由滿官擔任,軍機處由具有至高無上的絕對權力的皇帝直接領導。

第二,地方政權機關的省、道、府、縣,表面上也是滿、漢有平等機

會,實則滿、漢地位懸殊,軍、政、財大權均操於滿官手中。地方稅款,除餉俸外悉數解京,因而地方興革之事,常因缺乏公帑而陷於停頓。但內外官吏勒索壓榨人民卻得到滿清統治者的縱容,所以滿清一代賄賂公行,貪污成風,官僚機構腐朽黑暗達於極點。

第三,省、縣地方官由皇帝直接任命,並規定漢人不得補滿蒙官缺,漢官不得在本省內做官,稱為"回避",以防止漢族官吏與當地漢族人民發生聯繫。至於奏章言事,內官只各部、院、科、道首腦,外官只督、撫、藩(布政使司)、臬(按察使司),才能專折言事。生員絕對不准上書陳言軍民利弊,如有一言建白,即以違制論處。

在軍制方面,滿清為統治全國,便加強對全國的軍事控制。

八旗兵是努爾哈赤時期創訂的基本武裝,黃、白、紅、藍四旗稱左翼,鑲紅、鑲黃、鑲白、鑲藍四旗為右翼,合稱八旗。後又增設蒙、漢軍各八旗,共為二十四旗,約二十八萬人之多。

滿、蒙、漢軍八旗兵一部分駐於京城,稱禁旅。一部分駐京畿及全國各要衝,以控制各個地區。特別對於經常起義的地方,像江浙一帶,滿清駐防的兵額也最多。八旗兵軍紀很壞,到處擄掠,凌辱婦女,甚至虐殺人民。

八旗之外,還收編漢奸地主武裝(大部是明軍),組成為綠營兵約六十餘萬人。名義上受各地都督撫提督節制,但實際是受各地八旗的控制、指揮,並皆配置滿人軍官從中控制。綠營兵餉,馬兵月銀二兩,步兵一兩五錢,守兵一兩,每月各支米三斗。滿兵一人,他的糧餉比綠營兵高三倍。

同時滿清統治者,又懼怕人數眾多的綠營勢力增長,遂聽任綠營腐朽竊敗。一方面定制,准許綠營軍官克扣軍餉,稱為"親丁名糧"(虛設),有意地造成士兵和軍官之間的矛盾,以防止漢族官兵的團結暴動反抗。除去公開虛糧外,軍官赴任,招募家丁,隨營開糧,軍牢、伴當、吹手、轎夫都算正兵;地方商民為徭役,也掛名軍營,糧餉則歸軍官私吞。士兵的訓練,雖有春秋兩操,但都視同兒戲,將不知陣勢分合奇正,兵不知戰鬥坐立進退,以此削弱綠營兵的戰鬥力。後來八旗兵也逐漸腐化,於是當西洋資本主義國家武裝侵入的時候,八旗兵、綠營兵便都失去了戰鬥力。

在刑法方面,作為滿清統治者鎮壓人民的另一工具——刑法,在表面上是表現為維護封建的階級統治的東西,沒有民族差別,但實質上卻包含及反映了民族壓迫的內容。

1646年(順治三年)頒佈《大清律》,乾隆時經修改為《大清律例》,對於人民的約束極為苛細,尤其是著重規定了對滿、漢人的不平等待遇。

《大清律例》中所載的五刑(笞、杖、徒、流、死)、十惡(謀反、謀大逆、謀叛等)、八議(議親、議功、議賢等),都是維持封建統治保障貴族特權的重要部分,凡犯有十惡罪的,任何赦令不得寬免。而可以免刑和寬刑的八議,則只有滿清貴族、官吏及死心塌地的漢奸奴才才能夠具備這種條件。滿族的親貴只要不犯十惡,在八議範圍內,法律的約束力也就微不足道了。

滿、漢人在法律的地位上也不公平,不但審判的機關不同,處理的標準不同,而且滿、漢人犯罪後所受的處分也不平等。例如有為滿人犯罪所特設的監獄,待遇優於普通監獄。滿人又有由"換刑"而獲得減刑的特權,如笞杖刑可換鞭責,徒流刑可換枷號,死刑雖不能換,但亦可減等、換刑。滿人在法律上所享受的特權,就鼓勵了他們的無惡不作,任意虐殺以漢族為首的各族人民,侵佔土地房屋,霸佔妻女,毀壞墳墓,甚至對漢官也動輒鞭打。

滿清統治者除以酷刑來實現他的民族統治外,更設有緹騎密探來偵查監視各族人民、士人及官吏,刺探他們的動態。到雍正時,這種秘密組織遍佈全國各處,是為滿清殘暴統治的一大特徵。

根據以上所述,可以看出作為上層建築的滿清官制、兵制和法律,都是完全為鞏固滿清帝國的統治地位而服務的。

(2)文化思想統治

滿清統治者在文化思想上的統治手段尤為陰險惡毒,更突出地表現了他的民族牢獄政策。他們以極端陰狠殘暴的手段,來摧殘當時漢族的進步的、革命的民族意識和封建社會末期所產生的反對滿清極端君主專制的啟蒙的"民主"思想,企圖以此來消滅漢族人民的反抗意識。

在文化政策方面,首先以政治力量大肆宣傳已經腐朽的反動的程朱理學的唯心主義和封建倫理思想,來麻痹人民。竭力推崇朱熹,認其為儒學的正宗,並推為十哲之一。因為朱子主張"竭忠事主",所以企圖以此來麻醉漢人的反滿思想。

其次,對於當時社會上流行的反映現實生活的筆記小說予以"極禁查絕"及焚毀,不僅著書人要治重罪,刻書之人也要處極刑。乾隆時更進一步搜查一切有忌諱的詩文野史等,一概予以銷毀查禁。自 1774—1782 年(乾隆三十九年至四十七年)前後達二十四次之多,焚書近一萬三千八百六十二部,滿清統治者對中國文化的嚴重摧殘,於此可見。但對落後的封建迷信戲劇、小說和宗教,則加以鼓勵和傳播。

對於當時具有民族氣節的傑出進步思想家們,滿清統治者則施展了極端卑鄙惡劣的威逼利誘和分化收買手段。但他們所拉攏到的只是一些最腐朽最落後的漢族官僚地主士大夫分子,而大多數的士人仍是堅持反抗,不肯屈服。於是清廷便進一步採取了更兇惡的高壓和迫害手段,往往借結社的罪名,對青年士子大加殺戮。此外,對於知識分子,又施以籠絡手段。一方面繼續推行桎梏人們思想的八股取士制,另一方面則優禮文士,採取利誘欺騙的手段,詔舉山村隱逸,並在 1678 年(康熙十七年)借修《明史》為名,舉行博學鴻儒科,用以專門籠絡高級士大夫。1679 年,開《明史》館,企圖以此來牢籠遺民志士。但黃宗義、顧炎武等一般有民族氣節的、進步的思想家,抵死不肯應徵。1682 年(康熙二十一年)又召內閣翰林等文官,入宮飲食賦詩,陪皇帝遊玩。如此優禮文士,其主要目的是作給全國其他文士看,誘令他們專心學習八股詩文,消磨他們的鬥爭意志。

滿清統治者嚴厲禁止集會結社及言論思想的自由,並對當時的進步青年士子予以迫害,嚴重窒息了當時的進步思想的發展和交流,阻塞了中國科學的研究。這不僅未能收到控制漢人,鞏固他們的統治的效果,反促使滿清統治階級更加昏庸、愚昧和保守。

文字獄的殘酷:滿清初入關時,對漢族的知識分子,採取了拉攏政策。但等到滿清在全國的統治鞏固以後,便進一步暴露了他們的兇殘真面目。一方面提倡程朱理學,消滅漢人的反滿思想,一方面則又大興文字獄,來摧殘漢人的民族意識和自尊心。在康、雍、乾三朝較大的文字獄就有十餘件,受牽連被殺害的人很多,列舉數例以見滿清統治者對漢族青年士子迫害手段的殘酷。

例如《明史》獄。明相國歸安朱國禎著《明史》,後因家道中落,以稿本賣與同鄉富人莊廷鑨,莊廷鑨竄為己作,補崇禎一朝事,其中多指斥清人話語。1663 年(康熙二年)為人告發,時莊廷鑨已死,清官令剖棺戮屍,所有莊氏家屬十六歲以上者及作序人、參校人、買賣書人、刻字人、地方官等,一律處死,因此獄先後遇難者七十餘人。

又如《南山集》獄。桐城方孝標著《滇黔紀聞》,多述明末清初事,其中有被清人視為"大逆"之語。康熙時翰林院編修戴名世著《南山集》,記載明末桂王事,有引自《滇黔紀聞》者。1771 年(康熙

五十年)有人奏戴名世為書狂妄,經審查《南山集》《孑遺録》也有
"大逆"語,於是判戴名世凌遲處死,方孝標開棺剉屍,兩家家族及作
序印刻人被株連處死刑、流刑者數百人。後來玄燁為了故意表示對
於文人的寬大,改判戴名世斬刑,免去凌遲,方孝標族人發黑龍江
充軍。

此外如呂留良獄、胡中藻獄等,殺戮的人數都很多。

《四庫全書》的纂輯。滿清統治者為著從文化上、歷史上消滅漢族
反滿的思想意識,及在現實上達到牢籠士大夫的雙重目的,於是在康、
乾兩朝除編修《明史》外,並編纂了許多大部類書。如康熙朝的《康熙
字典》(四二卷)、《佩文韻府》(四四三卷,作詩典故)等,而規模最大者
為《古今圖書集成》,凡一萬卷,這是繼朱棣《永樂大典》(二萬二千九
百餘卷)以後的最大一部類書。

乾隆時,也招集文士經生,大規模纂修書籍,如《續通志》(六四〇
卷)、《續文獻通考》(二五〇卷)、《續通典》(一四四卷)、《皇朝通志》
(一二六卷)、《皇朝文獻通考》(三〇〇卷),《皇朝通典》(一〇〇卷),
《大清會典》(一〇〇卷)等,約在百種以上,頒示全國,借收思想統一
的功效。但這些官書,多數無人過問,在這些書的纂修中,以《四庫全
書》的纂修的規模為最大。

滿清大興文字獄後,士大夫為避嫌免禍,便專攻脱離實際的訓詁
名物、考據之學。弘曆便利用當時學術界這種新潮流,索性設立《四
庫》館,收買海內著名的考據專家紀昀、戴震、邵晉涵等參與校纂,共計
編成存書三千四百五十七部七萬九千餘卷,此外還有存目六千七百餘
部九萬三千餘卷。這次的纂校書籍的工作,實際上卻是對全國書籍
作了一次大搜查,也是對漢人的民族思想來個總檢查。纂修這些典
籍時,在廣求海內遺書的美名下,將凡是可以啟發民族思想,不利於
滿清統治,或觸犯他們忌諱的以及有關種族關係的文字,不是大量

刪去,就是加以無恥地偽造篡改和歪曲,甚至大規模銷毀,形成我國文化史上的一次浩劫,但在客觀上也起了整理與保存中國歷來文獻的作用。

總之滿清統治者在政治上、經濟上、文化思想上的統治政策,都是以壓制漢族為主體的中國人民的進步和反抗為前提。所以這種民族牢獄統治政策,不僅嚴重地延緩了中國社會的發展,而且殘暴地奴役和壓迫中國人民,摧殘中國人民的民族意識和自尊心,阻塞中國當時進步的思想和科學研究的傳播和發展,使得中國社會的發展,向後推遲了一、二百年。但是富有反侵略反壓迫傳統精神的中國人民,為了爭取自己民族的生存與發展,在滿清統治的二百六十多年中,始終堅持英勇的反滿鬥爭。

2. 反滿運動的繼續展開

滿清統治者侵入中國後,對廣大中國人民施以種族及階級的雙重壓迫,直到 1683 年(康熙二十二年)才將漢族最後抗清的基地——臺灣——破壞了。滿清入關四十餘年,至此才完成了他的統一。於是開始利用中國本部的力量,在社會經濟安定的狀態下,來從事恢復發展,擴大他的版圖,鞏固他的統治,並且消滅漢族人民有生力量和轉移漢族人民反滿的視線。康、雍、乾三朝,毫無顧恤地利用中國的人力物力,來從事對各少數民族的征服,其軍事力量陸續伸展到外蒙古、西藏、青海和天山南北各少數民族地區。以上各地都劃入清朝版圖,清朝便成為一個多民族的龐大國家。

(1)反滿的秘密結社
在滿清帝國擴展的同時,以漢族人民為主體的反滿鬥爭也仍在不斷地發展著。

1683 年(康熙二十二年)滿清統治者佔據了臺灣之後,在滿清的民族牢獄的壓迫下,中國人民的反滿鬥爭,在當時敵我力量懸殊的情況下,也就轉換方式。從而在下屬群眾中,產生了很多反滿秘密會社,其中最著名的有下列會社:

白蓮教(白蓮會):元朝民間有白蓮社(白蓮是佛教慣用的名詞),元末劉福通就是以這個秘密會社組織紅巾軍,摧毀蒙元統治的。到明朝末年,白蓮會蔓延山東、直隸、山西、河南、陝西、四川等省。清初以來,白蓮教傳授不絕,又發展為涵有民族反清內容的民間秘密組織。他們宣言:"劫運臨頭,清朝將滅。"乾隆時又在長江、淮河流域積極活動起來,它的支流有天理教。

除白蓮教外,又有三合會(即天地會,三點會)。三合會發展於江南及海外華僑集聚地區。哥老會(即哥弟會)活動於長江中下游地區,都以反清復明為行動目標。

在滿清統治漢族的時代,這些組織對於阻止滿清統治階級的殘酷屠殺人民和破壞生產,起了巨大的作用。他們的活動時時震撼著滿清帝國的統治基礎。例如到清末,大部分會員參加了辛亥革命,在孫中山先生所組成的興中會裏,有許多會員是三合會及哥老會的會員。

(2)各族人民的反滿運動

滿清統治者,想盡並用盡各種方法,來防止和鎮壓人民的反抗。但隨著社會矛盾的發展,以漢族人民為主體的中國人民的反滿鬥爭不僅持續著,而且不斷地深入。

臺灣人民大起義。在滿清統治者的侵佔下,臺灣人民不斷暴動起義。在康熙年間是朱一貴所領導的起義。

朱一貴是福建長泰人,家貧,喜交友,流寓臺灣,以畜鴨為業。1721年(康熙六十年),臺灣知府王珍(軫)稅斂苛虐,濫捕人民,施以酷刑,激起了臺灣人民的極端憤怒。朱一貴便與臺灣鳳山人黃澱、李勇、吳外等聚眾起義。群眾以一貴姓朱,為明朝後裔,奉為大元帥。起義軍以農具當兵器,屢破清軍,滿清官吏將士,紛紛逃歸福建。之後起義軍攻下了臺灣府,七天之內佔領全臺。一貴擁兵三十萬,自稱中興王,宣佈恢復漢族冠服,並禁止起義軍掠奪人民,姦淫婦女。但部將杜君英不服命令,率眾數萬,搶奪婦女財物,與一貴軍戰;同時參加起義的秀才林皐等受到滿清的收買,謀內變,滿清便乘機派總督覺羅滿保及水師提督施世驃率大軍進攻。六月,起義軍在清兵及内奸夾擊之下失敗,一貴、君英兵敗被執,死難。這次起義雖然被鎮壓下去,但臺灣人民仍然聚集巖谷,堅持抗清的鬥爭。

1786年(乾隆五十一年)臺灣又爆發了三合會首領林爽文、莊大田等所領導的反滿起義。他們攻佔彰化、諸羅、鳳山諸城,最後在清將福康安、海蘭察率大兵"剿撫"下,起義軍失敗了。

白蓮教、天理教的起義。嘉慶年間(1796—1820年),白蓮教及其支派天理教也領導舉行了起義,這一起義動搖了滿清的統治基礎。

1796年(嘉慶元年)白蓮教徒紛紛起義。他們揭出了"官逼民反"的口號,聶傑人、張正謨等起兵於荆州,劉之協、姚之富、齊王氏(齊林之妻)等起義於襄陽。湖北北部的農民群眾多起而回應,他們採取了忽分忽合,忽南忽北,避實擊虛,不走平原,專行山徑小道的遊擊戰術,使得清軍精疲力盡,難於應付。

當時清廷先後派數省兵力前往鎮壓,前後屠殺了數萬人。廣大人民群眾對於滿清殘酷統治的怒火愈燃愈大,起義軍的勢力獲得了更大的發展。襄陽方面的白蓮教所領導的起義軍有眾數萬,勢力最強,各地起義軍均歸其節制。同年徐天德等起義於四川,張漢潮等起義於陝西。川、陝、鄂邊區山地廣闊千餘里,都是起義軍根據地。甘肅、河南等地農民起而嚮應,於是白蓮教大起義勢力震動五省(湖北、四川、陝西、甘肅、河南),聲勢浩大。這時滿清統治者感到八旗、綠營的無能,到處潰敗,於是一面任用楊遇春、楊芳領綠營充主力;一面又利用豪紳惡霸羅思舉、桂涵等敗類,組織鄉勇(地主武裝)配合;一面又令官紳協力,田"築堡團守法",屬行驅民入堡,堅壁清野,鄉勇成為滿清鎮壓農民起義軍的主要力量,也是廣大農民的死敵。在滿清這種佈置之下,白蓮軍流動區域逐漸縮小,再加上衣食匱乏,終於在 1804 年(嘉慶九年)在滿清軍隊和滿漢地主武裝的聯合襲擊下被鎮壓下去。

這次大起義歷時九年,勢及五省,滿清用軍費二萬萬兩,才將起義軍鎮壓下去。農民及白蓮教徒前後被清軍屠殺者達數十萬人。這一方面說明起義軍的聲勢浩大英勇抵抗,另一方面說明這次起義予滿清帝國以巨大打擊,削弱了滿清的統治,同時在它的影響下,反清運動進一步展開。

天理教是白蓮教的一個支派,又名八卦教,教徒最眾,主要活動地區為晉、冀、豫、魯。領導者李文成,木工出身;林清(河北大興縣人),藥店學徒出身。1812 年(嘉慶十七年),李文成與林清會於滑縣道口鎮,約定明年九月十五日午時一同起義,準備乘嘉慶帝巡遊木蘭(熱河圍場)時襲取北京。但李文成在預定起義日期之前,在滑縣密造兵器被捕。教徒們知密謀敗露,便提早於九月七日起義,攻破滑縣,殺知縣,救出文成,直隸、山東各縣教徒紛起嚮應。林清引徒黨二百人潛入北京城內進攻皇宮,因兵力單薄,終於在清皇子及諸大臣統率家奴的攻戰下被鎮壓下去,同時林清也在黃村被捕,壯烈犧牲。

李文成被教徒救出後,便集精銳於滑縣、道口鎮,指揮直隸和山東的天理教徒起義,出兵進取濬縣。清廷派楊遇春、楊芳率大軍向起義軍進攻,破道口鎮,屠殺男女老幼萬餘人。清軍又進圍滑縣,城中起義軍和人民死守,無一人屈服投降。後李文成入滑縣山中,為清兵所追,縱火自焚死。直到1813年年底,清軍用火藥轟毀滑縣城西南角,才突入城內。但義軍和人民仍英勇抵抗,巷戰一晝夜,被清軍屠殺二萬餘人,李文成妻張氏也參加了戰鬥。有人勸她偽裝逃出,張氏說:"城亡與亡,不死者非英雄。"乃揮刀巷戰,殺清兵數人,回家自縊死。天理教的起義,至此便遭到失敗。

滿清統治者的殘酷鎮壓、屠殺,並不能恐嚇及停止漢族人民抗清的堅決鬥爭意志,嘉慶年間的多次起義雖然失敗了,但卻予滿清統治者以很大打擊,並削弱了滿清的統治力量。同時不僅漢族人民的反滿運動仍在繼續不斷地向前發展,而且少數民族也紛紛來反抗滿清的壓迫與剝削。

甘肅回民的起義。滿清統治者對回族,一方面利用教派的不同,加以挑撥,或利用地主教主,壓迫本族勞動人民;一方面徵調漢、蒙、藏各族官兵參加對起義的鎮壓,以制造回族及其他各族間的仇恨和矛盾,來轉移各族對滿族統治者反抗的視綫。在滿清對回族這樣的統治方針之下,1781年(乾隆四十六年)甘肅循化廳(青海循化縣)爆發了蘇四十三的起義,1783年(乾隆四十八年)又爆發了田五的反滿起義。

滿清統治者對回族的苛重賦斂是起義爆發的重要原因,而1761年(乾隆二十六年)馬明心的創立新教以反對那種教主兼大地主制度與封建剝削制度的舊教,則是起義發生的直接導因。蘇四十三是馬明心在循化傳教時的忠實信徒,他與其他教徒在1781年攻進老教各莊。清廷派蘭州知府楊士機等前往查辦,並揚言要為老教作主。蘇四十三等極為憤怒,決心反抗,便於當年在循化廳起義,攻陷河州,夜渡洮河,由間道襲攻蘭州,並截斷黃河浮橋以拒援師。清軍窮於應付,便迫令馬明心登城勸諭蘇四十三等彌兵,馬明心當然不會聽從滿清官吏的命令,因而被清軍殺害。新老教派的鬥爭發展為反清的革命鬥爭了。當時清廷調動大軍萬餘人馬往援蘭州,最後蘇四十三以眾寡不敵,乃退"匿壕內,不復出"。清軍重重圍困,並斷汲道,蘇四十三被捕殺,其餘的革命隊伍退入山中的華林寺內死守。清軍放火燒山,隊伍全部壯烈犧牲,無一降者,表現了崇高的革命氣節。

滿清統治者對於蘇四十三起義的殘暴的鎮壓,又激起了1783年為馬明心復仇的田五、馬四圭在甘肅的通渭修築石峰堡起義。最後清軍採取了"斷水道"的惡毒辦法,致堡內缺水,難於持久。石峰堡被清軍攻破,起義軍首領和群眾千餘人都壯烈殉難。

貴州苗民的起義。滿清統治者對苗民實行"改土歸流"後,一變過去對於苗民的間接統治為直接統治。自此,官僚地主紛紛進佔苗區土地,並誘迫農民遷入這個地區。在滿清的統治之下,苗民受到重重疊疊的壓迫。1795年2月貴州銅仁苗民石柳鄧被迫率眾起義。不久,就有湖南永綏廳苗民石三保,湘西吳豐生、吳八月等相繼嚮應,開始了農民大暴動。他們的口號是"打到黃河去"、"不到黃河心不死",堅決地打擊滿清統治者。在這種情況下,滿清政府發動了雲貴、四川、兩湖、兩廣七省的十萬大兵,以福康安等統率分路"圍剿",在苗區盡情殺戮,但並未使暴動的火焰減低,福康安被義軍殺死。在不足兩年內,消耗了滿清七百萬兩糧餉。經過幾次戰鬥後,苗民殺掉許多滿清文武官員,滿清統治者便採用漢奸劊子手傅鼎的陰謀計劃,對苗民實行挑撥離間、分化收買的策略,使用"賞給六品頂戴"和"賞給五品頂戴花翎"一類手段,企圖實現"以苗攻苗"的陰謀。另外則竭盡民力,建築數千里周長的碉堡封鎖綫,實行所謂穩紮穩打。

最後,由於苗人沒有(也不可能有)明確的方針和領導,由於群眾疲勞,以及叛徒吳隴登的叛變,苗奸的內應,於是轟轟烈烈的大暴動就在傅鼎的陰謀和清軍的屠刀下被鎮壓下去,石柳鄧等都犧牲了。

維吾爾族的起義。滿清佔領了天山南路之後,一方面用加封賞賜來籠絡維吾爾族的統治階級,一方面滿清派駐各城的大臣及其所屬員司,對維吾爾族人民盡情壓榨、凌虐,比虐待內地漢民尤甚。維吾爾族的王公為虎作倀,斂派民戶,日增日甚。在他們的殘暴統治與勒索之下,不可屈服的維吾爾族便被迫在 1764 年(乾隆二十九年)掀起了暴動,殺死許多凶狡的官吏、兵丁。清軍先後多次前往鎮壓,均被起義群眾擊敗。但終以城孤勢弱援絕,兩月後城為清軍所陷,起義群眾大遭屠殺,老弱萬餘口被徙於伊犁。

在這一次征服之後,滿清官吏和維吾爾族的王公、伯克對維吾爾族人民更加殘酷地壓榨,盡情勒索。除正稅之外,尚需交納土產氈裘、金玉緞布等,甚或公開侮辱維吾爾族婦女。維吾爾人民對他們恨入骨髓,便在 1820 年(嘉慶二十五年)八月,以張格爾為首起兵進攻喀什噶爾。1826 年(道光六年)各部相繼嚮應,張格爾大敗清軍於渾河,旋又克復喀什噶爾城,殺官吏,毀城堡。清廷震怒,次年急派將軍長齡、提督楊遇春、楊芳率兵三萬攻喀什噶爾。最後,張格爾逃往中亞,清軍一面派兩楊窮追,一面以郡王等官爵誘降各部,孤立張格爾,喀什噶爾城復為清軍所佔,起義群眾被屠殺很多。年底,張格爾率領步騎五百歸來,擬乘除夕清軍不備,偷襲喀什噶爾,行至阿木克城,不幸為清軍所獲,被害。

張格爾的起義雖然失敗了,但維吾爾族人民的反抗鬥爭卻始終未曾停止過。

七、鴉片戰前的中外關係

1. 滿清的閉關和海禁政策

十五世紀哥倫布發現美洲前後，西歐國家的新興資產階級都狂熱地希望發現到東方的新航路。他們是以探險貿易和掠奪相結合，在不能用暴力的地方就當商人，在沒有自衛能力或自衛能力較弱的地方就當海盜，他們以掠奪作為原始資本積累手段，來給資本主義開闢道路。

當時西歐國家都獎勵航海事業，自明中葉以後葡萄牙、西班牙、荷蘭等國都自海道來中國，中國和它們的商業關係始終繼續著。1557 年（嘉靖三十六年）葡萄牙並佔據了我國的澳門。

滿清入關以後，看到經濟發達、市民階級力量較大的東南、西南沿海沿江地區是反滿最堅決的中心地區，市民階級直接、間接支持了並參加了鬥爭，並且沿海的反滿鬥爭，也常和據於臺灣的鄭成功及海外華僑相聯結（明末義士流亡海外，組織南陽一帶洪門會，勢力巨大），因此滿清統治者除了認為漢族農民是他的主要敵人外，還認為市民階級也是他政治上的敵人。而當國內市民階級與海外華僑相聯結時，接受了歐洲的思想和技術的影響，使滿清統治者更難控制，因而也就愈覺其可怕。因此滿清統治者不僅要阻止國內市民階級經濟的發展和這一階級的成長，更要切斷國內和海島武裝及華僑的聯結。此外，道光以前，每年地丁收入，足夠支付軍政費用，海關商稅的收入無足輕重，漢人棄耕地出洋謀生，無異逃避朝廷剝削，為此便於 1656 年（順治十三年)厲行海禁政策。

滿清統治者對於海禁非常嚴厲,下令嚴禁商民下海交易,犯禁者一律處斬,並沒收貨物和全部家產,地方保甲連帶負責,也一律處死。文武官吏失察,則免職治罪。這種海禁政策,嚴重地阻礙了東南沿海對外貿易的發展。

民族牢獄的滿清統治,不僅僅封鎖中國人和商品出口,並且封鎖了外國商品的輸入,尤其是禁止外商傳佈歐洲的思想言論以及工藝技術,因此滿清統治者嚴禁任何一個中國人帶"西洋人"進入中國,也嚴禁任何一個"西洋人"自由進中國經商。西洋各國使節來中國,只能到廣州,再由廣州總督衙門派人監送到北京,沿途不許和人民交談。對於西洋商船限制也嚴,只許他們駛泊澳門,只准和澳門華商進行交易。停泊大小船不能超過二十五只,否則,外商、華商及地方官吏一律嚴辦。

但是滿清統治者的這種閉關和海禁政策,一方面不能完全阻止中外商人的私相貿易,而僅是對於正式通商貿易的嚴重桎梏;另一方面,迫使沿海的商人和華僑,不僅實行冒險走私和武裝抗拒,並且醞釀著反抗的潛流和行動。滿清為了緩和這種情勢,便在 1683 年佔領臺灣後,稍稍將海禁放寬。不久,在澳門、漳州、寧波、臺山設粵海、閩海、浙海、江海四榷關,而以粵海關為對外貿易主要港口。1698 年(康熙三十七年)又置定海關,關稅收入漸為滿清王朝財政收入的重要來源,於是對外貿易的限制也逐漸放寬。當時輸入的多是奢侈品,如大絨、洋酒、香料等,輸出則多為絲綢、瓷器、茶、錫等工業品和原料。雖然如此,滿清統治者為壟斷和控制對外貿易,在 1720 年(康熙五十九年)指定廣東商人組織在實質上代表政府買辦的機關"公行"(十三行),專營對外貿易,凡是外商入境徵收稅項、交易貨物以及外商的管理等事,均由"行商"負責。

其次對中國商船出洋限制仍極嚴,只許小船出海,並許具連環保結,取得官府的批准和執照,限制去處及人數和隨身自衛的武器。但後來滿清統治者感到華僑人數很多,力量很大,於是便在 1717 年(康熙五十六年)又下令停止了這種很小限度的開放,並且宣佈永禁華僑回國,對沿海的封鎖採取了更積極嚴密的措置和部署。

滿清統治者的這種嚴格的閉關政策,是建築在封建自給自足的經濟基礎之上的,這一方面反映了中國封建社會的落後性,防止了南洋華僑的強烈反滿思想的傳佈而鞏固了滿清的統治權。另一方面,這種活動也使得中國資本主義的發展受到了阻滯。

2. 清初的中英、中俄通商關係

(1)中英的通商關係

十六世紀遠東的海權與商業為葡人所獨佔,十七世紀荷蘭人取而代之。到十八世紀末和十九世紀初,資本主義在歐美各國中取得了勝利,日益發展的資本主義要求傾銷更多商品的市場,因而資本主義的先進國家如英國,對這個要求更加迫切。

1685 年(康熙二十四年),英商得東印度公司的幫助,在廣州設一商館,正式向中國通商。1715 年(康熙五十四年)准英商到廣州貿易。清廷為防止雙方商人的廣泛接觸,又在 1720 年(康熙五十九年)組織公司,限制外商。只准外商住於公行的商館內,不准自由行動,英商提出反對,清廷曾停止了一段時期,但在 1760 年(乾隆二十五年)又正式恢復。1792 年(乾隆五十七年),英國資產階級政府馬嘎爾尼來中國先用外交方式要求通商特權,結果,馬嘎爾尼所獲得的回復是:"天朝無所不有,不籍外夷貨物以通有無",以後只准英國"在澳門開設洋行",收買"天朝所產茶葉、瓷器、絲巾"等。因此這次馬嘎爾尼的來華,並沒有多少收穫。嘉慶時,東印度公司試圖來兵艦以打開滿清緊閉著的國門,派艦隊到澳門,清廷便集結軍隊準備作戰。當時英國尚未進入帝國主義時期,主要目的在爭取自由通商,而不在戰爭。所以在清廷決定作戰時,英國的艦隊便退去了。

此後,在道光年間,英國先後派拿皮樓、大衛、魯濱孫、葉利我妥等人來到廣東與中國交涉,但也始終未獲結果。不過在 1837 年(道光十七年)葉利我妥為商業監督時,得到英國政府的許可,決定用超乎尋常的手段來爭取鴉片貿易的自由。次年,英政府便令東印度艦隊司令梅脫蘭德以保護英人在華利益為名,出兵到廣東,但也無所獲而返。而滿清統治者的侮辱英國人的告示,卻更激怒了外國商人,英國的資產階級及其政府更進一步地準備侵略奴役中國。

(2)清初的中俄交涉

明末,除歐洲殖民者從海道來中國東南沿海以外,在中國大陸的北方,沙皇俄國的勢力也逐漸從西伯利亞向東方擴展。1644 年(崇禎十七年)正當清軍大舉入關時,俄國的武裝部隊到了黑龍江流域。1654 年至 1655 年間(清順治十一年—十二年),俄國曾遣使來獻方物,以互市之名,來窺北京的虛實。1667 年和 1675 年俄兩次遣使來北京,求互市,未成。此後俄國更加努力經營雅克薩,在那裏修築堅固的城牆,作為經營黑龍江一帶的重要據點。當時俄國盤踞在黑龍江一帶,並欲席捲東北數千里之地,而滿清也正疲於三藩之亂,無暇北顧,這時兩國之間所發生的是一連串的地方性的、規模不大的軍事衝突。及至三藩亂平,清朝統一中國之後,曾和俄國打過幾次激烈的仗。1685 年清命都統彭春率水陸兩軍攻雅克薩,俄將圖爾布青在清軍炮擊之下退守尼布楚,並遣使清軍約降。次年清軍再圍雅克薩,相持兩月不下,於是雙方乃於 1689 年(康熙二十八年)訂

《尼布楚條約》,這是中國和歐洲國家正式訂立條約的第一次。這個條約的主要內容是劃定疆界,西邊以額爾古納河為界,東邊以外興安嶺為界。條約訂立後,俄人退出雅克薩,條約中並規定,住在邊境的兩國人民可按照規定辦法,進行貿易。《尼布楚條約》訂立後,中俄東北邊境漸定,貿易開始。

1693 年(康熙三十二年),俄國遣商隊至北京,要求自由貿易。俄人見皇帝時行三跪九叩禮,滿清才又接受了沙皇彼得大帝的要求,允許他們通商,規定"俄國商隊三年得至北京一次,每隊以二百人為限,得在俄羅斯館留駐八十日,貿易免稅"。當時中國是俄國西伯利亞所產皮毛的主要市場,清初,歐洲國家被允許到北京通商的只有俄國,俄人入內地通商的規定自此開始。但滿清時常加以種種限制,或禁止俄商入京,或停止國境貿易,互市的基礎,很不穩固。1727 年(雍正五年),俄國遣使來請貿易,並議蒙古與西伯利亞的疆界,雍正帝也認為北方有劃境的必要,乃與俄訂《恰克圖條約》,制定蒙古和西伯利亞的疆界,並約定以恰克圖為兩國貿易商場,至是兩國的國交及貿易關係漸次繁密。內地商民以煙草茶葉等雜貨往庫倫及恰克圖貿易者日多。1737 年(乾隆二年),清廷又停止俄人在北京的貿易,而令統歸於恰克圖,自是該地百貨雲集,市肆喧囂,成為漠北繁庶之區。到 1792 年(乾隆五十七年),在俄人請求之下,清廷又與之訂立了《恰克圖市約》,從此建立了正常的商業關係。

滿清統治者的閉關政策,在客觀上曾抵制了資本主義國家深入中國掠奪財富,防止危害國計民生,但是閉關政策的實質是為防止南洋華僑的強烈的反滿思想傳到國內,以及防止明朝遺民因得到外援而動搖滿清的統治。

中國人民雖然厭惡那些海盜式的洋商,但卻沒有排外的成見。至於滿清統治者,在以"排外政策"保護其政權,而敵不過外國人的炮艦時,便改用"媚外政策"來保護政權了。

3. 各資本主義國家對中國侵略的嘗試

(1)壟斷東方貿易的東印度公司,鴉片輸入白銀外流

馬戛爾尼和其他英國使命團來華要求"自由貿易"的使命雖然都失敗了,但英國的資產階級及其政府是不肯就此放下屠刀的,他們更進一步地準備侵略和奴役中國人民。

當時中國還是亞洲一個歷史悠久的、小農業和家庭手工業相結合的、自給自足經濟佔優勢的封建大國,而且在政治上又厲行閉關政策。在這種經濟、政治上的頑強抵抗之下,英國企圖以商品貿易和正常的貿易關係來打開中國緊閉著的大門是很困難的。

英國的資產階級既然不能為自己創造無限制侵入中國市場的條件,他們的紡織品在中國市場上不能排斥中國手工業工廠、作坊和家庭手工業紡織的土布,於是摧毀我國的手工業以加強他們的工業品在中國市場上的作用,便成為英國對遠東侵略的重點。這時,英國資產階級商人一方面適應中國封建制度末期官僚地主腐朽沒落的生活,另一方面賄賂腐朽貪污的滿清官吏,便把富於繼續性和發展性的毒品——鴉片,通過非法貿易,輸入到中國來。

1600年英國的東印度公司成立,它是以商業作掩護,向東方侵略的組織。在1709年它取得東印度貿易壟斷權後,便開始進行販賣鴉片等等罪惡活動。

英國的商人是怎樣將鴉片傳入中國的呢?

鴉片輸入中國,起源很早,在唐貞元時代(800年左右)便由阿拉伯商人輸入。清初鴉片傳至臺灣,轉傳閩粵。在1727年(雍正五年)英國輸入中國的鴉片約二百箱。1757年(乾隆二十二年)英國東印度

公司佔領了印度鴉片產地孟加拉,而在 1767 年(乾隆三十二年)英國
輸入中國的鴉片便增加到一千箱,獲得了巨額利潤。1773 年(乾隆三
十八年)東印度公司更獨佔鴉片專賣權,以後輸入數量不斷增加,而鴉
片稅的收入也隨之增加,成為英印政府收入的重要組成部分,鴉片貿
易已與英印政府的財政收入聯繫起來了。

隨著鴉片入口的激增,中國的白銀便大量外流。1838 年(道光十
八年)黃爵滋上奏疏說:"自道光三年至十一年,歲漏銀一千七八百萬
兩,十一年至十四年歲漏銀二千餘萬兩,十四年至今,漸漏至三千萬兩
之多。此外,福建、浙江、山東、天津各海口,合之也有數千萬兩。"說明
白銀外流的數量隨著鴉片入口數量的增加而俱增。

白銀大量外流,造成銀荒日甚的現象,銀價遞增。康熙以來,每兩
銀易製錢千文左右,但到 1838 年(道光十八年)前後,增至一兩銀易製
錢一千六百有零。這種銀貴錢賤的現象,不僅影響了政府財政的收
入,並且使得一般物價也以銀價為標準而定漲落,使得人民生活更為
貧苦不堪。此外,鴉片還毒害著中國人的精神和肉體,而對滿清統治
者,不僅使其有銀源枯竭的危險,並且還腐化了他的官僚機構,甚至兵
丁吸食,喪失了戰鬥力,致使滿清統治者失去其統治力量。於是這種
情況使清廷更直接感受到問題的嚴重性,因此在 1729 年(雍正七年)
下令禁止販賣鴉片及開設煙館,但尚未禁止鴉片入口。至 1796 年再
下令禁止輸入鴉片及國內栽種。到道光時期滿清都覺得汲汲不可終
日了,便在 1836 年(道光十六年)再下令嚴禁,接著黃爵滋和林則徐便
提出了堅決的禁煙主張及辦法。

(2)追隨在英國之後而攫取利益的美國

與英國資產階級政府以鴉片大量輸入中國、掠奪中國財富的同
時,新的剛開始上升的資本主義的強盜美國也在企圖侵略中國。美國

獨立後的第一年——1784 年（乾隆四十九年）它的第一只商船"中國皇后號"，取道好望角，抵達廣州，來購買茶絲，這是中美直接發生貿易關係的開始。此後美國的海盜商人也參加了向中國販賣鴉片的勾當。美國的海盜商人一方面每年要以大量金錢來換取中國的絲茶，另一方面看到鴉片販賣確是有厚利可圖的好生意，於是便迫切地尋找鴉片的來源地，最後終於在 1803 年（嘉慶八年）在土耳其找到了鴉片的來源地。此後，美國便開始了以鴉片輸入中國，1805 年有 102 箱。1817 年美國所輸入中國的鴉片已佔中國進口鴉片總數的百分之四十二。當時英國鴉片商是美國在中國鴉片市場上的的競爭者，於是美國便採用各種虛偽狡詐的非法手段，甚至武裝走私，以與英商競爭。因此美國對中國輸入鴉片一直是增長著，從而轉變了過去美國以大量銀錢輸入中國的情況，可見美國以鴉片輸入中國是在它們的政府支持下與英國齊來的。

此外美國政府又鼓勵本國商人與英國爭奪中國茶葉出口的貿易。於是美國在中國的商業迅速擴展了，到廣州的商船年年增加，十九世紀初已超過法國和其他國家，而僅次於英國。美國商人在廣州貿易所得到的利潤很大，他們多以奢侈品和鴉片輸入中國。當時各國之間雖也時常發生衝突，但對於如何打開中國的門戶這一點是同感興趣的。美國雖然與中國的貿易迅速擴展，但因受當時歷史條件的限制（力量不夠強大），於是這個"任務"便落到了勢力最強大的英國身上。而美國在這一階段中，則是追隨及利用英國海盜式侵略戰爭，來攫取自己侵略中國的利益。

4. 中國經濟的危機和戰爭的不可避免性

在滿清前期，中國的國際貿易一向出超，但自英商以鴉片輸入之後,中國便由出超國家變為入超國家。而且白銀大量外流,到鴉片戰爭前夕,每年流出的白銀已達三千萬兩。滿清統治者感到了要維持自己的統治權,只有禁煙。湖廣總督林則徐上奏摺(請禁鴉片)說:"若猶泄泄視之,是使數十年後,中原幾無可以禦敵之兵,且無可以充餉之銀,興思及此,能無股慄!"這番議論打動了統治者的心弦,因為如果再漠然視之,使鴉片毒害人民,貧弱到不能再對之實行剝削時,軍隊也失去他的鎮壓作用時,便要動搖了滿清統治者的基礎,使之無法存在。因此為了自救,一定要嚴禁鴉片。更重要的是堅持閉關政策,不准中外自由貿易。

英國則自從產業革命後,生產發展,需要大量資源及工業品的銷售市場。於是他們便開始了殖民地的掠奪,要在中國堅持鴉片貿易的壟斷權。當時印度是英國的寶庫,英印政府收入的七分之一是由出賣鴉片給中國市場而得到的,英國對鴉片的貿易自不肯放手。同時英國工業雖發展,但尚不能大量廉價生產棉布、棉紗,因而需要以鴉片輸入中國,攫取白銀之後,再以白銀去賺取更多的美、印的棉花,以滿足他廣大紡織業再生產的需要。所以從經濟發展的前途來看,英國也一定要堅持鴉片貿易。

經過商人、使節的來華,英國已經看到了中國的政治、經濟的衰弱,決意要在這方面征服中國,建立起它的統治。於是,英國資產階級政府對中國繼續施壓,企圖用暴力在澳門建立侵略中國的根據地。最初的幾次嘗試都失敗了,其後在 1834 年(道光十四年),英國資產階級政府為了使英國整個資產階級及資產階級化的地主都來參加侵略掠奪,於是便取消了原來一撮資本家和地主壟斷的對東方的侵略掠奪的組成——東印度公司的專賣權。如此,開放中國市場的要求就變得更加迫切,對地大物博、歷史悠久、人口眾多的中國,在初步侵略的嘗試失敗之後,英國便決定用武力轟開中國的大門。

　　滿清統治王朝的一些官吏，一方面歡迎英國走私貿易，也一方面歡迎清政府嚴屬禁止。因為在鴉片禁止輸入後，關稅自要廢止，他們便可利用職權，私收賄賂，這是許多中外商人都願意的事情。同時，朝庭禁令愈嚴，官吏的權力愈大，而非法貿易就更易於擴張。不過有時為了應付清朝的命令，他們便時常扮演著傲慢狂暴、昏頑無知的醜劇，表示他們對於朝廷的忠心，其結果只是製造和發展著禍因。

　　在英國和滿清的矛盾基礎之上，再加上清朝官吏的從中煽動戰火，鴉片戰爭便不可避免地爆發了。

　　滿清王朝的腐朽政治、落後的經濟、昏頑的統治者嚴格執行著的閉關政策，並頑固地與以漢族人民為主體的中國人民尖銳對立，這一切都給貪欲無厭的資本主義國家的入侵造成了有利的條件。於是在資本主義國家侵略的鋒矛之下，中國便被推向半殖民地半封建社會的危險前途，鴉片戰爭便是這一切的具體表現。